龙在宇

作品

CNS PUBLISHING & MEDIA
湖南文艺出版社
HUNAN LITERATURE AND ART PUBLISHING HOUSE
博集天卷
CS-BOOKY

图书在版编目（CIP）数据

天下商帮 / 龙在宇著 . —长沙：湖南文艺出版社，2019.3

ISBN 978-7-5404-8945-8

Ⅰ . ①天… Ⅱ . ①龙… Ⅲ . ①长篇小说 – 中国 – 当代 Ⅳ . ① I247.5

中国版本图书馆 CIP 数据核字（2019）第 002304 号

上架建议：畅销 · 长篇小说

TIANXIA SHANGBANG

天下商帮

作　　者：龙在宇
出 版 人：曾赛丰
责任编辑：薛　健　刘诗哲
监　　制：于向勇　秦　青
策划编辑：徐　娅
营销编辑：刘晓晨　刘　迪　初　晨
版式设计：潘雪琴
封面设计：VIOLET
出版发行：湖南文艺出版社
（长沙市雨花区东二环一段 508 号　邮编：410014）
网　　址：www.hnwy.net
印　　刷：北京天宇万达印刷有限公司
经　　销：新华书店
开　　本：700mm × 1000mm　1/16
字　　数：486 千字
印　　张：30
版　　次：2019 年 3 月第 1 版
印　　次：2020 年 1 月第 2 次印刷
书　　号：ISBN 978-7-5404-8945-8
定　　价：52.00 元

若有质量问题，请致电质量监督电话：010-59096394
团购电话：010-59320018

目录

天下商帮

第三章

走马塞北

第四章

商帮大战

第五章

泾阳女商

第六章

经世致用

第 七 章

茶马古道

第 八 章

风云再起

第九章 以身作饵

第十章 帝王之术

楔子

天下商帮

公元1682年，清康熙二十一年。这一年的雪，来得出奇早。原本只是暮秋时节，纷纷扬扬的大雪却铺天降落。山峦起伏之间，风搅雪，雪裹风，掀起阵阵狂飙。

东起奉天，北至热河，由豫鲁到秦晋之地，到处银装素裹。山峦，河流，道路，村舍，都变成了浑然一体的雪原。偶尔也能看到天光放亮，可那太阳只有惨淡苍白的一丝温柔，早没了平日的亮丽暖和。从京师重地到山野村落，老百姓一个个都钻到屋子里，猫在炕头上，谁也不愿轻易出门。

就在这风雪弥漫的时刻，却有一队快马，沿着冰封的山路，风驰电掣，昼夜不停地向东疾行。马队越娘子关，过潞河驿，奔至京师广安门时，正是戌时初刻。

守城兵丁远望马背上插的旗，便知是六百里加急文书。待马队行到近处，拿火把一照，却又暗自纳闷：除了送信的驿使，怎么还有几位穿黄马褂的爷？驿使每天风里来，雪里去，挣的是辛苦钱。能穿黄马褂的，哪个不是养尊处优，何苦跟着受这份罪？

挑头的一人虎背熊腰，骑在马上也俨然一尊铁塔。有眼尖的兵丁立刻认出，这不是御前一等侍卫图理琛嘛！一个月前，皇上去五台山进香，出城时他便一步不离地跟在身旁。堂堂图大人怎么干起驿使的活儿？

全国驿务统归兵部车驾司，在紫禁城东华门外，还设有专门收发紧急公文的值庐。值班的车驾司主事一见图理琛，也吃了一惊。图理琛粗声粗气地说："陛下有上谕，六百里加急发来京师。事关重大，他老人家吩咐我跟着一起过来。"

值班主事哪敢大意，忙接过上谕，道："下官立刻将上谕送进上书房。"

图理琛摆起手："这道上谕不必给上书房，也不需交到内阁。陛下交代，只给索相一人。"

清代不设宰相，官员们口中的"索相"，只是一种尊称，指的是内阁大臣、太子太傅索额图。

"下官这就去索相府。"主事答应道。

刚坐下的图理琛重新站了起来："我跟你一道去。"

此刻的索额图，刚出了府邸。没有平日里前呼后拥的大阵仗，只是一顶二人抬绿呢小轿，轿子旁跟着两名戈什哈。轿内的索额图穿着玫瑰紫挂面的玄狐巴图鲁坎肩，外套猞猁猴的皮斗篷。一张圆盘大脸上，双眉微皱，小胡子下两片嘴唇似笑非笑。

小轿在局儿胡同的一座四合院前落下。这座四合院颇为精致，东西分别是门屋和厅堂，南北为厢房，中间围合成一个口字形天井。虽是寒冬，天井里仍可见花草。天井四周，布有连廊，将院中所有房间串起。

走进院落，索额图不自觉轻松下来。见惯了王府大门里碧瓦飞甍，帘幕无重数，却不及这小院砖瓦苍郁、叠石迭景的一团和气。

"怎么样，院子还满意吧？"索额图在厢房坐下，笑着问道。

"总算有个落脚的地方。"答话的女子叫菊儿，乃索额图的红粉知己。屋内有火盆，暖意融融。菊儿低眉浅笑，越发动人。她穿着淡粉色纱衣，袖口绣洁白的花边。肩处仅用轻纱围住，白润如玉的双肩若隐若现。

菊儿乃江南女子，早年学艺扬州，琴棋书画样样精通，更兼轻歌曼舞，撩人心魄。她三年前来到京城，曾去吏部尚书余国柱府中献艺，正在余府赏月的索额图对她一见倾心。

“十多年来，难得作长夜之饮。”索额图感叹道，“如今三藩已平，天下安定，我也能轻松片刻。”

索额图搂过菊儿：“咱们今晚好好乐一乐。来，敬我一个‘皮杯’。”

菊儿只是含笑，却无动作，索额图又催了。

“多不好意思。”菊儿低声说道，“当着这么多丫头。”

声音越低，索额图越是心旌荡漾。他向侍宴的丫头使了个眼色，所有人都知趣地退了出去。

“好了，”索额图将菊儿的酒杯斟满，“丫头们都不在跟前了。”

早在扬州时，菊儿便学得欲迎还拒的本事，她娇滴滴地说：“在窗外偷看呢。”

“哪有这么多顾虑。”索额图急不可耐。

菊儿满含一口酒，搂着索额图的肩项，嘴对嘴将一口酒送了过去，这就是“皮杯”。

“你身上什么香味？”索额图问。

菊儿扑哧笑出声来：“一看老爷就是在胭脂丛里打滚的，连女人的香水味都能闻出不同。这是洋人的香水。”

“那可是稀罕物，哪儿来的？”索额图又问。

“蒙掌柜送的。”

蒙掌柜就是陕西文盛合商号的大掌柜蒙顺。莫说几瓶西洋香水，连这宅子，也是人家孝敬的。索额图不屑道：“这个蒙顺，真把手段用尽了。”

菊儿噘起小嘴：“人家不择手段，就相爷两袖清风。可你这位清官大老爷怎么让自己的女人东躲西藏，跟做贼似的。”

“心肝宝贝，你真是哪壶不开提哪壶！”索额图一面安抚着菊儿，一面暗想，蒙顺送的宅子倒替我解了难题。

索额图自然算不得清官，以他的万贯家财，在京城购十座院子都不在话下。但家家有本难念的经，偏偏这位礼绝百僚的索相是个惧内的主。家里的银子全在夫人手里，若说光明正大找个旗人女子，纳一房妾，或许还能商量，但要给一个汉人舞姬买院子，想都甭想。

索额图跟菊儿好了一年多，居然连个落脚的地儿也没有。索额图想想都来气，堂堂相国之尊，搞个女人还东躲西藏，简直有损国体。

菊儿问："那个蒙顺究竟求你什么事？"

索额图没再要"皮杯"，而是自个抿了一口酒，冷冷道："蒙顺的东家乃关中巨富文善达。蒙顺衔命进京，是为了弄到经营官茶的户部专卖批文。"

菊儿漫不经心地说："茶叶长在树上都一样，可一纸专卖批文却硬分成官茶和商茶。有人可以经营官茶发大财，弄不到批文的只能经营商茶，稍不留意还要被罚没。要我说，商人赚钱靠的是低买高卖，批文却是官老爷手中的杀猪刀。"

"你呀你，满嘴胡言乱语。"索额图虽说菊儿胡言乱语，神色中却无半分指责，脸上还挂着笑容。索额图心想，姿色动人、能歌善舞的女子不少，但能有这般见识的却不多，难怪自己被迷得神魂颠倒。

"人家哪里说错？"菊儿撒娇道。

平素以元辅之尊，开口皆是冠冕堂皇。难得来到温柔乡，索额图索性一吐为快："对付商人，岂是单单靠几张批文。"

菊儿莞尔一笑："愿闻其详。"

索额图笑着说："六个字：养奸商，杀奸商。"

"既是奸商，为何还要养？"

索额图说："士农工商，商人原是四民之末。朝廷那么多典章制度，一年到头那么多税捐，真是循规蹈矩的商人，勉强糊口就不错了。那些富商巨贾，谁没有一些龌龊事！不过货物流通，黎民生计，还得靠商人，尤其是那些家财万贯的大商。想叫别人为你卖命，总得给人家好处，朝廷便睁一只眼闭一只眼。另外，不养几个奸商，那么多贪官找谁索贿，难道让他们去搜刮民脂民膏？贪官讹奸商的银子，是周瑜打黄盖——一个愿打一个愿挨。真要去抢穷苦百姓的活命钱，保不准会天下大乱。"

"我看这不是养，而是逼得人家作奸犯科。都说无商不奸，敢情也是被逼的。"

索额图轻点着头："这么说也不错，但绝非谁都会被逼，还得看他的造化。

有些个榆木脑袋一辈子不过是个小商小贩，都懒得拿正眼去瞧。那些被朝廷养出来的奸商，可个个是人中龙凤。”

菊儿接着问：“为何又要杀？”

索额图沉吟片刻，道：“诸葛亮七擒七纵孟获，擒是为了纵，纵亦是为了擒，这才是精妙所在。商人的把柄都被捏得死死的，此时杀谁或是保谁，全在朝廷一念之间。这样，他们才会战战兢兢，感激涕零。”

菊儿追问：“非得杀吗，就不能略施薄惩？”

“那不成。”索额图摇头说，“官商勾结最令人痛恨，只要不时杀几个奸商，昭示朝廷惩奸决心，人们就不会恨朝廷，只会恨奸商。看到奸商人头落地，大伙还会奔走相告，人心大振。”

索额图又说：“朝廷开支那么大，难免有捉襟见肘的时候。杀几个奸商，正好拿他家的银子来补亏空。这样既可以不担搜刮民财的恶名，又可以获得搜刮民财的实惠。总之，放纵奸商以培植财源，杀奸商以收买人心，收奸商之财以充实国库。”

菊儿仍有些不解：“朝廷手头紧，叫富商们出钱便是，他们不敢不听，干吗非得要人家脑袋？”

索额图哈哈大笑：“问富商要钱？你把朝廷当什么，要饭的乞丐还是化缘的和尚？既然能光明正大抄他家，干吗还去求人！”

“还有一层意思。”菊儿叹息道，“把前面的杀了，后头的才能补上，如此方能财源不断。就像韭菜，割一茬很快又长一茬。”

索额图盯着菊儿：“这一层我之前没想到，还是你足智多谋。”

顿了顿，菊儿说：“我看那个蒙顺是老实人，他说他的东家文善达乐善好施，在陕西被称作文大善人。你可别把人家也割了。”

索额图说：“哪能呢！如今刚打完仗，正是休养生息的时候，不宜动刀。”

菊儿又想起一件事，问道：“蒙顺千里迢迢来到京师，怎么就知道给我送宅子？那些外省的督抚、富商，从前不都直接去你府上了？”

自己与菊儿的事，索额图一直捂得很紧。蒙顺能知道这条门路，当然其来有自。索额图想了想说：“是周弘毅给蒙顺支的招。”

“是他！”菊儿略微惊讶，接着摇头道，“一副清高样子，到头来也未能免俗。”

尽管入府才几年，身体还有残疾，但周弘毅却是索额图最为倚重的幕僚。菊儿喜欢画菊，周弘毅于书画造诣颇深，索额图便让他来点拨画技。周弘毅虽然答应，态度却是不冷不热。但周弘毅的女儿周琪天真烂漫，聪明伶俐，深得菊儿欢喜。菊儿唤周琪“琪儿”，周琪叫她“菊姑”。

索额图说：“弘毅确是清高之人，本不愿搅和进这些事。这一次破例，是为了报恩。”

“好了。”索额图说，“我已答应明晚在府中召见蒙顺，此刻就不要再提此人了。”他扯过菊儿身上的纱衣，说：“这洋人的香水，味道真不一样。”

“怎么个不一样？”

“让我好生闻闻。”索额图将菊儿拉到自己腿上，双臂一搂，两张脸凑在了一起。

这时，听得窗外重重的一声咳嗽，菊儿坐回原处，高声问道：“谁？”

“是我。”丫头答应道。

“有事吗？”菊儿说，“进来！”

门帘掀处，丫头朗声答道：“蔡管家来了，说马上得见老爷。”

索额图一边吩咐“叫他进来”，一边抹着鼻烟。

蔡管家快步走入，说道：“皇上有上谕，六百里加急从山西寄来的，今晚刚到京城。”

“知道了。我明日去上书房处理。”索额图摆出不紧不慢的宰相气度，心里却在骂老蔡，什么大不了的事，用得着心急火燎跑来。

蔡管家说：“图理琛大人跟着上谕一道回了京城，而且这道上谕既不给上书房，也不给内阁，只送老爷一人。”

索额图这才紧张起来：“图理琛在哪儿？”

蔡管家答道：“此刻就在府上。”

“马上回府。”索额图毫不犹豫地说。

第一章

通天大案

1. 不怕要债的凶，只怕欠债的穷

京师重地，各省会馆云集。其中大多数会馆均以省籍划分，唯独山陕会馆，是由山西、陕西两省人士共同兴建。这背后的原因，正是一段激荡百年的商帮风云。

明清两代，无论庙堂之高或江湖之远，都知道一句话："商之有本者，大抵属秦、晋和徽郡三方之人。"明代初年，陕西商帮率先崛起，被誉为天下第一商帮。数十年后，邻省的山西商人开始崭露头角。一时间，陕商与晋商成为中国商界执牛耳者，无人能撄其锋。直到明代中叶，江南徽商奋起直追，天下商帮终成三足鼎立之势。

山陕一河之隔，自古便有秦晋之好的佳话。利用邻省之好，陕商与晋商常联合起来一致对外，时人将他们合称"西商"。遍布全国的山陕会馆，便是陕商与晋商结盟的见证。

陕晋徽三分天下的中国商业版图延续数百年，始终未曾改变。即便明亡清兴这般的血雨腥风，也不过让三家势力有所消长而已。真正撼动它的，还是伴随坚船利炮而来的西方现代商业文明。而这一切，却是百年之后的事情。

此时此刻，在京城山陕会馆里，大大小小的西商并不知道天朝之外的世界正发生着什么，只是为当下的鬼天气发愁。

"这场雪来这么早，一连好几天都不见停。"

"我在运河上跑了几十年，还没见十月结冰的。"

众人你一言我一语说道。

“老苏，你怎么一直不吭声？”众人见木材商苏定河闷不作声，便问道。

立刻有人打趣道：“老苏名字取得好，叫作定河。河里的事，还能难倒他？人家不说话，是在琢磨闷声发大财呢。”

“放屁！”苏定河一开口，就像吃了火药。

恰在这时，门口拥进一拨人，高喊道：“苏老板。”

苏定河顿时脸色发青，不情愿地站起身，拱手道：“各位师傅好。”

“好什么好？客栈伙计说了，再不交房钱，就把我们撵出来。这大雪天，你叫我们睡大街吗？”来者气势汹汹。

“请客栈再宽限一日，我明天就把房钱送过去。”苏定河说。

来者不依不饶：“这话你都说了好多天了，可就是不见银子。”

众人在一旁听着，逐渐明白了：苏定河接了一桩生意，是为蒙古王爷建造王府。他招募江南的能工巧匠到京城，还采购了大批木材。不承想，寒流突至运河提前结冰，木材运不过来，甚至连匠人们的住店钱也无力支付。

念在乡党的分上，有人替苏定河打圆场：“不怕要债的凶，只怕欠债的穷。如今苏老板的木材堵在半道，他也拿不出银子，不如宽限几日，让他想想办法。”

匠人说：“我们能宽限，客栈却不肯宽限。苏老板，你究竟想好法子没有？”

“怎么没想好！”苏定河拉高声音，“蒙古王爷的属下就在京城，他已经答应，即便木材没到，也会先付一笔银子。”

“真的？”匠人们将信将疑。

“当然。”苏定河拍着胸脯说。

两边还在僵持，一名衣着华贵的蒙古人走进山陕会馆，身后还跟着几名侍卫，腰间挎着弯刀。他扫视一圈，最后把目光落在苏定河身上。

苏定河挤出笑容，说：“你们看，这位就是乌日乐将军，王爷最信赖的人。他定是来找我谈生意的，银子很快会有着落，你们快回吧。”

苏定河小跑着来到乌日乐身前，打了个千，问候道：“将军，您怎么亲自过来了？”

乌日乐压根没拿正眼瞧他，而是大喝一声：“给我拿下。”不待苏定河反应过来，就被侍卫摁倒在地。变故来得太突然，会馆里顿时鸦雀无声。

会馆中一名年长的商人见苏定河要被蒙古侍卫绑走，上前赔着笑脸问道：“将军，不知苏老板犯了何事，为何绑他？”

乌日乐轻蔑地瞟了老者一眼，抬脚往外走：“老子想绑就绑，别多事。”

情急之下，老者扯住乌日乐的袍子，还想替苏定河求情。乌日乐却一耳光扇过来，骂骂咧咧道：“老不死的，吃饱了撑的吧。”可怜老者一头白发，却被打倒在地，嘴角淌出鲜血。

见老者一把年纪竟被如此欺辱，周围人愤愤不平。乌日乐气焰嚣张：“谁再多事，一起绑了。”几名侍卫更把弯刀往外一抽，吓得旁人再不敢出声。

“给我站住！”

乌日乐前脚已迈出门槛，屋内却响起一声怒吼。众人循声望去，只见一个二十出头的年轻人站在当中，他皮肤黝黑，浓眉大眼，鼻梁高挺，眉宇间有一股肃杀之气。

众人已认出，这便是文盛合掌柜蒙顺之子蒙元亨，数月前跟着父亲一道进京，住在山陕会馆。蒙元亨扶起老者，双目怒视乌日乐：“天子脚下，朗朗乾坤，岂容你们撒野！”

乌日乐先是一愣，旋即冷笑道：“小子，知道在跟谁说话吗？老子前年随王爷南征吴三桂，吴老贼封的那些一、二品大臣和总兵，抓到手里想剁就剁。今天赏他一个耳光，算是客气啦。”

老者起身后，唯恐蒙元亨莽撞闯祸，劝他赶紧退下。蒙元亨却毫不示弱，说道：“将军请慎言。国朝深仁厚泽，天子体恤百姓，四海之内无不称颂。会馆内的商旅皆是大清良民，岂可与反贼同日而语。”

乌日乐不耐烦道：“一起绑了。”

一名侍卫应声上前。蒙元亨少时学过武艺，见侍卫走近，反手一扣，飞起一脚重重踹在对方胸口。乌日乐彻底被激怒，大吼道：“把他给老子剁了！”

蒙古武士齐刷刷地弯刀出鞘。山陕会馆本是行商之地，哪儿见过这般刀光剑影的场面，有胆小的早就夺路而逃，胆大的也退到门口，只是双眼盯着里面。蒙元亨虽有武艺，但要对付四五个手执兵器的蒙古武士却定是吃亏。他不自觉往后退了几步，众人更不免为他捏把汗。

情急之下，蒙元亨忽然想到一条计策，虽然谈不上光明磊落，却也顾不了那么多。他站住脚步，背起手，打量着乌日乐，气定神闲地说道："看你这身打扮，是喀尔喀蒙古部的吧。土谢图汗素来仁义，怎么教出来的手下却这般不懂规矩！"

乌日乐正是土谢图汗的属下。他瞧蒙元亨说话时不紧不慢，眼光咄咄逼人，倒有一股子气势。京城藏龙卧虎，别当真遇到哪位公子王孙了。乌日乐示意侍卫住手，说道："欠债还钱，天经地义。苏定河收了王府定金，木料却迟迟不见踪影。我抓他讨债，有何不可？"

蒙元亨坐到椅子上，跷起二郎腿："生意上的事可以好好商量，犯不着动粗。"

蒙元亨的派头越来越大，乌日乐心中生疑，问："阁下究竟是谁？"

蒙元亨冷笑一声说："在下蒙元亨乃一介布衣。"

一听这话，乌日乐真是既好气又好笑。老子还以为有什么来头，原来是个寻常百姓。他恶狠狠地说："凭你也敢管老子的事！我看你是活腻了，天堂有路你不走，地狱无门却闯进来。"

蒙元亨毫无惧色，笑道："天堂、地狱我哪儿都不去，只是一会儿要去索相府里走一遭。"

乌日乐也笑了："京城里最不缺你这种口若悬河、大言不惭之徒。去索相府，哄三岁小孩呢？好啊，一会儿见了索老三，麻烦替我问声好。"

蒙元亨站起来，抖了抖袍子，又从怀里掏出一张帖子，说："将军要问候索相，在下愿意效劳。"

索额图答应今晚在府中召见蒙顺，虽说尊卑有别，但旗人素重礼节，索府还是派人送来了帖子。乌日乐看到帖子，问："你究竟是谁？怎么会认识索……索相？"乌日乐不敢再直呼索老三，改口叫索相。

蒙元亨又胡侃了一通："索相今日召见，想必是因北风骤起，运河结冰，许多京师过冬的物资都积压在路上。他心急如焚，召集商家谋划对策。"

说到这里，蒙元亨忽然灵机一动，再添上一段："知道今年是什么日子吗？

大军平定三藩，班师北返，过冬的物资比平日里多出数倍。朝廷早有旨意，南北运输以军需为先，就连皇上修园子用的石材也暂放江宁，为大军粮草让路。你们倒好，堂而皇之运起建王府的木头。殊不知，多腾出几艘船，又可以运多少粮草，保障多少将士的供给。这般行径，究竟置圣天子于何地！”

蒙元亨瞪了乌日乐一眼，说：“蒙古王公久沐国恩，断不会如此不知轻重。我相信这绝非土谢图汗的意思，而是有些下人自作主张。”

索额图召见，土谢图汗修王府，运河结冰，大军班师回朝，几件原无瓜葛的事，竟被蒙元亨一气呵成穿在一起。这番说辞真真假假，乌日乐一时哪能分辨。他只在心里嘀咕，运木材的事被捅出去自是不光彩，况且这小子从头到尾镇定自若，一副有恃无恐的样子，没准真有什么靠山。

乌日乐缓和了一下语气：“我来是找苏定河要债，不干其他人的事。刚才一时莽撞，多有得罪。”

蒙元亨趁热打铁：“苏定河这人，我劝大人暂时别绑走。他有好几船货堵在运河上，索相若是有何差遣，还用得着他。”

乌日乐犹豫了一下，说：“好吧，看在蒙公子的面子上，暂且放姓苏的一马。只是这人你可得给我看好了。”

蒙元亨点头说：“放心，一个大活人，跑不了。”

乌日乐离开之后，苏定河一把抱住蒙元亨：“兄弟大恩大德，在下没齿不忘。”

蒙元亨扶住苏定河，说：“大家出门在外，有难处本应互相照顾。只是生意上的事，还得你自己想办法。”

“我实在没办法呀。”苏定河长叹一声，“为了这单生意，我谋划了大半年，谁知老天爷捣乱，碰上这鬼天气。”

旁边有人提议道：“苏老板，生意人以诚信为先。既是水路不通，不妨改走陆路，大不了多掏些运费。”

苏定河说：“这不光是多掏银子的事。木材是大件货，一般的车装不下，只好走水路。再说这天寒地冻的，也找不到那么多大车。”

听到这里，众人摇头不语。隔了片刻，蒙元亨却说：“别人找不到大车，你却有现成的。”

“什么意思？”苏定河一头雾水。

蒙元亨走到匠人们身前，拱手道：“各位都是能工巧匠，既然能修出王府，拼出几十辆大车更不在话下。”

“这个不难，但造车用的木料呢……”匠人本想说巧妇难为无米之炊，但话说一半便自个打住了。此时，所有人都恍然大悟，苏定河做的是木材生意，这木料不是现成的吗？

苏定河立刻算起账：“我拿出四成的木料造大车，就能把余下六成木料运到京城，也可解燃眉之急。”

蒙元亨又对匠人说：“各位师傅是行家，木料造了大车，卸下之后还能再用来修王府吗？”

领头的匠人想了想，说：“若是规划得当，起码有一半的木材还能再用。”

苏定河思忖了一下，说：“这么说，我只损失了两成木料。”接着，他又拍了拍大腿：“亏掉两成，这生意是没赚头了。但能消灾避祸，也行。”

“别高兴太早。”此时，堂内传来一个江南徽州口音，一个一瘸一跛的中年男子从人群中走了出来。

此人说道：“一分钱难倒英雄汉，再好的生意，没本钱可不成。几十号工匠南下，造好大车再运来京城，途中开销不是小数。据我看来，苏老板手上似乎拿不出这么多现银。”

见来人言之有理，苏定河赶紧请教：“愿先生指点迷津。”

跛脚人笑了笑说：“刚才你不在埋怨鬼天气吗？”

苏定河依旧一头雾水，蒙元亨却醒悟过来，说：“如今运河结冰，被堵在半道的货物堆积如山。苏老板可问其他人要银子，造好大车运送自家木料之余，顺道帮他们运货。”

“是呀！多谢兄弟！”苏定河大喜过望，“如此一来，不仅手头有了现银，那两成木料的亏损还能补回来，真是一举两得。”

围观的人已争抢着上前，让苏定河帮自己运货。

蒙元亨与跛脚人趁势退了出来，蒙元亨抱拳道：“多谢先生替苏老板解了难题。”

跛脚人说：“这位苏老板是个老油条，我并不想帮他。只是蒙公子答应看管好此人，人心险恶，若他见势不妙溜之大吉，反倒麻烦。如今苏老板收了会馆里其他人的银子，不劳你费心，大伙也会把他盯紧。”

蒙元亨点头道：“如此说来，更要谢先生。”

跛脚人还礼道：“蒙公子处变不惊，急中生智，令人佩服。”

蒙元亨还没来得及答话，一个女童却跳出来说：“什么急中生智，不过是吹牛皮。”

跛脚人身后跟着一个女童，八九岁年纪，穿淡绿缎子的皮袄，一张玲珑秀气的瓜子脸，一双晶亮的眸子，明净清澈。跛脚人拍了拍女童，接着对蒙元亨说：“小女年少无知，公子请勿介意。”

“不敢，这位姑娘说的乃是实情。”蒙元亨说，“方才情势所迫，在下信口开河，让人见笑了。”

跛脚人故作诧异：“圣人教诲，执事敬，与人忠，若是信口雌黄，岂不有违圣贤之道。”

蒙元亨见跛脚人谈吐不凡，定非等闲之辈，便恭敬答道：“圣人也说过君子不器，指凡事不可拘泥教条。乌日乐欺人太甚，我只好挺身而出。”

“这倒也是。”女童说道，“对付乌日乐这种恶奴，怎么做都不算过分。”

跛脚人说：“我与小女来会馆访友，不巧友人外出。屋外天寒地冻，能否到公子房中小坐？”

“当然。”蒙元亨将跛脚人父女引入房中，忙着斟茶倒水。

跛脚人坐定后，说：“听旁人讲，公子的父亲便是文盛合大掌柜蒙顺。”

“怎么，你认识我父亲？”蒙元亨问道。

跛脚人说：“蒙掌柜大名，谁人不知。公子聪明过人，蒙掌柜后继有人呀。”

蒙元亨摇了摇头：“先生谬赞，只是我对经商不感兴趣。这次父亲进京办事，我跟着来京师游历一番。”

跛脚人盯着蒙元亨：“你说对经商不感兴趣，但我见你替苏老板算账时却精明得很。”

蒙元亨说：“计利当计天下利，求名应求万世名。会算账却并非一定要做生意。”

“好气魄！”跛脚人竖起大拇指，“公子不愿经商，想做什么？”

蒙元亨说：“我蒙氏先祖乃秦国大将蒙恬，在下唯愿效法祖宗，沙场建功。”

“哦，难怪公子床头摆着那么多兵法书籍。”跛脚人笑着说，“兵者，诡道也。你读了不少兵法，更能融会贯通。刚才略施小计，虚实之间就把来人吓跑。”

跛脚人问道：“你读过哪些兵书？最近又在读什么？”

蒙元亨觉得与跛脚人甚是投缘，因此也没必要假意客套，便直言道：“《孙子兵法》《六韬》《尉缭子》，还有戚继光的《纪效新书》《练兵实纪》，都读过许多遍。最近在读《盐铁论》，更觉受益匪浅。”

跛脚人好奇道：“《盐铁论》可不是什么兵书，而是写桑弘羊这个聚敛之臣。古往今来，对盐铁财政感兴趣之人，都是和孔方兄打交道的，很少有名将钻研盐铁之法。”

蒙元亨近来痴迷于《盐铁论》，讲起此书滔滔不绝：“在下看来，《盐铁论》亦是一部了不起的兵法。桑弘羊管着汉武帝的钱袋子，推动盐铁改革，虽有聚敛之名，却是为国聚财。汉武帝逐匈奴于漠北，世人皆以为是卫青、霍去病用兵之妙，却不知兵马未动，粮草先行，若无桑弘羊的富国之策，又拿什么强兵？”

蒙元亨又说：“霍去病用兵极善长途奔袭，十万大军在茫茫草原迂回穿插，突入匈奴境内两千里，直至封狼居胥，建不世之功。但仔细一想，大军深入敌境，得携带多少粮食，每名士兵得配多少匹战马？若无强大后援，这般战术岂非自取灭亡。都说霍去病是不世出的名将，这话却不尽然。照我看，世间未必再无霍去病那样能大胆用兵的名将，而是中原王朝再没有汉武帝时的国力，能支援几十万大军进行一场气壮山河的远征。”

跛脚人沉默半晌，才缓缓说道：“打仗打的是粮饷！都说三军易得一将难求，殊不知名将易得而粮饷难求。蒙公子年纪轻轻，便已通达古今。”

两人正说着，蒙顺回到了会馆。尽管大雪纷飞，他的额头却渗着汗珠。原来，蒙顺外出办事，听说蒙元亨怒喝蒙古亲贵，蒙古将军还动手打了人，便急匆匆赶了回来。一见跛脚人，蒙顺却赶忙行礼，并拉过蒙元亨："还不拜见周叔叔。"

跛脚人正是蒙顺故交，如今索额图府中的幕僚周弘毅。那个冰雪聪明却又古灵精怪的女童，便是周弘毅的女儿周琪。蒙元亨欣喜若狂，说："早就听过周叔叔大名，请恕小侄失礼。"

周弘毅哈哈笑道："恭贺蒙老哥，元亨有勇有谋，见识卓绝，他日必定破壁高飞，光耀门楣。"

蒙顺忙摆了摆手问："贤弟，不是说今晚相府相见吗，你怎么过来了？"

周弘毅叹了口气，缓缓说道："索相今晚没法见你了。"

2. 关中首富在寿筵上被钦差抓走

陕西有句民谣：关中的县，泾三原。自明代以来，西安府只是省会，陕西乃至整个西北的商贸中心，却在渭北平原的泾阳、三原两县。江南的棉布、湖广的茶叶、兰州的水烟，以及蒙疆的皮草，都在这里汇集，而后北上南下，踏上漫漫商路。

今天，泾阳城里文家大院张灯结彩，一片喜庆。文盛合的东家文善达要过五十大寿，一番热闹自是少不了。文善达是山西祁县人，十多岁时来到泾阳，靠棉花生意发家，成为山陕商帮里数一数二的人物。加之他乐善好施，有文大善人之名，上门贺寿的客人早就排起了长龙。

文善达素来讲究礼数，一大早便穿着大红衣服，站到院外迎客。在寒风中站了快一个时辰，他依旧红光满面，两只长挑挑的三角眼里目光炯炯，长长的胡须被风吹着在胸前飘拂。

此刻，又有几名泾阳富商上前祝贺，一人竖起大拇指，说："文东家厉害呀，棉布、水烟的生意已是日进斗金，如今又拿到了户部的官茶批文。得赶紧请工匠，把装银子的地窖再扩一倍。"

"一纸批文算什么！"另一人附和道，"你们还不知道吧，今日文东家过寿，川陕总督哈占大人将专程从西安城赶过来。堂堂一品总督来给东家贺寿，泾阳城里没人办得到吧。"

文善达嘴上谦逊了几句，心里却乐开花。他把蒙顺拉到身旁，拍了拍肩膀，赞许这位大掌柜办事得力。

一个月前，周弘毅到访京师山陕会馆告诉蒙顺，索额图接到六百里加急上谕，说皇太子染病，召索额图速至五台山侍疾。索额图把所有事搁在一边，跟着图理琛奔往山西。

蒙顺顿时心中叫苦，难不成之前的银子打了水漂？周弘毅却告诉他，索额图动身前倒没忘了此事，专门给户部堂官打了招呼，还写了一封亲笔信，让蒙顺回陕西后交给川陕总督哈占。这哈占是满洲正蓝旗出身，当年在京城授兵部理事官，全靠着索额图之父索尼提携。前年又是索额图上奏，说陕西、四川宜以一总督董理，并保举哈占任川陕总督，才让他成了一品大员。哈占一见户部批文与索额图的亲笔信，立刻指示属下放行。得知文善达五十大寿，他竟不顾总督之尊，要亲自上门道贺。

见老爷招呼客人，嘴都快说干了，下人们奉上茶。文善达端起茶杯，还没来得及抿上一口，又赶紧把杯子放回托盘，拱手笑道："巴图老爷，怎敢劳你大驾。"

巴图来自蒙古，长年为草原上各部落采购棉布，与文善达多有交道。巴图拱手道："文东家大寿，兄弟怎敢不来？不是靠着文盛合的棉布，大草原的冬天可不好过。"顿了顿，巴图又说："不过今年，还得有劳文东家费心。"

今年的冬天，既来得早，又是少见的严寒。幽燕之地大雪纷飞，蒙古草原更加天寒地冻。巴图半个月前捎信来，让文盛合赶制一批棉布，日夜兼程运往蒙古。

文善达忙说："棉布正在赶工，隔几日便能启运。"

巴图点了点头："有你这句话，我就放心了。"

"放一万个心。"文善达拍着巴图的肩膀，"文盛合答应的事，何时爽约过！"

"对了，还有一件事，"巴图说，"贵号有一位少年英豪，能否请文东家帮我引见？"

文善达先是一愣，接着问："文盛合的后辈里，德才兼备者不少，不知你说的是哪一位？"

巴图说："文盛合有一位姓蒙的伙计，在京师帮着土谢图汗运木材，还和乌日乐将军成了朋友。"

文善达明白了，巴图说的是蒙元亨。苏定河难题得解，大喜之余设宴款待乌日乐与蒙元亨。乌日乐既摸不准蒙元亨的底细，又爱惜自己的脸面，只好对山陕会馆里的事绝口不提。一来二去，江湖传言竟说蒙元亨与乌日乐交情不错。

文善达哈哈笑起来，又指着蒙顺说：“你说的乃是咱们蒙掌柜的公子。这后生的确不错，只是他志不在经商，也不是文盛合的伙计。”

“原来是蒙掌柜的公子，失敬。”巴图说。

文善达问蒙顺：“元亨呢？快让他来参见巴图老爷。”

蒙顺说：“刚才还看见，这会儿想必带着周姑娘去画坊找小姐了。我这就派人去叫他。”

“不急。”文善达挥了挥手，转头对巴图说，“元亨这会儿有点事，再说今日吵吵嚷嚷的，他便是来了，与你也说不上几句话。要不明日我专门设宴，叫元亨来作陪？”

“如此甚好。”巴图笑着说。

巴图转身离去，文善达对蒙顺说：“元亨如今名气可大喽。”

蒙顺摇头说：“这小子年轻气盛，尽惹事。”

文善达说：“年轻人嘛，气盛一些又何妨。”顿了顿，他又说：“元亨去京城时，我家知雪还一直在念叨。”

蒙顺早知道儿子蒙元亨与文家小姐文知雪两情相悦，但文东家是什么态度，却弄不清。碍于身份，更不好主动去问。今日见文善达主动提起，他便默默听着。

文善达又说：“咱俩在一起几十年了，名为东家掌柜，实则已是兄弟。咱们都有一儿一女，你家闺女佩文，模样清秀，知书达理，我喜欢得不行。可惜犬子知桐早就成婚，不能让佩文做小，委屈了她。小女知雪与元亨很是谈得来，难得今日有机会，就让他们好好聊聊，别因为一个巴图搅了雅兴。”

“东家说得是。”见文善达透出底，蒙顺舒心地笑起来。

与喧腾的前院不同，此刻的后院颇为清静。文善达的千金文知雪正在画坊挥毫泼墨，蒙元亨与妹妹蒙佩文，以及周弘毅的女儿周琪，在一旁观摩。

文知雪是泾三原出名的大家闺秀，肌肤胜雪，眉中藏珠，双目犹似一泓清水，顾盼之际，自有一番清雅高华的气质。她天资聪颖，不仅诗词俱佳，更作的一手好画。此刻文知雪画的是一幅山水雪景，只见她倒锋用笔，将笔的全身卧倒去画，一座雪堆渐渐浮现纸面。

“文姐姐这是在用‘粉法’画雪。”周琪拍手说道。

文知雪含笑点头：“周妹妹不愧是大家之后，一句就说到点子上。周先生书画双绝，哪日若能得他点拨，那才是三生有幸。”

“那还不容易。”周琪说，“再隔几个月，爹爹会来西安接我，到时我带文姐姐去见他。”

“那可太好了。”文知雪说。

那日在山陕会馆，周弘毅不仅交代了批文之事，也把周琪托付给蒙顺父子。蒙顺当年在文盛合保宁府[1]分号做掌柜时，周弘毅带着夫人前来投奔，女儿周琪也在保宁出生。此后周弘毅携女北上，投入索额图府中，但他的夫人却因病故去，葬在保宁府。周弘毅让女儿回保宁扫墓，数月后他陪索额图西行，正好接她回京。

周弘毅托付之事，蒙顺自是尽心尽责。他让蒙佩文照料周琪起居，待文善达大寿之后，再让蒙元亨陪周琪回保宁府。

蒙佩文端详着画，说：“周妹妹说的‘粉法’，我不大懂，只是觉得这幅雪景图，比之前画得更有生气。”

文知雪说：“用黑墨白纸作画，最难画的便是雪景。许多人只好用‘留白法’，即留白为雪。这种画法质朴逼真，但墨汁浓淡的火候稍有差池，就会显得僵硬呆板。近来我尝试‘粉法’画雪，峰峦林屋，皆以淡墨为之，而水天空阔全用粉填，果真洵是奇绝。”

“蒙大哥，这幅画就送给你吧。”文知雪说道。

蒙元亨摆手说：“我对画画是外行，送给我只怕糟蹋了。”

文知雪皱了皱眉，低头不语。一旁的蒙佩文很着急，哥哥聪明过人，看什么事都一眼明亮，就是不解男女之情。文小姐名字中有个“雪”字，又把倾注了自己心血的雪景图赠人，其中意味难道还不清楚？蒙佩文忙说：“哥，文小姐的画可不会随便送人，你别不识抬举。”

1　治今四川阆中，清代为川陕贸易中枢。

文知雪眼睛盯着画，低声说："别为难人家。他不肯要，自是我画得不够好。"

"哪会呢。"蒙元亨连忙解释，"这般雪景，实在太美了。"

"画得这么美，你干吗不要？"周琪有意让蒙元亨难堪。

"就你话多！"蒙元亨与周琪相处了一个多月，很喜欢这个直率天真的女孩，他拍了拍周琪的脑袋，又赶紧把画卷起来，"刚才是我失言，这画一定好好珍藏。"

看着蒙元亨左支右绌的模样，文知雪才露出笑容："我才懒得和你计较。对了，这次去京城，有何见闻？"

周琪抢话道："蒙大哥可厉害了，拳打脚踢，连哄带骗，硬把蒙古将军给镇住了。"

周琪讲起那日山陕会馆的事，众人听得津津有味。这时，有丫鬟跑了进来，说："快出去看热闹喽，总督大人到了。"

周琪意兴阑珊，道："一个总督有啥好看？还不如在后院聊天赏画。"

蒙佩文说："妹子，你在相府见惯了达官显贵，自然不觉得总督有什么了不起。可我们这辈子还没见过一品大员的排场，这热闹可得去瞧。"

四人来到前院，在人群中使劲往前挤。只见远处以小红亭为前导，其后为肃静、回避木牌各二，再次为红黑帽皂役多人，呼喝不绝。这样的排场，寻常百姓果真难得一见。

蒙佩文问道："哥，哈占大人长什么模样？是不是高大威武？"

蒙元亨手中拿着雪景图，摇头说："回西安后，父亲去拜见哈占大人，我没有跟去，也就没见过哈大人。"

周琪说道："哈占我见过，就一瘦老头。"

"不对呀。"文知雪说，"你们看，哈大人下轿了，人家哪里是瘦老头？"

仪仗在文家大院门口停下，轿中走出一位身着官服的中年男子，身材高大健硕，留着八字胡。周琪又瞧了瞧，摇头说："他不是哈占，不过此人看着倒也挺眼熟。"

"这么大的排场，不是总督大人，还能是谁？"蒙佩文问。

"你们看。"周琪说，"蒙掌柜是见过哈占的，他一直愣在那里，说明他也知道此人不是哈占。”

“哈大人，请！”文善达这就要把客人引进院内。

来者摆了摆手，说：“文东家误会了，我不是哈占。”

此言一出，周围一片诧异。文善达问道：“请恕在下眼拙，不知大人是……”

来者说：“在下乃刑部侍郎李一功。哈占大人有事，我代他来向文东家道贺。”

“对，他是李一功，我说怎么这么眼熟。”周琪说道。

“李一功是什么人？”文知雪问。

周琪说：“李一功是刑部侍郎，也是明珠的党徒。不知这家伙跑来陕西干吗？”

近年来，索额图与明珠党争不断，朝野皆知。文善达未见过李一功，却知道他的名号。此刻文善达虽一头雾水，却赔着笑脸：“不知李大人大驾光临，有失远迎。府中备有薄酒，请大人赏光。”

李一功背着手，说：“酒就不喝了，本官还有公务在身。”

文善达忙说：“一顿酒耽误不了多久，恳请大人赏个面子。”

李一功冷笑道：“公务可是给皇上办差，是皇上的面子大，还是文东家的面子大呀？”

“瞧您说的。”文善达感到来者不善，脸上仍是殷勤，“草民哪敢和皇上比。大人若是有事，我也不便强留。”

李一功依旧站在原地。文善达心中纳闷，请你进院不去，说有公务要办；恭送你走你又不走，这是要干吗？

隔了片刻，李一功问道：“蒙顺在哪儿？”

蒙顺赶紧答道：“草民便是。”

李一功打量了蒙顺一番，说：“文东家五十大寿，本官前来道贺是礼数。礼数已尽，该办公务了。把文善达和蒙顺给我抓起来！”

“喳！”衙役齐声答道，把文善达与蒙顺绑了起来。

周围立刻乱作一团，蒙元亨与文知雪拼命往前挤，无奈衙役与兵丁架起长枪，隔出一条通道，众人只得眼睁睁看着文善达与蒙顺被抓走。慌乱之中，连蒙元亨拿在手上的雪景图也被挤掉，坏在了地上……

3. 为救其父，文知雪走出围魏救赵的险棋

尚善堂位于文家大院东部，是文盛合商号商议大事的地方。白玉水盂，水晶镇纸、楠木书架，还有雅木桌子上铺的簇新细竹布，无一不显出富丽雅致。

堂内正中“上善若水”的匾额下，放着两把红木椅子。平常文善达坐的那一把，此刻空空如也。另一把椅子上，坐着一个皮肤白皙、面目清秀的青年，他便是文盛合的另一位东家盛宇峰。

文盛相合，财源广进。山西祁县文家与陕西大荔盛家，乃是山陕商帮中有秦晋之好、风雨同舟的一段佳话。晋商文善达来到泾阳后，一直与陕商盛寺山合伙经商，两人还义结金兰。不过四年前，盛寺山贩运棉布去蒙古，中途暴病而亡，独子盛宇峰接掌家业。盛宇峰对生意毫无兴趣，只是醉心于金石篆刻。

往日盛宇峰极少来尚善堂，如今突逢巨变，他身为东家不得不主持议事。

文善达之子文知桐素来瞧不起书呆子盛宇峰，人家还没开口，他便焦急问道：“宋叔叔，你去西安城里打听得如何，父亲究竟为何被抓？”

宋元河是文家的管家，多年来忠心耿耿，与蒙顺同为文善达的左膀右臂。他摇头道：“我托了许多人，却连一点风声也没透出来。”

文知桐又问：“你见到总督大人了吗？”

宋元河说：“偏偏在这个时候，哈占回京述职了。”

盛宇峰终于开口：“泾阳县令鹿富晨呢？他不是和文叔叔交情不错吗？”

文知桐白了盛宇峰一眼，说：“这年头，交情有屁用！”

“别提姓鹿的了。”宋元河叹了口气，“平常不知拿了咱们多少银子，如今

大难临头，他却躲起来连面都不肯见。”

“我呸！”文知桐恨恨地说，“就算喂条狗，也比鹿富晨强。”

众人正说着，尚善堂的门被推开，文知雪走了进来。文知桐诧异地盯着妹妹，问道：“你怎么来了？”

原来，这尚善堂乃商号议事之所，女眷通常不得入内。盛宇峰却出来打圆场：“现在都什么时候了，还讲那些繁文缛节。”接着，他又殷勤地对文知雪说：“来，快坐吧。”

文知雪没有坐下，站着问道：“我爹与蒙掌柜被关在什么地方？”

宋元河说：“在西安的大牢里，不过此案是京城来的上官负责，西安官吏无权过问。”

“京城来的上官，就是那个李一功？”文知雪追问。

宋元河点头道：“这个李一功，据说是明珠的人。”

文知桐皱着眉，接过话茬：“索额图与明珠明争暗斗，全天下都知道。这一回咱们攀上索额图的高枝，是不是明珠那边知道了，故意寻麻烦？”

文知雪焦急地说：“无论如何，得先把爹和蒙掌柜救出来。他们一大把年纪，哪里经得住牢狱之苦。”

文知桐说：“难道我们不想救人？法子都使了，关键不顶用呀。”

文知雪忙问：“蒙大哥在哪儿？他主意多，不妨请他来一起商量。”

文知桐不屑道：“找他来干什么！”

盛宇峰也附和道：“蒙元亨不过是些小聪明，真碰上这等大事，能有什么法子。再说尚善堂可不是谁都能来的地方，蒙元亨既非文盛两家的人，也不在商号做事，让他到这儿来反而坏了规矩。”

文知雪本想反驳，宋元河却说：“今天一大早我去找过元亨，眼下能多个出主意的人不是坏事。可听说他昨日就出门了，去哪儿了谁也不知道。”

文知桐说：“自个爹被抓了，这小子还有心思出去鬼混！”顿了顿，他又问：“商号的生意怎么样？”

宋元河说：“东家出事，难免人心浮动。最近几日，好些人找上门，问之前定下的生意会不会有变。就连外出购粮的伙计也写信来，问粮食还买不买。”

文知桐忧心道："之前答应人家的水烟、棉布，咱们能赶出来吗？做生意，最看重的可是信誉。"

宋元河说："少东家放心，文盛合答应的事向来说到做到。我已经布置下去，绝不会耽搁了生意。"

"有劳你了。"文知桐舒了一口气。

盛宇峰想了想，说："告诉伙计，粮食还得继续采购。开春时搭粥棚赈济灾民，是文盛合多年惯例。既是善举，更能稳定人心，得让外面人知道，文盛合底子厚着哩，垮不了。"

"好。"宋元河点头答应。

"慢！"文知雪突然说道，"我怎么觉着不对。"

文知桐没好气地说："生意的事情你不懂。"

盛宇峰倒是和颜悦色道："知雪妹妹，你觉得哪里不对？"

文知雪说道："既然爹出了事，咱们干吗还把心思花在生意上？"

"妇人之见！"文知桐教训道，"爹出了事，生意更不能耽搁，文盛合可是他老人家的心血。"

文知雪反驳道："若是既能救出爹，又不耽搁生意，自然两全其美。可非常之时，也得有非常之举。咱们何不壮士断腕一回，把生意耽搁下来。"

文知雪的话，文知桐认为简直是胡说八道，宋元河也甚为不解，问道："耽搁下生意，与救东家有何关系？"

文知雪说："文盛合家大业大，生意上出了什么差池，烂摊子不光是咱们的。就说粥棚吧，咱们不赈济灾民，不知有多少人要挨饿。"

宋元河明白了文知雪的意思，缓缓说道："官府收拾不了烂摊子，就得请东家出面，到时不放人都不行。"

盛宇峰皱起眉，喃喃自语："这是险棋，稍有不慎就会适得其反。"

文知雪说："这的确是险棋，若非不得已，谁也不会用。"

文知桐又开口道："只要能救出爹，这法子未尝不能一试，但火候得掌握好了。"

宋元河说："我看不妨来个内紧外松。暗地里咱们继续赶工，但对外却放些风声出去。”

“这样好。”盛宇峰与文知桐异口同声道。

“还有一事。”文知雪说，“烂摊子是摆给官府看的，风就一定得吹进官老爷耳朵里。哈占何时回西安？”

宋元河说：“哈占刚赴京，怎么着也得个把月才回来。这段时间总督府的大小事宜，都由李一功署理。”

文知雪说：“如此说来，咱们还得去会一会这位李大人。”

宋元河满面愁容：“为了东家的事，我托了不少门路，想见李一功一面，但他一概回绝。”

盛宇峰说：“要见李一功，我倒有个法子。”

“快说。”众人一齐投来目光。

盛宇峰说：“你们知道，我平素喜爱金石篆刻，与关中的金石名家多有联络。听朋友们说，李一功也酷爱金石，到西安后，但凡有空就会去碑林观摩。”

文知桐问：“他何时去碑林？”

盛宇峰说：“这可说不准。但咱们若有心，去那儿堵上几日，没准能见到。”

“守株待兔，就去等！”文知雪斩钉截铁道。

西安碑林始建于唐代，陈列有从汉到清的各代碑石、墓志。时值寒冬，来此地鉴赏观摩的人并不多，偌大的地方显得空空荡荡。碑林大门外的小径上，坐落着一家颇为雅致的茶舍，平时乃关中金石名家聚会之所。在茶舍里，文知雪与盛宇峰已等了整整三日。眼看日已偏西，盛宇峰叹了口气：“看来李大人公务繁忙，今日又不会来了。”

“别急，再等等！”文知雪并不甘心。

“也好。”盛宇峰点头道。

又过了一炷香工夫，门外响起脚步声，茶舍主人走了进来，朝盛宇峰耳语了几句。盛宇峰顿时兴奋起来，说道：“功夫不负有心人！”

文知雪急忙问道：“李一功来了？”

“来了。”盛宇峰说，“泾阳县令鹿富晨陪着李一功，两人轻车简从穿着便装，这会儿进碑林了。”

文知雪又问：“咱们是跟进去，还是等在这儿？”

盛宇峰说：“就等在这儿。茶舍主人是我好友，他说，李一功出来后会来此小憩。”

半个时辰后，两位穿着深色长袍的中年男人走进茶舍，他们在大堂坐下，点了一壶泾阳茯茶。鹿富晨殷勤地说：“这一趟，大人把功夫都花在了《开成石经》上。”

李一功笑道：“这部《开成石经》，我真是百看不厌。”

“大人不愧是行家。”鹿富晨一边忙着斟茶，一边附和道，“唐文宗时，耗时七年之久才刻成这部石经。《开成石经》一石衔接一石，蔚为壮观。上面刻的《论语》《尚书》等十二部书，更是名垂千秋的儒家典籍。”

“鹿大人所言甚是，却漏说了一条。”盛宇峰从里面走出来，拱手说道。文知雪也跟在身后，朝李一功与鹿富晨颔首微笑。

“怎么是你俩？”鹿富晨有些吃惊。

文知雪上前一步道：“我们恭候二位大人多时。”

鹿富晨正要介绍，李一功却摆了摆手：“这里没什么大人，富晨也不必跟我介绍来者是谁。我只知道，到此地的必为爱好金石之雅士。方才富晨言及《开成石经》，这位后生认为说漏了。不知漏掉了什么，还望赐教。”

盛宇峰知道这是李一功在考自己，胸有成竹地答道：“清代以前所刻石经很多，唯《开成石经》保存最为完好。可即便如此，仍免不了岁月斑驳。尤其明代关中大地震，《开成石经》损毁严重。幸而国朝重文尊孔，康熙三年，陕西巡抚贾汉复主持修缮，并集《开成石经》字样补刻《孟子》七篇。”

李一功点头道：“十多年前的往事，难得你这么清楚。”

盛宇峰说：“贾汉复大人前年驾鹤西去，生前言及当年之事，却对一人赞不绝口，那便是当年的户部笔帖式李一功大人。李大人彼时虽官阶低微，却为此事四处奔走，还说动户部堂官拨出银两。”

“都是陈芝麻烂谷子的事了。”李一功哈哈大笑。

“哎呀，我还不知道这事。”鹿富晨赶紧拍马屁道，“不想李大人十多年前，便对我三秦父老有如此恩泽。”

李一功端起茶杯，抿了一口：“我虽非秦人，然自幼酷爱金石篆刻，更知西安碑林乃无价瑰宝。当年在户部当差，天下安定不久，到处都缺银子。纵然如此，修缮碑林却是大事，无论如何要鼎力支持。”

李一功放下茶杯，说道：“到西安后听许多人提到，后辈中有一人对金石造诣颇深。阁下对碑林往事如数家珍，想必就是这位青年才俊——文盛合的东家之一盛宇峰。”

李一功又将目光投向文知雪：“这位小姐既与盛东家一同出现，若我没有猜错，应当就是文善达的千金文知雪。”

鹿富晨竖起大拇指：“李大人果真慧眼如炬，说得一点没错。”

文知雪说：“没想到大人日理万机，还知道草民。”

李一功淡淡一笑：“你可不是什么草民，而是关中首富文善达的掌上明珠。我既然抓了文善达，怎能不知这些！”

一想到父亲寿筵上被抓，文知雪心中一阵绞痛。她按捺住情绪，说道：“李大人志趣高洁，秉公执法，既是抓了家父，定有抓他的道理。不过凡事兼听则明，我等身为家属，也要为父亲辩白几句，望大人明察。”

李一功将手一挥：“假如鸣冤，你们来错了地方。方才说了，大家都是雅士，谈金石我乐于作陪，若是谈公事，改日请到衙门。”

文知雪着急道：“我们也想去衙门，奈何大人避而不见。”

“放肆！”鹿富晨呵斥道，“李大人乃朝廷钦差，身份何等尊贵，岂是说见就见的。”

盛宇峰见气氛紧绷，赶紧出来打圆场：“李大人说得没错，如此风雅之地倒不是谈公事的地方。晚辈爱好金石，今日有幸遇上大家，正好请教。”

“好啊。”李一功说，“能与青年才俊切磋，我求之不得。”

一谈到金石，李一功滔滔不绝，盛宇峰对此钻研日久，自然能对答如流。暮色渐浓，李一功谈兴稍歇，抖了抖袍子：“后生可畏。盛东家对金石的造诣，比起当年的我不知强了多少。可惜时辰不早，我还有公务在身，不能久留。”

见李一功要走，文知雪赶紧说道：“大人，民女还有话说。”

李一功微笑道：“我说过，此处不谈公务。”顿了顿，他又说：“你说本官避而不见，我想要么是误会，要么是下面人自作主张。真有公事要谈，明日请到总督府来。”

见李一功如是说，文知雪感激道：“多谢大人！”

盛宇峰也是一脸兴奋，从怀里掏出一个精巧的镂雕玉壶，递给李一功：“不成敬意，还请大人笑纳。”

李一功瞥了一眼玉壶，问：“这是什么意思？”

盛宇峰说：“大人切莫误会。谁不知您一身正气，两袖清风，我等岂敢有邪念。但诚如大人所说，能在此处相遇，必是同道中人。所谓君子必佩玉，君子无故，玉不去身。一只玉壶，就当是雅好金石的文友之间交流。”

李一功说：“既是交流，我却无一物相赠，岂不是占人便宜。”

盛宇峰说：“倘若一物换一物，与市井小贩何异，岂能称得上一个雅字。再说有幸遇上金石大家，一番教诲受益终身，又岂是几个物件所能比的。”

“你倒是会说话。”李一功哈哈一笑，拍了拍盛宇峰的肩膀，接过了玉壶。

4. 明代碾玉圣手陆子冈：从自作聪明到自寻死路

川陕总督哈占进京，官居二品的刑部侍郎李一功便是总督府内的最高长官。有了前一日的相聚，今日总督府侍卫态度大不相同。他们笑脸相迎，将盛宇峰与文知雪带到后院书房。

李一功早就等候在书房内，见到客人，他起身拱手道："未能远迎，还望恕罪。"

文知雪虽长在深闺，很少抛头露面，却听父亲说过，官员在书房会客，无异于一种礼遇。只不过，书房迎客的官员通常会穿便服，今日李一功却头顶红起花珊瑚顶戴，穿着九蟒五爪蟒袍，与风雅的书房显得格格不入。

书桌上，摆放着盛宇峰相赠的镂雕玉壶。昨日回府路上，盛宇峰喜形于色，说李一功肯收下玉壶，没准事情就有转机。这可不是普通的玉壶，而是出自明代玉雕巨匠陆子冈之手，是价值连城的子冈玉。李一功精通金石，绝对是一位识货的行家!

落座后，李一功开门见山道："我知道，你们来定是为了文善达之事，有什么话直说吧。"

盛宇峰忙说："历来官府拿人，都会说明缘由。如今文叔父被抓有一阵子了，家人却连他所犯何事尚不清楚，实在不合情理。"

李一功摸着八字须，说道："若为此事，我只能说无可奉告。文善达犯的乃是大案，不可与其他案子同日而语。别说你们了，就连总督府里好多官员都不知道内情。"

看来父亲真是摊上大事了，文知雪不由得心头发紧。她努力让自己镇静下来，说道：“无论家父所犯何事，相信李大人一定会秉公判案。只是家父是家父，文盛合是文盛合，似乎不应为了家父一己之事，让商号毁于一旦。”

李一功瞟了文知雪一眼，说：“官府抓的是文善达，又没在商号门口贴封条。”

“多谢大人。”文知雪点了点头，继续说，“但文盛合如今已是债台高筑，倘若真倒了，文盛两家自当责无旁贷，散尽家财以还债。可有些事，我等实在力有未逮，烦请大人未雨绸缪。”

李一功抿了一口茶，问：“文盛合的风雨再大，也是你们自家事，用得着我来绸哪门子缪？”

文知雪决心走出围魏救赵的险棋：“泾阳乃东西贸易枢纽，文盛合又是泾阳数一数二的商号。关中的棉布、巴蜀的木材，乃至兰州的水烟，许多生意都由文盛合经手。家父出事后人心浮动，无论是上门讨债的债主，还是催着要货的商家，文盛合都疲于应付，一筹莫展。”

李一功把身子往后一仰，说：“如此说来，死了张屠夫，就只能吃浑毛猪。抓一个文善达，关中的百姓就得挨冻，全天下人就抽不上兰州水烟喽？”

李一功的目光异常阴冷，盛宇峰几乎不敢正视。文知雪却毫无惧色：“家父被称作文大善人，每年开春都会搭粥棚赈济十里八乡的饥民。如今家父锒铛入狱，施粥之事实在有心无力。望大人早做部署，安顿好饥民。”

文知雪说完后，书房内陷入沉寂。李一功仰起头看着屋顶，手指不停敲打竹椅扶手。

过了半晌，李一功重新把目光投向文知雪：“我知道，你这些话不是危言耸听。文善达是何等人物，若是抓了他，一点涟漪都泛不起，还算什么富甲天下的山陕商帮领袖！”

“大人明察。”盛宇峰似乎看到一缕曙光。

“但是，”李一功突然话锋一转，“这番说辞却也是自作聪明。”

李一功拿起桌上的镂雕玉壶，把玩起来：“昨日盛东家送的礼物，实在贵重。起凸阳纹、镂空透雕、阴线刻画皆尽其妙，不愧出自碾玉圣手陆子冈之手。

盛东家于金石造诣颇深，想必对陆子冈其人其事了然于心吧？”

不待盛宇峰作答，李一功淡淡笑道：“陆子冈是晚明江南人，更是名动一时、技冠古今的金石大家。他自幼在苏州城外一家玉器作坊学艺，年纪轻轻便技压群工。明穆宗闻得其名，让他在玉扳指上雕百骏图。陆子冈没有被难住，仅用几天时间就完成。他在小小的玉扳指上刻出重峦叠嶂的气氛和一个大开的城门，而马只雕了三匹：一匹驰骋城内，一匹正向城门飞奔，一匹刚从山谷间露出马头。仅仅如此却给人以藏有马匹无数奔腾欲出之感，以虚拟手法表达出百骏之意。自此，子冈玉便成了皇室专藏。”

李一功又说：“早年在苏州时，陆子冈对自己的作品便颇为自负，所有玉器均有刻款。然而，皇宫大内所用玉器是不准落款的，少年得志的陆子冈却是我行我素，自作聪明。万历年间，明神宗命陆子冈雕一把玉壶，他仅凭手感的内刻功夫，巧妙地把名字落在了玉壶嘴的里面。后来，这把玉壶碰巧摔碎，人们发现了里面的落款。一番追查之后才晓得，陆子冈在皇宫内的所有作品，全都有落款，只不过刻款部位十分讲究，多在器底、器背、把下、盖里等不显明处。还有一件玉雕龙，他竟把自己的名字藏在了龙头上。皇帝勃然大怒，杀了陆子冈。由于他没有后代，一身绝技随之湮灭，徒使后人望玉兴叹。”

文知雪以前并不知陆子冈的典故，听了李一功的讲述，才意识到对方所谓“自作聪明”所蕴藏的寒意与杀机。文知雪强挤出笑容：“大人学贯古今，见识非凡，当真令人钦佩。”

李一功也笑了：“这话言不由衷了。若真是钦佩，就不会使出这等小聪明，琢磨着用文盛合的生意来压我。”

盛宇峰正想辩解，李一功却挥了挥手：“不知这主意是谁想出来的？按说在目前局面下，能有此剑走偏锋、兵行险招的胆识，也是不易。只是，你们千算万算，却漏掉了一条。”

李一功站起身，在书房内踱步：“鄙人乃刑部堂官、二品大员，放着好好的京城不待，千里迢迢来到陕西，难道是吃饱了撑的？我前一晚到西安，第二天就奔赴泾阳，抓了文善达。寻常百姓尚且知道要个脸面，更何况你们这样的巨富之家！赶在寿筵上动手，难道我真就一点不通人情？所有这一切，只因是一桩通天大案，容不得丝毫犹豫。”

李一功停下脚步，笑容有些阴森：“既是这样一桩通天大案，你们搬出什么棉布、水烟的生意，甚至那些个赈济饥民的粥棚，岂不是自作聪明？”李一功加重了语气：“本部堂皇命在身，务必查明案情，其他事可管不着！”

慑于李一功的官威，盛宇峰与文知雪半晌没有说话。隔了一会儿，盛宇峰才壮着胆子问：“文叔父素来谨慎，怎么会卷入通天大案中？”

李一功哼了一声，说：“案子的事，开头我就说过，无可奉告。”

文知雪心情沉重，缓缓说道：“话已说到这个份上，一切就听凭大人裁断吧。”

见文知雪起身要走，李一功抖了抖官袍，说道：“总督府是你们想来就来、想走就走的地方？”

盛宇峰与文知雪大吃一惊，只听李一功说道：“这个文善达老奸巨猾，进去之后嘴巴紧得很。我正发愁如何撬开他的嘴，没想到二位竟送上门来。烦请你们去狱中陪一陪文东家，见到自己的掌上明珠，没准他能回心转意。”

文知雪质问道：“我一介女流，从没过问生意上的事，你凭什么抓我？堂堂钦差大人，难道就可以不讲王法吗？”

“问得好！”李一功一巴掌拍在书桌上，“若是之前，我纵使想抓你们，真还没有凭据。可惜今时不同往日了！还是那句话——自作聪明。”

李一功指着玉壶说道：“这可不是什么文人雅士的普通馈赠之物，而是价值连城的子冈玉。你们胆大妄为，公然行贿朝廷命官，难道不能抓！来人！”

书房门被推开，拥入数名衙役，簇拥着官服顶戴的侍郎大人。李一功又吼道：“都愣着干吗？通通拿下，押入大牢。”

盛宇峰扑通一下跪倒在地，央求道：“自作聪明的人是我，送玉壶的也是我，要抓就抓我，一切与文知雪无关。”

李一功冷笑道：“都说盛公子挥金如土，是一个纨绔子弟。今日得见，你却是个重情重义之人。可惜了，要撬开文善达的嘴，文小姐比你有用得多。”

恰在此时，一名衙役急匆匆地跑进书房，禀报道：“大人，门口有人求见。”

李一功瞪了衙役一眼：“没看到这里有事吗？”

衙役点着头，小心翼翼地说："来人自称是喀尔喀蒙古部的将军，说是有十万火急的军情。"

"十万火急的军情？"李一功犹豫了一下，说，"叫他进来吧。"

李一功坐回椅子上，挥了挥手："我还有事，把这二人带下去。"

盛宇峰与文知雪被人推搡着出了书房，在过道上，他们与正朝府内疾步而行的蒙古将军撞见。这位蒙古将军不是别人，正是与文盛合久有生意往来的巴图。巴图身后还有一人，竟是蒙元亨。文知雪惊道："蒙大哥，你怎么来了？"

蒙元亨焦急地问："为何把你也抓了？"

衙役催赶着，容不得二人细说。蒙元亨使劲凑到文知雪身边，说了句："放心，一切有我！"随后便跟着巴图，进到李一功的书房。

巴图单手放到胸前，鞠躬行礼："末将巴图，参见李大人。"

李一功打量了巴图一番，问道："敢问将军高姓大名？"

巴图拿出一份文书，递了过去："小人巴图，在土谢图汗帐下当差。"

巴图这番介绍，倒也不算吹嘘，蒙古部落的商人，多与大汗或是部落亲贵有千丝万缕的联系，不少人还被封了官衔。巴图早年是土谢图汗的侍卫，经商之后依旧挂着军职。蒙古骑兵跟随八旗劲旅南征三藩时，巴图还当过一段时间的军需官。

李一功瞟了一眼文书，知道巴图确有官职在身，只不过职级较低，能否称得上将军都难说，比起自己这个二品钦差，更是差了一大截。他冷冷地说："急着来见我，有什么事？"

巴图说："最近泾阳城里谣言四起，说李大人抓了文善达，以致文盛合原本要供应蒙古的棉布交不出货。"

李一功瞅着巴图："我是抓了文善达，至于文盛合能否按时交货，是你们之间的事。"

巴图先是一愣，接着叹了口气："这可如何是好！"

李一功没空和巴图周旋，不耐烦地说："不是说有军情禀报吗？"

"文盛合不能按时交出棉布，便是十万火急的军情。"巴图说。

"笑话！"李一功说，"区区几匹棉布，与军情何干？"

巴图说："大人有所不知，如今乃百年不遇之严寒，中原尚且天寒地冻，运河提前结冰，蒙古草原上更有如冰窟一般。之前订购的棉布不够，为抵御严寒，大汗命我急赴泾阳，向山陕商帮增购棉布。”

李一功的语气颇为不屑：“想必刚才你也看到了，本部堂才抓了两人。他们同你一样，想用一些鸡毛蒜皮的事来要挟我放了文善达。”

“大人！”巴图一下站起来，说道，“鄙人受土谢图汗厚恩，心中只有他老人家，犯不着替文善达做说客。倘若草原上冻死人畜无数，在大人眼中只是鸡毛蒜皮的小事，我也无话可说。”

朝廷素来厚待蒙古王公，平定三藩时，喀尔喀蒙古骑兵更与清军并肩作战。这巴图的官阶虽说不入流，毕竟是土谢图汗的人。李一功压住火，冷冷道：“满蒙一家，草原上有难处，朝廷怎会坐视不理。泾阳又不止文盛合一家商号，如今我署理川陕总督，棉布的事自会吩咐其他商号完成。”

巴图摇头说：“我与泾阳商号打交道多年，知道各家底细，文盛合做不了的活儿，其他人更不行。”

没想到巴图得寸进尺，李一功板起面孔：“你自称不是替文善达做说客，但说来说去，还是要我放了文善达。”

“大人误会。”巴图说，“这批棉布不仅是为了喀尔喀部落的子民，更是为战功赫赫、凯旋班师的将士准备。三藩平定，大军北返，算着日子，喀尔喀的骑兵应当在三四月间回到草原。平常年份，天气已经暖和下来，不想偏偏遇上这鬼天气。这些都是百战余生的功臣，让他们受冻大汗便要拿小人问罪。”

巴图继续说：“如何处置文善达是大人的事，小人不敢多嘴，我关心的是棉布。只有把棉布的事敲定，大军行程才好安排。若是没了棉布，大汗恐怕只能下令，命大军推迟归期，在关内再盘桓些日子。”

李一功盯住巴图：“棉布真是供应军中的？”

“这等事我怎敢信口开河！”巴图又掏出几份文书，上面白纸黑字写着，他所采购的棉布确有一部分为蒙古大军准备。

巴图坐回椅子上，摇头苦笑道：“其实，棉布按时交货与否，责任不在我，只是得给大汗报个准信。李大人乃官场前辈，应当明白小人的难处。谁叫他文善达犯了事，纵然大汗怪罪我也能替自个开脱。可若是小人回报有误，大军回到草原没有御寒的棉布，或是棉布最后赶制出来，大军却滞留关内延误了归期，到时我这颗脑袋就得搬家。我不求大人放人，只盼给我一个准信。”

说完之后，巴图与身后的蒙元亨交换了一下眼神，似乎在告诉蒙元亨，你让我说的话我可全说了，接下来就看管不管用了。

李一功微微点头，心中却盘算起来，且不论巴图是否为文家说客，人家使出的当真是撒手锏。抓一个文善达简单，这一屁股屎却不好擦。巴图说他只要一个准信，没准是真话，因为照官场规矩，只要有了这准信，他就能交差大吉。可一旦给出这准信，自己却要担上天大的责任。

文盛合不能交付水烟、木料，甚至饿死几百上千个关中饥民，李一功一点不担心。但要让蒙古骑兵在京城附近驻足不前，心里却有些发怵。得胜还朝的骄兵悍将历来最难约束，让这些蒙古骑兵在关内多待上一日，朝廷就有数不清的麻烦。万一这些游手好闲的兵痞惹出祸事，朝廷怪罪下来，自己可得吃不了兜着走。

再者说，为了这件事开罪蒙古王公实在得不偿失。所谓南不封王北不断亲，满蒙联姻乃大清国策。蒙古草原可是紫禁城里许多贵妃的娘家，蒙古王公更是能直达天听的人物。关中饥民饿殍遍野，连个喊冤的地方也找不着。把蒙古王公惹毛了，人家可是能告御状的。

李一功打定了主意，说道：“巴图将军，本官乃刑部堂官，如今奉旨署理川陕总督，只知尽心办差。然我既不在兵部任职，喀尔喀蒙古的骑兵也不在川陕地界，许多事非职责所在，实在爱莫能助。”

李一功继续说：“没错，前些日子官府抓了文善达，盖因他牵扯进一桩案子。但据我所知，案子审得差不多了，很快就能回家。文盛合能否按时交货，你可与他联络，让他给你准信，本官不便过问。”

李一功打得好一口官腔，既不给任何准信，更把自己的责任推卸得干干净净。巴图心中暗喜，嘴上却在抱怨：“李大人深谙为官之道，一番话说得滴水不漏。但纵然文善达出来了，能否赶制出棉布，谁心里也没底，叫我如何复命？我宁愿你给句准话，反倒轻松。”

李一功笑着说：“本官职责所在，只能帮你到这儿了。”

5. 文善达苦笑道：“纵然记起这尊菩萨，没有香火钱一样不灵验。”

两日后，泾阳城又下起大雪。两辆马车碾压着雪弯弯扭扭前进，周围还跟着官兵。马车停在文家大院门口，帘子拉开，文善达从第一辆车中被人搀扶着走了下来。

众人拥上前去，文善达面色沉重地点了点头，又挥手示意大伙退下，唯独对蒙元亨投去一缕感激的目光。文善达在狱中听女儿说，蒙元亨带着巴图进了总督府，自己能被放出来，想必与此有关。

第二辆车的帘子打开，文知雪跳了出来。“蒙大哥！”她在车内就寻觅着蒙元亨，下车后立刻唤道。

蒙元亨几步上前，欣喜地说：“知雪妹妹，我就说过不会有事。”

文知雪点头道：“多亏有你。”

蒙元亨扶着文知雪，两眼仍在四处打望。旋即，他问道：“我爹呢，怎么没跟着一起回来？”

文知雪说：“我也不知道。官府就放了我跟爹两人，蒙掌柜与盛大哥却没见着。”

蒙元亨的笑容顿时僵住，他焦急地把目光投向文善达。文善达朝他摇了摇头，接着对护送的官兵说道：“我立刻让人收拾房间，各位军爷就在府中住着。”

领头的官兵抱拳道：“不好意思，打搅了。”

“哪里话！”文善达使劲挤出笑容。他心里明镜似的，李一功放自己出来只是权宜之计，身旁监视之人仍旧如影随形。

把官兵安顿好后，文善达换上家人准备的新衣服来到尚善堂。文知桐急忙问：“爹，究竟出了什么事？官府为何抓你？”

文善达没有搭理，只是说：“元亨呢？他怎么不在？”

管家宋元河答道：“元亨等在外面想见东家，只是以他的身份，还进不得尚善堂。”

“那些进得了尚善堂的，却救不出我。快叫他进来。”文善达冷冷地说。

蒙元亨进入堂内，文善达站起身，忙问：“听知雪说，你和巴图去见了李一功，怎么回事？”

蒙元亨说起当初情形，他见父亲与文善达被抓，与文知雪一样想到围魏救赵之计。只不过，文知雪搬出的饥民在李一功心中无足轻重，蒙元亨却用棉布扳回一城。那日蒙元亨骑上快马，追出去上百里，终于找到巴图。许以重利之后，巴图终于答应折返西安去见李一功。

文善达连连点头：“多亏你急中生智。”

蒙元亨说：“当初情况紧急，我擅自做主，许诺巴图，这批棉布的售价打七折。”

文善达说：“你承诺的事，我自然认账。”

将事情的来龙去脉说清之后，蒙元亨便急着询问父亲蒙顺的状况。话刚开口，文善达就说：“李一功只把我和知雪放了出来，蒙顺与宇峰还被扣着。李一功被迫放人是因为棉布，既然是这样，只需把我放出来就够了，何必再放其他人。”

其实，李一功最初连文知雪也不打算放，无奈文善达态度坚决，说若是女儿继续关着，自己绝不出狱，更不惜一头撞死狱中。

蒙元亨为救父亲不遗余力，不料却是这般结局。他眼眶泛红，哽咽道：“恳请文东家营救家父，他一把年纪……”

文善达拍着蒙元亨的肩膀，说：“我一定想方设法救蒙顺出来。”顿了顿，他又说：“你也不必太担心。这次官府还算客气，只是问话，并未严刑拷打。”

“蒙兄弟，蒙掌柜是文盛合的人，我们绝不会坐视不管。”见蒙元亨为救父亲出了大力，文知桐放下公子哥派头，殷勤说道。

接着，文知桐又问：“爹，这次究竟怎么回事，官府为何抓人？”

文善达瞪了一眼儿子：“怎么就你废话多！”

文知桐撇嘴道：“我不是关心你老人家吗？”

文善达没好气地说：“后辈之中，数你最不长进。元亨智勇双全，你是没法比了。就说知雪吧，人家一个女娃也比你有胆识，敢闯进总督府。”

文善达说到激动处，咳嗽了几声，接着挥手道：“你们都出去吧，让我静一下。其他事不必瞎打听。”

蒙元亨心事重重地出了尚善堂，却见文知雪候在门外。文知雪上前问道：“蒙掌柜的事，我爹怎么说？”

蒙元亨说：“文东家说，他会想方设法营救。”

文知雪安慰道：“我爹是个一诺千金之人，他定会言出必行。”

蒙元亨知道，文家素来待蒙顺不薄，只不过此番变故来得突然，文善达暂时脱险已属侥幸，能否救出蒙顺，谁心里也没底。

两人一同朝门外走去，文知雪又问：“官府为何抓人，我爹说了吗？”

蒙元亨摇头说：“文东家没说，还叫我们别瞎打听。”

文知雪说：“那日在总督府，李一功的口风也紧得很，只说这是一桩通天大案。”

听到这些，蒙元亨更忧心狱中的父亲，步子也变得沉重。看着蒙元亨一脸愁容，文知雪也难受，她岔开话题：“蒙大哥，你怎么会想到利用巴图呢？”

蒙元亨苦笑了一下，说：“这个法子你不也想到了，围魏救赵而已。”

文知雪说：“可我的法子不顶用，自个还被抓了。”

蒙元亨说：“咱俩的法子实则殊途同归，只不过当初我听周琪姑娘说过，李一功素有酷吏之名，对百姓疾苦漠不关心。像他这种人，只惦记头上的红顶子，才不会在乎关中饿死多少饥民。”

蒙元亨又说：“我便想，要让李一功官位坐不稳，不妨从蒙古的棉布上打主意。碰巧巴图采购的棉布中，确有一部分是保障军需的。”

文知雪一面听着，一面对蒙元亨投来仰慕的目光。两人已走出文家大院，蒙元亨说："你回吧。"

文知雪问："你这是去哪儿？"

蒙元亨说："回家。"

文知雪顿了顿，说："我送你回去吧。"

"这可不行。"蒙元亨说，"天寒地冻的，又下着雪。我一个人回去便是，不用你送。"

文知雪说："你救了我跟我爹，是文家的恩人。我送送恩人不行吗？"

两人走在泾阳的大街上，天空雪花飞舞，脚下是咯吱咯吱踩雪的声音。文知雪的脸冻得红通通的，她柔声道："那日在总督府，我真有些害怕。被几个五大三粗的男人押着，平生还是头一遭。但一看见你，我竟不怎么怕了。我晓得，你一定会救我出去。"

原本心情压抑的蒙元亨，难得露出一点笑容："其实当初我也没有太多把握，但事已至此，怎么也得试一试。"

见蒙元亨步子迈得大，文知雪说："你走这么快干吗？"

蒙元亨说："冬天天黑得早，我早点到家，你也能早些回去。"

文知雪说："你真放心不下，再送我回去不就完了。"

蒙元亨不知如何回话，文知雪哼了一声，轻轻地说："我只不过想和你多待上一阵子。"这话说完，她脸上泛起一阵红晕……

回府之后，除了在尚善堂召见众人，文善达一直把自己锁在书房。夜色渐浓，文善达招呼用人进来："桌上的饭菜，我只吃了几口，拿回厨房搁着，明天热一热再吃。"

"好的。"管家宋元河答道。

文善达这才抬起头："老宋，怎么是你？其他人呢？"

宋元河说："我一直守在书房外，其他人打发走了。我想着，今天还是由我照顾东家。"

"大冷的天，你就一直守在外面？"文善达对忠心耿耿的老管家投来感激的目光。

“没事，挺得住。”宋元河说。

宋元河收拾好桌子，正要转身离去，文善达将他叫住：“这些活儿交给其他人干，我有话跟你说。”

宋元河又唤来用人，把饭菜端走。书房内，只剩他们二人，文善达说：“今日你的话很少，不像其他人叽叽喳喳问个没完。”

宋元河说：“东家回来了，咱们就有了主心骨，一切照你说的办便是。我没问，并非不关心东家，只是心想，该让我知道的，你一定会说；你没有说，自是我不该知道。”

文善达点了点头：“不愧是几十年的老伙计。”

“不瞒你说，咱们文盛合遇到大劫难了。”文善达站起来，在屋里踱步，“这次抓我和蒙顺，是因为一桩通天大案。未来祸福如何，谁也说不准。”

文善达又说：“我出来时，李一功特别交代，案子的事一点风声也不能透，否则便是灭门之祸。如今我只能守口如瓶，你也叮嘱府上的人，谁也别乱嚼舌头根。”

“明白。”宋元河说。

文善达接着问：“赶制棉布的事，你布置得如何？”

宋元河说：“已经布置下去，让他们既日夜不停地赶，又日复一日地拖。”

“好！”文善达欣慰地盯着宋元河，“能拖一天是一天。”

“还有一事。”文善达说，“如今我形同软禁，哪儿也去不了。你赶快离开泾阳，日夜兼程去洛阳。余公子正在那里。”

“对呀！”宋元河说，“我怎么把这尊菩萨忘了？”

文善达苦笑道：“纵然记起这尊菩萨，没有香火钱一样不灵验。”顿了顿，他掏出一把钥匙，递给宋元河：“余公子是个爱财之人，礼数不到，人家是不会开尊口的。如今文家大院住着兵丁，家里的银窖动不得。我在郊外还打了一座银窖，这是钥匙，你取出银子便直奔洛阳。见到余公子，把这段时间发生的事一五一十讲出来。余公子若是让你回泾阳，你赶紧回来。他若是让你去京城，你便去京城。”

“我这就出发。”宋元河说。

文善达拉住宋元河的手：“文盛合的生死，就拜托你了。”

6. 除了明珠，天下还有谁敢动索额图？

大雪断断续续下了十多天，泾阳城一直没有放晴过。傍晚时分，雪总算小了些，却又刮起北风，店铺早早关了门，街上几乎没有行人。两个裹着厚实棉袄、戴着大皮帽的人，踩着雪穿过几条小巷。天色已暗，他们却连灯笼也没打。

两人在一座小院前驻足，一人走上前去，叩了叩门上的铜环。大门打开，里面的人用灯笼一照，立刻沉下脸。

刚从洛阳飞马赶回泾阳的宋元河摘下帽子，恭敬地说道："烦请给鹿大人通报一声，我们有事求见。"

"鹿大人不在。"对方说话间就要关门。

宋元河身后的人走上前来，一把顶住门，里面的人大吃一惊："怎么是你？"

此人正是文善达，他脸上挂着笑容，三角眼里却射出阴冷的光芒："若是鹿大人不在，我们就在门口候着。不过我们在此站得越久，恐怕对鹿大人越不利。"

"你，你……"里面的人又气又急，出门张望了几眼，赶紧把文善达推了进去。

屋里有火盆，文善达卸下棉袄，在火盆前烤着手。不一会儿，泾阳县令鹿富晨匆匆走了进来，指着文善达："你这时找我干什么？"

文善达笑了笑："天寒地冻的，心中想念老友，就过来串串门。"

鹿富晨恼怒不已，却又刻意压低声音："真是老友，就不该把祸水往我这里引。我看你不拉上几个垫背的，心里不甘吧！”

文善达语气平静：“别说垫背这么难听，有福同享有难同当，这话之前鹿大人不是常说吗？”

鹿富晨拉过一把椅子坐下，问：“兵丁不是守在文家大院吗，你怎么出来的？”

“这还用问，自然是使了银子。”文善达说，“关中子弟进京赶考，有十几两银子，一路盘缠也就够了。从我家到鹿大人府上，区区几步路，却花了上百两银子，而且一个时辰之后，还得乖乖回去。”

鹿富晨说：“贿赂朝廷官员，这是罪上加罪。”

文善达叹了口气：“自己辛苦挣的钱，谁掏着不心疼？和官老爷们打交道，我也想君子之交淡如水，可你们答应吗？”

“文善达，不要太嚣张。”鹿富晨从椅子上站起来，射出凶狠的目光，“我是收过你的银子，但如今是你自己闯下大祸，任谁也救不了。你真想弄个鱼死网破，鹿某奉陪到底。”

“鹿大人息怒。”文善达上前几步，扶着鹿富晨坐下，“我哪敢有鱼死网破的念头？再说大人两袖清风，何时收过文某一文钱？”

鹿富晨端起茶，接着又把茶杯放回桌上：“老文，不是我见死不救，实在没办法！”

文善达拱手道：“敢问鹿大人，文某究竟犯了何事，连你也爱莫能助？”

鹿富晨瞟了他一眼，道：“你被抓进去几天，李一功大人亲自审过你。他问了哪些事，难道你还不清楚？”

文善达说：“我既清楚，却又不甚清楚。”

文善达拿手指蘸了茶水，在桌上写下一个“索”字，接着说道：“李大人审我的事，样样关乎此人。”

鹿富晨说：“既如此，还有什么不清楚的？”

文善达说：“恕在下直言，就凭李一功，借他一百个胆子，也不敢在太岁头上动土。据说李一功是明相门生，明相与索相又是死对头。我不清楚，整件事的背后是否又是朝廷党争？”

鹿富晨点了点头：“文东家算个明白人，难怪把生意做这么大。不过，自古天意高难问，李大人背后究竟谁在撑腰，咱们哪弄得清？”

“攸关生死，天意再高，也得弄清楚。”文善达说，“真人面前不说假话，我从牢里出来后，立刻安排老宋去洛阳，向余公子讨个明白话。”

“哪个余公子？”鹿富晨问。

文善达说：“吏部余尚书的公子。”

“你和余家有交情？他们不是在江宁吗？”一听吏部余尚书，鹿富晨便知是前武英殿大学士、吏部尚书余国柱。余国柱乃湖北人，出身寒微却有神童之名，顺治八年以魁首中举，轰动湖广。此后入翰林院，一路升迁。但就是这样一个学识出众的寒门高士，当上大官后却贪腐成性。肩负考察天下官员之责的吏部素来为六部之首，吏部尚书更被称为天官。余国柱大肆卖官鬻爵，被时人讽为“余秦桧”。前年，康熙整顿吏治，拿余国柱开刀，他被革职，带上家眷迁居江宁。

文善达说：“余大人的确被贬到江宁，余公子此番到洛阳乃是访友。不过瘦死的骆驼比马大，如今让余家办事或许不行，但毕竟做过吏部尚书，门生故吏遍天下，消息仍灵通得很。”

鹿富晨问道：“余公子怎么说？”

文善达说：“大出我所料，这次要弄索额图的并非明珠。”

鹿富晨说：“是吗？除了明相，还有谁敢和索额图过不去？”

“是皇上。”文善达缓缓说道，“从京师、江宁到咱们泾阳，接连抓了好几个富商，审的都是向索额图行贿之事。前些日子，皇上六百里加急的上谕，说是皇太子染病，让索额图赴五台山侍疾。索额图一到五台山就再没露面，倒是太子爷随皇上去大同检阅绿营兵，一路生龙活虎，压根就没病。京师的重臣们都在传，索额图被软禁了。”

“还不止这些。”文善达又说，“川陕总督哈占乃索额图党羽，对外说是回京述职，实则人一出陕西，就被拿下了。”

“余公子的消息果真灵通。”鹿富晨说道。

文善达捶了一下大腿：“当初派老宋去见余公子时，尚有一丝侥幸，心想若是明珠放暗箭，还能速去京城向索额图求援。谁知这次要扳倒索额图的竟是天子！”

“所以呀，你找我一个七品芝麻官有屁用！”鹿富晨站了起来，“你的案子是刑部李一功大人亲自在审，连西安知府都过问不得。”

“西安知府算什么！”文善达说，“如今的陕西官场，鹿兄才是大红大紫的人物。李一功造访碑林，都没给西安知府打招呼，倒是把鹿大人带上了。”

鹿富晨敷衍道：“李大人知道我喜爱金石篆刻，拉上我也没什么大不了。”

“是吗？”文善达轻轻一笑，“你可不仅是陪着钦差去了几趟碑林。方才我说的朝局动向，大人听来心如止水，想必早不觉得新鲜了。还有文某过寿那天，泾阳城里就你没来，接着我便被官兵绑走了。鹿大人的千里眼顺风耳，可不比余公子差。”

“你究竟想说什么？”鹿富晨问。

文善达说：“李一功的二姨太正是鹿大人的堂妹，此事知道的人不多，但文某还是拐弯抹角打探到了。能得高人指点，鹿大人早就洞悉全局。”

“你……你……”鹿富晨伸出指头比画了一下，接着又缩了回去。

文善达站了起来，说：“只要李一功大人高抬贵手，我文家还是有生路的。”

鹿富晨冷笑道：“你想什么呢？李大人办的可是皇差，这是能高抬贵手的事吗？”

“虽是皇差，却是天高皇帝远。”文善达说，“皇上富有四海，区区一个文善达岂能入他老人家法眼。皇上要对付的是索额图，不是我呀。”

猛然间，文善达扑通跪在地上，从怀中掏出一个盒子：“都说文某富甲一方，这里面是文家所有的房屋地契，还有几座银窖的钥匙。若是李大人与鹿大人出手搭救，我愿献出一半以为答谢。”

鹿富晨愣了片刻，又指住文善达说：“你……你疯了？”

文善达跪着没有起来：“我是疯了，但疯了总比死了强。”说完，他把头重重磕在地上，几下之后，额头上已泛起血青色。

宋元河不忍文善达这般委屈，也跟着跪倒下去：“鹿大人，我们东家辛劳了一辈子才挣下这份家业，如今分出一半，只想讨个平安。求你大仁大义，救救我们吧。”

鹿富晨心中一阵唏嘘，男儿膝下有黄金，堂堂关中首富，若非走投无路，岂会跪地求人？文善达抛出的诱饵更令他心动，文家富甲山陕，能拿走他家一半银子，足够自己几辈子吃喝不愁。为了这笔银子，纵然是杀人越货的官司，鹿富晨也敢包庇下来。可偏偏这件案子比杀人官司棘手百倍，银子可爱，却也烫手啊！

鹿富晨扶文善达起来，一脸为难地说：“文东家的确豪爽，也开出了大价钱。但有些钱，不仅得有命挣，还得有命花。”

文善达明白鹿富晨的心思，既想饱餐一顿又怕被噎着：“可否转告李大人，他想知道索额图什么事，我晓得的说，不晓得的编也给编出来。但供出索额图后，放小人一马？”

鹿富晨捋着胡须，摇头道：“你什么都招了，李大人还怎么帮你脱罪？”

“那我就硬顶着不招？”文善达又问。

鹿富晨依旧摇头：“你什么都不招，李大人如何交差？”

这招也不是，不招也不是，李一功既想着拿银子，还得回去交差，样样都是两难！

鹿富晨冥思苦想了许久，忽然面露喜色，问道：“文盛合的掌柜蒙顺，是不是还被关着？”

“是呀。”文善达点头道。

“进京行贿索额图的，是蒙顺？”鹿富晨又问。

文善达说：“他是奉我之命去的。”

“什么奉你之命！”鹿富晨说，“现在就把事情推到蒙顺头上，是他背着你干的。”

文善达说道：“世上哪有掌柜背着东家去行贿的？这说出去也没人信。”

鹿富晨说：“不管别人信不信，反正李大人信。”

文善达明白了鹿富晨的意思，摇头说：“蒙顺跟随我几十年，忠心耿耿，我不能陷害他呀。”

鹿富晨冷笑一声：“你还真把自个当大善人了。”

7. 大树底下好乘凉，可大树底下更是寸草不生

暮色冥冥，归鸦翩翩，北风扯得光秃秃的树干吱呀作响。文家后院的池塘早就结上厚厚的冰，文善达命人在冰层上打好小洞，自己再将鱼线放入洞口，在冰原上垂钓。

文善达从不杀生，每钓一条，便让下人换饵，将鱼放回水中。今日钓的鱼不少，文善达的脸色却阴沉得有些恐怖。

“爹！”文知雪急匆匆地走了过来。

“怎么了？”对自己的掌上明珠，文善达摆出少有的不耐烦神色。

文知雪说：“蒙大哥在院外求见。”

听说是蒙元亨，文善达抬了一下头，接着说：“这几日我闭门谢客，谁也不见。叫元亨回吧。告诉他，蒙顺的事，我会想办法。”

文知雪一脸焦急：“蒙大哥今日来，不是为他父亲，而是蒙家又出事了。”

“什么事？”文善达侧过头。

文知雪说：“下午一队官兵去蒙家抓人。”

“去蒙家抓人？抓谁？”文善达追问。

文知雪说：“他们倒没抓蒙大哥与佩文妹妹，却把周姑娘抓走了。”

文善达手一抖，鱼竿都掉落在冰上。旋即，他站起身，说：“快！带元亨来书房见我。”

蒙元亨刚进书房，文善达便上前几步，抓住他的手，问道：“怎么回事？官府的人为何要抓周琪？”

蒙元亨说："是泾阳县令鹿富晨亲自带人来把周姑娘抓走的，说周姑娘是逃犯之女。我当时和他们争辩，说周姑娘的父亲乃当今大名士，他们却理都不理。"

文善达松开手，瘫坐在椅子上，隔了半晌才说："周弘毅的确是位大名士，但也是个逃犯。"

蒙元亨与文知雪均是一脸错愕，文善达则缓缓道出了一桩隐秘往事。周弘毅是徽州人，本名叫周思举。周家世代经营盐业，周思举的父亲是富甲一方的扬州总商。周思举出身大富之家，自己又才气纵横，二十年前便是誉满江南的扬州四少之一。

扬州大盐商，哪个不要攀附权贵！周家的靠山乃是显赫一时的鳌拜。康熙智擒鳌拜，周家便倒了霉。家产抄没，父亲押入大牢，周思举过堂时左腿被打折，接着发配充军。可周思举不知使了什么法子，居然半道上逃了出来。他潜回扬州，带上一直与自己相好的周府丫鬟冷薇，改名周弘毅，浪迹天涯。

行至四川保宁府时，周弘毅已是穷途末路，身无分文。那时蒙顺恰在文盛合保宁府分号做掌柜，周弘毅无奈上门求助。蒙顺与周家有旧情，不仅收留了周弘毅，更待之如上宾。周弘毅在保宁府待了几年，女儿周琪也在那里出生，不幸的是，妻子冷薇产后血崩，蒙顺找了不少郎中也没救得了她。前些年见风头已过，周弘毅便带上女儿远游。他本就满腹诗书，加之因缘际会，竟被索额图招入府中。此番蒙顺去京师，周弘毅鼎力相助，正是报答昔日恩情。

昔日索额图权势熏天，自然没人敢追究周弘毅的底细。如今索额图自身难保，陈年旧事竟被翻了出来。

听文善达说完，蒙元亨立刻问："如此说来，爹与文东家被抓，也是牵扯进了索额图的案子？"

文善达痛苦地点了点头，说："这些事我原本不想告诉你们，但事到如今也瞒不住了。"

文知雪说："能不能想个法子，救周姑娘出来？她毕竟还是个小孩子。"

文善达苦笑道："朝局纷争，血雨腥风，满门抄斩也是常有的事，哪管你是不是个小孩！如今，我连自己都救不了，拿什么去救周琪？"

文善达又说："祸福如何，只好各安天命。今日抓的是周琪，没准明日就会抓我。先父曾告诫我，做生意宁可少赚一点，也不要和官府走太近。大树底下好乘凉，可大树底下更是寸草不生。唉，现在后悔也来不及了。"

见文善达神色悲戚，文知雪眼中早已噙着泪水，蒙元亨忧心牢中的父亲，更是面如土灰。文善达挥了挥手："你们先退下吧。"

文善达独坐书房，一个时辰一晃而过，屋外已是漆黑一片。这时，管家宋元河走了进来，低声说："鹿富晨来了。"

文善达立刻坐直身子，说："快请。"

鹿富晨从头到脚裹得严严实实，脸也用一块厚布遮住。进到书房，他脱下外套，露出真容，笑了笑说："这鬼天气，穿少了还真不行。"

文善达坐着没动，淡淡说道："裹这么严实，不光是御寒吧。"

鹿富晨端起热茶，喝了一口："你出府一趟，动静太大，还是我过来吧。"

"听说你抓了周弘毅的女儿？"文善达急忙问。

鹿富晨点点头，说："抓人的文书盖着刑部堂官的大印，我除了照办，还能怎么做！"

"周弘毅呢？"文善达又问。

鹿富晨说："女儿都被抓了，他能跑得掉？听说前几日便被拿下了。"

文善达说："周弘毅可是一直住在索额图府中。"

鹿富晨笑了笑："昔日的索相府侯门深似海，如今却是墙倒众人推。九门提督的人冲进索相府，就在里面擒住了周弘毅。"

坏消息接二连三，文善达的手抖了一下，又点头说了声："哦。"

"周弘毅可不是一般逃犯。"鹿富晨说，"周家当年攀附的乃是鳌拜，那可是当今圣上切齿痛恨之人。顺着周弘毅这条线往下查，恐怕又得有人遭殃。"

文善达的手越抖越凶，连茶杯几乎都端不稳。他把茶杯放回桌上，问道："索额图怎么样，还被软禁在五台山？"

"软禁？他可没这个福分。"鹿富晨摇了摇头，"甚至那些贪赃受贿的行径，如今都不叫事了。"

文善达不解地问："怎么说？"

鹿富晨说："近日京中有御史上奏弹劾索额图十大罪状，说他结党乱政，祸乱朝纲，是大清开国以来第一权奸。另外，还说他勾结东宫，意图不轨。皇上龙颜大怒，下旨将索额图押解回京，听候发落。可怜一代权臣，出京时还是前呼后拥，不可一世，如今回京却只能坐在囚车里。"

"什么？索额图被押解回京？"文善达面色惨白。

鹿富晨说："这是李一功大人亲口告诉我的。你若不信，不妨再去问一问余公子。当初，人们只道索额图的官当到头了，如今看来，脑袋能否保住都难说。"

假若索额图的脑袋保不住，恐怕自己的脑袋也得搬家。文善达吓得魂飞魄散，嘴里似乎嘟囔着什么，却没人听得清。

鹿富晨抿了一口茶，说："文东家，事已至此，你可得早做决断。"

文善达哭丧着脸："请大人搭救。您的大恩大德，我下辈子当牛做马报答。"

"我已经给你指出了自救之道。"鹿富晨摆了摆手，"再说我也不是贪得无厌之辈，你拿出的银子，这辈子已足够报答，下辈子咱们大路朝天各走一边，不用谁给我当牛做马。"

文善达摇了摇头，为难道："蒙顺是我的好兄弟，岂能陷他于不义。"

"你这不是仗义，而是迂腐。"鹿富晨拉高声音，"不找一个替罪羊，文家上上下下都得搭进去。"

文善达两只手捏在一起，手心不停冒汗："我把整件事推得一干二净，也得人家肯接才行。"

"这个不劳你费心。收人钱财，替人消灾。"鹿富晨说，"李一功大人在刑部多年，手下的狱吏都是狠角色。他想让蒙顺怎么说，蒙顺便会怎么说。"

一想到跟随自己多年的左膀右臂，要被李一功手下折磨得死去活来，文善达下意识摆手："别，别！蒙顺经不起这个折腾！"

鹿富晨死盯住文善达，一副恨铁不成钢的模样："我的文大善人，你可不能再妇人之仁。这种事就得快刀斩乱麻！等到索额图押解到京，三堂会审，朝廷兴起大狱，李大人也保不了你！"

鹿富晨又语带恐吓："索额图是什么人？正儿八经的当朝权贵，从擒鳌拜到平三藩，无役不予，居功至伟，是皇上倚重的肱股之臣。到头来如何？说抓就给抓了。要弄死你一个商号东家，还不跟踩死一只蚂蚁一样。”

“鹿大人，我实在是下不去手呀！”当日在鹿富晨家中，文善达虽然跪下，目光中还有一份坚毅。此时却是六神无主，老泪纵横。自打母亲过世，几十年来，这还是文善达第一次落泪。

鹿富晨站起身来，说：“事到如今，我就把话挑明。我和蒙顺往日无冤近日无仇，并不想和他过不去，只是为了挣你的银子，才不得已出此下策。你若是狠不下心肠，我帮不了你，也不敢拿你的银子。”

“告辞！”鹿富晨裹起衣服，头也不回地走了出去。

文善达呆若木鸡地坐在椅子上，隔了一会儿，宋元河走了进来，手里端着一个木盘，上面放着一碗汤。宋元河说：“东家，天气太冷，我让人炖了人参。”

“放那儿吧。”文善达说，“如今我哪里吃得下。”

见宋元河转身要走，文善达叫住他：“鹿富晨的话，你也听到了。若换作是你，会怎么做？”

“我……”宋元河似乎有话要说，最后又咽了回去。他淡淡地说：“我就是当下人的命，换不成东家。”

文善达说：“我想听听你的主意。”

宋元河说：“我真没主意，只知道一切照东家说的做。”

文善达叹了一口气：“好了，你出去吧。”

已是子夜时分，书房里空空荡荡。文善达不敢有一丝倦意，他点燃一支安魂香，盘腿坐到床上。

生死关头，文善达强迫着让心绪平复下来。但只要静心一想，又不免心惊肉跳。鹿富晨说得没错，索额图何等尊贵，如今却如丧家之犬。古往今来，有几个权臣能够善终？京师这趟浑水，岂是泾阳城里一个商人能去蹚的？

如今之计，似乎只有弃蒙顺而自保。但如此一来，将怎么面对蒙顺，外人又如何看待自己？文善达不禁想到方才的情景，宋元河似有话讲却又咽了回去。弃车保帅之策，已是箭在弦上，但宋元河素来忠厚，又与蒙顺私交甚笃，这些话，断是说不出口的。难道宋元河说不出口的事，却要我去做？文善达上下两排牙齿在嘴里左右错动，发出一阵阵轻微的摩擦声，两腮时紧时松，双目木然。

一支香燃完了，文善达下床活动了一下酸胀的双腿，重点燃一支，又盘腿坐到床上。

安魂香的轻烟袅袅直上，越来越淡，直到淡得没有了。两难中的文善达，脑海中不禁浮现出已过世的祖父、父亲，以及成百上千的文盛合伙计。从祖父去关外贩皮草，到父亲南下湖广经营药材，直至自己背井离乡来到泾阳，一手创建威震山陕商帮的文盛合，文家三代人惨淡经营，才有了今日。还有那么多伙计，全仗着文盛合讨生活。这份事业，绝不能败在自己手上。与祖先相比，与文盛合的事业相比，我文善达的这点名声又算什么？宋元河难以启齿，只因他是管家。我忍痛而为，只因自己是东家，身上担着这副担子。

笔直上升的烟柱忽地断掉，第二支香已燃完。脑中的事太多了，文善达顾不得续香，继续思索着。

行贿索额图，包庇周弘毅，哪一条都是重罪，足以让自己粉身碎骨。朝局瞬息万变，必须尽早脱身。再犹豫不决，恐怕真要后悔莫及。蒙顺呀蒙顺，我的好兄弟，这一次只能委屈你了！不过你放心，欠你的，我一定在你儿子身上补偿回来。知雪与蒙元亨情投意合，日后就让他做我的乘龙快婿。只要逃过此劫，我文善达依旧是关中首富，山陕商帮中的翘楚。元亨跟着我，保他一辈子荣华富贵。还有蒙佩文，我也会待她如亲生女儿，日后为她寻个好夫婿。

这一夜过得好快，天边已露出曙光。文善达终于下定决心，他推开房门，唤来用人："把老宋叫起来，让他即刻去县衙找鹿大人。"

天下商帮

第二章

投笔从商

1．皇上手里拨的，才是天下的大算盘

文家大院的兵丁已悉数撤走，文善达依旧闭门谢客，一连数日独自在佛龛前诵经打坐。下人小心翼翼地走进来，禀报：“蒙元亨来了。”

文善达心头一颤，将手中的佛珠放下，低声道：“该来的终究会来。”他叫来儿子文知桐，吩咐道：“蒙元亨在院外，你去招呼一下。”

文知桐为难地说：“这小子向来犯浑，怕是不好招呼。”

文善达目光呆滞，道：“蒙顺劳苦功高，忠心耿耿，是我们对不起他。”他又捻起佛珠，缓缓说道：“你去告诉元亨，就说是我说的，文盛合对不起父亲，但一定会在儿子身上报答。”

“好吧。”文知桐答应着便出了门。

来到前厅，不待文知桐开口，蒙元亨便厉声问道：“为何栽赃我父亲？”

有文善达的告诫，文知桐收敛起少东家的脾气，笑着说：“蒙掌柜大仁大义，为了保全文盛合，把所有事都承担了下来。他是文盛合的功臣，也是我文家的恩人。”

“放屁！我父亲是屈打成招！”蒙元亨丝毫不给少东家面子，“文盛合召集泾阳城里的商号，说蒙顺背着东家行不法之事，触犯商号大忌，将他逐出商号。你们就这样对待恩人！”

文知桐养尊处优惯了，被蒙元亨劈头盖脸骂了一顿，心头也来气。他使劲压下气，说：“这乃不得已为之。我爹说了，亏欠老子的，一定会在儿子身上补回来。”

蒙元亨怒火更盛：“文家这点臭钱，我还没放在眼里。”

文知桐的火终于憋不住，吼道：“你们几十年来吃文家的饭，此刻替文家卖命又怎么了！”

蒙元亨怒回道：“伙计干活儿，东家发工钱天经地义，没人白吃谁家的饭。我爹既没签卖身契，也没立生死状，犯不着替谁卖命。”

“你到底想怎么样？”文知桐目光中带着挑衅。

蒙元亨说：“为我爹洗刷不白之冤。”

文知桐冷笑一声：“就凭你？”

“咱们走着瞧！”蒙元亨扭头而去。

蒙元亨出了前厅，正好撞见文知雪。原来文知雪听说蒙元亨到了，急忙赶了过来。文知雪拽住蒙元亨，说：“蒙大哥，是我们文家对不起你。但事情已经出了，不能意气用事。”

盛怒之下的蒙元亨一把推开文知雪，她不由得连退几步，眼看就要跌倒在台阶上。蒙元亨先是一愣，接着纵身一跃，搂住了她。两人四目相对，眼中都闪烁着泪花。

“别闹了！事情有转机。”这时，宋元河大步走了进来，一脸欣喜之色。宋元河向来老成持重，今日却大声欢呼：“京城传来消息，索额图没事了。”

众人还没反应过来，文善达却从书房里冲了出来：“怎么回事，快说！”

宋元河才跑了远路，大口喘着气：“刚来的消息，索额图被押解回京后，皇上下旨立刻放人，只让他闭门思过。索额图虽被革去议政大臣、太子太傅，但正黄旗佐领的差事依旧兼着。”

“这么说，索额图只是栽了个大跟头，没有杀身之祸？”文善达问。

“没错。”宋元河说，“皇上保下了索额图，倒把那几个成天嚷嚷着要杀索额图的御史赶出了京城。”

“好啊，好啊！”文善达激动地拉住宋元河，似有千言万语，一时又说不出。隔了一会儿，他大声说道：“备车，我要出去一趟。”

马车飞驰在泾阳街头，车内的文善达却不停催促："快点，再快点。"车在县衙门口还未停稳，他便跳了下来，朝里面奔去。

鹿富晨正在看书，见文善达慌慌张张跑来，把书一放，说道："你也听说了？"

"听说了。"文善达问，"之前你不是说，索额图没准连脑袋也保不住？"

"索相身旁有高人呀。"鹿富晨叹了一口气。

"你就别卖关子了，究竟怎么回事？"文善达焦急地追问。

鹿富晨请文善达先坐下，接着缓缓说道："索额图爱钱的名声，早已是天下皆知。皇上整顿朝纲，拿索额图开刀，那是再正常不过的事。可不知哪位高人点拨了索额图，教他走出一步险棋，立时起死回生。"

"什么险棋？"文善达又问。

鹿富晨说："前些日子我告诉你，满朝文武上奏，皆说索额图可杀。如今想来，这里面可有不少是索额图搬来的救兵。"

文善达大惑不解，天下哪有搬救兵来杀自个的？鹿富晨抿了一口茶，说："都说索额图树大根深，门生故吏遍天下，以至于皇上想拔掉他，都得用调虎离山之计，把他从京城召到山西。由此可见，皇上对索额图的防备之重、猜忌之深。"

鹿富晨又说："索额图贼精，顺势来了个树倒猢狲散，不惜让门人揭发自个。皇上寻思，原来索额图结的党不过如此，心中的猜忌反而轻了。"

文善达似乎明白了一些，接着问："结党没了，可还有营私呢。索额图贪墨受贿，总是铁证如山吧？"

鹿富晨轻蔑地笑起来："就你们生意人才把银子看得那般重。在皇上眼中，索额图弄点银子，那也叫事？！"

文善达恍然大悟，说道："这一招置之死地而后生，实在高呀！"

"高？还不止这些！"鹿富晨说。

"还有什么？"文善达问。

鹿富晨说："索额图成心把屎盆子往自己头上扣，什么大清第一权奸，勾结东宫，所有十恶不赦的罪名，他全都揽自己怀里。"

"这又是为何？"文善达问。

"还能为何，当然是救自己。"鹿富晨说，"什么叫权奸，那可不是一般贪官，而是李林甫、严嵩那样的人。皇上天纵英才，千古一帝，在他手下还能出权奸？那自个不就成了昏君？骂索额图是权奸的人，究竟是骂索额图，还是骂皇上？难怪皇上看了奏章龙颜大怒，他哪里是恨索额图，分明是恨写奏章的人。”

鹿富晨又说：“立储大事乃国家根本，说索额图勾结东宫，这款罪若是坐实了，太子怎么办？皇上何等睿智，自然会联想到，是否有人借扳倒索额图做文章，实则冲着太子。为了保住太子，自然得保下索额图。”

鹿富晨长叹一声：“可叹明珠大人聪明绝顶，这一回却中了索额图的奸计。眼看臣工群情激愤便见猎心喜，以为是斗垮索额图的天赐良机，就鼓动门生一起上书。殊不知喊打喊杀的奏章多一份，保下索额图的力道便大一分。”

文善达听得目瞪口呆，隔了好一会儿才说：“咱们手里拨的那点算盘，简直不值一提。皇上手里拨的，才是天下的大算盘。每一颗算盘珠，都是千万颗人头！”他把身体往椅子上一靠，长出一口气：“索额图躲过一劫，咱们也就省心了。”

鹿富晨笑了笑问：“怎么，花了冤枉银子了？”

“我的鹿大人哟！”文善达一拍大腿，站起身来，拱手道，“您把我当什么人？生意人讲究的是个诚信，君子一言驷马难追。无论时局如何变化，答应给您和李大人的银子，一两也不会少。”

“再说了，”文善达又说，“索额图虽保住了脑袋，却是戴罪之身，再不是从前那个呼风唤雨的索相。文某日后的生意，还得请李大人关照。”

鹿富晨指了指文善达，说：“你是个耿直人，更是个聪明人。”

文善达拱手道：“银子的事不必再提，只是索额图劫后余生，蒙顺是否也能轻放？”

鹿富晨盯着书桌，沉默良久，才说道：“蒙顺的事，或许比银子还棘手。”

“怎么？”文善达脸色陡变。

鹿富晨说：“银子只是咱们两家的事，你情我愿好商量。蒙顺的案卷却已交到刑部，难不成让刑部退回来？那岂不是告诉所有人，李大人审错了，弄了一桩冤案？”

文善达方才的喜悦之情被冲走大半，结结巴巴说道：“可……可索额图不……都没事了吗？”

鹿富晨说："索额图是皇上保下来的，皇上可没保蒙顺呀。"

文善达知鹿富晨说的是实话，但越是这样，他心中越急："难不成索额图的脑袋保住了，蒙顺还要去当替死鬼？"

鹿富晨思忖了一会儿，说："所有罪还得蒙顺扛着，但不至于杀头。反正朝廷不会深究，李大人就手下留情判个流放吧。"

"不能再轻点？"文善达说。

鹿富晨摇了摇头道："再轻，这案子就得翻过来。到时，咱们都吃不了兜着走。"

2. 功成名就的背后，要么是沧桑，要么是肮脏

阴暗潮湿的牢房里，几只老鼠肆无忌惮地站在墙角。见蒙元亨与狱卒走近，老鼠摇头晃脑地窜去其他地方。狱卒打开牢门，指了指里面，催促道："有什么话赶紧说。"

"爹！"蒙元亨走进牢房，扑通跪了下去。

蒙顺撩起散落的头发，颤抖着声音说道："元亨，你来了。"

"儿子不孝，来晚了。"蒙元亨一把抱住父亲。

"哎哟！"蒙顺惨叫起来，"轻点。"

蒙元亨立刻掀起父亲的衣服，只见身上到处是伤痕。蒙元亨的眼泪唰地一下流出来，蒙顺却安慰道："到了这里面，谁不受点皮肉之苦。"

蒙元亨痛哭流涕道："爹，你满身伤痕，如何再受得了折腾？启程的日子，就不能推迟几日？"

蒙顺摇头道："有些事，岂能由着咱们。"

蒙元亨愤恨地说："从来被流放的人，都不会这么急着押解上路。"

蒙顺抚摸着儿子的脸，安慰道："我不走，有些人心里不安哪。再说，若不是即将流放上路，我还见不着你。"

这几日，蒙元亨为营救父亲四处奔波却屡屡碰壁。下午突然得到消息，说蒙顺已被判流放充军，明日就要押解上路。蒙元亨一直想见父亲而不得，如今尘埃落定，终于被准父子相见。

蒙元亨紧握住父亲的手，说："爹放心，儿子就算拼上性命，也一定要为你

洗刷不白之冤。”

蒙顺强撑着坐直身子：“我一把年纪，就算死在流放路上也不足惜。我挂念的，只有你和佩文。记住，不要再去节外生枝。好好活下去，比什么都强。”

蒙元亨说：“爹不必担心。文善达可以买通李一功与鹿富晨，但我不信他能买通全天下官员。”

“糊涂！”蒙顺拉高声调，几乎吼了起来。顿了顿，他又用几近哀求的语气说道：“千万别去惹事！”

蒙顺咳了几声，又说：“前些日子，文东家来牢里看过我一次。我告诉他，文家对我有恩，叫我为文家去死，眼睛都不眨一下。但让我担罪，实在心有不甘。并非自己贪生怕死，而是为了孩子。若路上遇到打劫，我挨一刀死了，那是报答东家恩情。可一旦认罪，元亨就成了犯人之子，终身不得踏足科场。我知元亨志向远大，一心想着入仕为官，出将入相，父亲非但帮不上你，反而连累了你。”说到这里，蒙顺已是老泪纵横。

蒙顺擦拭着眼泪，继续说：“我毕竟是肉体凡胎，被人一顿毒打，便扛不住了。”他深深叹了口气。“如今我既不是一个好掌柜，也不是一个好父亲。我对不起文东家，更对不起你！”

蒙元亨想着父亲被拷打的场景，真是心如刀绞，咬牙切齿道：“文老贼害了爹，害了咱们蒙家。终有一日，我要他血债血偿。”

“元亨！”蒙顺使劲捶着大腿，“我最担心的，就是你去向文家寻仇。”

“答应我！”蒙顺凝视着儿子，“不要再去招惹是非，让一切就这样过去，好吗？”

父亲含冤流放，自己一生抱负难展，这一笔笔仇，都要记到文善达头上。蒙元亨早已立誓，此仇不报，誓不为人！不过面对父亲的哀求，蒙元亨不愿他老人家挂念，违心答道：“好，我听你的。”

蒙顺太了解儿子，此时的任何承诺他日未必信守。然而做父亲的，还得苦口婆心地劝。他将身子倚靠在墙上，说：“祸兮福所倚福兮祸所伏，蒙家遭此劫难，你不能入仕为官，未必是坏事。你看看，索额图多大的官，文东家有多少金银，到头来差点连脑袋也保不住，还不如小老百姓安生。”

蒙顺眼中满是慈祥与关爱："元亨，你聪明过人，胆识超群，都是长处。但要在这世道混出头，光靠一点聪明是不够的。别看有些人风光无限，但功成名就的背后，要么是沧桑，要么是肮脏。这些个浑水，咱们不去蹚也好。"

蒙顺苦笑道："不知我这些话，你听进去没？你若不去找人寻仇，也不去干什么轰轰烈烈的大事，而是安安稳稳过一辈子，为父倒是走得无牵无挂。"

"是。"蒙元亨泪流满面。此刻无论父亲说什么，他都会答应下来。

"接下来，你有什么打算？"蒙顺问道。

蒙元亨答道："还没想过。"

蒙顺说："泾阳不必待了，不妨带着佩文一同回保宁府吧。我在保宁府当了十多年掌柜，你们也在那里长大成人，说起来，保宁府才是你们的家。"

蒙顺叹了口气，又说："文东家对下面人素来大方，我在文盛合辛苦几十年，积攒了一些银子，在保宁城外还置有田产。只要不是太挥霍，这些银子够你和佩文度日了。"

蒙元亨兄妹年幼时，蒙顺忙于生意，很少陪伴家人，妹妹佩文经常抱怨，说几个月见不到父亲。儿女长大成人后，蒙顺依旧是位严父，时常教训孩子。然而值此生离死别之际，父亲没一句在说自己，却对一双儿女念念不忘。想到这些，蒙元亨越发不能自已，头磕到地上："爹，爹！"

"时间到了！"狱卒来到牢门口。

蒙元亨并无离开的意思，拉着父亲的手。

"听到没有？"狱卒又在催促。

蒙顺主动将手抽回来，挥了挥说："走吧。"

狱卒进到牢房，往外推搡着蒙元亨。他前脚跨出牢门，后脚狱卒便将牢房锁上。猛然，蒙顺站了起来，拖着手铐脚镣，冲到木栅栏旁，用尽全身力气喊道："元亨！照顾好自己！照顾好妹妹！不要管我！"

震动天下的索额图案，以这样一种不了了之的方式结束。无论功过，朝堂上再无人提起索额图，仿佛这位曾经权倾天下的宰辅，并非销声匿迹，而是压根没出现过。周弘毅、蒙顺等受到株连的人，一个个被判下重罪，发配充军。

文盛合的生意比以前更好了，山陕商帮中甚至流传，说文善达是个能通天的人物，否则如此大风大浪，怎么抛出一个蒙顺便遇难成祥。对于这些传言，文善达狡黠地选择了沉默。

这一日，文善达坐在太师椅上，正在教训儿子文知桐，一单茯茶生意，差点让这小子弄砸了。都说虎父无犬子，偏偏这榆木脑袋总不开窍。

这时，文知雪一脸慌张地跑了进来：“爹，蒙大哥出事了。”

“这小子又怎么了？”文知桐仿佛盼来了救兵。

“他被官府的人抓走了。”文知雪焦急地说。

“到底怎么回事？”文知桐问道。

“还能怎么回事？”文善达缓缓说道，“自作孽，不可活。”

原来，钦差大臣李一功返京后，新川陕总督到任。蒙元亨打算拦轿喊冤，并随身带着几封之前的信件，足以证明蒙顺进京办事是听东家文善达差遣，而非自作主张。蒙元亨的行踪被鹿富晨发现，在客栈里把人抓了，还搜出信件。鹿富晨恼羞成怒，给蒙元亨定了诬陷之罪，当堂便是四十大板，接着又关进牢里。

“这小子就是欠收拾。”文知桐既幸灾乐祸，更有些后怕，蒙元亨整天纠缠下去，何时是个头？

“哥，你这是什么话，是我们对不起人家。”文知雪说。

“妹子，你干吗胳膊肘往外拐？”文知桐说。

文知雪平时性情温和，今日语气却异常强硬：“世上除了亲疏内外，还有是非对错。”

文善达盯着女儿问：“你说怎么办？”

文知雪说：“赶紧想办法把蒙大哥救出来。”情急之下，她又脱口而出：“昔日让蒙顺顶罪还能说情势所迫，今日再陷害蒙大哥就是天理不容，要遭报应的。”

“混账！”文善达气得嘴唇发青，眼看右手伸出，一耳光就要打下去，但最终还是握成拳头，缩了回去。他素来疼惜女儿，真要说打哪下得了手。

“爹，息怒。”文知桐赶紧劝道。

文知雪第一次见父亲如此暴怒，也低下头：“我不是成心气你，但咱们真不能再做对不起蒙家的事。”

“你还顶嘴。”文知桐说，“今日是蒙元亨去拦轿喊冤，没人害他。真要说害，也是他在害我们。”

文知桐缓和了一下口气：“妹子，你正是情窦初开的年纪，难免感情用事。但你得明白，自己是文家人。蒙元亨再好，能有文盛合重要？”

文知雪生性矜持，对男女之事羞于启齿，可一想到蒙元亨身陷囹圄，竟主动承认：“没错，我是喜欢蒙大哥，但救他并非只为了我。”

文知雪继续说：“蒙大哥是我们文家的恩人。当初爹被抓，他雪夜追巴图才让爹平安归来。爹不是说过要重谢他吗，今日怎能见死不救？”

“好，好，说得好！”文善达铁青着脸坐回椅子上，“看来我欠蒙家的账，这辈子也还不清。”

“可是，”文善达话锋一转，“如今不是我为难蒙元亨，而是他和我过不去。他再胡闹下去，文盛合就得关门，大伙就得喝西北风。”

文知雪说：“哪一个当儿女的没有孝顺之心，当初爹出事，女儿也是奋不顾身营救。若蒙大哥此刻无动于衷，那才是禽兽不如。但蒙大哥是个聪明人，给他点时间冷静一下，就会明白爹那么做是迫不得已。”

“蒙元亨真能迷途知返？”文善达问。

文知雪说：“待他出狱，我会亲自去劝说。”

文善达又问：“你能劝动他？”

“能！”文知雪说得斩钉截铁。

文善达苦笑道：“你说这句话时貌似坚决，其实心中一点底气也没有。想必此刻为了救蒙元亨，你什么承诺都敢做吧。”

文知雪刚要说话，却被文善达挥手打断：“我会想办法搭救蒙元亨。你说得没错，这小子救过我，欠账就得还钱。”

“多谢爹。”文知雪满脸欣喜。

文善达重新站起来，缓缓说道：“只要蒙元亨不再瞎折腾，我保他一辈子荣华富贵。但他若一意孤行，这一次救得了他，下回可没人再救他。”

3．你们拿钱走人，我们花钱消灾，彼此两不相欠

漫长的严冬终于过去，和煦的东风吹遍关中平原。这里的春天不像江南那样明媚、秀丽，只是在山涧里、岩石下，三两树桃花，四五株杏花，孤单地吐露芳华。融融的阳光把叠叠重重的灰黄色山峦，把镶嵌在山峦的屋宇、树木，把摆列在山脚下的丘陵、沟壑一股脑地融合在一起，别有一番风韵。

走出狱门的蒙元亨放眼四望，一切都显得迷离与晦暗。父亲蒙顺受不白之冤，自己救父不成倒引来牢狱之灾。天下之大，连个喊冤的地方也没有。

妹妹蒙佩文与一名年轻男子等候在外。一见哥哥，蒙佩文忙上前抱住他："怎么样，伤好了吗？"

"好了。"蒙元亨安慰妹妹。旋即，他又说："狱中我带出的口信，你收到了吗？我在牢里都惦记着这事。"

"一切我都安顿好了，没让小姑娘吃苦。"蒙佩文说。

蒙元亨惦记的乃是周琪。他在狱中听说，周弘毅被发配充军后不久，泾阳县衙便把周琪放了出去。父亲不在了，文家也不会再收留小周琪，蒙元亨捎口信，让妹妹佩文妥为照顾。

"蒙大哥，你受苦了。"一旁的年轻男子招呼道。

蒙元亨瞅着此人眼熟，一时却又记不起来。蒙佩文说："他就是小段，从前父亲老提起他。这段时间，家里好多事都靠他照应。"蒙元亨想起来了，此人就是文盛合的伙计段运鹏，昔日父亲对小段颇为赏识。

"蒙姐姐，千万别这么说。"段运鹏说，"蒙掌柜对我有恩，他今日遭难，

蒙元亨笑了笑说："一会儿到了客栈，就给它喂食。"

蒙元亨等人昨日离开泾阳，对邻居说是回四川。蒙顺在四川保宁府多年，蒙元亨兄妹幼年时光也在那里度过，此番蒙家遭难，他们回保宁府，在外人看来倒在情理之中。不过马车过了西安，却没继续南下，而是掉头朝东，直奔京师而去。

其实，蒙元亨从未想过回保宁，而是打定主意进京告状，为父亲洗刷不白之冤。陕西官员都被文善达买通，钦差李一功也是睁眼说瞎话。京城，便成为蒙元亨最后的希望。

段运鹏赶着马，说："此处离风陵渡只有十几里路了，今晚应该能到。"

蒙元亨点着头说："听说黄河前日便解冻了，咱们今晚在风陵渡好好休息，明日过河。"

"河水刚解冻，排队等着过渡口的人多着呢。就咱们这连人带车的，没准得等上好几天。"周琪年纪最小，但跟着父亲走南闯北，到过的地方不少，譬如这风陵渡，她便走过好几回。

"这一趟辛苦你了。"蒙元亨说，"一个小女孩却要跟着我们一起折腾。"

"我是犯人之女，谁都不愿收留。有人带着我一起折腾，就不错了。"周琪的语气中既有感激，更有一份身处逆境的坚韧。之前蒙元亨还担心周琪年纪小，许多事瞒着她。但这几日却发现，小姑娘远比自己想象的坚强与乐观。蒙元亨开玩笑说，等咱们小周琪长大了，一定是个巾帼英豪。

众人说话间，只听身后响起急促的马蹄声。紧接着，两匹快马从马车两侧呼啸而过。蒙元亨用余光一瞟，却瞧见马上两人全用黑布蒙面。当下他心头一紧，该不会遇上劫道的吧？

快马奔出数丈远，马上之人忽然转过身来，手中张弓搭箭，对准了马车。蒙元亨心里咯噔一下，下意识地扯住缰绳。说时迟那时快，只听嗖的一声，箭便射了出来。

蒙元亨反应很快，先一把将段运鹏推开，自己也跃身跳下躲避。在地上打了几个滚，他爬起来一看，自家的马已被射中，马车翻了过去。

蒙元亨赶紧跑到车前，拉出妹妹与周琪，见两人虽受了伤，意识还算清醒。

他从车内取出包裹与防身的剑，怒目朝向放箭之人。

见蒙元亨拔剑而立，骑在马上的人笑起来："还是练过功夫的？要比画几下？"

蒙元亨的确练过功夫，自问对付一两个街头混混不成问题。不过，瞧这两人骑马拉弓的架势，显然是行家，自己以一敌二胜算不大。再说如今大事在身，更不是逞强斗勇的时候。

一番思量之后，蒙元亨把剑插在地上，抱拳道："两位好汉，大家能在荒郊野岭相遇也是缘分。若是手头紧，招呼一声便是，你们拿钱走人，我们花钱消灾，彼此两不相欠。"

对面两人纵身下马，他们身材一高一矮，肩上扛着明晃晃的大刀。高个子说道："你倒是个懂事的人，只是一点银子就打发了，未免把我们瞧低了。"

"还想怎样？"蒙元亨问。

对方朝寒光闪闪的大刀上吹了一口气，说："拦路打劫实在辱没了爷的名声，实话告诉你吧，钱无所谓，命得留下。"

"大哥，不用同他废话，赶紧把事办了，咱们好脱身。"矮个子说道。

听这口气，人家是要命不要钱。既然这样，只能以命相搏了。蒙元亨拔出长剑，双目如电，摆开了架势。

蒙面人大踏步走过来，蒙元亨正要迎敌，身后却飞出一块石头，不偏不倚砸中蒙面人的额头。石头是周琪掷出的，只听她大喊："蒙姐姐，段哥哥，咱们虽不会武功，也一起上。有石头砸石头，没石头折根树枝，定要和恶贼拼个你死我活。"

蒙面人只顾对付蒙元亨，不料被一个小女孩用石头砸中，额头发疼，心中暴怒，大喝一声道："别着急！你们都得死。"

蒙面人挥起大刀，自上而下直劈下去，真有石破天惊的气势。蒙元亨奋力拿剑一挡，见另一人朝周琪走去，又赶紧抢过身位，斜着一剑刺去。

两名蒙面人的身手果真了得，即便单打独斗，功夫也在蒙元亨之上。两人合力，三五招过后蒙元亨便招架不住。段运鹏拾起一根树枝，壮着胆子冲了过去。矮个子看都不看，仿佛身后长了眼睛，往后一脚便把段运鹏踢翻在地。

高个子忽地将大刀一举，左掌猛击而出，这一掌力道非凡，又罩住了蒙元亨整个上盘。蒙元亨知道此时避无可避，只是身形一闪，将胸口要害躲过，用肩膀硬生生挨了一掌。立时，他被震出半丈，肩骨似乎都要裂了。

矮个子乘胜追击，抢到蒙元亨身旁，几十斤重的大刀眼看就要劈下去。蒙元亨带着伤，无论拿剑去挡或是翻身躲避均力不从心。

不料刀未落下，却听得矮个子一声惨叫。蒙元亨睁眼一看，对方抱住后脑勺，鲜血直往外淌。

高个子扔过一块布，让自家兄弟包扎，而他举着大刀，并不向蒙元亨攻来，只是左右挪动步子，似乎在警惕周围形势。矮个子包好伤口，又捡起刀，恼羞成怒地盯着周琪："本想先送这小子归西，你却要来抢头香。好，老子成全你。"

"兄弟，"高个子吼道，"石头不是这小丫头掷的。她才多大力气，哪能让你淌血。"他又朝树丛喊了一声："别偷偷摸摸的了，快给老子出来。"

果然，从树丛中跃出一个身影。定睛一看，竟是一位容貌俊俏的女子。她鼻梁高挺，樱唇抹上了淡淡的口红。脚蹬黑色及膝长靴，手握短剑，从肩膀搭下的斗篷随风飘扬。

4. 鹿大人一心要蒙元亨死，文知雪却想方设法要他活

雁群飞过沟壑纵横的黄土地，嗷嗷地向北而去。赤条条的桃树枝，因为含苞待放的蓓蕾变了色。悠长的秦晋驿道上，此刻暮色渐浓，杀机骤起。

"原来是个小妮子。你是要路见不平拔刀相助吗？"高个子刀客语调低沉，透出一股狠劲。

女子笑了笑，说："路见不平拔刀相助原是江湖中人本色，不过今天，我却是拿人钱财，替人消灾。你们刀下留人，我便能交差，大家用不着伤了和气。"

"好一个拿人钱财，替人消灾，敢情咱们是一路货色！"高个子哈哈大笑，"没想到这小子的命挺值钱，有人花钱杀他，又有人花钱救他。姑娘，你求财天经地义，但老子就该赔本吗？"

女子秀眉一动，说："刀口上混饭吃，全是无本生意，哪有什么本可赔的，无外乎赚不赚而已。"

矮个子被人偷袭，心里正恼怒，吼道："银子大家都想赚，就凭本事说话吧。"接着挥舞大刀，急攻过去。他本是一等一的高手，此刻复仇心切，更是身手迅捷，衣襟带风。

女子并不怯战，舞动短剑，但见青光激荡，剑花点点，似落英缤纷四散而下，罩住了对手。矮个子见急攻不奏效，便沉住性子，用刀护住身体。几招过后，见女子短剑一刺而空，瞅准破绽反守为攻，一掌劈过去。女子上半身已全在掌力笼罩之下，当即倒转剑柄，以剑作为手指，想点中矮个子手腕上的穴道。眼

看就要碰到手腕，突然白光闪动，刀锋来势神妙无方，险些将短剑削断。女子急退两步，但闻刺刺声响，左袖已给划破了一条长长的口子。

高个子刀客在一旁凝神观战，心里逐渐松了口气。这女子武功虽比蒙元亨高出一截，但要从自家兄弟刀下讨到便宜却无可能。矮个子二十招过后，已占了上风，百招之内定能取胜。

不过此时并非比武切磋，求的是速战速决。看清对方武功路数后，高个子也挥刀加入战局。两人联手，双刀飞舞，十余招后，女子渐渐不支。

恰在此时，远处簇铃声大作，似有十多匹快马飞驰而来。不过片刻，人马赶到，将此处围了起来。领头的是一个皮肤黝黑、体格壮硕的汉子，他骑在马上，用南方口音吼道：“两个大老爷们欺负一个女子，算什么东西！把刀给老子放下。”

刀客见势不妙，便想脱身，女子却连刺几剑，封住他们的退路。瞅着双方都没有罢手的意思，马上的汉子大喝一声：“给我拿下！”

十余人各执兵器，一拥而上。若论单打独斗，这些人都不是蒙面刀客的对手，但仗着人多势众，终于把两人擒住。

蒙元亨几步上前，撕下两人面上黑布。蒙佩文与段运鹏惊呼起来：“吴龙，吴虎。”蒙佩文接着说：“二人是关中大盗，前几日泾阳城到处贴着他们的通缉令。”

蒙元亨把剑架在吴龙脖子上：“谁派你们来的？”

吴龙嘴硬道：“盗亦有道，不该说的话绝不会说。”

蒙元亨一脚把吴龙踢翻，接着拿剑用力戳住对方咽喉，吴龙的脖子已渗出鲜血。蒙元亨说：“这是最后机会，再不说，就没命说了。”

“是鹿富晨！”吴龙终于吐出实话，“鹿大人找到我们兄弟，让做掉你。”

蒙元亨愣了一下才收回长剑，大吼一声：“滚！”

“慢着！”操南方口音的汉子从马上跳下，朝蒙元亨说，“你小子下手也挺狠，差点就给人家一剑封喉了。你的话问完了，我还有事要办。”

吴虎哭丧着脸说：“好汉，不是说拿钱救人吗？人已经被你们救下，还要怎样？”

男子瞪着吴虎："就不许老子搂草打兔子，再挣一笔？"他把吴家兄弟的马牵过来，取出包裹一阵乱翻，骂骂咧咧地说："怎么回事？你们不是收了钱来杀人吗？银子呢？为何就这些散碎银两，还不够兄弟们喝顿酒。"

"银子没随身带。"吴虎说。

"真晦气，想顺手牵羊都不成。"男子一口唾沫吐到地上，"快滚！把马和刀给老子留下。这马不错，回头去集市卖了。刀也挺沉，找个铁匠铺子，看能不能打出几件铁器。"

吴家兄弟扭头便跑，女子却说："哥，你怎么像个打家劫舍的，连这些破烂货也要？"

"妹子，你还说。"男子说道，"我带着人马赶到，这两个王八蛋原本要溜之大吉，你倒好，死缠着不放。咱们收了钱，只管救人，干吗拼个你死我活！我找的这帮兄弟，来之前讲好了，壮声势是一个价，动手又是一个价。刚才一通打，可打掉了我不少银子，不找补点回来，怎么办？"

旁边立刻有人笑起来："罗大哥，你的面子大，咱们可以打折。"

"去，"男子说，"真流氓，假仗义。就你们这帮人的德行，打完折也不便宜。"

男子又说："妹子，以后行事小心点。今天若不是我及时赶到，你的小命就没了。"

女子噘着嘴说："真等你们，黄花菜都凉了。若不是我提前一步，那两人便得手了，还救什么人！"

男子掏出银两，赏给帮手，接着对蒙元亨说："大队人马我请不起，接下来就我和妹子护着你们。收钱时说好了，把人送过风陵渡才收工。"

蒙元亨问："敢问二位尊姓大名？"

男子说："我叫罗兵。这是我妹子，叫罗世英。咱们从湖南押镖过来，刚把货送到泾阳，便接了你这单买卖。"

泾阳城里，文善达跪在佛像前，嘴里似乎念着什么，可谁也听不懂。往日诵经礼佛，他会不时虔诚地仰望佛像，不过今日，他的眼睛始终盯着地板，偶尔瞟见慈眉善目的菩萨，心里还有些发毛。

外面一阵嘈杂，门被重重地踢开。文善达回头一瞧，只见鹿富晨满面怒容闯了进来。文善达忙着起身，但双腿跪了太久，又酸又胀，竟不听使唤。鹿富晨上前一把拽起文善达，厉声问道：“你给我玩什么花招？”

文善达一边揉着膝盖，一边说：“有什么话好好说，大呼小叫干吗！谁跟你耍花招了？”

鹿富晨冷声说：“派出去的人失手了。”

文善达身子一颤，赶紧关上房门，问：“你说谁失手了？是吴龙、吴虎两兄弟？”

“还跟我装蒜！”鹿富晨说，“这两人的身手，杀十个蒙元亨也绰绰有余，可没想到，姓蒙的身旁突然冒出一伙帮手。”

“哦。”文善达神情凝重地点着头，坐到椅子上。他也不知道，此刻心中究竟是懊悔抑或庆幸。

“人是你找的，他们学艺不精，你冲我发火干吗？”文善达说。

鹿富晨说：“这事就咱俩知道。说好了，你负责刺探蒙元亨行踪，我安排人下手。如今看来，分明有人泄露了消息。”

鹿富晨拉高声调：“泄露消息的，除了你还能有谁？救蒙元亨的人，是不是你派的？”顿了顿，他又恶狠狠地说：“好啊，让老子当恶人，你却学关云长义释曹操。”

“冤枉呀！”文善达指着佛像说，“今天当着菩萨的面，若是我耍了花招，死后就下十八层地狱。”

文善达接着说：“当初你说绝不能让蒙元亨进京告御状，得在半道除掉他，我心里的确犹豫不决，想着蒙顺对我有恩，我却要杀他儿子，实在下不去手。多亏鹿大人体谅，说动手的事你来安排。”

“实不相瞒，”文善达长叹一口气，“对这个蒙元亨，我是杀之不忍，救又不敢呀！”

“不是你救了蒙元亨？”鹿富晨盯着文善达。

“当然不是。”文善达斩钉截铁地说。

“那就怪了。”鹿富晨说，“听吴家兄弟讲，对方显然得到了消息，有备而来。”

“会不会是……”文善达喃喃自语。

“会是谁，你快说呀。”鹿富晨追问着。

这时，门被轻轻推开，文知雪站在门口，手上端着两杯茶。她说：“爹，鹿大人，请用茶。”

“出去。”文善达说。

“我不喝茶。”鹿富晨满腹心事，哪有品茗的心思。

文知雪却似乎没有听到，径直走进来，恭敬地把茶放到他们面前，接着垂手而立，并没有离开的样子。

文善达又说：“你出去吧，我和鹿大人有事要谈。”

文知雪细声细气地说：“我知道爹与鹿大人在谈什么事，你们不必瞎猜，救蒙大哥的人是我派去的。”

文知雪声音不大，却似平地里炸响一声雷。鹿富晨惊得站起来，文善达端茶杯的手猛颤，杯子掉落地下。

“你怎么知道的？”鹿富晨问。

文知雪说：“前几日也是在这间房里，鹿大人与我爹密谋，碰巧那时我在屋外。”

“你这丫头，坏了我们的大事。”鹿富晨气急败坏。

文善达愣了好一会儿，才缓过神来，指着文知雪：“你，你……”

“爹……”文知雪刚要说话，文善达却吼道：“我不是你爹。”他挥起手臂，重重一耳光扇过去，这是他第一次打心爱的女儿。

“老文，别打了。”鹿富晨坐下来，说起风凉话，“都说嫁出去的女儿泼出去的水，可文小姐还没出嫁，胳膊肘就朝外拐。她的心早向着别人，你打也打不回来。”

鹿富晨又盯住文知雪：“知道你喜欢蒙元亨，但文善达好歹也是你亲爹呀，含辛茹苦把你拉扯大。还有文家上下几百口人，一旦东窗事发，你就忍心他们被满门抄斩？”

“爹，女儿不愿你错上加错。”文知雪哽咽道。旋即，她又擦拭泪水，面朝鹿富晨说：“还有鹿大人，听说您即将高升去京城当官，晚辈也不想您节外生枝。”

“这么说，你在替我们着想？”鹿富晨嘲讽道。

“没错。”文知雪答道。

“荒谬。”鹿富晨说，“蒙元亨去京城告状，那才是节外生枝。只有杀了他，才能永绝后患。”

文知雪表情镇定，说：“京城的水有多深，民女不知道，可鹿大人也未必清楚。”

“你什么意思？”鹿富晨说。

文知雪说：“当初举朝哗然，嚷着要杀索额图时，鹿大人与爹只顾着找蒙顺做替罪羊，却没料到索额图案会不了了之吧。”顿了顿，她又说：“那时咱们再死扛一阵子，也就大事化小，小事化无了，哪用陷害蒙顺，被人戳脊梁骨。”

提及往事，文善达也是悔恨交加。鹿富晨脸色一沉：“早知今日，何必当初。你是不是又要提银子的事？”

“大人误会。”文知雪说，“银子给了就给了，断没有要回来的道理。再说句不中听的话，鹿大人拿了我家那么多银子，我们就更巴望您飞黄腾达。您若出了岔子，银子才叫打了水漂。”

鹿富晨笑了笑：“话糙理不糙。”

文知雪说：“勾结江洋大盗取人性命，这可是冒着风险的，鹿大人履新在即，何苦蹚这浑水。”

“你以为我吃饱了撑的？”鹿富晨真是既好气又好笑，“若不是蒙元亨死扭着不放，我干吗要杀人灭口？”

文知雪说：“大人说得好，杀人不是目的，关键是灭口。若口已经灭了，何必再去杀人？”

“难不成你有什么法子，让蒙元亨当哑巴？”鹿富晨说。

“大人说笑了，我哪有那本事。”文知雪说，“蒙元亨不会成为哑巴，但有人却有能耐，让天下人成为聋子。”

鹿富晨盯着文知雪，说：“有什么话直说，我没空跟你兜圈子。”

文知雪说：“当初要扳倒索额图的，是皇上；后来要保下索额图的，还是皇上。如今大局已定，最不愿节外生枝的，依旧是皇上。蒙大哥倘若去告御状，当真是自讨没趣。”

文善达吃惊地望着女儿：“你是说，甭管蒙元亨怎么折腾，朝廷都不会理会？”

文知雪点头说：“皇上是要保索额图的，而要保下索额图，当然不愿旧案重提。”

鹿富晨思忖了一会儿，缓缓说道：“京城那池子水有多深，文小姐倒是洞若观火。”

文知雪说：“做生意讲究将本求利，分明没本钱就能做的买卖，何苦花银子给吴家兄弟，另外还得担上杀人的干系！”

鹿富晨盯住文知雪：“你的这套说辞，为的还是救蒙元亨吧。”

文知雪并不闪躲鹿富晨的目光：“我当然想救蒙大哥，但也是为了爹与鹿大人。爹已经错过一次，不能错上加错。鹿大人前途无量，更不必引火烧身。”顿了顿，她又说：“其实这番道理并不深奥，蒙大哥聪明绝顶，假以时日他会想明白的。”

“文东家，你这位千金不仅重情重义，更慧眼独具呀。”鹿富晨端起茶杯，把玩起杯上的盖子。

文善达长舒一口气：“能不杀人当然好，谁愿意见着血光。”他又问：“鹿大人，你何日启程进京？在下略备薄酒，为你饯行。”

“咱俩之间，喝酒就不必了。”鹿富晨说，“我要离开泾阳这个是非之地了，倒是你得好自珍重。蒙元亨绝非善茬，还有你家这位千金，更是难得的女诸葛。一个人身旁的聪明人太多，可不是什么好事。”

“这些绝顶聪明的人中，还有鹿大人你吧。”文善达回了一句，鹿富晨却是摇头不语。

送走鹿富晨后，文善达转头盯住文知雪，用一种从未有过的目光审视着女儿。“爹，怎么了？”文知雪问道。

“没……没什么。”文善达缓缓说道，“今天我下手重了些，你……”

“我没事。”文知雪说。

“没事就好。”文善达欲言又止，挥了挥手，“你去吧。”

5. 徽商千里西进，要端掉山陕商帮经营了百年的棉布商路

三月，黄河北岸的风陵渡口扰攘一片，驴叫马嘶，夹着人声车声。天气依旧寒冷，客栈伙计关上门，在堂中生了几堆火。寒风从门缝中挤进来，吹得火堆时旺时暗。蒙元亨一行人与罗兵、罗世英兄妹围坐在火堆旁，一边烤火取暖，一边喝酒吃肉。

蒙元亨从罗兵口中得知，救自己的是文知雪，不禁叹道："杀我的是文家人，救我的也是文家人。"

蒙佩文问："吴龙、吴虎不是说，他们是鹿富晨派来的？"

蒙元亨说："鹿富晨与蒙家往日无怨，近日无仇，何苦要陷害咱爹，还要置我于死地？不都因为收了文善达的银子。"

罗世英对蒙元亨的遭遇颇为好奇，问道："你们为何要去京城？仇家又为何要追杀？"

蒙元亨说起父亲被陷害的事，愤懑不已。罗世英细细听着，颇为动容。她本是侠义之人，得知蒙元亨百折不回救父，更投来赞许目光。

待蒙元亨说完，罗世英说："此去京城路途遥远，你们的马又被射死了。刚缴来的马，你们带上吧。"

罗兵一口噎住了："这……这我可没答应。"

罗世英说："这桩买卖咱们一块接的，缴来的马自然该一人一匹。就算你不答应，我那一匹总可以送人。"

罗兵唉声叹气："好人做到底，我的马也一起送了。"

蒙元亨十分感激，举起酒杯："此番蒙你们搭救，无以为报。他日若能重逢，定当重谢。"

罗兵一饮而尽，说："我可记住这句话了。他日发达了，我一定找上门来。"罗世英平日并不喝酒，今日也满满饮下一杯。

周琪问："罗大哥，你和你妹子是亲兄妹吗？"

"当然，如假包换。"罗兵说。

周琪说："一般亲兄妹的名字很相近，起码不会一个单名，一个双名。"

罗兵哈哈笑道："我父亲是老镖师，一身好武艺，字却识不得几个。他给我们起的名字原是罗文、罗秀，指望着男孩习文，女孩秀气。可我打小喜欢舞枪弄棒，后来瞧着当兵的神气，索性给自己改名罗兵。妹妹进私塾读书后，却有了书呆子气，听说读了一首什么诗，是写江湖中人侠肝义胆的，就给自己改了个罗世英的名字。"

罗世英恨了哥哥一眼："你才是个呆子，别在这儿丢人现眼。"

蒙元亨说："敢问世英二字，是否出自李白的《侠客行》，纵死侠骨香，不惭世上英？"

"正是。蒙大哥真是博学。"罗世英莞尔一笑，头一回称呼蒙大哥。

蒙元亨说："这诗好，与姑娘身上的侠义之气不谋而合。"

罗世英脸庞泛起红晕，接着主动举起酒杯："风陵渡一别，不知何日才能相见。只愿蒙大哥早些大仇得报，救回父亲。"

蒙元亨喝下酒，说："多谢。"

这时，段运鹏从店外跑了进来。或是被冻着了，他先灌下一碗酒，又拿起一块牛肉，边啃边说："渡船联系好了，明天一早就能过河。"

"太好了。"众人欢呼雀跃，唯独罗世英脸上似有一丝怅然。

天色渐暗，风越刮越大。风声过处，夹杂着一阵马蹄声响。一队马疾奔而来，停在客栈门口。一看从马上下来十几号人，客栈伙计却发愁道："来这么多人，哪有房间？"

一个五大三粗的汉子走进来，操着南方口音：“伙计，要五间宽敞干净的上房。”

伙计赔笑道：“对不住，小店早住得满满的，委实腾不出房。”

那汉子说：“五间没有，就要一间吧。”

伙计为难道：“实在抱歉，一间房也没有。”

“有你这么做生意的吗？”汉子开口训道，接着扔过银子，“这钱开三间上房也绰绰有余了，今晚只要一间。你赚还是不赚？”

伙计满脸欣喜道：“平时请都请不到的贵客，哪有怠慢的道理。这样，我把掌柜的房收拾出来。”

说话间，在店外拴马的人都拥了进来。居中的是位年轻的美男子，长眉若柳，身如玉树，白净的面孔上，两颗黑得深不见底的瞳仁，给人一种深沉稳重之感。他没穿锦缎皮袄，只是一身浅色长布袍，再披了件坎肩，似个俊俏书生。尽管春寒料峭，手中却摇着一柄折扇。

最先进店的汉子朝年轻男子恭敬说道：“上房已安排好，请东家先去休息。”

年轻男子问道：“你们呢？”

汉子答道：“我们在大堂内烤火便是。”

在堂内烤火的旅客一见这阵仗，心里都在嘀咕，这位东家年纪不大，派头却不小。

“不忙。”年轻人摆手道，接着在堂内东张西望，目光最后落到蒙元亨身上。他快步走过来，握住折扇，抱拳行礼：“敢问阁下可是蒙元亨蒙公子？”

“正是。不知兄台是哪位？”蒙元亨起身还礼。

“哎呀，功夫不负有心人，让我找到恩人了。”年轻人激动地拉住蒙元亨的手。

蒙元亨一头雾水，不知何时成了别人的恩人。来者又盯着周琪问：“你是周姑娘吧？”

周琪点了点头，问：“你是……”

年轻人一把抱住周琪，说：“我是你父亲的忘年之交。”松开周琪，他又说：“在下岳江南，徽州人士，是苏州广诚德布庄的东家。周先生对我恩深似海，蒙公子不避嫌隙，一路照看琪儿，你是周家的恩人，自然就是我的恩人。”

最先进店的汉子也走了过来，说：“恭喜东家，辛苦了几日，终于找到蒙公子与周姑娘。”

周琪说道：“我爹也是徽州人士，但没听他提过岳东家啊。”

岳江南解释道：“我与周先生在扬州认识的，那时你还没出生，自然不知道。这些年你爹隐姓埋名，过去的事怕是不会提起。”

周琪点了点头，接着又摇头：“瞧你的年纪也不大，我爹在扬州时，你还是个孩子吧。”

岳江南说：“所以说是忘年之交。周先生当年对我的教诲，终身不忘。”

“你这人真奇怪，这才刚开春，就摇起扇子。”周琪又把岳江南打量一番，说道。

岳江南并不介意，哈哈笑起来：“小姑娘的脾气倒像你父亲。使折扇是我多年的习惯，纵然寒冬腊月依然扇不离手。”

蒙佩文觉得周琪说话太直，唯恐失了礼数，扯了她一下，说：“用折扇是文人风雅，跟天气没关系。”

“这位姑娘说得是。”岳江南朝蒙佩文点了点头。

蒙元亨问道：“岳东家，是专程来寻我的？”

“是呀。”岳江南坐到火堆旁，滔滔不绝讲起来。他聊起自己与周弘毅的扬州往事，又说自己听闻周弘毅遭遇变故，周琪身在泾阳无依无靠，便千里西进，决心寻得故人之女。几番打听，得知周琪被蒙家收留，可到蒙家时却已人去楼空。岳江南往保宁府追去，一路未见踪影，不得已兵分两路，自己领着一拨人向东寻来。

说完之后，岳江南又把蒙元亨大大夸奖了一番，说他一诺千金，有古君子之风。岳江南接着问：“邻居说你们南下保宁府了，何故一路往东，行至风陵渡了？”

蒙元亨道出了实情，岳江南脸色一沉：“蒙兄，京师万万去不得。”

“岳兄，何出此言？”蒙元亨问。

岳江南说："索额图案震动天下，最后不了了之。你可知是谁保下索额图？"

蒙元亨说："朝廷中枢的事，一介草民如何知道。但能保下索额图这般重臣的，恐怕除了皇上没有第二人。"

"对喽。"岳江南的徽州口音很重，"皇上要保索额图，你却翻旧案，结局可想而知。"

"可我父亲是冤枉的。"蒙元亨激动地说。

岳江南摇头道："在儿女心中，父亲重如泰山。不过在皇上眼里，到底有没有冤枉蒙顺，或者蒙顺是生是死，简直轻如鸿毛。"他又加重语气说："皇上心中装的是九州万邦，连一品大臣索额图也不过是枚棋子，说抓就抓，说放就放。恕我直言，像蒙顺这样的人，或许连棋子都算不上。"

"还有那个索额图，如今最担心节外生枝。"岳江南说，"你为父申冤，他又要卷入是非，能不怕？方才你说文家派人在路上截杀你，过了风陵渡，出了陕西地面，文家的手够不着了。可没准下一拨杀手，会从京城而来。"

岳江南千里迢迢从苏州赶来，平生未与文知雪见过一面，但他的这番见解，倒与泾阳城中的文知雪如出一辙。其实文知雪说得没错，这番道理并不深奥。以蒙元亨、鹿富晨等人的聪明，之所以一时没想明白，不过是当局者迷，被仇恨与惊恐蒙住了眼睛。

"岳东家说得对。此去凶险万分，蒙大哥，你再不能往前走了。"罗世英着急道。

蒙元亨无法反驳岳江南的话，与朝廷大政相比，蒙家的区区冤情算得了什么！鹿富晨、文善达不会在乎蒙家人的生死，高高在上的天子与索额图就更不会在乎。但他并不甘心，隔了好一会儿，才从牙缝中挤出一句话："拼着一身剐，也不能让仇人好过。"

"万万不可。"岳江南劝道，"蒙兄舍身救父，忠孝可嘉。但你想过没有，拼死一搏反倒会害了父亲。"

"为何？"蒙元亨惊问道。

岳江南说："为了灭口，只得杀人。皇上若执意保下索额图，就不会允许任何人重提旧案。真把事情闹大了，不仅你们性命难保，没准还有一道严旨掷下，要在流放之地处决蒙顺。在大人物眼中，为了天下安定，多几条冤魂算什么。”

蒙元亨彻底陷入了沉默。为了救父亲，自己豁出性命也在所不惜。但正如岳江南所言，一味闹下去，反而置流放的父亲于险境。天下之大，就是没有你容身之所！什么朗朗乾坤，昭昭日月，都见鬼去吧！

良久，蒙元亨喃喃说道：“京师去不得，我又能去哪里？”

岳江南提议：“蒙兄若不嫌弃，跟着我回苏州如何？我说过，你是周家的恩人，便是我的恩人，一定好好报答。”

蒙元亨摇头道：“父亲在关外苦寒之地蒙冤，我却在锦绣江南享福，于心何安！”

“怎么是享福！”岳江南说，“蒙兄若是有意，我出本钱，交给你来做生意。以你的大才，假以时日一定富甲一方。”

蒙元亨苦笑道：“岳兄抬爱了。富甲一方从不是我的志向，再说我对生意的事一窍不通。”

岳江南说：“我听人说过，蒙兄志存高远，和孔方兄打交道，实在辱没了你的大才。不过世上的事，哪能尽如自己心愿。如今你是犯人之子，只怕有心建功，却是报国无门。”

岳江南的话又触到蒙元亨的苦楚之处，他脸色发青，心中的仇恨之火更加炽烈。岳江南继续说：“有钱能使鬼推磨，这是屁话，但也是真话。文善达陷害蒙顺，不就靠银子买通官府？等你攒够了银子，照样能疏通关系救出父亲。你经商赚钱，既是利己，也是救父。”

蒙元亨思忖了一下，说：“岳兄说得没错，没有实力，救父便是一句空谈。但大仇未报，我实在不甘心就此而去。”

岳江南叹了口气：“文善达背信弃义在前，赶尽杀绝于后，的确十恶不赦。但报仇的事急不得，须从长计议。如今文家家大业大，你岂是人家对手。”

蒙元亨再度陷入沉默，手中的拳头越攥越紧。

猛然，岳江南说道：“倒有一桩生意，既能让蒙兄发一笔财，更是报仇雪恨。”

“连我们押镖的都知道和气生财，世上还有报仇雪恨的生意？”罗兵觉得很好奇。

北风渐歇，堂内的火越烧越旺。岳江南脱下坎肩娓娓道来。原来，从明代开始，由陕晋徽三大商帮合力经营起一条绵延千里的商路，即为“北棉南去，南布北来”。中国北方以及蒙古、西域等地，天气高寒，对棉布的需求量巨大。陕西渭河沿岸从元代起，亦有种植棉花的传统。然而，黄土高原风高土厚，加之工艺所限，纺纱断头多。陕商与晋商能采购到棉花，有现成的销路，却苦于织不出上好棉布。

元代元贞年间，黄道婆将棉布纺织技术从海南岛传入松江府。从此，江南地区的纺织技艺冠绝海内。江南富庶之地向来是徽商地盘，在他们苦心经营下，苏松嘉杭四府“日动犁锄，夜动机杼”，成为天下纺织中心。

山陕商帮觉察出这一商机，在西北大量采购棉花，而后“北棉南去”运往江南加工。待徽商的布行将棉花织成棉布后，山陕商人再携巨资回购，重新运回北方销售，这就是“南布北来”。

听岳江南说完后，蒙元亨立刻说：“这条商路虽说由三大商帮合力经营，但真正厉害的是陕商与晋商。原料和销路都被他们把持着，徽商不过摇动纺机，挣点辛苦钱。”

岳江南拍手道：“方才蒙公子说自己不懂生意，看来是客气了。”

蒙元亨客气道：“我不过随口乱说。”

“这可不是乱说。”岳江南赞叹道，“你道出的乃是山陕商帮经营商路之精髓。他们的厉害之处，就在于把持住了原料与销路。经营这条商路的山陕商帮中，又以文盛合实力最为雄厚。文善达总结自己的经营之道为：驻中间，拴两头。商路绵延千里，从江南织机到塞北驼队，实则由他在泾阳居中调度。”

岳江南又笑着说：“生意上的这些门道，有人一辈子参不透，有人却一眼便知。蒙兄便是后一类。当初你以奇谋解救文善达，那是何等聪慧。天下之事原本大道相通，以蒙兄大才，从商亦为雄杰。”

没想到自己那些事岳江南竟然知道，蒙元亨摆了摆手：“不足挂齿。”接着，他又问：“这桩生意和我有何相干，又如何与报仇雪恨扯上关系？”

岳江南说：“近年来，文盛合仗着财大气粗，对江南布商予取予求。徽商积怨已久，早想撇开文善达，自己去开辟一条商路。你若是有意，不妨去试一试。一旦成功，日进斗金不必说，更是挖掉了文善达的命根子。”

“我？”蒙元亨一脸惊讶，“我一天生意也没做过，却要端掉山陕商帮经营百年的商路？”

岳江南朝火堆里添了一根木头，笑着说：“百年商路该是何等盘根错节，真要是个老气横秋之人，反倒不必指望。如今需要的，恰是一位大智大勇、锐不可当的俊杰。”顿了顿，他又说：“况且，从京师到泾阳，蒙兄与蒙古部落的渊源可不浅呀，此刻正好派上用场。”

噼啪！噼啪！火堆里的树枝直响，如怨如诉，火堆周围还有一个圆形的淡红色的光圈在颤动，仿佛被黑暗阻住而停滞的样子。蒙元亨低着头，一语不发，全身上下被火焰映照得通红……

6. 一场棉花收购大战，却成就了文善达的大善人之名

泾阳城的朋来酒家，历来是山陕商帮聚会议事的地方。今日外头春光明媚，酒家内的气氛却颇为阴郁。来的人很多，椅子都坐不下，人们脸上挂着焦虑之色，不停窃窃私语。

"究竟怎么回事？"有人说道，"苏杭的八大徽商布庄都给我传来消息，说今年棉布供应减半。怎么着，有银子他们也不赚？"

另一人说："减半算不错了。我接到的消息是，从今年起不再供货。"

旁边人惊讶问道："不再供货？你是和哪家布庄打交道？"

这人答道："苏州的广诚德布庄。"

"我知道。"立刻有人接话，"广诚德是苏杭八大徽商布庄之一，老东家岳广胜前年病逝，他儿子岳江南接了班。听说这小子精通琴棋书画，是个儒商。"

"管他什么商。"又有人道，"经商得讲诚信，说不供货就不供货，这要干什么！"

"谁知道呢。"一人摇头叹息，"徽商向来狡诈，咱们可得提防着。"

"这帮南蛮子！"有人已忍不住爆出粗口。

议论之声突然停歇，所有人朝门口望去。原来是文善达到了，他的身后还跟着儿子文知桐与文盛合的另一位东家盛宇峰。

文善达一脸轻松朝里走，一路和人打招呼。立刻有好几人站起来让座，毕竟以文善达的威望，他若是站着，怕是没人敢坐。

文善达当仁不让，慢悠悠地坐下，接着掏出一款象牙鼻烟壶，吸出一缕富贵

之气。收起鼻烟壶，他笑呵呵地问：“什么事，大伙议得这么热闹？”

旁边有人恭敬答道：“文东家，苏杭八大布庄的事想必您也知道了。您是大伙的主心骨，咱们都听您的。”

“对，都听文东家的。”众人纷纷附和。

“原来大伙议的是这个。”文善达慢悠悠地说，“这件事，还得从一位故人之子说起。”停顿一下，他又说：“我与广诚德的老东家岳广胜素有交情，前年听说他驾鹤西去，心中也悲痛不已。其子岳江南承继家业后，本事有多大不知道，脾气可比老爹厉害。前些日子他来信说江南布商利润太低，希望涨价。我一口回绝了，而且告诉他，若再无理取闹，文盛合就要去苏杭开分号，自己招工匠织布。到那时，你一两银子也甭想赚。”

文善达笑了笑，接着说：“岳江南毕竟年轻，没见过什么世面，或许被我一番话吓着了，竟然病急乱投医，打起了自己开辟商路的主意。此番苏杭等地的徽商联合起来减少供货，也是这小子挑唆。”

“他想得美。”周围的人起哄道。

“长江后浪推前浪，这后生做事还真有一股子拼劲。这不，他悄悄来了泾阳，正在暗中招兵买马，商队或许不日便要启程。”文善达的话听着是在赞扬岳江南，语气中却尽是轻蔑。

“什么，岳江南到泾阳了！”房内顿时炸开锅。

“这下知道缘由了吧。”文善达说，“江南的徽商都把货给了岳江南，他们正巴望着这小子能走出一条新的商路。”

“这小子乳臭未干，老子过的桥比他走的路还多！”

“他以为咱们是吃干饭的？想自个单干！”

众人义愤填膺，骂声不绝。

文善达挥了挥手，示意安静。他又说道：“人家不仅要断货，更要断咱们百年来的财路。若徽商真把棉布直接卖到漠北，泾阳城里的陕商与晋商就只能喝西北风喽。”

“这可怎么办？”几位东家同时忧心忡忡地说。

“兵来将挡，水来土掩。”文知桐站了出来，说，“咱们经营这条商路上百年，也不是白练的。在岳江南之前，有的是徽商想这么干，结果怎么样，还不是给撵了回去。既然不见棺材不掉泪，那就打一副棺材送给他。”

一位白白胖胖、身着绸缎的东家站出来，说：“依在下看来，此事倒也不足为虑。文东家曾说过，驻中间，拴两头，此话鞭辟入里，实乃商场箴言。没有咱们在中间驻着，哪儿来的两头？西去的商路上，驼队、马队，以及几十家客栈，全在咱们陕商手里。岳江南的商队出了泾阳，咱们让他一口水都喝不着。”

文善达点了点头：“这话原是不错，可惜今时不同往日了。”

“怎么回事？”众人问道。

文善达跷起二郎腿说：“这个岳江南，寻了个帮手。”

“帮手？谁？”众人愈发好奇。

“这依旧是一位故人之子。”文善达叹了口气，“岳江南的帮手不是别人，正是我文盛合原掌柜蒙顺之子蒙元亨。蒙顺的事大伙都清楚，我用人失察，痛心不已。如今蒙元亨要为父报仇，跟着岳江南杀回泾阳来了。”

有人递过茶，文善达端起抿了一口，接着说：“文某乃山西祁县人，虽说来泾阳几十年了，从根子上说仍是晋商。商路上的茶棚、客栈，大多是陕商朋友经营。蒙顺是陕西人，过去与诸位联络颇多。若是有人念旧，要相助蒙元亨，那也是人之常情。”

听文善达如此说，屋内顿时鸦雀无声。隔了一会儿，盛宇峰站了出来，说道：“文叔父之言，小侄不敢苟同。”

“我哪里说错了？”文善达问道。

盛宇峰说：“文盛相合，财源广进。文家来自祁县，是晋商不假，盛家却是正儿八经的老陕。再者说，山陕商帮素来不分彼此，遍布大江南北的山陕会馆，正是咱们风雨同舟的见证。如今大敌当前，正是同心协力之时。”

“对，盛东家言之有理。”

“和徽商南蛮子干的时候，山陕商帮何曾分过彼此。”

众人纷纷附和。

一来文善达在山陕商帮深孚众望，二来岳江南砸的是众人饭碗，利字当前，哪会有人念及同蒙顺的旧情。一位个子瘦长的东家站出来，说：“蒙元亨数典忘祖，卖身投靠外人，实乃我山陕子弟的耻辱。过街老鼠人人喊打，还会有谁去帮。鄙人在商路上有十家客栈，只要是岳江南的商队，哪怕给座金山银山，老子也不让他住进去一个人。”

周围一片叫好声，文善达拍着大腿，站起来说：“同仇敌忾，何愁大事不成！岳江南敢来咱们的地盘惹事，就一定要叫他有来无回。”

文善达又说：“文盛合经营商路多年，如今更当义不容辞。我会立刻调集一批棉布运往蒙古各部落，以低价卖出去。别说岳江南的商队到不了蒙古，就算到了，也要他的棉布卖不掉。”

见文善达使出了看家本领，众人欢呼雀跃。文善达愈加意气风发：“人不犯我，我不犯人；人若犯我，我必犯人。先干掉岳江南这个罪魁祸首，接下来还得去找其他徽商算账。山陕商帮有的是银子，咱们就来它一回腰缠十万贯，骑鹤下扬州。带上银子，把分号开到江南，端掉徽商的老巢。”如雷的掌声几乎要把朋来酒家的屋顶掀开，这些锦衣玉食的关中巨富，对即将展开的商战厮杀，无不怀着必胜之心。

离开朋来酒家，文善达没有回家，而是直奔商号召集议事。他要兑现自己的承诺，调集棉布销往蒙古。用了两个时辰，事情大致布置下去，各人分头忙活去了。文善达仍不放心，叫住文知桐与盛宇峰，问道：“你们再想想，可有什么考虑不周之处？”

“很周全了。”文知桐说，“要我说，咱们商量的事没准派不上用场。调集棉布是为了在蒙古与对手血拼一场，可如今整个山陕商帮同仇敌忾，岳江南的商队一出泾阳，连口水都喝不上，怎么到得了蒙古。”

“胡说！”文善达脸一沉，猛地咳嗽起来。自打去牢里走了一遭，他的身体便大不如前，尤其这咳嗽的毛病越来越重，吃了许多药也不见好。方才布置生意时尚可硬撑，这会儿再也忍不住。

过了好一阵子，文善达才止住咳嗽，一张脸变得惨白。他用茶润了润喉咙，教训道：“取法乎上，仅得乎中，商场上任何时候都要料敌从宽。”

“叔父说得对。”盛宇峰说，“岳江南、蒙元亨均非泛泛之辈，绝不可掉以轻心。”

文善达点了点头，心中既有欣慰，更是不解。盛宇峰素来对生意不感兴趣，只是醉心金石篆刻，但这段时间却跟打了鸡血一样，积极出谋划策，协调左右，似乎憋着劲要和岳江南干一仗。

文善达问：“你有什么想法？”

盛宇峰说：“货是备足了，关键是价。”

文善达说：“我说过，这单生意不求利。只要不让岳江南在蒙古站住脚，哪怕不赚钱，棉布也可出手。”停顿一下，他又说：“咱们的棉布多是库中积压，况且一路上有商帮相助，商路畅通。岳江南的棉布千里迢迢从江南运来，西去路上还有数不清的艰难险阻在等着。他的成本远高于我，拼价占不到便宜。”

盛宇峰说：“假如人家就打算亏血本呢？”

文善达盯着盛宇峰，只听他继续说：“咱们的成本低，对手心知肚明，他们既然敢这样做，或许早就做好了亏本的打算。”

文善达思忖一阵，指着盛宇峰说：“你呀你，过去怎么不把心思用到生意上？分明是位可造之材，却让所有人都以为你是个纨绔子弟。”

盛宇峰尴尬地笑了笑没答话，文善达坐回椅子上说：“大伙都称我大善人，你们知道是怎么来的吗？”

“曾听家父说过。”盛宇峰说，“多年前，关中棉花丰收，棉花一多，商家趁机压价收购，农户们有苦说不出。文叔父一反常态，不惜借债仍按往年价格敞开收购。”

“没错。”文善达点头道，“盛大哥，也就是你父亲，当时还劝我，说行善积德也得量力而行。我却没有听，一意孤行下去。”

回忆起当年，文善达老夫聊发少年狂，脸色好了许多：“文盛合高价收购棉花，农户自然乐意卖。其他商号在一旁看笑话，却没发觉市面上的棉花正越来越少。”

盛宇峰说：“文盛合虽背负巨债，但到最后，关中的棉花差不多都流入咱们手里。其他商号捏着大把银子却买不到棉花，只能来求文盛合。”

文善达哈哈笑起来：“到那时就该咱们坐地起价了！那一年，文盛合不仅赚了个盆满钵满，农户还称我为大善人。”

聊完往事，文善达的面色又凝重起来。他缓缓说道：“做生意得把眼光放长远，不能在乎蝇头小利。只要能赶跑岳江南，日后有的是银子赚。他岳江南亏得起，我更亏得起！”

“爹的意思是，亏本甩卖？”文知桐问。

“根据敌情审时度势吧。”文善达说，“总之，咱们的布一定要比岳江南卖得便宜，即使亏本也在所不惜。我要的，只是让岳江南倾家荡产，其他人再不敢觊觎商路。”

盛宇峰说：“这样说来，此番派去蒙古的人选至关重要。商场形势瞬息万变，蒙古与泾阳又相隔千里，无法事事禀报。棉布究竟卖多少价，须得前方主事之人临机应变。”

“你们以为派谁去好？”文善达的话刚出口，心中不免一阵阴郁。若是以前，蒙顺自然是最合适的人选。他久历商海，忠心耿耿，由他出马，一切尽可高枕无忧。可惜当日自断臂膀，如今的文盛合竟是蜀中无大将。

“让老宋去，如何？”文知桐建议道。

“也只能是他了。”文善达点头道。

“老宋并非东家，分量毕竟轻了些。”盛宇峰说，“若叔父信得过，小侄愿前往蒙古。”

“你？”文善达惊喜地看着盛宇峰，“你是文盛合的东家，自然名正言顺。”

“不过，”文善达话锋一转，“盛大哥当年就是死在北上蒙古的路途中，你母亲临终时交代，盛家人不能再去那块伤心之地。”

盛宇峰拉高声调：“不避艰险，行商万里，乃是商帮男儿本色。父亲当年一大把年纪仍行走在商路中，我年纪轻轻，有何去不得。”

“好！好！”文善达几步上前，拍着盛宇峰的肩膀，“你父亲九泉之下也会瞑目。宇峰，昔日我真是错看你了，文盛合后继有人啊！”

“叔父，还有一事。”盛宇峰说。

“你讲。”文善达说。

“有山陕商帮沿途相助，咱们原本颇有胜算。若再加点手段，更能如虎添翼。”

“什么手段？”文善达问。

“鹿富晨大人如今在兵部当差，能否请他从旁协助，随便找个理由，在路上扣了岳江南的货。哪怕扣个十天半月，只要让咱们的棉布先到蒙古，就能抢占先机。”

文善达沉默良久后说道：“你只管准备赴蒙古之事，今晚我就给鹿富晨写信。他拿了那么多银子，是该办点事了。”

7. 初涉商海，蒙元亨就把兵法用到了生意上

大风呼啸，黄沙飞扬，红黄棕绿的荒漠植被，携着浓重而激烈的色彩向天际延伸而去。远处站着或躺下的，是品尽了岁月苦涩味道，更被无数唐诗宋词熏陶过，抚慰了人们寂寞旅途的胡杨树。

蒙元亨骑在马上，穿着一件皮袄，腰间挎着刀，马背上驮着干粮与水囊。尽管有先祖蒙恬征战沙场的荣光，但从蒙元亨的曾祖父起，蒙家便在商号做事。骏马快刀英雄胆，干肉水囊老羊皮，说的便是西行路上的陕商。曾经渴望改变家族命运的蒙元亨，如今却像祖辈那样，踏上了漫漫商路。

几个月前的风陵渡口，仇恨之火映照着蒙元亨。跌入绝望谷底的他除了联手岳江南，已然别无选择。从商并非自己的志向，但在父亲蒙顺入狱的那一刻，仕途大门便已关闭，雄心壮志只能化为泡影。

北上蒙古时，蒙元亨曾深情地回望了一眼泾阳城。他明白，此行不仅是告别故土，更是作别曾经。他自幼熟读兵书，憧憬着为国杀敌，万里觅封侯，然而朝廷却关上了一个热血男儿报效家国的大门。他深爱文知雪，渴望与之白头偕老，但文知雪的父亲却要置他于死地。他是山陕商帮的子弟，但在他走投无路时，那些口口声声休戚与共的商帮中人，谁不是抢着抱文善达的大腿，哪肯为蒙家讲一句公道话。如今却又骂他数典忘祖，投靠外人，简直是笑话！

种种磨难，也让蒙元亨成熟起来。他看透了人情冷暖世态炎凉，更明白了命运必须掌握在自己手中。世间哪有什么公道可言，有的只是弱肉强食。父亲蒙顺不过是文善达手中的棋子，文善达不过是索额图手中的棋子，索额图也不过是天

子手中的棋子！往事不堪回首，人生的大棋局中，只能靠自己去拼出一条活路！

正因如此，此番西去只许胜不许败。胜了蒙家还有活路，败了将永无翻身之日。蒙元亨眺望远处的胡杨，这个大漠戈壁里最坚韧的生灵，一定也明白在生命低洼季节里默默积蓄力量，等待秋天绽放的道理。

“妹子！”一声大叫，将蒙元亨的思绪拉了回来。只见罗世英险些从马背上跌落，亏得罗兵眼疾手快将她抱住。

“怎么了？”蒙元亨纵身跳下马。

罗世英满脸通红，额头滚烫，像是发烧了。蒙元亨赶紧摘下水囊，递过去：“喝口水。”

罗世英说：“没事，我能挺住。你的水也不多，别都给人家喝了。”或许是对沙漠气候不适应，商队中已有数人染病。蒙元亨总是将自己的水接济病号，囊中真没剩多少。

“再不喝水，小心命都没有了。”罗兵不由分说，拿过蒙元亨的水囊，给妹妹灌了下去。

“就不该来这鬼地方。”罗兵看着妹妹的样子焦急万分，禁不住骂自己。

罗兵兄妹当初拿了文知雪的银子，答应护送蒙元亨过风陵渡。按说蒙元亨折返回泾阳，事情就算完了。但岳江南见二人身手不错，又值用人之际，便问他们是否愿意加入商队去蒙古。罗世英对蒙元亨已暗生情愫，欢天喜地答应下来。罗兵只好与岳江南一通软磨硬泡，谈好了工钱。

蒙元亨一边搀扶着罗世英，一边劝罗兵：“再坚持两天就走出沙漠了。”

“都怪你！”罗兵埋怨道，“我之前押镖去过蒙古，从泾阳出发，走榆林、鄂托克，再过黄河，一路并不难走。你却别出心裁，非得走宁夏，过河套，带着人马往沙漠里钻。”

“罗大哥，你以为我喜欢到沙漠里来？”蒙元亨苦笑道，“榆林那条道，对于平常商队是好走，对咱们却不如这沙漠。文善达联合了整个山陕商帮，正在路上等着给咱们好看呢。”

选择走宁夏，正是蒙元亨的主意。他找到岳江南，说自己虽没做过生意，却读过兵书，知道出其不意、攻其不备的道理。宁夏横亘着沙漠，一般人不会走，文善达更不会料到。蒙元亨献出这条计策时，还不知道除了山陕商帮，鹿富晨派出的人马也已拦在路上。自己另辟蹊径，倒是让文善达的精心谋划全扑了空。

恰在这时，又传来了文盛合正调集棉布运往蒙古的消息。蒙元亨以为，真要抢时间，自己拼不过对手，只能使出明修栈道、暗度陈仓的计谋。他让岳江南留在泾阳，继续采购骆驼、干粮，让外人以为商队上路尚需时日。可暗地里，蒙元亨领着人马已然西去。他们的目标，就是抢在文盛合之前把棉布运到蒙古。

“就你鬼主意多，还弄得神神道道的。”罗兵继续骂骂咧咧，“出发前一晚，我都没得到消息。第二天一起床，说走就走。你以为自己读过几本兵书，就真把生意当成行军打仗了！”

罗世英咳嗽一声，劝道：“哥，你少说两句。”

蒙元亨却笑呵呵地说：“商场如战场，做生意就得像行军打仗。”

“那好，如今咱们的大军快没水了，蒙将军，你看怎么办？”罗兵挖苦道。

蒙元亨鼓励道：“还没到弹尽粮绝的时候，大伙坚持一下，加快脚步，明晚就能走出沙漠。”

“口干舌燥的，怎么加快脚步！”罗兵没好气地说。

这时，段运鹏从沙堆高处跳下来，一脸欣喜地说：“从远处来了驼队！”此番北上蒙古，蒙元亨将昔日父亲便极为赏识的小段也带上了。段运鹏个性沉稳，话很少，办事却颇为得力。

“没看花眼吧？”蒙元亨与罗兵异口同声问道。

“绝对没有。”段运鹏说。

蒙元亨说：“快！带上银子，过去找人家买点水。”

罗兵刚要拔腿，又说：“叫兄弟们把家伙操上。”

“你要干吗？”蒙元亨问。

罗兵说：“他若肯卖，咱们就买；若不肯卖，咱们就抢。”

“胡闹。”蒙元亨训斥道。

罗兵说：“江湖上的事，你不懂就少掺和。”

蒙元亨买水心切，懒得同罗兵理论。但看周围的人，一个个竟都抓起兵器，就连压根不会武功的段运鹏，也将一把匕首藏在背后。

驼队渐渐走近，从装束看来是蒙古人。驼队中领头的是个三十岁出头、体格强健、留着八字须的男子。见有人飞奔而来，他大喝一声，中气十足：“干什么的？”

蒙元亨拱手道：“我们是大清国的商队，去喀尔喀蒙古贩运棉布。”

男子又问：“什么事？”

蒙元亨说：“商队的水快没了，不知你们有水没有，想买一点。”

男子说：“我们的水也不多，爱莫能助。”

“胡说！”罗兵跳了出来，“你们的水囊都胀鼓鼓的，哪会没水！你卖一点出来，我们出高价。”

“对！出高价！”蒙元亨附和道。

男子冷笑一声：“你们出什么也没用，老子就是不卖。”

罗兵已是怒火中烧，蒙元亨按住他，仍在央求：“我们队伍里有几个人病倒了，正等着水。大家出门在外不容易，还望仗义相助。”

男子瞟了蒙元亨一眼，取下自己的水囊，扔了过来：“就这一袋水，拿去吧，我不要你们的银子。”

“一袋水哪够！再多给几袋，我们掏钱便是。”罗兵说。

“我说一袋就一袋，其他没有了。快闪开。”男子不耐烦道。

“跟你好好说不听是吧。”罗兵终于按捺不住，吼道，“再取几袋水来！”

男子冷笑一声：“你们这是要强买强卖？”

“随你怎么说。”罗兵说话间已掏出兵器，“小爷的刀只杀恶贯满盈之人，你们虽不仗义，但还够不上大奸大恶。留下几袋水，赶紧给老子滚。”

众人皆知罗兵武艺高强，有他壮胆，都亮出兵刃。瞧这架势，蒙元亨也阻挡不住。

马上的男子语气缓和下来：“误会，误会！原来各位好汉都带着家伙，方才失敬了。你们不是要买水吗，没问题。只是银子够吗？”

“怎么不够！”罗兵说，“咱们是商队，缺什么也不缺银子。”

“哦，那就好。”男子点了点头，接着笑起来。他这一笑，身后的人全都大笑起来。只是这笑声却似虎啸狼嚎，听着令人不寒而栗。

笑罢，男子挥手道："弟兄们，有人要劫咱们的道，是不是活腻味了？好，那就成全他们。刚才都听到了，他们身上有银子。咱们下手利索些，一个活口也不留，银子全拿走。"

蒙元亨大惊失色，难不成遇到盗匪了？罗兵紧握刀柄，已准备好一场恶战。听刚才的笑声，这伙人个个中气十足，像是练家子。自己纵横江湖多年，今天算是碰到硬茬了。

刹那间，驼队里的人全都亮出弯刀，呼喊着砍杀过来。罗兵领着众人迎战，可一接手，自己的人马便被冲散。罗兵心里又是一惊，这伙人不仅武艺高强，冲杀之时更讲究阵法，每个人前后左右皆有呼应，比起一般土匪不知强了多少倍。饶是罗兵武艺高强，在几人围攻之下也落了下风。

罗世英本在沙丘另一侧休息，听得杀声四起，便跑了出来。眼见哥哥与蒙元亨被一伙虎狼之徒围攻，她顾不得身体虚弱，拔出短剑冲了过去。罗世英发着高烧，不过几个回合，便上气不接下气。见一柄弯刀朝自己挥来，她下意识避开，接着一剑刺出去。眼看就要刺中对手咽喉，罗世英的脑袋却似要炸开般剧痛，手里顿时没了气力，连剑也握不住。接着，她的腰上又挨了一脚，不知被谁给踹了出去。

罗世英挣扎着想爬起来，身子却不听使唤。恍惚中，只听有人大吼一声："住手！"

罗世英再醒过来时，发觉自己正躺在一张床上。眼前的一切迷迷糊糊，她下意识地唤了声："蒙大哥。"

"妹子，你总算醒了。"耳畔传来罗兵的声音。

"哥，咱们这是在哪儿？"罗世英问道。

"在阴间。"罗兵语气低沉，"咱们都成了人家刀下鬼，此刻阴间重逢。唉，当了一辈子亲人，不知下辈子还能不能做兄妹？"

"真有阴间？原来人死后就是这般模样？"罗世英断断续续说道。

"是啊。"罗兵说，"阴间怎么样，比起人间如何？"

“你别吓她了。”此刻又传来蒙元亨的声音，“罗姑娘刚醒来，哪经得住你这么吓。”

“谁叫她没心没肺，开口第一句不知道喊亲哥，却在叫蒙大哥。”罗兵满不在乎地说。

原来自己没死，刚才是哥哥有意捉弄。这一下，罗世英真是又惊又喜，又气又笑，眼前一切竟清晰了些。她强撑着坐起来，骂道：“这辈子做你妹妹就够倒霉了，下辈子你自己找个地方去投胎。”

“一醒来就这么凶，不如继续昏着。”罗兵骂归骂，忙端水给妹妹擦脸。

罗世英边洗着脸，边着急地问：“发生了什么事？那帮恶人呢？咱们出了沙漠了？”

“当然走出沙漠了，要不然沙漠里能有这床？”罗兵手舞足蹈地说，“那日眼看贼人逼迫太甚，你哥我心一横，使出了看家本领，左一招苏秦背剑，右一招白鹤亮翅，把他们杀得丢盔弃甲，哭爹喊娘。”

“去！”罗世英知道哥哥又在胡说八道。

蒙元亨笑着说：“罗大哥说的一半是真，只是另一半信不得。招式没错，苏秦背剑、白鹤亮翅都用上了，但结局却是咱们被人家杀得丢盔弃甲。”

罗世英又问：“后来怎么逃脱的？”

“没逃。”蒙元亨说，“人家把咱们杀了个丢盔弃甲，接着又一路护送着走出了沙漠。”

罗世英噘着嘴巴不满道：“蒙大哥，你怎么也和我哥一样，说话颠三倒四的。”

罗兵说：“妹子，人家说的可句句是实话。”

罗世英一头雾水，只听蒙元亨继续说：“这回还多亏了你面子大。”

“我？”罗世英愈发不明就里。

蒙元亨说：“蒙古商队领头的人叫巴尔虎，眼见你晕倒，急忙叫手下们住手，还一把抱起你，问这是不是罗姑娘。他说跟你是老朋友，昔日在洞庭湖畔见过。”

“巴尔虎？”罗世英摇头道，“我怎么没印象？”顿了顿，她又说：“前年在洞庭湖畔，我是见过一个蒙古商人，但他不叫巴尔虎。”

说话间，帐篷的帘子被掀起。一个高大威武的蒙古人走了进来，满脸欣喜地说：“罗姑娘醒了？”

罗世英盯着对方，片刻之后问道：“苏德大哥？”

“对，是我。”蒙古汉子点头道。

罗世英高兴地说：“你留了八字须，我都快认不出你了。”

罗兵问道：“我妹妹叫你苏德，你说自己是巴尔虎，到底叫啥名字？”

此人正是沙漠中驼队的领头人，他愣了一下，说：“我叫巴尔虎，只不过前些年去中原经商，给自己取了个苏德的名字。”

“苏德大哥，你怎么在这儿？”罗世英一时还改不过口。

巴尔虎说：“我备了一批药材，打算去喀尔喀蒙古贩卖。”

“你也要去喀尔喀蒙古？”罗世英问。

“是呀。”巴尔虎说，“听说你们一行人也要去那里，咱们正好结伴而行。”

蒙元亨端来一碗药，罗世英喝下后，感觉身体又好了些，便与巴尔虎聊起当年江湖相逢之事。那一年，清廷大军与吴三桂的人马大战于湖南，兵连祸结，百姓流离失所。罗世英路过洞庭湖时，见一蒙古汉子身中箭伤，又被一伙拦路打劫的强盗围住。罗世英仗义相救并细心为他治疗。此人自称苏德，说是从蒙古来中原经商，不幸闯入乱军之中，被流箭所伤，接着又遇到土匪。伤好之后他留下一锭银子，便告辞回草原。

见两人聊得开心，罗兵插话道：“我押镖这么些年，走南闯北见得多了，但巴尔虎兄弟的手下，却是我见过的最厉害的商队，里面个个身手不凡，即便改行做镖师也绰绰有余。”

巴尔虎眼神一闪，说：“漠北不比中原，盗匪横行，行商做买卖不会武艺可不行。”

“人家的厉害之处，可不止武艺高强。”蒙元亨说，“巴尔虎大哥见咱们一伙残兵败将，让手下人把马和骆驼都让出来。即便这样，原本两天的行程，却只花一天便走完。这般千里脚的功夫，那些训练有素的士兵也未必赶得上。”

巴尔虎干巴巴地笑了一声，岔开话题：“再走上两天，就是喀尔喀蒙古的地盘了。蒙兄弟，听说那边有人接应你？”

蒙元亨点头道：“有几位老朋友，会在边境等着咱们。”

巴尔虎说：“自打明末以来，蒙古部落就分成漠南蒙古、漠西蒙古与漠北蒙古。我来自漠西蒙古的准噶尔部，喀尔喀部乃漠北蒙古，此前从未去过，难免人地生疏。蒙兄弟既然在那边有朋友，还望多多照应。”

“客气了。”蒙元亨说，“这一路承蒙你们照应，理当回报。”

第三章

走马塞北

1．谈生意没有信义二字，谁开的条件高，谁就是赢家

从沟壑纵横的黄土地，到悬崖峭壁的峡谷，再至飞沙走石的戈壁，历经数月跋山涉水，风吹草低见牛羊的草原风光终于出现在眼前。两支商队合为一处，行进在茫茫草原，众人有说有笑。骑马走在前面的蒙元亨与巴尔虎却话很少，似乎都藏着心事。

午后时分，众人用过干粮，正要开拔，远处却飞驰而来五六匹骏马。奔至近处，只见打头的是个留着辫子的汉人，身后跟着蒙古武士。

汉人勒住缰绳，抱拳道："请问阁下可是蒙元亨先生？"

"正是。"蒙元亨还礼道。

来人翻身下马，又行了一番礼："我是苏老板的伙计，在此等候多时了。"

蒙元亨问："苏老板呢？"

来人答道："苏老板前几天就到了，一直盼星星盼月亮等着大驾。此刻他在十多里外的军营里。"

蒙元亨点头道："苏老板不忘旧情，令人感动。"

来人跃身上马："我来带路，你们跟着我走吧。"

这位在草原上等候蒙元亨的苏老板，正是当日在京师山陕会馆得蒙元亨仗义相助的苏定河。他依照蒙元亨的指点，将木材按期抢运进京，被喀尔喀蒙古的土谢图汗大大夸奖了一番。

蒙元亨要开辟商路，自然想到这位老朋友。苏定河倒也豪爽，一口答应相助。

傍晚时分，蒙元亨终于见到苏定河，两人热情地拥抱在一起，苏定河感慨道：“京师一别，没想到在此相见。”

蒙元亨笑着说：“苏老板如今是土谢图汗的帐下红人，到了草原，也就到了你的地盘。”

蒙元亨又将巴尔虎、罗兵兄妹、段运鹏等人一一引见，苏定河端起大碗酒，高兴地说：“蒙兄弟的朋友自是我的朋友。”

牛羊已宰好，老友重逢，篝火升腾，一番畅饮自是难免。三碗酒下肚，蒙元亨提到贩卖棉布一事。苏定河大手一挥：“只喝酒，不说事，酒喝好，事办好。你的事吩咐一声，我自当赴汤蹈火，用得着啰里啰唆？”

巴尔虎又凑过来，说：“苏老板，我还有一批药材打算出手，只是人生地不熟，还得你关照。”

苏定河哈哈笑起来：“我说过，蒙兄弟的朋友就是我的朋友。我已安排人手，陪着商队去喀尔喀蒙古各地贩卖棉布，到时你跟着，顺带把药材出手。”

“多谢！”巴尔虎大喜过望，灌下一碗酒。

蒙古少女在篝火旁载歌载舞，蒙元亨却无心欣赏，说道：“苏老板，你是陕西人，自然也是陕商。我听说文善达已联合整个山陕商帮，要封杀咱们的棉布。你这么帮我，就不怕？”

“怕啥！”苏定河说，“我年轻时在泾阳闯荡，也想着抱一抱文善达的粗腿，人家却不领情，害得我一张热脸贴到冷屁股上。眼看泾阳待不下去，我才漂泊到草原。再说了，有钱不赚才是傻子！是银子大，还是他文善达的面子大？”

“好一个有钱不赚才是傻子！你提到银子，我就放心了。”蒙元亨说，“在商言商，大家做生意乃是求财，苏老板口口声声说报恩，闭口不提银子，那便不是做生意，我这心反而放不下。”

蒙元亨又说：“当初我在信里说了，棉布运到蒙古，由你帮着贩卖，双方二八分成。出发前，我又同东家岳江南谈过一次，这单生意苏老板劳苦功高，应改为三七分成。岳东家犹豫再三，最终答应了。不知苏老板这边，可否满意？”

“满意。”苏定河啃着羊腿直点头。

“好！”蒙元亨大喜道，“这一次历经千辛万苦来到蒙古，为的可不只是卖一批棉布，而是开辟新商路。江南的织机全在徽商手里，苏老板在蒙古部落又是呼风唤雨的人物，两边联起手来，一定财源滚滚。”

“说我呼风唤雨，言过其实了。”苏定河谦虚道，“厉害的是乌日乐，他如今镇守喀尔喀蒙古南方各部，可是大权在握。没有这座靠山，我再有能耐也不好使。另外巴图也出力不少，他曾是土谢图汗的近臣，据说与你在泾阳也打过交道。有句话说得好，吃水不忘挖井人。”

想起当日夜追巴图救出文善达，结果人家却恩将仇报，蒙元亨唏嘘不已。他点头说：“没错，都是老朋友。乌日乐将军与巴图老爷那里，我隔日定去拜见。”

蒙元亨又问：“这些日子在路上，与外头断了联系。不知文盛合的棉布，现在运到哪里了？”

苏定河说：“你使的那一招明修栈道、暗度陈仓，可让人家吃了苦头。他们见岳江南在泾阳迟迟没有动身，便放松了警惕。听说前几日，盛宇峰刚领着商队上路。等他们的棉布到了蒙古，估计黄花菜都凉了。”

蒙元亨与苏定河哈哈大笑，干了碗里的酒。

一名伙计走进蒙古包，满面愁容地禀报：“东家，此处的蒙古人一个月前就买了蒙元亨的棉布，咱们的布喊价再低也没人要。”

“知道了，出去吧。”盛宇峰伏案作画，头也没抬。

商途艰辛，劳神费力，功名富贵，过眼烟云。自己的父亲挣下金山银山，最后却暴毙于蒙古库伦的荒原，还有文叔父，一辈子战战兢兢，但算来算去未尝不是算计自己。如此活法，太没意思。哪如这丹青篆刻，人生惬意！

盛宇峰正在画的，是一幅雪景图。君看漫天扬花雪，须想天上散花人。白茫茫一片却又暗含春意的大雪，恰如那位冰雪聪明的文知雪小姐，令人怦然心动。

含着金汤匙出生的盛宇峰，打小就见惯了家中银窖里堆积如山的银子。有时他竟不免困惑，一锭银子与一抔土究竟有何不同？荣华富贵早已不能令自己动心，只有文知雪才是魂萦梦绕之所在。于是，他经常一个人闭门画雪，笔下雪景初现，心中佳人回眸。

来蒙古之前，文叔父说错看了自己。盛宇峰不免窃笑，文叔父呀文叔父，你心中只有生意与银子，哪知我情深。此番远涉蒙古，正是为了心爱之人。既然文知雪爱慕蒙元亨，那么自己就必须击败这个对手。他要让所有人知道，蒙元亨配不上知雪妹妹。

雪峰孤立，草木冷艳，一幅雪景图大功告成。盛宇峰抬头凝视，面露欣喜之色。片刻过后，他取出篆刻自己名字的印章，小心翼翼地在纸上落下。

刚收拾好画作，又有一名伙计走进来。对方还没开口，盛宇峰就挥手道："别说了，我知道咱们的棉布没卖出去。"

"东家，这可怎么办？"伙计焦虑地说，"分明咱们出发时，岳江南还在泾阳，怎么他的货先到了！"

盛宇峰抿了一口茶说："岳江南不过是个幌子，蒙元亨早就动身，取道戈壁进入草原。"

伙计又问："是否派人向文东家禀报？"

"不必了。"盛宇峰说，"一来一回，又得耽搁不少时间。再说我有临机处置之权，用不着什么事都禀报。"

放下茶杯，盛宇峰说："叫大伙都歇息吧，一路上辛苦了。反正棉布卖不掉，就不必瞎忙活了。"

伙计吃惊不已，只听盛宇峰继续说："今晚的酒宴准备好了吗？"

伙计点头说："备好了。从泾阳带来的厨子忙活了一整天。"顿了顿，伙计又问："这么大阵仗，东家是要请谁？"

盛宇峰微微一笑："客人不多，就三位。"

草原不比中原市井繁华，夜幕降临，四下漆黑一片。盛宇峰的帐篷内倒是被几十根蜡烛映照得通红，桌上摆满佳肴，见客人未到，盛宇峰又把玩起随身携带的印章。

帘布掀起，盛宇峰赶紧放下印章，拱手相迎："苏老板，久仰。"

今晚的客人正是苏定河，他笑了笑，招呼道："盛东家。"

盛宇峰拉起苏定河的手，寒暄道：“自打到了草原，我连请了你三次。今晚终于肯大驾光临，实在荣幸之至。”

“失礼了。”苏定河说，“前些日子确实抽不出空。”

盛宇峰笑道：“哪里话！能来就是给我天大的面子。”

苏定河看着满桌菜肴，说：“这未免太丰盛了吧。”

盛宇峰说：“款待贵客，我就怕拿不出手。可惜草原上不比泾阳，有些食材备不齐，还望见谅。”

苏定河笑道：“自打离开中原，整日牛羊马奶，好久没见过这么丰盛的菜肴，都是托你的福。”

落座后，苏定河又说：“听说这是盛东家第一次来蒙古，商队中还带着两个厨子，分别做南方菜和北方菜，一路架锅烹饪，保证美味佳肴。”

盛宇峰为苏定河斟上酒，说：“你是责怪晚辈贪图安逸吧？”

“不敢。”苏定河说，“只不过这样的排场，过去的确少见。”

盛宇峰笑起来：“汉代大将霍去病横扫漠北，军威无敌于天下。他出征时也会带上厨子，专为自己烹饪佳肴。老将李广看不惯，说大将军当与士卒同甘共苦，怎能开小灶？霍去病却说，大将军该做的应当是带领士兵活着回去，而不是与士兵一道吃糠咽菜。”

苏定河摇头道：“我们这些老古董，脑筋是僵化了。”

盛宇峰端起酒杯：“说笑了，我先干为敬。”

两人喝下酒，又天南海北聊起来。

酒过三巡，苏定河说：“文盛合财大势大，盛东家少年英豪，有什么事不妨直说，不必兜圈子。”

“爽快！”盛宇峰竖起大拇指，“这次请苏老板来，确有一事相求。”

苏定河明知故问：“何事？”

“棉布的事。”盛宇峰说，“听说蒙元亨答应给你三七分成，利润不可谓不丰厚。不过苏老板放心，若是与我们合作，保证给你意想不到的优厚条件……”

盛宇峰还要说下去，却被苏定河打断：“盛东家开出的条件，或许比蒙元亨更高，可惜我早已答应别人，不能出尔反尔。盛东家备下的菜肴很丰盛，我感激不尽。改日苏某做东，再请你小酌，但生意上的事恐怕你我没这个缘分。”说完，他便要起身告辞。

盛宇峰似笑非笑：“苏老板不必着急走，客人都还没到齐呢。”

苏定河有些诧异：“还有谁？”

这时，帐外响起脚步声，巴图走了进来。他举手道：“哟，盛东家、苏老板，你们都喝上了，也不等等我。”

苏定河惊问道：“巴图老爷，您怎么来了？”

巴图一屁股坐下来：“盛东家开出这么优厚的条件，我干吗不来！”

苏定河瞥了巴图一眼：“当初蒙元亨来找您时，开出的条件也不差，您可是一口答应下来。”

巴图摇了摇头：“我是生意人，谁出价高就陪谁一起玩，没什么问题吧。”

苏定河淡淡地说：“巴图老爷怎么做，那是您的事，总之我心意已决。商人求财天经地义，但商场上还有信义两字。我早就答应了人家，此刻反悔便是无信，蒙兄弟于我有恩，我出尔反尔即为无义。”

此刻，从帐后传来一阵笑声，接着走出一人，道：“信义？苏定河，你也配谈这两个字？”

苏定河定睛一看，顿时大惊失色：“您怎么在这儿？”

对方大大咧咧坐到椅子上，跷起二郎腿：“我为何不能在这儿？”

苏定河赶紧换上殷勤的笑容，毕恭毕敬道：“将军乃草原上的雄鹰，哪里去不得！”

来人正是乌日乐，如今喀尔喀蒙古的骑兵统领，替土谢图汗镇守南部牧场。对苏定河的奉承，乌日乐并不买账，训斥道：“胡说！只有大汗才是草原上的雄鹰。”

“瞧我这一张笨嘴。”苏定河赶紧赔不是。

乌日乐拿筷子夹了一坨肉，大口嚼起来：“刚才你们说的，我都听到了。我说苏定河，你一个经商做买卖的，坑蒙拐骗的事没少干。怎么，如今也把信义挂在嘴边，就不怕闪了你的舌头？”

苏定河无言以对，只能嘿嘿干笑。乌日乐又说：“盛东家是难得的爽快人，我与他很投缘。棉布的事，咱们不能袖手旁观。”

苏定河一脸为难：“将军，咱们可是答应过蒙元亨。”

“没出息！我知道你还惦记着那点分成。”乌日乐说。

巴图插话道：“三七开？蒙元亨开出的都是什么破条件！实话告诉你，盛东家已经说了，这批棉布白送给咱们。甭管卖出去多少银子，人家一两也不要。”

苏定河大吃一惊，顿了顿说：“盛东家可真是豪爽。”

盛宇峰笑起来：“乌日乐将军是大慈大悲的菩萨，既是拜真佛，就得诚心诚意。”

“不过，”苏定河说，“蒙元亨的棉布早到一个多月，如今早就卖掉了。”

“卖掉了也得叫他吐出来。”乌日乐说，“草原是咱们的地盘，哪能让他舒舒服服地把银子赚走！”

“您的意思是……”苏定河不解地问。

乌日乐说：“扣他的货，再把人抓起来。”

苏定河惊吓得咳嗽起来，盛宇峰却端起酒杯，敬道：“将军雷厉风行，在下佩服不已。”

苏定河哪里知道，盛宇峰自愿将棉布全送给乌日乐，原本就附带一个条件——抓了蒙元亨，最好让他一辈子回不了中原。苏定河端起茶杯喝了一口，止住咳嗽后劝说：“生意归生意，最好别弄出血光之灾。”

乌日乐盯住苏定河：“该怎么做，要你来教我！”

苏定河躲开乌日乐的目光，双腿不自觉地哆嗦。这些年来，自己行商草原，少不得乌日乐这座靠山，更知道乌日乐是个杀人不眨眼的家伙。若是其他事，他也就闭口不言了，只是念及与蒙元亨的旧情，实在不忍见死不救。隔了一会儿，苏定河又壮着胆子问道：“将军，上回蒙元亨宴请咱们，不也相谈甚欢吗？外面还说您和蒙元亨是老朋友，干吗非得置人于死地？”

“我和蒙元亨算哪门子朋友！”乌日乐一拍桌子，“这事其他人不晓得，难道你也装傻充愣！”

乌日乐又说：“当日在京师，蒙元亨用索额图这个老王八蛋来压我，让我在众人面前折了面子。事后我能怎么说，难道告诉全天下人，我被蒙元亨这小子戏弄了？狗屁不打不相识，那都是为了找补自个面子编出来的说辞。这笔账老子可没忘，如今索额图倒台了，蒙元亨又自投罗网，正好新账旧账一起算。”

巴图当初结交蒙元亨，一是想赚银子，二是听信了传言，想以此攀附乌日乐。如今乌日乐态度已明，他反戈一击就更狠。巴图瞪了一眼苏定河：“老苏，你这是哪壶不开提哪壶！将军说怎么干，咱们照做便是。”

乌日乐恶狠狠地盯着苏定河：“你今天哪儿来这么多废话！是跟着咱们一起发财，还是为蒙元亨陪葬，自己拿主意。”

一听这话，苏定河知道事情无可挽回，只能在心里暗自叫苦。巴图拍了拍他的肩膀，说：“识时务者为俊杰。你也是见过大风大浪的人，此时可不能瞻前顾后。”

苏定河面色惨白，唉声叹气：“事已至此，我还能说什么。”

“好！”盛宇峰春风满面地说，“来，咱们共饮一杯。”

盛宇峰与乌日乐、巴图不仅开怀畅饮，更划拳助兴，一旁的苏定河拉着一张苦瓜脸，不停喝着闷酒。眼看酒宴接近尾声，苏定河瞅着空子，又提起一件事：“满蒙一家乃是国策，蒙元亨是大清商人，咱们无凭无据抓了他，怕是不好向朝廷交代。”

这一回，乌日乐倒没有训斥苏定河啰唆，而是把目光投向盛宇峰：“这件事还得有劳盛东家。”

盛宇峰说：“你们只管派人搜查，若是搜不出证据，是我盛某无能。”

2. 苏定河背信弃义，蒙元亨成了阶下囚

清晨的曙光照耀草原，蒙元亨走出帐篷，伸了个懒腰，一回身，瞅见了巴尔虎，笑着说："你的药材那么便宜，到哪儿都抢手。"

巴尔虎也笑起来："多亏你照应。"

"你做生意和咱们不一样。每到一地，我都巴望着能多走货，你却限量出售，绝不多卖。"

巴尔虎说："货卖堆山就不值价了。"

蒙元亨又笑了："既是惜售，为何还卖那么便宜，不涨价呢？我看你是另有目的。要留着药材，多走些地方。"

巴尔虎面色一沉："这话什么意思？"

"早上刚起床，人还没睡醒，想到什么便胡说一通。不说了，我还得去撒泡尿。"

"我也要去，正好一起。"巴尔虎说。

两人走到营地外，撒完尿正在提裤子，却见远处尘土飞扬，似有一队骑兵飞驰而至。只一小会儿，骏马奔至眼前，马上士兵个个带着兵器，一脸肃杀。骑兵将商队帐篷围住，乌日乐与苏定河一前一后纵马走了出来。

蒙元亨赶紧行礼，说道："原来是将军与苏老板，你们来怎么不提前说一声？"

苏定河勉强笑了笑，那笑容看上去既尴尬又苦涩。乌日乐斜眼瞟着蒙元亨："提前说一声，好让你把东西藏起来吗？"

蒙元亨不知就里："什么东西？"

"少装糊涂。"乌日乐说，"你们把劣质棉布运来蒙古，大发不义之财，坑害我大汗的子民。如今被人举报，有何话说？"

从苏定河的笑容到乌日乐的语气，蒙元亨预感来者不善，但事已至此，只能小心应对。他说道："这是哪里话！我们运来的可是苏杭纺出的上好棉布。"

乌日乐一挥马鞭，大声说道："给我搜！若是搜不出来，一切好说；若是搜出来，休怪我心中有义，刀下无情。"

十几名士兵翻身下马，气势汹汹地冲进营帐内。不一会儿，里面传来士兵的喊声："搜到了，搜到了！"

几名士兵抬着箱子走出来，蒙元亨一看，脑袋顿时嗡地一声。这些棉布确是劣品不假，却不知从何而来。

"人赃俱获，还有什么话说！"马上的乌日乐得意扬扬。

"你们看！"蒙元亨说，"我运来的棉布，下方都有苏杭布庄的印记，这些布什么也没有，根本就不是我的，定有人栽赃陷害。"

"还敢狡辩！"乌日乐说，"既然是劣品，谁会傻到做标记。"

蒙元亨急切地向苏定河投去求救的目光，苏定河却低着头刻意回避。乌日乐大喝一声："事到临头，谁也救不了你。连人带货，通通给我拿下。"

蒙元亨大呼冤枉，两名士兵不由分说扭住他的胳膊。

"谁敢动！"巴尔虎怒目圆睁，右手紧握住刀柄。他的手下一个个目露凶光，有些人已迫不及待亮出兵刃。

乌日乐愣了一下，接着大吼道："胆敢拒捕的，格杀勿论。"

"慢！"已被士兵擒住的蒙元亨挣扎着仰起头，吃力地说道，"一人做事一人当。棉布是我卖的，这支蒙古商队是卖药材的，与他们无关。"

乌日乐冷笑道："死到临头，还挺仗义。不过敢在我面前亮兵器，绝不能轻饶。"

蒙元亨说："蒙古人素来尚武，随身带兵器不足为奇。他们不认识将军，一时鲁莽。"趁着士兵的手稍稍一松，蒙元亨又挣脱出来，走到巴尔虎面前，低声说："我知道你的手下功夫了得，但乌日乐一死便把事情闹大了，咱们谁也逃不出。这事我来扛，你们快走。”

巴尔虎感激地看了蒙元亨一眼，接着来到乌日乐马下，行礼道：“鄙人有眼不识泰山，不知是乌日乐将军。”

乌日乐举起马鞭，重重地打在巴尔虎脸上，一条血痕立时清晰可见。巴尔虎脸上依旧挂着媚笑：“只要能让将军消气，再挨几鞭子也值。”

“这话说得不错，那就再挨我几鞭子。”乌日乐又是一鞭挥下，巴尔虎被打得满地打滚。

一连几鞭子过后，乌日乐的气算是消了些，他说道：“蒙古商队的人可以滚了，汉人全抓起来。”

巴尔虎回首望着蒙元亨，重重地点了一下头。蒙元亨却喊道：“还不快滚！记着把你的女人带走！早就说过，商队里跟着个婆娘，整天胡日乱搞，要晦气。你们不信，这下把老子也连累了。”

巴尔虎一头雾水，不知蒙元亨在说什么。蒙元亨却把罗世英一把推到巴尔虎身旁：“快滚。”

乌日乐的手下吼道：“慢着！蒙古人可以走，汉人一个也走不了。”

蒙元亨忙解释道：“这女人是巴尔虎的老相好，跟着他从湖南来的。”

巴尔虎立刻明白了蒙元亨的用意，一把搂住罗世英说：“这是我的女人。”

蒙元亨又说：“苏老板，这事你清楚，你倒是说句话呀！”

苏定河自然清楚蒙元亨在撒谎，不过自己救不了故友已是愧疚，此刻就当补偿，便点了点头。

乌日乐要抓的是蒙元亨，不愿节外生枝，下令道：“别管这女人，其他的全抓回去。”

蒙元亨戴着手铐脚镣走进蒙古包，单薄的衣衫上披着一层雪。营帐内生着火，乌日乐右手烤着羊腿，左手抱着一名年轻貌美的舞姬，一旁的巴图正殷勤地为他斟酒。他两眼盯着即将烤熟的羊腿，满不在乎地说：“听说你嚷嚷着要见我。”

蒙元亨一屁股坐在地上，说：“从京师到蒙古，咱俩也算有缘分。苏定河来牢里探望时都告诉我了，是文盛合的人要置我于死地，你不过拿人钱财，替人消灾。”

“这个苏定河，就爱多嘴多舌。”乌日乐骂骂咧咧道，“有什么事赶紧说，我还要和巴图兄弟喝酒。”

蒙元亨盯着羊腿，说：“事情自然要说，不过念在相识一场，能不能赏只羊腿？被你们抓来半个多月，一点油荤也没沾，嘴也馋得很。”

乌日乐哈哈大笑：“你这么说话我倒喜欢。当初在京师，看着你就是个书呆子，满口文绉绉的，听你说话真累！如今做了生意，倒会说话了。”

“接着。”乌日乐一把扯下羊腿扔在地上。

蒙元亨捡起羊腿，大口啃起来，边啃边说：“做生意难免要跟粗人打交道，不会说话怎么行！”

吃完后，蒙元亨用袖子擦着嘴巴，说：“羊腿真咸，将军的口味也太重了吧。要不是饿了半个多月，就这味道，送给老子也不吃。”

乌日乐站起身，一脚踹在蒙元亨脸上：“你还蹬鼻子上脸了。”

蒙元亨冷笑道：“乌日乐，你的口味重也就罢了，最怕的是没有一点眼力见。怎么说你呢，有一句话最合适——有眼不识泰山。”

“死到临头还敢放肆！”巴图怒喝道。

乌日乐瞅了蒙元亨半天，才似笑非笑地说：“敢问阁下是哪座高山？”

蒙元亨盘腿坐着：“山不在高，有仙则名。”

“放屁！”乌日乐说，“你的底细，盛宇峰早告诉我了。一个犯人之子，为整个山陕商帮所不容，只好去投靠一个徽商。这就是你说的有仙则名？”

蒙元亨哈哈笑道：“区区一个徽商，值得我替他卖命？”

“哦，我知道了。”乌日乐做出嘲讽的神情，“你是不是还想说，你是索相的座上宾？”

蒙元亨说：“索额图已经不是宰相。明日黄花，我都不好意思提。不过水往低处流，人往高处走，索额图倒台了，老子就不能另择高枝?！”顿了顿，蒙元亨加重语气：“实不相瞒，如今我的靠山比索额图厉害百倍。你得罪了索额图，无非被土谢图汗骂一顿，可得罪了此人，却是要掉脑袋的。”

乌日乐气得掏出匕首：“狗嘴里果真吐不出象牙。老子没空听你胡言乱语，现在就一刀宰了你。”

蒙元亨直起身，用手指着脖子：“有种朝这里来！此时你捅我一刀，明日就有人还你十刀。”

“混账！”乌日乐拿起匕首用力扎下。蒙元亨顿时血流如注，发出一声惨叫。

3. 做生意不是赚银子，而是造势

泾阳城中的文家大院，张灯结彩，喜气洋洋。用人将院内每一个角落打扫得干干净净，厨子起了大早，忙着准备宴席，更有伙计把鞭炮爆竹摆放在门口，只等吉时一到便炸响。

文善达咳嗽的毛病始终不见好，前几日又发过一回烧，身子骨虚得很。但今天，他强打起精神，率着大队人马出了泾阳城，沿着驿道朝北而去。随行的不仅有文盛合的襄理、伙计，还有山陕商帮多家商号的东家、掌柜。

人马在城外十里的一座小亭旁停下，文善达从马车上缓缓走了下来。身旁立刻围拢一群人，问候他的身体。

“没事。老毛病了，休息一下就好。”文善达摆了摆手，面色却有些阴郁。

“文老哥，你是得好好休息，把身体养好。”一个穿着绸缎、长得胖乎乎的人说，“咱们都一把年纪了，许多事该交给年轻人去做。再说，年轻人的本事可不比咱们差。宇峰头一回去蒙古，就把徽商打了个落花流水，替咱山陕商帮争回了面子。”

提到生意上的事，文善达脸上终于有了笑容：“宇峰是个可造之材。”

“文盛合人才兴盛，日后更加发达。”周围又是一片赞颂之声。

又有人说道：“前不久，文盛合拿到了经营官茶的批文。这一次，喀尔喀蒙古又把棉布的专营之权交给了你们。这都是躺着赚钱的买卖呀！”

文善达笑起来，说：“能在喀尔喀蒙古击退徽商，全赖商帮上下同心协力，岂是我一家之功。所谓专营之权，不过牵个头而已，还得大伙一起发财才行。”

“文东家仗义！”众人一片欢呼。

正说着，远处传来马蹄车轮之声。文知桐登高眺望，欣喜地喊道：“盛宇峰到了。”

“走。”文善达精神一振，“咱们去迎一迎凯旋的英雄。”

盛宇峰早就接到信，知道城外有人迎接，却没料到是这么大的排场，文善达几乎率领泾阳大商倾城而出。他抽了抽鞭子，飞奔到文善达面前，跳下马来，行礼道：“文叔父，各位长辈，你们亲自迎接，侄儿如何受得起！”

“你受得起。”文善达拍着盛宇峰的肩膀，“行商之人都知道一句话，陕棒槌、徽骆驼、晋算盘，三大商帮鼎足而立，谁也奈何不了谁。你这一次，把徽商彻底撵出漠北草原，让他们从此不敢觊觎棉布商路，实在是大功一件。”

文善达说完后，周围人又轮番上前向盛宇峰道贺。盛宇峰倒看不出多少喜悦，只是嘴上说着客套话而已。这一来，大家更赞扬盛宇峰居功不傲。

文善达说：“知道大伙有说不完的话，文家已备下酒宴，咱们边吃边聊。回城吧。”他又拉着盛宇峰的手亲切地说：“你坐我的车。”

文善达的马车宽敞气派，车夫知道文善达身体虚弱，不敢跑快，把车驾得十分稳当。文善达欣慰地看着盛宇峰：“方才那么多人道贺，你却没有喜形于色，有大将之风。”

这些虚情假意的祝贺，盛宇峰压根没往心里去。他在乎的是文知雪，眼光一直在人群中寻觅着心上人。可惜，没能见着文知雪的踪影。

心里话不便说，盛宇峰随便搪塞道：“这次去蒙古只是惨胜，没什么了不起。”

对盛宇峰的敷衍之语，文善达却当了真：“惨胜？怎么讲？”

盛宇峰只得顺着说下去：“运去的棉布全送给了蒙古王公将领，咱们亏到家了。”顿了顿，他又说：“这事当初未向文叔父请示便自作主张，还望恕罪。”

“将在外君命有所不受。你做得对！”文善达拉高声调，显得颇为激动。这一来，他咳嗽的毛病又犯了，在车上喘个不停。盛宇峰赶紧为他捶背，又递过一杯水。

文善达喝下水，总算把咳止住了。他缓缓说道：“我做了一辈子生意，明白了一个道理，做生意不是赚银子，而是造势。没有势，只能自个辛辛苦苦去追银子，往往还追不到。把势造出来，就是银子来追你，躺着都能赚钱。拿下棉布的专营之权，便是造势。有了这股势，花出去的银子会连本带利赚回来。”

“叔父说得是。”盛宇峰若有所思道。

文善达体弱气虚，兴致却很高，继续说道：“战国四公子之一的孟尝君，养士三千，其中有一个叫冯谖的。此人来投奔孟尝君时，一身破衣裳，看上去没有什么本领。孟尝君只是为了自个名声，不得已收留，并好吃好喝招呼着。”

文善达又说：“孟尝君家里开销很大，他想到自己在薛城还放了一笔高利贷，决定派人去收。冯谖一直吃闲饭，此刻便被派了这件差事。临行前，冯谖问，债收了以后，要买点什么回来吗？孟尝君随口说道，你看我家缺什么就买什么吧。”

盛宇峰也饱读诗书，孟尝君的故事自然听过。他接过话来：“冯谖到了薛城，把所有债券当众烧毁。孟尝君大为光火，要治冯谖的罪。冯谖说，临走的时候，您嘱咐我拣您家缺少的东西带回来。我看您这儿什么都不缺，唯独缺少对穷苦人的情义，所以就把情义给买回来了。孟尝君哑巴吃黄连——有苦说不出，从此对冯谖愈发冷淡。”

盛宇峰又说：“后来齐王怕孟尝君功高欺主，免去了他的相国职务。孟尝君垂头丧气地回到自己的封地薛城去闲居，还没进城，老远就看见人扶老携幼，夹道欢迎他，不由得掉下泪来，后对冯谖说，先生给我买的情义，今天终于感受到了。”

“没错。”文善达说，“如今的文盛合不缺银子，缺的是势。能用银子买来势，咱们赚大发了。”

马车缓缓停住了。

文善达问：“怎么回事？”

“小姐来了。”车夫说道。

盛宇峰掀开帘子，果然见到文知雪，顿时一脸欣喜。

文善达问：“你怎么来了？”

文知雪说：“爹刚生了病，女儿担心你的身体。”

“知雪妹妹真是孝顺。”盛宇峰一把将文知雪拉上车。

马车继续前行，文善达却皱着眉，说：“你这丫头嘴巴甜，却是言不由衷。你不是关心我，而是专门来迎宇峰的吧。”

“爹，别乱说。”文知雪说。

盛宇峰一听这话，更是心花怒放。不过文善达又叹了口气：“迎宇峰也不是真心实意，而是着急打听消息。”

盛宇峰顿时被泼了一盆冷水，他明白，文知雪要打听的是蒙元亨的消息。蒙元亨之事，自己信中已禀告文善达，看来文善达并未告诉女儿。

文知雪虽是心急，却也不好意思问。过了片刻，文善达才说：“蒙元亨的事，宇峰不妨直说。”

盛宇峰这才开口道：“蒙元亨贩卖劣质棉布被查获，如今连人带货被抓走了。”

文知雪大惊失色：“劣质棉布？怎么回事？”

盛宇峰默不作声，文善达摇头道：“他的事我哪里知道。”

盛宇峰在信中，的确提到蒙元亨贩卖劣质棉布被抓，不过对自己栽赃陷害的行径只字未写。以文善达的老练，当然能猜到这背后有文章。不过，蒙元亨已是势不两立的对手，对这些事不必深究。他在乎的，只是商场上这场酣畅淋漓的大胜。

文知雪追问：“事情严重吗？蒙古人会对蒙大哥怎么样？”

盛宇峰说：“蒙古部落素来严刑峻法，我离开草原时听说，蒙元亨没准会被砍头。”

文知雪面色惨白，顿时呆坐在车里。

“知雪妹妹。”盛宇峰唤道，对方却没有反应。

“知雪，怎么了？”文善达也关心女儿。可文知雪什么也没听见，只是两眼一闭，晕倒过去……

文知雪的晕厥，让精心准备的庆功宴泡了汤。眼看着她傍晚时分醒了过来，文家上下总算松了口气。可接下来两天，文知雪不吃不喝，又让全家人的心提到嗓子眼。

这一日，文善达亲自端着粥进到女儿房间，他看到一脸憔悴的文知雪，心疼地说：“你好歹吃一点东西吧。”

文知雪摇着头：“我不饿。”

文善达劝道：“不饿也吃点。你已经两天没吃东西，那可怎么行？”

“我真是一点胃口也没有。”

“我知道你没胃口。就算为了我，吃一点行吗？”文善达语气激动，又咳了几声。

“爹，你不要逼我。”

“究竟是我逼你，还是你在逼我！”文善达拍着桌子，咳得更厉害。

守在门外的文知桐忍不住，推门进来，道：“你两天不吃不喝，咱爹跟着操了两天的心。他大病了一场，好不容易身体稍有起色，这几天又咳得厉害了。你究竟要干什么？”

文知雪心乱如麻，被哥哥一顿训斥，哭出声来。文善达摆了摆手，让文知桐别再说。他坐到椅子上，缓缓说道：“知雪，我知道你心里在想什么，但好些事咱们也无能为力。你妈走得早，临走时只有一句话交代，让我照看好你和你哥。这些年我没有续弦，除了生意上的事，所有心血都放在你们兄妹身上。回想起来，也算对得起你们母亲了。我身子骨一天不如一天，没准什么时候就要去地底下见她。你若有什么差池，让我到时怎么向你母亲交代？”文善达越说越哽咽，到最后已是老泪纵横。

这一番话，让文知桐也哭了起来：“妹子，你就听话吃点东西。”

“爹，是女儿的不是，惹你生气。我吃。”文知雪勉强下了床，走到桌子旁。

文知雪端起粥，强迫自己喝下。文善达满心欢喜地看着女儿，却不料文知雪才喝了几口，竟然作呕吐了出来。她倚在桌子上，眼泪直往下掉，哽咽道：“爹，不是我要气你，实在是吃不下。”

“好了，好了。”文善达沮丧地站起来，“这会儿吃不下，咱们一会儿再吃。”

出了房门，文善达长吁短叹，连走路的气力都没有，全靠着文知桐搀扶才回到书房。用人端来茶，文知桐知道父亲没心情喝，把人撵了出去。

过了一会儿，书房门被推开。“谁？不是叫你们别进来吗？”文知桐没好气地吼道。

“是我。”盛宇峰走了进来，关切问道，“知雪怎么样了？”

文善达摇头不语，文知桐说：“今天咱们好说歹说，她总算喝了几口粥。可刚喝下去，又给吐了出来。”

“都怪我。”盛宇峰也是愁容满面，“我就不该把蒙元亨的事告诉她。”

“现在说这些有什么用。”文知桐说，“再说这件事，她迟早也会知道。”

“我再去劝一劝？”盛宇峰说。

文善达终于开口道：“今天我把她故去多年的母亲都搬出来了，也没能劝动。你去还能说什么？”

盛宇峰搓着手，说：“要不告诉知雪，蒙元亨并没被砍头。咱们已经派出快马去蒙古，一定救下蒙元亨。”

文知桐说：“说蒙元亨死了的是你，说他没死的又是你，到底怎么回事？”

“蒙元亨被抓乃千真万确，我离开草原时得到的消息，这小子罪证确凿，怕是凶多吉少。”盛宇峰缓缓说道。这件事他是始作俑者，离开草原时还不忘送了乌日乐一大笔银子，希望能除掉蒙元亨。

“不过，”盛宇峰话锋一转，“咱们可以先骗一骗知雪，让她心里有个念想。”

文知桐说：“骗得了一时，还能骗得了一世？”

盛宇峰说：“能骗一时是一时，让她先吃点东西。”

“只能这样了。”文善达说，“无论如何，让知雪先吃点东西。时间一久，有些事总会慢慢淡忘。到时再告诉他，没能救下蒙元亨。”

盛宇峰出了书房，直奔文知雪的房间。来到门前，他停下脚步，心头有一种被针扎的痛。这或许是他平生撒得最痛的一次谎——去告诉心爱的女人，她的心上人还没死！话还没出口，自己先恶心到极点。

问世间情为何物，直教人生死相许！为了心爱之人，生死都可以不顾，忍一时之痛又算什么！盛宇峰咬咬牙，换上一副欣喜的表情，推门而入，大声喊道："好消息，好消息！"

文知雪有气无力地看了他一眼："什么事？"

盛宇峰说："从蒙古传来的消息，蒙元亨还没死。"

"真的？"文知雪一下坐了起来。

"当然。"盛宇峰心里一阵绞痛，脸上表情却欢快无比，"一个伙计刚从蒙古回来，说蒙元亨只是被抓，暂无性命之忧。"

盛宇峰又说："我把伙计带来了，不信你问他。"

这名伙计的确刚从蒙古回来，不过所有话都是盛宇峰提前交代的，他不过复述一遍。文知雪大喜过望："只要人还没死，就能想办法。我这就去找爹，请他派人救蒙大哥。"

看到文知雪欣喜若狂的模样，别说救蒙元亨了，盛宇峰简直恨不能亲手宰了他。盛宇峰拉住文知雪："你不必去了。我得到消息后，已经派人骑快马去蒙古，不管花多少银子，也要救出蒙元亨。"

盛宇峰攥紧的拳头忍不住颤抖，脸上却竭力装出镇静："无论怎么说，蒙元亨也是陕商子弟，一时误入歧途，咱们得帮他。"

"盛大哥，你真是好人。"文知雪少有地夸赞盛宇峰，却让他有一种万箭穿心的感觉。

盛宇峰松开拳头，把谎话说到底："待他平安归来，你可得多劝一劝。再大的委屈都是一家人之间的事，但帮着岳江南为虎作伥便是投靠外人，万万不行。"

"嗯。"文知雪脸上终于有了久违的笑容。

4. 他们不是商队，而是草原枭雄噶尔丹麾下的铁骑

房屋低矮破旧，街道一眼就能望到头的塞外小镇，却是方圆百里内难得的绿洲。穿梭其中的骆驼与马队，让狭窄的街道愈发拥挤。行人更是五花八门，有汉人、回民、蒙古人，甚至还有金色头发的西域客商。

小镇中心的客栈，近来被一支商队包下，他们已在此处住了好些天。一名刚给马喂过草料的蒙古汉子走进客栈房间，禀报道："咱们在此耽搁了好些日子，家里怕是着急了。"

"我知道。"巴尔虎坐在凳子上，挥了挥手，"再等最后一天。"

下属点头道："我叫大伙赶紧收拾。"

巴尔虎起身走出房门，转去罗世英的房间，敲门进入后，他语气低沉地说："家里催得急，我们得走了。"

罗世英本想央求再等几日，话到嘴边却说不出口。巴尔虎已经一再推迟行程，不能再耽搁人家了。

罗世英缓缓说道："你们走吧，我一个人留在这里。"

巴尔虎沉默了片刻，才说："罗姑娘，那日的情形你也见了，蒙兄弟与你大哥怕是一时回不来，你苦苦等在这里也于事无补。"

一提到蒙元亨与自己大哥，罗世英眼中立刻噙满泪水："那么多人被抓，总有几个活着出来，我就在这里等着。"

"若一直没消息呢？"巴尔虎说。

"一年半载之后，我也就死心了。"罗世英说。

巴尔虎说："此地去中原路途遥远，你一个人回去，叫我如何放心。"

"谁说我要回中原！"罗世英说，"蒙大哥与我哥哥平安归来便罢，若是回不来，我就去喀尔喀蒙古，拼上这条性命也要杀了乌日乐。"

"罗姑娘！"巴尔虎说道，"虎狼之地你可去不得！"

罗世英愤怒地说："管他是狼是虎，我都要他血债血偿。"

"报仇的事交给我。"巴尔虎说，"有些话此刻我不便说，但请你放心，他日我一定亲手宰了乌日乐。"

巴尔虎换上和缓的语气："要不你跟着我走吧，我一定待你如亲妹妹。"

"谢谢！我说了，哪儿也不去。"罗世英态度坚决，让巴尔虎不住地摇头叹息。

两人正说着，突然听见楼下一阵嘈杂。巴尔虎顿时警惕起来，握住腰间的刀，问道："什么事？"

楼下又是一阵欢呼，接着是此起彼伏的喊叫："你们看，谁来了！"

巴尔虎探出脑袋一看，不由得大叫起来："罗姑娘，是蒙兄弟和你大哥，他们回来了。"

罗世英飞奔下楼，果然见到蒙元亨与罗兵站在自己面前。她揉了揉眼睛，说："这不是做梦吧？你们回来了？"

"你哥有九条命，哪这么容易死！"罗兵笑哈哈地说。

"罗姑娘，你还好吧！"蒙元亨问候道。

"我……我……"罗世英看着蒙元亨，眼泪夺眶而出。

"平安回来还不好，你哭什么。"蒙元亨安慰道。

猛然，罗世英转身从旁人腰里抽出一把刀，朝蒙元亨挥过来："看刀！"

蒙元亨赶紧闪开，喊道："你干什么？"

"谁叫你胡言乱语。"罗世英丝毫没有停手的样子，"你乱说我是巴尔虎的女人，不教训你一下，难消我心头之恨。"

罗兵忙在一旁劝说："妹子，蒙兄弟那么说可是为了救你。"

"没你的事，躲一边去。"罗世英并不理会哥哥。

罗兵唯恐妹妹失手，欲上前劝架，却被周围的人拦住："罗大哥，打是亲骂是爱，你这都不懂！前些日子，罗姑娘可惦记蒙兄弟了。今天好不容易见着，不得折腾一番。”

“去！别胡说八道。”罗兵叫旁人住口，大伙却你一言我一语，说得更开心。

罗世英听到这些话，脸上泛起阵阵红晕，手上的刀却舞得更快。蒙元亨躲了几下，脚下一绊摔倒在地。旁人起哄更凶：“人都摔地上了，罗姑娘快补一刀。”

罗世英哪忍心砍下去，心里只想着赶紧扶蒙元亨起来，却又不好意思。她涨红着脸，把刀一扔，一个人跑回房里去了。

巴尔虎走过来，一把扶起蒙元亨，问道：“就你们俩回来了？其他人呢？”

蒙元亨说：“大队人马在后面。为了赶时间，我和罗大哥骑着快马来寻你们。”

巴尔虎点了点头，又问：“你的腿脚似乎不太利索。”

蒙元亨指了指右腿：“被乌日乐捅了一刀。”

巴尔虎好奇道：“那你又是怎么逃出来的？”

“一言难尽。”蒙元亨说。

“没事，咱们慢慢说。”巴尔虎搀扶着蒙元亨，来到自己房间。

待蒙元亨坐好，巴尔虎行礼道：“蒙兄弟，这次多亏你仗义相救，请受我一拜。”

蒙元亨笑起来：“咱们也算生死之交了，拜不拜无所谓，只是该让我知道你的真名了吧。”

巴尔虎一愣，只听蒙元亨又说：“当年在洞庭湖畔，你告诉罗姑娘自己叫苏德，如今你又叫巴尔虎。如果没有猜错，这些都是假名吧。”

巴尔虎淡淡一笑：“你还知道些什么？”

蒙元亨将面前的茶杯挪开，说：“你们根本不是商队，去喀尔喀蒙古也不是贩卖药材。”

巴尔虎问：“我们不是商队，又是什么？”

蒙元亨说：“是训练有素的草原铁骑。”

巴尔虎又问："何以见得？"

蒙元亨缓缓说道："咱们在沙漠里交过一次手，你的人马一个回合就把我的商队冲散。细想起来，我的商队也招募了不少江湖好手，对付寻常劫匪绰绰有余，为何一击即溃？只因你的人马冲杀时颇有章法，前后左右互为呼应，完全是行军打仗的架势。还有你们的脚下功夫，寻常商队两三天才走完的路程，你们居然一天就赶到，真不愧是虎狼之师。"

巴尔虎点了点头："你的眼睛真毒呀。"

蒙元亨说："你曾说过，你来自漠西蒙古的准噶尔部，这或许是你口中说出的唯一一句真话。前些日子在草原上我也听说了，准噶尔部出了位能征善战的大汗噶尔丹。他连年征战，漠西蒙古各部无不臣服。如今，大汗的眼睛是不是又盯上了北方的喀尔喀蒙古？而你的商队，不过是乔装打扮进入喀尔喀蒙古刺探地形。"

巴尔虎用吃惊的目光注视着蒙元亨，良久，才说道："像你这样的人，经商真是埋没了才干。你说得没错，我乃噶尔丹大汗属下，真名叫作布日古德。"

道出了真名的布日古德继续说："我当年化名苏德进入中原，也是奉大汗之命。大汗心雄万夫，目光所及是整个天下。那时清军与吴三桂决战于湖南，大汗让我亲临战阵，探一探双方虚实。"

布日古德问道："既然知道了我的真实身份，为何还要舍命相救？"

蒙元亨说："说实话，当初救你们脱身，也是在救自己。"

见布日古德一脸疑惑，蒙元亨讲起了那日在乌日乐营帐中的情形……

乌日乐一刀下去扎中蒙元亨的大腿，蒙元亨惨叫之余不忘大喊："准噶尔骑兵早晚会砍了你的头，为我报仇！"

乌日乐收起刀，骂道："撒谎也不动动脑子！准噶尔骑兵会为一个汉人报仇，真是笑话。"

蒙元亨忍住剧痛，将准备多日的说辞搬了出来："噶尔丹大汗英雄盖世，荡平了天山南北。如今十万铁骑正枕戈待旦，只需大汗的弯刀一挥，就将越过杭爱山，踏平喀尔喀蒙古。"

蒙元亨又说："大汗深谙兵法，当然知道知彼知己，百战不殆的道理。他招募我等乔装为商队，进入喀尔喀蒙古刺探军情地形。如今大功告成，你们这帮酒囊饭袋离死期不远。"

乌日乐估计是被气乐了，竟笑出声来："编，继续编！上回搬出索额图，这回更厉害，把噶尔丹都搬出来了。你以为老子是吓大的！"

蒙元亨也笑起来，并从衣服内扯出一张纸，递过去："看一看这是什么。"

乌日乐拿起纸一看，只见上面绘制有喀尔喀蒙古的山川地形。蒙元亨说："我们以经商做掩护，实则画下各种地形。怎么样，画得还不错吧？"

这份地图乃布日古德的手下绘制。布日古德的商队每到一地，白天贩卖药材，晚上还要挑灯夜战，对外说是对账本，帐篷内不时传来噼噼啪啪的算盘声响。蒙元亨虽不擅珠算，但从小听蒙顺拨算盘，对算盘声有一种特殊的直觉。他听着帐篷内杂乱无章的声响，就知道这不是在算账，只是存心弄出点动静而已。

布日古德手下对绘制地图颇为在行，有些图略有瑕疵便会烧掉。蒙元亨当初多了个心眼，偷偷拿走了几份，此刻却派上大用场。乌日乐毕竟是统兵将领，一眼就认出，这种地图绝非商人能够画出，而是出自兵家之手。

一旁的巴图惊得面如土灰，乌日乐气急败坏，揪起蒙元亨怒道："原以为你只是个奸商，没想到却是准噶尔的奸细，老子这就宰了你！"

乌日乐越恼火，蒙元亨反倒越放心。他只怕乌日乐不相信自己的话，只要乌日乐信了，接下来的戏就好唱。

蒙元亨慢悠悠地说："要杀要剐随便。兄弟先走一步，黄泉路上等着你。"顿了顿，他又说："你知道我为何现在才告诉你这些？因为掐着日子算，我的那些兄弟此时已走出喀尔喀蒙古地界。类似的地图还有数百张，它们很快就要摆在大汗案头，他日准噶尔的千军万马就会纵横驰骋于图上的山川河流。"

乌日乐又想起当日被自己放走的蒙古商队，悔恨不已。蒙元亨接着说："要替我报仇，其实哪用大汗发兵？我一到草原，便拜见过将军，这事你赖不掉。若把我的身份声张出去，所有人都会知道，曾有一伙奸细蒙乌日乐将军庇护，大摇大摆行走于草原之上，最后又从你眼皮底下溜走。你说，到时土谢图汗会怎样奖赏你？"

乌日乐恨恨地说："你究竟想干什么？"

蒙元亨说："想救将军。"

"想救我？我看是你想活命吧。"乌日乐说。

"我活命，你才能得救。"蒙元亨说，"将军若睁一只眼闭一只眼，此事便烟消云散。你不过查获了一批劣质棉布，哪儿来什么奸细？我若是一直被关着或是死在这里，将军反倒跳进黄河洗不清。只要我这个瘟神一走，你便能装作什么都不知道。"

乌日乐说话的声音有些抖："你可真敢想，事到如今竟然让我放你走？"

蒙元亨嘴角挂着冷笑："将军宦海沉浮，一定知道报喜不报忧的道理。你若是把全部人抓住，拿着数百份地图献给土谢图汗，自是奇功一件。可只杀我一个人，将事情声张了出去便是自找苦吃。将军有眼无珠在前，坐视奸细逃脱于后，这便是大过。土谢图汗若要拿人的脑袋祭旗，第一个就会想起你。"

"别说了！"乌日乐操起匕首，怒气冲冲地盯着蒙元亨，"今天不死人，看来是过不去这道坎了。"

说完，乌日乐手起刀落，鲜血四溅而出。蒙元亨满脸是血，顿时呆住了。隔了一会儿，他扭了扭脖子，发觉还能动，再定睛一瞧，巴图与那名舞姬已倒在血泊之中。

乌日乐说："你不是说此事只有天知地知你知我知吗？他们既然知道了，就没有活命的道理。"

蒙元亨不再说话，只是扯下一块布，包扎起腿上的伤口。

乌日乐又说："今晚你就滚，永远别再让我看见你。"

蒙元亨抱拳道："今生今世，我也不想再见将军。"

布日古德听完蒙元亨的讲述，真有些不相信自己的耳朵。给准噶尔部做奸细，砍一万次头也不冤。蒙元亨竟把这等死罪往自己身上揽，最后又化险为夷。

蒙元亨笑着说："置之死地而后生，兵法上早就讲过。乌日乐知道一旦杀了我，把事情捅出去，自己的官便当到头了。"

布日古德长出一口气："怪不得那天你一定要让我们离开，只有我们平安脱险，你才有本钱与乌日乐讨价还价。”

“这么说可就不够意思了。”蒙元亨笑道，“你们早早脱险，我却留在虎狼窝里同乌日乐周旋，你以为我愿意？”

布日古德哈哈大笑：“这一路上要没你相助，事情哪能这么顺利。最后时刻，你又以身犯险，为我们刺探到了重要军情。”

“什么军情？”蒙元亨问。

布日古德说：“乌日乐对土谢图汗早已生出二心，他日沙场争锋，我们的胜算又多了一成。”

蒙元亨说：“看来我没骗乌日乐。准噶尔的骑兵果真磨刀霍霍，准备对喀尔喀蒙古下手了。”

“你等着吧。”布日古德说，“喀尔喀蒙古那帮蝼蚁之兵，脑袋在自家脖子上待不久了。”

布日古德把一杯茶递给蒙元亨：“你这一趟辛苦了，我不会亏待你。被乌日乐扣下的棉布、银子，一定双倍赔给你。”

蒙元亨接过茶杯，并没有喝，而是放到一边：“区区一点棉布与银子，亏便亏了，将军不必上心。不过，在下倒有一事相求。”

“说！”布日古德说。

蒙元亨说：“你也知道，我这一趟远赴蒙古是为了开辟商路。如今，喀尔喀蒙古的生意没法做了，我回去也交不了差。幸亏结识将军，方才柳暗花明又一村。漠西蒙古地域广袤，人口众多，准噶尔部兵强马壮，有如旭日东升。不知将军能否相助，日后让我们的棉布销往贵部？”

“这个嘛……”布日古德假装犹豫了一会儿，才一拍桌子道，“小事一桩！”

布日古德接着说：“蒙古汉子恩仇必报，你有恩于我们，我们定会重重报答。准噶尔部将为你的商队敞开大门，我们骑兵所到之处，也都是你的行商之地。”

“多谢！”蒙元亨激动不已。

布日古德说：“大汗厉兵秣马，不仅需要棉布，更需要中原的铁器、药材、茶叶。这些你能弄到吗？”

“当然。”蒙元亨说，“泾阳乃商贸中心，什么货都有。你们开个清单，我便源源不断运来。”

“采购之事，你可一肩承担下来。”布日古德说，“大汗最喜欢忠义之士，蒙兄弟智勇双全，是不可多得的人才。趁着这次机会，不妨推迟归期，跟着我去一趟准噶尔拜见大汗。”

“荣幸之至。”蒙元亨立刻答应下来。一路上，他已耳闻目睹许多噶尔丹大汗的事迹，有人欣喜若狂，说蒙古族里终于出了位铁血男儿，必将恢复祖先荣光；也有人忧心忡忡，说此人穷兵黩武，草原上怕是再无宁日。如此不可一世的枭雄，蒙元亨自然想见识一下。再说交情这种东西，有没有一面之缘大不相同，无论日后与准噶尔部做生意还是行走草原商路，能与噶尔丹见上一面总归是好事。

5. 经商之道有斗有和，却要斗而不破，甚至斗也是为了和

又是一夏铄石流金，又是一秋落叶飘零，又是一冬飞雪寂寥，又是一年春来到！

一年过去，泾阳城里的人们始终不知蒙元亨的消息。就连岳江南也离开泾阳，带着蒙佩文与周琪东返苏州。

然而，时间并没有冲淡文知雪对蒙元亨的眷念。她始终盼望着能从远方传来好消息，而且经常一个人锁在屋里，一遍遍看着多年以来蒙元亨寄给自己的书信。

盛宇峰常来探望文知雪，今日午后，他手里捧着一幅画，叩门而入，殷勤地说道："知雪，难得今日好天气，咱们出门踏青如何？"

文知雪摇了摇头说："不想去。"

盛宇峰毫不介意，坐下说道："待在家里也挺好，我陪陪你吧。"

文知雪吩咐丫鬟给盛宇峰沏茶，接着说道："盛大哥，有一件事我问过你多次，今天再问一遍。当初说蒙元亨还活着，是不是骗我？"

"哪能呢！"盛宇峰一如既往矢口否认。

文知雪又问："那为何一年过去，竟没有一点消息？"

盛宇峰将多次说过的谎言再重复一遍："蒙古不比中原，那里的人逐水草而迁徙，居无定所。蒙元亨被抓后，跟着人家的马队四处漂泊，寻起来自然费力。"

文知雪见盛宇峰手里捧着画，问：“这是什么？”

盛宇峰把画摊在书桌上说：“我画的雪景图。”

文知雪上前看了看，问：“你为何对雪景情有独钟？”

“因为……”盛宇峰停顿了一下说，“知雪妹妹擅画雪景，我便有样学样。”盛宇峰本想说，自己钟情雪景图，实则是痴情于文知雪，不过话到嘴边又咽了回去。盛宇峰也不明白，为何始终没有表白的勇气。或许自己生长于大富之家，习惯了有求必应，唯恐遭到拒绝？又或许太爱文知雪，每到关键时刻心里便扑通直跳，乱了方寸？

盛宇峰与文知雪聊了一会儿绘画，又说：“我们自会不断派人去蒙古，尽力救出蒙元亨，但结果谁也不敢保证。知雪妹妹也要振作起来，不能钻牛角尖……”

“不必说了，”文知雪打断道，“你的意思我明白。当初看着父亲操心的模样，我也自责不已。我若有个三长两短，叫他老人家怎么办？”

“你能这么想就对了，世上的好男儿多的是。”盛宇峰欣喜道。

文知雪说：“纵然蒙大哥回不来，我也会好好孝敬父亲。不过，世上男子虽多，蒙大哥却只有一个。他若去了，我便终身不嫁。”

“这……这是何苦！”盛宇峰嘴里说着苦，心头更苦。

“小姐！”两人正说着话，丫鬟心急火燎地跑了进来。

“什么事？”文知雪问。

“蒙……蒙公子回来了。”丫鬟跑得上气不接下气，“今日有一支近千人的商队浩浩荡荡地回到泾阳，领头的便是蒙元亨。”

文知雪惊得站起来，盛宇峰连珠炮般发问：“商队现在哪里？看仔细没？真是蒙元亨？”

丫鬟答道：“商队马上就要进城了，真是蒙公子。”

文知雪披上外衣，便往外走去，盛宇峰紧跟在她身后。两人心事各不相同，急切之情却是一样。眼看就要出门，身后却传来文善达的声音：“站住。”

文知雪转回身，说道：“爹，你听说了吗，蒙大哥回来了。”

文善达阴沉着脸：“我昨日就知道了。蒙元亨不仅回来了，还当上了掌柜。

岳江南也杀了个回马枪，前几日又来到泾阳。”

文知雪顿时喜形于色。

盛宇峰问道：“叔父，你怎么知道的？”

文善达挥了挥手中的帖子：“人家都已经下战书了，我能不知道?！”

盛宇峰拿过帖子，这是岳江南送来的。岳江南说广诚德将在泾阳设立分号，掌柜一职由蒙元亨担任。他还说蒙元亨不仅开辟了棉布商路，更要替漠西蒙古准噶尔部采购药材、茶叶，因此诚心邀约泾阳商界前辈共议大事，同享商机。

盛宇峰问道：“不光文盛合收到帖子了吧？”

文善达咳嗽的毛病近来更重了，背也有些驼，他咳了几下，说：“山陕商帮的各位东家都收到了，岳江南还把地方选在了朋来酒家。”

朋来酒家历来是山陕商帮聚会议事之所，当初正是在那里，文善达号召商帮一致抵制岳江南。明日岳江南在朋来酒家设宴，似乎是要文善达自个把苦果吞回去。

“朋来酒家是咱们的地盘，凭什么让他摆阔气！”盛宇峰恨恨地说，“我这就去跟酒店掌柜说，明日打烊不接客。”

文善达摆了摆手说：“不过一顿酒宴，不必那么小家子气。”

“小人得势。”盛宇峰骂道。

“人家的阵势可不小。”文善达冷冷地说，“蒙元亨出泾阳时，不过百来号人，这一次归来，却跟着大批蒙古与西域商人，有近千人。外面都在议论，泾阳好久没来过这么大的商队了。”

文知雪得知蒙元亨归来的消息无误，心中又急又喜，只盼着早些相见。见马车停在了门口，便急着上车。

“站住！”文善达严厉的声音再次传来。

“怎么了？”文知雪问道，“蒙大哥回来了，我去看一看。”

“刚才我说的话，你没听懂吗！”文善达说，“蒙元亨是回来了，但他是来要咱们命的。知雪，你若还认我这个爹，就不要再见蒙元亨。”

文知雪忙解释道：“人家不过做生意赚钱而已，哪会要谁的命。”

文善达冷哼道：“与蒙古贸易乃文盛合的财源，他要赚的可是我的活命钱。”文知雪还想辩解，文善达手一挥，听都不听。

近千人的商队，上百辆大车，装载着蒙古的皮草、西域的珠宝以及从欧罗巴漂洋过海而来的西洋物件。队伍绵延数里，浩浩荡荡。蒙元亨骑马走在最前面，他的左侧是罗兵、罗世英兄妹，右侧是一路跟随左右的伙计段运鹏，还有一位传教士打扮的洋人。

这位洋人有个中文名字，叫作苏乐西。他出生于遥远的地中海岸，二十岁时跟随同为传教士的父亲来到中国，走遍大江南北。十年前，已入不惑之年的他定居泾阳，继续艰苦的传教工作。

蒙元亨结识苏乐西，还是通过文知雪。苏乐西对西洋油画造诣颇深，文知雪擅长国画，对油画虽谈不上推崇，却认为不乏可资借鉴之处。昔日在泾阳时，文知雪与苏乐西常聚在一起切磋画技，还带着蒙元亨见过苏乐西。

熟悉的泾阳就在前方，苏乐西感慨地说：“五年了，我终于回家了。”

蒙元亨笑道：“五年前，你说家中有事，要回欧罗巴。五年后面对泾阳，你又说回家了。你的家究竟在哪儿？”

苏乐西并未觉得这只是玩笑话，认真思考了一会儿才答道：“欧罗巴是我的故乡，这里才是我的家。”

一旁的段运鹏打趣道：“咱们头发、皮肤不同，连眼珠子的颜色也不一样，但照你所说，也算一家人了。”

“不是一家人，不进一家门。”苏乐西的汉语十分流利，“若不是一家人，我们怎么会在茫茫草原遇上！”

“咱们真是有缘。”蒙元亨说，“我前脚刚到准噶尔，你也到了，这就是他乡遇故知。”

苏乐西说：“我从欧罗巴回清国，刚好经过准噶尔，做梦也没想到，能遇上蒙公子。若不是你替我做证，更不知如何脱身。”

两人聊起在准噶尔的事，不禁大笑起来。准噶尔部的噶尔丹大汗盛情款待苏乐西，并让蒙元亨作陪。席间，噶尔丹问苏乐西，听说清国有位传教士叫作南怀仁，你可认得？苏乐西答说，自己与南怀仁是教友，在北京时还一起跟着汤若望学习过教义。噶尔丹大喜过望，一定要让苏乐西留下。

原来，噶尔丹听说，汤若望善于铸造火炮，康熙平定三藩之乱时，南怀仁又将汤若望生前所铸火炮修复，在战场上立下奇功。噶尔丹留下苏乐西，便是希望他能铸造出威力巨大的火炮。苏乐西说自己根本不会火炮之术，噶尔丹却不信，认为苏乐西既与南怀仁一起学习教义，怎会一点本领没学到。

好在蒙元亨替他证明，说苏乐西久居泾阳，除了传教、绘画，就是给人治病，从没造过火炮。他还向噶尔丹解释，苏乐西当年跟着人家学习的是天主教教义，而非火炮铸造之术。

“近乡情更怯，不敢问来人。”泾阳城已出现在眼前，蒙元亨不自觉地吟起宋之问的《渡汉江》。

苏乐西问道：“近乡情怯，可是因为故乡之人？”

蒙元亨苦笑着摇头：“故乡之人不提也罢。只是拜托先生的事，还得烦劳你。”

苏乐西耸了耸肩：“自当效劳。”

这时，对面飞奔而来几匹骏马，马上之人大老远便挥手高喊：“蒙掌柜。”

蒙元亨还没反应过来谁是蒙掌柜，倒是段运鹏提醒：“岳东家新设广诚德泾阳分号，你已是掌柜。”

罗兵骑在马上，噘着嘴道：“拍马屁倒快！他倒忘了当初在草原，害得我们差点丢了性命。”

“过去的事就别提了。”罗世英劝哥哥。

“我就看不惯这种货色！”罗兵不依不饶道。

蒙元亨拍了拍罗兵道：“当初人家也是被逼的，再说了，用人用所长嘛。”

策马飞奔而来之人，正是苏定河。那日，乌日乐一刀捅死巴图，蒙元亨清楚，自己走后，苏定河断没有活命的道理。蒙元亨向乌日乐求情，请留下苏定河的性命，让他跟着自己离开喀尔喀蒙古。

蒙元亨如此做，既是念旧情，更是图长远。自己被抓后，苏定河多次探望道出内情，还说有愧于故人。此人虽见利忘义，比起大奸大恶的乌日乐却好出许多。况且，苏定河长年行商蒙古，是一本活地图，三大商帮中无出其右，未来经营蒙古商路，他大有用处。

苏定河翻身下马，向众人行礼："泾阳城里都安排妥当了，岳东家带着佩文姑娘、周琪姑娘，已在城外等着。迎接商队的排场阔气得很，光鞭炮就几千响。"

蒙元亨说："让你打前站，可不是为了这些虚礼。事情办得如何？"

"蒙掌柜放心。"苏定河说，"众人吃住都安排妥当，囤货的地方也找好了。"

"好！"蒙元亨点头道。

"咱们进城吧。"苏定河伸手要为蒙元亨牵马。

"这可使不得。"蒙元亨说，"你年纪比我大，哪有替我牵马的道理。"

两人推辞一番，苏定河方才作罢。大队人马继续前行，不一会儿便来到城外。蒙佩文与周琪见到分别多日的蒙元亨，禁不住热泪盈眶。岳江南几步上前，抱住蒙元亨："你总算回来了。"

蒙元亨笑道："是不是以为我回不来了？"

岳江南激动地说："我是灰心丧气过，但你却是福大命大之人。"

蒙元亨说："人回来了，不过棉布全让人没收了。喀尔喀蒙古的生意，日后也没法做了。"

岳江南哈哈大笑起来："漠西蒙古的商路都让你打通了，喀尔喀蒙古的生意不做也罢。"

"一年多没见，今日咱们不醉不归。"岳江南拉着蒙元亨的手，一起走进城里。

接风洗尘的宴席进行到很晚，结束之后，岳江南送蒙元亨回到家中。一年多没回家，看到熟悉的一草一木，脑海中又浮现出父亲的身影。他老人家在哪儿，身体可康健，今生今世一家人还能再见吗？想起这些，蒙元亨眼中闪烁着泪花。

岳江南劝道："蒙老掌柜若知道你今日成就，一定会开心的。"

蒙元亨只是摇头叹息，并未答话。岳江南又说："今日累了，早些休息吧，明日还有事。"

“明日何事？”刚才在接风宴上，蒙元亨听岳江南提到，明日还有一场宴会。当时敬酒的人多，没来得及细问。

“是这样，”岳江南缓缓说道，“你打了一场大胜仗，让咱们在泾阳站稳了脚跟。不过做生意还得广结善缘，泾阳毕竟是山陕商帮的地盘，我想着明日由你我做东，请山陕商帮的头面人物聚一聚。有银子一起赚，不必弄得跟仇人似的。”

蒙元亨愣了一下，问道：“你所谓的头面人物，是否还有文善达？”

岳江南点头道：“自然少不了他。”

“我不去！”蒙元亨一下站起来，酒意消去大半，“与害自己父亲的仇人一桌吃饭，这饭无论如何都吃不下。”

“元亨，我知道你心里头有疙瘩。”岳江南劝道，“但是，经商之道有斗有和，却要斗而不破，甚至斗也是为了和。这一回，咱们结结实实教训了文善达，接下来不妨各退一步，和气生财。从蒙古运来的货要出手，还要替准噶尔部采购那么多东西，若能与文盛合携手，岂不是事半功倍。”

“这可不是什么疙瘩。”蒙元亨冷声道，“文善达陷害我父亲，还几次想置我于死地。当初我就说过，做生意不单为赚钱，更是救父报仇。”

岳江南说：“你说得没错，早日救出蒙老掌柜是大家的心愿，关键是怎么个救法。杀了文善达，就能救出你父亲？咱们是买卖人，没有生杀予夺之权，救人还得靠银子。暂且与文善达休兵，才能赚到更多银子。”

“岳兄，你的眼里只有银子呀。”蒙元亨冷笑一声，接着拉高声调，“但我心里还有是非。”

“不要激动嘛。”岳江南说，“生意归生意，报仇归报仇，两者不能混为一谈。”

“没错，”蒙元亨的声音越来越大，“生意与报仇不能搅和到一起，但我不会同仇人做生意。”

岳江南缓和语气：“先不说这事，等你冷静下来，咱们再好好商量。”

“我很冷静。”蒙元亨说，“你若执意与文善达修好，我没法拦着，但商号掌柜一职，麻烦另请高明。”

“这是干吗！”岳江南也不自觉拉高声调。

蒙佩文正在门外，听见里面声音越来越大，走进来问：“你们怎么了？”

岳江南打起哈哈：“没事，一年多没见，越聊越亲切。”

蒙元亨却不给面子，说：“该说的话我都说了。佩文，送客吧。”

送走岳江南后，蒙佩文又进到哥哥房间，劝道：“你消消火。”

蒙元亨端起茶杯，见杯中茶水已喝干，又放了下来：“我没什么火。天要下雨，娘要嫁人，随他去！岳江南要与文善达同流合污是他的事，但我还能洁身自好。”

蒙佩文沉默了好一阵子，才说：“我觉得，你和岳大哥的话都有道理。文善达这笔账，蒙家人当然不能忘。不过，如今就算杀了文善达，还是救不回父亲。”

蒙元亨盯着妹妹问：“若我的话有道理，岳江南说的便是歪理，哪能两边都有道理？”

蒙佩文说：“我只是觉得，哥哥与岳大哥都是好人，好人说的话自然有道理。”

听着妹妹一口一个“岳大哥”，蒙元亨不禁问道：“你觉得岳江南这人如何？这一年来，他待你与周琪怎样？”

蒙佩文不假思索答道：“岳大哥挺好的，待我们有如亲妹子一般。半年前我在苏州大病过一场，岳大哥请来了城里最好的郎中。有一味药苏州没有，需到江宁采购，他亲自骑着快马，连夜奔去江宁。若没有岳大哥，我都不知道还能不能再见到你。”

“他对你很好，所以你就把雨霆琴送给他了？”蒙元亨又问。

刚才的接风宴上，岳江南说要弹奏助兴。蒙元亨一眼便认出，他所用的正是妹妹的雨霆琴。

蒙佩文脸色泛红，说道：“雨霆琴是父亲送给我的，我岂会随便赠人。只是岳大哥说此琴弹着顺手，我便借给他了。”

蒙元亨笑了笑说：“岳江南有一句话说得没错，生意归生意，报仇归报仇。世上的事，原本一码归一码。我和他的事，与你同他之间的关系，也不必搅和到一起。”

蒙佩文的脸红得更厉害：“你胡说些什么？我同岳大哥有什么关系？”

6. 一个精明的商人，必须懂得拿捏火候分寸

朋来酒家并非孤楼，几个楼阁亭榭连绵相接，飞檐画角，俯瞰着繁忙的渭河码头。这里一向是关中富商登高饮酒之所在，今日的酒家外，依旧人声嘈杂，喧闹非凡，小摊贩的叫卖声此起彼伏。

酒家二楼的雅间闹中取静，别有洞天。岳江南坐在靠窗的椅子上，面前摆着一只精致的茶杯。杯中茶叶绽放开来，缓缓飘起的白烟，带出淡淡香味。茶叶像一叶小舟漂在水上，又旋转着沉入水底。品上一口，贝齿之间立刻有一阵清欢。

渭河水咸味重，茶汤味道与江南水乡大不相同。岳江南放下茶杯，思绪不禁飞到千里之外的故乡。山川秀美的徽州，却是出了名的山多地少、土瘠人稠。徽谚有云："前世不修，生在徽州；十三四岁，往外一丢。"迫于生计外出经商，成为许多徽州子弟无奈的选择。

千百年来，由徽州通往杭州的徽杭古道是徽州人外出的必经之路。到了"往外一丢"的年纪，徽州少年便要背井离乡，踏上征途。千万不要小瞧了那些行走在古道上个子瘦小、衣衫褴褛的少年，正是从他们中间，走出了一支雄霸天下的商帮——徽商！

岳江南的父亲便是这样一位走过无数崎岖的商帮巨子。离开徽州老家，从苏州一家织布作坊的学徒干起，最终创立广诚德布庄，跻身苏杭八大布庄之一。

少年岳江南跟随父亲身旁，耳闻目睹过太多慷慨豪迈的徽商传奇，却对一件事耿耿于怀。父亲无数次说起，徽商布庄看似风光，实则被山陕商帮掐住了咽喉。"北棉南去，南布北来"的商路被人家把持，棉花是别人的，销路是别人

的，自己不过挣点辛苦钱。每当泾阳的大布商去江南采购时，苏杭布庄无不尊山陕布商为王侯，争山陕布商如对垒。行商天下的徽商岂肯屈居人下，他们一次次地抗争，却又一次次败北。

直到如今，年轻的岳江南终于以胜利者的姿态坐在这里。想必徽商前辈也曾进出过朋来酒家，心中充满仰人鼻息的酸楚。但今日的岳江南，却有着舍我其谁的顾盼自雄。蒙元亨打通了漠西蒙古的商路，徽商的棉布不必再仰仗他人。无数徽商前辈前赴后继却又功败垂成的事业，在自己手中大功告成！

素来被山陕商帮予取予求，任何有血性的徽商子弟怎能忘却！忆起父亲当年的忍辱负重，岳江南何尝不想快意恩仇！但是，以一己之力真能让实力雄厚的山陕商帮就此土崩瓦解？没错，这一局赢得漂亮，但自己所抢到的不过是漠西蒙古的地盘，同样广袤的漠北蒙古依旧被山陕商帮掌控手中。山陕商帮病得不轻，但想要人家的命，还早得很。岳江南不禁摇了摇头，他俯视忙碌的渭河码头，一遍遍告诫自己，绝不能被胜利冲昏头脑，更要懂得见好就收。

泾阳毕竟是陕商的地盘，要在这里与人家血战到底，鹿死谁手尚未可知。打不死的敌人，不妨再做一阵子朋友。况且凭借这场大胜，自己手中已握有令对手恐惧的砝码。一个精明的商人，必须懂得拿捏火候分寸。战和之妙，存乎我心！

岳江南嘴角露出一丝冷笑，脑海中浮现出昨晚与蒙元亨的争论。这小子真是越来越狂了，天底下还没有哪个掌柜敢这样同东家讲话！算了，懒得同他计较。再说有本事的人难免有棱角，人家立下大功，有狂的本钱。只是蒙元亨口口声声说商场如战场，却忘记了穷寇莫追的道理。我才是东家，大主意还得由我拿！

“文善达到了。”一名伙计的话，打断了岳江南的思绪。他收起手中折扇，快步下楼。见文善达父子从马车里出来，岳江南行礼道：“小侄拜见叔父。”

“使不得。”文善达扶住岳江南，“你我都是东家，怎可行此大礼？”

岳江南说：“文叔父与家父平辈论交，我见到叔父，自然要行参拜长辈之礼。”

“言重了。”文善达说，“不是我与你父平辈论交，而是生意场上文盛合与广诚德平辈论交。如今你既是广诚德的东家，咱们就是一样。岳东家，请！”

岳江南要执子侄礼，文善达却要平辈论交，其中意味不言自明。不过岳江南意在求和，倒也不去计较，他呵呵一笑，拉着文善达上楼。

进到包间，文善达笑道：“岳东家请老朽吃饭，哪用得着这么大张桌子？”

岳江南只当文善达在讲客套话，便说：“文叔父是山陕商帮中的翘楚，德高望重，一呼百应。您大驾光临，就是给了小侄天大面子，我岂能不精心准备！”

岳江南亲自为文善达斟茶，还不忘套近乎：“今日小侄邀请山陕商帮诸位大佬，没想到文叔父与世兄头一个到了。趁着其他人没来，咱们正好叙旧。”

一旁的文知桐冷笑道：“咱们之间有什么旧可叙吗？”

“瞧世兄说的，”岳江南装作毫不介意的样子，“文盛合与广诚德的棉布生意合作了几十年，交情深着呢。”

“是呀，既是故人，怎能无旧可叙！岳东家，咱们上菜吧，边吃边聊。”文善达说。

“好啊，我这就让人把汤盛上来，咱们先喝汤。”还有好多客人没到，怎能先开席？岳江南灵机一动，吩咐人盛汤，既不驳文善达的面子，又堵住了他的口。

文善达摆手道：“泾阳的规矩，汤是留在最后喝的，岳东家怎么一上来就坏了规矩？”

文善达的话既是一语双关，更是为难主人。真要上菜，其他客人怎么办？岳江南尴尬地笑起来：“没想到文叔父来这么早，菜还没备好，真是失礼。”

文善达似笑非笑：“我看不是菜没备好，是人没到齐吧。”接着，他大手一挥：“不必等了！客人就我和知桐，其他人不会来了。”

见岳江南一脸诧异，文知桐得意地说：“我爹和其他东家打了招呼，谁也不得赴宴。”

岳江南回过神，摇头道：“我备的菜没上桌，叔父倒先端上一盘大菜。”

文善达慢条斯理地说：“刚才你不是说我德高望重、一呼百应吗？打声招呼，还是有人会听的。”

岳江南此番设宴，自认既不缺诚意，更是挟商场大胜的余威，没想到竟换来文善达如此挑衅。他忍住怒火，强挤出笑容：“德高望重、一呼百应可不是恭维之词。就说这顿饭吧，文叔父若不来，其他人来了也是白来。您来了，其他人来或不来，倒不打紧。”

“真会说话。”文善达哈哈大笑，“当年曹操与孙权隔江对峙，曹操见吴军军容壮盛，叹道‘生子当如孙仲谋’。曹孟德当年的心境，如今我算是明白了。”文善达口中说着平辈论交，但从这则典故还是能看出，他将岳江南当成了初出茅庐的后辈。

“不敢。”岳江南说，“孙权一把火烧掉曹操八十万大军，小侄可没这等本事。”

“既然无菜可吃，汤也别喝了，我还是喝药吧。”文善达伸出手，接过文知桐的杯子，灌了一口药。他咳嗽的毛病断不了根，药也停不下。如今无论走到哪儿，身旁都得有人端药伺候。

文善达方才谈笑自若，没想到药一入口，反倒剧烈咳嗽起来，文知桐忙着捶背却无济于事。岳江南出于礼貌，也要上前搀扶。文善达岂肯示弱，挥手谢绝，咳嗽竟停了下来。

“一点小毛病，不碍事。”文善达捶了捶胸口说，“火烧八十万大军，你还差了点，但打通漠西蒙古的商路，这本事也不小了。”

岳江南坐回椅子上，说：“今日设宴，原本就为此事。咱们是生意人，千里经商只为求财，没想过和谁过不去。但小侄毕竟年轻，处事不周，若不小心冒犯到别人，还望各位前辈海涵。”

岳江南又说：“漠西蒙古的商路虽在小侄手中，但许多事仍要仰仗山陕商帮。我以为，有银子不妨一起赚。”

文善达斜眼瞟着岳江南：“听你的意思，莫非要把漠西蒙古的生意分出来？”

“当然。”岳江南心中暗喜，文善达终于上钩了，“西去的商路绵延千里，泾阳乃货物中转之地。泾阳是你们的地盘，我可不敢喧宾夺主。漠西蒙古的生意，咱们一起做。商人嘛，都是将本求利赚银子，岂能整日斗气。”

“岳东家果然大气，这生意我做。”文善达竖起大拇指，“你需要采购什么物资，列一个清单出来，我发动山陕商帮为你备货。至于价钱嘛，大家有商有量，让彼此都有赚头。”

“好！”岳江南轻摇折扇，“文叔父举重若轻，果然是大家风范。”

“既然生意谈好了，就按咱们谈的办。饭不用吃了。”文善达起身告辞。

“且慢。”岳江南说。

“怎么，还有事？”文善达问道。

“有事。叔父请坐，容小侄道来。”岳江南说。

“何事？”文善达又问。

岳江南说：“来而不往非礼也，做生意讲究互利互惠。小侄分享出漠西蒙古的商机，不知叔父那边，是否也能以诚相待？”

“什么意思？有话直截了当地说，别绕圈子。”文善达侧过身，却并未坐下。

岳江南说：“漠西蒙古的生意咱们携起手来，漠北蒙古那边，小侄也盼能跟着叔父长一长见识。”

“这个简单。”文善达说，“不就长见识吗？我真还有好为人师的毛病。下一回去喀尔喀蒙古，老夫亲自带你跑一趟，一定言传身教，知无不言。”

岳江南几乎被对方的话噎住了，自己所说的长见识，可不是拜师学艺，而是要分一杯羹。所谓一物换一物，我已把漠西蒙古的商路拿出来共享，插足漠北蒙古自是合情合理的交换条件。文善达，你是真傻，还是装傻？

见岳江南脸有些涨红，文善达说：“岳东家不是想长见识，而是要赚银子吧。”

岳江南点头道：“叔父说什么便是什么。”

“君子爱财，你就明说嘛。”文善达坐回椅子上。

“不知叔父以为如何？”岳江南投来殷切的目光。

文善达摇头道：“能一起赚的银子可以一起赚，但能吃的独食我也想继续吃。”

“生意人和气生财，何必斗得你死我活。”岳江南拿出了最后的诚意，仍在劝说文善达。

“和气生财没错，但该斗的时候也得斗。”文善达说，“我的意思很清楚，漠西蒙古的生意，山陕商帮自当插上一脚；但漠北蒙古的生意嘛，你就别惦记了。”

岳江南简直怀疑是不是听错了！坐在面前的文善达可是刚吞下失败苦果，而自己才是不折不扣的胜利者。这即便不是城下之盟，也绝非势均力敌。但文善达开出的条件，完全匪夷所思。好比两国交兵，坐困孤城的失败一方竟然对胜利者说，和平的条件有两个：第一是将之前占领的所有土地归还；第二，再把你的地盘划一半给我。

“天下的生意，恐怕没有这种谈法。”岳江南拉高声调，语气也变得强硬起来。

文善达咳了几声，才缓缓说道：“关中在战国时乃大秦所在。在我看来，秦国被称作虎狼之国，不在于八百里秦川沃土，也不全因虎狼之兵，而是擅长操弄战和之策。”

文善达又说：“秦国会打仗，更会谈和。每赢一仗，便逼着人家割地赔款，可眼见六国同仇敌忾，又会抛出诱饵讲和。战和之策，操弄自如，步步蚕食，最终横扫六合，一统天下。”

文善达继续说：“岳东家，你本是徽州人，却不远千里来到大秦故地，操弄起战和之策，是否有班门弄斧之嫌？”

岳江南淡淡一笑：“各人做各人的生意，商场上没人能一统天下，你也不必杞人忧天。”

“真的吗？”文善达说，“远的不说，就说扬州盐业吧，从明代开始，一直是陕晋徽三分天下，可最近几年，扬州的盐业总商一直被徽州人把持，陕商与晋商连边都挨不上，这不是一统天下是什么？”

文善达接着说：“打开天窗说亮话吧。都说徽骆驼、晋算盘，从山西老家开始，我做了一辈子买卖，还不知你在拨什么算盘?！这一仗你是赢了，但却是惨胜。山陕商帮在泾阳经营多年，又岂是一场败仗就能动摇根基的。你心里清楚，再斗下去胜负犹未可知，所以见好就收，希望谈出对自己最有利的条件，借此在泾阳真正站稳脚跟。”

“文东家，”岳江南终于改口，不再称呼叔父，“纵然你说得没错，但这也不失为两全其美之策。让我在泾阳落地生根，你们也能继续发财，不比苦苦缠斗来得好？”

文善达哈哈大笑起来："棉布的商路延续百年，彼此相安无事。能像你这样走通商路，把山陕商帮逼到墙角的，可谓万里挑一，百年不遇。你既有虎狼之心，我又怎能引狼入室，让你安安稳稳地在泾阳落脚？咱们都清楚，今日求和不过权宜之计，假以时日，你又会挑起另一场大战。与其让你休养生息，不如忍着痛继续斗下去。"

"这是何苦！"岳江南轻轻叹道，心中却不由得佩服，姜还是老的辣，文善达这双眼睛真毒呀！

文善达说："是挺苦，但只能强撑着了。若不趁你立足未稳拼死一搏，日后再无胜算。"

岳江南又摇起折扇："我的商队刚从草原上回来，草原上的英雄成吉思汗曾说过一句话：你要战，我便战！"

"好！"文善达站起身，"咱们战场上见分晓。"

7. 岳江南聊起保宁府的典故——吹箫不用竹，一箭贯当胸

正是春光烂漫时，蒙家宅子里的桃花绽放出笑脸。岳江南来到院子门口，犹豫了一下，才伸手去叩动门环。

数日之前，岳江南的请柬只换来文善达的战书，朋来酒家的宴席还未开始便已不欢而散。既然操弄战和之策不成，只能硬着头皮打下去了。三军易得，一将难求，未来的恶战，岂能少了蒙元亨。

想着当初不顾蒙元亨反对，执意与文善达讲和，到头来热脸贴了人家冷屁股，岳江南真是悔恨不已。如今上门请蒙元亨重披战袍，更让堂堂东家颜面无光。但事到如今，岳江南只能劝自己：同谁怄气也不能同银子怄气。况且自己千里西进，为的不光是银子，更为了打破山陕商帮对棉布商路的垄断。那可是上百年来数代徽商的夙愿！与肩头的重责大任相比，个人颜面算得了什么！

门开了，蒙佩文站在里面。一见佩文，岳江南的心情好了许多，不自觉浮出笑容。蒙佩文也是一脸欢快："岳大哥，你来了。"

"嗯，来了。"不知怎么回事，素有雄辩之才的岳江南，每次见到蒙佩文却有些笨嘴笨舌。

两人就这样站在门口，谁都不知再说些什么好。蒙佩文先反应过来，问道："你是来找我哥的吧？"

岳江南赶紧点头："对。元亨在家吗？"

蒙佩文遗憾地说："真不巧，我哥出去了，得晚饭后才回来。"

岳江南立刻说："那我等等他吧。"

进到屋里，岳江南见桌上放着雨霆琴，便问："你的琴艺近来又精进不少吧？"

蒙佩文莞尔一笑："论起琴艺，我连我哥都不如，比起你更差得远。"

岳江南说："元亨的琴艺是不错，可惜刚劲有余，婉转略有不足。"

蒙佩文端上茶，说："那天你和我哥在屋里吵，我也听到些。我哥就那样，是个直来直去的脾性，你别同他计较。"

"怎么会呢！"岳江南笑着说，"我就喜欢元亨疾恶如仇的脾气。"

"其实我哥心里也明白，你是我们蒙家的恩人。当初我们走投无路，全靠你指点迷津。他去蒙古时，你对我与周姑娘更是照顾得无微不至。"

岳江南摆了摆手道："再这样说，就见外了。"

"那倒是。"蒙佩文一笑起来，脸上的酒窝更好看。

岳江南聊起轻松的话题："我怎么觉得你和元亨的口音，与其他泾阳人不一样？"

"这你也能听出来？"

岳江南说："对我来说，方言有三种：其一是徽州话，其二是苏州话，其三便是外地话。只要不是徽州话与苏州话，其他方言在我听来都差不多。只是来泾阳待久了，慢慢也觉察出你们兄妹的口音与其他人不同。"

"我俩说的不是正儿八经的泾阳话，反而更接近四川保宁府口音。我爹在文盛合保宁分号做了十几年掌柜，几年前才回到泾阳，我与哥哥也跟着父亲在保宁府长大。"

"难怪。"岳江南又指了指雨霆琴说，"听元亨说过，这具七弦琴也是令尊在保宁府时所制。保宁可是个好地方，位于嘉陵江畔，是川陕之间的商埠重镇。"

蒙佩文好奇地问："你对保宁府还挺熟？"

岳江南说："我去过那里。那是七年前，跟随父亲去四川，在保宁府住了大半月。"

蒙佩文欢喜地说："七年前我就在保宁府，没准那时咱们在街上还撞见过。"

岳江南也笑起来："当年有缘相见无缘相识，如今缘分到了，终究聚到一块了。"

一听说缘分，蒙佩文脸上泛起一阵红晕。岳江南不知自己是否失言，赶紧赞美起保宁府的风物："保宁府风景秀美不逊江南，商贸繁华尤胜锦官城。"

岳江南接着说："川陕之间，横亘着秦岭与大巴山。正是在崇山峻岭之间，历代先民走出了一条川陕古道。川陕古道不止一条，有金牛道、米仓道、洋巴道等，而其中的大道，均过保宁府。到了保宁府，就算越过了群山阻隔，再从保宁南下三台、中江至成都，一路地势平坦。因此，扼川陕要津，又有嘉陵江横贯的保宁府，成为兵家必争之地。"

蒙佩文目不转睛地盯着岳江南，不由得佩服他的博闻强识。只听岳江南又说："明末清初，战火四起，无论李自成、张献忠还是满洲八旗，南下入川皆经由保宁府。传说张献忠攻打保宁，烧了一座古塔，塔下压着一块石碑，上面写着几行字——赠毁塔之人：吹箫不用竹，一箭贯当胸。张献忠其时兵锋正盛，纵横数省，读罢只是哈哈大笑。"

"这个传说我也听过。"蒙佩文说，"数年之后，清军入关。一片石恶战，李自成百万大军顷刻灰飞烟灭。顺治三年，肃亲王豪格受任为靖远大将军征四川，与张献忠激战于保宁府。豪格麾下大将鳌拜趁雾进攻，一通乱箭射死张献忠。此刻人们才知道，所谓'吹箫不用竹'，乃是指肃亲王。"

从保宁府的典故聊起，话匣子被打开了。两人聊起天来格外投机，似乎永远有说不完的话。一晃一个时辰过去，岳江南才意识到此行是有要事。他问："元亨赴谁的约？"

蒙佩文说："苏先生。"

"就是那位传教士苏乐西？"岳江南又问。

蒙佩文点了点头道："是的。不过他出门几个时辰了，按说该回来了呀。"

在泾阳城中的一家小酒馆，苏乐西与文知雪同样焦急等候着蒙元亨。眼见暮色深沉，文知雪不由得叹了口气。她又从怀中掏出书信，伤感道："看来他真不愿再见我。"

文知雪手中捧着的信，正是蒙元亨所写，托苏乐西转交。从准噶尔蒙古回泾阳的路上，蒙元亨无数次辗转反侧，终于狠心写下这封绝交信。他在信中态度决绝，声称蒙文两家走到今天，两人情谊已尽。道不同不相为谋，相见不如不见。

蒙元亨写信时心如刀绞，文知雪看到信后更是泪流满面。她无论如何也不甘心，请苏乐西带话，约蒙元亨见一面，当着面把话说清楚。

看着一脸愁容的文知雪，苏乐西劝道："缘分的事情自有天命，不必强求。"顿了顿，他又说："若换作是我，今晚就不会苦等在这里。"

文知雪抱歉地说："耽误了先生的时间，实在抱歉。"

苏乐西摆手道："我可没有埋怨的意思。只不过昨天给蒙元亨捎话时，他已一口回绝，说不会来。"

文知雪眼中噙着泪水："还有一句话，苏先生也带到了吧？"

"当然。"苏乐西说，"我告诉了他，不管你来或不来，文小姐都会等候在这里。"

文知雪怅然道："既如此，我就等着吧。"

苏乐西耸了耸肩："情丝缠绕，最是伤人。我治好过许多人的病，对情毒却从来束手无策。"

文知雪又问："蒙大哥信中还说，他已另觅佳人，这是真话吗？"

苏乐西说："这是他的私事，我不便打听。"

文知雪追问道："可这半年来，你一直和他在一起，像这种事，应该能看出来。"

苏乐西苦笑道："我对这种事，天生不敏感。"

文知雪觉得再问下去就不礼貌了，她强挤出笑容，岔开话题："别聊这些不开心的，说说你吧。离开泾阳五年，路上一定经历过许多事吧。"

苏乐西说："这一趟艰难异常，却也收获颇丰。"

"有什么收获？"文知雪随口问道。

苏乐西说："知道我为什么急着回欧罗巴吗？除了家中私事，更要把种痘之术带回去。"

用种痘之术来预防天花疾病，在清国已十分普遍。文知雪问道："怎么，欧罗巴人也会得天花？”

“天哪！太恐怖了！”苏乐西长嘘一口气，“人们身上出现成片的疱疹、脓包，有时一个村庄的人都会死绝。”

天花肆虐的惨状，文知雪早就听说过，却不知在遥远的欧罗巴，人们也生活在同样的恐惧之下。

种痘之术在中国早已有之，具体做法就是用棉花蘸取痘疮浆液塞入接种儿童鼻孔中，或将痘痂研细，用银管吹入儿童鼻内。用现代医学的观点解释，种痘正是通过特殊手段，让健康人群感染上病毒，并最终产生抗体来预防天花。不过，这样的方法风险也是极高的，稍有不慎，种痘之人就会死于天花病毒。因此，清代少年种痘，无异于过一趟鬼门关。直到十八世纪，英国乡村医生琴纳受人痘接种法的启示，试种牛痘成功，人类终于寻找到战胜天花的捷径。这一切自然已是后话。

谈起种痘之术，苏乐西滔滔不绝，从自己幼年在欧罗巴感染天花，如何侥幸治愈保住性命，一直讲到来到清国后，见识到用种痘之术预防天花，还有这些年来，自己又是如何研习天花医治之术……

苏乐西越说越兴奋，却见文知雪兴趣寡然，不得已打住话头：“对不起，我说得太多了。”

文知雪笑道：“我一直认真在听。”

苏乐西摇头道：“你的眼神告诉我，你心中仍在想念蒙公子。”

文知雪看了看窗外的夜色，叹息道：“他当真不会来了。”

对于今日之约，蒙元亨的确万般纠结。当从苏乐西口中得知，这一年来文知雪是怎样思念自己，听到从草原传来的各种噩耗，又是如何肝肠寸断时，蒙元亨恨不能立刻站在文知雪面前。不过，越是一往情深，越不能再伤害对方。蒙文两家彼此视如寇雠，与文知雪继续往来，终将害人害己。此时此刻，让文知雪尽快忘了自己，才是对她最长情的告白。

蒙元亨再一次狠下心，回绝了苏乐西。没承想文知雪的态度更坚决：“无论你来不来，我都等在这里。”整整一日，蒙元亨心神不宁，举棋不定。直到傍晚时分，他依旧没想好，只是一股莫名的力量，无形中推着他走出家门。蒙元亨甚至都不知道，自己是怎样一步步走到酒馆门口的。

远远地，他望见了文知雪与苏乐西。一年多未见，知雪妹妹的一颦一笑还是那般熟悉。两人不过几步之遥，却又隔着万重山。

又是一番天人交战，蒙元亨迈开步子朝酒馆走去。眼看就要进到酒馆，身后却被人拍了一下。蒙元亨回过头，只见一个身材中等的精瘦汉子笑嘻嘻地说：“是蒙先生吗？”

“你是谁？”蒙元亨问道。

“我是谁不重要，跟我走一趟吧。”汉子凑过来，脸上挂着笑，蒙元亨却感觉腰间被一件锋利的硬物顶住了。

蒙元亨意识到不对，正想反抗，旁边又闪出一人，一把擒住蒙元亨的手，还拍着他的肩膀，笑呵呵地说：“难得遇上，走，去喝一顿。”

蒙元亨虽学过武艺，无奈对手出招精准老辣，个子不高却力大无穷，显然是一等一的高手。他们一左一右，就这样嘻嘻哈哈地把蒙元亨绑走了。

当酒馆内的文知雪、苏乐西，家中的岳江南、蒙佩文苦苦等候之时，蒙元亨却被人塞进马车，头上裹着一块黑布，在城里转了一圈。最终，马车从后门进到泾阳一家客栈内。

蒙元亨头上的黑布被摘下时，只见自己身处一间客房内，将自己绑来的两人分立墙角处，对面还坐着一个穿浅色绸缎、外套坎肩的中年人。

蒙元亨只当自己被绑票了，说道：“不知阁下是哪路好汉，有事好商量。”

中年人哈哈大笑：“你当我们是打家劫舍的土匪呢？”

蒙元亨不解道：“你们是什么人？”

中年人说：“我说自己是谁，你或许不信。这样，找一个你认识的人来告诉你吧。”

房门推开，走进一个五十多岁、胡子花白的老者。中年人指了指，说：“你认识吗？”

蒙元亨仔细瞧了瞧，摇头说：“不认识。”

老者笑着说："我就说嘛，这小子不一定认得我。"

中年人摇头道："真是杀鸡用了牛刀，让杜兄白跑一趟。"

老者说："大人有事差遣，那是杜某荣幸。"

中年人问："蒙元亨有眼不识泰山，又该怎么办？"

老者说："换一个人，蒙元亨一定认识。"

中年人思忖了一下，点了点头。老者刚要出门，又被中年人叫住："只带他一个人来，而且一句话也不用多说。"老者点头道："明白。"

不过一炷香工夫，老者将一人领进房间，问道："这人你该认识吧？"

蒙元亨觉得来者面熟，一时却记不起来。来者没好气地说："擦亮你的眼睛，我乃泾阳县令周方。"

没错，此人正是周方。鹿富晨进京后，周方接任泾阳县令。蒙元亨与周方虽未打过交道，却远远地见过几次县太爷。周方面朝老者，毕恭毕敬地说："这位是西安知府杜大人。"

蒙元亨简直一头雾水，原以为被劫持了，却见到了县令与知府。若是官老爷有事，大可以召见，干吗在街上绑人？

西安知府挥了挥手，让泾阳县令退下，接着说道："蒙元亨，这位年大人问你什么，你老老实实作答，不得有一字隐瞒。他若是吩咐你办什么事，更得尽心去办。"说完之后，杜知府也离开了客房。

这位年大人盯着蒙元亨说："有父母官做证，你知道我不是什么劫匪了吧。我乃兵部主事年遐龄。"

原来是京城来的上官，怪不得西安知府都对他礼敬三分。蒙元亨倒不胆怯，缓缓说道："不知年大人找草民有何贵干？"

年遐龄厉声道："蒙元亨，你自己做了什么事，难道还不清楚吗？"

蒙元亨说："我只是一个循规蹈矩的商人，从来没干过不法之事。"

年遐龄冷冷地说："现在是没什么不法之事，将来也许就会有，而且是诛灭九族的重罪。"

"草民不大明白。"蒙元亨不卑不亢地说，"《大清律》上将各款罪写得明明白白，有罪便是有罪，无罪便是无罪，却没听说有人被拿下，是因将来之罪。

再说草民还懂得忠君爱国的道理，心中不敢有一丝邪念。”

年遐龄哈哈大笑：“好你个蒙元亨，当真伶牙俐齿。这也难怪，毕竟是闯过蒙古草原，与噶尔丹一起喝过酒的人，岂会是泛泛之辈。”

年遐龄又说：“你也说了，自己懂得忠君爱国的道理。这很好！如今就有一个报国良机，你可得拿捏稳当了。日后是大清的功臣或罪人，全在自己一念之间。”

蒙元亨说：“究竟何事，恳请大人示下。”

年遐龄说：“该你知道的自然会告诉你，但有一件事得先打招呼。其实我大可以传你去官府问话，却为何要大费周章，让人在街上截住你，还搬来西安知府做证？”

蒙元亨说：“草民也甚为不解。”

年遐龄笑了笑说：“那是因为不想让任何人知道官府找过你，所以，今天和你谈的事，一个字也不准泄露出去。《大清律》里可有泄密之罪，若走漏了风声，立刻就能治你的罪。”

第四章

商帮大战

1. 蒙元亨要用釜底抽薪的办法端了文善达的老巢

两天过去，蒙元亨仍未回家。所有人四处寻找，却没有一点消息。岳江南、苏定河、罗兵兄妹，还有周琪，都聚在蒙家宅子里，一个个忧心忡忡。

蒙佩文急得哭出声来："我哥究竟去哪儿了？"

苏定河担忧地说："那天在街上，有人看到蒙掌柜被两个人拉走了。"

蒙佩文又问："是不是绑架？"

"不像呀。"苏定河摇头说，"据说那两人与蒙掌柜说说笑笑，像是老朋友的模样。"

罗世英也是焦急万分："这事不能再拖，得赶紧报官。"

岳江南点头说："若今晚还没消息，咱们就去报官。"

这时叩门声响起，大伙先是一愣，接着赶紧跑出去。罗世英第一个跑到门口，打开门却见文知雪站在外头。文知雪顾不上打招呼，直接问道："听说蒙大哥不见了？"

蒙佩文说："是呀，我们找了他两天了。"

文知雪追问："他会去哪儿？"

蒙佩文说："出门时，我哥说是去见苏乐西。后来我又问了苏先生，他也说没见着人。"

周琪站出来，质问道："是不是你们文家的人把蒙大哥绑走了？"

文知雪忙解释道："怎么会呢！那晚我与苏先生一直等在酒馆，蒙大哥始终没现身。"

岳江南摇着折扇，问道："文小姐宅心仁厚，自然不会做出这等事。不过，会不会文家其他人知道你约了元亨，趁机在酒馆外下手？"

文知雪自认文家有愧于周琪，不会与小姑娘计较，但对岳江南，她素无好感，立刻反唇相讥："别什么脏水都往文家泼。我还听说前几日你与蒙大哥吵过一架，是不是你怀恨在心蓄意报复？"

岳江南涨红着脸，没再说话。文知雪缓和了一下口气，说："现在不是斗嘴的时候，咱们都担心蒙大哥，得一起想法子。"

"不必了。"蒙佩文说道，"我哥的事我们自然会想办法，不劳文小姐费心。"

蒙佩文素来个性温婉，说话办事尽量顺着别人，今日下逐客令，一来是想起文家陷害父亲气愤难消，再者见岳江南被人言语相讥，也想替岳大哥出口气。

"佩文妹妹……"文知雪正想解释，却被罗世英打断："文小姐，佩文姑娘已经发了话，我看你还是走吧。"

文知雪担忧蒙元亨本就心烦意乱，见所有人都把矛头指向自己更是来气。她瞟了罗世英一眼冷声道："我当是谁呢！一个跑江湖的混混，见钱眼开，有奶便是娘，你当然不会关心蒙大哥。"说起来罗世英能认识蒙元亨，还是通过文知雪。当初她为了救蒙元亨，掏银子请罗家兄妹出手。蒙佩文说自己几句也就罢了，连罗世英也跳出来，她实在咽不下这口气。

见妹妹被人轻蔑，罗兵跳了出来，怒道："有几个臭钱就不得了！没错，当初老子收了你的钱，可那不是白收。收人钱财，替人消灾，两不相欠，连这点道理也不懂，还装什么大家闺秀。有奶就是娘？哼，我看是你娘小时候没把奶给你喂饱，这会儿出来丢人现眼。"

文知雪长在高门府邸，平素没同罗兵这种大老粗打过交道。她鄙夷道："狗嘴里吐不出象牙。"

罗兵火冒三丈："你说谁呢！"

"别吵了！"巷口传来洪亮的声音，众人一眼望去，正是蒙元亨。只见他衣着整洁，步履稳健，只是眼眶有些泛红。

罗世英几步冲上前，捶打着蒙元亨："你去哪儿了？把我们都急死了！"

蒙元亨笑着说："一个人待在家里闷得慌，出去转悠了一圈。"

罗世英越打越使劲："瞎转悠什么！也不说一声！"

蒙元亨抬起胳膊挡住罗世英："我这不是好好回来了。"

文知雪也跑上前，关切问道："你上哪儿转悠去了？"

蒙元亨表情有些尴尬："去了西安府一趟。"

岳江南说："没事就好。走，咱们进屋吧。"

一行人朝屋里走去，没人搭理文知雪，任她立在原地。蒙元亨走出几步后，心终究软下来，转头对文知雪说："你回吧。"

文知雪露出苦涩的笑容："你没事，我就放心了。"顿了顿，她又说："蒙大哥，我们就不能好好谈一次吗？"

蒙元亨重新硬起心肠，说："该说的话信中都说了，今后你也不必来了。"

文知雪的眼泪夺眶而出。蒙元亨心头一颤，拳头不自觉捏紧，他强忍住，转身进了宅子。

回到家中，所有人都拉着蒙元亨嘘寒问暖。罗兵与苏定河嚷嚷着喝酒庆祝，蒙佩文与罗世英还一起下厨，为大伙做了一桌菜。

闹腾了一阵，众人逐渐散去，只有岳江南留了下来。岳江南本就喝酒上脸，在烛光的映照下更是满面通红。蒙佩文递上茶，还不忘叮嘱："今晚你们可不许再吵。"

蒙元亨与岳江南都笑着说："你放心吧。"

待蒙佩文退出后，岳江南问："这几天上哪儿去了？"

蒙元亨抿了一口茶说："我不说了吗，去西安府。"

"真话？"岳江南又问。

"当然。"蒙元亨心想，自己随便撒个谎，能糊弄其他人，却骗不了岳江南。不过与年遐龄早有约定，这两日的事绝说不得。

"好吧，不提这事了。前几日的事，你听说了吧。"岳江南习惯性地摇起折扇。

蒙元亨说："你是说朋来酒家的事吧。"

岳江南摇着头，尴尬地笑着说："让你见笑了。"他收起折扇，接着说："不过笑归笑，你还得帮我呀。"

"怎么帮？"蒙元亨问。

岳江南说："文善达吃了秤砣铁了心，要把咱们赶尽杀绝。兵来将挡，水来土掩，只能和他硬拼到底了。主将之位，自然非你莫属。"

蒙元亨盯着岳江南，隔了一会儿又竖起大拇指说："岳兄，高人呀！"

岳江南苦笑道："什么高人？当初悔不听你之言，如今你也高抬贵手，别再挤对我了。"

"绝无不敬之意，而是肺腑之言。"蒙元亨说，"三国时曹操与袁绍大战于官渡，战前袁绍的谋士田丰曾苦苦相劝，认为此战凶多吉少。袁绍不听，还给田丰戴上刑具，关押起来。后来，袁绍果然大败。狱中的人祝贺田丰，认为他料敌先机，必获重用，田丰却哀叹自己死期将至。田丰说，袁绍外貌宽厚而内心猜忌，如果他因胜利而高兴，或许能赦免我；现在因战败而愤恨，内心的猜忌将会发作，我没有活命的希望了。果不其然，袁绍败逃途中下令杀了田丰。"

蒙元亨又说："当初我反对与文善达讲和，如今你碰了钉子，却没有猜忌之心，这不是高人是什么。"

岳江南哈哈大笑："在朋来酒家，文善达说生子当如孙仲谋，如今你又说我比袁绍强。"

蒙元亨说："你知道我与文家的新仇旧恨，与文善达斗，我义不容辞。"

岳江南抓住蒙元亨的手，激动地说："听这口气，你已成竹在胸？"

蒙元亨说："胸有成竹谈不上，不过这些日子脑筋没闲过，一直在思索对策。"

"快说！"岳江南坐直了身子。

蒙元亨抖了抖衣袖，说："人家下了战书，咱们已是避无可避。但大可不必坐等文善达攻上门来，不妨主动出击。"

岳江南点头说："这个我也想过，越是敌强我弱，越应以攻为守。刚才你聊到三国，诸葛亮明知国力疲敝，仍要六出祁山，用的就是这一招。不过，从哪儿攻起呢？"

“打蛇打七寸。要攻，就往文善达最痛的地方攻。”蒙元亨语气异常坚定。

“说仔细些。”岳江南追问。

蒙元亨说：“棉布生意就是文善达的七寸。多年来，他用‘驻中间，拴两头’的策略，让关中的棉农、西去的商队乃至江南徽商的织机，通通为自己所用，赚了个盆满钵满。”

“这话说到点子上了。”岳江南有感而发，“棉布生意就靠三样东西：棉花、织机与商路。文善达在关中采购棉花，又把持着西去的商路，三者有其二，徽商虽然掌握了织机，却始终逊色一筹。”

蒙元亨说：“如今形势不同了，咱们走通了漠西蒙古的商路。当然，漠北与漠南蒙古还是文盛合的地盘。大致说来，文善达有棉花，徽商有织机，商路各占一半，算得上势均力敌。”

蒙元亨又说：“文善达已经放出话，会不惜一切染指漠西蒙古商路。若咱们一味死守，未免太被动。来而不往非礼也，索性放马过去，端掉他的地盘。”

“夺他的地盘？”岳江南若有所思，“漠南与漠北蒙古的生意，文盛合经营多年，要端掉可不容易。”

蒙元亨微笑道：“文善达的地盘可不止这些。”

岳江南有些诧异：“莫非要在棉花上打主意？”

“没错！”蒙元亨兴奋地说，“就在泾阳和文家抢购棉花。”

岳江南说：“泾阳一带盛产棉花，也是山陕商帮老巢，文善达在此苦心经营几十年。若在此地动手，那可真是直捣黄龙。”

蒙元亨说：“是一着险棋，可一旦成功，立刻就能扭转乾坤。到那时，关中的棉花与江南的织机都在咱们手中。”

岳江南沉默了一阵，才缓缓说道：“山陕商帮把持棉布商路上百年，当初我寻思着，真能从中分出一块来，打破一家独霸之格局，已然很了不起。但照你所说，可不是分一杯羹，而是整碗全抢过来，这不是打七寸，简直是挖了文善达的命根子。”

蒙元亨盯着岳江南问：“你敢干吗？”

岳江南将折扇放到桌上，起身说道：“干！文善达不是要拼个鱼死网破吗？

就让他看看，究竟哪条鱼先死，谁家的网先破。若有一天，咱们坐上了泾阳商界头把交椅，那也是被文善达逼的。”

岳江南在房间内踱着步，脑中不停地思考着：“这将是商帮一场惊天动地的大仗，得好好谋划。据我所知，关中棉农大多认文盛合的招牌，愿意把自家棉花卖给文盛合。咱们想挤进去，未必容易。”

蒙元亨说：“棉农们是认文盛合的牌子，但更认银子。若商号出价相仿，他们自然是愿意卖给文盛合。一旦有人提价收购，局面立刻不同。因此，舍得砸银子是第一条。”

“这是自然，但光靠银子也不成。”岳江南说。

蒙元亨将思考已久的计划和盘托出，从如何抬高棉价，到租用仓库存储，直至未来的水陆运输，怎样将收购的棉花运往江南，可谓面面俱到。岳江南仔细听着，不时插话。

两人商量到深夜，已把大致方案敲定，岳江南伸了个懒腰，又拍着蒙元亨的肩膀称赞道：“元亨，你经商不过一年多，算盘却拨得比谁都精。”

蒙元亨抿了一口茶说：“过奖了。”

“这可不是乱说，你当真天赋异禀，是商场奇才。”岳江南说，“开辟商路时让我在泾阳做幌子，自己明修栈道、暗度陈仓，比盛宇峰提早几个月抵达蒙古。这一回又玩起釜底抽薪，文善达千算万算，也算不到有人要端掉他的老巢。”

蒙元亨笑道：“我之前爱看兵书，如今只不过把这些东西都套用过来了。”

岳江南也笑起来：“天下太平，兵书读得再好也不能驰骋疆场，倒是在商场上，大有用武之地。”

蒙元亨脸上掠过一丝怅然：“若真能天下太平，学非所用倒无妨。”

岳江南又坐回椅子上：“元亨，接下来又要与文家生死相搏了，那位对你情深意浓的文大小姐，该怎么办？”

蒙元亨皱着眉说：“我给她去过书信了。大路朝天，各走一边。”

“糊弄谁呢！”岳江南笑道，“今天的事大伙都看见了，人家对你一往情深，你对她也是余情未了。”

蒙元亨说："我不会因为儿女私情耽误正事。"

"别误会。"岳江南说，"我说这番话，只是出于朋友之间的关心。若是两人注定有缘无分，不妨早做了断，这样对你对她都好。"

"我明白。"蒙元亨说道。

2. 大婚之日，新娘自个掀起了盖头，质问新郎官

马车从巷头到巷尾，排得井然有序。巷口的树上系着红绸带，涌动的人群比肩继踵。放铳，放炮仗，大红灯笼开路，沿途一路吹吹打打。

到得吉时，宾客纷纷从席棚下进入堂屋观礼。新娘已下了马车，被迎进屋里，于是便有人起哄地喊道："新郎官呢？新郎官！"

新郎官蒙元亨被一伙人推了出来，宝蓝贡缎架袍，玄色马褂，脚踏粉底皂靴，头上一顶硬胎缎帽，帽檐正中镶一块碧玉。新剃的头，越显得精神。

又是一番热闹，婚礼开始了。

"一拜天地。"

蒙元亨转过身来，新娘罗世英也在丫鬟们的搀扶下转过身子，同时跪拜，行了第一轮礼。

"二拜君亲。"

一般婚礼都是二拜高堂，但新人的高堂要么离世，要么不在泾阳，便改了一下。蒙元亨与罗世英又是跪地三叩拜。

"夫妻交拜。"

成亲了，这就要成亲了，蒙元亨在心里念叨着。成亲是大事，不过蒙元亨却是快刀斩乱麻，从提亲到婚礼，中间不过一个月时间。罗世英披着盖头，但能瞥见她嘴角的微笑。两人这次倒没跪，半躬身子，两头相接，算是行了礼。

"礼成，送新娘入洞房。"

蒙元亨也要随行，他向后一转身，朝在场的众人道了谢，再牵着罗世英手中

的同心结出了大厅，走向后院。

有好事者跟在后面，嚷嚷道：“走喽，闹洞房喽。”

闹洞房之风由来已久，无论长辈、平辈、小辈，聚在新房中，祝贺新人，戏闹异常，多无禁忌，有“三日无大小，闹喜闹喜，越闹越喜”之说。蒙元亨最怕这个，早早安排了人挡驾。岳江南把起哄者拦住：“元亨把新娘子送进洞房，立马还要回来陪咱们喝酒。你们这一闹，不知要闹到啥时候，耽误了大伙喝酒可不成。”

“来，今日不醉不归，请诸位入席吧。”岳江南招呼着宾客。为了这场婚礼，他真没少操心。蒙元亨不喜欢热闹铺张，罗世英也觉得两人情投意合最重要，其他都是虚礼。岳江南却不答应，说广诚德泾阳分号的掌柜成婚，怎么着也要大操大办一下，否则他这个东家没脸面。

不一会儿工夫，蒙元亨回到院内，岳江南笑着说：“怎么样，我没说错吧！今天是什么日子，元亨岂会躲酒！再说以他的酒量，用得着躲你们！”

院内一阵欢笑，蒙元亨端着酒杯，挨桌敬过去。见有新郎官撑住场面，岳江南退到一边，亲自过问起搭戏台的事。岳江南专程从京城请来名角，要在泾阳唱三日大戏。

有人欢笑有人愁，蒙家宅子内欢天喜地，文家大院文知雪的房内却是一片凄清。文知雪把自己锁在房里，并吩咐下去，谁也不准进来。

屋外响起脚步声，门被推开。盛宇峰一进门就喊道：“知雪妹妹。”

文知雪并没搭理，只是把丫鬟训了一通：“我不是说过，不让任何人进来吗？”

丫鬟一个劲地赔罪：“小姐，我们拦了，但盛东家执意要进来。”

盛宇峰解释道：“是我硬闯进来的，别怪她们。”

文知雪让丫鬟退下，接着对盛宇峰说：“有什么事吗？”

盛宇峰笑笑说：“没什么事，就想来看看你，你还好吧？”

文知雪面无表情道：“我有什么不好的？天又没塌，地也没陷，外头风和日丽，我好得很。”

“既如此，何苦把自己锁在屋里，还不让别人进来。”

“这不关你的事。”文知雪说。

盛宇峰犹豫了一阵，说：“蒙元亨今日成婚，你知道了吧。”

文知雪鼻子里哼了一声：“他结婚与我何干。”

“我是替你不值呀！你屡次三番搭救，他却恩将仇报。当初听说蒙元亨在蒙古遇险，你茶饭不思，几乎脱了人形。可他呢，正在草原上风流快活。据说他老婆就在商队里，两人一路早勾搭上了。还有人传，他们孩子都怀上了，急着结婚就为了遮羞。”

“别说了！”文知雪吼起来。

盛宇峰还想说什么，文知雪却下了逐客令：“我闭门谢客，只因身体不适，跟谁要结婚没关系。好了，你出去吧，我想休息了。”

盛宇峰叹了口气，转身离去。临出门时，他又回头说：“知雪妹妹，小心自个的身子骨。为那种人怄气，不值当。”

门被掩上，文知雪继续呆坐在屋里。又过了半个时辰，房门再次被推开。“我不是说过，别让人……”文知雪正要冒火，回头却看见了父亲文善达。

文知雪站起身，文善达却挥手示意她坐下。文善达搬过一张椅子，坐在她对面。父女俩四目相望，半晌也没有说话。

文知雪打破沉默，问：“爹，有什么事吗？”

文善达和蔼地说：“我没什么事，就想来看看你。”

文知雪苦笑了一下：“看我做什么？”

文善达叹了口气道：“蒙元亨今日成婚，你想必知道了。你对他情深义重，所有人都知道。此时此刻，我不来看看你，怎么放得下心？”

文知雪眼眶湿润，却又强忍着没让眼泪落下来。隔了一会儿，她用平静的语气说：“以前种种譬如昨日死，过去的事不提也罢。”

文善达轻咳起来，抿了一口茶才止住，接着说：“爹也年轻过，知道情为何物。爱上一个人，岂是能轻易放下的。”

“他已是别人的新郎，放不下又能如何。”文知雪难过地说。

文善达起身踱到文知雪身旁，拍着女儿的肩膀：“是爹对不起你。”

“爹，这不干你的事。”文知雪抬头望着父亲。

“怎么不干我的事。你与蒙元亨青梅竹马，情投意合，若不是我一念之差，让蒙顺含冤发配，今日的新娘就会是你。是我误了你的终身大事呀。”多年来，文善达在外是叱咤风云的财神爷，在家里是说一不二的严父。今日，还是他第一次向自己的女儿认错。

文善达接着说：“当初我也犹豫不决，但一想到文盛合的生意，想到文家几代人辛辛苦苦攒下来的家业，不得不壮士断腕，牺牲了蒙顺。我糊涂啊！什么都想到了，却忘记了你！文家的家业或许保住了，但你的意中人却再也回不来了。”

“早知今日，何必当初。”文善达坐回椅子上，摇头说道，“若能从头来过，我一定不会那样做。如今我什么都想通了，同自己的女儿比起来，什么荣华富贵、万贯家财，简直不值一提。”

“爹，你别说了。”文知雪哽咽地说。

文善达叹道：“好，我不说了。”顿了顿，他又说：“木已成舟，说什么都没用，世上哪有后悔药可吃。但你一定要振作起来！”

“我没事。”文知雪强颜欢笑道，“爹，你看我现在不也好好的。”

文善达苦笑道：“看着你这样子，我只会更担心。说实话，当初听说蒙元亨在蒙古回不来，你茶饭不思，爹爹心里是着急，却没现在这般急。”

文善达接着说：“我还不知道你，外面看着温柔似水，心里却硬气得很。我跟丫鬟打听过了，你一个人坐在屋里，既不说话，也不发脾气，甚至连一滴眼泪也没有。爹明白，你这是伤到心里头去了，泪水在往心里流。”

文善达又说：“想哭就哭出来吧，憋着难受。你对爹有什么怨言，全说出来吧。但你得照顾好自个，别生闷气伤着身子。还是那句话，你若是有个三长两短，爹不光没法活了，到了阴曹地府更没脸见你娘。”

“爹！”文知雪一下投进父亲的怀抱，眼泪再也忍不住。

文善达拍着女儿安慰道：“哭吧，把心里的委屈都哭出来。若有什么错，都是我的错，是我对不起你。”

文知雪已是泪流满面：“是我的错，不怨爹。我就不该喜欢上蒙元亨。”

蒙家宅子内的喧腾告一段落，宾客们都拥去戏台听曲。蒙元亨被灌了好多酒，拖着沉重的步子回到洞房。昏暗的洞房内，绣花绸缎被面上铺着红枣、花生、桂圆、莲子，寓“早生贵子”之意。他抽出用红纸裹着的筷子，踌躇了一下。最终，他鼓起勇气，将筷子伸向盖头帕，眼看就要挑起帕子，手却不自觉抖起来。

盖头帕被掀了起来，一阵粉香扑鼻而来，蒙元亨拿筷子的手却还悬在半空。原来，是罗世英自己掀起了盖头。蒙元亨的心怦怦地跳动，罗世英问：“你是不是不想娶我？为何捏双筷子手也会抖？”

蒙元亨愣了一下，说：“不是，我就是太紧张。”

罗世英又问：“你这手连剑都能握住，为何拿筷子倒紧张了？”

蒙元亨尴尬道：“我也不知为什么。”

罗世英追问：“假若盖头下的人不是我，而是文知雪，你这手还会抖吗？”

蒙元亨的心跳得更厉害：“胡说什么呢！”

“我可没胡说。”罗世英把盖头帕撂到一边，“你一直喜欢文知雪，从头到尾都没变过。”

蒙元亨涨红着脸，一时说不出话来。罗世英接着说：“你同我成亲也是为了文知雪，因为只有这样，才能让她对你死心。”

“我……我……其实……”蒙元亨结结巴巴，竟说不出一句完整的话来。

“你什么你！平日里那个威风凛凛的蒙元亨到哪儿去了，怎么一说到这事就像个尿包。”罗世英话不饶人，眼光更是咄咄相逼。

被罗世英这么一激，蒙元亨倒也露出真性情：“你说得没错，我是喜欢过文知雪。”

“但是，”蒙元亨又说，“既然与你成婚，我就会一心一意待你，心里不再有其他人。”

“敢作敢当，倒也是条汉子。”罗世英缓和了语气，“你认识文知雪在先，喜欢她也没什么。但有一件事，今日得说清楚。”

“何事？”蒙元亨问。

“你有没有喜欢过我？”

蒙元亨有些窘迫："为何如此问？"

"我虽喜欢你，但也懂得捆绑不成夫妻的道理，两个人在一起得彼此情投意合才行。你若是喜欢我，我自不会计较文知雪的事，纵然咱们成婚是为了与她了断，我还巴不得做这个人情。可你若一点也不喜欢我，只为做样子给别人看，那便另当别论。"

罗世英从床头站起来盯着蒙元亨："我正是喜欢你的男儿气概！像刚才那样，大大方方承认喜欢文知雪，便是真本色。有什么话痛快说出来，不必装模作样。"

蒙元亨笑了笑说："要说敢爱敢恨的真本色，你才是巾帼不让须眉。"

罗世英却没笑，而是一本正经道："别嬉皮笑脸！回答我的话。"

蒙元亨说："刚才我说了，会一心一意待你。"

罗世英并未罢休，坚持道："往后一心一意对我，与如今是否喜欢我，不是一回事！"

"要听真话吗？"蒙元亨问。

"对！"罗世英说。

蒙元亨缓缓说道："我当然喜欢你。从你救下我性命到风陵夜话，直至远赴漠北，我想咱俩的缘分应是上天安排的。过去半年来，我有时也会困惑，是喜欢文知雪呢还是喜欢你？但既然拜堂成亲了，便只会一心一意待你，心里不再有其他人。"

罗世英终于露出笑颜："你有没有其他人，我才不在乎。反正咱们成婚了，纵有其他人也只能委屈她做小。"

蒙元亨不禁笑道："放心吧，蒙家有家规，不准纳妾。再说有你在，谁敢进咱家门。"

罗世英又坐回床头，把盖头帕重新遮起来。蒙元亨问："这是干吗？"

罗世英柔声道："刚才是我自己掀起来的，不算。"

蒙元亨深吸一口气，重新拿起筷子，一把掀起盖头……

3. 年羹尧染上天花恶疾，命悬一线

绛红色的棉花叶子，已经飘落大半，一朵朵棉花咧开嘴，怒放绽开。密密的棉花朵，被秋风吹得蓬蓬松松，远远望去，真像一片银海雪原。又到了棉花成熟的季节，关中的棉农们排成一字形，小心翼翼地摘着棉花。

岳江南下了马车，走到棉花地旁边，感慨道："今年的棉花白得亮眼，仿佛下了一场暴雪似的压在枝头。"

"是有一场暴风雪，只不过还没到。"身旁的蒙元亨一语双关。

岳江南笑道："昔日诸葛亮能借东风，如今咱们却要掀起一场暴风骤雪。我昨日刚从苏州回来，听说你在泾阳把储棉的仓库都找好了。"

蒙元亨点头道："是找好了。不过不是储运棉花，而是蒙古有一批皮草过来，咱们弄点地方囤货。"

"对，对！"岳江南笑得更开心，"天机不可泄露。在出手之前，风声绝不能透出去。对外就说囤皮草用，到时再给文善达一个惊喜。"

蒙元亨说："别说外头了，就连商号里面，如今也只有你我才知道，接下来会有一场棉花抢购大战。"顿了顿，他又说："文盛合毕竟财大气粗，真要拼银子，咱们未必是对手。因而此战的关键，就在于出奇制胜。文善达没料到有人会同他抢购棉花，依旧会按往年行情备银子。咱们出奇兵，打他个措手不及。棉花收购季只有一个多月，他很难在这么短的时间内调集足够的银子。"

"没错。"岳江南说，"等他调来银子时，棉花早就进了咱们仓库。来年他既无织机，又没棉花，这棉布生意看他如何做下去！"

“咱们的银子，快到了吧？”蒙元亨问。

岳江南说：“早就从苏州启运了。这一回我不仅押上了广诚德的老本，还从徽商朋友手里借了大笔银子。咱们不出手则已，一出手就要让银子雪花似的撒出去。”停顿一下，岳江南又说：“刚才你说了，保密乃胜负之关键。因此运银子的船，对外都说是运太湖石的。”

蒙元亨兴奋地挥舞起拳头：“出其不意攻其不备，咱们已占先机。”

蒙元亨还要在棉花地边上再溜达一圈，岳江南却拉着他回家：“别看了，到时在自家仓库里堆着，让你看个够。听说我回泾阳了，世英和佩文准备了一桌好菜，别让她们等久了。”

回到家中，一顿丰盛的佳肴已摆在桌上。岳江南笑着说：“离开泾阳四个月，真有点想念关中的菜。”接着他又对罗世英说：“你是湖南人，过门还没多久，面食就做得这般精致。”

罗世英说：“我可没这本事，这桌菜是佩文做的。”

蒙元亨问：“佩文呢？”

罗世英答道：“还在厨房里。”

蒙元亨说：“菜都做好了，她还在厨房干吗？叫她出来一起吃呀。”

罗世英微笑着说：“你这个当哥哥的，一点也不懂别人心思。岳东家离开泾阳这段日子，佩文可没少念叨。如今岳大哥回来了，她反倒害羞起来。”

听罗世英一说，岳江南的脸唰一下红了。隔了一会儿，他才说：“我去厨房叫她。”

四人围坐在桌子旁，一边吃饭一边聊天。素来健谈的岳江南今日却有些反常，除了赞几声“味道不错”，几乎没怎么说话。蒙元亨问道：“岳兄，还在谋划接下来的大战？”

岳江南摇了摇头说：“生意上的事有你操持，我用不着操心。”他夹了一筷子菜，放入盘中，又说：“不过我倒真有些心事。”

“什么事？”蒙元亨问。

岳江南放下筷子，缓缓说道：“这件事在我心里藏了好些日子，却一直说不出口。今日趁着人都在，我就提出来。俗话说，男大当婚女大当嫁，我都快三十的人了，却一直没有成家，一来是生意太忙，二来也是没有属意的人。”

听岳江南说起谈婚论嫁之事，大伙都猜到他接下去会说什么。蒙元亨微微点头，默不作声，蒙佩文满脸通红，头也不敢抬。

岳江南接着说：“自打风陵渡口相见，我便对佩文姑娘一见倾心……”

“慢着！你刚才说得太快，我没听清楚，你说对佩文怎么来着？”罗世英故意打断，装作没听清，只为让岳江南再说一遍。

“嫂子，你别为难人家！”蒙佩文说。

罗世英笑起来：“这还没过门，你就护着他了。我没听清楚，请岳东家重说一遍，怎么叫为难他？”

“没事，我再说一次。”这一回岳江南的声音更大，“我说我对佩文姑娘仰慕已久。”

“哦，这下听明白了。”罗世英点头道。

岳江南又说：“婚姻大事，父母做主。按说提亲这种事，理当由长辈出面。可惜家父早逝，其他长辈也不在泾阳，我只好冒昧行事。”停顿一下，他又说：“佩文这边，蒙掌柜含冤未雪，如今尚在关外。所幸元亨在，所谓长兄如父，你自是做得了主。”

“今日这般提出来，或是太唐突了。改日自当备好聘礼，郑重其事上门求亲，一定不能委屈了佩文。”说完之后，岳江南朝蒙元亨投去期盼的目光。

见所有人都盯着自己，蒙元亨先说了一句：“两个人的事，情投意合最重要，那些虚礼倒不打紧。”

“是！”岳江南笑着说。蒙佩文却盯着大哥，似乎在盼望蒙元亨点头答应。

蒙元亨正要往下说，外面传来敲门声。罗世英说：“这么晚了，会是谁呀？”

蒙元亨起身道：“你们先吃，我出去看一下。”

推开门，只见外面站着一个穿浅色袍子、身材瘦长的中年男人，手里提着灯笼。蒙元亨并不认识此人，问道：“你找谁？”

此人说道：“我是年老板的伙计，有要事请蒙掌柜过去。”

“年老板？我不认识，你找错人了。”蒙元亨说着便要掩门。

对面的人说道："年老板有封信，让我交给你。"

蒙元亨接过信，在灯笼下浏览一遍，果然是京城来的那位兵部主事年遐龄的笔迹。蒙元亨借灯笼的火，立刻将信焚烧，接着说："稍等片刻，我打声招呼便跟你走。"

蒙元亨进屋后，说从四川保宁府来了位故交，自己得去客栈。出门后，他与送信之人登上马车，朝年遐龄下榻处驶去。

马车上，蒙元亨问："为何小亮没来？今日换了个人，一开始我还不敢相认了。"

来人说："蒙掌柜谨慎一些是对的。小亮最近病了，年大人改派我来。"

此前年遐龄召见蒙元亨，都是差遣一个十多岁的少年来传话，其人名唤小亮。蒙元亨便问："他得的什么病，不严重吧？"

来人摇起头，叹了口气："病得不轻呀。"顿了一下，他又说："你还不知道吧，小亮的真名叫年羹尧，乃年大人的二公子。年大人出京办差，特意带上他，有意历练一番。事关机密，这一趟差事咱们都没用真名。年少爷字亮工，大伙都叫他小亮，连客栈小二都以为他是商号伙计。"

这年羹尧年纪不大，办事却异常沉稳，待人接物不卑不亢，令蒙元亨印象深刻。此刻蒙元亨才知道，此人竟是年遐龄的公子。他一路询问年羹尧的病情，不一会儿工夫就到了客栈。

年遐龄正在房内焦急踱步，一见蒙元亨便说道："你总算来了。"

"什么事这么急？"蒙元亨问。

年遐龄忙问："听说准噶尔部的人上周来过泾阳，又给你开了一张清单让帮着采购？"

蒙元亨点了点头："没错，我正帮着他们采办。"

年遐龄说："清单上都有什么？快，一样不落地写出来。"

蒙元亨提起笔，一边回忆，一边在纸上书写起来……

蒙元亨与年遐龄相遇，还是半年前。那时，蒙元亨被挟持到此，年遐龄要他将此前去准噶尔蒙古的所见所闻全写出来。尤其是噶尔丹，他身高几尺，长相如何，每次见蒙元亨时问过什么事，说过什么话，都要一五一十写下来。年遐龄还带来画师，根据蒙元亨所述，将噶尔丹的相貌以及准噶尔部的地形绘出图来。一切完成后，年遐龄将蒙元亨礼送回家，并再三叮嘱，此事务必保密，对外不许说一个字。

这半年来，年遐龄隔段时间便会召见蒙元亨，要他事无巨细地奏报准噶尔部有哪些人来过泾阳，又从中原采购回了什么货物。

年遐龄这般做的目的为何，他并未明说，但蒙元亨却能大致猜到。当初朝廷与吴三桂鏖战，噶尔丹派布日古德化装成商队，不远万里前往湖南刺探军情。如今年遐龄身为朝廷命官，放着安逸舒适的京城不待潜入泾阳，更对准噶尔部的一举一动备感兴趣，其所做的自然是与布日古德同样的事。

朝廷与准噶尔至今和睦相处，但私底下却动作不断。当今圣上与噶尔丹均是人中龙凤，他日究竟会如何，恐怕谁也说不清。

蒙元亨写好之后，递给年遐龄。年遐龄认真看了一遍，接着问："你觉得，这次准噶尔采购的东西，和往常有何不同？"

蒙元亨想了想，说："清单中的药材特别多，占了十之七八。"

年遐龄又问："准噶尔的人有没有说，为何采购这么多药材？"

蒙元亨摇头道："我倒是问过，但他们没说。"

年遐龄拿着纸，又仔细端详起来，接着，一巴掌拍在桌上："对上了，对上了！"

蒙元亨问："什么对上了？"

年遐龄把纸揣进怀里："不必多问。此番你如实奏报，朝廷会记着你的功劳。"

蒙元亨又问："年大人，是否有哪里不对？这批药我要替他们采办吗？"

"当然。"年遐龄不假思索地说，"他们要什么，你照着清单做便是。"

年遐龄又挥了挥手："好了，今晚就这样，你先回。泾阳城虽是大清地盘，但据我所知，各路探子不少，回去的路上当心些。"

蒙元亨刚要起身，又想起一件事，问："听说二公子病了？"

年遐龄面色顿时沉重起来，轻轻点了点头。蒙元亨又问："二公子人在哪儿？我想去探望一下。"

"探望？"年遐龄盯着蒙元亨，"你知道他得的什么病吗？"

蒙元亨说："路上我问了二公子的病情，听起来似乎是天花。"

年遐龄叹了一口气："没错，正是天花。这可是恶疾，你不怕吗？"

蒙元亨说："我十岁时出过天花，像我这种蹚过了鬼门关的人，不会再染病。"

年遐龄挂念正在病中煎熬的儿子，昔日颐指气使的京官派头也少了些："谢谢你的好意，但愿羹尧也能蹚过鬼门关。"顿了顿，他又说："他得了天花，自然不能再住客栈。我在郊外偏僻之处寻了个地方，把他安顿在那里。"

蒙元亨问："大夫怎么说？"

年遐龄摇着头说："不仅泾阳城的大夫，就连西安的名医都请了，所有人开的方子差不多，临走时也都留下一句话，但凡染上天花的，三分靠药，七分靠自个。"

蒙元亨又问："近几日病情可有好转？"

年遐龄神色越发哀伤："连日高烧，今天还昏厥了两次。"顿了顿，他长叹一声："我不应该带他来泾阳。"

对这个年遐龄，蒙元亨并无多少好感，但看着他黯然神伤的样子，却也是可怜天下父母心。蒙元亨忽然想到一人，说："年大人，我认识一位西方来的传教士，叫作苏乐西。此人精通医术，尤其在治疗天花方面下过功夫，要不请他来给二公子瞧一瞧？"

年遐龄将信将疑道："洋人能治病吗？"

蒙元亨说："我自己得过天花，对此病也算略知一二。有句不当说的话，还请大人恕罪。"

"有话就说！"年遐龄说。

蒙元亨缓缓说道："但凡染上天花，最怕的就是高烧昏厥。像二公子这样一日之内昏厥两次，实为不祥之兆。既然到了这地步，管他什么人，能请来的都请来，能用的法子都给用上。"

年遐龄沉吟了一会儿，说："我明白你的意思，都这时候了，就死马当作活马医。行，你快去将那个洋人请来吧。"

"我这就去。"蒙元亨顾不上回家，便去寻苏乐西。

4. 蒙元亨与文善达的棉花抢购大战正式打响

泾阳城外临近官道，背靠小溪，几十棵大柳树，围着一片棉花地。柳树下搭起了凉棚，棉农们在劳作间隙，坐到这里喝茶闲聊。众人打着赤膊，开着不荤不素的玩笑，什么礼仪规矩，全都不顾了。

在这群人中，有两个年纪较轻的，并排坐在一棵柳树下。一个在埋头喝茶，一个却在东张西望。过了一会儿，喝茶的青年突然向身旁这位发话了："老兄，你怎么干坐着不喝茶？来来来，喝我的。"

那位连忙答话："不用，我在等个人。"

"客气什么。给，边喝边等。"说着递过一碗茶来。

那人推辞道："真不用了。谢谢。"

"老兄，听口音你不是本地人，像是南边来的。"

"我是湖南人，找了个陕西婆姨，倒插门留在泾阳了。"

"在等谁呢？"

"等我舅子，他去前头卖棉花了。我这儿还装了一车，也等着卖呢。"

"咱关中的农户哪年不卖棉花，怎么瞧着你心神不宁的？"

"往年摘好的棉花，就卖给文盛合，用不着操心。今年可不同！听说从江南来了个大老板，高价收棉花。我还在盘算，究竟卖给谁呢。"

"那还用想，谁出价高卖给谁呗。"

"话可不是这么说。文盛合是老招牌，信得过。新来的这家，不知啥来头，万一是唬人的呢？"

两人你一言，我一语，聊得十分热络。旁边也有棉农搭话：“咱们和文盛合做了几十年买卖，彼此知根知底。新来的这商号，却摸不着深浅。”

“是啊！”那人说道，“所以我让舅子先去探个究竟，背两担棉花试着卖一下，看他们究竟能给多少银子。若真出得起价，我再把整车棉花拉过去。”

“这位兄弟考虑周全。”

“你舅子啥时候回来，那边什么情形，给大伙都说一说。”

周围的人纷纷说道。

见茶棚外围的人越来越多，两个年轻人彼此望了一眼，露出会心一笑。他俩既不是棉农，更不是什么倒插门的女婿，而是来自广诚德商号的段运鹏与罗兵。这些年来，段运鹏一直跟随蒙元亨左右。罗世英与蒙元亨成婚后，罗兵也留了下来，替商号做事。

又过了一会儿，那名“舅子”气喘吁吁地跑了过来。罗兵扒开众人，一把拉住“舅子”，问道：“怎么样？”

“舅子”满脸喜色：“跟之前说的一样，比文盛合整整高了一成。”

“高一成呀，那可不错。”周围的人禁不住交头接耳。

段运鹏上前问道：“他们是给现银吗？没赊欠吧？”

“现银，现银。”“舅子”高兴地掏出银子，得意地说，“这年头，老子只认现银。谁敢赊欠，休想从我手里拿走棉花。”

段运鹏又问罗兵：“老兄，你的棉花如今打算卖给谁？”

罗兵似乎还在犹豫：“能多卖些银子自然是好事，就是不晓得新来的商号信不信得过？”

一旁的“舅子”说道：“一手交钱，一手交货，有啥信不过的！总之他不掏现银，咱们不给棉花。”

“说得没错！”罗兵一副决心已定的模样。

棉农们仍在议论纷纷，有人说：“新来的商号，能信吗？”

但更多的人已打定主意：“只要出价高，又给现银，我们怕个㞞！”

文家大院尚善堂内，文善达坐在红木椅子上，手捻佛珠。盛宇峰、文知桐以及商号里的襄理们已吵了大半个时辰，文善达始终一语不发。管家宋元河看不下去了，说道："大伙都别吵了，听东家怎么说。"

众人顿时安静下来，目光齐刷刷地投向文善达。文善达把佛珠套在手腕上，刚想说话，一口痰涌上来，剧烈咳嗽起来。用人赶紧端上药，文善达灌了两口，咳嗽好歹止住了，面色却是惨白。

文知桐心疼父亲，不禁骂道："岳江南这个王八蛋，居然打起棉花的主意。他这是非要拼个鱼死网破不可。"

盛宇峰接过话茬："最可恨的还是蒙元亨，这个吃里爬外的家伙！"

文善达扶着椅子把手，目光阴冷："事到如今，骂人有什么用！"

盛宇峰说："棉花这一仗，无论如何输不起。他高价收棉，咱们也奉陪到底。广诚德不是把收购价抬高了一成吗，文盛合就抬高两成。"

文善达皱着眉头："话说起来轻巧，银子呢，上哪儿去弄？"

盛宇峰说："瘦死的骆驼比马大，文盛合是山陕商帮中的老字号，真要拼银子，我就不信会输给岳江南。"

文善达没有说话，宋元河却说道："账房是我在管，要说银子，咱们当然不输给岳江南。但人家有备而来，我们却是措手不及。文盛合的摊子铺得太大，棉布、茶叶、瓷器、药材，每一类生意都得花银子，而且早就分派好了用途。文盛合财力再雄厚，一时也拿不出那么多现银。按照往年行情，我们两个月前就备好了收购棉花的银子。现在突然抬高收购价，无异于多耗掉一大笔银子，没有二三十日工夫，是凑不来的。"

盛宇峰平日从不看账本，对商号的家底自然不大清楚。但他毕竟天资聪颖，听宋元河一说，立刻明白过来，说道："蒙元亨实在是可恶，他就是瞅准了咱们的软肋。每年的棉花收购季只有一个多月，等咱们银子备好了，棉花早卖完了。"

文知桐说："文盛合扎根泾阳几十年，信誉摆在那儿。要不咱们给棉农打个条子，就说剩下两成银子，一个月后保证兑现。"

文善达瞅了瞅儿子，又盯住商号内的襄理们问："你们说，这个法子行得通吗？"

有人低声说道："如今只能试一试了。"

"试个屁！"文善达一拍椅子，尽管声音有些发颤，却透出毋庸置疑的权威，"我和棉农打了几十年交道，最了解他们。棉农既淳朴善良，又自私狭隘，更要命的是，他们一个比一个现实。他们眼中，认的就是现银。甭管你之前的信誉有多好，打条子的事，想都不要想。假若文盛合打条子，就是逼着棉农与岳江南合作。"

文善达这么一说，堂内顿时鸦雀无声。隔了一会儿，宋元河说道："要不找其他商号借些银子？哪怕利息高点，咱们也认了。"

文知桐立刻附和道："这法子不错。听说岳江南的银子，好多也是从徽商手里借来的。"

文善达依旧摇头："对手厉害之处，就在于出其不意攻其不备。他们为了抢购棉花，起码谋划了大半年，中途硬是没透出一点风声，以至于我们麻痹大意。"顿了顿，他又说："凡事预则立，不预则废。岳江南提前大半年下手，自然可以借到银子。咱们临时抱佛脚，怕是晚了些。大家都是生意人，整日琢磨如何让钱生钱，除了压箱底的银子，其他都投到生意上。这时向人家开口，时间又这样急，别人手头也拿不出太多现银。"

堂内又陷入沉默，众人面面相觑，谁也不敢吱声。文善达站起身，缓缓踱步，说道："岳江南狡诈多疑，工于心计，但像抢购棉花这样力道刚猛之打法，倒不像他的做派。宇峰说得没错，这件事的始作俑者，多半又是那个蒙元亨。"

文善达停下脚步，接着说："蒙元亨已非昔日吴下阿蒙，对此人不可掉以轻心。听说当年在京师，他用就地取材的法子，将木料改成大车，帮人解了燃眉之急。好一个就地取材，咱们不妨也用上一用。"

文知桐不解道："怎么个就地取材法？"

文善达说："关中的东家老财们修房造屋，有三样东西必不可少：宅子、银窖与粮仓。夏去秋来，到处是用银子的地方，谁手头都不会太宽裕，但此时也是各家粮仓堆得最满的时候。"

盛宇峰似乎明白了过来，说道："叔父的意思，是向各家借粮食？"

文善达点了点头："对手自以为了解棉农，从江南筹措来大笔现银。没错，棉农是认银子，但祖祖辈辈面朝黄土背朝天的农民，还会认一样东西。”

文知桐也听懂了父亲的意思：“咱们拿不出现银，就用粮食去以货易货。”

宋元河搓着手，说：“寻常农户将棉花卖了银子，转手就会买粮食，以备来年春荒。如今除了银子，也就是粮食能打动他们了。”

文善达笑了笑：“我与棉农打了几十年交道，过的桥比他蒙元亨走的路还多。棉农的心思，自问还能揣摩清楚。”

盛宇峰兴奋地说：“以文盛合的信誉，开口借粮不会有问题。况且如今正是粮满仓的时节，只需几日时间，粮食便能凑齐。”

文善达坐回椅子上，说：“借来的粮食立刻运到各分号，用粮食换棉花。”

众人纷纷称赞东家足智多谋时，文善达却说：“棉农们认粮食，但粮食跟银子毕竟不是一码事。岳江南已抬高了一成棉价，咱们用粮食换银子，抬高两成怕是不行。要我说，就抬高三成。”

“三成？”宋元河思忖了一下，说，“纵然是借粮食，也得付利息，这利息怎么说也得有一成。若再抬高三成收购，相当于比往年高出了四成。”

体弱的文善达努力挺直身板，射出坚毅的目光：“有岳江南与蒙元亨在一天，这银子就赚不安生；只有撵跑他们，亏掉的银子才能再赚回来。”

5. 文善达用“以粮换棉”的战术应对棉花抢购大战

今年的泾阳棉市，被一场抢购大战搅得天昏地暗。广诚德出其不意占了先声，但文善达用以粮换棉的计策，几乎又扭转了局势。棉农们眼看棉价往上跳，一个个笑逐颜开，大战的双方却陷入极度紧张与焦灼中。

广诚德泾阳分号里，一楼的伙计们忙着统计账册，调拨银两，啪啪的算盘声淹没了人声嘈杂。二楼小屋中，东家岳江南与正副掌柜蒙元亨、苏定河已闭门商议了一个多时辰。岳江南与蒙元亨面前摆着茶杯，但杯中的水却一点没动。苏定河连端坐的心情都没有，一直在屋里踱来踱去。

岳江南说道：“老苏，你能不能坐下来？总这么走来走去，看得人心里发慌。”

苏定河勉强坐回凳子上，可一下又弹了起来：“你看着我心里发慌，我什么都不看，就已经慌了。”他继续踱起步来。“从昨天开始，棉农又拥到文盛合去了。今天一早，还有人到广诚德，说是后悔了，要把昨天卖的棉花要回去。”

蒙元亨开口道：“文善达果然是老狐狸，居然想到以粮换棉的主意，而且开价比咱们还高。”

苏定河说：“文善达疯了。按照这个价收进来的棉花，根本没赚头。”

岳江南盯着蒙元亨问：“你有何主意？”

蒙元亨又望着苏定河问：“假如咱们跟进，银子能撑多久？”

苏定河不假思索地说：“顶多半个月。”

岳江南摇头道：“顶多半个月，就是说不到半个月。一旦咱们跟进抬价，文善达必会加码，棉花也不是现在这个价了。”

苏定河说：“究竟怎么办，得赶紧拿主意。若十日之后，咱们的银子接不上，市面上只剩下文盛合一家，棉价必定大跌，到时他们就能低价吃进棉花。广诚德之前高价抢进的棉花，反而成了烫手山芋。”苏定河不愧行商多年，账算得精，岳江南与蒙元亨均点头称是。

屋内又沉默了一阵，岳江南重新开口说：“拼到这个时候，就是比韧劲，我的意思是跟上去。”

蒙元亨点了点头表示赞同：“没错，跟上去或许还有胜算，半途而废便是惨败。可咱们的银子只有这么多，怎么个跟法？”

岳江南想了想说：“我即刻动身去洛阳，向康家求援。”

苏定河问：“河南康家，你是说康百万？”

岳江南点头道：“我与康家有过交情，还能说上几句话，尤其是康家与文家是死对头，这时候没准会出手。”

“康百万是谁？”蒙元亨问道。

岳江南说：“元亨，你经商不久，不知道除了天下三大商帮，在中原还藏着一个康百万。”

苏定河插话道：“河南有一句话形容康百万：头枕泾阳、西安，脚踏临沂、济南，马跑千里不吃别家草，人行千里尽是康家田。”

原来，康百万是对康氏家族的统称。康家世居中原，富甲豫、鲁两省，船行洛、黄、运、沂、泾、渭六河，良田数千顷，财富无以计数。以康家之财，足以匹敌陕晋徽三大商帮中任何一家豪门大族。只不过，中原除了一个康百万，就再没什么叫得响的人物，不似三大商帮那样，富商巨贾层出不穷灿若群星。因此，纵然康家富可敌国，中原豫商的声名比起陕晋徽商帮却逊色许多。

岳江南又说：“事到如今，也只有这个法子了。徽商远隔千里，指望不上，只有康家隔得近些。实在借不来银子，我也学文善达，借粮食！”

苏定河问：“东家何时动身？”

岳江南说：“事不宜迟，我马上出发。”

蒙元亨说：“此去洛阳倒不算太远，家里有什么事，我用书信通报。”

岳江南拍了拍蒙元亨的肩膀："泾阳有你在，我没什么不放心的。商场形势瞬息万变，我在外地，哪能什么事都写信？生意上的事，你尽可以临机专断，不必告诉我。"

蒙元亨感激地看着岳江南，点了点头。

待岳江南走后，苏定河也出门去各收购站巡视，蒙元亨把自己锁在屋里，又找来账簿细细核算起来。

不多时，一名伙计敲门进来："掌柜，楼下有人找。"

蒙元亨头也没抬："我说了，今日不见客。"

伙计说："楼下这位先生说是你的老友，还说只要报上名字，你一定会见。"

蒙元亨抬起头："他叫什么？"

伙计答道："他说自己姓年。"

蒙元亨立刻意识到，是年遐龄派人来了。棉花生意已是焦头烂额，年遐龄又跑来凑什么热闹！只不过，人家办的是军国大事，自己不敢怠慢。他快步走下楼去，一眼就认出此人是年遐龄属下，拱手道："年老板。"

来人还了礼，又说："我家老爷想请蒙掌柜晚上过去一趟，有桩生意要谈。"

蒙元亨不情愿地说："好吧，到时我过去。"

傍晚时分，蒙元亨离开商号，先吞了碗臊子面填饱肚子，再穿过几条小巷，便来到年遐龄下榻之处。推开门，只见年遐龄端着盖碗茶，坐在椅子上，桌上还摆着酒菜。

年遐龄放下茶，笑着说："快坐，我还等着你一起吃饭呢。"

蒙元亨肚子里的面食还没消化，哪里吃得下。更令他不适应的是，从前见年遐龄，对方始终是一副冷冰冰的模样，今日不仅笑容可掬，还备上了酒菜。

蒙元亨立刻猜到年遐龄态度大变的原因，问道："二公子的病，好些了？"

年遐龄点头道："你请来的那个传教士，真是妙手回春。前几日烧便退了，这几日已能下床走动了。"

蒙元亨也笑了："染过天花而痊愈之人，一辈子不再怕这种恶疾。恭喜二公子，过了鬼门关。"

年遐龄拍着蒙元亨的肩膀，亲切地称呼道：“元亨，这一回多亏了你。”

蒙元亨客气道：“不敢，是二公子福大命大。”

年遐龄不再有昔日的官威，满脸都是父亲的慈爱：“羹尧有大志，能吃苦，我对他寄望颇深。但日后究竟造化如何，还得看他自个。”顿了顿，年遐龄又说：“今日没别的意思，就想好好谢你。羹尧原本也要来，但苏先生说他最好再静养半月，于是只得作罢。”

“来，咱们边吃边聊吧。”年遐龄邀请蒙元亨入座。

蒙元亨全无胃口，只勉强动了几下筷子。今日气氛与往昔大不相同，年遐龄频频举杯，还主动谈起自己的家事。他说自己幼年跟随父亲入关，定居北京。后来父亲考中进士，年家才得以脱离奴籍，被编入汉军镶白旗。

官场中人一旦言及仕途，免不了牢骚满腹。年遐龄康熙三年入仕，当了二十多年京官，始终郁郁不得志。他吞下一杯酒，苦笑道：“冯唐易老，李广难封，二十多年的京官，到如今还是个主事，够蹉跎的了！但转念一想，也应知足。这些年，看着无数同僚飞黄腾达，也目睹了不少悲欢离合。从鳌拜到索额图，多少大起大落呀！这些人在位时，我攀附不上；他们倒台了，我也没受牵连。”

听年遐龄说到索额图，蒙元亨不自觉聊起自家遭遇。想起远在千里之外的父亲，他的眼眶有些泛红。

年遐龄主动举起酒杯：“过去以为你就是一个唯利是图的商人，却不知这一份孝心感天动地。”

两人一饮而尽，放下酒杯后，年遐龄又说：“可惜年某官太小，帮不上你的忙。”

蒙元亨略有些失落，说道：“没事。我只是随口一提，救父亲的事还得从长计议。”

年遐龄的手指在酒杯上沿画着圈，说道：“救父之事帮不上忙，另一桩小事或许还能帮上一把。”

蒙元亨淡淡一笑，并未追问。年遐龄主动说：“上回准噶尔蒙古让你采办的药材，准备得如何？”

蒙元亨说：“这些日子忙着棉花生意，药材虽在采办，却有些拖延。所幸离准噶尔的期限，尚有一个多月。”

年遐龄语气低沉，缓缓说道：“当初你问过我，这批药材该怎么办，我的回答是好生替准噶尔采办。”

年遐龄的声音压得更低：“如今，你若是问兵部的年大人，我还会这样说。但作为朋友，给你透一句实话，不必再采办药材了，已经囤到手里的，最好抛出去。”

蒙元亨拿筷子的手不禁抖了几下：“到底怎么回事？”

年遐龄微皱眉头，嘘了一口气，说道：“前些日子，我急着找你过来，询问准噶尔的人来泾阳采购哪些货物，你可知为何？”

蒙元亨摇着头，说：“我只觉得上回特别急，似乎有什么事。但大人不说，我也不好问。”

年遐龄淡淡一笑，说：“草原上的噶尔丹不大安分呀。大半年之前，准噶尔兵锋直指喀尔喀蒙古。土谢图汗慌了神，一面向朝廷求援，一面又派遣使臣与噶尔丹讲和。”

蒙元亨说：“泾阳的商人大多与蒙古有生意往来，也知道这个消息。只不过，听说后来局势缓和，噶尔丹已经撤兵。”

年遐龄冷笑着摇头：“这个世道，最不缺的就是假话。没错，皇上严令蒙古部落各守边界，谁也不许惹事。噶尔丹也回信说，看在大清皇帝面子上，愿意与喀尔喀蒙古重修旧好，还说要撤兵。”

“然而，”年遐龄话锋一转，“皇上何等睿智，岂会轻信别人的话。果不其然，朝廷派出去的探子传回消息，部署在边界的准噶尔骑兵，撤回去的只是老弱病残，主力依旧驻扎原地。”

年遐龄又说：“草原上的种种迹象，加之准噶尔派人来泾阳大量采购药材，让我坚信，所谓局势缓和只不过是噶尔丹摆出的迷魂阵，他假装撤军让对手掉以轻心，实则却在谋划一场出其不意的奇袭。”

“怪不得那日你说对上了。”蒙元亨恍然大悟，接着，他又问，“不对呀！既然明知准噶尔在摆迷魂阵，朝廷为何没有动作？”

年遐龄反问：“你怎知朝廷没有动作？”

蒙元亨说："我听说，皇上给噶尔丹写了亲笔信，褒扬他顾全大局。正因如此，所有人才以为草原不会有战事。"

"朝廷有朝廷的难处。"年遐龄叹了一口气，"我多年来在兵部当差，深知如今绝非开战良机。准噶尔兵锋正盛，朝廷并无一战而胜之把握。再说平定三藩不过几年，天下尚需休养生息。对自个的家底，皇上与那些大人老爷心里清楚得很。"

年遐龄接着说："如果朝廷一番调兵遣将，最后还得眼睁睁看着噶尔丹吞并喀尔喀蒙古，那多没面子。既然噶尔丹要演戏，不妨陪他演下去。到时纵然噶尔丹大获全胜，咱们还能推说是一不留神，被打了个措手不及。这样一来，好歹保住了一点天朝大国的颜面。"

蒙元亨明白了，朝廷不愿在此时用兵，噶尔丹使出诈术，朝廷更乐得"中计"，刚好有台阶下。他又说："朝廷这一番布置，看上去是中了噶尔丹的计，实则却把出尔反尔、背信弃义的帽子扣到他头上。用兵讲究出师有名，有了今日之事，他日用兵倒名正言顺了。当年太祖努尔哈赤起兵反明，正是以七大恨告天，其中一条就是明朝背弃盟约。"

年遐龄笑起来："你果真不是一般的生意人，对军国大事也见解独到。"顿了顿，他又说："若是准噶尔骑兵攻入喀尔喀蒙古，朝廷虽不会发兵，但也不能无动于衷。中断商路自是题中应有之意，到时别说药材了，一粒粮食也不能运去准噶尔。"

"多谢大人！"蒙元亨站起来，抱着双拳，深深鞠了一躬。他太清楚，年遐龄此时透出的消息，对自己何等性命攸关！

今日通商无碍，明日断绝往来，对朝廷来说不过一句话的事，甚至不失为博弈之策，但身在其中的商贾没准会倾家荡产。若是待蒙元亨采办完药材，正要发往西域时，草原狼烟四起，朝廷关闭边关，货砸在自己手里，才真是叫天天不应，呼地地不灵。

年遐龄盯住蒙元亨说："这些都是机密，别说泾阳市面上的商人，就连好些京城的六部九卿也未必知晓。亏得我在兵部，消息比旁人灵通一点。我把实话告诉你，是不想看着你亏血本。抛货时你可把握好火候，不能走漏一点风声。"

“放心。”蒙元亨说，“大人是在救我的命，我若是走漏了风声，便是要了自个的命。”

年遐龄又举起酒杯：“今晚我喝多了，所有话出门不认。喝了这顿酒，我就要离开泾阳了。”

蒙元亨问道：“大人要离开泾阳？”

年遐龄点了点头：“朝廷虽不会与噶尔丹兵戎相见，但总得在边境排兵布将，加强守备。多出好几万戍边将士，那得要多少口粮。另外，朝廷也得援助土谢图汗粮饷，让他尽量拖住噶尔丹，起码不能让准噶尔骑兵杀红了眼，一鼓作气冲到北京城下。这不，上头派了新差事，让我去湖广筹措粮草。”

“大人为国操劳，辛苦了。”蒙元亨叹道，“只是战火一起，我辈的生意更难做了。”

6. 棉花收购大战，或许会以一种出人意料的结局收场?

一连数日，蒙元亨既要应付棉花抢购大战，又要暗中抛售药材，经常连饭都顾不上吃。又是一天从头忙到晚，眼看天色渐暗，蒙元亨拖着疲惫的身躯回到商号。棉花抢购依旧难分难解，所幸手里的药材大多找到了下家，心中一块石头总算落了地。蒙元亨刚坐下，茶都没来得及喝，苏定河便匆匆地走进来："蒙掌柜，咱们手里没银子了。"

蒙元亨一下站起来："昨晚算账，你不说银子还能撑个三五天吗？"

苏定河走太急，额头渗着汗滴："今早一开市，文盛合又提价了。整整一个上午，棉农全去了他们那儿。我急得不行，却又找不到你。"

"白天我去谈其他生意了。"出手药材的事，蒙元亨办得很谨慎，难怪商号的人找不到他。

苏定河说："寻不到你，我只能自作主张了，跟着提价。这一来，银子自然告急。"

蒙元亨点了点头："临机应变，你做得没错。"

苏定河叹了口气："可巧妇难为无米之炊，一旦银子见底，咱们还拿什么去拼？"停顿一下，他又问："东家那边有什么进展？"

蒙元亨也焦急地等着岳江南的消息，却始终没有音讯传回，只好摇着头说："还没有呀。"

苏定河搓着手，在屋里不停踱步："再没援兵，这仗可打不下去了。"蒙元亨心中焦躁丝毫不亚于苏定河，他双眉紧锁，不时用手揉着太阳穴。

正在这时，一名伙计跑了进来，禀报道："东家从河南传信回来了。"

蒙元亨与苏定河愣了一下，接着同时飞奔出去。送信之人等候在大厅，旁边已聚了不少广诚德的伙计，众人翘首以盼岳江南能从河南带回及时雨。

"信呢？"蒙元亨人还在厅外，声音便传了进来。

送信之人迎在门口："掌柜，信在这里。"

蒙元亨撕信封的动作太快，把里面的信都撕破了一角。掏出信，他赶紧看起来。伙计们纷纷围拢过来，想瞟上几眼。苏定河挥了挥手，吼道："懂不懂规矩！这是东家写给掌柜的信，轮得着你们看？有什么事，掌柜自然会吩咐。"

岳江南的信不长，只有一页纸，蒙元亨却看了好一阵子。见蒙元亨始终盯着信纸，连头也不抬，苏定河禁不住问道："信上说什么？"

被苏定河一问，蒙元亨的手不禁抖了抖。周围伙计无不望眼欲穿："对呀，东家说什么？"

"东家，东家说……"蒙元亨刚开了话头，却又打住。

"到底说什么？"众人更急了。

猛然，蒙元亨把信一举，大声说道："东家传来一则天大的好消息，具体是什么，一时半会儿我还不能说。接下来，大伙心里不可有杂念，一心一意把手头的事办好。"

没想到蒙元亨卖起关子，众人不免失望。苏定河说："该让你们知道的时候，掌柜自然会说。都回去干活儿吧！"

蒙元亨把信揣入怀中，挥了挥手说："散了吧。"

苏定河叫别人不要打听，自己却忍不住。见蒙元亨抬脚往屋里走，他追上去问："东家的信上说了什么，接下来怎么办，棉花还收不收？"

蒙元亨并未停下脚步，边走边说："棉花当然还得收。对了，小段在哪儿？"

苏定河说："既然他不在商号，应当在货场吧。"

蒙元亨说："赶紧找他回来，我要见他。"

"好！"苏定河答应道。

蒙元亨回到屋里，慢悠悠地品上一口茶，嘴角露出笑容。连日来，一连串的事搞得他焦头烂额，没想到方才急中生智，将所有难题一并解了。这场轰轰烈烈的棉花收购大战，或许将以一种出人意料的结局收场？

蒙元亨凝神聚气，认真谋划起接下来的每一个步骤。一番深思熟虑后，蒙元亨将岳江南的信直接烧掉，接着又提笔写了一封信，让信差连夜奔赴河南，务必亲手交给岳江南。

段运鹏回到商号，与苏定河一同走了进来。蒙元亨抬起头，问道："货场那边情况如何？"

段运鹏说："白天收的棉花，晚上正在入库。"

蒙元亨站起来，拍了拍段运鹏的肩膀："听老苏说，这几日你格外卖力。"

"没错。"苏定河附和道，"派出去的人里，就数小段收的棉花最多。"

蒙元亨重新坐下，说："今日找你们来，是有一件事。东家来信说，他在河南大有斩获。白花花的银子，还有堆成山的粮食，如今正在码头装运。他让咱们赶紧派几个押运的人过去。"

苏定河与段运鹏格外兴奋，苏定河拍着手掌说："有钱有粮，咱们还怕谁！"接着，他又说："这种好消息，刚才你干吗不说，正好鼓舞一下士气嘛！"

蒙元亨摆了摆手："这是咱们的撒手锏，别轻易亮出来。"

"也对！"苏定河点点头，"万一走漏了风声，倒让对手有了防备。"

蒙元亨说："如今看来，好戏还在后头。因此，许多事得重新布置一番。"

"你吩咐吧。"苏定河与段运鹏异口同声道。

蒙元亨说："今年关中棉花丰收，加之东家搬来救兵，先前准备的仓库与货场，看来不够用了。我在琢磨，干脆把收上来的棉花先运走一批，腾出地方来。"

苏定河思忖了一下，说："货场不够用，的确麻烦。但分批运输的话，开销可就大了。"

蒙元亨说："我也想把银子省着花，问题是不腾出地方，新收的棉花根本没处放！"

见蒙元亨心意已定，苏定河说："按你说的办吧！"

蒙元亨说："老苏，这件事交给你去做。赶紧联系货船，越快越好。"

蒙元亨又把目光投向段运鹏："你把手头的活儿交给其他人，接下来，有件更重要的差事交给你。"

"何事？"段运鹏紧张起来。

"去河南。东家那边急需人手，其他人我不放心，还得你去。"

段运鹏问："是让我去押运银子与粮食吗？"

"棉花大战拼到这会儿，就看谁能咬牙坚持到最后了。把银子与粮食安全运抵泾阳，乃是此战胜败之关键，你肩上的担子可不轻。"

段运鹏点头道："我一定打起精神。"

蒙元亨用一种欣慰的目光看着段运鹏："当初蒙家遭难，唯你不离不弃。后来无论去京师，还是远赴蒙古，都是你跟随左右。"

见蒙元亨话中饱含真情，段运鹏颇为激动，脸色也泛红："蒙老掌柜有恩于我，滴水之恩必涌泉相报。"

"说得好！"蒙元亨说，"时穷节乃见，说的便是你这般的忠义之人。"

段运鹏问："何时动身？"

蒙元亨说："今晚好好休整，明日一早动身。此行还有几人，我挑选好了，皆是商号中办事得力的伙计。这一行由你领头，所有人听你号令。"

"明白！"段运鹏朗声答道。

第二天一早，蒙元亨、苏定河亲自送段运鹏启程赴河南。接着去货场巡视，下午又在账房对账，忙碌一日，蒙元亨回到家时已是掌灯时分。罗世英熬了热粥，蒙元亨端起碗，大口喝着。这时，敲门声传来，罗世英说："这么晚了，会是谁呀？"

蒙元亨担心商号里出了什么事，吩咐蒙佩文："快去开门。"

蒙佩文快步出去，推开门，却没了动静。罗世英在屋里问道："佩文，谁来了？"

外头还是没有答话，蒙元亨又大声问道："谁呀？"

"是我。"外头传来声音，却不是蒙佩文的。不过蒙元亨一听便知道，文知雪来了。

蒙元亨呆在座位上，一动不动。好些日子没见文知雪了，她来做什么？罗世英却站起来，拉了蒙元亨一把说："怎么，人家敢上门，你却不敢见了？"

蒙元亨与罗世英一起从屋里走了出来。蒙元亨望着文知雪，不知说什么。罗世英白了他一眼，说："原来是文小姐，快，屋里请吧。"

"好啊！"文知雪点头微笑。

文知雪进屋后坐下，瞟了眼屋内陈设，与之前已大不相同。蒙元亨既然娶了新娘，家中自是重新布置过一番。她心头顿时涌起一阵酸涩，却绝不愿被人看出来，反而挤出笑容，说："你们可不够意思，成亲这样的大喜事，居然连一张请帖也不发。你俩能在一起，说来我可是媒人。"

罗世英笑盈盈地回道："是呀，我和元亨能在一起，多亏了文小姐。"

文知雪重新看着蒙元亨问："怎么，蒙掌柜不欢迎我？从进门到现在，一句话也没有。"

"不，不！"蒙元亨连忙摆手，脸上颇为尴尬。

"文小姐错怪我家相公了。"罗世英说，"成亲时，我就和他定了规矩，男主外，女主内。今日文小姐是到家里做客，我说欢迎便欢迎，哪轮得上他说话！相公，我说得对吧？"

成亲以来，罗世英对蒙元亨都是直呼其名，从没叫过相公。蒙元亨一时不适应，愣住了。这一来，罗世英更来气，板着脸又问："到底我说得对不对？"

"对，对！"蒙元亨终于答道。

眼看着两个女人针锋相对，哥哥夹在中间难受，蒙佩文出来打圆场："文小姐，你吃饭了吗？我去给你煮碗面。"

文知雪笑了笑说："佩文妹妹的手艺，我好久没尝过了，心里一直惦记。不过今晚我已吃过饭，不麻烦你了。"

蒙佩文又说："那你们坐，我去沏壶茶来。"

"不用了。"文知雪说，"今日登门，是有事向蒙掌柜请教。"

文知雪站起身，对蒙元亨说："能否借一步说话？"

"哦。"蒙元亨嘴上答应，眼睛却瞅着罗世英。

"瞅我干吗！"罗世英说，"人家找你谈事情，脚长在自己腿上！"

蒙元亨出门后，罗世英气呼呼地坐到凳子上。一旁的蒙佩文笑道：“怎么，吃醋了？”

罗世英说：“他要跟谁走，我才懒得管。”

蒙佩文说：“你瞧你多威风，若不是你点头，我哥都不敢出门了。”

罗世英哼了一声：“那是他做贼心虚。”顿了顿，她又说：“你说这姓文的上门找元亨有什么事？”

蒙佩文笑起来：“一会儿回来你自个问我哥，不就什么都清楚了。”

“我可没有那工夫！”罗世英噘起嘴。

出了蒙家宅子，文知雪走在前面，蒙元亨跟在身后，两人走了好一阵子，连一句话也没有。

“怎么不说话？你在想事情吗？”文知雪打破沉默。

“没……没什么。”蒙元亨不愿吐露实情，结结巴巴回道。其实，他脑海中的确浮现出当初的情境——那一日大雪纷飞，文知雪非要送蒙元亨回家。到家后，蒙元亨又不放心，执意要送文知雪。就这样，两人不知在雪地里走了多少趟。

当日所经历的一切，对蒙元亨来说太过刻骨铭心。那不仅是自己与文知雪一生中最甜蜜的时光，更是一切不幸的开始。正是在那一天，蒙元亨救出了文善达，文善达也保证会想尽办法营救蒙顺，然而事与愿违……

文知雪知道蒙元亨在敷衍，也不计较，而是说：“这次来不是找你叙旧，是为了棉花的事。如今整个泾阳都在议论，说文盛合与广诚德为了棉花抢得不可开交。”

蒙元亨问：“是文善达让你来的？”

“不。”文知雪摇头说，“生意上的事，爹不许我过问。就连这次来找你，也是瞒着他。”

蒙元亨皱着眉头说：“既然文善达不让你过问，最好你就别管。生意上的事，你没必要掺和进来。”

文知雪说：“生意我未必清楚，但有件事却知道：你恨我爹，恨整个文家。

当然，我爹也恨你投靠外人，引狼入室。夹杂着这些仇怨，做生意就变成了争强斗气。”

“你说得不全对。”蒙元亨说，“双方是有仇怨，但在商言商，谁也不会和银子怄气。拼到这种地步，是因为大家都明白，只有抢到棉花来年才有生意做。”

“生意非得做到你死我活的份上吗？”文知雪说，“这么拼下去，文盛合与广诚德中，必有一家会血本无归。”

“这话没错。”蒙元亨说，“但事已至此，我要做的便是不让自己成为血本无归的那一家。”

“你有十足把握吗？”文知雪追问道。

蒙元亨说：“商场瞬息万变，不到最后时刻，谁敢说十足把握。”

“但你想过没有，生意还有另一种做法——”文知雪说，“双方就此偃旗息鼓，谁也不惦记着吃独食，但也不至于血本无归。”

蒙元亨笑了笑，摇头说：“文善达不会答应的。”

文知雪盯住蒙元亨：“你会答应吗？”

蒙元亨沉默了一阵，说：“这种事情，一方答应是没用的。这一趟你是瞒着文善达来的，因此咱俩谈这些毫无意义。”

文知雪说：“没错，这一趟我是瞒着爹，更知道即便你同意了，他也未必答应，但我还是想试一试。”

蒙元亨仍在摇头：“生意上的事，你干吗搅和进来！”

文知雪投来殷切的目光：“我实在不想看到你们中的任何一个，最后输得一败涂地。只要你答应了，我就去跟爹说。许多事不试一下，怎么知道没有机会！”

“蒙大哥，就当看在我的情分上！”蒙元亨犹豫不决，文知雪又在催促。

蒙元亨看着文知雪的脸颊，内心深处响起一声深深的叹息。他终于点头道：“我答应你。”

“真的？”文知雪惊喜道。

蒙元亨却连再看文知雪一眼的勇气也没有，而是把目光移开，说道：“五日之内，广诚德不会再涨价收购棉花，也希望文盛合不要挑起战火。”

“我这就去跟爹说，尽量说服他。”文知雪说。

文知雪这就要赶回府中，但她刚迈出几步，身后的蒙元亨又唤道：“知雪！”

“怎么了？”文知雪回过头。

“没……没什么。”蒙元亨又说出了与开头相同的话，同样是结结巴巴。

7. 好不容易发现对手的破绽，盛宇峰却选择了知情不报

夜已深，文善达的书房里依旧闪烁着烛光。他左手捧着书，右手拿着一副新的西洋镜。近来眼力越来越差，看书都费劲，还是女儿体贴，买了新的西洋镜送给他。

书房门被推开，文知雪走了进来，问候道："爹，这么晚了还不睡？"

文善达微笑道："你又不是不知道我的习惯，哪天晚上早睡过。"

文知雪又问："怎么样，洋人的这副镜子还行吧？"

文善达点头说："洋人们一个个尖嘴猴腮的，但他们的家伙什还真不错。"

"时辰不早了，你怎么还不回房，跑到我这里干吗？"文善达又问道。

文知雪说："我刚从外面回来。"

"你去哪儿了？"文善达又问。

文知雪犹豫了一下，说："我去见了蒙元亨。"

文善达内心一颤，表面上仍很平静，问："你去见他，有什么事吗？"

文知雪说："女儿不自量力，想去和他谈一桩生意。"

文善达笑了笑："哦？你和他谈什么生意？"

文知雪说："这些日子，咱们和广诚德抢购棉花已是斗得不可开交。女儿觉得，做生意讲究和气生财，不必弄到你死我活的地步，因此就去找蒙元亨，希望双方各退一步。"

文善达盯住女儿，缓缓说道："你和蒙元亨之间的事早已是过眼云烟，实在

犯不着再为他花心思。”

文知雪低着头，说：“我这样做，绝不仅是替蒙元亨着想。我虽不懂生意，但也能看出来，棉花大战再打下去，终有一家会倾家荡产。蒙元亨毕竟与文家有旧，即便要教训他也不必赶尽杀绝。而爹是女儿最亲的人，我更不希望你有任何闪失。只要双方各退一步，两边都还有活路。”

文善达叹了口气：“你不仅心地善良，对生意也看得透彻。没错，我做了几十年生意，很少像今天这样，非得押上身家性命和谁拼个鱼死网破。但这是没办法的事，谁让我碰上了蒙元亨这个煞星。还有那个岳江南，这场仗，可是他们挑起来的。”

文知雪仿佛看到了一点希望：“要是他们答应退一步呢？”

文善达抿了一口茶：“蒙元亨怎么说？”

文知雪说：“蒙元亨说，五日以内广诚德可以不再涨价收购棉花。”

“交换条件呢？”文善达又问。

文知雪说：“当然是文盛合也不涨价。”

书房内陷入沉寂，只有文善达缓缓用手指敲打书桌的声响。过了半晌，文善达缓缓开口：“知雪，若真是罢兵言和，蒙元亨为何只提五日之约？何不干脆约定，从此井水不犯河水？”

“这个我倒没细想。”文知雪说，“大概双方拼斗了这么久，总需要一点时间，让彼此看到对方的诚意。”

“诚意？”文善达摇了摇头，咳嗽的毛病又犯了。

文知雪赶紧上前，替父亲捶背。缓过气之后，文善达摆手说：“知雪，你又被那个蒙元亨骗了。”

文善达继续说：“他蒙元亨哪有什么诚意，不过是为自己争取喘息机会。你可知道，广诚德的银子已难以为继。如今他们正盼星星盼月亮，等着岳江南搬回救兵。有了这五天时间，援军就到了。到时，他们会毫不留情地再掀起血雨腥风。”

文知雪不解道：“什么援兵？”

文善达说：“前些日子，岳江南奔赴河南，找康百万家借钱借粮，据说事情已有眉目。”

“你是说……”令文知雪吃惊的，并不仅仅是诡谲的商场风云。昔日情深义重的蒙大哥，难道真会欺骗自己？

文善达点了点头：“蒙元亨还联系了货船，要把之前收购的棉花悉数运走。他这么做，就为了腾出地方，一旦援军赶到，再大肆抢购棉花。你说，这些就叫诚意吗？”

泪水在文知雪眼眶中打转，她不愿意相信，蒙元亨竟把这些伎俩用到自己身上。蒙元亨与罗世英成婚时，文知雪纵然心痛欲绝，但心中还有一份念想——蒙元亨并非不爱自己，只因父辈间的仇恨有缘无分。可今日行径，却无疑令文知雪万念俱灰。她甚至觉得，传言说的蒙元亨在草原上就与罗世英鬼混在一起并非以讹传讹，或许他根本就是一个薄情寡义的伪君子！

文善达站起身，拍着女儿的肩膀：“知雪，把一切都放下吧，未来你的路还长。”

马车行进在泾阳街头，车内的盛宇峰催促道：“快点！”

车夫为难地说：“街上人太多，实在跑不起来。”

“算了。”盛宇峰没好气地说，接着再没吱声。

此刻的盛宇峰，再度陷入沉思中。今日一大早，文善达召集所有人到尚善堂议事。文善达说，广诚德的银子快撑不下去了，岳江南黔驴技穷，只好去河南搬救兵。他还说昨晚文知雪去找了蒙元亨，对方提出五日内暂不涨价。

文善达斩钉截铁地表示，自己绝不会上当。在岳江南的援兵到来之前，必须发起最后总攻，不给对手任何喘息之机。

文盛合上下斗志昂扬，开市之后立刻涨价，广诚德的反应却十分迟缓。一切正如文善达所说，在岳江南的援军赶到之前，对手几乎无力反击了。文盛合此刻要做的，便是争分夺秒结束战斗。到那时，即便援军到来也只能徒叹奈何。

对生意不感兴趣的盛宇峰同样摩拳擦掌，兴奋异常。他在乎的不是赚几个银子，而是击败蒙元亨。他要让心爱的文知雪知道，自己远比那个自以为是的蒙元亨更加优秀。

离开尚善堂，盛宇峰打起精神到各个货场巡视。眼见棉农们蜂拥来到文盛合，广诚德门可罗雀，盛宇峰更是得意扬扬。但他并没有一丝懈怠，而是在脑海中又将所有事静静梳理一遍。盛宇峰告诫自己，为了击败蒙元亨，必须万无一失。

功夫不负有心人，细思之下，盛宇峰似乎察觉出什么。尽管这只是一个看似微小的疏漏，但他却不肯轻易放过。于是，盛宇峰坐上马车，在泾阳城走了一圈，接着又去码头，找船老大了解行情。渐渐地，盛宇峰后背开始冒汗，他惊觉自己乃至文善达或许都犯下了致命错误。

早上在尚善堂时，文善达曾提到，蒙元亨一面答应言和，一面却把之前收购的棉花抢运出去，为的是腾出地方。一旦岳江南从河南筹来的钱粮运到，他们定会再次发动抢购大战。这番话听着合情合理，以至于文知桐当场骂蒙元亨阴险狡诈，一边假意求和，一边又在准备囤货的地方。

然而盛宇峰实地考察后，却发现破绽。泾阳乃商贸重镇，天南海北的货物在此中转，囤货的货场向来不少。经过棉花大战，货场确比平时紧俏，但只要出高价，并非找不到囤货之地。

盛宇峰又去了码头，向船老大们了解运价。以往年份，各家商号都是待棉花收购完成后统一运输，像蒙元亨这样提前启运的极为罕见。况且，货物一旦分批运输，运费会高出一大截。

盛宇峰立刻替蒙元亨算了一笔账，分批运棉花的费用，竟然比高价租货场还多！生意人都是将本求利，难道蒙元亨疯了，非和银子过意不去？不，蒙元亨绝没有疯。唯一的解释便是，这背后另有玄机。

盛宇峰既得意，更不免后怕。蒙元亨呀蒙元亨，你机关算尽，还是让我看出了破绽。幸亏多留了一个心眼，不然差点就上了这小子的当。这事得赶紧告诉文叔父，让他有所防范。离开码头，盛宇峰催着车夫快马加鞭，奔向文家大院。

盛宇峰的脑筋一直没闲着。待会儿见到文善达，一定会被问到，蒙元亨玩弄这些花招究竟意欲何为，而这也恰恰是盛宇峰冥思苦想却不可得的。他试着给出过几种答案，很快又摇头否定。眼看离文家大院越来越近，盛宇峰只好安慰自个，能瞧出破绽已是大功一件。文叔父是商场老将，自己想不透的事，他老人家没准能一眼识破。

马车在文家大院门口停下，盛宇峰急匆匆跳下车。拐进后院，盛宇峰撞见了文知雪的丫鬟。他随口问道："小姐好吗？今天在做什么？"

丫鬟答道："小姐又把自个锁在屋里。"

盛宇峰点了点头，继续朝前走。他知道，文知雪心绪不佳，应和昨晚之事有关。曾经为之倾心的蒙元亨，竟会欺骗自己，文知雪怎能不伤心！

会为一人伤心，只因在乎这个人。想到这里，盛宇峰的情绪不免低落下来。知雪妹妹呀，你为何总对我视而不见，却对那个蒙元亨念念不忘！

曾经，盛宇峰想在草原上设计除掉蒙元亨。消息传来，文知雪茶饭不思，几乎脱了人形。幸亏计谋没有得逞，否则以文知雪的烈性子，没准真会殉情。后来，蒙元亨与罗世英成婚，盛宇峰也高兴过一阵子。但看着文知雪郁郁寡欢的模样，他渐渐醒悟，自己即便得到文知雪的人，也难以得到她的心。

得到她的心？盛宇峰猛然间意识到什么，放缓了脚步。如何能博得文知雪芳心，过去盛宇峰想到的，全是击败蒙元亨，结果却一再碰壁。是呀，击败了蒙元亨，证明自己比蒙元亨优秀又如何？难道文知雪就能回心转意？

盛宇峰的脚步越来越慢，几乎停了下来，自己何不换个法子，大可不必去和蒙元亨作对，而是让蒙元亨彻底打败文善达。文家败得越惨，文知雪才会越恨蒙元亨。文知雪心中那份刻骨铭心的爱，或许只有炽热的仇恨才能冲散。

文善达过往的一番教诲，又跃入盛宇峰脑海。文善达说过，做生意不是赚银子，而是造势。没有势，只能辛辛苦苦去追银子，往往还追不到。把势造出来，就是银子来追你，躺着都能赚钱。让文知雪恨透了蒙元亨，那便是造势！

盛宇峰的脸上，浮现出笑容。这一番大彻大悟，远比洞悉蒙元亨的阴谋诡计来得更重要！

"宇峰，有什么事吗？"书房内的文善达碰巧走了出来，看见了走廊上的盛宇峰。

"文叔父。"盛宇峰招呼道。接着，他结结巴巴说道："我……我来……没……没什么事。"

文善达板着脸说："商号里事情多，大伙都在忙。你是东家，更要以身作则。"

"是。"盛宇峰毕恭毕敬答道。

文善达还想说几句，无奈咳嗽毛病犯了。盛宇峰忙着上前捶背，又把文善达扶进书房："叔父，我这就去商号，你放心吧。"

8. 不知道的风险才是最令人恐惧的

朋来酒家内，一场山陕商帮的聚会正在举行。泾阳城内的大商，几乎到齐了。山陕商帮的东家、掌柜，隔一阵子便要在朋友酒家相聚，人数可多可少。文善达身体不如从前，这类聚会有些日子没来了。但今日，他早早出现在酒家，面色红润，精神抖擞。听说文东家要来，其他人也争先恐后到场。今日聚会，比平时多出了四五桌。

人逢喜事精神爽，之前下人们还担心文善达咳得厉害，不知能否撑下来，不想他谈笑风生，快一个时辰竟没咳一声。后来，他兴致大发，又要以茶代酒，挨桌敬一圈。

文善达敬酒，众人自是起身举杯。一人恭维道："文东家，你这身体真是一日比一日好了。下回再请客，估计都要重新端酒杯了。"

文善达笑着说："岁月不饶人，能多活几天已谢天谢地。美酒之福，怕是不敢消受哟。"

一家布庄的东家说："文东家客气了。姜还是老的辣，不服不行呀！你瞧这一回，几个臭小子不知天高地厚，最后还是败在你手下。咱们山陕商帮的这帮老家伙，还得指望你。"

文善达抱了抱拳："我何德何能，还不是靠大伙帮衬。"

又有一名在泾阳码头做茶叶生意的东家走过来，说："听说岳江南的船队下午到了，可惜，黄花菜都凉了。"

旁边一人附和道："生意不等人，关中的棉花都让文盛合买完了，他岳江南运来再多银子，又能如何？”

此言一出，周围哄堂大笑。文善达素来沉稳，他没有笑，心中却比谁都高兴。棉花大战自己拼尽全力，最终笑到了最后。什么岳江南、蒙元亨，同我文某人比起来，毕竟还嫩了点！

说笑间，管家宋元河来到文善达身旁，低头耳语了几句。文善达面色陡然阴沉下来，又坐了片刻，便提前告辞，赶回文家大院。

“怎么回事？”进到书房，见盛宇峰、文知桐等人早已到了，文善达问道。

文知桐一脸慌张，说：“从码头传来消息，说岳江南的船队根本没装银子和粮食。”

“不会呀。”文善达摇着头说，“启运的时候，不是说船舱里压满了东西？”

文知桐说：“是压满了东西，但到了泾阳才知道，里面全是砂石。”

“不对，不对！”文善达依旧摇头，“文盛合洛阳分号传回的消息说，康百万的确借给了岳江南银子。”

宋元河说：“康百万素来与我们山陕商帮明争暗斗，没准是他故意放出假消息。”

文善达坐到椅子上：“岳江南虚张声势，康百万又同他一唱一和，他们究竟要干什么？”

在所有人中，最不感到意外的便是盛宇峰。早在几日前，他便已察觉，对手一连串动作的背后，必定大有玄机。但到了此刻，他只能继续装糊涂：“会不会是岳江南明知此战没有胜算，便来个杀敌一万，自损八千。他知道自己收不到棉花，但也不能让咱们便宜吃进，就变着法子故弄玄虚，让文盛合高价收购。”

盛宇峰是装糊涂，文知桐却是真糊涂，他说：“若真这样，也没什么大不了。不就多花几两银子吗，好歹棉花攥在咱们手里了。”

文善达思忖了一下，说：“我看不像。损人不利己的事，没人会花这么多功夫。如果只是想让文盛合多破费，就不必弄出一场棉花大战了。”

“那他们究竟为什么？”盛宇峰知道这背后大有名堂，数日来却没有想透，此时正好向文善达请教。

文善达陷入沉思，隔了半晌，似乎理出些头绪，刚想说话，却又剧烈咳嗽起来。唉，老毛病始终除不了根，可怜这把身子骨，还得左支右挡，迎战劲敌。

下人赶紧端上药，文善达没工夫喝，而是说："你们快去，打探一下泾阳城里还有没有空着的货场。另外，蒙元亨把棉花运走，到底花了多少银子？"

宋元河答应下来，出了书房。盛宇峰不动声色，心中却在感叹，文叔父果然老谋深算，看事情能切中要害。只是可惜，终究慢了半拍。

不到半个时辰，宋元河回到书房，他打探来的情报，与盛宇峰所知并无二致。

"大意了，大意了！"文善达一巴掌拍到桌子上，"蒙元亨编了一通瞎话，没想到我却信了。"

"都怪我们，当初没有识破，更没给文叔父提个醒。"见文善达长吁短叹，文知桐与宋元河低头不语，盛宇峰或是做贼心虚，竟主动自责道。

文善达挥了挥手，说："岳江南空手而来，蒙元亨着急抢运棉花，一切看起来都不合常理。这背后肯定有一个阴谋。"

"究竟什么阴谋？"文知桐问。

文善达揉了揉太阳穴："一时我也想不透。"

"不过，"文善达话锋一转，"商场形势瞬息万变，有些事可以谋定后动，有些事却要边想边干。照目前局势，咱们也赶紧把棉花运走。"

盛宇峰说："急着启运，又得多花银子。"

文善达说："别吝啬这点小钱，这就叫依样画葫芦。如今形势不明，不知道哪里会生出变故，咱们就紧贴对手，他们怎么做我们也怎么做。真有明枪暗箭来，大不了一起挨。"

说这番话时，文善达心中充满着无力感。他深知，不知道的风险才是最令人恐惧的。文善达在商场以手段犀利著称，素来讲究先人一步，与众不同。这种敢为天下先的果敢与勇气，正是来自对局势的洞若观火。偏偏在此刻，他茫然了，不知道接下来会发生什么，甚至明知对手暗藏杀招，却又不清楚杀招是什么。他只能使用一种保守乃至笨拙的打法，紧贴住对手，不求胜出，起码不要被甩出太远，只是不知道，对手是否会给他这样的机会？

接下来的两天，一切仍貌似风平浪静。按照文善达的部署，所有棉花提前启运，许多棉花连货场都没进，直接被拉去码头。文善达看似沉着地调度一切，但内心却没有一丝轻松。经验告诉他，这样的平静太诡异，甚至让人毛骨悚然。

果然，在第二天傍晚，文知桐满头大汗跑进书房，喘着粗气说道："爹，出……出事了。"

该来的终究要来，文善达倒没太慌张，只是抿了一口茶，问："什么事？"

文知桐说："码头传来消息，棉花运不了。"

"运不了？"文善达拿茶杯的手一抖，茶水洒了一桌。这几日，他已做好了迎接坏消息的准备，甚至默默告诫自己，每逢大事有静气，无论对手使出什么花招，都不必大惊失色。兵来将挡水来土掩而已，天塌不下来。

然而儿子的话，让自己的养气功夫顿时破功。文善达清楚，天或许真要塌了。他追问道："之前不是讲好的吗，大不了多花银子，为何运不了？"

文知桐说："如今不是银子的事。船家也想挣咱们的银子，可惜挣不了。他们的船，都被官府征用了。"

"官府征用？出什么事了？"文善达的声音已在颤抖。

文知桐说："据说前几日，噶尔丹亲率骑兵，大举杀向喀尔喀蒙古。草原上狼烟四起，朝廷决定向边境增兵。听船老大们说，他们也是今日才接到消息，船全被官府征用，用来运送大军和粮草。"

文善达顿时瘫在椅子上。棉花采收加工，均有时节。若是将收来的棉花压在仓库中，那才真叫银子化成水。难怪蒙元亨着急运走棉花，岳江南还让货船载着砂石在河上走一遭！原来他们早就得到消息，自个全身而退，却挖好一个大坑让文善达往里跳。

为了这场棉花大战，文善达砸进去的银子太多。不仅有文家多年积蓄，更有向整个山陕商帮举的债。若是败了，他的老脸往哪儿搁？债台高筑的文盛合能挺过去吗？想到这些，文善达两眼发黑，身子一软，从椅子上滑下来。

幸亏文知桐眼疾手快，一把扶起父亲，又是掐人中，又是灌药，文善达才苏醒过来。睁开眼的文善达一把抓住文知桐："怎么会这样？不是说草原各部落都谈好了，不会兵戎相见吗？咱们在喀尔喀的朋友，那位乌日乐将军，不也来信说噶尔丹退兵了吗？”

文知桐心疼父亲，眼眶泛红：“噶尔丹把所有人都蒙在了鼓里，他明里退兵，实则暗中备战，以一场奇袭攻入喀尔喀部。”

文善达又是一阵咳嗽，接着断断续续地说：“还有什么法子，能把棉花运出去？那可是咱们掏光了老本买来的！大船没有了，去找小船行吗？”

文知桐哽咽道：“咱们手里的棉花那么多，靠小船根本运不出去。”

“这……这……”文善达面色发青，两眼翻白，一只手捂住胸口。

文知桐担心父亲的身体，说：“爹，你也别想那么多，先把身子养好。”

文善达痛苦地闭上眼，没有答话。文知桐更心焦，一声声唤道：“爹，你怎么了？”

隔了好一阵子，文善达终于睁开眼，似乎要挣扎着站起来。文知桐赶紧搀扶，却发觉父亲的身子软绵绵的，连自己在一旁都使不上劲。猛然，文善达哇的一声，大口鲜血喷了出来……

第五章

泾阳女商

1．曾叱咤风云的山陕商帮领袖，在一场屈辱的失败中撒手人寰

马车停在泾阳码头，蒙元亨提着灯笼，从车上跳了下来，罗兵跟在身后，手里握着一柄短剑。伙计早已等候在此，赶紧朝蒙元亨打了个千。

蒙元亨问：“人呢？”

伙计答道：“在船舱里。”

蒙元亨面色阴沉：“带我们进去。”

进到船舱，幽暗的灯光下，只见段运鹏手脚被绑住，口里塞着布，脸上似乎还有伤痕。蒙元亨皱着眉说：“谁让你们这么干的？”

伙计们没有说话，只是把眼光投向罗兵。罗兵满不在乎地说：“不给他点苦头吃，难消我心头之恨。”

对这位我行我素且满身江湖习气的大舅子，蒙元亨有些生气：“我不是说过，只把人看好，别动粗吗！”

罗兵顶嘴道：“不给点颜色，他能老老实实待在这儿？”说完，他走上前去，扯下段运鹏口中的布，又掏出短剑，一剑挥出去。段运鹏吓得尖叫起来，但剑光闪过，只是身上的绳子断了几根。

段运鹏解开绳子，两手撑在木板上，想站起来，但之前绑得太紧，血脉不通，猛然一用力，手臂发麻，竟又跌倒。

蒙元亨上前两步，搀扶起段运鹏。对方却投来敌视的目光，说道：“少在这里惺惺作态。”

罗兵喝道："小子，还不老实。"

"你退下。"蒙元亨瞪了罗兵一眼，接着对段运鹏说，"你不觉得，应该有些话对我说吗？"

段运鹏揉着身上的瘀青，说："事已至此，说什么都没用。"

蒙元亨摇头说："你的心真是铁打的吗？当初你说我父亲如何厚待于你，常情不自已，我瞧着并不像装出来的。但我蒙家遭难时，你不仅不思报答，反而为虎作伥，跑到我身边当卧底，屡次置我于死地。如此恩将仇报，难道就没有一丝歉疚吗？"

段运鹏低下头，隔了半晌才说："蒙老掌柜的确待我不薄，我对不起他。"顿了顿，他又说："但是，文东家对我更是恩深似海，他让我做的事，赴汤蹈火在所不辞。"

蒙元亨不屑道："不是恩深似海，而是给得起银子吧。据我所知，你十四岁从山西老家到泾阳，是我父亲把你招入商号，一路栽培。"

段运鹏冷笑道："文东家对我的大恩，岂是你知道的！"

"不妨说一说。"蒙元亨倒上一杯茶，递给段运鹏。

段运鹏当真口渴，接过茶一饮而尽，接着说："事到如今，我就把实话全告诉你。"

段运鹏说起自己的身世，时而高亢激昂，时而语调低沉，时而眼中还会噙着泪水。蒙元亨在一旁听着，心中不免五味杂陈，就连罗兵，起初满面鄙夷，嘴里骂骂叨叨，到后来竟也一声不吭，瞪大眼睛听得聚精会神。

段运鹏的父亲叫刘长海，当年也是文盛合的一名伙计。山陕商帮的规矩，派驻各分号的伙计既不能带女眷，更不能谈及儿女私情。偏偏刘长海在河南时，结识了一名女子，与他是山西同乡。当年三晋大旱，这名女子被父亲卖到河南，成了一个大户人家的小妾。

刘长海与这女子一来二去生出情愫，最终不能自已。商号伙计私通别人家的小妾，立时闹得满城风雨。刘长海被逐出商号，还被打得只剩下半条命。回到山西老家，又被族人撵了出去。

倒是文善达发了善心，伸出援手。他派人找到刘长海，说大错铸成，无法挽回，但念及刘长海当年替商号卖力，不忍心看着一家人就这样孤苦无依。文善达给了一笔钱，让刘长海好好活下去。

正是靠着文善达的救命钱，刘长海在晋南一处谁也不认识他的偏僻村落里隐姓埋名地生活，并生下段运鹏。段运鹏十二岁时，刘长海一病不起，撒手人寰，母子俩的日子甚是凄凉。文善达得知后，一封书信把段运鹏招来泾阳。

文善达说，许多人都知道刘长海当年的事，为了避免麻烦，他的儿子最好改名换姓。段运鹏这个名字，就是文善达给取的。文善达让段运鹏进商号做学徒，但他并未直接打招呼，而是暗中运作一番，让蒙顺把段运鹏招入商号。除了商号薪水，文善达每年还会寄一笔银子给段运鹏的母亲，让她在村里颐养天年。

蒙元亨的双眉越皱越紧，额头中间似乎紧出一道缝："文善达费尽心机，把你安排到我父亲身边，是否也有监视之意？"

段运鹏说："文东家说过，我有任何事都可以直接向他禀报。不过我在蒙掌柜身边，只见他为商号兢兢业业，自不必向东家多说什么。"

蒙元亨说："文善达安插的钉子，当年没什么用，后来却派上了用场。我父亲被发配后，他就让你主动投奔过来。"

段运鹏说："我知道这样做对不起蒙掌柜，但文东家让我做的事，我断没有拒绝的道理。在对不起蒙掌柜与有负文东家之间，我只能选前者。"

蒙元亨冷笑一声："如今你既对不起蒙掌柜，更有负文东家。多亏了你给他通风报信，才让他跳进火坑。"

"你……你……"段运鹏又恼又羞，嘴唇发青，"我被你们算计，害了东家。"他接着又问："你是什么时候发觉我的真实身份的？"

蒙元亨说："早在风陵渡口，我便怀疑上了你。我们前往京师，连周围邻居都没有告诉，文善达怎么会知道，还在路上埋伏杀手。"顿了顿，他又说："当初前往蒙古，除了我与岳东家，其他人都是一大早收到消息，接着便立刻上路。这既是暗度陈仓之计，更是防着你给文盛合通风报信。"

段运鹏说："你的确是聪明人，早有察觉却引而不发。与其说东家在你身边安插了一颗钉子，不如说你给东家安了颗钉子。你故意让我去河南押送银子，以便把假消息放出去。等我到了河南，发觉根本没有银子后，岳江南又把我扣在船上。”

蒙元亨说：“这就叫以牙还牙。在草原上，将劣质棉布塞进商队，让乌日乐人赃俱获的，也是你吧？你们也太歹毒了，招招都要我性命。”

提到劣质棉布的事，罗兵顿时火冒三丈：“老子的命，差点也被搭进去。老子恨不得劈了你！”

眼见罗兵又要动粗，蒙元亨将他拦住：“过去的事都过去了，放他走吧。”

罗兵大吃一惊：“什么？就这么放他走？”

蒙元亨并不理会，只是盯住段运鹏，喝道：“还不快滚！”

段运鹏愣了一下，接着便踉踉跄跄地跑出船舱。出门前，他又转过头，将信将疑地瞟了一眼。蒙元亨吼起来：“磨蹭什么！一会儿罗大哥发起狠，我可拦不住。”

见段运鹏下了船，罗兵气恼地说：“你怎么把人放了？”

蒙元亨说：“你打也打了，气也出了，还要怎样！难道真要杀了他，去吃人命官司？”

罗兵说：“我犯不着杀他，但也不能便宜了这小子。”

蒙元亨坐回板凳上：“我们在他身上，占的便宜够多了。没有这小子，文善达哪会轻易中计。”蒙元亨又叹了口气说：“方才听他说起来，此人即便算不得忠义之辈，起码也是有一番苦衷。再说咱们放过他，文善达未必会轻饶他。”

“那倒也是。”罗兵笑呵呵地说，“看着文善达来收拾他，比起咱们修理他，有趣得多。”

昔日流光溢彩的文家大院，此刻正笼罩在一股悲怆压抑的气氛中。文盛合在棉花大战中惨败的消息不胫而走，更令人不安的是，值此风雨飘摇之际，掌舵人文善达却重病不起。那日他气急攻心，吐了几大碗血，接着数日，连床都下不了，咳得比往常更厉害。

郎中一直住在文家大院里，连家也没回。傍晚时分，文善达又呕血了，郎中赶紧进去，喂了汤药，扎上针灸，总算把血止住。见郎中擦拭着额头上的汗水，从文善达屋里走了出来，众人赶紧围上去，焦急地询问起病情。

郎中摇了摇头，低声说道："五脏六腑都在出血，只是拖时辰而已。"

文知桐一听此言，眼泪夺眶而出。文知雪眼中也噙着泪水，但她却拽了哥哥一把："别让爹听到。"

文知桐点着头，使劲憋住哭声。郎中又说："刚才文东家交代，让小姐进去。"

文知雪步履沉重地往里走去。到了门口，她强挤出笑容，步子也变得轻快："爹，刚才郎中说了，你好生休息，再吃几服药就能好。"

文善达干笑了一下，一脸慈爱地瞧着女儿："知雪，扶爹起来。"

文知雪扶起父亲，又在后背垫上枕头。文善达拉着女儿的手，说："你别骗爹了，我明白，很快就要去见你们母亲了。"

文善达接着说："见到你母亲时，我会告诉她，知桐、知雪长大成人了，都是好孩子，我没有辜负她当初的嘱托。"

"爹！"文知雪再也装不下去，眼泪唰地一下流出来。

文善达想抚摸女儿的脸，可手抬到一半却没了力气，又放了回来。他叹了口气说："我对得起你母亲，却对不起文家列祖列宗，对不起文盛合那么多的伙计。商号在我手里一败涂地，九泉之下，有何面目见祖宗？那些跟着我多年的伙计，谁不是拖家带口，将来又去哪儿讨生活？"

"爹，你别说了。"文知雪哽咽道。

"此时不说，将来更没法说了。"文善达说话都费力，只是强撑着一口气，"我走后，文盛合怎么办？你有什么打算？"

文知雪说："爹要我做什么，我就做什么。"

文善达点了点头，说："从小我就请了最好的老师教你读书识字，你更是聪颖过人，学业出众。不过，生意上的事，我从不许你过问。毕竟，做生意是男人的事，女流之辈掺和什么。直到我被官府抓去，你闯入总督府找李一功理论，我才知道，咱们家知雪不是寻常女子。后来你又自作主张救下蒙元亨，更令我刮目相看。"

文善达无力地偏着头，继续说："但打那以后，我更不愿让你过问商号的事。知道为什么吗？"

文知雪摇头说："不知道。"

文善达说："我做了一辈子生意，深知其中的酸甜苦辣。我不想让你遭那份罪！一个女孩子，找一个好人家，相夫教子过一辈子，比什么都强。"

文知雪抽泣着点头："我知道，爹做什么都是为了我好。"

文善达又叹了口气："可惜爹不能再对你好下去了。若是平时，我会把生意托付给知桐和宇峰。虽说他们一个资质平平，一个志不在此，但只要精诚合作，守成倒没什么问题。无奈我留下了一副烂摊子，即便自己活着也未必能力挽狂澜，交给他们，更是前途堪忧。"

文善达不知哪儿来的力气，一把拉住女儿的手："所有人中，唯一能指望的就是你了。我知道，这是一条无比艰辛的路。若不是情势所迫，我绝不让自己的女儿来吃这份苦，受这份累。"

文知雪明白了父亲的意思，他要把风雨飘摇的文盛合交到自己手上。文知雪说："爹让我做什么，我一定照办，再苦再累也不怕。但是，我从没接触过生意，不怕你笑话，我连账本都看不懂，接过这副担子，就怕辜负了你。"

文善达微微摇了摇头："看懂账本不难，以你的聪明才智，让文盛合的账房先生手把手教上几天，也就会了。其实，要当好东家，看账本不重要，关键是会看人。就说那个蒙元亨吧，当初想必也不会看账本，可如今，我还不是败在他手下。"

一提到蒙元亨，文善达又剧烈咳嗽起来。止住咳，他抓紧文知雪的手，说："告诉爹，你还惦记他吗？"

文知雪愣了一下，没有说话。文善达直视女儿："都这个时候了，跟爹说实话。"

文知雪缓缓说道："我与他今生情尽，剩下的只有恨。我恨他移情别恋，恨他害了文家，更恨他虚伪狡诈不择手段。"文知雪的话绝非应付父亲，当她发觉蒙元亨的五日之约不过是个圈套，是在欲擒故纵诱使文盛合中计，甚至将自己作为一枚棋子之后，她对蒙元亨真有一种超乎寻常的仇恨。

文善达苦笑着说："蒙元亨这小子够狠呀，为了打败文盛合，连你也不放过。说什么五日内不涨价，实则是请君入瓮。他把我当成曹操，把你当成了盗书的蒋干。”

文知雪的泪眼中闪烁着仇恨的火焰：“爹，别再说此人了。”

“要说！”文善达说，“文家有今日，正是拜此人所赐。此仇不报，我九泉之下也难瞑目。”

“我一定会为文盛合报仇雪恨。”文知雪声音不大，但似乎每个字都是咬着牙说出来。

文善达点了点头：“当初我错看了蒙元亨，才有今日之祸。但今天，一定不会看走眼，只有你才能中兴文盛合。”

文知雪跪在床头，拉住父亲的手：“女儿虽德薄才疏，但为了爹，为了文家，一定粉身碎骨，万死不辞。”

“好，好！”文善达欣慰地看着女儿。接着，他几乎用尽全身力气侧过身，双手抱住文知雪的肩膀：“过去因为蒙顺的事，咱们总觉得亏欠蒙家。蒙顺的这笔债，我用老命去还了。从此，咱们不欠他了！”

文善达还想说些什么，但口中又在喷血。他身子一软，几乎要从床上滑落下来。文知雪一面奋力抱住父亲，一面大声呼喊，文知桐、盛宇峰等人赶紧冲了进来。

文善达昏迷过去，郎中取来一支点燃的线香，凑向文善达鼻孔下面，但见香头一明一暗，显示还有微弱鼻息。半个时辰过后，文善达重新醒过来，把手指向老管家宋元河。

宋元河明白文善达的意思，他擦拭着眼角的泪水，说：“昨天，东家便跟我交代了，他走之后，文盛合交由小姐文知雪打理。商号上下，皆听从其号令。”

“没错，这是我的意思。”文善达用尽最后的力气说道。

宋元河问文知桐：“东家的意思，少爷明白吗？”

文知桐脸上充满诧异，他瞟了一眼父亲，只见父亲眼神中充满着期望，甚至是哀求。他更明白，父亲一直没咽气，便是放心不下此事。毕竟父子情深，文知桐心一软，抽泣道：“一切听爹的。”

宋元河又把目光投向盛宇峰：“文盛相合，财源广进，文盛合本是文盛两家人的。盛东家若要分家，任何时候都可拿走一半；若要同舟共济，便得有一个主事之人。”

深爱着文知雪且对生意本无兴趣的盛宇峰，当然不会反对，他立刻说：“从今往后，我们都听知雪妹妹的。”

说完，盛宇峰双腿跪下，连磕几个响头，地砖当当作响，额头也渗出血来。他一边磕头，嘴里一边重复着：“叔父，我对不起你！”

众人只当盛宇峰叔侄情深，心中悲切，赶紧扶起他，却不知盛宇峰既是做贼心虚，更有深深自责。当初若不为一己之私，刻意隐瞒不报，未必会到今天这一步。盛宇峰的确想让文盛合败一回，以此让文知雪对蒙元亨彻底死心，但没料到，这一仗竟败得这样惨，文善达把命都搭了进去。看着奄奄一息的文叔父，他实在有一千个一万个对不起！

文善达嘴角抽搐几下便没再说话。郎中又取来线香，凑到文善达鼻孔下面。观察一阵子，郎中将线香交回宋元河，向床榻旁边紫檀条几上的那具金钟看了一下，叹气道：“文东家去了。”

“爹！”文知雪一声长号，跪近床榻，捧着文善达的双足，痛哭失声。曾经叱咤风云、富甲一方的山陕商帮领袖，在一场屈辱的失败中撒手人寰。里里外外都是呼天抢地的哭声，一面哭，一面不停地捶胸顿足……

2. 欠得少的，借钱的是孙子；欠得多了，要债的反倒成了孙子

蒙元亨有早起晨读的习惯，卯时初刻便起了床，捧起一本《左传》。晨读结束，用过早饭，他便准备出门。蒙佩文忙着收拾桌上的碗筷，罗世英为他整理着身上的袍子。

这时，院外响起急促的敲门声。院门打开，副掌柜苏定河气喘吁吁地走进来，额头上还挂着汗珠。他自个倒上一碗水，咕噜咕噜喝起来。

“老苏，出什么事了，一大早跑我家里来？”蒙元亨问道。

“文善达……”水喝得太急，苏定河刚说了三个字，就被呛住了。

“别着急，慢慢说。文善达怎么了？”蒙元亨说。

苏定河放下碗，依旧喘着粗气：“文善达死了。就是昨晚的事。”

“死了?！”屋里的人不约而同说道。

蒙元亨追问道：“怎么死的？前几日文善达在朋来酒家大宴宾客，不还挺精神吗？”

苏定河说：“文善达得知自己上当，在棉花大战中一败涂地，当场就吐了好多血。没几天工夫，人便不行了。”

苏定河接着说：“这就叫善恶到头终有报。文善达三番五次加害于你，如今自食恶果，也是老天开眼。”

蒙元亨的脑袋顿时一片空白，以至于后面什么老天开眼的话，压根没听见。他也不像苏定河那般笑逐颜开，脸色反而颇为凝重。

隔了好一会儿，蒙元亨缓缓开口："今天我不想出门，就待在家里吧。老苏，商号里的事，你替我盯着。"

"好嘞！"苏定河爽快地答应下来。

苏定河离开后，蒙元亨整整半个时辰一语不发，只是独自坐在窗台边，偶尔抬头仰望天空。罗世英与蒙佩文走了进来，问道："你怎么了？"

"没什么，"蒙元亨摇着头，"只是心头有些乱。按说大仇得报应该高兴，却高兴不起来。"

"哥，其实听到这个消息，我脑中会浮现出不同的文善达。"蒙佩文说。

蒙元亨问："不同的文善达？"

蒙佩文说："既有小时候他来咱们家，与父亲喝酒聊天，给我们买小礼物的情景，也有他陷害父亲，追杀我们的样子。"

蒙元亨叹了口气："是啊，毕竟也是故人。"

蒙佩文又问："你想到过，这一仗会要了文善达的性命吗？"

蒙元亨还是摇头，接着又拿起书说："今早看《左传》，正好看到闵公元年。里面有一句话，庆父不死鲁难未已。你们说，文善达算是庆父吗？"

没人回答蒙元亨，屋内陷入一片沉寂。又过了一会儿，蒙佩文说道："此刻知雪姐姐，不知该有多伤心。"

提到文知雪，蒙元亨心绪更乱了。他难过地说："文知雪毕竟多次搭救过我们，你们说，那一天我是否不应该骗她？"

蒙佩文说："过去的事，不必再提了。"

罗世英却是心直口快："文知雪是你的老相好，我最不应替她说话，再说我一直看不惯她的小姐脾气。但就事论事，我觉得你这一次做得有点绝。为了打败文善达，不惜把文知雪当棋子来用！"

蒙佩文瞥了罗世英一眼，不满道："嫂子，你怎么替别人说话。"

罗世英撇了撇嘴说："我这人就这脾气，真话憋在肚子里难受。"

蒙佩文替哥哥辩解道："哥哥提出偃旗息鼓，各退一步，文善达若真是听了，也不会有今日。迫于形势，哥哥不可能说出全部实情，告诉人家这背后藏着一个圈套。所以，他不是骗文知雪，只不过真话讲了一半。"

罗世英说："棉花大战打到那个份上，对文知雪说的那些半遮半掩的真话，文善达听后会做何反应，难道你哥不明白？"

蒙元亨陷入沉默。世英说得没错，一切早在自己意料之中，这就是一个圈套，文知雪就是一枚棋子。可不那样做，又能怎样！文知雪说过，棉花大战中必有一方倾家荡产，总不能让自己一败涂地，眼睁睁看着文善达高奏凯歌吧？生死关头，大局为重，只能对不起知雪妹妹了。

见哥哥表情苦闷，蒙佩文又说："文善达已经死了，能否跟岳大哥说，从今往后咱们就别和文家为敌了？"

"得饶人处且饶人。"蒙元亨点头说，"害父亲的是文善达，与其他人无关。"

文知雪坐在院内的小亭中，臂倚栏杆，眼角挂着泪珠，看着红日渐渐西斜。一颗少女的心，也跟着太阳一起坠落。

这几日忙着父亲的丧事，文知雪憔悴了许多。但当着众人，她很少流泪。父亲临终时，把所有希望寄托在她身上。文知雪不仅要为父亲送终，更要让文盛合重生。她必须向外人展示出坚毅的一面，泪水只能找个没人的地方，孤独地流淌。

"东家！"管家宋元河急匆匆地跑了进来。

宋元河又唤了一声，文知雪才反应过来。没错，老宋是在叫她，爹已经不在了，此刻她才是文盛合的东家。

文知雪一把拭去泪水，起身道："老宋，怎么了？"

宋元河口里喘着粗气："你快去看看，少东家在院外和人动起手来了。"

"你是说我哥？"文知雪问。

"对。段运鹏来吊孝，大爷一见他就来气，忍不住打起来了。"宋元河一时也没改过口来，还把文知桐叫少东家。不过后面这一句，倒是称呼文知桐为"大爷"了。

宋元河又说："老东家生前有交代，说小段忠心耿耿，此事不能怪他。可大爷觉得是段运鹏的假消息害死了老东家。"

文知雪赶紧朝外走去："得叫我哥住手。"

“可不是嘛。”宋元河跟在身后，“大爷拿着鞭子越抽越来劲，小段一直没还手，背后的衣服都抽烂了。”

眼瞅着就要走出后院，文知雪突然放缓脚步，问宋元河：“我爹生前说过，小段忠心耿耿，他还说过什么？”

宋元河说：“老东家说，小段是不可多得的人才。”

“人才？”文知雪停下脚步，“既然是人才，怎么还被蒙元亨骗了？”

宋元河叹了口气说：“这一回，咱们上上下下都被蒙元亨骗了，就连老东家这样的火眼金睛都没能识破。”

文知雪点了点头：“吃一堑长一智，但愿小段能引以为戒吧。”说完，她转过身，又要退回后院。

宋元河着急道：“东家，大爷那边你不管了？”

文知雪说：“大爷是什么人，你还不清楚吗？也就发阵疯，出个气，借他十个胆子，也不敢把小段杀了。放心，出不了人命。”

宋元河还想说什么，却被文知雪挥手打断：“另外有一件事，我倒想问问你。”

“什么事？东家问吧。”宋元河对文知雪的处事态度心中颇有微词，但碍于身份，只好隐忍。

文知雪问：“听说岳江南曾找过爹，希望双方携手合作，一起经营棉布生意？”

宋元河点头说：“是有这事，但被老东家断然拒绝了。”

文知雪又问：“岳江南来找我们，蒙元亨知道吗？他一直不忘报仇，怎么肯跟咱们合作？”

宋元河说：“蒙元亨当初极力反对，还闹过一阵子脾气，后来岳江南碰了一鼻子灰，只得继续倚重蒙元亨。”

文知雪又问：“那个苏定河，也是秦人吧？”

“没错。”宋元河说，“苏定河是陕西三原人，从根子上说也是陕商。早年来到泾阳，还想投靠在老东家门下。老东家见此人心术不正，没有收留。这些年他在外面到处漂泊，最后和蒙元亨一样，投靠了岳江南。”

文知雪冷笑一声：“我看岳江南的广诚德，简直是个藏污纳垢的地方。”

两人正说着，盛宇峰走了过来，说：“知雪，你让我做的事，已经办好了。”

文知雪问：“你是说田产的事？”

“对。”盛宇峰点头说，“我把盛家在泾阳郊外及大荔老家的几处田产，都卖出去了。”

文知雪摇头道：“我让你帮着处置咱们文家的田产，你怎么把盛家的田产卖了？”

盛宇峰说：“如今急需银子，只要能换回现银，卖谁家的田不一样！”

“盛大哥，你……你……”文知雪满是感激之情。

盛宇峰微微一笑：“文盛本是一家，一家人就不说两家话。”顿了顿，他又说：“文叔父的丧事办完，各方债主怕是就要登门。卖田产的银子，要应付这帮家伙仍是捉襟见肘。”

一想到文盛合目前的处境，三人的表情不禁凝重起来。宋元河说：“咱们欠下的债太多，岂是卖几处田产就能偿清的。但多少还一点，起码把人家的嘴堵上。”

文知雪说：“这些银子可是咱们的救命钱，该怎么用，得分派好了。你们是怎么打算的？”

盛宇峰说：“我算了一下，银子只够还两成的债。要不先还两成，剩下的烦请各位宽限。”

宋元河叹了口气：“为今之计，也只能如此了。”

文知雪摇头说：“银子不能全用来还债，接下来生意上到处还得用银子。”

“你的意思是……”盛宇峰与宋元河问道。

文知雪思忖了一下，说：“将债主分门别类，欠得少的，先还个三四成；欠得多的，一两也不必还。”

宋元河不解道：“为何欠得少的要还，多的反而不还？”

盛宇峰明白文知雪的意思，说：“就照知雪说的办吧。欠得少的，借钱的是孙子；欠得多了，要债的反倒成了孙子。哪怕拖上一时半会儿，他们也不敢怎么样。”

文知雪点了点头：“这实在是没有法子的法子。我也明白，生意以守信为要，但没有银子，文盛合如何东山再起，到头来又拿什么还债！文盛合就此垮掉，才真是失信于天下人。”

3. 疾风知劲草，板荡识诚臣。今日你不负文家，他日文家必不负你

尽管文盛合正陷入前所未有的巨大危机中，文善达的葬礼仍是哀荣备至。文家大院门口搭起黑白两色布扎的斗拱飞檐牌坊，檐角下垂白色孝带。院内圆柱都用白布裹缠，灵堂两侧密挂挽幛挽联。

今天是出殡的日子，出殡的队伍打着白幡浩浩荡荡。开路的黑白无常、引路的金童玉女、诵经的僧道、吹鼓手等，应有尽有。后面是多人抬的灵轿，再往后是送殡的亲友。亲属都穿着孝衫，客人扎白孝带，队伍足足占了半边街。

泾阳的百姓好久没见过这样隆重的葬礼，追前赶后看热闹的不计其数。有人感叹瘦死的骆驼比马大，但也有人冷嘲热讽，说文家打肿脸充胖子，没准棺材钱都是赊来的。

葬礼总算风风光光结束，文家上下松了一口气。文知桐、盛宇峰连熬了几夜，回到家便倒头睡去。文知雪也困乏极了，却没心思休息。她唤来宋元河，问："段运鹏现在何处？"

宋元河说："在一家小客栈里。大爷那一顿打可不轻，人家好几天没下床。"

文知雪点了点头问："听说他连住客栈的银子都没有？"

"客栈小二原本要撵人出来，只是见他遍体鳞伤才手下留情。我实在看不下去，派人给他送银子，半道上却被拦住，他们说是东家的意思。"宋元河语带埋怨，认为文家对段运鹏太过绝情。

文知雪说："是我的意思，好让他在客栈吃吃苦头。"

“这是何必。”宋元河难得地顶撞了一句。

文知雪打了一个哈欠，说：“别怪我狠心。只因你说此人乃人才，我才要历练他一番。父亲的葬礼办完了，咱们这就去客栈，迎回小段。”

“迎回小段？”宋元河不知就里。

“一会儿你就明白了。”文知雪顾不得一身劳累，朝外走去。

两人带上几名伙计，来到客栈。宋元河敲开门，只见段运鹏正躺在床上。

“管家?！”段运鹏有些惊讶。

“不光有我，看看还有谁。”宋元河说。

段运鹏再定睛一瞧，见到了宋元河身后的文知雪。他更加诧异：“小姐，你……你怎么来了？”

宋元河说：“她可不再是小姐，而是咱们文盛合的新东家。”

段运鹏伤还没好，却要挣扎着起身，口中念叨：“我对不起文盛合，对不起老东家。”

文知雪几步上前，扶住段运鹏：“是我对不起你。我来晚了，让你受委屈了。”文知雪又说：“那日你来文家祭奠我爹，没想到我哥竟不分青红皂白，将你打了一顿。当初我并不知情，这几日忙着操办我爹的后事，也没人告诉我。今日出殡路上，才听说此事，便着急寻过来。”

文知雪分明是在撒谎，但老练的宋元河很快醒悟过来，文知雪放任段运鹏挨打，让其在客栈孤苦无依，为的正是今日这一番人情。欲扬先抑，如此一来段运鹏更会感恩戴德。对于这番手段，宋元河心中不加评论，却不得不佩服老东家的眼光，文知雪果真不是寻常女子。

“身上的伤好些了吗？”文知雪关切问道。

“好多了。”段运鹏感激道，“这一顿鞭子，大爷抽得对。是我办事不力，害了文盛合。”

“切莫这么说。”文知雪语调温婉，“岳江南、蒙元亨等人阴险狡诈，所有人都着了他们的道，怎么能怪你？你替文盛合办事，兢兢业业，没有过，只有功。”

“来，让我看看你的伤。”文知雪说。

“这可使不得。”段运鹏赶紧推辞，脸上还有些害羞。

“傻小子，”文知雪轻轻拍了段运鹏一下，“我跟老宋打听过了，我比你还大一岁，自然就是你姐姐。弟弟受了伤，做姐姐的瞧一下，有什么不好意思的。”

文知雪站起身，掀开段运鹏的上衣，满是疼惜地说：“瞧我哥干的好事，回头得好好说他一顿。”接着，她又问：“这都多少天了，怎么有些地方还有血迹？”

段运鹏答道：“我拿帕子擦过，只是一个人住在客栈，背上有些地方没擦着。”

“去，打盆水来。”文知雪吩咐伙计。

伙计赶紧打来水，文知雪取下帕子，在盆里搓了搓，再拧干，要亲自替段运鹏擦拭。段运鹏有些惶恐，摆手说：“哪能让你替我擦背！”

文知雪说：“为了文盛合，你九死一生，我替你擦背又怎么了。”她一手扶段运鹏躺下，一手已在替他轻轻擦拭背上的血迹。

段运鹏满脸涨红，泪水在眼眶里打转。擦完背，文知雪又替段运鹏把衣服穿上，并说道：“你欠客栈的钱，我已让人结了。你伤还没好，不宜多走动，就在这里多住几日，我会安排一个伙计来照顾你。”

文知雪让伙计们退下，接着掏出一包银子，说：“你为文盛合赴汤蹈火，本该好好酬谢，但你也知道，棉花大战让商号元气大伤，什么钱都得省着花。银子是少了些，希望你不要计较。养好伤之后，回老家好好过日子。给你母亲也代问一声好。”

段运鹏没瞧银子，却诧异地看着文知雪：“东家，你这是要赶我走吗？”

文知雪叹了一口气：“有些话，我只能对你一人说。若是往日，我巴不得你回商号，可是如今风雨飘摇，文盛合究竟能否撑下去，我这个做东家的心里也没底。你已经吃了不少苦，实在不忍心让你再跟着我们过提心吊胆的日子。”

段运鹏说：“东家若瞧不上我，我绝不赖在这里。可若是为了这个，我绝不走。看着商号红火就来趋炎附势，有个风吹草动便溜之大吉，那还是人吗！”

段运鹏不顾身上的伤，一下跪倒在地：“我生是文家的人，死是文家的鬼，无怨无悔。如今文盛合遇到难处，我愿意豁出这条性命，跟着东家干。”

文知雪激动地闪烁着泪花，一把扶起段运鹏："疾风知劲草，板荡识诚臣。今日你不负文家，他日文家必不负你。"

文知雪斟上一杯茶，递给段运鹏："待你痊愈之后，就回文家大院来。咱们同心协力，重振文盛合。"

段运鹏说："我这点伤不碍事，东家有什么事尽管差遣。上回着了蒙元亨的道，我也憋着一口气，想着一雪前耻。"

文知雪笑了笑："君子报仇，十年不晚，往后有的是雪耻机会。如今你还是好好养伤，别挂念太多。"顿了顿，她又说："今日既然来了，有些事情倒想跟你打听一下。"

"东家请说。"段运鹏毕恭毕敬道。

文知雪说："当年泾阳的事，我大多知道。不过后来发生的事，却不十分清楚。你一直跟着蒙元亨，想必知晓内情。你就给我说说，岳江南是怎么认识蒙元亨的，你们一行人去草原，一路上发生了些什么？还有你所了解的岳江南、苏定河，究竟是怎样的人？"

"好！"段运鹏喝了一口茶，一五一十地讲起这些年的经历，从风陵夜话到远赴漠北，从草原上遇险，九死一生，到泾阳城里的商帮大战，足足说了两个时辰。

文知雪认真地听，面色始终镇定，内心却是波涛汹涌。原来，看似百依百顺的盛宇峰也欺骗过自己，他当初不仅没去营救蒙元亨，还差一点置对方于死地。还有蒙元亨，并非外界传言那样，是个始乱终弃的负心汉，在草原上就和罗世英鬼混在一起。当然，这些都不重要了！如今的文知雪，既有父亲悲愤离世的血海深仇，又有中兴商号的重责大任，她只知道，盛宇峰是必须联手的盟友，蒙元亨却是刻骨铭心的死敌。

4. 一封信写得慷慨激昂，任谁也找不出一点纰漏。但在老于世故的泾阳大商眼中，却读出另一番意味

“眼睛下面，再描一下。”文知雪坐在梳妆台前，吩咐用人道。过去的她只需略施粉黛，立刻光彩照人。可这段日子以来，脸色憔悴多了，妆也化得比往常更浓。

用人小心翼翼地替文知雪补妆，伙计又来催促：“各位东家已在门口下车。”

文知雪说：“我不是让盛东家和大爷在门口迎接了吗！沏上好茶，请他们稍坐一会儿。”

伙计退出去后，文知雪挥了挥手，让用人也退下。用人提醒道：“还有一点没描完。”

“不必了。”文知雪说，“今天来的都是火眼金睛的老江湖，再怎么打扮也瞒不过人家。让我一个人静一下吧。”

屋里就剩文知雪一人，她斜靠在椅子上，双眼微闭，头向一侧偏去，仿佛已精疲力竭。又过了一盏茶工夫，她睁开眼睛，猛盯住镜中的自己，再用力推开椅子，昂首阔步走了出去。

来到前厅，文知雪笑容满面，欠身行礼道：“各位叔叔伯伯，知雪给你们请安。”

今日前来的，皆是泾阳城里各大商号的东家，众人笑呵呵地还礼道：“知雪已是文盛合的东家，就不必这般拘礼了。”

落座后，有人长吁短叹感怀文善达，说是商帮痛失擎天一柱，也有人啧啧称

赞文知雪，说她女继父业其志可嘉。一番客套话说完，场面却冷了下来。在座的或低头品茶，或翻来覆去搓着手，既不再说话，更没有要走的意思。

文知雪笑了笑，说：“各位叔叔伯伯想说的话，我来替你们说吧。此番前来，想必是讨债吧？在座的既是家父生前挚友，也是文盛合的债主。”

屋内响起一阵尴尬的笑声。隔了一会儿，裕兴药铺的陈东家开口道：“我这人心直口快，有什么话就直说。大伙都是文盛合的债主，可怎么听说，有人前些日子拿到了银子，我赊欠给文盛合的几千两银子，至今却一两没见着。”

“是呀。”立刻有人附和道，“我们也一两银子没见着。”

盛宇峰说：“各位前辈，事情是这样的。饭要一口一口吃，债也得一笔一笔还。前不久咱们变卖田产筹到一些银子，的确先还了一部分，剩下的烦请再宽限些时日。”

“不对呀。”陈东家把茶杯一放说，“债要一笔一笔还没错，但也得照规矩来。有人借给文盛合的银子已收回四成，我这儿硬是分文不还，说不过去吧。”

另一位东家接过话茬：“据说能拿到银子的，都是些小商小贩。看来文盛合吃定了咱们借出来的银子多，不敢怎么着！”

“这是什么话！”文知雪说，“无论借银子、借粮食还是赊欠货款，都是出于对鄙号的信任，我们岂会厚此薄彼。”

顿了顿，文知雪又说：“当然，各位说的也是实情。那些个小户小本经营不容易，没准正缺那几两银子。在座的可都是泾阳城响当当的人物，区区几个小钱还难不倒诸位。”

“这不是吃大户吗！”

“嗐，当真欠得多的成大爷了！”

“以前只知道山西人抠门，什么时候赖账也这么厉害？别忘了，从根上说泾阳是咱老陕的地盘，文家也是外来户。”

厅内吵吵嚷嚷，众人的话更是越说越难听。

马福兴商号的东家马天行素来老成持重，在山陕商帮中德高望重，他缓缓开口道：“大伙要债天经地义，但开口闭口泾阳是谁的地盘，谁又是外来户，老夫以为不可。别的地方咱不管，至少在泾阳城里，晋商、陕商向来携手并肩，被人合称山陕商帮。如今为一点银子就分出彼此，岂不让外人笑话。”

马天行如此一说，厅内的喧闹声小了些。他抿了一口茶，接着说：“知雪，文盛合的难处咱们都清楚，但欠债还钱天经地义，商场中人万不可失了信用。我有一个折中的法子，说出来大伙听一听如何？”

“老爷子快说。”众人充满期待。

马天行说：“文盛合的银子全砸在棉花上，不料草原上刀兵四起，官府征用民船，棉花运不出去，就变不回银子，此时怎么逼知雪也没用。要我说，不妨各退一步，文盛合将棉花折价抵给大伙。文盛合抵出棉花，自然是亏本买卖，但事到如今只有认了。各位拿了棉花，好歹能找补一些损失，不至于赔个精光。”

马天行话音刚落，立刻有人说道：“拿棉花抵债，我不同意。如果棉花还值钱，文盛合也不至于落到这般田地。谁都知道，棉花大战文盛合惨败，岳江南抢先一步把棉花运去了苏杭。等到河运恢复，咱们再把棉花运出去，姓岳的棉布都织好了。来年的棉布生意，摆明了人家步步领先。”

马天行说：“这话没错，如今市面上棉花的确不值钱。所以，我才说折价抵债。”

“怎么个折法？”有人问道。

众人议论了好一阵子，马天行挥了挥手，示意大伙安静：“就生意来说，四折算是公道。但看在文老东家面子上，不能一点交情不讲，我愿意出六折。四折是生意，还有两折是人情。”

“六折？太高了！”不少人在摇头。

文知桐却投来感激的目光：“马伯伯所言当真？”在文知桐看来，棉花已是烫手山芋，六折抛出去起码是亡羊补牢。

马天行捋着胡须：“君子一言，驷马难追。”

众人见马天行心意已决，要么无奈答应，要么低头不语。文知桐给妹妹使了个眼色，意思是催她赶紧把事情定下来。稍有迟疑，若有人反悔，好事就泡汤了。

文知雪并未理会哥哥的眼神，微笑着说：“多谢马伯伯的好意。你开出的价，当真既是生意，又有人情。”

“不过，”文知雪停顿一下，话锋一转，“文盛合虽遇到难处，但还不到赔本甩卖的境地。欠的债我们会想办法还上，用不着拿棉花来抵。”

她这一说，众人皆是目瞪口呆。马天行用诧异的目光打量着文知雪，说：“让你还银子，你说拿不出，用棉花抵债又不肯，这是要怎样？”

文知雪淡淡一笑，说：“十两银子买来的棉花，如今六两银子抵出去，实在心疼。再说各位拿到棉花还要费尽心思去变现，一样心不甘情不愿。既是两相为难，何苦来哉！不如宽限些时日，等文盛合缓过劲来，直接用现银还债。”

“说得好听！”裕兴药铺的陈东家对棉花抵债本不甘愿，可一听说“宽限些时日”，却气不打一处来，“等你们缓过劲来，那得等到猴年马月！”

旁边有人帮腔，语气更是严厉：“文知雪，想你父亲当年何等英雄盖世，可一不留神还是在棉花大战中输个精光。凭什么叫我们相信，你能让文盛合起死回生！”

“别同这丫头废话，她本事不咋样，脸皮却厚得很，摆明了想赖账。”有人已叫起来。

文知雪一脸镇定，优雅地拿起茶杯，又用茶盖把茶叶往边上拨了一拨，说：“瘦死的骆驼比马大，大伙不必担心银子打了水漂。不必等到猴年马月，没准就几个月光景，文盛合便可起死回生。”

此话一出，有人不以为然，有人嬉笑嘲弄。马天行语重心长地说：“知雪，做生意讲究脚踏实地，而不是比谁会吹牛。”

文知雪放下茶杯，说：“有些话本不当说，无奈被各位逼到这个份上，只好说了。”她转过头，吩咐伙计：“把李大人的信，拿上来给大伙瞧一瞧。”

这封自京师寄来，由刑部侍郎李一功亲笔所书的信，文知雪早就准备着。自打文善达过世，她便料到有债主登门的一天。既然没银子，只能虚张声势一回。她派人急赴京师，揣着银子求回这封“救命信”。

李一功素有酷吏之名，上一回以钦差大臣之尊赴陕西办差兴起大狱，令关中商贾人人闻之色变。借着那趟差事，李一功从文家捞走了不少银子。如今文家有事求上门，一封书信他答应得倒爽快。不过人家更把话挑明，只能帮到这一步，其他事爱莫能助。

文知雪恨透了道貌岸然的李一功，对他当面一套背后一套的做法了然于心，不过关键时刻，还得靠人家狐假虎威来打发债主。

李一功混迹官场多年，说话自是滴水不漏，短短两页纸，表达了三层意思。第一是对文善达过世的哀悼，甚至猫哭耗子般回忆起两人相交的往事；第二是夸赞文善达，说他身为商贾却知晓家国大义，多年来积德行善，为朝廷分忧；最重要的在第三层，李一功感叹国事艰危，说自己身在中枢，夙夜在公，不敢有丝毫懈怠。他专门提到噶尔丹兴兵作乱一事，说西北战事关乎朝局，勉励文家后辈以文善达为楷模，为国立功。天下兴亡匹夫有责，文盛合在关中商界举足轻重，日后但凡朝廷有何差遣，应当以国事为重，不避艰险，不辞辛劳。

一封信写得慷慨激昂，义正词严，任谁也找不出一点纰漏。但在老于世故的泾阳大商眼中，却读出另一番意味——位高权重的李一功分明暗示文家，朝廷在西北调兵遣将，这供应军需粮草的生意将落到文盛合手中。而这层含义，恰恰是文知雪最需要的。文盛合能拿到供应西北大军粮草的生意，债主还用担心吗？

马天行正襟危坐，表情庄重："李大人以国为家，实有古大臣之风，这番情怀足令我等草民感佩。"顿了顿，他又说："李大人是刑部堂官，本就日理万机，西北用兵的粮草调度，乃兵部与户部职责所在，难得李大人还要操心。"

文知雪自然能听懂马天行的话，李一功一个刑部侍郎，能插手这单生意？她轻描淡写答道："索额图倒台后，李大人圣眷正隆，好些事陛下都要召对。"

"这才叫鞠躬尽瘁。"马天行又是一声赞叹，心中却盘算起来：这段时间，是听说李一功行情看涨。况且当初文善达能死里逃生，应该走了李一功的路子。他们之间渊源不浅，如今合伙发一笔国难财，倒也顺理成章。

旁边人没有马天行的城府，直接说道："噶尔丹那小子在草原上东奔西窜，朝廷必会增强防务。大军的吃喝拉撒，倒是一门大生意。当年满洲八旗南下，还有平定三藩，隔壁晋商靠着'赶大营'赚了不少银子。"

又有人说："什么叫隔壁晋商？晋商中的翘楚不就坐在对面。从祁县到泾阳，文家的生意可是纵横两省。"

"什么晋商、陕商，方才马伯伯说了，咱们山陕商帮本是一家。"文知雪见自己手段奏效，继续圆着谎，"真有这单大生意，我一家也吃不下来，到时还不得有劳各位。李大人信中说得清楚，但凡朝廷有差遣，泾阳商贾均应效命。”

“那是，那是。”厅内的气氛融洽了一些。接下来，要债的事没人再提，倒是议论起草原战事。

众人要债无果，既有失望，也怀揣着一丝希望，最终悻悻离开。文知雪起身道别，并让盛宇峰、文知桐、宋元河代自己送客。

将客人送走后，三人回到前厅，盛宇峰笑着说：“多亏知雪未雨绸缪，早留了后手，今日若没有李一功的信，真不知如何对付这拨人。”

文知桐却不以为然：“挡箭牌早备着，可人家打出的和牌也让咱们拒了。有些事，过了这个村可再没这个店。”

文知雪知道大哥在埋怨自己拒绝用棉花抵债，淡淡说道：“我这样做自然有道理。”

文知桐说：“把棉花六折抵出去，谁都心疼，但非常时刻就得有壮士断腕的决心。躲得过初一，还能躲过十五！今日把他们打发走容易，以后又怎么办！李一功那封狗屁不通的信，你不会真信了吧？”

文知桐越说越激动，文知雪坐在椅子上却很平静，缓缓说道：“李一功是什么人，我自然清楚，更不会指望他。”

文知桐语气愈发严厉：“再过一段日子，你拿什么还债？”

文知雪沉默了半晌，缓缓说道：“我正想和你们商量此事。我打算去找岳江南，与他合作棉布生意。”

文知雪声音不大，却仿佛在厅内炸响惊雷。盛宇峰瞪大眼睛：“找岳江南？”文知桐更是从椅子上跳起来：“你脑筋糊涂了吧？这不是与虎谋皮吗？”

“你说得没错。”文知雪点了点头，“找岳江南是与虎谋皮，但把棉花抵给泾阳商户，更是将羊群喂成虎狼，那才是后患无穷。”

“文知雪，”文知桐几乎吼了起来，“你忘记咱爹是怎么死的吗？文盛合再不济，也不能向仇家屈膝乞和。”

文知雪瞥了哥哥一眼，拉高声调：“爹的大仇，我一刻也不敢忘。让我和仇人坐在一起，你以为我好受！但我更记得，重振文盛合是他老人家临终遗愿。为了这个目的，咱们受点委屈算什么！”

盛宇峰说道：“且不论找岳江南是否折了气节，就说人家凭什么同咱们合作？”

文知雪说：“这个我早已想过，到时会有办法逼岳江南就范。”

“不行。”文知桐坚决反对道，“文盛合无论如何不能与仇家勾搭在一起，我们丢不起这人。”

文知雪语气也变得生硬：“究竟谁是东家，是你还是我！”

文知桐更来气了：“你可是一朝权在手，就把令来行，居然跟我摆起东家的谱。没错，你是东家，但别忘了，文盛合不光有文家，还有盛家。蒙顺之后，宋叔叔也一直代行掌柜之责。这等大事，不能由你一人说了算。”

“那好，你们也说说。”文知雪把目光投向盛宇峰与宋元河。

厅内沉寂了片刻，盛宇峰才缓缓说道：“文叔父临终前，我答应过，商号的事听知雪的。”

宋元河也说：“听说东家打算去找岳江南，我心里也犯嘀咕，但老东家临终前把文盛合交到东家手里，往后什么事我自然听她的。”

“你们……你们……”文知桐手指着盛宇峰与宋元河转了几下，才憋出一句话，“就由着她胡来吧，真是崽卖爷田不心疼。”说完，他摔门而去，头也不回。

文知雪没怎么在乎哥哥的举动，只是侧过头对宋元河说：“把五年来文盛合经营棉布生意的账本找来，先得自个心里有数，才能跟岳江南谈。”

宋元河点头答应，说：“这就让伙计们准备，今晚给你送来。”

文善达说过，以文知雪的聪慧很快就能把账本看懂。此言果然不虚！前些日子文知雪白天操办父亲的丧事，晚上趁着守灵的时间，向账房先生虚心求教，已能将账本大致看个明白。

清初，晋商发明了龙门账并率先广为运用。账目分为“进”“缴”“存”“该”四部分，远比之前账册复杂，而龙门账也是晋商驰骋商界的一大利器。文知雪很快弄清楚，“进”相当于各类收入，“缴”相当于各种支出，“存”相当于各种资产，“该”相当于负债，进而还悟出“进”“缴”之差应等于“存”“该”之差这个会计平衡等式。连账房先生都惊讶，说一般人初学龙门账，起码得花半月才懂得这个道理。

“还有一件事，比账本更重要。”文知雪接着吩咐，“苏定河是陕西人，他在陕商中一定有几个朋友。咱们和广诚德做了十几年生意，与岳江南父子打过交道的人也不少。把两人的事收集一下，他们爱读什么书，爱听什么曲子，我通通想知道。”

文知雪又想到了段运鹏，说：“小段还在客栈养伤吧？他与这二人朝夕相处过，让他好好回忆一下，把这二人的个性、癖好都写下来。不要怕啰唆，越详细越好。”

盛宇峰点头说：“这就叫知彼知己，百战不殆。文叔父说过，读懂人心比看清账本更重要。”

宋元河提醒道：“只收集这两人的吗？蒙元亨也是一个劲敌，还同咱们有深仇大恨。”

文知雪冷冷一笑：“不用了。在这个世上，没人比我更了解蒙元亨。”

5. 与狼共舞不过是权宜之计，日后咱们是被狼吞掉还是成为猎人，就要看自己的本事了

滴答，滴答，滴答……文知雪坐在朋来酒家包厢内，听着透明的雨水坠泻。走到窗边放眼望去，只见半帘烟雨，远胜一城江南。

雨已连下数日，时大时小。有时是微雨，细细密密的雨丝在窗前交织缠绵，只一瞬便沁入软泥中；有时是倾雨，雨珠大颗大颗往下砸，坠落到屋顶上，枣树旁，堰塘里，叮叮咚咚……

“他们到了。”宋元河走到文知雪身旁，低声说道。

文知雪鼻孔里轻轻一哼：“请他们上来吧。”

岳江南与苏定河一前一后走入包厢。岳江南收好雨伞，又从怀中掏出折扇，轻轻摇了起来。

“二位请坐。”文知雪招呼道，接着吩咐人上茶。

“岳东家久居江南，咱们泾阳的茶，喝得惯吗？”文知雪亲手将茶递给岳江南，体贴地问道，一举一动皆是大家闺秀的风范。

岳江南收起折扇，接过茶杯：“入乡随俗，喝得惯。”

文知雪又朝苏定河颔首一笑：“苏掌柜是咱们关中乡党，我就不替你操心了。”

“那是，那是。”苏定河笑得有些拘谨，他不明白文知雪突然宴请究竟有何盘算，心中一直藏着戒备。

寒暄几句后，文知雪说：“今日设宴，乃是为岳东家接风洗尘。此番你从中

原凯旋，实在可喜可贺。”

这几句话文知雪说得自然，对方听来却不是滋味。没错，岳江南的确大胜而归，可他打败的恰恰是文知雪的父亲，甚至让昔日不可一世的文善达一命呜呼。

岳江南摇着头，一脸沉重：“此事说来惭愧。在商言商，生意人自然是奔着银子去，彼此间争个长短也不足为奇。但我万没想到，事情最后竟是这般结局。”

“岳东家言重了。”文知雪说，“生意场上，胜败乃是常事。纵然败了，也只能怪自己学艺不精。至于我父亲，那是长年落下的病根，更不能怨别人。”

岳江南叹了一口气：“文老东家乃商界前辈，我等楷模。听说他驾鹤西去，真是悲痛不已。我日夜兼程赶回泾阳，就想着送他老人家最后一程，可惜还是错过了日子，实为平生之憾。”

文知雪真是恶心到了极点，见过猫哭耗子的，却没见过这么不要脸的。但她绝未表露，只是轻轻点了点头：“你的这份心意，我们心领了。”

岳江南说：“文老东家生前纵横商海，弥留之际依旧慧眼独具。听说不久前债主登门，你一席话就把众人打发了，这等本领，实有诸葛孔明舌战群儒的风采。”

“没错。”见岳江南说客套话，苏定河也跟着附和两句，“文老东家有识人之明，文东家更是女中诸葛。”

文知雪轻摇起头：“诸位前辈不过是看在家父面子上，不忍相逼太急。”

“听说有人打算用棉花抵债，被文东家一口回绝？”这件事已在泾阳传开，苏定河明知故问。

文知雪说：“是有人提过，我没有答应。”

岳江南笑了笑：“文东家做出的决定，一定是深思熟虑过的。”

菜肴已摆上桌，文知雪拿起筷子，给客人们夹菜：“一介女流，从不饮酒，没法陪各位畅饮，只能多给你们夹菜。”放下筷子，文知雪又说：“实不相瞒，之所以不拿棉花抵债，绝非对方开价过低，而是想着帮岳东家一把。”

见岳江南一脸诧异，文知雪说：“我帮岳东家，并非因为咱们情谊深厚，而是同为天涯沦落人。”

“哦，是吗？”岳江南不免窃笑，你我之间胜败已见分晓，怎么竟同为沦落人？

文知雪说：“棉花大战打了一月多，双方均是精疲力竭。咱们都清楚，左右战局的关键不在泾阳，而在千里之外的草原。若不是噶尔丹兴兵侵入喀尔喀蒙古，使得朝廷征调船只，文家断不会败这么惨。”

岳江南点头道：“文东家说得没错，只是帮我之说该做何解？”

文知雪笑了笑：“看来岳东家大胜之余，当真得意忘形了。棉花大战，文盛合的确败了，但广诚德就胜得酣畅淋漓？棉花在我们手里是烫手山芋，在你们手里就不是累赘？”文知雪继续说：“做棉布生意靠的是三样东西：棉花、织机与商路。广诚德抢到了棉花，却把费尽千辛万苦走通的商路丢掉了。”

岳江南收起折扇，右手指毫无规律地敲着扇柄。只听文知雪接着说：“你们与噶尔丹攀上交情，走通了漠西蒙古的商路，实在难能可贵。殊不知，朝廷此时与噶尔丹差点撕破脸。双方是否兵戎相见虽不得而知，但关闭贸易却是题中应有之义。如此一来，你们织出的棉布卖给谁？”

岳江南心头一震，眼前这个女子绝非泛泛之辈，眼睛毒得很啊！他故作镇静，笑着说：“难得文东家替咱们操心。”

“不仅操心，还替你们解难。”文知雪说，“若是文盛合低价抛售，泾阳城大大小小的商号，谁手里都有几斤棉花，岳东家手里的东西就不值钱了。如今你把棉花捏稳了，起码留着一线生机。”

“怎么个生机？”岳江南问。

文知雪说：“捐弃前嫌，携手合作。我出商路，你出棉花与织机，有银子一块赚。”

岳江南打量了文知雪一番，说：“草原上战端一启，必是万千生灵涂炭。我手里的商路不在了，你手里的商路就稳当吗？”

“这就不劳你费心了。”文知雪说，“如今噶尔丹与土谢图汗正在激战，若是土谢图汗赢了，之前的商路自可保无虞。纵使他输了，漠北蒙古还有车臣汗、札萨克图汗，漠南蒙古还有科尔沁、察哈尔等部落。这些都是山陕商帮经营多年的地盘，噶尔丹再厉害，也不可能一仗就把整个蒙古吞进口里。”

文知雪笑了笑："山陕商帮独霸商路上百年，怎么着也混了个朋友遍天下，拆了东墙有西墙。你们却是初来乍到，只能在准噶尔一棵树上吊死。"

包厢内沉默了片刻，只听见楼外滴答雨声。岳江南把折扇放到桌上，竖起大拇指："文东家一箭双雕，实在是高。"顿了顿，他说："但凡山陕商帮里的商号，都在商路上行走多年，让他们低价拿到棉花，立刻就能甩开文盛合自个单干。文东家拒不抛售棉花，绝不给这些人自立门户的机会，正是留得青山在的高明之举。"

"这只是其一，还有其二。"岳江南又说，"我手里有棉花，还能织出棉布，却不得不借重山陕商帮的商路。瘦死的骆驼比马大，文盛合一日不倒，就仍是山陕商帮中的翘楚，非那些实力弱小的商号可比。广诚德该找谁合作，答案似乎不言自明。"

文知雪说："同岳东家这样的聪明人说话，就是不费劲。"

岳江南刚要伸筷子，又放回原处："合作得讲究诚意。咱们两家刚打得不可开交，结下那么大梁子，就能烟消云散？我实在难以想象。"

文知雪说："方才岳东家已经说过，在商言商，合作能赚银子，干吗你争我斗。至于说梁子，的确是有，但与在座二位无关。"

"什么意思？"岳江南问。

文知雪说："文盛合与二位并无仇怨，此番商场交锋，一来是情势所迫，二来是蒙元亨从中挑唆。蒙元亨受过文家大恩却恩将仇报，实为宵小之徒。"

岳江南眉头一皱："元亨与文家的恩怨我不想多嘴，但是，他乃广诚德的掌柜，更与我情同手足。"

文知雪拉高语调："我也把话挑明，有蒙元亨在，双方绝无可能合作。只要他滚蛋，一切好谈。"

岳江南态度坚决："文东家，你这不是合作，而是挑拨我与元亨的关系。"

文知雪给岳江南挑了一筷子菜放入盘中："文盛合与广诚德之间是生意上的争夺，胜败乃是常事，昨日是对手，今日又联手，亦无可厚非。但蒙元亨不同，文家与他势不两立。"

岳江南清楚，蒙元亨与文家之间，绝不仅是利益之争，彼此间可谓仇深似海。他缓缓说道："无论怎么说，过河拆桥的事断无可能。"

文知雪说："我也不想把事情做绝。广诚德的生意遍天下，你随便安排蒙元亨去什么地方，保他荣华富贵便是。只要他不在泾阳，我眼不见为净。"

岳江南冷笑道："文东家替我操的心，当真不少。"

两边都不再说话，气氛有些冷场。苏定河开口道："蒙掌柜的事暂且不提，我想问一下，假若双方合作，怎么分成？"

文知雪说："刚才我已经说了，棉布生意的三根支柱，文盛合有商路，广诚德有棉花与织机，咱们就四六分，我四你六。"

苏定河不以为然道："既然三根支柱中有两根是咱们出的，理应八二分成。"

文知雪摇起头："最多三七开，不能再低了。"

苏定河与文知雪争执起来，互不相让。许久没说话的岳江南重新开口："就依文东家，七三开。泾阳毕竟是人家的地盘，许多事还得仰仗。"

"岳东家爽快。"文知雪说，"但是，联手的前提是蒙元亨离开泾阳，舍此一概免谈。"

晚宴结束，连下多日的雨竟停了。出了朋来酒家，宋元河要扶文知雪上马车，文知雪却挥手道："难得雨停了，这空气多好，咱们走走吧。"

走在湿漉漉的大街上，灯火阑珊处，依稀可见圆润的雨珠顺着屋檐滚落，像透明的水晶球。文知雪轻声自语道："父亲知道我喜欢雨后的清新，小时候，但凡他抽得出时间，每当下过一场雨，就会带我出来溜达一圈。指着半瓦雨檐，父亲常对我说，再大的风雨也淋不湿心中天堂。"

宋元河跟随文善达多年，更是看着文知雪长大，他感慨道："老东家九泉之下有知，一定会含笑的。在文盛合最危急的关头，他找到了一个足以托付之人。当初你拒绝棉花抵债，还要找岳江南合作，我也纳闷。今日方知此乃一步妙棋！说句不敬的话，纵然老东家在世，也未必有此神来之笔。"

谈及父亲，文知雪愈发伤感，眼眶红润。

"东家，你说岳江南会答应你的条件吗？"宋元河不忍心见文知雪伤心，明为发问，实则移开话题。

文知雪深深呼吸了一口雨后清新的空气，说：“老师上课得因材施教，厨子也讲究看菜下碟。找岳江南与苏定河之前，我下过一番功夫，对这二人的心思，自问能猜中一些。”

宋元河问：“这个岳江南，究竟什么心思？”

文知雪冷笑了一声说：“岳江南面慈心狠，城府极深，为达目的更是不择手段。”顿了顿，文知雪又问：“你注意他手中的折扇了吗？”

宋元河不屑道：“听说岳江南哪怕寒冬腊月手里都拿着折扇，依我看是装模作样。”

文知雪笑了笑：“他是想把自个打扮成儒商，可惜没装成。你发觉没，每当聊到紧要关头，他就把扇子搁到一边。由此可见，比起附庸风雅，他更在乎银子。”

文知雪又说：“岳江南这种人，心里最在乎的始终是银子。为了银子，可以割舍其他。他说与蒙元亨情同手足，这并非做作，没准还是心里话，但和银子比起来，手足之情只能退居其次了。”

宋元河点了点头，问：“那个苏定河，又是什么人？”

文知雪说：“一个小人。蒙元亨在京师时救过他，可在草原上，苏定河为一己之私，对昔日恩人见死不救。论年纪，苏定河是蒙元亨的长辈，可如今在商号里，就数他对蒙元亨最唯唯诺诺、奴颜媚骨。”

宋元河毕竟老辣，立刻说道：“若是个小人，倒有些用处。”

“没错，”文知雪说，“苏定河就是一个有用的小人。今日我只是开个头，后面的事尽可交给苏定河来做，他会千方百计说服岳江南的。苏定河明白，只有撵走蒙元亨，他才能坐上掌柜的位置。”

宋元河面露喜色：“有姓苏的帮腔，咱们的胜算又添了几分。”顿了顿，他又问：“岳江南会把蒙元亨打发去哪儿？”

文知雪摇头道：“蒙元亨岂会随便被人打发！蒙元亨与岳江南不同，在他眼里银子只能排第二位。一旦岳江南开口让他离开泾阳，蒙元亨必不会留在广诚德。”

宋元河对文知雪更加刮目相看。看似轻手一挥，她却播下了蒙元亨与岳江南决裂的种子。

文知雪停下脚步，若有所思道："我说过，这世上没人比我更了解蒙元亨。"

宋元河说："岳江南说你是一箭双雕，我看却是一箭三雕。除了生意，又把蒙元亨撵出泾阳，让他们二人分道扬镳。"顿了顿，他又说："只是岳江南素来阴险，与此人联手咱们可得小心。"

文知雪重新迈开步子："岳江南自然不是什么好东西，我爹的账迟早要跟他算。与狼共舞不过是权宜之计，日后咱们是被狼吞掉还是成为猎人，就要看自己的本事了。"

"岳江南绝不是东家对手！"宋元河斩钉截铁说道。

文知雪笑了："老宋，你怎么也拍起马屁？"

"这可不是拍马屁。"宋元河说，"老东家生前常说，会算账的只是小生意人，能看透人心的才是大生意人。岳江南两眼盯着银子，东家却能看透世道人心。"

原本不想说到文善达，可无意间还是提起了，这又勾起文知雪的愁绪，她目视前方，轻轻唤了声："爹……"

6. 人家不是过河拆桥，而是要拿我做过河的桥

蒙元亨回到家中，罗世英与蒙佩文已做好晚饭，罗兵嚷着要喝酒，众人也乐得陪着喝上几杯。刚要动筷子，却传来敲门声。蒙佩文立刻反应过来："岳大哥来了。"

罗世英问："你怎么知道是他？"

蒙佩文说："岳大哥常来，敲门的声音我都听熟了。"

"是吗？"罗兵笑呵呵地说，"我怎么听不出这敲门声音有啥不一样？"

蒙佩文脸一红，不再搭理罗兵，径直去开门。岳江南进屋后，罗兵替他斟上酒："酒一般，在街上打的。菜可是好菜，佩文妹子用心做的，仿佛知道你要来似的。"

岳江南夹了几筷子便放下，酒更是没沾。蒙元亨见他心事重重，便问："怎么了？"

岳江南搓着手，似乎有话要说，可话到嘴边又咽回去："没什么大事。"

"到底什么事？"蒙元亨见岳江南有些反常，追问道。

岳江南"嗯"了两声，说："对了，白天在商号，我怎么瞧着你有什么话要说。"

"这你也看出来了？"蒙元亨笑起来。

"怎么样，我没说错吧！"岳江南神色放松下来。

蒙元亨说："这几天我一直在想一件事，棉花大战看似大获全胜，但接下来的事却不容大意。"

“怎么说？”岳江南问。

蒙元亨说：“此战能胜，全得感谢噶尔丹挑起战火。但如此一来，朝廷与准噶尔几乎翻脸，咱们刚走通的商路又断了。广诚德手里有织机，有棉花，但织出的棉布，将来卖去哪儿？”

“英雄所见略同。”岳江南叹了一声。他心里想着，蒙元亨与文知雪竟想到一块去了，但这话在旁人听来，都以为是说他自个。

蒙元亨接着说：“所幸除了准噶尔，草原上还有其他蒙古部落，它们与朝廷素来和睦。另外西北、华北各地，冬季天寒地冻，对棉布的需求也挺大。”

岳江南面色凝重：“可是这些地方，山陕商帮经营多年，人家不会拱手相让。”

蒙元亨说：“关关难过关关过，只要下功夫，一定能找出解决之道。”

蒙佩文去厨房加了几样小菜，刚要端出来，岳江南却说：“不必了，大伙都饱了。”

罗兵说：“菜吃饱了，酒还没喝饱呢。”

“酒也别喝了。”岳江南终于下定决心，“我有一些话，想和元亨单独聊聊。”

众人明白岳江南的意思，罗世英扯了罗兵一把：“一会儿再喝，咱们先出去。”

屋内就剩下两人，蒙元亨问：“究竟什么事？”

岳江南两手交叉，使劲捏了捏，说：“前几日文知雪约我见面，提出双方合作。咱们供货，她出商路。你怎么看？”

蒙元亨说：“文知雪能主动让出商路，自然是好事一桩。大家都有银子赚，省得斗来斗去。”

岳江南说：“你答应与文盛合合作了？”

蒙元亨忆起往事，神色有些怅然：“文善达虽说罪孽深重，但毕竟已死。”

岳江南点了点头：“难得你能想开。”顿了顿，他又说：“可惜呀，你能想开，有人却想不开。”

“你说文知雪？”蒙元亨心中已有预感。

岳江南说："文知雪提出来，双方合作可以，条件……条件就是你离开泾阳……"

岳江南不仅语速很慢，还有些结巴。蒙元亨却将他的话打断："不必说了！我明白！"

"不，不！"岳江南赶紧解释，"这只是文知雪提出的条件，我并未答应。"

蒙元亨沉吟片刻，说："你若没动这份心思，犯不着把文知雪的话转告我。你既是对我说了，意思我自然懂。"

屋里的气氛凝重起来，两人闷着头，半晌没有言语。隔了好一会儿，岳江南才说道："若是文知雪让我有负于你，那是痴心妄想，但人家只是希望你离开泾阳，似乎并非不可以商量。看这样行不行，你暂且回避一下，就去苏州，我把广诚德在苏杭的生意全交给你打理。"

蒙元亨摇着头："江南我不会去的，多谢东家好意。离开泾阳之日，就是我与广诚德道别之时。"

岳江南有些着急："你这是干吗！广诚德可离不了你。"他还想再说上几句，蒙元亨却起身道："请回吧，有些事多说无益。"

房门打开，罗兵嚷道："这么快就谈完了，正好接着喝酒。"

岳江南强挤出笑容："你们慢慢喝，我还有事，先走了。"

蒙元亨也很镇静，一直把岳江南送到门口，作揖道别。回到屋里，罗世英问道："出什么事了？"

"哪有什么事，一切不好好的嘛。"蒙元亨淡淡说道。

"胡说。"罗世英说，"过去岳江南来咱们家，随意得很，离开时你更不会送到门口。今日这股客气劲，瞅着就叫人难受，还敢说没事！"

蒙元亨苦笑道："你倒是看得明白。"他不想瞒下去，把两人的谈话说了出来。

罗兵气愤不已，一巴掌拍到桌上："这不是过河拆桥吗？什么狗死鸟亡的，说的不就是这个。"

罗世英瞥了他一眼："是狡兔死，走狗烹，飞鸟尽，良弓藏。一天只知道舞枪弄棒，叫你多读点书却不肯用心。"

“反正是这个意思嘛！”罗兵说。

“不是这个意思。”蒙元亨摇起头，“人家不是过河拆桥，而是要拿我做过河的桥。”

“不行，”罗兵站起身，边走边骂，“我这就去找姓岳的理论，没见过这么忘恩负义的。”

“回来！”蒙元亨还从没对自己的大舅哥如此动怒过。

接着几日，蒙元亨没去商号，要么在院内舞剑，要么到书房看书。一日，蒙元亨看了个把时辰的书，觉得有些困乏，又走到院子中间，抽出长剑挥舞起来。不一会儿，他便大汗淋漓，正说休息，却听得耳畔剑风骤起，分明是有利刃刺了过来。

蒙元亨下意识闪过身，用剑一挡，院内响起刀剑相击的当啷之声，分外刺耳。

蒙元亨立住身子，定睛一看，竟是罗世英挥剑攻了过来。他把剑横在胸前，说：“干什么？你要谋害亲夫呀？”

罗世英哼了一声，道：“我的夫君还不至于这般窝囊，被人一刺即倒吧。”

“那是自然。”蒙元亨笑起来。

“少废话，接招。”罗世英又连刺数剑，一招一式颇有章法，更难得她气息自若，一边急攻，一边从容说道，“好久没同你比画了，看看你有什么长进没。”

蒙元亨匆忙应对，左支右绌，十招之内已落下风。罗世英得势不饶人，一剑快似一剑，手上更连连催劲。她一剑横削，蒙元亨举剑格挡，手上劲力颇为微弱，罗世英回剑疾撩，蒙元亨把捏不住，长剑直飞上天。

胜负已分，蒙元亨捡起剑，说：“我的剑法本就不如你。”

罗世英抖动右腕，划出一个漂亮的剑花，接着抬起剑来：“若是我使出全力，你定有话说。这样，往日我单手用剑，咱们还能过上几十招，今日就照老规矩再比试一下。”

“这可是你说的！”这一次蒙元亨率先出招，步子大迈，朝着罗世英就是一记斜向反斩。

罗世英单手使剑，的确有些吃亏，但她气度娴雅，蒙元亨每一剑刺到，她总是随手一格，蒙元亨转到身后，她也不跟着转身，只挥剑护住后心。十几招过去，两人倒没分出高下。

“这几日见你舞剑挺勤，长进却小。打小就听我爹说，心事重重练剑，只会事倍功半。心里有什么事，不妨说出来。”罗世英一边舞剑，一边说道。

“你是我娘子，我有什么心事，你还不知道！”蒙元亨招式上虽未吃亏，但气息远不如罗世英，说话喘着粗气。

剑光闪动，罗世英说：“你的心里，还是惦记着文知雪。”

蒙元亨心中一颤，手上却未松劲：“别什么事都往文知雪身上扯。”

“你骗不了我！”罗世英反守为攻，闪过身位，斜刺出一剑，“当初岳江南打算与文善达合作，你整个人都快气炸了。这回人家直接撵你走，你却心如止水，大气也不吭。”

罗世英又说：“你当初骗了文知雪，一直心有愧疚。如今能以自己的离开促成两家合作，帮助文盛合渡过难关，也算帮了老相好。”

蒙元亨仗着两只手，招式上占着便宜，化解了罗世英的攻势：“你真要这么说，我只能认了。”

眼见被蒙元亨逼到墙角，罗世英虚晃一剑，趁着对手破绽又跳了出来，接着不慌不忙道：“离开泾阳是在帮文知雪，但为何又不愿去苏州？”

“看来岳江南找的说客不少。”蒙元亨挥剑说道。

罗世英明白这话的意思，前几日岳江南找过罗兵与许多人，自然是老调重弹，希望说服蒙元亨去苏州。回来之后，罗兵果然态度大变，说岳江南并非翻脸不认账，而是要荣华富贵将他们养起来。上有天堂下有苏杭，去江南过逍遥日子，没什么不好。同谁怄气，也别同银子怄气。

罗世英剑使得更快：“我可不是什么说客，只想问问你的心思。”

蒙元亨力气有些跟不上，剑招慢了下来：“你哥说得没错，岳江南没把事情做绝。我爹为文善达卖命一辈子，到头来却含冤充军。比起文善达，岳江南仁义得多，不过是打发我离开泾阳。其实，寄人篱下终究难逃这般结局，时间早晚而已。”

“你想要怎样？自立门户做东家？”罗世英问。

“有何不可！”蒙元亨的剑招又快起来，且颇有气势。

罗世英剑上也添了几分力道，将蒙元亨的剑给弹了回去。此时蒙元亨由于剑被弹回，两只握剑的手被那股震力带到了上方，将自己的空门暴露出来。所幸罗世英是单手使剑，否则就凭这个空门，他必败无疑。

蒙元亨正在后怕，不料罗世英闪电般挥出另一只手，直奔他腹部而来。这一拳罗世英自是没用全力，但蒙元亨气息仍不由得一窒，腹部如同翻江倒海般的疼痛瞬间传遍全身，整个人栽倒在地。罗世英哈哈笑起来：“就你这样子，还当东家！”

蒙元亨捂着肚子站起来，有些恼火：“不是说好用一只手吗，为何使诈！”

罗世英唰一下把剑送回剑鞘，姿势甚是潇洒：“你若是当东家，就是抢岳江南的生意。还有文知雪，早就想收拾你。与他们对阵时，别说使诈，什么手段都使得出。”

蒙元亨明白妻子的意思，虽然腹部疼痛依旧，嘴角却有了笑容：“比剑法，我不如你。要在泾阳与岳江南、文知雪争斗，我更是力不如人。况且，毕竟是故人，我不想与文知雪、岳江南大干一仗。”

罗世英上前替蒙元亨揉起肚子：“这么说，还有其他路可走？”

“有！”蒙元亨忍着疼痛，站直身子，“既不留在泾阳，也不去苏州寄人篱下。咱们回保宁府去！”

罗世英知道，由于蒙顺长年在四川保宁府经商，蒙元亨兄妹的少年时光几乎都在那里度过。如果说留下最多童年记忆的地方即为故乡，那么蒙元亨的故乡并非泾阳，而是保宁。蒙元亨能说一口地道的四川官话，即便到泾阳学说陕西话，其中依然夹杂着浓浓的川味。

罗世英问：“想家了？”

蒙元亨说：“既是想家，更是海阔凭鱼跃，天高任鸟飞。只盼借一方山水，展一番宏图。”

罗世英又问：“要做生意，地方多的是，干吗非回保宁府？”

“有三层原因。”蒙元亨说，“其一，我在保宁府生活了十多年，人地两熟；其二，保宁府乃巴蜀门户，数省通衢，还有嘉陵江环绕，水陆便捷，商贸繁荣；其三，自立门户需要本钱，岳江南的银子我不愿要，所幸父亲发配前说过，他在保宁置有房屋田产，将这些东西变卖，起家的银子大致差不多。”

罗世英说：“这几日你的剑术没长进，脑筋倒没闲着。”

蒙元亨盯着妻子问：“咱们好不容易在泾阳安顿下来，如今又要跋山涉水，你愿意吗？”

“有什么不愿意！”罗世英答道，“嫁鸡随鸡嫁狗随狗，你在哪里，家就在哪里，天涯海角我都跟着。”

罗世英又问：“既然主意已定，咱们何时动身？”

蒙元亨想了想，说：“宜早不宜迟，把泾阳的事料理清楚，三五日后便可启程。”

罗世英忽然想起一件事，说：“佩文呢？也和我们一起吗？”

蒙元亨明白妻子的顾虑，眉头皱起，不由得叹了口气。

7. 山高水长，知音难觅，江湖路远，后会有期

明日就要出发了，蒙元亨正在书房将柜子里的书打捆，妹妹蒙佩文走了进来，问道："有几箱爹的衣服，留在泾阳还是一起带走？"

蒙元亨想了想说："分一分吧，一半留在这儿，另一半带走。迟早我会把爹救回来，到时看他老人家的意思，想住哪儿都行。衣服咱们也一个地方放一些。"

提起远在关外苦寒之地的父亲，兄妹俩的神色不禁黯然。蒙元亨回忆道："爹临走时，我去牢里见过他。他千叮咛万嘱咐，让我这个做哥哥的一定要照顾好妹妹。"

蒙元亨嘘了一口气，又说："世上就你一个妹妹，我不照顾谁照顾呢。不过，照顾并非要留在身边，只要你幸福，我这个当哥哥的就放心了。"

蒙佩文不安地问道："哥，什么意思，不打算带我一起回保宁吗？是不是我哪里做错了？"

"你没有错。"蒙元亨摇了摇头说，"你若愿回保宁，我当然带着。可你想清楚了吗，真要同我们一起走？"

"我们是一家人，自然在一起。"蒙佩文答道，不过声音却很小。

蒙元亨说："保宁可没有岳江南。这一去，什么时候能再见他，谁也说不清。"

蒙佩文的脸顿时红起来，蒙元亨笑了笑说："男大当婚女大当嫁，没什么不好意思的。"

蒙佩文的头低下去，蒙元亨问："岳江南最近找过你吗？"

蒙佩文点了点头，蒙元亨又问："他跟你说了什么？"

蒙佩文答道："岳大哥希望我能说服你，把你留在广诚德。"

"就这些，没有其他的？"蒙元亨穷追不舍。

蒙佩文说："他还说，如果你心意已决，希望我能留下来。"

"留下来做什么，去他的广诚德做伙计吗？"蒙元亨今天是要打破砂锅问到底了。

蒙佩文一张脸绯红，支支吾吾地说："岳大哥说……说要明媒正娶娶我。"

蒙元亨笑起来："你答应他了吗？"

见蒙佩文摇起头，蒙元亨问："你拒绝了？"

蒙佩文还在摇头："我不知道怎么回答。"

蒙元亨说："你不知怎么回复岳江南，对我总该说实话吧。"

蒙佩文难得对哥哥发了脾气："你今天怎么了，絮絮叨叨、没完没了的？"

蒙元亨说："这可是终身大事，哪能草率。我们明日就要启程，今日不说清楚，往后更没机会了。"

蒙元亨端起茶抿了一口，说："今天给我句实话，你喜欢岳江南吗？"

"我喜欢。"蒙佩文声音依旧很小，脸上却洋溢着一股笑容。

蒙元亨盯着妹妹："真的吗？这种事可得想好了再说。"

蒙佩文并未思索太久，便语气坚定地说："我想好了。"

屋内沉默了片刻，蒙元亨重新开口："若是想好了，不妨留下来吧。"

"不！"蒙佩文赶紧说道，"我不是那个意思，我要和你们在一块。"

"傻丫头，"蒙元亨说，"哪有一个姑娘家，一辈子跟着哥哥的。你们的事，岳江南跟我提过。他说婚姻大事，父母做主，咱们的爹不在身边，就得由哥哥做主。当初生意太忙，此事就耽搁下来。如今我便来做这个主，答应你与岳江南在一起。"

蒙佩文真是又惊又喜，只听哥哥继续说："天下没有不散的筵席，若是人各有志，分开没什么不好。我与岳江南也算好聚好散，彼此间客客气气。因此，你决定留下来，丝毫不必愧疚。爹让我照顾好你，若是因为我，你不能与心爱的人在一起，我反倒要内疚。”

见妹妹如释重负，蒙元亨开心地说道：“泾阳到保宁不算远，日后有空的话，多回娘家看看。你大婚的日子，我也会赶过来。”

蒙佩文喜笑颜开道：“我一定会常去看哥与嫂子。”

第二日一早，蒙元亨一行便上路了。蒙元亨、罗世英、罗兵分骑三匹马，后面跟着两辆马车，一辆装行李，另一辆车上坐着蒙佩文。佩文虽决定留在泾阳，出城相送却免不了。

马上的罗兵唉声叹气：“元亨，心里不好受吧？自己的亲妹子，到头来胳膊肘朝外拐。”

众人知道罗兵素来喜欢插科打诨，没同他计较，蒙佩文也开起玩笑：“罗大哥，你不也一样！自己的亲妹子，家都不回了，跟着我哥东奔西走。只是辛苦了你这大舅子，也得一块跋山涉水。”

“可不是嘛！”罗兵笑起来，“嫁出去的妹子，泼出去的水，这话一点不假。”

罗世英说：“你也可以留在泾阳，没人叫你一块呀。”

罗兵摇头道：“你们瞧瞧，这可是亲妹子呀，说的叫什么话！惹毛了我，大不了接着干老本行，去江湖跑镖图个逍遥快活。”

罗世英笑着说：“由俭入奢易，由奢入俭难，我看你在商号过惯了舒坦日子，哪还愿意风里来雨里去。不过丑话说在前头，咱们这回是白手起家，比不得广诚德家大业大，日子可没从前舒坦。”

罗兵满不在乎地说：“好歹一家人，帮自己妹夫，吃点亏没什么。不过晚上的二两烧酒，总不会缺吧？”

蒙元亨笑道：“放心，酒管够。”

众人一路说笑着，走出了好几里。蒙元亨回头道：“佩文，已出城这么远，你回去吧。”

蒙佩文却不肯，不舍地说：“让我再送一程。”

又走出几里地，只见路旁有一座小亭，亭子内的石凳旁，几人围坐着。走近一看，坐在中间的正是岳江南与周琪。

罗兵勒住马缰，调侃道："佩文妹子将我们送出城这么远，我还担心她怎么回去。看来是多虑了，原来早有人等在这儿。"

周琪第一个从亭子里跑出来，大喊道："蒙大哥，你要扔下我吗？"

蒙元亨跳下马，上前几步抱住周琪："你不在西安好好念书，跑来这里做什么？"

自打索额图倒台，蒙家遭遇变故，周琪便跟随蒙元亨、岳江南四处漂泊，从泾阳到江南，再由江南回泾阳。直到一年多前，她的生活才安顿下来。岳江南将周琪送去西安，请了一位有名的才子做私塾先生。

周琪的头摇得像拨浪鼓："我不要留在西安，我要跟着你。"

岳江南走了过来，说道："元亨，周姑娘的性子和你一样倔，无论如何也留她不住，非要跟你一块走。"

蒙元亨拍了拍周琪的肩膀，说："小丫头，你可得想好喽。西安乃是省城，比保宁府繁华多了。"

"我想好了！"周琪说，"蒙大哥去哪儿，我便跟着去哪儿。再说你别忘了，我就生在保宁府，母亲还葬在那儿。"

蒙元亨欣慰地点了点头："既然你想好了，就跟着我们一起走吧。"说罢，他一把将周琪抱上自己的坐骑。

蒙元亨回过头，朝岳江南抱了抱拳："你这么忙还来送我们，太客气了。"

岳江南摇头叹了口气："你这么客套，看来还在生我的气。"

蒙元亨说："岳兄误会了。有缘则聚，无缘则散，一切顺其自然，哪还有什么气。"

"好吧，你说的我信了。但我送给你的东西，也请一定收下。"岳江南使了个眼色，立刻有伙计抱来一只箱子。

岳江南说："这里面是一千两银子。"见蒙元亨要拒绝，他挥手打断道："不要误会，这银子不是给你的。以你的功劳，区区一千两银子，如何拿得出手？这银子是送给周姑娘的。她乃岳某故交之女，抚养她成人是我分内之事。如今周姑娘远赴保宁，平常我照顾不到，再不给些银子，心里如何过得去！"

周琪在马上说："蒙大哥，既然岳东家一番好意，你就替我收下吧。"

罗兵生怕蒙元亨再拒人于千里之外，赶紧附和道：“银子是给周姑娘的，咱们就替她保管着。”罗兵知道蒙元亨虽经商日久，却并非一个看重银子的人，对家里开销更从不过问。这可苦了妹妹罗世英，此番南下保宁府，到处是用银子的地方，简直有些入不敷出。有了这一千两银子，正好解了燃眉之急。

蒙元亨终于不再坚持，点头道：“既是给周姑娘的银子，我便不好推辞。”

“这就对了！”岳江南微笑着说。

众人又聊了一阵子，终究到了分别之时。蒙佩文眼含热泪，一把抱住蒙元亨，似有千言万语，却又一句话也说不出。

蒙元亨劝道：“别哭，不过是分开一阵子。”

“不！”蒙佩文哭得更厉害，“哥，我不留在泾阳了，我要跟在你身边。”

蒙元亨拍着妹妹安慰道：“说好的事情，怎能临时变卦。你踏踏实实留在泾阳，哥哥便放心了。”

蒙佩文依旧用力抱住哥哥，蒙元亨却狠心推开她。他从马车上取下一张琴，对岳江南说：“有些话，我想单独对你说。”

两人走入亭内，蒙元亨将琴放在石桌上，问道：“你知道这琴的来历吧？”

“知道。”岳江南点头说，“佩文告诉我，那时蒙家住在保宁，一日风雨大作，院中梧桐树被雷暴劈倒。蒙老掌柜利用残干制成两张七弦琴，你所用的叫崩雷琴，送给佩文的叫雨霆琴。”

“没错。”蒙元亨表情凝重，“父亲将两张琴送给我们，正是希望兄妹同心。他老人家身陷牢狱，生死未卜之际，最惦记的也是佩文。我答应过父亲，一定会好好照顾妹妹。”

岳江南明白这番话的分量，说道：“元亨，你放心！佩文是我钟爱的女人，此生定不负她！若有违背，不得好死！”

蒙元亨点了点头：“我知你琴艺高超，还亲眼见你弹奏过佩文的雨霆琴。不过，雨霆琴毕竟乃女子所用，七尺男儿弹来未必顺手。今日，我把崩雷琴送给你，若有雅兴，可与佩文四手联弹。”

岳江南站起身，接过崩雷琴，郑重说道：“你赠我的并非一张琴，而是把佩文托付给了我。”

蒙元亨重重地拍了拍岳江南的肩膀，大声说道："山高水长，知音难觅，江湖路远，后会有期。"说完，他大踏步走出去，翻身上马，策鞭而行。

其时碧空在天，清风吹叶，树巅的鸟儿呀啊而鸣，头顶上缕缕白云，正是所有人心头丝丝离别的轻愁。

第六章

经世致用

1. 经济之学乃经世致用之学问，深奥得很，岂是抓几个人那般简单

噫吁嚱，危乎高哉！蜀道之难，难于上青天！这是诗仙太白的神来之笔，却并非真实的历史！川陕之间，虽横亘着千沟万壑，然而在群山脚下，人们早就开辟出一条条大道。千百年来，锦自南出，佛自北来，巴蜀文化与中原文化的血脉联系一刻也没有中断。

子午道、米仓道、金牛道、陈仓道……川陕之间那一条条古道，早已不仅是地理名词，更因见证了一代代王朝的兴衰更替而被铭记于史册。刘邦鸿门宴脱险，被迫离开长安时从子午道前往汉中。数年之后，韩信明修栈道暗度陈仓，率大军从陈仓道北上三秦，逐鹿中原。汉贼不两立，王业不偏安，诸葛亮倾举国之力北伐，兵分两路，一路佯攻斜谷道，大军走的祁山道，而被他弃用的子午道上，从此留下了魏延孤独与悲怆的身影。

到了唐代，玄宗皇帝一掷万金开辟出荔枝道。一骑红尘妃子笑，无人知是荔枝来。通过这条驿道，巴蜀之地的新鲜荔枝七日即可运抵长安。万古荣耀的大唐盛世之后，便是渔阳鼙鼓动地来。当长安城危在旦夕，皇亲国戚南逃蜀地时，他们没有选择铭刻着明皇与贵妃爱情与王朝荣耀的荔枝道，却走了路程更远的褒斜道，古道上一处叫马嵬驿的地方，就此名动天下……

当蒙元亨一行人骑行在川陕古道之间时，一幕幕王朝恨事不禁使人心潮起伏。蒙元亨眺望山峦，问道："你们说，我们会成为刘邦、诸葛亮还是唐明皇？"

罗世英笑着说："整天说要离开，可心里还惦记着回去。"

蒙元亨说："我当然要回去，然则并非回泾阳，而是回天下！"什么叫回天下，罗世英不太明白，周琪却说："商者无疆，古往今来的大商岂能拘泥于一城一地，哪个不是行商天下！蒙大哥不是要回泾阳，而是要在保宁府里做天下的生意。"

蒙元亨点头说："士别三日，周琪的学问又长进了。"

"口气不小！不过你想好没有，咱们到了保宁，从什么生意开始做起？"罗兵问。

蒙元亨说："兵无常势水无常形，生意更得因地制宜临机应变，想太多也没用。一切还得到了保宁，根据局势决定。"

"这年头生意不好做呀。"罗兵叹道，"泾阳毕竟是商贸重镇，市面繁华，比其他地方强许多。你瞧这一路走来，好些地方萧条得很。"

蒙元亨也叹了口气："三藩刚平定，西北又起战事，连年征战，老百姓想吃顿安稳饭都不行。"

"别说安稳饭，哪怕一顿饱饭也是奢望。"罗兵说，"你们没瞧见，道上的饥民比商旅还多。路过汉中府时，人人都在抱怨米价飞涨，知府大人一日之内连发三道告示，严令米行不得涨价。可结果呢，一道告示下来，米价就涨一波。官府的告示反成了笑话！"

罗兵骂骂咧咧道："要我说，这些当官的都是酒囊饭袋，连个米价都管不住。"

周琪问道："罗大哥，换作是你，该怎么平抑米价？"

"那还不简单！"罗兵说，"老子只发一道告示，谁涨价就砍谁的脑袋，看谁敢不要命。"

蒙元亨摇头道："这一招也未必管用。"

罗兵不服气，一路同蒙元亨争辩。吵吵嚷嚷中，不觉日已西沉，一行人来到四川广元县城外。

"懒得同你争。"蒙元亨说，"总算进四川了，今晚好好休息一下。"

连日赶路，众人皆已疲惫，不约而同催马而行。来到城墙边，只见墙上贴着告示，下面围着一群人七嘴八舌。罗兵素来爱看热闹，一头挤进人群中。不一会儿工夫，他笑嘻嘻地走出来，说："有人跟我辩了一下午，说得我口干舌燥，要不进去看看，不知道这世上还是有明白官。"

"到底怎么回事？"罗世英问。

罗兵说："广元县令贴了告示，说若有奸商胆敢私涨米价，官府即刻捉拿，妻儿都要连坐。"

"真是个糊涂官。"蒙元亨不屑道，"我就不信这一套行得通。"

罗兵更来气："都说不见棺材不落泪，你怎么见了棺材还嘴硬！"

蒙元亨说："谁嘴硬还不一定！反正一会儿就要进城，咱们向店家打听一下，不就清楚了。"

来到客栈，罗兵连酒菜都顾不上点，便找来店小二，问道："你们这里的米价，是不是比附近低？"

"是呀。"小二唉声叹气，"县太爷发了话，谁涨价就抓谁。方圆百里地，川陕两省的七八座县城，就数广元米价最低。"

"怎么样？"罗兵愈发得意。

蒙元亨问："米价低是好事，你为何唉声叹气？"

小二说："米价是低，可买不着呀。所有的米行都开着门，但进去一问，通通回答一句话，没米卖了。"

打发走小二，蒙元亨说道："谁嘴硬现在知道了吧。经济之学乃经世致用之学问，深奥得很，岂是抓几个人那般简单。"

罗兵垂头丧气道："贴告示不行，抓人也不行，你说怎么办？"

蒙元亨冥思苦想了好一会儿，摇头道："一时之间我也想不出什么好法子，但像广元县令这般只能是抱薪救火。"

"说谁抱薪救火呢？"身旁传来一声高亢的四川官话，蒙元亨的肩膀也被人重重拍了一下。他扭头一看，却是又惊又喜："怎么是你？"

来者姓何名瑞源，四川保宁人氏，家中几代经营当铺生意，在当地小有名气。何瑞源与蒙元亨年龄相仿，曾是发小玩伴，后来又一同在书院求学。蒙元亨动身回保宁前，曾寄信给何瑞源。

何瑞源推了推蒙元亨，示意他挪开地方，接着便挤到长凳上，说："我够意思吧！收到你的信，专程前来广元迎接。"

"是吗？"蒙元亨将信将疑，"这不像是我认识的何瑞源能干出的事。"

何瑞源咧开嘴笑道："此一时彼一时！谁不知道你在泾阳干了惊天动地的大事，连文善达都被你拉下马。这般大人物驾到，我自然要出城几百里相迎。"

蒙元亨不愿多提泾阳旧事，岔开话题："在座的你还不认识吧，我给你介绍一下。"

何瑞源酒量不错，与罗兵自是一见如故，开怀畅饮。只不过，席间不时有人过来，与何瑞源交头接耳几句。旁边另有一桌人，头上裹蓝布，脚上穿草鞋，瞧打扮似乎是担货的脚夫。何瑞源也会走过去吩咐几句，好几个脚夫得到吩咐后，放下筷子就朝门外走去。

"不对呀！"蒙元亨摇头道，"你来迎接我，用不着把伙计、脚夫全带上吧。"

何瑞源哈哈大笑："给你点颜色就开染坊，真以为我专程来接你？说实话，得知你回保宁，我开心得不行，早在家中备上好酒好肉。不过能在此地遇见，却是意外之喜。"

"我就说你没这么好心！"蒙元亨也笑起来。

笑过之后，蒙元亨问："你带着这么多人，跑来广元做什么？"

何瑞源压低声音说："来做一单生意。"

"什么生意，还弄得神秘兮兮的？"蒙元亨有些好奇。

何瑞源示意众人凑拢，低声将事情原委道了出来。原来，川陕久旱加之西北战事骤起，饥民遍布乡间，各地米价飞涨。官府有保境安民之责，为此事头疼不已，比如这广元县令，便不惜动用官兵捉拿奸商。

偏偏保宁知府赵明舟，却是个不问苍生问鬼神之人，对饥荒视而不见，反倒热衷佛事。他遍邀保宁城中富商，号召众人出资修缮寺庙，为菩萨重塑金身。尤其在各地严令不得哄抬米价之时，赵明舟却发布告示，说保宁府内只要一石米不超过二两银子，官府概不过问。寻常年景，一石米只要九钱银子，即便荒年也就一两二三钱银子。以如今的广元县为例，米行若以高于一两银子的价格售米，官府即刻上门捉拿。保宁限定二两银子的米价，无异于放任不管。

“如今保宁府的米价到多少了？”蒙元亨问道。

何瑞源说：“已经涨到一两五。整个四川，就数咱们那里最高。”

“那个姓赵的，真是个狗官。”罗世英素来疾恶如仇，听闻后愤愤骂道。

何瑞源呸了一声：“说得没错，如今保宁府里没人不骂赵明舟。三岁小孩都在唱，来了赵明舟，家家户户要绝收。他原就不是什么正经货色，靠着岳父的银子捐了个官。”

蒙元亨摇头道：“捐官大多有名无实，只是个虚衔，赵明舟竟捞到实缺知府，不知走了什么门路。”

何瑞源冷笑道：“三年清知府，十万雪花银。这姓赵的可没少捞银子，捐官的钱估计早回本了。别的不说，光是……”说到这里，何瑞源突然打住话头。

“光是什么，别只说一半话。”众人催促道。

“没什么。”何瑞源挠着脑袋，移开话题，“赵明舟虽然混账，却给了咱们生意人一个发财机会。你知道吗，不仅本地商户动起来，好些外地行商也来保宁。这么高的米价，官府又放任不管，不是摆明了让大伙发财吗！”

蒙元亨渐渐明白过来：“你放着当铺生意不做，跑来广元倒腾大米？”

“当铺生意哪比得上大米！”何瑞源算起账来，“广元的大米，官价是一两银子，实际上一两二。在此收购大米运回保宁府，哪怕按现在的米价，一石米也能赚三钱银子。何况，保宁的米价还在涨。”

罗世英问：“刚才我们向店小二打听，不是说广元的米行都无米可卖了吗？”

何瑞源笑起来：“广元知县出了告示，谁家以高于一两银子的价格售米，官府就要上门找麻烦。商户既想赚钱，又怕惹麻烦，唯一的法子就是谎称没米。实际上，米都被他们藏到了郊外隐蔽的地方。刚才我不说了，官价是一两银子，实际成交在一两二左右。”

罗世英摇头叹道：“知县原本一番好意，可惜到头来还是苦了百姓。一两二的价钱，比起其他地方一点不低。”

蒙元亨说：“何瑞源买米是一两二，当地百姓估计这个价还不成，怎么着也得到一两四五。”

“说得一点没错。”何瑞源竖起大拇指，“元亨从小书念得好，如今算盘也拨得精。广元百姓买米得托关系找门路，价格也比咱们更高。你想啊，咱们拿的货多，量大从优本是商场规矩。另外，高价售米眼下可不是什么正大光明的生意，卖家是有风险的。他们宁可把米卖给外地商人，也不想同当地百姓扯上关系。”

罗兵插话道：“怪不得一路上遇见那么多饥民。米价被你们这样炒，人家只能喝西北风了。”

何瑞源两手一摊，说：“见到饥民我也心生怜悯，但在商言商，我总得挣银子。”

众人你一言我一语地说着，唯独蒙元亨陷入了沉默。何瑞源见他一语不发，问道：“发什么愣呢？”

一连问了几声，蒙元亨才回过神来，他猛地一拍桌子，把桌上的碗筷都震了起来，接着喊道：“错了，错了！”

“哪里错了？”大伙不约而同问道。

2. 真有利国利民又能利己的生意，何尝不是美事一桩

离开广元，蒙元亨一行改走水路，沿着嘉陵江顺流而下，两日多工夫便到了保宁府。保宁东枕巴山余脉，西倚剑门臂腕，既是沟通中原与巴蜀的水陆要冲，又因山围四面，水绕三方，兼有七关合护，成金汤之固且风光佳丽，被誉为嘉陵第一江山。吴道子的千古佳作《嘉陵江三百里风光图》，正是以保宁府城南的锦屏山为轴心而画。

清朝初年，保宁曾是四川省会。即便后来省会迁至成都，这里依旧是万商云集的商贸重镇。正所谓：阆苑十二楼，九井十八梯。春城天不夜，人语市如潮。

蒙元亨在保宁府生活了十余年，对此地风物颇为熟悉。安顿下来后，他便带着众人游览嘉陵江山，还一同去周琪母亲坟前祭拜。

隔了几日，何瑞源也回到保宁。他邀请蒙元亨去华光楼一聚，蒙元亨爽快答应下来。华光楼位于保宁城中，建于石砌台基上，南北向起拱形门洞，以上三层为全木结构，屋面为琉璃筒瓦，气势恢宏。楼内各层装花窗，并有回廊周匝，设有木梯可层层攀缘。

蒙元亨一行来到华光楼，何瑞源已等候在内。蒙元亨打趣道："看来你是发财了，舍得在此地宴请宾客。"

何瑞源摇头道："这几日的行情你又不是不知道，哪有什么银子赚！不过，我可真要感谢你。若非一语惊醒梦中人，这一回非亏血本不可。"

蒙元亨笑起来："少亏也是赚。这顿饭我可不是无功受禄。"

"那是！"何瑞源充满感激。

蒙元亨落座后，问道："如今保宁府的米价到多少了？"

何瑞源伸出两根手指头比画着，叹道："一石米八钱，比寻常年景还低。"接着，他又说："还是你眼光独到，早就料到今日。"

蒙元亨颇为得意地笑了笑，又回忆起数日前的事。在广元县城的客栈内，蒙元亨拍桌惊呼"错了"，见众人不解，他解释道，商人逐利，见保宁府米价高企，无不想方设法将大米运往此地。然而物以稀为贵，米一多反而不值钱了。蒙元亨让何瑞源赶紧将手里的大米就地抛出，何瑞源依计而行，侥幸躲过一劫。

蒙元亨端起茶杯抿了一口，说："如今就数保宁府米价最低，你们说，当初那位赵大人任由米价飞涨，究竟是深思熟虑，还是瞎猫撞上死耗子，只不过运气好而已？"

"那谁知道。"何瑞源说，"不过当初那首'来了赵明舟，家家户户要绝收'，唱的人倒少了。"

众人正聊着，伙计便开始上菜，一边上还一边报菜名："这是干烧岩鲤，鱼是嘉陵江里刚捞上来的，掌勺师傅是川菜大厨，在京城王府给王爷们做过菜。这是河舒豆腐，从几十里外的散州运来的。"

这些熟悉的菜名，蒙元亨听着便觉亲切。端上桌的菜色香味俱佳，更让人馋得流口水。何瑞源却没动筷子，而是对伙计说："昨日我交代了，今日有湖南来的客人。"

"小的明白。"伙计说，"本店准备了湖南菜，立刻端上来。小炒肉、剁椒鱼头，还有衡山的豆干、古丈的银耳。"

听到这些湘菜的名字，罗兵兄妹欢喜得不行。伙计又说："各位客官，本店不仅做湘菜的食材好些个是从湖南运来，厨子更是长沙府人。"

何瑞源说："保宁是出了名的水旱码头，各地商贾往来穿梭，不仅有陕商会馆、徽商会馆，还有回民的清真寺。因而便有一个好处，不出门就能品尝到天南海北的佳肴。"

蒙元亨若有所思道："保宁府市面繁华，我是知道的。但没想到，如今这样一个灾年，这里依旧歌舞升平。"

蒙元亨又说："这几日我在保宁街头行走，心中始终有一个疑问：为何街上的饥民比别处少得多？”

何瑞源说：“我也一直纳闷。从广元回保宁的路上，到处听人说，如今市面萧条，就保宁府还算景气，许多饥民都奔这儿来了。可进城一看，又没见着几个饥民。”

送菜的伙计插话道：“饥民都到庙里去了，街上自然见不到。”

蒙元亨拉过伙计，追问：“饥民去庙里做什么？”

伙计答道：“知府赵大人诚心礼佛，大举修缮寺庙。工程需要人手，饥民全都上那儿讨生活去了。”

蒙元亨闻言又是一阵沉思，接着缓缓说道：“有意思，有意思！”

旁人问：“什么有意思？”

蒙元亨没有回答，而是一把抓住何瑞源，激动地说：“保宁府当真是个发财的好地方！我想到一门生意，你能否替我引见一下知府大人？”

何瑞源连忙问：“什么生意？”

当蒙元亨说出这桩生意后，何瑞源也是手舞足蹈：“若成了，这可是一本万利的大买卖！不，哪里是一本万利，分明就是无本万利！”

兴奋过后，何瑞源却犯难起来：“知府的家丁我虽认识，却与赵大人素无往来。这种事，总不能让家丁带话吧！”

“没事，你不必为难。实在不行，我另想办法。”蒙元亨说。

何瑞源不愿放过这桩生意，忙说：“别急！有一个法子，能让咱们光明正大地走进知府衙门，只不过得出点血。”

五日过后，蒙元亨与何瑞源当真成了知府大人的座上宾。两人坐在府衙的偏厅，仆人端上茶，客气地说：“我家老爷正在批公文，忙完公事便来见你们。”

待仆人退下，何瑞源端起茶碗，猛地喝了一口。然则茶水太烫，简直难以咽下。蒙元亨说：“你没喝过茶呀！烫就赶紧吐出来。”

何瑞源将茶水含在口里转了几下，坚持吞了下去。放下茶碗，他说道：“茶虽没少喝，但真没喝过这么贵的。别说茶汤了，一会儿我连茶叶也嚼了，一丁点残渣也不剩。”

蒙元亨笑起来："账不能照你那样算，一千两银子可不止换这两杯茶。"

何瑞源摇头说："甭管怎么算，这茶也贵得吓人。"

何瑞源当初说过，想光明正大走进府衙，就得出点血。今日与赵明舟会面，正是拿一千两银子换来的。赵明舟号召保宁府富户出资修缮寺庙，并约定出银一千两以上的，他将亲笔题写功德碑碑文。何瑞源拜佛的心不诚，但为了见知府大人，只好掏出一千两银子。

半个时辰后仆人来报，说赵明舟处理完公事，在签押房召见。何瑞源头一回见知府大人，不免有些紧张，一路都在整理衣衫。蒙元亨是见过大场面的，态度坦然得多，走起路来昂首挺胸，不卑不亢。

走进签押房，只见书桌后坐着一位年纪四十出头、皮肤白皙、体态微微发福的男子，正是保宁知府赵明舟。或是天气燥热，赵明舟未穿官服，粗黑的辫子绑在头顶，一身粗布衣服，脚蹬草鞋，一只手握着蒲扇。

赵明舟是浙江人，讲起话来一口吴侬软语。他淡淡地说："贵客临门，却没来得及整理衣冠，失礼了。"说话时赵明舟坐在藤椅上，连屁股也没抬一下。显然这只是客套话，他并未觉得自己失礼，更没把来者当贵客。

何瑞源哪会计较这些，一个劲地恭维知府大人，接着说："这位蒙元亨从泾阳来，是在下的朋友。他听闻大人修缮寺庙之善举，激动不已。一千两银子，我与他一人一半。"

"哦，原来是蒙先生。"赵明舟微微点头，算是打过招呼。接着他放下蒲扇，说："碑文写什么，你们说吧。"

何瑞源原本背过台词，可此时一紧张，竟张口结舌说不出话来。蒙元亨见状，只得上前一步，说道："区区一千两银子何足挂齿，又怎敢劳大人的如椽大笔。来之前，我们写好了一篇文章，只是不知遣词造句是否精当，请大人定夺。"说罢，蒙元亨从袖中取出自己写好的文章递了过去。

赵明舟本在提笔蘸墨的手停了下来："你们的名堂可不少。"拿过纸瞟了一眼，又微笑道："这字倒是工整。"不过接着看下去，赵明舟的脸色却凝重起来。

这篇文章是蒙元亨亲笔所写，他只字未提自己的功德，却是先抑后扬，将赵明舟大大褒奖一番。文章写道，川陕大旱，饥民流离失所。保宁知府赵明舟偏在此时热衷佛事，耗巨资修缮寺庙。乡间非议颇多，直言此乃不问苍生问鬼神的荒唐之举。然工程一开，所需人手众多，四方饥民有了讨生计的手段，以至于保宁府在荒年之中依旧景气繁华。赵明舟此举不计个人毁誉，以工代赈救民于水火，正是菩萨心肠。

放下文稿，赵明舟打量着蒙元亨："你真是这么想的？"

"当然。"蒙元亨说，"遇到灾年，市面萧条，有钱人若捂紧钱袋子，穷人就更难谋生。大人号召富户修缮寺庙，实则是让饥民有活儿可干。"

赵明舟欣慰地笑道："公道自在人心！"他见来者仍站着，赶紧请入座，又吩咐仆从上茶。

猛然间，赵明舟似乎想起什么事，问道："刚才你说自己叫什么来着？"

蒙元亨答道："在下蒙元亨。"

"你就是蒙元亨？"赵明舟有些惊喜，"久仰大名！"

蒙元亨弄不清楚，赵明舟是客套还是真听说过自己，只是抱拳道："大人过奖。"

见气氛融洽，何瑞源也不那么紧张了，之前忘掉的词重新记了起来。他说道："以工代赈实在精妙，不过大人反其道而行平抑米价，更令人佩服得五体投地。"

好听话总是谁都喜欢，赵明舟笑道："这个你们也看出来了？"

何瑞源说："今年是灾年，各地米价飞涨，大人却默许高价售粮。如此一来，各地粮食涌向保宁，米价立时跌下去。"顿了顿，他又说："我差点中了大人的计，当初去广元购粮，打算运回保宁赚上一笔。幸亏碰到蒙元亨，让我赶紧出手。"

赵明舟哈哈大笑："若不将粮食出手，恐怕你也捐不出这一千两银子。"

进门之前，衙役告诉过何瑞源，赵大人只有一刻钟工夫。可一聊得开心，不觉已快半个时辰。赵明舟跷起二郎腿："你们今日来，想必不是让我写功德碑的，有什么事直说吧。"

蒙元亨正好切入正题，说道："大人治下，保宁府愈发兴旺，各地饥民蜂拥而入，指望在此讨口饭吃。但人一多，麻烦事也跟着来了。”

“什么麻烦？”赵明舟坐直身子，诚心请教。

蒙元亨说：“如今身在保宁的外乡人不在少数，尤以附近府县的居多。他们在保宁既能讨生计，又能促进市面繁荣，可谓一举两得。然而，缴皇粮的日子就要到了。按朝廷惯例，百姓非得回户籍缴粮纳税不可。这么多人将粮食肩挑背扛、翻山越岭运回原籍，岂不麻烦！再者说，一大帮人忽地一下离开保宁，此处的许多工程难免延宕。”

赵明舟点了点头，说：“既然你看出了麻烦所在，如何去化解？”

蒙元亨说道：“说来这也是受大人启发。赵大人以工代赈的良策让我豁然开朗，并举一反三想出了以银代粮的法子。”这些年，蒙元亨总是立于风口浪尖，尽管锐气未减，但说话办事却老练多了。比如说出自己的想法前，还不忘夸奖赵明舟一番，并谦逊地表示自己是受其启发。

“怎么个以银代粮？”赵明舟追问。

蒙元亨说：“保宁市面景气，不缺银子。可否让百姓安居乐业，不必来回折腾，只消拿银子来抵了皇粮国税？保宁府收了银子，再派人采购粮食去各州府县，代百姓上缴国库。如此一来，国库能收到粮食，百姓免了奔波之苦，保宁市面也不至于萧条。”

赵明舟沉吟了半晌，才缓缓说道：“以银代粮，好主意呀！困扰本官多日的难题，竟被你解开了。”

何瑞源见赵明舟已被说动，附和道：“大人所言甚是，这当真是利国利民之举。”

赵明舟思忖了一阵子，又抓起蒲扇，轻摇起来：“今日我还有事，就不留你们吃饭了，改日再来谢你们这道利国利民之策。”

没想到赵明舟突然下逐客令，蒙元亨颇为意外，一时坐着没有动。赵明舟问：“怎么，还有事吗？”

蒙元亨回过神来，说：“采购粮食代百姓上缴国库的事，官府不便亲力亲为，最好能委托给商号来做。”

“这是自然。”赵明舟说，“我会在保宁府物色有实力、有信誉的商号来操办。”

何瑞源立刻提议道：“鄙号在保宁经营多年，奉公守法，有口皆碑。元亨从泾阳来，更是操持过大买卖的。若大人不弃，可将这桩事交给我们来做。”

“你们？”赵明舟重新打量了二人一遍，说，“看来这法子不仅利国利民，更是利己。”

何瑞源笑着说：“替人跑腿，挣点辛苦费而已。”

赵明舟鼻孔里哼了一下，说：“这话要么言不由衷，要么就是戏弄本官。我是商铺伙计出身，生意上不外行。如今保宁府粮食充盈，粮价又低，你们在保宁采购粮食，再运往各府县缴粮，光这中间的差价就赚得盆满钵满了。”

蒙元亨说：“真人面前不说假话，大人这账算得不错。无利不起早，生意人想的自然是赚银子。不过，真有利国利民又能利己的生意，何尝不是美事一桩！”

赵明舟笑了笑：“你说的是实话。不过，既然这单生意获利颇丰，为何要独厚于你们？以银代粮的法子固然好，但说出来了也就不值钱了。”

赵明舟的讲法分明是翻脸不认账，但蒙元亨人在屋檐下，只能退一步：“不妨将这单生意交给几家商号同时操办，彼此间既分工协作，又能有个比较，谁也不敢懈怠。”

赵明舟依旧摇头：“纵使几家来做，你们凭什么成为其中之一，我仍是找不出理由来。”

气氛顿时尴尬，何瑞源求财心切，唯恐丢失这个机会，显得坐立不安。

“我还有公务在身，各位请便吧。”赵明舟又下了逐客令。

情急之下，何瑞源起身壮着胆子说道：“大人要的理由，小人自然会找出来。”

“什么理由？”赵明舟的目光咄咄逼人。

何瑞源低头思索片刻，说道：“赵大人，我们不是不懂规矩的人，只要能接下这单生意，咱们四六分成，你拿大头。”

赵明舟手中摇动的蒲扇停了下来，目光阴冷：“你把本官当什么人，竟敢公然行贿！”

“小的不敢。”何瑞源双腿发抖，但他竭力让自己镇定下来，“我在保宁府经营当铺，与大人的家丁打过交道，深知大人两袖清风，怎敢有任何非分之想。只不过既然是生意，自然照规矩办。”

蒙元亨颇为讶异，没料到何瑞源竟会使出这一招。他更想不通的是，何瑞源此时搬出赵明舟的家丁是何用意？又是两袖清风，又是生意上的规矩，简直前后不通，奇谈怪论！

赵明舟的态度却出乎意料地缓和下来：“你小子倒有点意思。”

何瑞源自是毕恭毕敬：“一点小意思，不成敬意。”

见蒙元亨始终没开口，赵明舟又把目光投过去：“这也是你的意思吗？”

遭此一问，蒙元亨有些措手不及。行贿赵明舟之事完全是何瑞源临时起意，自己事前并不知晓。蒙元亨并非迂腐之人，更耳闻目睹过不少官场陋习。多少无德无才、贪得无厌之人身居高位，像赵明舟这样既不忘捞钱，还能做出政绩的，已算精明强干之辈。再说仅以生意而论，舍不得孩子套不住狼，这点花销倒也可以承受。

然而，蒙元亨心中还有一个信条，那便是不去行贿。或许是因文盛合与父亲蒙顺惨痛的往事，当自己不得已投身商海时，便立志不靠着攀附官员发财。昔日在泾阳，对手只是文善达，与官场打交道的机会不多。今日面对赵明舟，真正的考验终于到来。

蒙元亨正在天人交战之际，何瑞源却拿手戳了他一下：“赵大人问你呢，快回话。”

正是何瑞源这声催促，让摇摆中的蒙元亨下意识说出：“这不是我的意思。”

何瑞源一脸慌张，赵明舟也好奇地盯住蒙元亨。话已出口，断难收回，蒙元亨索性直说：“大人是朝廷命官，吃的是皇粮，身份何等尊贵。士农工商，商人为四民之末，将我们手中的银子送给大人，实在怕辱没了大人。”

赵明舟脸上看不出任何表情，淡淡说道：“你们的意思我明白了，我会好好考虑的。”

出了府衙，何瑞源顿时抱怨连连：“你犯糊涂了吧，大好生意就让你搅黄了。这一来，一千两银子真打水漂了。”

蒙元亨没有做出违心的事来，心里十分坦然：“能赚钱的生意多的是。假若非要行贿，这生意不做也罢。”

何瑞源气得说不出话来。蒙元亨劝道：“赵明舟也没把话说死，人家只说好好考虑。”

“考虑个屁！”何瑞源说，“他赵明舟是什么人，我还不清楚！光在我家当铺，就放着上万两家当。你不给他吃肉，他怎么肯让咱们喝汤。”

当初在广元相逢，何瑞源就断定赵明舟是个贪官，今日又提到当铺与家丁之事，看来是有所本。蒙元亨问道：“当铺里什么东西，你倒说说。”

何瑞源铁青着脸，回忆起往事。年前，知府的家丁来到当铺，说要当东西。家丁抬来好几箱子货，全都贴着保宁府衙的封条。家丁说箱子里是大人收藏的上等景德镇瓷器，要当一万两现银。何瑞源说要开箱验货，家丁却脸一沉训道，知府大人的东西，你还怀疑真假吗？再说把东西送来当铺，只因要给姨太太过寿，家里缺现银，过几个月还要赎回去。你一个开当铺的，哪儿来那么多麻烦事。何瑞源不敢得罪知府的人，一切依了对方，只是好说歹说把价从一万砍到七千。

何瑞源说：“虽然我没撕封条，但还是敲了敲箱子，听了听里头的动静，真是瓷器不假。你想想，五大箱子景德镇上等瓷器，起码值两万两银子。赵明舟真要是规规矩矩吃皇粮，不去贪赃枉法，能有这么多银子吗？”

蒙元亨停住脚步，摇头叹道：“倘若真是如此，我们与那个赵明舟最好少打交道。”

3. 攀附官员在许多人看来是发财捷径，在我眼中却是处处杀机的险途

一晃又过一月，蒙元亨一面将父亲留下的田产变卖，凑了几千两银子，一面不时在保宁市面上行走，留意着生意机会。

这一日，他正在码头与脚夫攀谈，却发觉背后被人拍了一下。转过身，只见何瑞源满头大汗："去你家，世英说你出门了，我寻了好大一圈才找到你。"

"有什么事？"蒙元亨问。

何瑞源说："知府衙门来人，说是赵明舟要见咱俩。"

自打听说赵明舟的种种事迹后，蒙元亨便断了做以银代粮生意的念头。赵明舟突然召见，倒令他颇感意外："他找咱们有什么事？"

何瑞源说："去了不就知道了。"

两人径直来到府衙，与上次不同，见面的地方不在签押房，而在后院赵明舟的书房。走进书房，只见里面装饰简朴，房间正中悬挂着一幅苍劲有力的行草，写着"为国为民"四个大字。

看到这些，蒙元亨只觉得讽刺，心中更是窃笑。赵明舟依旧是一身粗布衣衫，脚上却换成布鞋。他起身招呼客人坐下，接着从抽屉中取出一封书信，对蒙元亨说："当初我说久仰大名，可不是虚矫之词。你看看这个。"

蒙元亨接过信来一看却是大出意外。这封信是年遐龄写给赵明舟的，除了日常问候，年遐龄专门提到蒙元亨，说他"少年老成，可与咨商"。落款是两个多月前，算上信在路上的时间，赵明舟收到这封信，的确是在与蒙元亨初次见面之

前。那句“久仰大名”，果真不是应酬客套。

泾阳一别，蒙元亨与年遐龄没再见过面，却一直有书信往来。蒙元亨回保宁府的事，年遐龄是知道的。不过蒙元亨从未向年遐龄求助，年遐龄更没提及自己与赵明舟的交情。不承想，人家竟悄悄打过招呼。蒙元亨对那位冷面年大人的印象，顿时好了许多。

放下信，蒙元亨问道：“赵大人与年大人是老朋友？”

“岂止老朋友！”赵明舟说，“虽说年大人是京官，我一直在地方上扑腾，但我俩却有过命的交情。那时三藩作乱，遍地烽火，我在湖北当差，年大人也奉旨到前线督办军务。正好湖南战况吃紧，一批军需粮草又非得即刻启运，由湖北送到湖南，这趟差便由年大人与在下一同来办。”

回忆起往事，赵明舟滔滔不绝：“没想到人马刚进湖南地界就遭遇不测，山下冒出来好几百个叛军，而护送粮草的官兵不过一百余人，情况万分危急。我登高一望，见叛军军容不整，猜他们是被冲散的，于是向年大人建言，此时绝不能示弱，反而要虚张声势。大伙从箱子里翻出盔甲，所有人都披上，接着便呐喊着冲下山去。”

“当时心里也发虚呀！”赵明舟笑起来，“虽说人家是残兵败将，可好歹真刀真枪干过，比我们手下的挑夫强多了。真要交手，立刻就得露馅。所幸对方一看我们全都披盔戴甲，而且主动出击，以为是官军精锐，一溜烟跑了。”

蒙元亨赞道：“赵大人这一出空城计唱得好。”

赵明舟摆手道：“运气好而已，这种把戏战场上千万别玩第二回。”

没想到蒙元亨能与赵明舟攀上关系，何瑞源真是后悔当初掏的银子。早知如此，直接递名帖求见便是，哪还用得着拐弯抹角捐银子。不过有了这番交情，生意没准能有转机。

见两人聊得融洽，何瑞源见缝插针道：“赵大人，不知上回说的事你考虑得如何？”

“光顾着聊天，竟把正事忘了。”赵明舟用手指敲了下桌子，“你们的意思到底如何，是四六分还是公事公办？”

何瑞源摸不透赵明舟的意思，选择了最稳妥的答案：“大人的意思，便是我们的意思。”

“那好，我的意思很清楚。”赵明舟说，“只要公事公办，以银代粮的事就交给你们一家来做。”

蒙元亨与何瑞源均大感意外，只听赵明舟接着说：“当初叫你们回去，并非敷衍。以银代粮虽是善政，却不是我一个知府能做主的。为此事我专门给成都的巡抚大人去了公文，所幸巡抚最终答应了，批复前日才收到。这不，立刻就把你们叫来了。”

“多谢大人！”两人激动异常，异口同声道。

“抬进来。”赵明舟又大声说道。

门外立刻有家丁抬进来五口箱子，上面贴着知府衙门的封条。何瑞源当然认得，这些正是当初送来自家当铺的东西。

赵明舟又吩咐道：“撕掉封条，打开！”

箱子被打开，只见里面并非什么景德镇瓷器，而是一般的土瓷土碗。赵明舟笑了笑说：“空城计在战场上只能唱一回，在当铺却是屡试不爽。府上人多开销大，常有入不敷出的时候，只好借着知府衙门的封条吓唬人，用这些土碗冒充景德镇瓷器，弄点现银周转。雕虫小技，让各位见笑了。”

蒙元亨顿时明白过来，送去当铺的箱子，不过是赵明舟手中拮据时唱的空城计。如此说来，赵明舟不仅是精明练达的干臣，更是品行高洁的清官。

赵明舟又盯着何瑞源问：“你不会再用这些箱子来要挟本官了吧？”

何瑞源连说“不敢”，赵明舟拍了拍他的肩膀，说：“那日我问你，把以银代粮的生意交给你们做，凭什么？你找出的理由，对旁人或许行得通，对我却行不通。所幸，元亨给出了最好的理由，那便是他不行贿。”

赵明舟给蒙元亨递过茶，说道：“曲意逢迎、行贿巴结官吏的商人我见多了，你却是个异数，能说说其中的缘由吗？”

蒙元亨接过茶，说：“大人要听真话吗？”

“当然。”赵明舟投来殷切的目光。

蒙元亨说：“年大人信中，也提到了在下家世。家父蒙顺曾是文盛合的大掌柜，可因为索额图一案牵连，文盛合险象迭出，东家文善达九死一生，我父更是含冤莫白，发配关外。攀附官员在许多人看来是发财捷径，在我眼中却是处处杀机的险途，稍有不慎便粉身碎骨。只有不行贿，才是自保之策。”

赵明舟思索良久，说道：“精辟！我虽未见过文善达，却知道其人，听说他将一句话奉为圭臬——做生意不是看账本，而是看懂世道人心。可惜呀，他对人心的参悟远没你透彻，难怪一场棉花大战会败在你手下。”

赵明舟又说：“刚才都是我问你，或许你也想问一问，世上贪赃枉法的官吏多得很，为何赵明舟却要独善其身？”

“愿闻其详。”蒙元亨说。

赵明舟将手一挥，指着墙上的字：“知道这四个字乃何人所书？”

仔细看去，见落款处写着“于山”二字。何瑞源并不知于山是谁，但蒙元亨熟悉国朝典故，对朝廷封疆大吏的雅号也大致了然，答道：“两江总督于成龙大人，别号于山。”

何瑞源虽不知于山是谁，却听过于成龙的大名，脱口而出：“原来是于青菜呀，保宁府里谁不知道！”

赵明舟盯着何瑞源问：“于大人并未来保宁府为官，这里的百姓为何知道？”

何瑞源答道：“于大人没来过保宁府，却在与保宁相邻的四川合州做过知府。他在合州两年，人口骤增，田地开辟，更难得为官清廉，被百姓称为于青菜。周围府县都羡慕合州，能摊上这么个青天大老爷！”

“政声人去后，民意闲谈中。于大人在合州为官，已是二十年前的事，百姓至今却念念不忘。”赵明舟感慨道，“朝廷大员的称谓有许多，像于大人贵为两江总督，有人称他总督大人，还有人叫中堂大人，他别号于山，文人雅士称呼他于山老。然而于大人说过，他最看重的，还是市井百姓那一声亲切的于青菜。”

“可惜呀！于大人半月前病逝于江宁，朝廷顿失南天柱石。”赵明舟一声长叹，表情凝重。

于成龙官声卓著，为天下人敬仰。蒙元亨听闻于成龙过世的消息，也肃穆道：“于大人一代廉吏，今时清官第一。”

赵明舟沉吟了一会儿，说道：“于大人不仅操守过人，治事的本领也世所罕见。他在湖北剿抚并用，平息叛乱，在福建修理海堤，造福一方。于大人是廉吏，更是干臣。”

提到于成龙，赵明舟的情绪变得高亢。蒙元亨知道赵明舟仕途起于湖北，恰好于成龙也在鄂多年，莫非曾对赵明舟栽培有加？想到这一层，蒙元亨试探着问：“赵大人与于大人同在湖北为官，是否……”

“于大人对我不仅有山高海深的知遇之恩，那些为官处世的谆谆教诲，更是如兄如父。” 赵明舟重重地点了点头，动情地回忆起自己与一代名臣于成龙相遇相知的往事。

赵明舟是浙江人，出身贫寒，十四岁独自来到杭州，进到一家徽商的茶叶行里做学徒。东家女儿见他踏实刻苦，渐渐生出情愫，执意要与他成亲。东家阻拦不住，只好点头答应。成亲后，赵明舟打算走科举正途，出仕为官，无奈屡试不中，甚至沦为周围人的笑柄。

妻子疼惜赵明舟，更知夫君身负大才，必有破壁高飞之日，竟缠着父亲，非要他掏银子给赵明舟买个功名。东家一来宠爱女儿，二来想着自家女婿有个功名也是件有面子的事，便掏了几千两银子，给赵明舟买了个候补知县。

不过，这买来的功名只能在街坊邻居处摆一摆阔气。当年朝廷财政拮据，卖出去的候补知县多如牛毛，想获得实缺简直难如登天。何况在那些两榜出身的朝廷官员眼中，捐官始终是被人瞧不起的异类。

顶着个候补知县的虚衔，赵明舟依旧在商铺里运货、算账，干着各种杂务。直到三藩之乱，他认为此用人之际，或许将是千载难逢的良机。赵明舟离开杭州，只身奔赴湖广，打算以军功实绩出人头地。

来到兵凶战危的湖北，赵明舟依旧大志难伸。领着帮办军务的差事，实则就是做账房先生的活儿。更郁闷的是，官场上下没人瞧得起这个出身徽商茶行的候补知县，各种嘲弄、不屑，几乎每时每刻都会遭遇。

恰在这时，赵明舟遇见了武昌知府于成龙。当年的于成龙虽只是四品官，却因操守才具广为人知。混迹官场有时的赵明舟深知，官大一级压死人，尤其那些名气大的官员，架子往往大得惊人。因此，自己第一次受于成龙召见，难免怀着局促心情。

孰知大出意料之外，这位身子瘦弱的山西人，一点也没有名臣架子，其谦和平易，完全出于一片天性。于成龙面皮粗厚而多皱纹，穿戴普通人的衣帽，绝无半点异人之处，从里到外，就是一个老农、一个老儒、一个老实巴交的平民百姓。于成龙开门见山，说看过赵明舟做的账本十分满意，想会一会这个算账能手。

赵明舟讲起自己的经历，对多年来所遭受的委屈也少不了抱怨。于成龙勉励他，捐官鱼龙混杂，被人瞧不起在所难免。好汉不提当年勇，英雄哪管出身低，只要实心办事，公道自在人心。

于成龙还讲到自己科场坎坷，四十多岁才考取功名。当年一边读书，一边要承担家庭生活的重担，当过教书匠，还帮人运过货。不过这段蹉跎岁月，日后却给了于成龙莫大助益。比起那些只知吟诗作赋的翰林，他更知民间疾苦，更加不喜空谈，重于实干。于成龙对赵明舟说，你的诗词文章比不过人家，但当过伙计跑过生意，干实务的本领理应胜人一筹。

得到于成龙的赏识与勉励，赵明舟顿时充满士为知己者死的感激之情。他跟随于成龙身旁，辅佐这位名臣度过了叛军兵临城下，武昌城风雨飘摇的艰困岁月。更难得的是，赵明舟掌管武昌府财政，过手的银子千万两，自己却是两袖清风，每一笔账都做得清清楚楚。

数年后，于成龙升任湖广下江陆道道员，赵明舟随他一起赴湖北新州。在那里，赵明舟事无巨细兢兢业业，赢得上下交口称赞。于成龙采纳了赵明舟剿抚并用之策，安抚地方势力，一举歼灭吴三桂余党。

康熙十七年，于成龙升福建按察使。离鄂赴闽前夕，于成龙上书湖广总督，保举赵明舟，说他虽为捐官，然操守罕见，更是湖广第一理财能手，恳请朝廷不拘一格重用人才。追随于成龙多年，湖北官场早已对赵明舟有口皆碑，加上这封保举信的分量，湖广总督请示朝廷，最终实授赵明舟黄州知府。

从候补知县到实任知府，从捐官到四品大员，一纸任命震动官场。人们夸奖赵明舟实心办差鞠躬尽瘁，更赞颂于成龙为国举贤的古大臣之风。

回忆起与于成龙的往事，赵明舟娓娓道来。多年前在武昌城，在新州的道台衙门，他们就这样面对面坐着，商量地方民生，筹措南征钱粮，谈论诗词文章，也叙说家庭琐事人情世故。那轻轻的、娓娓动听的山西官话里，充满了多少智者的思索、仁者的友情！再想到自己的伯乐，大清国的柱石之臣竟已溘然长逝，赵明舟不禁眼眶泛红。

听了这一席话，蒙元亨对赵明舟愈发生出敬佩之情，举手道："以赵大人的操守才干，于大人后继有人。"

赵明舟摇了摇头："于大人高山仰止，我辈难以望其项背。只愿用心做事，为国为民，不辜负他老人家的栽培。"顿了顿，他又说："我说过，于大人不仅是廉吏，更是干臣。从他老人家身上我还学到一点，廉吏未必是干臣，但要做干臣，必先做廉吏。"

赵明舟挥了挥手，拉高声调："以银代粮的事，你们放手去做。只要咱们之间小葱拌豆腐——一清二白，就不必在乎外头的闲言碎语。"

蒙元亨站起身，洪亮答道："我等定不负大人厚望。"

4．文知雪派盛宇峰去京城告状，既是知人善任，也是下死手

岳江南与苏定河坐在文家大院的堂屋内，正与盛宇峰兴高采烈地聊着草原上的风光见闻。木门被推开，文知雪笑吟吟地走进来，说道：“岳东家，不好意思，你昨日才回来，还没好好休整，又要麻烦你过来一趟。”

岳江南跷起二郎腿，摇着折扇：“没事，不来这儿我也有一大摊子事，哪有休整的工夫。”

文知雪问：“怎么样，这一趟收获如何？”

“满载而归。”岳江南收起折扇，兴致勃勃地说起草原之行。一个多月前，岳江南跟着盛宇峰一同启程，去草原拜访蒙古王公，为接下来的棉布生意投石问路。如今双方合作，文盛合看上去颇有诚意，但凡能搭上线的蒙古亲贵或富商大贾，都引见给了岳江南，几方相谈甚欢。

岳江南接着说：“准噶尔兵锋正盛，喀尔喀蒙古看上去是不行了，其他蒙古部落也是人人自危。我之前担忧，织出的棉布卖给谁。”

岳江南继续说：“实地走了一趟才发觉，情况没那么糟。草原战云密布，朝廷秣马厉兵，光这半年，边境就多了好几万驻军。蒙古各部落也在扩军，又从关内招募了不少精壮。一下多出这么些人，都得穿棉衣。咱们这棉布生意，起码还有的做。”

文知雪开心地笑起来：“做生意就得随行就市，管他是谁，能掏银子买棉布就行。”

岳江南点了点头，又问：“你急着找我过来，有什么事吗？”

“是这样，”文知雪抿了一口茶，缓缓说道，“你也知道，自打棉花大战后，文盛合的银子就掏空了。如今茶叶行情不错，我打算囤一批货，可手里实在拿不出现银，不知你那里是否宽裕，能否周转一下？”

提到银子，岳江南一脸为难：“我手里也不宽裕呀。棉花大战我不过惨胜，当初收棉花的银子几乎都是借的，还得靠卖了棉布还债。”

“没错。”如今已是商号掌柜的苏定河赶紧替东家打圆场，“商号里压箱底的银子，昨天也拨出去了。这一趟去草原，眼见行情不错，可不得增加布匹。采购原料，雇用工人，哪一样不花银子。”

“是呀，”岳江南点头道，“我手里实在拿不出银子。”

“岳东家别误会，”文知雪微微一笑，“我并非问你借银子。谁都知道，这年头亲兄弟也没有白借的钱。我是打算把文盛合的染坊卖了，换回些现银。若你有意接手，那倒是两全其美。”

“你要卖染坊？”岳江南颇为诧异。

文知雪点头道：“就看你愿不愿买了。”

经营棉布生意多年的岳江南深知，染坊对“北棉南去，南布北来”的商路，对文盛合来说究竟意味着什么！北方的棉花运往苏杭加工后，织出的布一般是三尺口面，运到陕西以后要走西北，西北道路崎岖，三尺口面太宽，不适合内陆运输，在泾阳必须进行改卷，把三尺宽的口面缩短成一尺五，重新卷成小卷。同时，还要将布放在煮滚的硫黄桶上熏染，使之进一步变白。文盛合的染坊，做的便是改卷漂染的活儿。假若没有这些染坊，文善达当年“驻中间，拴两头”的经营之策便是一句空谈。

文知雪明白岳江南的惊讶，解释道：“棉花大战之后，文盛合元气大伤，棉布生意大概无力独自经营下去。文盛合的重心将转到茶叶，至于棉布生意，将来两方合作，岳东家占大头，文盛合只从旁协助。既如此，染坊倒也不必留着。”

岳江南将信将疑地看着文知雪，她真甘心沦为附庸，淡出曾支撑起文盛合半壁江山的棉布生意，从此看着别人吃肉，自己只啃骨头？假若文善达泉下有知，又会做何感想？

文知雪说：“商场上讲究有所为有所不为，目前局势下，重振文盛合的棉布生意并不切实际。与岳东家合作，谈不上欢天喜地，倒也是两害相权取其轻。若不识时务硬干，反而雪上加霜。”

岳江南笑了笑说：“这话客气啦。双方合作，我赚了银子，还能让你们吃亏？”

文知雪说：“岳东家是聪明人，想必能感受到文盛合的诚意。这一趟去草原，我们把老朋友全引见给了你，并无丝毫保留。”

岳江南思忖着，看来文知雪真要淡出棉布生意，把重心转到茶叶上。真是这样，那可是天赐良机。这些染坊怎么着也得咬牙接下，从此改卷漂染的活儿不再求人，加上手中的棉花与织机，百年商路眼看将由自家独霸。

打定主意，岳江南说：“文东家拿出了诚意，我自然应有所表示。我愿意接下这些染坊，价钱也好商量。但刚才说了，我手里没有现银，要接手染坊还得去举债。不知能否宽限些时日，最多一个月，定把银两凑齐。”

文知雪摇了摇头：“茶叶生意急着要钱，等不了一个月。染坊作价两万两银子，算是公道价了。要不这样，十日之内先付一万两，剩下一半一个月后再付。”

岳江南犹豫了一会儿，答应道：“好吧，就这样。”

文知雪笑道：“岳东家果然是爽快人，那就一言为定。”

生意敲定后，文知雪又说：“隔几日我要回趟山西老家，处理茶叶生意。以后棉布生意以岳东家为主，染坊你也接手了，许多事只好劳你费心。”

岳江南点头说：“分内之事责无旁贷，文东家只管忙你的，棉布生意做成了，到时分银子便是。”

堂内之人都笑起来，众人又闲聊一阵，岳江南起身告辞。离开文家大院，岳江南虽充满兴奋之情，但内心深处仍有一丝不踏实，他问苏定河：“老苏，你觉得文知雪是真心认输，还是在玩什么花招？”

苏定河说：“我也担心文知雪在玩花招，但思来想去，她实在使不出什么招。如今织机、棉花都在咱们手里，孙猴子再厉害，能跳出如来佛的手心？”

岳江南点了点头：“是啊！如今除了乖乖与我们合作，她根本无路可走。”

苏定河说：“商场险恶，凡事多留个心眼是对的。但机遇在前，也不能优柔寡断。瞧这样子，文知雪真打算淡出棉布生意了。两万两银子买下染坊，虽说不便宜，但花得值！”

岳江南微笑着说：“文知雪这也算识时务者为俊杰。”

苏定河说：“趁机拿下染坊，自然是好事一桩。但掏出去两万两银子，咱们的日子就更紧了。”

岳江南说：“反正咱们已欠了不少债，也不在乎这一点，开头的一万两银子，就在泾阳借高利贷，后面的一万两，我写信给江南的徽商老友，请他们帮忙。只要把棉布织出来卖去蒙古，之前的债都能还掉。”

苏定河说：“只要把这段日子熬过去，往后棉布生意由咱们把持，不愁没银子。”

憧憬着未来的日进斗金，两人一路上兴致高涨。眼看马车快到家了，岳江南想起一件事，问道：“刚才聊天，文知雪说要回山西处理茶叶生意，盛宇峰又说要去京城。这当口，他往京城跑什么？”

苏定河叹了一口气说：“盛宇峰去京城是为了蒙元亨的事。”

“元亨？他怎么了？”岳江南又问。

“我还是从文家的管家宋元河那里听说的。”苏定河说，“蒙元亨回到保宁府，揽下了以银代粮的生意，这可是无本万利的买卖，好多人眼红。保宁府陕商众多，消息很快传来泾阳。文家哪见得他发财，文知雪派盛宇峰去京城，就是告发官商勾结，要断蒙元亨的财路。”

弄清楚了什么是以银代粮后，岳江南叹道：“冤家宜解不宜结，总得给人留条活路，文知雪这又是何必！”

苏定河摇头说：“他们两家的仇怨，估计是解不开了。文知雪派盛宇峰去干这事，既是知人善任，也是下死手。”

岳江南明白苏定河的意思。盛宇峰苦苦爱慕文知雪，蒙元亨自然就是他的情敌。有一个置蒙元亨于死地的机会，盛宇峰绝不会手软。

“我还听说，”苏定河又说，“文知雪向保宁府所有商人放话，文盛合与蒙元亨之间只能二选一。谁要和蒙元亨有生意往来，从此别做文盛合的买卖。文盛合虽说大不如前，毕竟底子厚，大伙犯不着为一个蒙元亨去开罪文盛合。”

岳江南不禁为蒙元亨担心起来："元亨在保宁府的日子，怕是不好过，咱们能帮帮他吗？"

苏定河一脸无奈："保宁府内，除了本地商人，就数山陕商帮势力最大，徽商很少涉足，咱们也有心无力。若是直接给银子，蒙元亨也不会要。"

"唉！他这个犟脾气！"岳江南重重叹道。

5. 文知雪要借晋南地窖中的老旧织机，颠覆百年商路

长河落日，晚霞流金，秋水如涟，远上云端。两岸翠柳倒映，野鸭点点，航帆竞渡……

如果说黄河是一条巨龙，那么黄河沿岸的古渡口就是龙身上的鳞甲。没有河畔难以计数的渡口，黄河充其量只是一渠死水，没有生气可言。位于山西芮城县东南的大禹渡，正是这样一个铭刻着历史沧桑的黄河古渡。相传当年大禹受舜之命率众治水，踏勘水势来到此处，乘舟上凿龙门，下开三门，连续治水十三年，三过家门无暇一顾，终取得治水成功。后人把治水大军乘舟出发之地称为“大禹渡”。

万里黄河在晋陕豫三省交汇处拐出一个巨大的弯，在这百余里的河道上，分布着风陵渡、大禹渡、茅津渡三大渡口，被称为黄河的铁码头。行前许多人建议走风陵渡，但文知雪却执意率领商号大队人马从大禹渡过河。她也不明白为何拒绝风陵渡，难道就因为那里是蒙元亨与罗世英爱情开始的地方？

船停泊住，放下板子，盛宇峰扶着文知雪上岸。他看了看头顶西斜的太阳，说：“今日过河有些耽搁，晚上就在芮城县歇脚吧。再有几日工夫，便能到太原了。”

文家是晋商，祖籍山西祁县，文知雪虽自幼生活在泾阳，却多次回过老家，对三晋大地并不陌生。此行去太原，对外说是处理茶叶庄的生意。文知雪摇了摇头：“这行程太慢了。”

“连日赶路，歇都没歇，就这你还嫌慢？”

“我们大队人马走不快，但你有事在身，可以先走一步。”

盛宇峰想在路上照顾文知雪，并不愿分开：“我去京城，也要途经太原，反正顺路，彼此能有个照应。”

“我有手有脚，用不着别人照顾。去京城找李一功的事，宜早不宜迟。万一蒙元亨把以银代粮的生意做起来，李大人再打招呼就晚了。况且，你早一点到京城，也可去其他大人府上走动走动。”

盛宇峰虽不愿离开文知雪，但一想到收拾蒙元亨，更是浑身来劲：“你说得没错。干脆我带上两个人，骑快马赶路。”

“盛大哥，辛苦你了，一路上可得小心。”文知雪语调温婉地叮嘱。

自打当上东家，文知雪好久没这般轻柔地对人说话了。盛宇峰立刻如沐春风，精神百倍：“没事！待会儿我不进芮城了，今夜就动身。”

商号的人马在芮城休整一夜，第二日接着北上。不过刚走出二十里地，文知雪就说身子不舒服。众人要停下，她又说此行押运着银子，太原正急等着用。最后，管家宋元河提出，找一处客栈让东家休息，自己与两名伙计留下来照顾，其他人继续赶路。

一番安排之后，文知雪与宋元河住进客栈。半个时辰后，几人又走了出来，翻身上马。不过，他们并未北上追赶大队人马，而是掉转马头，一路向南疾行。

执掌文盛合后，文知雪不仅能熟练看账本，还学会了骑马。上马前，只见她一手牵着缰绳，一手检查肚带的松紧，以防马鞍滑动。接着左脚踏进镫内，轻轻跳起，右腿跨过马的后躯，同时把右手放在前鞍桥上，身体轻轻落到鞍上，再将右脚放进马镫内，双手持缰。整个动作一气呵成，潇洒且干练。

上路后，文知雪挥动鞭子，一骑在前，宋元河跟在身后，甚至有些吃力。两个时辰后，宋元河在一片树林外勒住马缰，说：“应该就是这个村子了。”

文知雪抬眼望去，只见密植的枣树与柿子树，却不见一栋房子，她有些疑惑：“房子都没有，人住哪儿？”

说话间，一人从树林里蹿了出来，口中高呼道：“东家，宋管家！”

文知雪露出笑容：“果然是这里。”

这人赶至马前，替文知雪牵着马，欢喜道："我在村外等你们两天了。"

文知雪点头道："运鹏，辛苦了！"

此人正是段运鹏。他在泾阳养好伤后回到文盛合，只当了半个多月的伙计，就说没脸继续留在这儿，请辞离去。像他这样一个小角色，自然不会有人在意。不过，段运鹏绝非一走了之，而是肩负着文知雪交给他的重任。

一路走着，文知雪问："运鹏，你从小就在这儿长大？"

段运鹏点头道："还得感激老东家，若不是他，我一家人根本活不下去。"

段运鹏提到的往事，众人自然清楚。朝村内走了阵子，依旧不见房屋，文知雪疑惑道："村里的房子呢？"

段运鹏笑起来："很快你就能见到。"

众人停了下来，段运鹏用手一指："这就是我家。"

文知雪大吃一惊，房子是见着了，却不在地上，而是埋在地底下。宋元河早年来此地给段运鹏家送过银子，倒也见怪不怪，他说："这就叫地窨院。晋南农村的房子，许多都这样建，人们住在地窨里。"

段运鹏家的地窨院长宽九十多尺，深三十尺，呈方形，四面各有三间窑洞。要修建地窨院，先得选择一块平坦地方，从上而下挖一个天井似的深坑，形成露天场院，四面凿出窑洞，再在院角开挖一条上下斜向的门洞，院门就在门洞最上端。一般向阳的正面窑洞住人，两侧窑洞堆放杂物或饲养牲畜。地窨院里一般掘有深窨，主要是用来排水，俗称旱井，使院中雨水流入井中，再慢慢渗入地下。

这样的院落，人在百步之外都很难发现。只有临近院子边缘时，才能看清面貌。晋南民谣"上山不见山，入村不见村，平地起炊烟，忽闻鸡犬声"，说的就是这种地窨院。地窨院掩映在树木林荫之中，鸡犬之声相闻而不相见，人声嘈杂而影踪全无。

同行的伙计见着稀奇，不禁说道："怎么看着像老鼠打洞？"

宋元河瞪了伙计一眼，段运鹏却笑道："我听老人们讲，起初建地窨院就是受老鼠打洞的启发。地下避寒挡风，住着也舒服。只不过，全山西只有挨着黄河的晋南一带土质松软，才适合打地窨，到了其他地方可见不着。"

"真是一方水土养一方人。"文知雪说道。

下到院子，走进窑洞，便是段运鹏的家。这是一个普通晋南农家的陈设，正面墙根有一张方桌，堆放着醋瓶盐碟辣子盒，还有一只帽子大小的瓦盆里盛着剁碎的酸渍红苕秆。南头是一张放得很宽的土坯火炕，北头堆放着米缸面瓮等杂物杂器。一个白发苍苍的老妪正在掰玉米，见着段运鹏，轻轻说了声："回来了。"

段运鹏说："娘，这就是文东家，她是老东家的女儿。"

段运鹏的母亲一下站起来，激动地说："原来是文东家，你们可是我家的恩人。"说着她便要行大礼。

文知雪赶紧一把扶住："老人家，我们是晚辈，这可使不得！"文知雪搀扶着让段运鹏母亲坐下，心头更不免感叹，此人年轻时能去大户人家做小妾，还能让段运鹏的爹意乱神迷，不惜抛弃锦绣前程与之私通，想必也有过人姿色。岁月匆匆，如今白发老妪的身上哪还有半点昔日风采？女人这朵花，凋谢得好快呀！

老人家哪里肯坐，只是忙着给客人倒茶。段运鹏又从屋里抱出一匹布，说："这是我娘织的，你们看一看。"

文知雪说："老宋是行家，你来看。"

宋元河看得很仔细，又拿手摸了摸，最后缓缓说道："起码不比徽商在江南织出的棉布差。"

文知雪大喜过望，说："能让老人家现场给我们织一织吗？"

"当然。"段运鹏让娘别忙着泡茶，先来演示织布。

老人家带着众人走进另一孔密闭较严的窑洞内，里面摆放着一架老旧的织布机。织布机一端是布满经线的机头，两端有六个翅。不远处安装着竖立的框架，能通过上方的横木棒向下引绳，下方通过引绳连接两个踏板。

织布前，先得让机身倾斜。接着段运鹏母亲端坐在布柱前，双脚踏板上下交替，两只手来回投梭、接梭，织布梭子从两层经线中间穿过，带领纬线与经线交错，再通过机杼的挤压便织成了布匹。

从"唧唧复唧唧，木兰当户织"到"合匹与郎去，谁解断粗疏？"，描写妇女织布的诗歌文知雪读过太多，字里行间无不唤起人们对男耕女织田园生活的向往。不过今日身临其境，眼见段运鹏母亲佝偻的身体和布满老茧的双手，她才意识到生活远没有诗歌那般浪漫。

又细细端详了一阵，文知雪问："一样的棉花，为何织出的布没什么断头？"

宋元河点头说："不仅棉花一样，就连这织机也和泾阳的差不多，但奇怪了，真还没有断头。"

两人所说的断头，不仅是棉布上的瑕疵，更是百余年来山陕商帮始终无法逾越的一道难关。正因为泾阳作坊里织出的棉布断头太多，才不得不假手他人，将北方棉花运到江南，由徽商控制的作坊织出质地优良的棉布。

若在北方也能织出没有断头的棉布，何必再跑几千里冤枉路！延续百年的"北棉南去，南布北来"商路，必将迎来一次彻彻底底的颠覆！

"你们觉得，这里与泾阳的作坊有什么不一样？"一旁的段运鹏说道。

宋元河说："两地相距数百里，水土气候大不相同。"

段运鹏说："没错，两地水土自然有别。但据我所知，同样与此地相隔百里，河南乡下一样能织出没有断头的棉布。"

文知雪说："令堂织布的手艺想必高人一筹。"

"非也！"段运鹏笑着摇头，"就咱们这村子，手艺比我娘好的多的是。"

"你说是什么原因？"宋元河问道。

段运鹏说："泾阳的作坊在地上，这里却在窑洞里。"

"地上地下不一样是织布吗？有何不同？"文知雪依然不解。

段运鹏说："你们有没有觉得，窑洞比起地上要潮湿得多？"

众人都陷入沉思，窑洞内只有织梭穿梭的声响。猛然，宋元河说道："徽商南蛮子能织出上好棉布，并非他们的织机更好，也不在于工匠心灵手巧，而是江南的气候远比关中潮湿。"

段运鹏说："反正我是这样认为。除此之外，找不出其他原因。"

文知雪又追问："你的意思是，只要把织机放在潮湿的地窖里，就能解决断头的问题？"

"没错！"段运鹏说。

文知雪又凝视了织机一阵子，才缓缓说道："运鹏，你为文盛合立下了大功。”

一个多月前，段运鹏刚回到文盛合，闲聊中说起家中老母农耕之余也要织布，而且织出的布质地不错。言者无心，听者却有意，文知雪敏锐觉察出，这其中或许蕴藏着一次反败为胜的绝佳机会。她让段运鹏离开文盛合，实则是回到家乡实地探究一番。很快，段运鹏传来消息说大有斩获。文知雪没有声张，只是借口去太原处理茶叶生意，急匆匆赶来这里。

接下来几日，文知雪一直住在村里，去其他村民家，现场看他们织布，她还带着宋元河、段运鹏过黄河到河南农村走访。这一圈走下来，文知雪信心大增，自认已胜券在握。

众人从茅津渡过河，由河南再次返回山西。下船换马，文知雪依然难掩兴奋之情：“黄河两岸的晋豫两省，只要是在窑洞中织出的布，都没有断头。”

“大智在乡野。”宋元河也是喜形于色，“陕商、晋商们上百年都解决不了的难题，没想到乡间农妇早找出了破解法子。”

段运鹏为文知雪牵着马，说道：“断头问题能解决，棉花就不必再运去江南。”

文知雪收敛笑容，目光中透出阵阵寒意：“这些窑洞就是岳江南的坟墓。”

“是啊！”段运鹏附和道，“姓岳的仗着江南的织机，加上棉花大战之胜，觉得商路就该由他独霸。没想到，从今往后生意的做法全变了。”

宋元河提醒道：“过去，黄河两岸的农妇都是单打独斗。往后，却要将她们组织起来，棉花由我们提供，织出的布也由我们回购。这中间，可得耗去不少银子。”

文知雪说：“岳江南不是才给了我们银子吗？他自己的棺材板，由他自个掏银子买，好得很！”

宋元河说：“这么大的生意，一万两银子怕是不够。”

文知雪说：“咱们接着要去太原，赶紧把那里的茶叶庄卖掉，也能变出银子。再给兰州分号的掌柜写信，让他把水烟行变卖。”

棉花大战失利后，茶叶庄与水烟行已是文盛合为数不多还能赚钱的买卖。文知雪此时选择出售，看来是要押上全部身家，进行一场豪赌了。

文知雪说：“文盛合以棉布生意起家，也因棉布生意才成为山陕商帮翘楚。茶叶庄与水烟行纵然能赚钱，但没了棉布买卖，文盛合就丢掉了魂。重振商号，还得从老本行干起。”

宋元河知道文知雪虽是女流，但想好的事九头牛也拉不回，便点头答应。文知雪又说：“运鹏，你留在此地，银子与棉花我会源源不断运来。半年之后若织不出十万匹棉布，我唯你是问。”

“是，东家！”段运鹏答道。

文知雪接着说：“此事动作要快，但不可大张旗鼓，尤其不能惊动岳江南。”

“我明白。”段运鹏说，“晋豫交界之地，既不是泾阳，也不是太原府，位置偏僻，消息不会跑太快。况且地窖都在乡下，外人一般不会知道。”

文知雪点了点头：“这件事知道的人越少越好，就由你一人主持大局，我不派人协助了。”

段运鹏说：“商号规矩，货与银子不能交给一人。如今东家却把银子、棉花全交我手上……”

文知雪笑了：“难不成担心你把货吃了，或是卷走银子？”她接着说：“疑人不用，用人不疑。若真是那样，便是我看错了人，咎由自取。”

“你的眼光不会错。文家对我的大恩，这辈子一定当牛做马报答。”说这话时，段运鹏的眼眶已泛红。

6. 砍头的生意有人做，亏本的买卖没人做

走出四川按察使衙门，蒙元亨头发蓬乱，衣服渗出一股汗味。明媚阳光洒满大地，他不由得伸了个懒腰。

街对面停着一辆马车，掀开布帘，罗兵、何瑞源一前一后跳了下来，大声喊道：“元亨！”

走近后，罗兵搂着蒙元亨的肩膀，问道：“怎么样，在里面受苦没？”

蒙元亨说：“官府没用刑，只是一连十多天没日没夜地审问，害得我一个好觉也没睡成。”

“知足吧你。”何瑞源说，“没有用刑，已经算是客气了。”

“那倒是。”天性乐观的蒙元亨笑起来，“九天开出一成都，万户千门入画图。草树云山如锦绣，秦川得及此间无。李白的诗写得没错，就连成都的牢房住着也比陕西舒服。”

他这一说，把罗兵与何瑞源都逗笑了。

何瑞源说：“你还有兴致念诗，看来在里头过得太安逸。”

罗兵也打趣道：“我一个跑江湖的，平生还没吃过牢饭。你倒好，从泾阳到成都，竟蹲过两次牢房。”

蒙元亨是半个月前到的成都，他接到公文，说以银代粮一事需向粮台衙门报备。他心急火燎赶来，没承想一进门就被扣下。粮台大人没见着，倒是负责全川刑罚的四川按察使连夜提审，要蒙元亨交代是如何接下这单生意的，究竟有没有向赵明舟行贿。

这一切自然是盛宇峰赴京城活动的结果。但他当初所想，不过是搅黄这单牛意，刑部侍郎李一功竟发力如此之猛，连盛宇峰也没料到。这里头，当然不只是文盛合与蒙元亨的恩怨，更牵扯着复杂的官场争斗。

于成龙为官清廉，打击贪墨不遗余力。在福建按察使任上，他将明珠的门生判刑充军，到江宁接任两江总督，又把矛头对准一户地方豪强。此人乃明珠府上包衣奴才出身，明珠见情势紧急，亲自给于成龙写信说情。于成龙不为所动，抄家抓人，与明珠的梁子越结越大。更要命的是，康熙南巡召见于成龙，谈及官场风气败坏，于成龙快人快语地说："天下的官都让明珠卖完了。"康熙闻言良久不语，面色铁青。

有了这些过节，于成龙自然成为明珠一党的眼中钉肉中刺。李一功乃明珠倚重的左膀右臂，听说蒙于成龙举荐才得以破格提拔的赵明舟居然卷入贪腐案中，顿时见猎心喜。刑部公文六百里加急发往成都，令四川按察使亲自督办，务必查个水落石出。

蒙元亨与赵明舟之间君子相交，并无任何把柄。按察使久历官场，见惯风雨，虽要给李一功一个交代，却也犯不着给自己惹上屈打成招、栽赃陷害的麻烦。一番公事公办之后，蒙元亨安然无恙走了出来。

蒙元亨见罗世英没在，问道："世英没来成都？我离开保宁时，她身体不太舒服，现在好些了吗？"

罗兵说："一点小毛病，周琪在家照顾她。"

"什么毛病？"蒙元亨追问。

罗兵说："总之不碍事。等回到保宁，她自己跟你说。"

蒙元亨归心似箭，说："此地我一刻也不愿待，走，咱们回保宁。"

罗兵在车头拉缰，蒙元亨与何瑞源坐在车内，朝城外驶去。何瑞源问起蒙元亨在狱中的经历，不禁有些后怕，说道："幸亏咱们没行贿，否则可就摊上大事了。"

蒙元亨说："我问心无愧，无论谁来问话，只管照实说就是。"

何瑞源说："你这臭脾气，到了牢里也不收敛。"

蒙元亨说："江山易改本性难移，这脾气是改不了了。"接着，他又开起玩笑："你过去不是钻进钱眼里，这回怎么如此仗义，还亲自来成都接我？"

何瑞源笑嘻嘻骂道："你的良心让狗吃了。我爱银子不假，可对你哪次不仗义！"

蒙元亨也哈哈大笑："算我说错了。"

玩笑过后，何瑞源又叹了口气："要说错，你也没错。像你这种狼心狗肺的家伙，我犯不着来成都接你。只不过待在保宁也没生意做，出来散散心。"

蒙元亨问："怎么没生意做了？"

何瑞源一阵唉声叹气，车头的罗兵说道："文知雪从泾阳传话过来，谁和蒙元亨做生意，从此文盛合乃至整个山陕商帮就与他断了往来。老何一不小心就上榜了。"

没想到因为自己竟连累到何瑞源，蒙元亨不免愧疚，说道："在商言商，你没必要为了我得罪文家。大不了咱们绝交，你照常做生意。"

何瑞源苦笑道："我想和你绝交也来不及了。刚才老罗说了，我已榜上有名。文家为证明自己说的不是一句空话，还不得杀鸡儆猴，让其他商家看看与蒙元亨合作是什么下场！我就是那只鸡，怎么也躲不掉。"

以山陕商帮的势力，何瑞源这场灾祸是躲不掉了，蒙元亨往后的路更是艰辛异常，众人心中不免生出许多惆怅。

马车行至牛市口，眼看就要出城，罗兵说："明日愁来明日忧，今天还得把肚子填饱。下车吃顿饱饭，接下来赶路。"

牛市口是成都出城去往川东的必经之地，同时，成都城东龙泉山一带客家人很多，为方便交易，每隔二十里有一个集镇，当地人称为场，又有东山五场之说，牛市口便是东山五场之首。位于交通要道，又是商品货物集散之地，牛市口逐渐成为一个热闹集市，无论进城、出城的人，都要在此歇脚。老成都有一句话，叫"填不满的牛市口"，意思是再多的东西拉到牛市口一下就卖光。

牛市口有一条小街叫水巷子，街宽不过十余尺，两边商铺林立，全是典型的川西民居。小青瓦，穿斗房，人字坡的屋顶，临街面每家都有较宽的屋檐罩着街沿，为行人遮阳蔽雨。康熙年间正是湖广填四川鼎盛时期，天南海北的人在此汇集，河南面食、山东大饼、麻花馓子锅魁、糖油果子三大炮，在水巷子里都能吃到。

三人钻进水巷子，正在东瞅西瞧，旁边响起一个熟悉的声音：“别找了，菜都给你们点好了。”

回头一看，却是保宁知府赵明舟的师爷，师爷笑嘻嘻地说：“赵大人知道你们会在这儿歇脚，早候着了。”

走进一家酒馆，只见赵明舟一身便服，坐在大堂中间，桌上摆着几样小菜。蒙元亨颇感意外，说道：“赵大人，你怎么来了，你就不怕……”

赵明舟挥了挥手：“怕什么！做贼才会心虚，既然咱们之间没什么嫌疑，那为何要避嫌！当初我找一个不行贿的商人，为的正是今日这份坦荡。”

“官场险恶，还是大人有先见之明。”蒙元亨笑起来。

赵明舟说：“巡抚大人召见，我前日就赶过来了。原本昨天要回去，听说你今日出来，又多待了一天。”

“多谢大人。”蒙元亨本就个性豪爽，见赵明舟襟怀坦荡，自己便大方坐下，还让小二上了一壶酒。

众人一边吃饭，一边聊起此番波折。蒙元亨说：“按察使审我时，说此案连京城的大人都在过问。哪个京城的老爷，把心操到保宁来了？”

“他们所说的，大概是刑部侍郎李一功。”赵明舟抿了一口酒，接着缓缓道出了明珠、李一功与恩师于成龙的恩怨。

“这个李一功，最不是东西！当年他被文善达买通，一手炮制了我爹的冤案。”新仇旧恨加在一起，蒙元亨愤愤骂道。

赵明舟思忖了一会儿，说：“原来你早就和他打过交道，难怪了。”

“什么意思？”蒙元亨颇为好奇。

赵明舟说：“李一功素来与于大人不和，想借着收拾我往于大人身上泼脏水并不意外。但我却纳闷，保宁府的事为何这么快就传到京城？你这么一说，我便明白了。保宁地处川陕要津，陕商众多，李一功又与泾阳文家有交情，消息自然就这么传出去了。”

蒙元亨认为赵明舟分析得有道理，从联络李一功到联合整个山陕商帮将矛头对向自己，文家真是步步紧逼。如今文家由文知雪掌舵，一想到在背后连番下毒手的竟是她，蒙元亨心里有说不出的苦涩。

“怎么，一点挫折就垂头丧气？”赵明舟并不明白蒙元亨的心思，半开玩笑地说道。

蒙元亨平复了一下情绪，挤出笑容：“我有什么好垂头丧气的！保宁知府是赵大人，有你撑腰我怕什么。”

赵明舟摇了摇头：“这个腰我也撑不下去了。虽说你平安归来，但以银代粮的事终究被叫停。巡抚大人的意思，既然京城的老爷们已经过问，此事只能缓一缓。”

何瑞源摇头苦笑道：“这种事抢的便是时机，倘若缓上一缓，也没必要再做了。”

赵明舟叹了一口气：“一件利国利民之事，因为官场倾轧不得不半途而废，苦的还是百姓。”

蒙元亨气愤难平地说：“像李一功这种人才不会念及百姓疾苦。”

赵明舟毕竟是官场中人，心中有再大委屈，也不能当众议论上官，他岔开话题：“回保宁后，有什么打算？”

蒙元亨当初远走保宁，想的就是离开泾阳退避三舍。不料文知雪毫不领情，苦苦相逼。以银代粮的生意泡汤了，自己想在保宁立足也困难重重。未来的路如何走下去，蒙元亨心里一团乱麻。他摇了摇头：“目前还没想过，但我坚信，天无绝人之路。”

“有志气！”赵明舟拍了一下蒙元亨的肩膀，“我这儿有一件事，不知你愿不愿做？”

“什么事？”蒙元亨问道。

赵明舟放下筷子，缓缓道出了一桩连日来令全川官员苦恼不已之事。原来，噶尔丹来势汹汹，西北战云密布，朝廷训练骑兵，急需战马，下旨从各省征调。像四川这样的南方省份，山川河流纵横，原本就不是养马之地。朝廷也知晓地方实情，让各省有马献马，无马助饷。换言之，四川若献不出马，就得向国库多缴银两。

往外掏银子，谁都不乐意。四川官员叫苦连连，巡抚大人愁眉不展。有人提议加征赋税，然而天府之国虽温饱无虞，却绝非富庶之地，真要让苛捐杂税把百姓逼反了，到头来朝廷一样不会轻饶。

巡抚急召赵明舟来成都正是为此事。赵明舟在官场素以精明强干、实务出众著称，没准他能想出什么法子破解难题。

赵明舟深思熟虑之后，提出了茶马互市的主张。他认为，四川缴不起银子，更没有战马，但巴蜀物产丰富，茶叶、丝绸天下闻名。紧邻四川的康藏地区草原广袤，历来是出好马的地方，不妨将四川的茶叶、丝绸贩运去康藏，换回战马。如此一来，既能够向朝廷交差，又开辟出财源。巡抚大人一听，顿时喜上眉梢。

“茶马互市的生意早就有，到前明更是盛极一时。当初行走在这条商路上的，大部分是陕商，以至于四川流传一句话：豆腐老陕狗，走遍天下有。”蒙元亨也认为茶马互市是个好主意，却没有特别兴奋。他甚至觉得，这算不上赵明舟的创举，而是自己幼年时就听无数人讲过的故事。

“没错。”赵明舟笑起来，“你身为陕商后代，或许老早就听过，不觉着稀罕，只是那些读八股文章出身的官老爷还不了解其中渊源。”

茶马互市不仅早已有之，更走出了一条蜿蜒曲折的茶马古道。自古以来，康藏属高寒地区，糌粑、奶类、酥油、牛羊肉是藏民主食。过多的脂肪在人体内不易分解，糌粑又燥热，茶叶既能够分解脂肪，又可防止燥热。因此，藏民在长期生活中，养成了喝酥油茶的生活习惯，可惜藏区不产茶。而在内地，民间役使和军队征战都需要大量骡马，藏区则产良马。于是，具有互补性的茶和马的交易应运而生。明代汤显祖曾在《茶马》一诗中写道：“黑茶一何美，羌马一何殊。”

陕商号称天下第一商帮，崛起时间最早，涉足茶马古道的历史自然源远流长，甚至大名鼎鼎的泾阳茯茶，也与茶马古道息息相关。茶马古道开辟之后，对茶叶的需求十分巨大。川陕一带的茶叶供不应求，却有不少茶叶在运输途中耗损。陕西人很早就接触到砖茶技术，到了明代，陕商眼见茶叶销路旺盛，从湖南安化购入黑茶，在泾阳压砖、发花，做成了泾阳青砖茶。

与徽商必得在潮湿的江南才能织出上好棉布类似，陕商制作茶砖也必在泾阳。究其原因，一则是泾河从甘肃泾源县发源，流经黄土高原携带大量的盐碱，水质较为苦涩，炒茯茶必须要这样的咸水；二则泾阳天气燥热，而砖茶只适合在三伏天做，天越热它越容易泛黄发花。因是在三伏天做的茶，所以叫茯茶。

令人不解的是，从唐代开始，历经宋、元，盛于明代的茶马古道却在明末清初的动荡中归于沉寂。蒙元亨打小就听父亲蒙顺讲过许多陕商先祖不畏艰险，往返茶马古道的事，然而近几十年来，去往康藏的商贾越来越少。蒙顺当年在文盛合保宁分号做掌柜，负责全川贸易，他曾到过雅州，听说前头还有碉门、打箭炉，昔日繁盛时每处皆有上千陕商，但这些年没落了，便再没往前走。

蒙元亨聊起茶马古道的往事，说："我听父亲说过，比之川陕驿道以及去往蒙古的商路，茶马古道艰险万倍。途中高山深壑，狂风暴雪，稍有不慎就得丢掉性命。当年陕西户县的一对兄弟，结伴前往康藏，哥哥死在途中，弟弟回到陕西老家时，已是整整二十年之后。"

罗兵是镖师出身，习惯性地问道："路上土匪强盗应当不少吧？"

蒙元亨摇了摇头："路上有劫匪不可怕，打得赢就打，打不赢交点买路钱。最怕深山老林人迹罕至，只有老虎野兽，这些家伙只吃人不要钱。"

想着这条湮没在历史风尘中的古道，如今人迹罕至，野兽出没，何瑞源不禁打了个冷战，说道："赵大人，咱们要钱也要命，你还有其他什么生意吗？"

赵明舟说："保宁城里生意不少，可惜人家看在文盛合的面子上，都不给你们做。"顿了顿，他又说："实不相瞒，我向巡抚大人推荐了元亨。当初你能帮徽商走通蒙古商路，本事自是非凡，放眼望去，没有比你更合适的人选。"

蒙元亨苦笑道："按察使这么快就把我放出来，是不是和大人举荐有关？巡抚觉得我这条命还有点用，不能白白耗在牢里。"

"你我之间原本清白，迟早都要出来，不过早几天迟几天的事。"赵明舟挥了挥手，说，"尽管我向巡抚举荐了你，但也说明了，此事还要征求你的意见。"

面对赵明舟投来的殷切目光，蒙元亨说道："事关重大，我要好好想一想。"

"当然。"赵明舟说，"回到保宁，你就仔细掂量一下，五日之内给我答复，如何？"

"好。"蒙元亨说道。

赵明舟揉了揉肚子，说："大伙都吃饱了吧，咱们该赶路了。"

马车颠簸在驿道上，蒙元亨一语不发，双眉紧皱。刚走出几十里，他便跳下车，奔到前方赵明舟乘坐的马车边："我有话同你说。"

“好啊！”赵明舟把师爷打发去后面的马车，又一把将蒙元亨扶了上来。

蒙元亨刚坐下，赵明舟便说：“不是说五日之后吗，这么快就想好了？”

蒙元亨说：“去不去我还没想好，但有一件事，想跟大人请教。”

“请说。”赵明舟说。

蒙元亨说：“要重新走通商路，首先就得弄明白，曾经行人络绎不绝的商路为何今日冷清至此。我以为，绝不仅因路途艰险。”

“当然。”赵明舟是伙计出身，对生意上的事不陌生，“自古砍头的生意有人做，亏本的买卖没人做。真有银子赚，再艰险的路也有人走。况且，既然茶马古道兴旺过，仅以路途艰险为由就更站不住脚，难道当年的路就不险了！”

蒙元亨点了点头，说：“那你觉得，这条商路为何繁华不再？”

赵明舟说：“这件事我也想过，是否因为数十年来四川战乱频繁？李闯王、张献忠先后入川，直至八旗南下，吴三桂又兴兵犯蜀。杀戮太重，以致四川人烟荒芜，生意做不下去。”

蒙元亨思忖了一阵子，说：“我觉得未必。历经战乱四川固然萧条许多，但近年来元气有所恢复。就说川陕之间的贸易，如今不又兴旺起来，为何茶马古道却一蹶不振？”

“你觉得为什么？”赵明舟问。

蒙元亨说：“之前茶马古道兴盛，是缘于中原王朝需要战马。偏偏大清马上得天下，八旗劲旅威名远播，关外的战马已经足够。”

“这一层我倒没想过。”赵明舟嘘了一口气，接着面露笑容，“若真是这样，你的胜算无疑大添。你想啊，八旗劲旅纵横天下几十载，这一回可是遇上硬茬了。噶尔丹的快马弯刀，丝毫不逊于大清。朝廷要训练骑兵，仅靠关外的马匹肯定不够，这才下令各省征调。照你所说，之前茶马古道衰落是因朝廷不需要战马，如今形势变了，商路必将复兴！”

蒙元亨又想了想：“若真这样，自然是好事，只是不知咱们是否把问题想得太简单？”

赵明舟笑着说：“五日之约尚早，有的是时间，不妨再好好想一想。”

天下商帮

第七章

茶马古道

1．蒙元亨要重走茶马古道，做天下的生意

蒙家在保宁府的宅子，位于嘉陵江畔，因前院有一株高大的桂花树，桂子开花，香溢街巷，也被邻居叫作“桂花院子”。蒙家当年殷实，院子自是颇为雅致。长方形串珠式三进四合院，寓意长命富贵，珠玉满堂。大院中间开大门，靠北立八尺屏风以避黄土煞气。后院幽深雅致，天井处种着花木，中间还有一个鱼缸。

蒙顺去泾阳后，桂花院子无人居住，一度有些凋敝。蒙元亨回保宁后重新装点一遍，有些地方还小修小补过，院子立刻焕然一新。

这日午后，罗世英正在床上休息，但她惦记蒙元亨，怎么也睡不着。此时听见屋外马车声响，接着又传来脚步声。罗世英一听便知是蒙元亨，兴奋地奔出房去，一把抱住丈夫：“你没事吧？”

蒙元亨笑着说：“一个大活人站在你面前，能有什么事！不过官府有事叫我去问一问，耽搁了一些时日。”

罗世英一脚踢过去：“你可把我吓坏了。”

蒙元亨只顾着看妻子，竟没去躲，一下被踢中，嚷道：“那么用力干吗！”

见蒙元亨没有躲过这一脚，罗世英心里懊悔不已，可旋即又一巴掌拍过去：“你这傻子，见我踢也不知躲闪一下。”

蒙元亨笑嘻嘻地说：“我离开保宁时你身体不大舒服，大哥说周琪在家里照顾。瞧这生龙活虎的样子，病好了吧？”

周琪也凑过来：“罗姐姐这身子骨可得好生将息。”

“怎么回事？”蒙元亨问。

罗世英说：“没什么！只要你不气我，我身子好着呢。快，进屋吃饭吧。”

饭菜端上来，蒙元亨、罗世英、罗兵与周琪四人围成一桌。趁着这个机会，蒙元亨提起了茶马古道的事。

话音刚落，罗世英就说：“别去！”

蒙元亨问：“为什么？”

“还用问为什么吗！”罗世英说，“刚才你也说了，这条路上艰险异常，好多人一辈子都没能回来。”

“元亨这也是迫不得已。”罗兵插话道，“能在山清水秀的保宁府里安安稳稳挣银子，谁愿意冒那险！要我说，那个文知雪真不够意思，把人往死路上逼。”

蒙元亨讨好地说：“我也没答应赵明舟，这不回来商量吗？”

“没答应就好。谁愿意谁去，反正咱们不去。”见罗世英坚决反对，蒙元亨没再继续聊此事，而是换了个话题。

晚饭之后，蒙元亨又在家里翻箱倒柜。好半天工夫，他从箱子里翻出一本泛黄的书，蹲在地上便读起来，口中还念念有词：“盐巴茶酥油嘛，吃饭叫作萨玛萨，天叫朗地叫沙，驴子咕噜马叫达……”

罗世英好奇道：“你叽叽歪歪念什么？”

“这是藏语。”蒙元亨说，“当年我爹说过，家里有一本书，是茶马古道兴盛时陕商前辈写的。里面不仅有藏语入门口诀，还有从成都到打箭炉的地图。”

“别读了。”罗世英脸色微微一变，“你连日赶路，早点休息吧。”

蒙元亨恋恋不舍放下书，洗漱完毕睡到床上。扯过被子，蒙元亨问：“周琪说你的身子骨要好好将息，怎么回事？你的病不是好了吗？”

罗世英淡淡地说：“我身体没事。今天有点困，睡吧。”

罗世英侧着身子，背朝蒙元亨，几乎就没怎么动弹。蒙元亨却是辗转反侧，快半个时辰都没睡着。猛然间，罗世英开口说道：“今晚你不想睡是吧？”

蒙元亨吓了一跳：“你不是说很困吗，看你一动不动的，还以为睡着了。怎么，你一直没睡？”

罗世英没好气地说：“你在床上翻来覆去的，叫我怎么睡？”

“行，我不动了，你赶紧睡吧。”

“睡什么睡！”罗世英哼了一声，“你身子不动，心也会动。”

说着，罗世英掀开被子，坐起身来：“都别睡了，咱们就好好说一说。”

“说什么？”蒙元亨也坐起来。

罗世英说：“我知道，你已动了去康藏的念头。”蒙元亨不置可否，罗世英又说：“先不说这事，就说你在成都被官府扣下，知道我有多担心吗？连日来饭吃不下，觉睡不着。”

蒙元亨当然明白妻子对自己的一片深情，说道：“让你操心了。”

“假若你非去走什么茶马古道，这一去好些年，不知能否活着回来，让我以后每天都过这种担惊受怕的日子吗？”

蒙元亨低下头，叹了口气：“其实我心中最放心不下的就是你。”

“少在这儿花言巧语。”罗世英说。

蒙元亨想了想提议道：“要不你跟我一起去吧？当初去蒙古，咱们不就一块吗？”

罗世英回答得很干脆：“我不去。”

蒙元亨又叹了一口气：“真要去茶马古道，当然有风险，但世间哪有坐享其成的事，不冒风险怎能有收获？”

罗世英摇头说：“天底下哪里不能赚银子，非得奔波几千里地！那么多人在保宁活了下来，我就不相信，凭文知雪一句话，咱们就得上街要饭！”

“这不关文知雪的事。”蒙元亨说。

“怎么不关她的事！”罗世英拉高声调，“不就是文知雪使坏吗！我不明白，兵来将挡水来土掩，有什么好怕的？当初在泾阳，你能把他们杀得丢盔弃甲，怎么到了保宁，却要未战先避？”

蒙元亨说：“谁说我怕了？长这么大，还不知道怕字怎么写。”

“不是怕，就是自个心里有鬼。”罗世英越说越来气，一脚把被子踹开，“别以为我不知道，你宁可自己吃亏，也要护着老相好。可咱们已经从泾阳躲到保宁，人家非得赶尽杀绝，还要躲到什么时候？”

蒙元亨下床穿上鞋，在屋里来回踱步。罗世英更气了：“怎么，说出你的心事，就不言语了！”

蒙元亨停下脚步，说：“真要躲文知雪，天下那么大，有的是地方去，不必去康藏冒险。”

“你还有什么心思？”罗世英追问。

“还记得吗？”蒙元亨说，“回保宁的路上，我说过要做天下的生意。而如今，这样的机会就摆在我面前。”

“到那么个荒凉之地，还做什么天下的生意！”罗世英并不理解。

蒙元亨说：“天下生意有两种，一种是人去追银子，另一种是银子来追人。大家都能做的生意，便是人去追银子，说白了赚辛苦钱而已。敢为天下先的生意，虽说有风险，可一旦成了，就是坐地起价，让银子倒过来追你。”

蒙元亨接着说：“譬如棉布商路，文盛合把持商路多年，赚了多少银子！这就叫大生意，天下的生意！假若我能走通茶马古道，便占了先机，商路上的规矩都由我来定，后来者也得照这个规矩办。到时，还用操心怎么赚银子吗？躺在家里，银子也会源源不断找上门。”

“你说得倒容易。”罗世英说。

蒙元亨说：“打通商路的事当然不会轻松，但绝非毫无可能。茶马互市早已有之，说明汉藏之间存着商机。只要用心找出茶马古道衰落的原因，对症下药振衰起敝，便是做成了天下的生意！”

“还有一点，”蒙元亨拉高声调，脸上更有一股顾盼自雄之色，“赵大人说得没错，放眼望去，若要走通商路，舍蒙元亨更无他人。别忘了，当初走通蒙古商路的，不是别人，正是你的夫君。”

罗世英依旧板着脸：“看把你得意的！当初去蒙古是要报仇，如今眼里又盯着银子，总之不会在乎我们。”

蒙元亨将手一挥：“银子在我眼中无足轻重，我要做的是惊天动地的大事业。”停顿一下，他又说：“击败文善达，我已经做到了。接下来，我要做文善达也没做过的生意。”

蒙元亨越说越激动，滔滔不绝地讲了半个时辰。他讲茶马互市的历史，讲陕商当年不辞辛劳开辟商路的往事，也勾勒着自己的蓝图：川陕的茶叶畅销康藏，高原的骏马驰骋中原，蜿蜒于西南崇山峻岭间的商路，将在自己手中复兴……

将心事一吐为快后，蒙元亨终于困了，倒在床上呼呼睡去。罗世英却睡不着了，看着蒙元亨豪情满怀的样子，她充满了骄傲与自豪，自己的男人果真是大英雄！然而，丈夫一旦离去，不知何日再见！偏偏此时此刻，自己最需要对方的陪伴与关怀。罗世英眼眶有些湿润，她狠下心说服自己，支持丈夫去做天下的生意，去干一番惊天动地的大事！正因为他是一个英雄汉，自己才会倾心爱慕，而爱上这样的男人，就意味着承担与付出。

2. 生意看似以货易货，实则还是人在做，不妨先交朋友，再做生意

保宁城外的嘉陵江码头，熙熙攘攘一如平常。一行人顺着山坡逐级而下，赵明舟与蒙元亨拉着手走在前面。

赵明舟的笑容中带着一丝惋惜："本想为你搞一个热闹的送行礼，但你性子急，等不了。"

蒙元亨说："情义到了，不必在乎什么形式。你看古人送行，南浦唱支骊歌，灞桥折条杨柳，阳关敬杯美酒，甚至汪伦踏歌而来，照样成为美谈。"

赵明舟点头道："举重若轻才是大丈夫气概。好吧，等你凯旋之日，我再率百姓出城相迎。"

蒙元亨的眼神无比坚毅："一言为定！"

半个月前，蒙元亨来到保宁府衙，郑重其事地告诉赵明舟，自己愿意西去康藏，重走茶马古道。赵明舟大喜过望，立刻禀报四川巡抚，并下令各地征调茶叶、丝绸。他还说特事特办，少则一两月，多则三月，货物就能备齐。

蒙元亨却说，货物不必全数备齐，只要巡抚答应，衙门出具公文，自己便动身。康藏气候高寒，冬季常年封山，倘若在四川耗上几个月，冬季一来，就得白白浪费一年半载。

蒙元亨这副风风火火说干就干的样子，令赵明舟十分赞赏，但他也担心，货都不齐，拿什么做生意？蒙元亨说，生意看似以货易货，实则还是人在做，不妨先交朋友，再做生意。当初远赴蒙古，棉布被抄得一件不剩，但因缘际会结识噶

尔丹，商路顿时畅通无阻。赵明舟听罢连连点头，说自己果然没看走眼。不过半月时间，蒙元亨已准备妥当，赵明舟也在当地勉强凑了几车茶叶，一行人便要启程西行。

五条小船靠在码头，蒙元亨抱拳道："送君千里终须一别，大家都回吧。"说完他又来到罗世英身旁，深情凝视着妻子，似有千言万语。最后，还是罗世英说道："放心去吧，家里的事不用担心，我等着你回来。"

蒙元亨重重地点了点头，转身跃上小舟。回过头来，他又盯着罗世英，右手不自然地挥了挥。罗世英挤出笑容，大声道："一路小心，一定要平安回来。"

蒙元亨站立船头，心中一遍遍默念着妻子的名字。小时候读白居易的《琵琶行》，便知道"商人重利轻别离，前月浮梁买茶去"。如今身在商海，才明白做生意不比吟诗作赋，选择从商就意味着聚少离多。自己对妻子的亏欠，这辈子也还不完。

艄公划动船桨，小舟在平静如镜的嘉陵江上划出一道水痕。船渐行渐远，码头的人也散了。唯独罗世英与周琪依旧站立原处，任凭江风袭来。直到小舟消失在视野中，罗世英念了一声"元亨"，才忍不住大哭起来。

周琪搀扶着罗世英，说："姐姐，这时候你真不该让他走。"

罗世英擦拭着泪水："你蒙大哥是干大事的人，我不能拦着他。从今往后，就咱们姐俩相依为命了。"

船队由嘉陵江转进涪江，又在绵州上岸改走陆路。一行人着急赶路，过成都时连城也没进，到了雅州才歇下脚步。再往前便是藏区，风土人情大不相同，需得好好准备一番。

蒙元亨住进客栈整理行囊，然而一件特别重要的东西却找不着，不由得心急火燎。这时，罗兵走了进来，问道："找什么呢？头上都冒汗了。"

蒙元亨说："一本路引，是前辈陕商留下来的，上面记着藏语口诀，还有去打箭炉的线路。行前我专门交代世英，让她帮我收拾好。"

罗兵说："哦，你说那本旧书呀，我有印象。她将书扔掉了。"

"什么，扔掉了！"蒙元亨既吃惊又懊恼。

罗兵从怀里掏出一本册子，说："旧书扔掉了，世英又给你誊抄了一本新的。她说之前的书太旧，纸都泛黄了，重新抄了一遍，方便咱们路上看。"

上面工整的小楷，正是罗世英的笔迹，蒙元亨高兴道："还是她想得周到。"

罗兵摇了摇头："我妹子是周到，你却粗心得很。咱们动身前那些日子，妹子当面笑呵呵的，私底下不知哭过多少回。她既舍不得你走，又不愿你分心。就说这本路引吧，若是亲手给你，怕自己忍不住哭出来，所以叫我转交。"

蒙元亨心中又添一分愧疚之情，缓缓说道："难为世英了。"

罗兵又说："还有一件事，妹子特别交代，让我到了雅州再告诉你。"

"什么事？"蒙元亨问。

"你去成都前，妹子不是身体不适吗？其实，她已经有了身孕，肚子里怀着你蒙家的孩子。"

蒙元亨惊得一下站起来："世英怀孕了！"再联想当初罗兵与周琪说这件事的神情，他不禁自责，自己怎么这样粗心！

"为何不早说？"蒙元亨说道。

"原本想让妹子自己告诉你，可一回保宁，紧接着就是茶马古道的事。她知你心意已决，让我们别再提。这不，临走前还叮嘱我，一定得到了雅州才说。"

"世英，世英……"蒙元亨一遍遍念道，心中更是恨不能骑上快马，飞奔回家中。

"都出门这么远了，你也回不去。"罗兵拍了拍蒙元亨的肩膀说，"妹子让我瞒着，就是不愿你瞻前顾后。她说，你要做天下的生意，只能成全你。"

蒙元亨缓缓坐下来，用拳头捶着自己的胸口："都怪我，居然连她怀孕了都不知道。"

罗兵劝道："事已至此，就往好处想。等咱们做成了茶马生意，回到家，你有一个白白胖胖的儿子，我也能抱抱亲外甥。"

蒙元亨平复了一下情绪，说："咱们一定要功成而返，不能辜负了世英。"

"好！"罗兵点了点头，"咱们在此好好休整一下，接下来跃马扬鞭，直奔打箭炉。"

一连几晚上，蒙元亨都没睡好觉，脑海中翻来覆去都是妻子的身影。她不仅是一位侠骨柔情的奇女子，更是难得的贤内助，自己欠妻子的太多，太多……

三日过后，一行人便要上路。蒙元亨吃过早饭，正在马厩里牵马，外面突然传来喊声：“谁是蒙元亨，有保宁府寄来的信。”

蒙元亨赶紧跑出去，送信的人笑道：“好歹让我赶上了，你们若进了藏区，这信真没法送到了。”

见信封上是罗世英的笔迹，蒙元亨忙不迭拆开。原来，蒙元亨离开保宁几日之后，家中便收到从泾阳寄来的信，佩文与岳江南大婚的日子已经定下，在三月之后。佩文希望哥哥与嫂子到时能回泾阳，否则自己身边一个娘家人也没有。然而，蒙元亨西行康藏，自己有孕在身，罗世英真不知怎么答复。

蒙元亨摇头苦笑，佩文的婚礼是没法去了。他提起笔，回了两封信。第一封是给罗世英的，自然是叫她保重身体。同时家中若能挤出些银两，也请罗世英代为操持，置办一套嫁妆托人送去泾阳。第二封是写给妹妹佩文的，信中说了自己的近况，万分歉疚地表示哥哥与嫂子无法参加婚礼。但他也说，自己一回保宁，便带着罗世英去泾阳看望佩文，到时，还要让自家小子来瞧一眼亲姑姑。

关山阻隔，路途迢迢，这封信从雅州到保宁，再由保宁至泾阳，蒙佩文读到信时，已是一月之后。两人兄妹情深，佩文自然不会埋怨哥哥，反倒对蒙元亨此去牵挂不已。如今每遇心烦意乱之时，她就会去找岳江南，今日她揣着信，又来到岳江南的书房。

敲门而入，只见文知雪与宋元河坐在书房内，两人正与岳江南谈着生意。文知雪见到蒙佩文，招呼道：“佩文，听说你要当新娘了，到时可要来讨杯喜酒喝。”

“我的事不敢劳你操心。”蒙佩文个性温婉，从不对人口出恶言。只不过今日刚读完信，知道文知雪步步紧逼，让哥哥在保宁待不下去，不得已走上西行险途，心中真是气不打一处来。

文知雪倒不介意，依旧笑呵呵地说：“这说起来，我也算佩文的娘家人。”

“我没你这个娘家人。”蒙佩文这么一说，气氛更尴尬。

“说什么呢！”岳江南赶紧出来制止，“佩文，你今天怎么了，跟吃了火药似的。”

蒙佩文瞥了文知雪一眼，说：“我哥刚来信，有人赶尽杀绝，根本不让他在保宁过一天安生日子。”

岳江南知道蒙元亨近来日子不好过，想必佩文也是因此动怒。但文知雪毕竟是客，且与自己有生意往来，面子上还要过得去，岳江南打哈哈道：“咱们的婚礼，元亨会来吗？”

不料这一说，更把佩文的火点着：“来不了，我哥去康藏了。”

“什么！他去康藏！”岳江南与文知雪不约而同说道，脸上均是诧异。

岳江南摇头叹息：“让他去江南他不去，非去那个不毛之地做什么！”文知雪内心却是五味杂陈，既有将仇敌逼上绝路后的庆幸，抑或亦有一缕淡淡的哀伤。

岳江南端起茶杯，又放了下来，接着干咳一声，说：“佩文，你哥是有福之人，不必为他担心。你先回去吧，我和文东家还有事要谈。”

蒙佩文也不想和文知雪待在一起，扭头便走。文知雪与岳江南又谈了一会儿生意，临到告别时，文知雪说：“岳东家大婚的日子，还有一个多月吧。”

岳江南点头道：“难得你记着。”

文知雪说：“我不光记着，还准备了一份厚礼。”

“客气了。”岳江南说。

文知雪说：“婚事务必办得风光，这不仅关乎岳东家脸面，更是泾阳商界的大事。过去多年，山陕商帮素有秦晋之好，与徽商却是争斗不断。如今，广诚德与文盛合携手并进，岳东家又迎娶到一位三秦佳人，这不仅是千里姻缘一线牵，更是化干戈为玉帛。”

岳江南笑起来：“你这么一说，我倒是诚惶诚恐。”

文知雪站起身告辞：“正因是大事，礼太轻拿不出手。究竟送什么，且容我卖个关子，一月之后再见分晓。”

岳江南笑得更开心：“多谢。”

从岳江南家中出来，文知雪立刻问宋元河：“小段那边进展如何？”

宋元河说：“一切顺利。如今晋南、豫北好多村落里，织机日夜不停。前两日，小段又来信催要棉花。”

文知雪点头道：“他要多少棉花就给多少，另外再拨些银子，叫他加快进度。”

宋元河说：“小段的进度已经很快了。怎么，还要赶时间？”

文知雪冷笑一声，说：“刚才你没听见吗，岳江南大婚之日，我要送一份厚礼。”

宋元河明白了，文知雪要赶在岳江南大婚之日，将棉布运回泾阳。果真如此，真不知岳江南这个新郎官还当不当得下去！

3. 我走我的阳关道，还要拆了你的独木桥

明日便是大婚之期。商场上风光无两的岳江南又抱得美人归，真可谓春风得意。这些日子，他暂且放下生意，将心思用到婚礼筹办上。文知雪说得没错，这不是一场普通婚礼，必将在泾阳城留下一段佳话。

忙碌了一上午，刚坐下歇息，蒙佩文却走了过来。岳江南有些诧异，问："你怎么来了？"他们并非父母之命，媒妁之言，岳江南的家蒙佩文不知来过多少回，但大婚在即，佩文需住在自家宅子，好几日没来岳江南这边。

"有一件事，我实在看不下去。"蒙佩文说。

"什么事？"岳江南问。

蒙佩文说："咱俩成婚，你摆什么阔气，还给人发衣服、送馒头？"

原来，岳江南为把婚礼办得热闹，不仅广邀宾客，请来了京城的戏班，还决定施衣施食，只要自己舍得下脸的，都可以排队来领，每人蓝布棉袄一件，白面馒头四个。岳江南笑着说："你知道泾阳人把我叫什么？岳财神！财神结婚，花点银子算什么！再说，这不也是图个吉利吗？"

蒙佩文说："既是做好事，就把好事做到底。你听说没有，有人刚领了衣服和馒头就骂开了。"

"怎么回事？"岳江南紧张起来，"衣服、馒头有什么问题吗？衣服都用的好布料，馒头我还亲自尝过。"

蒙佩文说："衣服、馒头倒没什么问题，只是排队的人领了施舍之后，到出口处有一班剃头匠等着，每人一把剃刀，头发剃去一块，作为已领施舍的记号。

倘或不愿，除非不领。”顿了顿，她又说：“有人天不亮就去排队，中午才轮到，不料有这么一个规矩，要不领呢，白辛苦一场，于心不甘；要领呢，头发就得缺一块。”

岳江南笑起来：“这事我知道。这是苏定河的主意，我觉得不错。你想啊，世上贪便宜的人不少，若不做个标记，有些人不知要领多少份。”

蒙佩文并不认可这样做，说道：“排了一次队，第二次再来多领一份，这往宽处说，人家也是花了工夫气力，多换得一份施舍，不算白捡便宜。你既然要行善，不妨大气一些，别到头来银子花了竟惹来埋怨。”

岳江南摇了摇头，坚持说：“岂能尽如人意，但求无愧我心。我掏出真金白银，自然是诚心行善。我相信大多数人会感激我，至于有人一面领施舍一面骂娘，那是他自个坏了良心。对这种人，我懒得在乎。”

岳江南又说：“佩文，你心地太善良。还有一点和你哥挺像，就是太在乎别人的眼光。世上的事，凭的是一己好恶，管别人怎么说。”

一说到蒙元亨，佩文不禁皱起眉头：“不知他现在如何？”

岳江南笑了笑：“刚才我说了你哥的不是，但也得说说他的好。那是一个绝顶聪明之人，而且吉人天相，咱们不必替他操心。”

两人正说着，一名伙计气喘吁吁地跑进来，说道：“东家，今天来了好多船，停在泾河码头。”

岳江南说：“泾河码头哪天不是船来船往，有什么奇怪？”

“不，不是。”或是太心急，伙计说话有些语无伦次，“今天的船不一样。”

“有什么不一样？难不成船还能长出翅膀？”岳江南说。

伙计说：“不是船有什么不一样，而是船上的货。船上装的全是棉布。”

“棉布？”岳江南既诧异又纳闷，“咱们的棉布还在江南作坊里，没运来泾阳。这是谁家棉布，有多少？”

伙计说：“谁家的棉布不清楚，但一上午就来了四五艘船，怎么也得有上万匹。”

“什么？上万匹！”岳江南坐不住了，“走，去码头看一看。”

岳江南刚要出门，苏定河却满头大汗地跑进院子。岳江南说：“老苏，正好你来了，咱们一块去码头瞅瞅。”

苏定河擦着额头的汗，说：“不用去码头了，我刚从那儿回来。打听清楚了，棉布是文盛合的。我还偷偷摸上船去，剪了一块布回来。”一边说着，他又从怀里掏出棉布。

岳江南抓过棉布，仔细端详起来，越看越是脸色铁青，后背也在冒汗。最后，他用力扯烂棉布，一把扔在地上：“这些棉布是谁织的？”

苏定河说：“北方织出的棉布断头很多，瞧这质地应当出自江南。苏杭的布庄里，是不是有人偷偷接了文盛合的活儿？”

岳江南又捡起棉布瞅了瞅，说：“能织出这种棉布的，应当是苏杭布庄。但徽商的布庄向来同气连枝，不会暗箭伤人。”

苏定河说：“这年头，为了银子什么事都有人干。”

岳江南思忖了一下，还是摇头：“即便有人吃里爬外，我还不至于一点消息不知道。再说了，从日子来算也不对。咱们的棉布尚且在江南，文盛合的不可能这么快运到了泾阳。”

两人正说着，一名伙计前来通报，文知桐登门祝贺岳东家大婚，还带了一箱礼物。岳江南立刻说：“带他来见我，我倒要看一看他们葫芦里卖的什么药。”

文知桐满面春风地走了进来，先祝贺岳江南，又同苏定河打招呼。文知雪执掌文盛合后，众人对文知桐的称呼从少东家变成大爷，岳江南抱拳道：“在下婚事，竟有劳文大爷亲自跑一趟。”

“沾一沾岳东家的喜气，是文某福分。”文知桐笑着说，“原本我妹要过来，刚好码头那边有事走不开，我便抢了这差事。”

苏定河不想与文知桐绕圈子，说道：“听说文盛合的棉布到了？”

“没错。”文知桐挥了挥手，伙计立刻将一个箱子抬进屋里，“这些棉布是文盛合今年新织的，也是送给岳东家的贺礼。”

岳江南的拳头攥得紧紧的，真想一拳打过去。但他克制住情绪，微微笑道：“文东家送的礼当真不轻。”

文知桐说：“说到棉布，二位都是行家。你们给看看，文盛合的棉布质地如何？”

文知桐兴高采烈地捧出棉布，岳江南只瞟了一眼，说：“棉布质地不错。敢问是苏杭哪家布庄替你们织的？”

文知桐摆了摆手：“苏杭的棉布，这个时候哪能运到泾阳！实不相瞒，这些棉布就在离泾阳不远的山西、河南织的。”

岳江南压根不相信：“文大爷说笑了，山西、河南岂能织出这等棉布。”

文知桐端起茶抿了一口：“按我的意思，有些事不必告诉外人。但我妹说，文盛合的棉布究竟怎么织出来的，人家早晚会知道，不如广而告之，还显得大气。如今她是东家，我只能听她的。”

文知桐放下茶杯，说道：“过去北方织出的布断头太多，并非织机或手艺不行，而是气候干燥。正因如此，才不得不借助徽商布庄。最近，我们把这道难题破解了。只需将织机搬进潮湿的地窖，在北方也能织出质地上乘的棉布。”

“地窖织布？”岳江南瞪大眼睛，眼神中充满疑惑、迷茫乃至恐惧。

文知桐笑了笑：“有了地窖织布的技术，北方的棉花再也不必运去江南。别说你们广诚德，我看徽商八大布庄的好日子全到头了。”

文知桐越说越得意：“从此西北的商路，跟你们没啥关系了。有句话叫喝西北风，我看你们是连西北风也喝不到。”

文知桐的话尖酸刻薄，听得岳江南心惊肉跳。一旁的苏定河不甘心就此认输，说：“泾阳的染坊如今可在我们手里，就算你们织出棉布，也得改卷漂染。”

文知桐哈哈大笑：“要不说我妹这人心思还挺缜密，当初将染坊卖给你们时就留了后手。知道染坊里最关键的是什么吗？是做改卷漂染的师傅。这些师傅十有八九是山西人，跟了我们文家几十年，要他们重归旗下，不过一句话的事。”

“好手段！”岳江南叹了口气，“从一开始，文知雪就给我设好陷阱，什么出售染坊，什么去蒙古引见朋友，不过都是障眼法。”

文知桐本有富家子弟的张狂，憋了好久的恶气终于一吐为快，更是手舞足蹈：“现在知道已经晚了。那些蒙古的王公贵族，你认识了又如何，攀上交情又怎样？如今文盛合的棉布在北方纺织，光运费一匹布就能节约十文。生意人最现实，没人会为了交情出高价。”

岳江南自知大势已去，但还竭力保持着风度："受教了。想不到我纵横商场，最终却败在一个女人手里。"

文知桐站起身说："礼我送到，话也说完，告辞！从此我走我的阳关道，还要拆了你的独木桥。"

文知桐拂袖而去，屋里只剩下岳江南与苏定河，两人就这样呆呆坐着，谁也没说话。过了好一阵子，一名伙计跑进来禀报："泾阳的几位东家上门，说要祝贺岳东家大婚。"

岳江南终于重新开口："黄鼠狼给鸡拜年，他们哪里是祝贺我大婚，分明是来讨债。"

苏定河哭丧着脸："文盛合一定在外面放话，弄得人心惶惶。假若棉布卖不出去，咱们真没有还债的银子。"

岳江南挥了挥手："就说今日忙着筹备婚事，没时间会客。明日才是大婚之期，岳某届时恭候大驾。"

伙计转身离开后，岳江南依旧愁眉紧锁，猛然间，他想起一件事，从椅子上蹦起来，朝后门走去。走到门口，果然如蒙佩文所说，除了排队领施舍的，还有一班剃头匠候着。岳江南扒开人群，揪出领头的伙计，不由分说便是一耳光："你个混账东西，老子的名声，差点被你毁了！"

教训完伙计，岳江南又向排队的人群作揖道："手下无状，让乡亲父老见笑。岳某在此向各位赔罪。"

岳江南接着说："从现在开始，凡是依规矩排队的，只要能轮上，不管多少次，都可以领到棉袄和馒头。被剃了头发的，请到后门稍候，我叫人再补上一份薄礼，权当是赔罪。"

岳江南一说完，下面一片叫好。这消息一传十，十传百，来领施舍的人越聚越多，将院子围得水泄不通。

与院外的嘈杂不同，院内却弥漫着一种恐怖的绝望。苏定河摇头叹道："东家到底反应敏捷，只是躲得过初一，躲不过十五。"

岳江南苦笑道："躲一天是一天，让穷鬼堵住门，顺便把债主也挡住。"

苏定河哭笑不得：“今日门外这阵仗，债主倒是进不来。”顿了顿，他又说：“咱们还有反败为胜的机会吗？当初文盛合败了，如今不也活过来了吗？”

岳江南用拳头捶着大腿：“此败非彼败。文知桐说得没错，这一回咱们被人家连根拔起了。一旦山陕商帮能在北方织出上好棉布，徽商的布庄大势去矣。”

“怎么办？”苏定河抱住脑袋，几乎要哭出来，“之前指望着卖出棉布，大赚一笔还债，如今棉布怕是卖不出去了。泾阳城里的债主，除了那些商户，还有不少是专放高利贷的，这帮家伙收不到银子，可不会轻饶了咱们。”

岳江南瘫坐在椅子上：“事到如今，还有什么办法！要钱没有，要命一条！”

苏定河忍不住抱怨：“说得轻松！你毕竟是外乡人，大不了溜之大吉，我可惨了！”

“溜个屁！”岳江南骂道，“泾阳城里的债主不少，苏杭的债主更多。从棉花大战到如今，我从徽商老乡那里借了多少银子！你以为我还有脸回去吗！”

苏定河知道岳江南说的是实情，如今两人真是难兄难弟，天下之大竟无容身之处。他唉声叹气：“实在不行，老子只能回草原去暂避风头。”

“回草原？”岳江南问道，“如今那里可是兵荒马乱，去干什么？”

“我当然不想回去，可又有什么办法！”苏定河说，“当年文善达不肯收留我，逼得我去草原东飘西荡，混了几十年，起码算得上熟门熟路。”

苏定河又说：“至于兵荒马乱，老子才不怕！越是乱的地方，债主反倒越不敢找上门来。”

苏定河大吐苦水，却让岳江南嗅到一线生机。他脑筋转了转，一把抓住苏定河的手：“老苏，你要去草原，就把我带上。”

“你？”苏定河吃惊地看着岳江南。

岳江南脚一跺，说：“好汉不吃眼前亏！与其被债主纠缠，不如远走高飞，留得青山在不愁没柴烧。泾阳待不下去了，江南更回不去。你说得没错，越是兵荒马乱的地方，反倒越安全。”他又说道：“我手里还有千把两银子，就带着这些银子一块去草原。从此咱俩不是什么东家掌柜，只是患难与共的兄弟。”

看来岳江南真打算远避草原了，苏定河想了想说：“你若是愿意，咱们自是一块，有福同享有难同当。”接着，他问道：“什么时候走？”

岳江南说："这种事宜早不宜迟。一旦债主堵到门口，想走都走不了。"

苏定河点了点头："这话是没错，不过明日的婚礼……"

岳江南说："现在还扯什么婚礼！能够安然无恙地脱身就是万幸。"

苏定河又问："蒙姑娘那边怎么办？"

岳江南皱着眉，咬着嘴唇，想了半天才说道："我已失信于天下人，绝不能再失信于佩文。我这就去找她，如实相告。她若愿意跟着一块，自然把她带上；她若不愿意，也要安排人送她去保宁府。"

岳江南急匆匆找到蒙佩文，道出了实情。蒙佩文对生意一窍不通，她更不明白，上午还兴致勃勃筹办婚礼，为何几个时辰之后却仿佛大难临头，非要仓皇夜逃？岳江南急火攻心，几乎吼了起来："我是遇到过不去的坎了，何去何从，你快拿主意。"

蒙佩文虽不懂生意，却异常坚定地说道："虽说明日才是大婚之期，但我这辈子都是你的人，嫁鸡随鸡嫁狗随狗，你去哪儿我都跟着。"

岳江南激动地抱住蒙佩文，眼中闪烁着泪花："佩文，是我对不起你。若有东山再起之日，一定还你一个风风光光的婚礼。"

蒙佩文也紧紧抱住岳江南："风不风光的我不在乎，只要你对我好，比什么都强。"

情势紧急，容不得二人缠绵。收拾好细软之物，他们便出了后门。苏定河驾着一辆马车，早等候在外。上得车后，苏定河奋力挥动鞭子，骏马嘶鸣，车轮急滚，尘灰飞扬。

此刻的夜色格外深沉，月亮不知躲到哪里去了，地上没有一丝光亮。马车孤独地行驶在路上，身后的泾阳城越来越远，一同远去的，还有一场原以为琴瑟和鸣、风光无两的婚礼，以及岳江南千里西进、扬名立万的梦想……

4. 商道不是霸道，而是各行其道

文家大院尚善堂内，喜气洋洋，高朋满座，山陕商帮的头面人物都到齐了。一名身材微胖的中年男人竖起大拇指，说道："这就叫虎父无犬女，知雪厉害呀！岳江南这王八蛋，几乎把我们逼到死胡同了，可知雪三下五除二，立马让他乖乖滚蛋。"

"是啊！"有人附和道，"岳江南和那个陕商中的败类苏定河吓得屁滚尿流，坐着马车连夜出逃，不仅债主找不到人，连广诚德的伙计也找不到讨工钱的地方。"

又有一人说道："岳江南这只丧家犬，连自个的婚事都顾不上。张罗了半天的婚礼，到头来新郎官落跑了。听说京城请来的戏班没收着银子，大骂姓岳的断子绝孙。"

厅内顿时哄堂大笑，有奚落岳江南的，更有对文知雪啧啧称赞的。这时，马福兴商号的东家马天行说话了："知雪击败岳江南，为父报仇，替咱们争回一口气，自是可喜可贺。不过，我倒觉得她难能可贵之处还在其他。"

马天行老成持重，在商帮中颇有威望。见他发话，众人敛容细听。马天行又说："知雪找出地窖织布的法子，除掉了咱们山陕商帮百年来的心头大患。但她没有刻意遮掩，而是开诚布公告诉了商帮同人。这等胸襟气魄，当真令老朽佩服。"

"马叔叔过奖了。"文知雪笑盈盈地走进尚善堂，"地窖织布是个大生意，非文盛合一家能吃下。有银子大家赚，何乐不为。"

见文知雪走进来，众人不约而同站起身。文知雪走到椅子边，招呼大家坐下，可众人见她未坐，便都站着。

文知雪说："各位是长辈，你们先坐。"

周围响起一片客气之声："文东家先坐。"

这般推辞了几次，马天行说道："我看还是文东家先坐吧。"

"这可不行。"文知雪坚持道。

马天行笑着说："巨鹿大战前，各路诸侯作壁上观。唯独项羽英雄盖世，引兵渡河，破釜沉舟，一战而破秦军。这一战让天下人见识了楚霸王的骁勇，大胜之后，项羽于辕门接见诸侯，诸侯膝行而前，不敢仰视。那里面，不少人也是项羽的长辈。"

马天行这番话既是引经据典，更是对文知雪极高的褒奖。文知雪连说不敢当，接着又说："咱们就一块坐吧。"

落座后，文知雪说："众所周知，棉布生意经营了上百年，最近却被岳江南搅得不安宁。所幸这个瘟神已被撵走，接下来大伙又能安心赚银子。"

文知雪话音刚落，厅内爆发出阵阵叫好。城东棉行的段东家更是站起来，激动地说道："岳江南这个王八蛋，侵门踏户欺人太甚，竟敢跑到泾阳，踩在咱们山陕商帮头上拉屎拉尿。仗着有几个臭钱，勾搭上一个女人，婚礼还要大操大办显摆一番。老子收到他请柬时，气得浑身发抖。幸亏文东家站出来，帮咱们出了一口恶气。"

段东家说得义愤填膺，有人拍手叫好，也有人嘲讽："老段，这会儿大义凛然了，我怎么听说，当初你可是备了厚礼，打算和岳江南好好攀一攀交情。"

"放屁！谁在造老子的谣！"段东家怒不可遏。

岳江南风头正盛时，山陕商帮中有的是趋炎附势之人。如今岳江南败了，这些人又赶紧撇清关系，恨不能踏上一万只脚。人情冷暖，世态炎凉，文知雪早就看透。她脸上挂着微笑，示意大伙别吵了："过去许多谣言，依我看都是岳江南放出来离间咱们山陕商帮的，大家切莫上当。"

文知雪继续说："今日请大家来，就为一件事。按照规矩，经营棉布生意得有一家会首。我想推举马福兴商号，从今往后咱们唯马老东家马首是瞻。"

"老朽何德何能？不行，不行！"马天行立刻推辞道，"过去，文老东家是会首。如今，文东家青出于蓝而胜于蓝，理应继续担此重任。"

文知雪摆手道："我年纪太轻，哪能服众。"

马天行说："英雄不在年高，你的本事，试问有谁不服？"

"服！我们服！"大伙纷纷说道。

马天行又说："文东家也看到了，这就是众望所归。若换了别人，老朽还不答应。"

文知雪笑道："既如此，我只好勉为其难。只是日后有什么不周不到之处，万望各位前辈海涵。"

如今众人对文知雪可谓心悦诚服，纷纷站起身来道贺，文知雪也一一回礼。一番客套之后，文知雪接着说："对于日后生意，我有一个想法。"

厅内顿时安静下来，众人正襟危坐，等候着会首的吩咐。只听文知雪说："地窖织布的技艺，各位都知道了。接下来，我想主动联络江南的徽商布庄，他们若愿意，也可参与进来。"

文知雪又说："做生意不妨开大门、走大路，往后咱们陕商、晋商在北方挖地窖织布，徽商也可把作坊挪过来。大家公平竞争，就看谁家织出的布质地好、价格低。"

这一下，厅内顿时炸开锅。有人说道："当初让徽商赚咱们的银子，是因为北方织布断头太多，如今干吗再让他们分一杯羹？"

文知雪说："棉布生意做了上百年，陕晋徽三大商帮也合作了上百年。平心而论，苏杭八大布庄里，像岳江南这样坏规矩的毕竟是少数。许多徽商做了几辈子棉布生意，倘若一下断了人家财路，他们吃什么喝什么？一旦走投无路，难不成要他们学岳江南铤而走险。"

岳江南这个徽商中的后起之秀，不以常理行事，孤身西进，在泾阳城里卷起一阵腥风血雨。若不是冒出个文知雪，真不知结局如何。这些往事，的确令不少山陕商人心有余悸。狗急跳墙，兔子急了还咬人！徽州子弟多才俊，真把人家逼急了，没准还有李江南、张江南……

当然，山陕商帮中也不乏骄狂之辈，他们不以为然地说道："岳江南怎么了？不过小人得志，一时张狂，最后还不是夹着尾巴滚蛋。以后谁敢学岳江南，咱们就让他比姓岳的还惨。"

文知雪端起茶抿了一口，说："咱们并非怕谁。不过我倒觉得，所谓商路指的是一路商机，人人发财。只有大伙赚了银子，商路才能兴旺。若由一家独霸，商路恐怕难以为继。棉布商路兴旺百年，不正是因为从陕晋徽三大商帮到蒙古王公，个个都有银子赚吗？在座的都是商场前辈，你们想一想，若一单生意只有一家吃肉喝汤，其他人连骨头渣也没有，这生意能长久吗？"

"我还以为，"文知雪又说，"各人应做自己擅长的事，切莫贪大求全，自以为能把天下银子全搬回家里。岳江南就是太贪心，结果却搬起石头砸自己的脚。"

文知雪接着说："前几日我去码头，同一位船老大聊天，他说到，帮文盛合运棉布，最多的一艘船装了五千匹布，而帮徽商布庄运棉布，一艘船最多装过六千匹布。我问他原因，他说徽商多年来织布运布，甚至连怎么在船舱里堆放布料也有窍门。一模一样的船舱，徽商就能多囤些布料。"

众人没想到文知雪竟观察得如此细致，也有人惊叹于徽商的办事缜密："这些事看似细枝末节，却处处藏着银子。"

文知雪说："文盛合多年来经营商路，织布并非所长。此番找出地窖织布的法子，既是不得已，也是机缘巧合。徽商织了上百年布，毕竟熟门熟路，若他们也用地窖织布的法子，没准比咱们织出的布更便宜。别人继续赚银子，自己也能采购到更便宜的棉布，何乐不为！"

文知雪最后说："术业有专攻，家父当年奉行驻中间、拴两头的经营之道，往后我也会一心一意打理商路，只做擅长之事。地窖织布的活儿谁愿意做都可以，文盛合却不会做。各家织出的布，文盛合将仔细比对，择优采购。"

文知雪这番议论鞭辟入里，有人频频点头，有人听后陷入沉思，也有人交头接耳。隔了一阵子，马天行说道："文东家，你打败岳江南只是术，这番议论却是商道了。我做了一辈子生意，听来依旧振聋发聩。"

马天行接着说："刚才我用西楚霸王的典故，怕是将文东家说低了。商道不是霸道，而是各行其道。项羽不懂这个道理，一味霸蛮，才落得个孤家寡人的下场。"

当然，厅内之人未必个个都有文知雪、马天行的境界。什么是商道，他们不知道，也不想知道，他们所在乎的只是眼下的银子。有人问道："文东家，真如你所说，文盛合不做地窖织布？"

“当然！”文知雪答得斩钉截铁，“我们找到了这个法子，愿意分享给诸位，自己绝不染指。段运鹏即将回泾阳，地窖织布的事之前由他负责，各位可以向他打听，他自会知无不言言无不尽。”

“不过，”文知雪又说，“刚才我也说了，谁都可以做地窖织布，但织出来的布，文盛合将仔细比对，选择质优价低者采购。到时我们只认货，不讲交情。”

“文东家大气！”不少人闻言兴高采烈。而像马天行这样的老江湖更看得透彻，文知雪把持商路，美滋滋地吃肉喝汤，丢出来几根骨头却让别人抢得头破血流。这不仅是大气，也是大智慧！

昔日债主上门时，文知雪只让盛宇峰、宋元河代为送客。如今已是会首，文知雪却要亲自将众人送到院外。送走客人后，文知雪一边往回走，一边问道：“宋叔叔，今晚有什么安排吗？”

宋元河没有回答，反而愣住了。文知雪又问：“宋叔叔，怎么了？”

宋元河反应过来，说：“东家，你还是叫我老宋吧。”

文知雪摇头说：“从小到大都叫你宋叔叔，往后也这么叫。”

宋元河似乎要说什么，文知雪挥了挥手，抢先说道：“我明白你的意思，自打当上东家，我的确改口了，称呼你老宋。”她停下脚步，叹了口气。“不瞒你说，我也不想这样，每叫一声老宋，心里便苦得不行。但没有办法呀，当初文盛合风雨飘摇，我一介女流肩上扛着这副担子，真是战战兢兢。父亲生前说过，一个东家得有威仪，为了立威，我只能整日板着脸，在许多叔叔伯伯面前，也不得不摆出东家架子。”

“文盛合总算缓过来，”文知雪长舒一口气，“我也不必再装了。”

宋元河辅助了文家两代人，自然明白文知雪的苦衷。昔日天真浪漫的少女，文府的千金小姐，一夕之间成为商号东家，内忧外患，主少众疑！宋元河简直不敢回想，那段日子文知雪是怎么熬过来的！

正是对一介女流的质疑，正是局势的艰危，让文知雪不得不展现出非同一般的强悍与刚毅。她必须用高高在上的威严与冷峻告诉所有人，自己是文盛合的当家人！直到今日，挟着商场大胜的余威，终于能谈笑自若，且一颦一笑间已然不怒自威。

宋元河语气激动："我晓得，东家是在拿自己的命去拼。"

文知雪拉着宋元河的手："宋叔叔，文盛合没有垮在我手里。"

宋元河点头道："不仅没有垮掉，而且凤凰涅槃，比昔日更强大。老东家看到今日，九泉之下也会含笑。"

文知雪哽咽道："爹，你看到了吗？女儿没有让你失望。"

两人站在院内，回想着文家昔日繁华，感念这一路艰辛，竟是不约而同哭出声来。文知雪依偎在宋元河怀中，任由泪水肆意流淌。宋元河抚摸着文知雪的头，安慰着："想哭就哭吧，尽情哭出来。"这一刻，文知雪又做回了那个集万千宠爱于一身的大小姐，宋元河则是当年陪小女孩做游戏、抱着她上街买糖葫芦的宋叔叔。

情感毫无顾忌地宣泄，话也像开闸的河水，两人从院中到屋内，尽情地聊起往事，从文家大院的柴米油盐，到文善达走马天下行商万里的豪迈气概……他们时而大笑不止，时而又会掠过一缕哀伤。

不知不觉聊了一个时辰，宋元河想起一件事，说："东家刚问我今晚有什么安排，光顾着聊天却没禀报。前日接到盛东家的信，他今晚到泾阳。"

盛宇峰赴京后，文知雪去信让他别急着回来，而是取道蒙古联络棉布生意。盛宇峰去蒙古转悠了一大圈，今晚才回泾阳。

宋元河问："东家要亲自去迎接吗？"

文知雪面露难色："盛大哥这一趟辛苦了，我本应亲自去迎接，不过上午接到消息，苏先生明日就要远行。盛大哥平安归来，日后天天可以见面，苏先生这一去，却不知何日再见，我想今晚去送一送苏先生。"

宋元河问："就是那个传教士苏乐西？"

"正是。"文知雪说，"你也知道，苏先生出趟门，没有三年五载回不来。"

"这些个洋人倒是闲不住，脚板也异常勤快。"宋元河笑道。

文知雪说："盛大哥那边，宋叔叔帮我迎一下吧。明日我专门设宴，为他接风洗尘。"

5. 蒙元亨一行人刚到西康，就被土匪劫走了

坚冰乱石，群峰耸立。一伸手好像就可以触摸到白云，不远处的天空蓝得发光。这里，既有山高白雪混银河的壮美，亦有树短赤茎无绿叶的荒凉；这里，便是被称作西康第一关的折多山，是由四川进入西藏的必经之路。

蒙元亨一行人被困在折多山已经半个多月，他们没有环视贡嘎群峰白雪皑皑的闲情，反倒整日提心吊胆。破旧的小屋不足以挡住寒风，大风不时灌进来，蒙元亨站在火炉前，频繁挪动脚步，两手一刻不停地搓着。何瑞源裹着一床被子缩在墙角，双目无神，面如土灰。

终于有人送饭进来，众人早已饥肠辘辘，赶紧围拢过去。刚端起碗扒了一口，却觉得难以下咽。罗兵忍不住埋怨道："这饭怎么这么硬？有软和的吗？"

送饭之人身材敦实，走路一瘸一跛，听了罗兵的话，一脚踹过来，用生硬的汉语骂道："哪儿来这么多废话！老子从不吃米，就为给你们煮米饭，专门去了一趟打箭炉，回来时摔到沟里，脚疼了好几天。"

罗兵被踢翻在地，手上的碗也碎了。他可是出了名的暴脾气，何曾受过这等屈辱。无奈人在屋檐下，只好逆来顺受，拍了拍身上的灰，不再言语。

何瑞源赶紧出来打圆场："我们早听说，折多山上连水都烧不开，米饭自然只能硬着吃。这位大哥辛苦了，改日一定报答。"

来人并不领情，骂骂咧咧道："报答个屁！整日就知白吃白喝。都怪大哥仁慈，换了我，早把你们拖出去喂狗了。"

虎落平阳被犬欺，三人默默听着，哪敢还一句口。待来人骂够了摔门而去，

罗兵才哭丧着脸，说："一路上都听说，到了打箭炉就得止步，不能再往前走。有人偏不听！现在好了，将自个送进土匪窝。"

罗兵自然是在埋怨蒙元亨。从雅州出发，一行人跋山涉水，历经艰辛，终于抵达打箭炉。打箭炉即后来的康定城，相传是三国时诸葛亮南征铸箭之地，因此得名。当年茶马互市兴盛时，打箭炉乃商埠重镇。前往打箭炉的商贾，也被称作炉客。

蒙元亨带着四川巡抚衙门的公文，前去拜见打箭炉的德让土司，不料德让土司不在，属下说他去成都了。辗转千里却失之交臂，何瑞源、罗兵抱憾不已，并说事到如今，只能等着德让土司归来。蒙元亨却不想坐等，而是打算继续西进。

何瑞源、罗兵坚决反对，一路上他们听无数人说过，汉族商人只能到打箭炉，再往西便是凶险莫测。蒙元亨却坚持己见，他在保宁府时就向赵明舟说过，商路即是人脉，昔日打通蒙古商路，靠的是结识了噶尔丹，要复兴茶马古道，不妨深入拉萨会一会西藏的头领们。当年闯得过黄沙戈壁，如今又何惧皑皑雪山！

蒙元亨想定的事，没人拦得住。何瑞源与罗兵哪怕一百个不愿意，也只能一同西行。商队越过打箭炉，便来到西康第一关折多山。他们头一回见识到这等雄奇险峻的高原雪山，不仅山路蜿蜒曲折，人更是越走越气短，呼吸都有些困难。

向导说，翻过折多山，前头还有贡嘎山、海子山、脚巴山……地势越来越高，路越来越难走。一听这话，连雄心万丈的蒙元亨也不禁打起退堂鼓。

恰在此时，一场暴风雪袭来。久居内地的人从没有见过这么大的风雪，整张脸像被刀子割一般疼，眼睛都睁不开。更要命的是，暴雪过后清点人数，偏偏向导不见了。没有当地人指引，再也走不下去，蒙元亨不得不下令返回。

然而，折多山可不是想进就进想出就出的。一行人在山里兜了好几圈，始终没走出去。携带的干粮所剩无几，若再碰上一场暴雪，就得全军覆没。

恰在此时，一伙土匪蹿了出来。其实，此刻遇上土匪也算撞上救星。所有人乖乖束手就擒，被押进一座山谷。

想到这些，蒙元亨仍是心有余悸，他裹上一床被子，对满腹抱怨的罗兵说："幸亏咱们命大才遇上土匪，假如没遇上，早见阎王了。"

"你倒会苦中作乐。"罗兵摇头道。

何瑞源将碗里的饭硬生生咽下去，手指在衣服上揩了揩，说道："元亨，你还别怪人家抱怨。叫你在打箭炉停下，偏不听！还有，当初干吗急着出发？货都没带齐，说什么先交朋友再做生意，现在好了，被绑票了，连赎人的东西都没有！刚才那人说得没错，咱们真成白吃白喝的了。"

此番西来，生意毫无进展，蒙元亨心中更有一种深深的挫折感。这种挫折感，即便当年北上蒙古，或是迎战山陕商帮，都不曾有过。旁人的埋怨并非全无道理，当初自己真把事情想简单了。

蒙元亨耷拉着脑袋，任由何瑞源与罗兵数落自己。隔了好一会儿，他才开口说道："事到如今，只能盼着货早些运到打箭炉。有了货，就能把咱们赎出去。若路上顺利，货应该这几日能到。"

罗兵说："咱们出雅州后，就没与四川联系过。货到没到，路上有无差池，鬼才晓得！"

三人正说着，猛听见咣当一声，房门被踹开，一脸横肉的土匪又站在门外，粗声粗气地说："头领要见你们。"

三人被蒙上眼睛，推搡着走了好一会儿。摘下黑布时，只见身处一座山洞中，洞壁上挂着兵器，高处摆着一把椅子，一个身材魁梧、面色红亮的汉子坐在椅子上，双目炯炯有神。

蒙元亨认得，此人便是土匪的头领，叫作阿旺次仁。旁边有人用木棍一敲膝盖，三人腿发麻，立刻跪了下去。阿旺次仁汉语说得不错，他瞪着蒙元亨说："你们是生意人，自然该懂规矩。身上既没银子，货又少得可怜，难不成想让老子做赔本买卖！"

"不敢。"蒙元亨说，"我跟头领说过，咱们的货还在路上，只要货一到，一定送来。"

"老子等不了！"旁边一人喊起来，"如此等下去，何日是个头！索性一刀砍了，图个痛快。"

说完，这人亮出匕首，一把揪起蒙元亨，眼看着就要捅下去。何瑞源、罗兵大呼饶命，一辈子没跟谁服过软的蒙元亨也求饶道："有话好说。"

"慢着。"阿旺次仁挥了挥手。

蒙元亨被推倒在地，脸色发白，头上冒着汗珠。他抬起头，气喘吁吁地说："多谢头领。"

阿旺次仁鼻孔里哼了一下，说："不必谢我，要谢就谢自己命大。刚从打箭炉传来消息，说是从四川运抵了一批茶叶、丝绸。"

"那一定是我的货到了。"蒙元亨既后怕又兴奋，大声喊道。

阿旺次仁说："货是谁的还不晓得，但愿是你们的吧，否则那一刀子，真就捅下去了。"

蒙元亨说："让我派一个人回去，便能弄清楚。若是我的货，立刻送来。"

阿旺次仁说："只能这样办了。不过丑话说前头，要是敢耍花招，我可不客气。"接着，他又问："你自己说，派谁回去？"

蒙元亨扭头看了看，何瑞源与罗兵均投来期盼的目光，他俩谁也不愿待在虎狼窝里。若论亲疏，罗兵是大舅子，但何瑞源落到如此境地，却是受己之累。蒙元亨心里存着亏欠，更不愿落下危急时刻只顾自己人的话柄。他狠下心，指了指何瑞源："派他去吧。"

何瑞源感激地望着蒙元亨，罗兵却是垂头丧气。不料，阿旺次仁指着罗兵："你回打箭炉去吧。"

众人惊诧不已，阿旺次仁身子往后一靠，说道："无商不奸，你们的花花肠子太多。你说派谁去，我偏要换个人，可以吗？"

何瑞源的心情顿时跌落谷底，蒙元亨摇头苦笑，只有罗兵充满惊喜。他也不忘安慰同伴："你们放心，我一定把货运来，救你们出去。"

何瑞源一把抱住罗兵："兄弟，我俩的命可交到你手里了。"

接下来几天，真可谓度日如年。何瑞源无论白天夜里，始终在屋内走来走去，口中不停问："你那个大舅子，信得过吗？"

"除了他，现在也无人可信了。"蒙元亨起初答了几遍，后来索性闭目养神，话也懒得说。但表面镇定的他，内心同样七上八下。打箭炉的货真是他们的吗？独担大任的罗兵能把事情办好吗？

数日之后，那名看守又来送饭。他的脚伤看起来好了，走路不再跛脚。进到屋内，他端出两盘糌粑，说道：“快吃。”

何瑞源刚要去接过盘子，看守的手一缩，恶狠狠地说：“这盘不是你的，吃另一盘。”

何瑞源实在看不出两盘糌粑有何不同，不解看守为何刁难。但身处险境，有的吃就行，别管那么多。他拿过另一盘糌粑，狼吞虎咽起来。

藏人几乎每餐必食的糌粑，实则就是青稞炒面。将青稞晒干炒熟、磨细、不过筛，便是可以食用的糌粑了。糌粑与陕西炒面有点相似，但陕西炒面是先磨后炒，糌粑却是先炒后磨。何瑞源乃川人，自不习惯糌粑口味，不过近日怀着绝不做饿死鬼的心思，吃什么都香。

何瑞源一边吃一边问：“大哥，外面有什么消息？咱们的货到了吗？”

看守没好气地说：“不知道！老实吃东西！”

蒙元亨接过盘子，也抓起糌粑，但一口咬下去，却发觉里面夹着东西，吐出来一瞧，竟然是张纸。看守朝他使了个眼色，意思是叫他赶紧看。蒙元亨把纸扯开，只见上面写着字，他浏览了一遍，顿时心中大惊，再看第二遍，更是既欢喜又害怕。看守这时走了过来，吼道：“怎么这么啰唆，快吃！”说话间，他抓起糌粑，连着纸一起塞进蒙元亨嘴里。这一下，可把蒙元亨噎住了，两手抱住胸口，别提多难受。看守拿出水袋，给蒙元亨灌了一口，他才缓过劲来。

“别吃了！老子还有事！”看守抢过两人的盘子，转身就走。

何瑞源刚才光顾着吃，没注意其他，见蒙元亨盘子里还剩那么多，便问：“你怎么没吃？”

蒙元亨愣了愣，说：“不小心噎着了。”

6. 蒙元亨使出空城计、苦肉计、连环计将土匪一网打尽，转危为安

接下来数日，不仅何瑞源急得像热锅上的蚂蚁，连蒙元亨也坐不住了，两人在屋里走过来走过去。到了晚上，蒙元亨闭上眼，但根本睡不着。直到何瑞源的呼噜声响起，他才坐起身来，两眼盯着黑漆漆的前方。

一日傍晚，蒙元亨与何瑞源又被绑去山洞。阿旺次仁坐在椅子上，脸上挂着笑容："暴风雪没把你们吹进悬崖深渊，如今又有人千里迢迢把货运到，看来是你们命不该绝！"

"我们的货到了？"蒙元亨问道。

阿旺次仁点了点头说："跟着罗兵去打箭炉的人传来消息，说今晚把货押来。我这个人是讲信用的，只要货到了，立马放人。"

"太好了！"何瑞源欢呼起来。蒙元亨稍微一愣，接着也是一副兴奋的表情。

阿旺次仁说道："千里有缘来相会，咱们能认识，走的路可不止千里。既然有缘，不妨坐下喝一杯。"

"好啊！"蒙元亨抖了抖又脏又臭的衣服，豪爽地坐下，后背却冒着冷汗。

坐下后，蒙元亨大碗喝酒，一副毫不拘束的样子。阿旺次仁能做成一笔大买卖，心情也不错，还开起玩笑："你身上揣着四川巡抚的公文，好歹算个官商吧，我却是个土匪。今日咱们算不算官匪一家？"

蒙元亨放下碗，抹了抹嘴说："我是个商人，与官府高攀不起。至于头领

你，切莫说什么匪。你乃绿林豪杰，水浒好汉。”

阿旺次仁摇头道：“我这个洞子难不成要改叫聚义洞，洞口再挂个替天行道的旗子？”

众人大笑起来，笑过之后，蒙元亨却问：“头领不仅汉语说得好，竟然连水浒也读过？”

阿旺次仁啃着肉，说：“这倒不是自夸，《三国演义》《水浒传》我几岁时就读过。”

何瑞源赶紧奉承：“原来头领是读书人，怪不得如此仁义。别的不说，就说你让人去打箭炉买米，给我们煮了顿米饭，着实令人感动。”

阿旺次仁笑起来：“我不敢妄称替天行道，但心中真还有一份善念。银子得抢，命嘛，能不要尽量别要。被我绑的人，只要不玩花招，老老实实把银子送来，我定不为难他。”

“当然，这里毕竟不是客栈。”阿旺次仁又说，“不挨冻受饿已不错，舒舒服服自然谈不上。至于说米饭，不是给你们煮的，只不过突然间有了思乡之情，想吃顿米饭。可惜打箭炉的米到了这儿压根煮不熟，倒了可惜，便叫人送给你们了。”

“思乡之情？”蒙元亨诧异道，“头领莫非是汉人？”他又打量了阿旺次仁，从身材到面相，此人当是藏人无疑呀。

“我是藏人。”阿旺次仁说，“不过我的外公是汉人，而且与阁下一样，来自陕西。我从小在打箭炉长大，十多岁后才出关，到折多山落草为寇。打箭炉的藏人与其他地方不同，平时既吃糌粑，也吃米饭。不过到了折多山，米饭吃不上了。”

从陕西千里迢迢来打箭炉的，几乎都是商人，即当地人口中的炉客。阿旺次仁的外公莫非也是陕商？蒙元亨问道：“你的外公是做生意的？”

阿旺次仁点头说：“我外公是炉客。”

蒙元亨心想，怪不得阿旺次仁的汉语讲得好，从小还看过《三国演义》《水浒传》，原来他有一个当炉客的外公。此人自幼生长于汉藏杂居的打箭炉，饮食习惯自与关外藏人不同。

阿旺次仁不禁回忆起自己的外公："你们知道茶马互市吗？我外公当年从陕西来到打箭炉，就为了这个买卖。可惜生意不顺，赔光了银子，连回家的盘缠也没了，最终埋骨他乡。"接着他又笑了笑说："不过，外公若是赚着银子衣锦还乡，就没有我娘，也没有我了。"

一路上，只要有人聊起当年的茶马互市，蒙元亨总会打破砂锅问到底。但今日生死未卜，自己心事重重，实在无暇他顾。倒是何瑞源问了句："茶马互市当年很兴旺，你外公为何会亏本？"

阿旺次仁说："茶马交易由官府垄断，一匹马能换多少斤茶叶，全由官府定价。因此，只有那些与官府有勾结的商人赚得盆满钵满，其他人却要听天由命，看各自造化。"

何瑞源没有那么多心事，接过话来："这确实是件混账事！北京户部的官老爷，哪里知道打箭炉今年是什么行情。他们大笔一批，所有人就得按他们的定价交易，这是什么道理！"

何瑞源越说越有兴趣，又问："当年明廷垄断茶马交易，虽说破规矩不少，好歹商路还维系着。为何大明衰败之后，没了那些规矩，商路反倒冷清了？"

三人正说着，洞外忽然响起一片嘈杂之声。不多时，一人慌慌张张跑进来，跪在阿旺次仁跟前说着什么。蒙元亨听不懂藏语，但瞧这情形，心不由得揪起来。

阿旺次仁脸色越来越难看，最后，他转过身，一脚踢翻桌子，拔刀架在蒙元亨脖子上。

何瑞源一下蒙了，蒙元亨也吃惊地问道："头领，怎么了？"

"你干的好事！"阿旺次仁怒喝道，"你派回去的人不仅没送货来，还报了官。我的兄弟被抓了好几个，只剩一人冒死回来报信。如今德让土司的兵马已把寨子团团围住。"

"怎么回事，怎么回事！"何瑞源惊慌失措，大叫起来。

"竟然敢耍花招！老子剁了你们！"阿旺次仁气急败坏，说着便要一刀砍向蒙元亨。

幸亏周围的手下眼疾手快，一把抱住阿旺次仁："如今咱们被围，这两人还有用处，不能就这么砍了。”

阿旺次仁收起刀，一脚踹过去：“暂且留住你的狗命。把这两人绑起来。”

蒙元亨被重重踹了一脚，腹内翻江倒海般剧痛。他顾不得这些，躺在地上大喊：“头领，咱们都被人耍了！”

阿旺次仁一把抓起蒙元亨：“这话什么意思？”

蒙元亨哭丧着脸说：“生意人要银子更要命，我的命在你手上，哪敢耍什么花招。有人却想让咱们一块见阎王，他才好吞了我的货。”

蒙元亨这话自然说的是罗兵，何瑞源似乎明白了过来，大骂起来。

阿旺次仁骂完后才问道：“那个姓罗的不是你亲舅子吗？为何要害你？”

蒙元亨说：“头领是打小读《三国演义》《水浒传》的人，这还不明白吗！利字当前，别说亲舅子，手足兄弟也能反目。”

“你想呀，”蒙元亨又说，“把货送来这里，头领发了财，我保住性命，咱俩皆大欢喜，罗兵什么也得不到。如今他玩这一手，咱们同归于尽，他却发了大财。”

这时，一名手下跑进山洞禀报：“土司的兵马开始强攻，一阵箭雨下来，射倒了十来个兄弟。”

情急之下，阿旺次仁说：“你去喊话，说放人的事可以商量，叫他们先住手。”

手下领命而去，外间的喊杀声却未停歇。不一会儿，手下又奔进山洞禀报：“兄弟们快撑不住了。”

阿旺次仁着急地说：“不是让你喊话吗？”

“喊了，可他们根本不听。”

蒙元亨虽不懂藏语，但这几句还算简单，加之双方的手势动作，也能猜个大概。他大喊道：“土司收了罗兵的好处，非要置咱们于死地。”

“事到如今，怎么办？”阿旺次仁大叫起来。

蒙元亨说：“好汉不吃眼前亏，头领快降了吧。”

阿旺次仁一把拎起蒙元亨：“你们这是里应外合，跟老子唱双簧吧！”

蒙元亨说：“哪有用自个小命唱双簧的！再说我不是让你向土司投降，人家摆明了要谋财害命，纵使降了也得叫你死。”

阿旺次仁听糊涂了：“那你叫我跟谁投降？”

蒙元亨说：“跟我投降呀。只有降了我，才能保住性命。”

阿旺次仁真是既好气又好笑：“自己的小命都难保，还要老子向你投降？疯了吧？”

蒙元亨说：“你我危在旦夕，只有降了我，咱们的命才有机会保住。”

在阿旺次仁看来，蒙元亨简直疯了，满嘴胡言乱语！不过蒙元亨却没有放弃，抓住阿旺次仁的手，说：“你听我说！他们想吞下这批货，必须用剿匪做幌子。我手里有巡抚衙门公文，是为朝廷办事，你降了我便是归顺朝廷。土司再厉害，也得给朝廷面子。”

阿旺次仁死死盯住蒙元亨，觉得这些疯言疯语中似乎也有几分道理。但仔细一琢磨，又觉得不对：“真要是土司与罗兵勾结在一起，在这山高皇帝远的地方，把咱俩杀了，随便找个理由就能敷衍朝廷。”

蒙元亨说：“所以咱们得唱出空城计，让他们不敢敷衍朝廷。”顿了顿，他又说：“我修书一封，头领立刻派人送至两军阵前。信中就说阿旺次仁已归顺朝廷，正帮着把茶叶运往藏区。如此一来，你的兄弟们就不是土匪，而是大清的商队。”

“更关键的是，”蒙元亨接着说，“我会在信里说，阿旺次仁归顺一事已禀告朝廷，信使正在前往成都的路上。得让他们清楚，这事瞒不住，别想着杀人灭口。”

“他们能信你的话？”阿旺次仁将信将疑。

蒙元亨说：“不会全信，但也不敢不信。大清国运昌盛，兵强马壮，一个小小的土司绝不敢轻易招惹。”

见阿旺次仁还在摇摆，蒙元亨又说：“除了空城计，还得给人家甜头。我愿把一半的货分给土司，头领不妨也拿点见面礼。你想啊，德让土司担着杀人灭口开罪朝廷的风险，为的不就是银子。如今他同咱们合作，毫无风险就能坐享其成，何必再与罗兵沆瀣一气。”

“你考虑得周到。”阿旺次仁这么说，显然是同意了。

蒙元亨赶紧修书一封，阿旺次仁派人用弓箭射了出去。不一会儿，喊杀声果然停下来。一个三十多岁、留八字须的男子骑着白马走到阵前，他头戴盔甲，腰间挎着镶嵌宝石的弯刀，在火把照映下英姿飒爽。

此人高喊道："我乃德让土司，请蒙元亨出来说话。"

蒙元亨举着火把，爬到山岗上，又把信中所写喊了一遍，只不过说得更加绘声绘色。他说自己奉巡抚之命到此，遭遇风雪险些性命不保，幸得阿旺次仁仗义相助。阿旺次仁已归顺朝廷，巡抚衙门不日便有公文传到。

待蒙元亨说完，德让土司说道："蒙先生远来是客，但这个阿旺为祸康藏多年，他的话不可轻信。"

蒙元亨说："阿旺已归顺朝廷，他昔日的罪状该怎么罚，日后可否将功折罪，一切听朝廷决断。"

马蹄轻动，德让土司双手握住缰绳，似乎仍在犹豫。蒙元亨摇动火把，高喊："土司老爷，信使此刻没准已到成都，巡抚大人自会秉公裁决，你还有什么不放心的！"

此刻四面楚歌，稍有不慎便沦为刀下鬼，阿旺次仁自是心惊胆战。不过眼见蒙元亨搬出巡抚大人，让素来高傲的德让土司陷入踌躇，阿旺次仁也有一种傍上大树的感觉，胆子稍微壮了些。他举着火把来到高处，喊道："德让老爷，小人在外糊涂多年，后悔不已。近日幸遇蒙先生指点，愿弃暗投明。小人那些财物，将尽数献给老爷，算是悔过自新。"

"当真？"德让在马上厉声问道。

阿旺次仁说："绝无戏言。"

恰在此时，德让阵中射出一箭，正中蒙元亨右臂。蒙元亨惨叫一声，火把顿时掉落。"谁在放箭？"德让转头怒喝。

阵中一阵骚动，不一会儿工夫揪出来一人，火把照过去，正是罗兵。军士禀报说："箭是此人射的。"

德让一鞭子挥下去，骂道："见利忘义的小人。"

蒙元亨忍着剧痛，重新举起火把，口气异常严厉："德让，你再听信小人挑拨，贻误时机，便是与巡抚大人作对，与朝廷为敌。你担当得起吗？"

"不敢。"德让举了举手，"放箭的人已被我拿下，待会儿就交给你处置。

既然有蒙先生作保，我不为难阿旺。叫他的人放下兵器，给我滚出来。”

事到如今，阿旺次仁知道硬拼只是死路一条。他吩咐手下，将大刀长枪放下，短剑藏在怀里，所有人慢慢走下山。

蒙元亨与何瑞源走在队伍中间，刚下了山，见着被五花大绑的罗兵，顿时怒不可遏。何瑞源不顾一切冲过去，迎面就是一巴掌：“你个挨千刀的，老子的命差点丢在你手里。你连自己亲妹夫也害，还是人吗？”蒙元亨右臂中箭缠着布，他挥起左拳，正中罗兵下腹：“你个猪狗不如的东西。”

德让见状，喝道：“住手！把他们拉开。”

军士一拥而上，有人抱住蒙元亨与何瑞源，有人将罗兵拽开。一番推搡之后，两边阵形免不了乱了。待到秩序恢复，只见蒙元亨与何瑞源已被推到土司马下，阿旺次仁的弟兄们却被孤零零围在中间。

阿旺次仁察觉出异样，心中高呼不妙。可惜世上哪有后悔药卖，德让土司拔出腰刀，高喊道：“给我拿下！”

身陷重围，军心涣散，哪还抵挡得住。少数几个亡命之徒拔出短剑相抗，立刻被砍翻，剩下的全都束手就擒。阿旺次仁被五花大绑，押到德让马下。他没有看德让，两眼怒火却朝向蒙元亨：“你们果然狡诈，让我中了计。”

何瑞源虽一直蒙在鼓里，但局势发展到如今，总算是看明白了。他迎着阿旺次仁的目光冲上去，抬腿便是一脚：“你小子不是读过《三国演义》《水浒传》吗，怎么不多学一点东西？光知道空城计，不知道还有苦肉计、连环计？”

何瑞源越骂越起劲，本想再踹上几脚，但自个背后却挨了一拳。回头一看，罗兵怒气冲冲地吼道：“你们两个王八蛋，老子为救人不知吃了多少苦，一句感谢没有，上来就是几拳头。刚才我左脸挨了一耳光，现在把你的右脸伸过来。”

何瑞源挨了打却欢喜得不行：“两边脸都是你的，任你抽！不过可不能光抽我，元亨也打了你，你也得打回来，否则就是偏心。”

罗兵扬起手，并未真打下，只捏了一把何瑞源的脸：“元亨就算了，他好歹中了一箭，算扯平了。”

何瑞源说：“兄弟，以前不知道你的箭法这么厉害。稍微偏上一点，元亨的命可就没了。”

罗兵说："论刀枪拳脚，还没怕过谁，但骑马射箭可不敢自夸，更没百步穿杨的本事。"

"刚才这箭不是你射的？"何瑞源问。

"当然不是。"罗兵说，"不是要演苦肉计吗！趁着黑灯瞎火，便把账算我头上了。"

众人哈哈大笑，德让土司朝后指了指："是这位兄弟射的。在打箭炉，他的箭法公认第一。他说射手腕，绝不会射到胳膊。"

纵然有神箭手相助，蒙元亨依然后怕不已。他瘫坐地上说："太险了，太险了！我宁可把货送给阿旺，也别玩这一出。"

罗兵说："能破财免灾当然好，可惜无财可破。咱们的货至今还在路上，不知何时到打箭炉。"

"什么？"蒙元亨惊问道，"连货也是假的，是你们摆出来的迷魂阵？"

德让跳下马来："实在没办法，才不得已剑走偏锋。只是让蒙先生受惊了。"

蒙元亨站起身来："是惊到了，但能活着回来便是万幸。"

德让扶住蒙元亨："你身上有伤，请上马吧。打箭炉里，还有一位故人在等着。"

"故人？"蒙元亨又是一惊，自己头一回来打箭炉，哪儿来什么故人。

7. 架吵三回，没有是非，蒙元亨和文家的恩怨谁也理不清

从折多山回打箭炉的路上，蒙元亨一直追问哪位故人在等着自己。德让却是笑而不答，或是一句“到时你自然知道”来敷衍。一行人进城之后，蒙元亨被安顿到驿馆，他实在困乏，加之有伤在身，倒头呼呼睡去。

不知睡了多久，蒙元亨迷迷糊糊中仿佛听见有人叫自己。声音越来越近，而且好生熟悉！房门被推开，一个穿黑色袍子、金发碧眼的洋人站在面前。

这不是泾阳的传教士苏乐西吗！苏先生，没想到你我也能相见，当真缘分不浅。蒙元亨眯着眼笑起来，接着头一偏，又睡了过去。

在驿馆的床上，各种各样奇怪的梦几乎没间断。在梦中，蒙元亨见到了正在关外苦寒之地的父亲，父亲披头散发，脚上戴着镣铐，让人揪心不已。他还看见了文知雪，两人一起行走在泾阳小巷，有说有笑。后来，他又回到了魂萦梦绕的保宁城，见到了朝思暮想的妻子罗世英。罗世英迎候在院外，怀中抱着小孩。蒙元亨冲上前去，搂住妻子，急切问道，是男孩还是女孩……

亲人、爱人，甚至不知是否平安降临人世的孩子，蒙元亨通通见到了。只是没想到，故人苏乐西也走入梦乡。虚幻的梦境真是太美好，几乎能满足一个人的所有愿望，以至于蒙元亨不想醒来，只愿意继续美梦。

“元亨，快醒醒！”声音更大了，蒙元亨的肩膀还被人拍了几下。他睁开惺忪的睡眼，苏乐西依旧站在面前。

蒙元亨仍弄不清，这一切究竟是梦是真？他捏了捏伤口，顿时一股钻心的疼

痛。他终于意识到，这不是梦，而是真有故人来！

苏乐西笑容可掬道："这么困呀？刚才都醒了，还冲我笑了笑，转头又睡了。"

蒙元亨一下从床上蹦了起来："我以为在做梦呢！哪里能想到，真是苏先生！"

蒙元亨快速穿上衣服，又拉住苏乐西的手问道："你怎么到打箭炉来了？"

"来大清几十年了，从没到过藏区，早想着走一遭，最近总算下定决心。"

"从泾阳到打箭炉的路艰险无比，就你一个人？"蒙元亨又问。

"德让土司一年前给我写信，说他要去成都，邀我来成都相聚，再一同赴打箭炉。"

"你怎么认识德让土司？"蒙元亨追问道。

"德让早年被老土司送往成都求学，不幸染上恶疾。碰巧我云游到成都，替他治好了病。"

"缘分，这真是缘分！"蒙元亨又惊又喜。

"从泾阳动身前，我便听说你来了打箭炉，一路都在打听你的消息。到了这里，却听说你又朝西去了。正当遗憾时，一日在街上闲逛竟偶遇罗兵。这才知道你们被土匪劫持，赶紧向德让土司求助。"

两人正说话，罗兵走了进来。蒙元亨笑道："苦肉计定是苏先生想出的，你可没这脑子。"

罗兵一屁股坐下来："这计策我确实想不出。"

苏乐西说："我不敢贪功，这是德让土司的主意。你们的货迟迟不到，只好用这个险招了。"

蒙元亨刚睡醒，口干舌燥，他端起杯子喝了一口，又对罗兵说："你当初给我通风报信时，怎么不说苏先生也到了打箭炉？"

罗兵说："幸亏德让土司抓住了一个土匪，逼着他做内应，才能给你通风报信。那封信夹在糌粑中，当然能短则短，难不成写上几大篇，吃喝拉撒的事一样不落？"

"那倒也是。"蒙元亨又笑起来，"幸亏我从糌粑中得到消息，心里有了底，否则都不知该如何演这场戏。”

三人兴高采烈地聊起来，说到兴奋处，蒙元亨不禁手舞足蹈。可是手一举，箭伤又发作，一时疼痛难忍。苏乐西见状说道：“把衣服脱了，我来瞧瞧你的伤。”

蒙元亨脱掉衣服，苏乐西没来得及为他治伤，先不自觉捂住鼻子。蒙元亨不好意思地说：“在土匪窝里待了许久，衣服没换过，让先生见笑了。”

苏乐西皱皱眉说：“裹着这么脏的衣服，对伤口可不利。”

“真臭！别说苏先生了，连我都受不了。”罗兵抓起衣服，“让苏先生为你疗伤，我把衣服拿出去洗了。”说着他便朝外走去，一边走还一边摇头：“本该我妹干的活儿，如今落到我头上。这舅子真不好当。”

苏乐西小心翼翼地换药，虽剧痛无比，蒙元亨始终忍住一声没吭。换好药之后，蒙元亨问道：“伤势不重吧？”

苏乐西说：“放箭的乃德让土司手下第一神箭手，尽管没射中要害，力道却大得很，险些就伤着骨头。虽性命无虞，可仍要好生将息一段日子。”

“只要还有一条命在，就没什么。”蒙元亨倒不在乎。

坐起来后，蒙元亨忽然记起苏乐西刚才的话，问道：“苏先生说从泾阳动身前便知道我来了打箭炉，是佩文告诉你的吗？”

苏乐西摇起头：“不是佩文，是文知雪。动身前一晚，她为我送行，中间提到你去了打箭炉。”

听说文知雪，蒙元亨心头一颤，接着说道：“我给佩文写过信，想必是她告诉岳江南，岳江南又告诉了文知雪。”

“对了，”蒙元亨不愿在人前多提文知雪，岔开话题，“佩文和岳江南还好吧？算着日子，他俩成婚应当有半年多了。”

“不太好。”苏乐西叹了一口气，说起泾阳城里的变故。文知雪出其不意大获全胜，岳江南满盘皆输仓皇夜奔。在新婚前一晚，蒙佩文也跟着岳江南一同出走。

原以为妹妹正是新婚宴尔，却不料已亡命天涯，蒙元亨脸色铁青，连手臂的伤口也愈发疼起来。

“佩文，哥哥对不起你。”蒙元亨摇头叹道。如今自己坐困打箭炉，妹妹与岳江南销声匿迹，不知有生之年兄妹能否再见一面！

苏乐西劝道：“吉人自有天相，你不必太担心。”

“说不担心是假话，不过我也清楚，两地关山万里，自己帮不上他们。”蒙元亨情绪甚是低落。

“临走前，文知雪还让我打探你的消息。”蒙元亨不愿多谈文知雪，苏乐西却主动提到。

蒙元亨心头又是一震，隔了一会儿才缓缓问道：“她怎么说？”

苏乐西说：“文知雪说，康藏地势险峻无比，当年好些陕商去了没再回来。她让我路上留心一下，你究竟是死是活。”

“死又如何，活又如何？”蒙元亨心中矛盾，既不想聊文知雪，却又会忍不住问上几句。

苏乐西说：“这话当初我也问过文知雪，她没有作答。”

蒙元亨只是苦笑，苏乐西摇头叹道：“架吵三回，没有是非。你和文家的恩怨纠葛，怕是谁也理不清。”

房门又被推开，罗兵拿着新衣服走了进来，让蒙元亨换上。接着，罗兵问：“苏先生，咱们何时动身？”

苏乐西一拍脑袋说：“光顾着聊天，竟把正事忘了。元亨，今晚德让设宴款待，说是给你压惊。但你箭伤未愈，不知能否成行？”

“我没事，咱们一会儿就出发。压惊倒不必，只是有好多事想与土司老爷聊一聊。”蒙元亨振作起精神。如今父亲含冤莫白，妹妹不知所终，自己已是整个家族唯一的指望。扛着如此重担，实在不能有半分懈怠。

第八章

风云再起

1. 从打箭炉到折多山，兜了一大圈，事情仿佛已回归正轨

土司衙署位于打箭炉城中，融汇着汉藏两族建筑风格。衙署由四栋高大的藏式碉楼组成，组合为封闭式四合院。楼层采用汉式回廊，回廊外用汉式花窗与嘉绒式窗花装饰。碉楼共三层，德让土司前晚宴请蒙元亨与苏乐西，就在第二层的餐厅。今日召集僚属议事，是在衙署正中的广场上。藏人素来好客，极重礼数，蒙元亨与苏乐西分坐在德让左右。

属下已到齐，德让继续与蒙元亨、苏乐西说笑着。隔了一会儿，他站起身，换上一副面孔，用威严赫赫的目光扫视一圈，大声吼道："把那个十恶不赦的匪首阿旺次仁押上来。"

阿旺次仁戴着手铐脚镣，被两个彪形大汉押了上来，他披头散发，早被拷打得遍体鳞伤。德让坐回椅子上，冷笑道："阿旺，你为祸折多山多年，抢了多少货，欠下多少命债，善恶到头终有报，今天便是你还债的日子。"

德让话音未落，台下早已一片喊杀之声。阿旺次仁被摁倒在地，眼神中充满绝望。他吐了口唾沫，说道："无非是个死。"

见阿旺次仁桀骜不驯，立刻有人上前抽起鞭子。德让挥了挥手示意停下，笑着说："我知你不怕死，但你也应清楚，老爷这里的死法，可比你那个土匪窝多得多。剖腹、挖心、凌迟、点天灯，你究竟要哪一种？"

土匪杀人撕票无非一刀而已，土司府里的刑罚可没这么轻松，德让口中的任何一种死法，都远比死亡更令人恐惧。饶是阿旺次仁一身胆气，此刻也不免心惊

肉跳。

德让对着金戒指吹了口气，扭头对属下说：“你们说，以他的所作所为，哪种死法合适？”

台下一人说道：“且不说他打家劫舍，为祸多年，光是这次进山剿灭，咱们就折损了十几人。凌迟、点天灯，都太便宜了，一定要扒皮，才能解恨。”

阿旺次仁没再言语，只是两眼通红盯住德让。他的脑海中浮现出扒皮的惨状……

德让点了点头：“就要这个。”说罢，他挥手道：“把他的皮给我扒下来。”

阿旺次仁头皮发麻，双腿发软，被人拖出几丈后，才用尽全身力气骂道：“德让，老子做鬼也不放过你！”

德让面带微笑，对阿旺次仁的叫骂无动于衷。这时，蒙元亨站起来，高喊道：“且慢！”

所有目光朝向蒙元亨，见他对德让抱拳道：“老爷，请你法外开恩，饶阿旺次仁一命。”

德让不解道：“你手臂上的箭伤可是拜此人所赐。我杀了他，正是替你报仇。”

蒙元亨说：“老爷，阿旺次仁当日虽绑了我，实则也是救了我。我们在折多山迷路，若不是他，恐怕早已见阎王。况且阿旺次仁虽中了老爷的计，但毕竟是自己走出山寨投降。今日若杀降，传出去反倒让人笑话。”蒙元亨一边说着，一边跑到阿旺次仁身边，伸手将其摁倒，教训道：“你这厮好不识抬举！还不快向德让老爷磕头谢罪。”

阿旺次仁没料到蒙元亨竟会求情，他虽未开口求饶，但全身绵软无力，任凭蒙元亨将自己的头摁到地面。德让思忖了一下，说：“他的罪孽太重，不杀不足以平民愤。再说你也看到了，这等顽劣之徒，临死前还大肆叫嚣，哪有丝毫悔意。”

蒙元亨替阿旺次仁辩解：“临死前不骂上几句的人，恐怕也当不了土匪。老爷身份尊贵，何必同他一般见识。”

“老爷，我不求活命，只求赏个痛快死法。”阿旺次仁终于重新开口，并且称呼德让为老爷。

“痛快死法！”德让鼻孔里一哼，“蒙先生是打箭炉的贵客，看在他的面子上，我便遂了你的心愿。拖出去，直接砍头吧。”

“谢老爷！”阿旺次仁的口气中既有绝望更不乏感激。比起扒皮，痛痛快快来一刀实在好太多。

士兵往外拖阿旺次仁，镣铐撞击地面，发出令人恐怖的声响。蒙元亨有些沮丧，但眼看阿旺次仁就要被拖出广场，他突然神色一振，仿佛想到了什么，再次高喊：“慢着！”

德让盯着蒙元亨：“又怎么了？”

蒙元亨说：“多谢老爷开恩，赏了他一个痛快死法。不过还有一种死法，比砍头更痛快。”

“还有什么痛快死法？”德让问。

“让他战死沙场。”蒙元亨说，“从打箭炉到拉萨，沿途匪患远不止阿旺次仁一家。与其砍他的头，不如让他领兵剿匪。”

“让他剿匪？”德让喃喃自语道。

阿旺次仁从士兵手中挣脱，挥动着镣铐高喊：“我愿为老爷荡平匪患，土匪的那些伎俩我全都清楚……”俗话说得好，好死不如赖活。自打被抓，阿旺次仁便觉得难逃一死。既然横竖都是死，索性豁出去当条好汉。此刻似乎见到转机，他岂会没有求生之心。

德让哈哈笑起来：“你当我三岁小孩吗？让你领兵剿匪，与放虎归山何异？没准人马一出打箭炉，你又重新当回土匪了。”

阿旺次仁一时语塞，不知如何作答。蒙元亨抢着说道：“老爷不必忧虑。折多山一仗，不仅抓到了阿旺次仁，还有他的家人，没一个漏网之鱼。据我所知，阿旺次仁的儿子、老婆，还有他的亲娘，都被关在牢里。有这些人在，他绝不敢生出二心。”

德让仍在摇头：“能成大事者，自有一副铁石心肠。这小子心一横，谁也不管了，怎么办？”

“绝无可能。”蒙元亨说，“老爷手里不仅有阿旺次仁的老婆、儿子，还有他手下那些头目的老婆、儿子。纵然他铁石心肠，手下人也不会答应。”

阿旺次仁望着蒙元亨，眼神中说不清楚是感激还是埋怨。蒙元亨救下他的命，却又要用老婆、儿子做人质，逼着他去卖命！

德让斜靠在椅子上，陷入沉思。在打箭炉，土司拥有无可置疑的权威。下属们见状，全都一声不吭，偌大广场上没有一丝声响。蒙元亨又推了阿旺次仁一把，吼道：“你这呆子，还不快谢老爷不杀之恩！”

阿旺次仁跪倒在地，说道：“谢老爷不杀之恩！我愿率兵平定匪患。”

德让用异常犀利的目光盯住阿旺次仁：“所说当真？”

“绝无戏言。”阿旺次仁答道，“我愿将家眷留在打箭炉，若有二心，天诛地灭。”

德让终于站起身，声音洪亮地说道：“暂且相信你的话。若能荡平匪患，保你荣华富贵；若胆敢有二心，休怪老爷手下无情。”

大难不死，阿旺次仁不停地磕头谢恩，德让却与蒙元亨心领神会地对望了一眼。前晚德让宴请蒙元亨时，便商量好了这出戏。德让早有以匪剿匪之心，此番生擒阿旺次仁，正是天赐良机。

今天这场戏，蒙元亨同时给德让与阿旺次仁做足了人情，自是美事一桩。更难能可贵的是，有苏乐西牵线搭桥，德让已经答应，立刻派人赴藏区采购良马，重建茶马互市。先交朋友，再做生意，有了人脉才有商路。从打箭炉到折多山，兜了一大圈，事情仿佛已回归正轨，蒙元亨不禁憧憬起未来……

2. 德让老爷才把汉人的书读透了，宋江剿方腊的手段，人家用得炉火纯青

蒙元亨来到打箭炉，已有一年多光景。关山万里，阻隔重重，除了成都巡抚衙门的一封公文在催促茶马交易之外，就再没收到任何家乡的音讯。家人是否平安，泾阳城里又是如何，自己一概不知。无数次登高东望，只见雪山绵延。天府之国，嘉陵山水，不过依稀出现在午夜梦回之中。

倒是西去剿匪的阿旺次仁连战连捷，两日前回到了打箭炉。与幼年时食不果腹出城逃荒，或是一年前折多山被擒，坐着囚车进城不同，这一次，德让土司举行了盛大仪式，欢迎凯旋的英雄。

感念蒙元亨的救命之恩，阿旺次仁稍加安顿，便邀约酒馆小聚。打箭炉乃汉藏杂居之地，汉民的小酒馆不少。餐桌上摆着的，既有糌粑、酥油茶，也有刚从大渡河捕捞的鲜鱼，并用川菜口味做成红烧鱼。除了蒙元亨与阿旺次仁，苏乐西、何瑞源、罗兵等人也聚在一起。

比起一年前，阿旺次仁的皮肤更黑了，左脸上还多了一道刀疤。蒙元亨举起酒杯，敬道："现在，我们该叫你阿旺大人了。"

阿旺次仁豪爽地饮下一满杯，放下杯子，叹了口气："什么大人不大人的，苟全性命而已。"

蒙元亨笑道："你不仅读过《三国演义》《水浒传》，连《出师表》也读过。"

阿旺次仁摇头说："我读的那点书不过皮毛，德让老爷才把汉人的书读透

了。宋江剿方腊的手段，人家用得炉火纯青。”阿旺次仁又说起此番剿匪的经历，自己三次受伤，捡回了一条性命，手下弟兄更是折损大半。

见阿旺次仁长吁短叹，蒙元亨岔开话题：“接下来有什么打算？”

阿旺次仁说：“我不愿在土司府里做官，况且自己这脾气也做不了官，只希望德让老爷赏赐我些金银，安享富贵便已知足。”

蒙元亨点了点头，心想阿旺次仁倒有自知之明。官场中的种种约束，恐怕是他无法忍受的。就说刚才那番宋江剿方腊的话，已是官场大忌。在这里说说尚可，真要传到德让耳朵里，没准会招来横祸。

阿旺次仁又举起酒杯：“我的事不去提了。蒙兄，你的生意如何？听说德让老爷出面号召，藏区商人蜂拥而至，把打箭炉的客栈都住满了。要我说，这事可有我的一份功劳。若不是荡平匪患，那些拉萨、昌都的商人，哪能这么容易来到打箭炉。”

提到生意，蒙元亨皱起眉头：“原以为柳暗花明，没想到却是竹篮打水一场空。”

阿旺次仁问：“怎么回事？”

蒙元亨叹道：“做生意讲究天时地利人和，缺了天时，光有地利、人和自是不行呀。”

何瑞源接过话：“这一年来，成都的茶叶、丝绸、瓷器源源不断运来。藏区商人也带来了几十车麝香、虫草、羊毛，可就是没咱们需要的良马。此番西来，原本做的是茶马交易，没有马，买卖怎么做！”

何瑞源说得垂头丧气，蒙元亨心中更叫苦连连。当初因缘际会，结识了德让土司，以为转机到来，茶马互市指日可待，没想到去年藏区雪灾，草木枯萎，马匹产量锐减。两边商人虽齐聚打箭炉，可买的和卖的不是一样东西，生意压根没法做。

阿旺次仁心中感叹蒙元亨时运不济，嘴上还得宽慰几句。生意的事越劝越烦，他转而敬苏乐西的酒：“还是先生生意好，听说你成了打箭炉的神医，每天在门口排队的人络绎不绝。”

苏乐西笑道：“这可不是生意，只是行善积德。”

罗兵插话道："苏先生，我就不明白了，打认识你时就知道，你是个传教士。可从泾阳到打箭炉，没见你念经打坐，只见你治病救人。"

苏乐西一本正经地说："我不远万里来到大清，当然是传播上帝福音。但是，大清子民并不知道什么是上帝，空洞说教更没人理，于是才钻研医术。来寻医问药的人多了，我便有传播教义的机会。"

罗兵调侃道："可惜许多人只想治病，身体一旦有起色，蹦蹦跳跳就走了，可没工夫听你传播上帝福音。"

苏乐西耸了耸肩："没关系，慢慢来嘛。不是有个成语，叫作水滴石穿嘛！"

一桌人举杯说笑，甚是开心。恰在这时，一名伙计跑来，惊慌失措道："出事了！"

"什么事？"蒙元亨问。

伙计说道："有人抢咱们的茶叶。"

罗兵一拍桌子大吼道："谁这么大胆？"

伙计答道："一伙昌都来的商人。"

蒙元亨焦急地站起来："走，快去看看。"

伙计有些胆怯："他们人多势众，手上还有兵器，咱们几个人去怕要吃亏。"

"你个尿包，老子走南闯北，什么阵仗没见过。"罗兵骂道。蒙元亨想了想说："咱们先过去。另外赶紧向土司府通报，请德让老爷派人过来。"

"这等小事，还用麻烦德让老爷？"阿旺次仁站起身来，"不就是抓几个毛贼吗？我手下的兄弟在雪山里杀了几个来回，这几日没处练手，正技痒呢。"

阿旺次仁挎起刀，一面让伙计带路，一面吩咐另一个手下，即刻去营中调人马过来。

不一会儿工夫，一行人便赶回客栈。只见对方来势汹汹，近百号人大多手持兵刃，留守客栈的伙计要么被打倒在地，要么吓得不敢动弹。客栈外停着三辆大车，十余个精壮的汉子正把四川运来的茶叶搬往车上。

蒙元亨怒气冲冲，高喊住手。然而不仅没人理会，还有几人扑上来，与蒙元亨对上拳脚。罗兵见状抽出剑冲上去，对方也不是吃素的，好几人挥舞藏刀砍过来。阿旺次仁毕竟久经战阵，一眼瞅出人群中有个年轻人像是领头的。他一个箭步贴上去，好多人都没反应过来，刀已架在年轻人的脖子上。阿旺次仁高声喊道：“住手！否则一刀砍了他的头。”

这声怒喝中气十足，所有人都被震慑住。年轻人吓得面如土灰，连连求饶。

阿旺次仁骂道：“老子整日在山里头剿匪，这城里的匪也该剿一剿了。”

听阿旺次仁这么一说，人群中有人怯怯地喊道：“你是阿旺次仁？”

“爷爷我正是。”阿旺次仁得意扬扬。

一个老者在火把簇拥下走了过来，他拿着火把朝阿旺次仁挥了挥，接着说：“果然是你。”阿旺次仁如今名声在外，许多人都知道他带兵剿匪勇冠三军。方才听说他的名号，人群中有人不自觉便退了几步。这名老者身材瘦弱，看着也不会武艺，可脸上毫无惧色，双眼露出凶光。

老者冷笑道：“真是冤家路窄，咱们又遇上了。”

阿旺次仁问：“你是谁？”

老者恶狠狠地说：“你欠下的命债太多，自己都不记得了吧。我是多金。”

“你就是多金。”阿旺次仁终于想起来，多金乃昌都富商。多年前，自己绑了多金的儿子，多金假装赎人，实则联络昌都土司带兵围剿。恶战之后，阿旺次仁侥幸突围，并一刀结果了多金之子的性命。

被阿旺次仁用刀架住脖子的年轻人这时喊道：“爷爷，他就是我的杀父仇人？”

多金点头道：“没错，你父亲就是死在这个恶人手里。”

年轻人转过头，对着阿旺次仁又踢又咬，全然不顾自己的脖子就在人家刀口下。以阿旺次仁的武艺，想结果这年轻人的性命易如反掌，但他却有些木讷，整个人几乎僵住了。毕竟当年杀了人家父亲，心有歉疚，况且如今不再是土匪，提起往事难免羞愧心虚。

这一来二去，年轻人竟从阿旺次仁刀下挣脱。多金抱过孙子，大喊道：“今日谁能取恶贼的狗头，我赏他十两黄金。”

重赏之下必有勇夫，毕竟十两黄金摆着，不少人壮着胆冲了过来。眼见阿旺次仁被围攻，蒙元亨、罗兵挺身相助。无奈双拳难敌四手，人家人多势众，渐渐占了上风。阿旺次仁的大腿被人砍了两刀，虽不致命，却是血流如注。

正在千钧一发之际，街边响起一阵马蹄声。阿旺次仁的援军赶到了！这些百战余生的虎狼之兵岂是多金的手下能抵挡的。眼见阿旺次仁受伤，手下怒不可遏，立刻要剁了多金。阿旺次仁伸手拦住，说道："押往大牢，听候德让老爷发落。"

两日之后，土司衙署的广场。德让依旧坐在正中椅子上，只是昔日的阶下囚阿旺次仁此刻已坐到德让身旁，倒是多金等人戴着镣铐，跪在广场正中。

德让漫不经心地瞟了多金一眼，说道："你可知罪？"

多金低头道："小人知罪。"

德让又问："什么罪？"

"小人有两宗罪。"多金答道，"其一不该冲撞阿旺次仁大人，其二不该抢汉商的茶叶。"

"你倒是个明白人。"德让板着脸说，"你儿子死在阿旺次仁手中，想报仇情有可原。不过，阿旺已弃暗投明，他不再是土匪，而是土司府的人。"

多金心中有再多仇怨，也不敢开罪德让土司，只能诚惶诚恐地说："小人有眼无珠，甘愿领罪。"

德让挥了挥手说："我说过，你一时冲动情有可原。这一次，我不追究。"接着，他又问阿旺次仁："你挨了两刀，打算怎么办？"

阿旺次仁从椅子上站起，跛脚走了一步："老爷说得没错，多金情有可原，我也是罪有应得。"

"什么是气度？这便是气度！"德让点头赞扬。接着他起身踱步，边走边说："我和阿旺大人都不追究了。你砍了人家两刀，也算报仇了。这件事到此为止，你以为如何？"

多金哪还敢造次，磕头道："谢德让老爷。"

猛然，德让停下脚步，大声说道："这件事就此了结，但有句话我得先撂这儿！阿旺次仁从前是匪，如今却是打箭炉的功臣。自打归顺之日，从前的账一笔勾销。这次事发突然，我不追究多金，下一次不管有什么仇怨，若胆敢和阿旺过不去，就是和土司府过不去。”

台下一片遵令之声，阿旺次仁感激地跪下。德让扶起阿旺次仁，转头说道：“再来说第二宗罪。多金，你哪儿来的狗胆，竟敢明火执仗抢劫汉商茶叶？”

多金刚松了一口气，心又提到嗓子眼，可怜巴巴地说：“小人也是迫于无奈。半年前听闻汉商到来，还带来了藏区急需的茶叶、绸缎，便兴冲冲从昌都贩运来虫草。然而汉商却说，他们只要马匹，不要虫草。倘若买卖做不成，小人这一趟真就血本无归。”

多金说得口干舌燥，喉咙都在冒火，此刻可没人给他水喝，只能自己咽下一口唾沫，接着说：“小人并非抢劫。我虽搬走了茶叶，却把虫草留在了客栈。从头到尾，只是想与汉商做一笔买卖而已。”

“强买强卖，与抢劫何异！”德让语气严厉，“如今从四面八方赶来打箭炉的藏商何止数百人，人人都想出货，但也得汉商愿意收才行。都像你这般，还有没有规矩！”

多金一脸惶恐，只是求饶。德让不耐烦地问身旁属下：“此人该当何罪，你们说。”

属下说道：“抢劫之人应罚剁手之罪。”

“那还磨蹭什么。”德让的目光威严且阴森，“将他们爷孙剁手。自己剁的话，只剁一只；若要我的人动刀，两只手一起剁了。”

多金瘫软在地上，半晌没有吱声。旁边有人催促：“你是要剁一只手还是两只？”

多金哀求道：“我愿剁两只手，只求将孙儿的手留下。他还年轻，没了手日后可怎么办。”

德让沉吟了片刻，挥手道：“就依他。”

多金接过藏刀，犹豫了片刻，终于狠心砍下去，鲜血顿时飞溅出数尺。围观的人见此惨状，纷纷摇头叹息。蒙元亨大惊失色，忙问周围人究竟发生了什么。原来，尽管已在打箭炉居住一年多，但他对藏语仅略知一二。刚才德让与多金说的那些话，便听得不甚明白。

当旁边人告诉蒙元亨原委时，他诧异地问：“土司一句话，多金就把自己的手剁了？”

旁边人对蒙元亨的问题同样感觉诧异：“土司老爷的话，谁敢不听！”

这时，只见多金从血泊中爬起来，伸出自己的右手，气若游丝地说道：“还剩一只手，实在没法砍了，请德让老爷派人行刑吧。”

德让使了个眼色，立刻有人拿着刀走过去。多金重新被摁住，行刑人举起了亮晃晃的砍刀。

砍刀用力挥下，却不闻多金惨叫，只听到当啷一声，像是金属撞击的声响。站在前排的人顿时面面相觑，后排的人不知发生了什么，还以为多金的右手是钢铸铁打的。

多金乃肉体凡胎无疑，自然没有金刚之手。倒是蒙元亨飞身而出，奋起长剑，挡住了行刑人的刀。蒙元亨年少时便是个好打抱不平之人，常有挺身而出之举。这些年历经沧桑，看遍人情冷暖，为人处世越发老到，遇事也会明哲保身。有时自己都疑惑，当年的侠义本色是否已荡然无存。然而，看到白发苍苍的多金在血泊中挣扎，况且此事又因自己而起，他几乎不由自主跳了出来。此刻蒙元亨才发觉，胸中那股血气或许埋藏得更深，但绝未消散。

一年前就在这里，蒙元亨救下了阿旺次仁，不过那是与德让土司商量好的双簧戏。今日挺身而出全乃临时起意，令德让吃了一惊。他盯着蒙元亨问：“这是干什么？”

蒙元亨说：“多金虽有过错，然只是小错，我的茶叶并无损失，略施薄惩即可，大可不必废其双手。”

德让心里责怪蒙元亨多事，面子上还得客气几句：“蒙先生果真菩萨心肠，不过像他这种人，犯不着去怜惜。”

蒙元亨坚持道：“多金之事因我而起，若是眼睁睁看着他双手皆废，实在问心有愧。请老爷谅在多金年事已高，留下他的右手。”

德让心里的火直往上蹿，好你个蒙元亨，我待你如上宾，你却喧宾夺主教训起我来。德让沉下脸来，说道：“我在执行家法，外人不必过问。”

方才情急之下，蒙元亨说话未加隐晦。他自然能看出德让的不悦，更明白要救下可怜的多金，绝不能仅以仁义说教。蒙元亨慌忙中想到一套说辞，抱拳道：“禀报老爷，多金来客栈搬茶叶，既不是抢，也不是强买强卖。其实我已答应用茶叶交换虫草，只是未来得及通知伙计。多金性子太急，另外伙计不通藏语，两边不仅没说到一块去，还动起手来。”

“你的茶叶不是只换良马吗？”德让明知这是蒙元亨编出的谎话，逼问道。

被逼到墙角，蒙元亨左支右绌。但一看多金的惨状，实在于心不忍，只能硬撑下去：“之前是只换良马，但做买卖要随机应变。多金运来的虫草、麝香等物，我看着也不错。”

德让心里的火更大，脸色愈发阴沉：“跋山涉水来到打箭炉，带来麝香、虫草的藏商可不止多金一人。你要了多金的货，其他人怎么办？做生意既要临机应变，更得一视同仁吧。”这话摆明了在将蒙元亨的军，你把所有货接下来却换不来良马，到时怎么向朝廷交代！

“这，这……”蒙元亨搓着手，不知如何回答。

“其他人的货，你到底接不接？”德让又问。

何瑞源跳出来，一把拽走蒙元亨，用汉语嘀咕着：“你要充好汉，也得量力而行。多金与咱们非亲非故，管他作甚。”

被何瑞源拉回去的蒙元亨，涨红着脸，低着头，既沮丧又羞愧。周围有人窃窃私语，行刑人再次走近多金，亮出了刀……广场上的一切，他既听到了、看到了，又仿佛毫无察觉。

在强大刺激下，一个人的脑筋往往会陷入空白。然而正是这种重压下的空白，又能让许多平时想不到的东西源源不断冒出来。蒙元亨呆呆站着，似乎什么也没想，又仿佛把西行以来的所有事全捋了一遍。猛然间，他竟有了顿悟之感，或者说获得了一种电光石火的灵感。

“住手！”眼看刀将落下，蒙元亨大喝道。这一声有如洪钟，响彻整个广场。他重新跳了出来，脸上不再有局促，而是一种胸有成竹的自信。

蒙元亨抱拳行礼，说道：“德让老爷说得对，做生意不可厚此薄彼。不仅多金的，其他人的货我通通要。”

此话一出，德让惊异地盯住蒙元亨。为了救一个多金，你小子真要耗光从成都运来的茶叶、绸缎？到时你怎么回去交差？

蒙元亨的话被翻译成藏语后，周围商人立刻欢呼雀跃。他们中间好些人来打箭炉几个月，做梦都想换回茶叶。无奈蒙元亨固执得很，一口咬定只要良马。今天是怎么了，难道多金被剁了一只手，竟令他开窍了！

“今日之事，到此为止。”德让站起身，头也不回地走了。

3. 欲聚商气，先聚人气，重振茶马互市的第一步，需把市先搞起来

当晚，蒙元亨赶到土司府，求见德让。侍卫回话说，老爷身体困乏，已经休息。第二晚蒙元亨再来，同样吃了闭门羹。第三晚，蒙元亨拉上苏乐西，方才进了土司府。

蒙元亨在书房里枯坐了半个时辰，德让才打着哈欠走出来。人家毕竟身份尊贵，早练就了喜怒不形于色的功夫。尽管生气蒙元亨让自己折了面子，但见面后依旧微笑道："不好意思！这两天睡得早，没能见你。"

蒙元亨尽管血气依旧，但处事手段早已不是当初的青葱少年。他赔着笑脸向德让致歉，说当日处事操切，未能考虑周全。

德让抿了一口茶，漫不经心地说："听说这几日你的客栈门口排起了长队，那些个茶叶、绸缎被一抢而空。"

蒙元亨点头说："都是托老爷的福。"

"切莫这么说。"德让摆了摆手，"你收下藏商的货，让他们满载而归，免得在打箭炉惹是生非，我倒省心了。只是朝廷要的良马，你一匹没换到，他日巡抚大人怪罪下来，你可得替我证明。"

德让这话不阴不阳，还是在责怪蒙元亨。蒙元亨笑了笑说："良马固然想要，但凡事不能急功近利。有人为得到千里马，不惜用千金换马骨，藏商们的麝香、虫草，怎么着也比马骨值钱吧。"

德让精通汉学，自然明白蒙元亨说的典故。战国时，大臣郭隗给燕昭王讲了

一个故事。从前有一位国君，愿意用千金买一匹千里马。可是三年过去了，千里马依旧没有买到。国君手下有一个不出名的人，自告奋勇请求去买千里马，国君同意了。此人用了三个月时间，打听到某处有一匹良马。可是，等他赶到时，马已经死了。于是，他用一千金买了马的骨头，回去献给国君。国君看了很不高兴，此人却说，我这样做，是为了让天下人知道，大王是真心实意想出高价钱买马，并不是欺骗别人。果然，不到一年时间，就有人送来了三匹千里马。

德让若有所思地说："看来你接下藏商的货，并非一时心血来潮。"

"实不相瞒，是有些心血来潮。不过正是这番心血来潮，倒让我豁然开朗。"蒙元亨说，"兵法有云，将在外君命有所不受。兵家如此，商家何尝不是如此。打箭炉与成都重山阻隔，事事都拘泥朝廷之令，断难成事。"

德让冷笑道："成都的大人们未必这样认为。"

蒙元亨站起身拱手道："事实如此，相信大人们能够体谅。况且，只要能复兴茶马互市，个人毁誉何足挂齿。"

在打箭炉相处一年多，德让早已看出，蒙元亨远算不得八面玲珑，有时还不讨人喜欢，但那股虽千万人吾往矣的气势也是少有人及。只是，此人究竟是志大才疏纸上谈兵，还是胸中藏着真才实学，自己还要考上一考。

"口气不小。"德让接着问，"我倒要请教，就凭那些个虫草、麝香，连一匹马的影子也没有，茶马互市就复兴了？事情当真这么简单？"

"复兴商路，自然不能仅靠虫草、麝香，但这却是第一步。"那日救下多金时，蒙元亨脑中已有了大致谋划，经过这几日缜密思考，更是信心满满，说起话来铿锵有力，"提到茶马互市，众人只知茶马，却忘了一个市字。人从四海来，货朝八方走，货畅其流，交流融通，方才为市。先有市，后有茶马。倘若只盯着茶马，却忽略了市，实在是本末倒置，大错特错。"

蒙元亨坐下后继续说："藏区遭遇雪灾没有良马，谁也无可奈何。商人们携带虫草、麝香、羊毛而来，若我不能临机应变，让他们亏了血本，便是毁了市。明年即便有了良马，也没人再给我送来。反之，今年让藏商开开心心赚了银子，便有了市。只要市一起，汉区的丝绸瓷器，藏区的麝香虫草，均可往来无阻。等到产出良马，藏商自会风雨无阻地送来。"

“道理是不错。”德让的态度已大为不同，“你可以把这些话写回成都。我也修书一封，向巡抚大人说明实情。至于人家能否听进去，只能听天由命了。”

“成都的大人们见到咱们的信，相信能够体谅。”蒙元亨笑了笑又说，“我能想通这番道理，苏先生功不可没。”

坐在一旁的苏乐西颇为诧异：“关我什么事？”

蒙元亨说：“苏先生是传教的，为了传教才钻研医术。试想一个洋人，若非妙手回春，估计人人都躲着他，还传什么教！做生意也是这个道理，欲聚商气，先聚人气。那些沿街卖艺的都晓得，有钱捧个钱场，没钱捧个人场。”

德让也笑起来：“昔有千金买马骨，今有苏先生治病传教，竟是殊途同归。”

苏乐西不谙商道，但听着蒙元亨侃侃而谈，也觉得挺有意思，便问道：“你说收下藏商的货只是第一步，那还有下一步喽？”

“当然。”蒙元亨点头道。

“接下来做什么？”德让也是兴趣盎然。

蒙元亨重新站起身，说：“凡事有因才有果。要重振茶马互市，不妨探究其兴衰之因，这样才能有的放矢。”

“你倒说说。”德让催问道。

这番话，蒙元亨已在脑中想了好几天，如今说起来滔滔不绝：“说到底，茶马互市还是一桩生意。既然是生意，其兴盛自然源于各有所需。但是，茶马商路又与其他商路不同。比如通往蒙古的棉布商路，山陕商帮可以运载棉布直达蒙古腹地。而在茶马商路上，汉商大多止步打箭炉，继续西行者微乎其微。”

蒙元亨又说：“究其原因，打箭炉实乃两种地势之分野。打箭炉以东，虽然山势险峻，但汉人行走呼吸无碍，肩挑背驮勉强还可支撑。然打箭炉往西，地势陡然升高，汉人别说运货，连走路都喘粗气，因而只能依赖藏民以及牦牛运输。汉商无法西去，藏商东进亦是艰险。在打箭炉时，我问过多位藏民，他们说打箭炉往东，地势越来越低，他们既不习惯，更不愿去走一遭。”

德让点了点头：“看来这打箭炉真是风水宝地。”

“没错！”蒙元亨拉高语调，“打箭炉之兴，盖因茶马商路之兴。而茶马互市必由汉藏商人通力协作方可完成，且还得在打箭炉交易，绝无可能像山陕商帮经营蒙古商路那样，任它黄沙漫漫，我自西出阳关。”

蒙元亨不禁摇了摇头：“回想当日，我竟以为能以一己之力直抵拉萨，真是自不量力。”

“所幸你没走远，在折多山就停下了。”德让抿了一口茶。

“是啊！”蒙元亨笑着说，“刚才我说了茶马互市之兴，偏偏在折多山遇上阿旺次仁，又从他口中了解到茶马互市衰败之因。”

德让满脸的不相信：“阿旺还懂这些？”

蒙元亨说：“阿旺次仁的外公是炉客，他给我说了不少当年的事。或许言者无心，但听者却受益匪浅。”

见德让瞪大眼睛，蒙元亨不徐不疾地说：“茶马互市有一个天然缺陷，即是官办。前明时内地每年运多少茶叶过来，多少斤茶叶能换一匹马，事无巨细被朝廷管着。那些个官吏哪懂生意！再说了，即便有几个精明干练的官吏，京城与打箭炉隔着千万里，他们只能是闭门造车。可惜，当年打箭炉的行情竟要听命于户部公文。”

德让有感而发：“怪不得你说将在外君命有所不受。好比今年这行情，藏区没有马，京城的达官显贵哪里知道！”顿了顿，他又叹气道：“难怪茶马互市当年由盛转衰。”

蒙元亨说：“朝廷管得太死，自是衰败之因。但还有一样东西，却是商路凋敝的罪魁祸首。”

“什么？”德让听得全神贯注，问得迫不及待。

“私市。”蒙元亨说，“到了明末，关外有八旗铁骑，关内有流寇，朝廷自顾不暇，对茶马互市自然心有余力不足。炉客们以为时机到了，终于能够摆脱束缚，于是绕过官府，大量进行私下交易，这被当地人称为私市。”

蒙元亨又说：“私市开头兴旺了一阵子，但很快人们就发觉不对劲。汉藏之间语言不通，风俗各异，两边商人中均有个别见利忘义的不法之徒，往往一颗耗子屎坏了一锅饭。而没了官府约束，出现纠纷连个说理的地方都没有，最后只能比谁的拳头硬了。如此一来就不是做生意，而是拼命了。商人们避之不及，商路最终归于沉寂。”

蒙元亨接着举例道：“就说前几天吧，若不是德让老爷出来主持公道，我与多金只能拼个你死我活。到头来买卖没做成，搞不好还弄出人命来。”

说到激动处，蒙元亨不由得拍了下椅子：“来打箭炉之前，我便一直思索，盛极一时的茶马商路为何衰败至此，甚至自以为是地想出了几条理由。其实，不深入实地，好多事只是想当然。”

蒙元亨说完后，德让陷入了沉思，隔了好一阵子，才重新开口：“如你所说，事情当真不好办。朝廷管得太死，商路上弊端重生，逼得商人们私市交易。可朝廷不管了，放任私市泛滥，又是龙蛇杂处良莠不齐，到头来彻底毁了商路。”

“是麻烦，却并非无法可解。”蒙元亨放下茶杯，举手行礼道，“为这事，在下冥思苦想多日而不可得，直到那日在土司府，老爷雷霆一怒惩罚多金，我才恍然大悟。”

德让微微一笑：“刚才夸赞了苏先生，如今轮到我了。”

“在下所言发自肺腑，绝非溢美之词。”蒙元亨说，“汉商千里迢迢来到打箭炉，谁敢不给老爷面子。藏人淳朴，向来敬畏土司。那日老爷金口一开，多金立刻自废其手，不敢有半分犹豫。我以为，汉藏之间语言、风俗有异，直接打交道，经常闹出误会。若有一位德高望重者居中协调，有纠纷时能够评断公道是非，让双方心服口服，倒不失为上策。”

德让思忖了一下说：“你的意思是要取缔私市，朝廷不管的事，由土司府管起来。可是，朝廷都管不好，我就能管好？”

“私市自当取缔，却绝非重走旧路。”蒙元亨说，“恕我直言，朝廷当年管不好的事，老爷如今未必就管得好。陕西、四川、湖南等地年景如何，能种出多少茶叶，织出多少锦缎，藏区的良马、虫草又是何行情，这些事，远在京城的朝廷不知道，打箭炉里的老爷同样弄不清。”

蒙元亨接着一字一句地说：“方才我是说，希望有人能够居中协调，而非像朝廷当初那样，事事越俎代庖。”

德让仍是不解：“怎么个协调法，与朝廷当年的做法有何不同？”

蒙元亨说：“朝廷当年管得太琐碎，连货物交易价格都要过问。老爷大可不必如此。只需辟一处场所，供汉藏商队人马安顿、货物停放，两边各自带来了哪些货，又想采购什么东西，均可告知中间人，由其穿梭撮合。但是，最终买与不买，卖或不卖，价格几何，仍由商人自己商定。总之，居中者有协调之责，而无决断之权。倘若买卖中起了争执，居中者再秉公评断是非。”

“这是让我整日同商人们讨价还价。”德让轻摇着头。汉人重农轻商，藏人同样瞧不起经商之辈。德让身为一城之主，绝不愿降尊纡贵。

蒙元亨明白德让的心思，说道：“老爷何等身份，哪用亲力亲为。你只需选定几处场地，每处安排一位主事者，其他事便交给他们去办。汉藏商人知道此人乃土司老爷派来，自会规矩行事。倘若真有不识好歹之徒，欺行霸市、坑蒙拐骗，下边人一时又收拾不了的，老爷再行惩戒。”

德让面色严峻，手指敲着扶手。蒙元亨知他仍在犹豫，趁热打铁道：“茶马互市兴，则打箭炉兴。商贾往来，货物穿梭，每年将给此地带来数不清的银子。老爷尽可无为而治，坐享其成。”

德让敲打扶手的指头停了下来，缓缓说道：“这个法子不妨一试。但开始时，地方不要选多了，只辟出一个场所，看一看效果究竟如何。”

德让答应一试，便让蒙元亨大喜过望：“老爷深谋远虑。”

德让又问：“场所好找，打箭炉里的空地多的是。关键是这主事之人，派谁合适。此人起码要精通汉藏语言文字，威望也得够。”

“阿旺次仁。”蒙元亨举荐道。来土司府前，蒙元亨已找过阿旺，他并不眷恋土司府的官职，倒是对发财之道颇为上心，满口答应下来。

“他倒挺合适。”德让答应得更爽快。其实这几日，德让一直为阿旺次仁的事烦心。此人立了战功，不封赏说不过去。但毕竟土匪出身，让他领兵实在放心不下，打发他去干这事，正好一举两得。

德让抖了抖袍子说：“你说的这个地方，是个新玩意，既是商旅食宿、货物存放之所，还要为两边牵线搭桥，甚至调解纠纷，主持公道。名不正则言不顺，言不顺则事不成，总得取个名字吧。”

德让这么一说，众人又沉思起来。久未开口的苏乐西说：“天下商帮，无非陕、晋、徽三家。他们行商天下，会馆遍布海内。我去过大清许多地方，见过不少商帮会馆。元亨刚才说的场所，与会馆不尽相同，却也有颇多相似之处，何不就叫藏商会馆？”

“藏商会馆？”蒙元亨念起这四个字，心中掂量着。

德让站起身，皱着眉头，在屋内来回踱步。

“不好！”德让又停住脚步，说，“会馆二字，文绉绉的。那些不识汉字的藏人，根本弄不清楚意思。”

“不如就叫锅庄！”德让挥了挥手说道。

蒙元亨在打箭炉待了一年多，大概知道锅庄的由来。多年前，第一批汉商来到打箭炉，连食宿都没有着落，只能搭起帐篷，竖起“锅桩”，以满足最基本的生活所需。一些勤劳淳朴的藏民见这些外乡人太可怜，便伸出援手帮他们烧锅做饭。久而久之，这些藏民学会了汉语，不仅可以做翻译，还为汉商生意牵线搭桥。最初的买卖就在帐篷边完成，来往的商人越聚越多，“锅桩”也演变成了锅庄。

如今蒙元亨所设想的交易之地，当然已非昔年的锅庄，但两者不乏共通之处。况且，用锅庄之名，几乎不用解释，藏人就能明白其中意思。

蒙元亨拍掌道：“这个名字好，就叫锅庄吧。”

夜已深，寒风呼啸，德让却睡意全无，蒙元亨更是精神百倍，两人商议起有关锅庄的各种细微之事。他们或许想不到，今夜的决定将会何其重大与影响深远！仅仅数年之间，大大小小的锅庄将成为茶马商路上的一道风景。而在此后百余年间，锅庄更在维系商路繁华、促进汉藏两族交流中起到不可替代的作用。以至于又过了上百年，纷至沓来的学者仍对打箭炉里的锅庄惊奇不已，认为这种兼具食宿、仓储、中介与仲裁的综合体，大概只有威尼斯的贸易港可与之比拟。

蒙元亨走出土司府时，身体已很疲惫，心中却兴奋激动，难以自已。此番西来，一路挫折不断。虽然机缘巧合遇到贵人提携，看似柳暗花明，到头来终究一场空。这绝非自己不够努力，也不能只埋怨时运不济。回忆当初离开保宁府时，曾与赵明舟有过长谈，两人所见一致，欲重振茶马商路，必找出其衰败之因。

这一年多来，正是由于未能对症下药，才做了不少南辕北辙的蠢事，终致一事无成。

长夜将尽，曙光初现。从打箭炉到折多山，从横刀跃马的阿旺次仁到威风凛凛的德让，直至哀号声声的多金，蒙元亨终于找到了掌握商路兴衰的钥匙。这既是踏破铁鞋无觅处，更是功夫不负有心人！至此，商路复兴指日可待！

4. 蒙元亨一手复兴了茶马古道，成为闻名川藏的大商

花开花落，花落花开。打箭炉城里的草木经历了几岁枯荣，城外的山巅上却始终白雪皑皑。蒙元亨来到打箭炉已整整四年。如今，锅庄遍布城内，汉藏商贾往来其间，藏马东去，川茶西来，沉寂多时的茶马古道又一次生机勃勃。

轻舟已过万重山，蒙元亨也该千里江陵一日还了。嘉陵江畔，锦屏山下，妻子罗世英与从未谋面的儿子，正焦急盼望着自己的丈夫与父亲。自打踏上归途，蒙元亨每一刻都归心似箭，恨不能跨上千里马，飞纵万重山。然而一路上，他又不得不走走停停，耽误了许多时间。

毕竟，此刻的蒙元亨再不是四年前的掌柜了。他建起了自己的瑞成祥商号，当上了名副其实的东家。他更一手复兴了茶马古道，成为闻名川藏的大商。别人想在这条路上做生意，必得拜瑞成祥的码头。东归路上，各地商家乃至官府中人，无不竞相结交。就说在成都吧，上门求见的，邀蒙元亨去府上一叙的，络绎不绝。蒙元亨把能推的尽量推了，但巡抚、布政使、提督、总兵等文武大员，还有那些深孚众望的商界领袖，总要见一见。

就这样，从打箭炉到保宁府的路，蒙元亨走了大半年。当船终于驶近保宁府码头，蒙元亨欣喜焦急之情已按捺不住，不等船靠岸便飞身跃出。或是太激动，这一跳竟然打滑了，半截身子都浸在江水里，靴子、袍子全湿了。蒙元亨毫不介意，爬上岸去，牵过一匹马，朝家里飞奔而去。

远远就望见院子内的桂花树，终于到家了！世英好吗？儿子好吗？蒙元亨猛抽一鞭子，口里高喊道："世英，我回来了！"

跳下马，敲了好一阵子门，里面却没有动静。一位街坊出来招呼道：“蒙东家回来了。听说你在打箭炉做大买卖，可不得了。”

蒙元亨心不在焉，敷衍道：“一点小生意，不足挂齿。”

“成天见你往家里运银子，还是小买卖呢！蒙顺老哥命好哟，养了一个你这么争气的儿子。”

蒙元亨笑着点了点头，又问：“世英怎么不在？”

“这几天孩子身体不好，世英带着他去看郎中了。临走时有交代，说这几日大概你要回家，若是她不在，让你等一会儿。”

“孩子生病了？严重吗？他们去找哪个郎中？”蒙元亨打算立刻赶过去。

“说是城东的一位郎中，具体是谁我也不大清楚。不过他们出去有一会儿了，估摸着该回来了。你四处去找未必能撞见，不如就在这儿等着。”

蒙元亨谢过街坊，一个人等在院子门口。过了半个时辰，罗世英终于抱着孩子出现在眼前。

罗世英头发略微凌乱，眼圈发黑。见到蒙元亨，她先是一愣，接着竟高兴地哭出来。蒙元亨几步上前，搂住罗世英，问道：“孩子怎么了？”

罗世英哽咽道：“这几日咳得厉害。”

“郎中怎么说？”蒙元亨仔细端详着儿子，肉嘟嘟的脸蛋，唇红齿白，一对浓黑的眉毛。这四年，他坚守打箭炉，罗兵与何瑞源都回过保宁。他们带回消息，说罗世英生下一个大胖小子。这让他兴奋了好几个晚上。他给儿子取了名字，叫作蒙应瑞。自己的商号瑞成祥，也是寓意儿子福瑞吉祥。

罗世英说：“郎中说只是感了风寒，好生将息几日就能痊愈。”

蒙元亨欢喜道：“这小子自带福瑞，小病小痛还能吓住他？”说着，他便要亲手抱一抱。

罗世英却拦住了：“他刚睡着，别把他弄醒了。这几日咳嗽，晚上都没怎么睡，好不容易才眯过去。”

蒙元亨缩回手，再瞟了眼满脸倦容的罗世英，心中涌起一阵歉疚。两人回家将儿子放到床上，罗世英忙着熬药，蒙元亨就在炉子旁摇扇，他说：“你干吗这么辛苦，也不找几个用人？儿子生病了，请郎中来家里嘛，何必抱过去？”

罗世英说：“我是个跑江湖的穷丫头，不习惯被人伺候。你运回来的那些银子，我叫人挖了地窖，都放在里头，几乎没怎么用。”

“今后可由不得你了。”当着妻子的面，蒙元亨毫无顾忌地得意起来，“用人赶紧找，宅子也得重新修。今时不同往日，我的应酬多，该有的排场还得有。你知道吗，这一路回来，多少人找门子托关系想同我吃顿饭呢。”

罗世英噘起嘴：“修起大宅子，也得有人住才行。赶明弄个三妻四妾，那才叫兴旺。”

蒙元亨忙摆手道：“我可没动那心思。”

“你不说还好，说了我就来气。”罗世英抱怨道，“早就听说你要回来，可盼星星盼月亮就是盼不到。原来尽想着和外边人应酬，从不管我们娘俩等得多心急。”

蒙元亨笑呵呵地说：“这你可冤枉我了，我朝思暮想的就是回保宁见你们。要不是把好些应酬推掉，光在成都就得耗上几个月。盛情难却，有些人不见上一面说不过去。不信的话你去问你哥，他一路跟着我。出了成都，我实在等不及，把他扔在后面押货，自己急匆匆赶回来了。”

“算你还有点良心。”罗世英笑起来，接着又一把推开蒙元亨，“你摇的什么扇子，火苗子都快没了，还是我来吧。”

熬好药，罗世英唤醒儿子。蒙元亨一把拉住儿子的小手，说：“宝贝，快叫一声爸爸。”

蒙应瑞只是呆呆地望着并不开口，蒙元亨并不介意，笑着说：“长这么大，头一回见爸爸，难免有些生疏。没事，以后爸爸会一直陪着你。”

蒙应瑞这一醒，又咳起来，罗世英忙活了好大一会儿，才把孩子哄睡。蒙元亨总想搭把手，却又笨手笨脚使不上力。最后，他干脆坐到一旁，目不转睛盯着妻儿。

夜深人静，蒙元亨催促着妻子早点休息。罗世英却说还要收拾东西，让蒙元亨先躺下。

蒙元亨等了好一会儿，房门才被推开。罗世英缓缓走进来，穿着新衣服，头发梳得整整齐齐，珠玉钗璀璨发亮，脸上还施着淡妆。合上门，她莞尔一笑：

“我收拾好了。”

罗世英本是个美人坯子，略施粉黛立刻光彩夺目，与怀抱儿子去寻医问药的主妇判若两人。蒙元亨坐起身，望着妻子痴痴地说：“让我等这么久，原来是去收拾自个了。”

罗世英明眸闪动：“不把自己收拾好，怎么见你。”

蒙元亨抱起罗世英，尽情亲吻着。罗世英柔声唤道：“慢……慢点，好久没做过了。”

蒙元亨哪慢得下来，一把将罗世英压在身下。罗世英发出阵阵呻吟，脸上洋溢着幸福的满足。猛然，她两只手抱紧蒙元亨，眼中淌着泪水。

“怎么了？”蒙元亨喘着粗气问道。

罗世英抱得越来越紧，哭得也越来越厉害：“四年了，连个鬼影子也见不到。生孩子时出血，差点就见不到你了。”

蒙元亨搂住罗世英的腰，动作一刻不停：“让你吃苦了。往后我不走了，陪着你们。”

“为了你，我吃苦不打紧。”罗世英还在抽泣。

“不走了，不走了……”蒙元亨眼中也闪着泪花。

“叫你骗人。”罗世英用力抓下去，蒙元亨背后立刻出现一道血痕。

“不骗你，真不走了。”蒙元亨竟放声大哭起来，那是一种歇斯底里的大哭。他一边哭一边说：“世英，我也差点见不到你啦……呜……呜……”

罗世英把蒙元亨的头紧紧搂在胸前柔声问：“怎么了？”

蒙元亨在妻子怀中闷声地泣诉：“在……在折多山，我差点死在土匪手里。”

二人滚在床上，一起蠕动着，亲吻着，喘息着，但抽泣声不断……

“后来土司的兵又射了我一箭，那箭稍微偏一点，我就没命了……”

“我听我哥说过了……”

“他们差点杀了我……”

“咱不怕，乖啊……”

“在蒙古，我也死过一回，还有风陵渡……”

“做什么狗屁生意，老要掉脑袋，咱不干……”

“不干了，咱什么都不干了……我只要你……”

好多年了，蒙元亨眼中从没落下过一滴泪水。然而今夜，面对久别重逢的妻子，他却像一个委屈的孩子，哭啼个不停。无论从前的漂泊还是今日的发达，无论与父亲的生离死别还是商场的云谲波诡，外人眼中的蒙元亨，始终是一条宁折不弯的硬汉。什么大风大浪，他也从不畏惧，任何豺狼虎豹，他都敢甩开膀子干一场。

但即便是这样的强人，也有脆弱的一面。而这一面，绝不能让任何人窥见，只能无拘无束地展示在妻子面前。自己也是个人，怎会不怕死！那些闯过鬼门关的惊魂时刻，想着就后怕。谁想整日在刀口上舔血，他何尝不渴望能够陪着妻儿安逸度日。

两人终于停歇下来，在罗世英白玉一般的臂弯中，裸着上身的蒙元亨香甜地躺着。罗世英斜靠在床上，笑意盈盈、充满爱怜地瞅着丈夫：“刚才是胡说的吧？”

“什么？”蒙元亨问。

“你真不走了？”

“不走了。”蒙元亨轻轻抚摸着罗世英的长发，“以后就在保宁陪你们娘俩。”

罗世英还是不信：“你不做买卖了？”

蒙元亨说：“买卖当然得做，但当东家的不用事必躬亲。打箭炉有何瑞源在，我七八年过去一趟就够了。再说文善达当年用驻中间、拴两头的法子，自己很少离开泾阳，一样财源滚滚。往后我也一样，驻在保宁府，一头拴着打箭炉，一头拴着川陕的茶叶与丝绸。”

“太好了。”罗世英笑得比任何时候都开心，接着又说，“难得从你嘴里听到文善达的好话。”

蒙元亨摇头道：“就事论事，算不得说谁的好话。”顿了顿，他又说：“只是父亲还在关外受苦，怎么着也得想法子，将他接回家。”

罗世英说：“有钱能使鬼推磨，如今咱们不缺银子，大不了拿银子打点。”

蒙元亨说："还有佩文，我也得派人去寻得她的下落，将她接回来。"

两人聊了一阵，蒙元亨又抚摸着罗世英的身体，笑嘻嘻地说："再练几招。"

"我还怕你不成。"罗世英使劲捏了一把蒙元亨，"不过看你这饿汉模样，倒像没在外头做对不起我的事。"

蒙元亨刚要猛扑上去，却听得隔壁房间传来咳嗽声音。

"糟了。"罗世英着急掀开被子，穿上衣裳，"应瑞醒了，这又得咳一阵子。"

蒙元亨有些懊恼："叫你找几个用人，就不必这般辛苦。"

罗世英说："世上哪个用人，能像亲妈那样照料孩子。"

蒙元亨也起了床，与罗世英一道过去。罗世英熟练地给孩子捶背、喂药，蒙元亨连手都插不上。

罗世英说："这些事你不会，早点休息吧。"

蒙元亨回房去，也不知妻子忙碌了多久，自己昏昏沉沉睡过去。

5. 西安城风云际会，蒙元亨启程北上

蒙应瑞的身体一日日见好，更与父亲蒙元亨渐渐亲热起来。蒙元亨常与儿子一起郊游，还教他骑马舞剑。蒙元亨在城中看了一块地，当即买下来，工匠陆续进场，修房造屋的事也热火朝天地干起来。

这一日，父子俩游玩回来，见罗世英正在教新来的用人烧菜。蒙元亨对儿子说："你看妈妈和那些婶婶多辛苦，来，咱俩帮他们劈柴吧。"

儿子欢天喜地，罗世英却说："你会劈柴吗？"

蒙元亨说："剑都会使，还不会劈柴！"他往手心里吐口唾沫，随后举起了斧头。

蒙应瑞把一块木柴放在墩子上，但木柴上下不平，放不住。蒙元亨说："你拿手把木柴扶住。"

蒙应瑞见身旁有一根竹竿，顺手抄起，替父亲把木柴稳住了。"你小子还挺机灵。"蒙元亨说着，一斧头砍下去，竟然把稳木柴的竹竿砍断了。

蒙应瑞吓得大哭起来。蒙元亨斧头一扔，嗐了一声，要不是儿子顺手抄起竹竿，这一斧头可就直接砍手上了。罗世英赶紧跑出来，见儿子的手没事，好歹松了口气，但还是忍不住骂道："你还是滚去做你的生意吧。"

用人们见状笑起来，蒙元亨只好灰溜溜躲进书房。可刚拿起书，敲门声却响起。罗世英打开门，只见有两个个头不高、穿着绸缎袍子的中年人，其中一人腰间还挂着玉佩。来者客气地问道："蒙东家是住在这里吗？"

蒙元亨走出来一瞧，赶紧招呼道："不知惠大人与江先生大驾光临，

失敬！”

这位腰间挂玉佩的，是四川巡抚衙门笔帖式惠英。惠英不仅是满人，而且出身上三旗，他的叔父官居盛京将军，乃朝廷一品大员。以惠英的显赫家世，来四川不过是镀层金，因此从巡抚以下，都对他客客气气。江先生是四川巡抚的师爷，平素颇受倚重。

在成都时，蒙元亨与这二人见过面，他颇为诧异：“二位怎么到保宁府来了？”

江师爷说：“专程来找你呀。”

蒙元亨笑道：“师爷说笑了，我哪有这么大面子。”

惠英一边往里走，一边说：“从打箭炉到成都，谁不知道瑞成祥的蒙东家！每年从你手上过的茶叶、藏马，那可是不计其数。不过你住的地方，未免寒酸了吧。”

蒙元亨笑笑说：“这不刚回保宁吗，新房还在修。”

两人坐下后，用人奉上茶。惠英开门见山道：“蒙东家也知道，我和江师爷忙得很，这次一同出来办差，自然是有大事。”

蒙元亨如今处世愈发老练，也学会挑好听话来说：“谁不知道，二位可是巡抚大人的左膀右臂。”

“不敢当，替大人跑腿而已。”惠英说，“这次来，是川陕总督衙门发来公文，请蒙东家去西安。”

蒙元亨颇为吃惊：“要我去西安，干什么？”

惠英说：“京城有上官来西安，大概想召集山陕商帮的头面人物见面聊一聊。”

蒙元亨愈发不解：“请问是哪位上官？再者我虽是陕西人，但近年在川藏行商，与泾阳城中的大商很少往来，实在称不上山陕商帮的头面人物。”

惠英两手一摊：“我们只是来传令，其他事一概不知。”江师爷接过话：“蒙东家府上有位周琪姑娘吧？京城的上官好像与周姑娘认识，特别交代说，请你把周姑娘一同带上。”

蒙元亨更蒙了。京城的上官不仅要自己去西安，还让周琪同行，这是什么意思？此刻，惠英却起身告辞："话已带到，接下来还要去赵大人府上。"出门前，他又叮嘱："公文催得很急，否则巡抚大人也不会安排我俩走一趟。蒙东家收拾一下，赶紧动身吧。"

蒙元亨亲自送二人出门，回到家里，他苦笑道："真让你说中了，我又得出门一趟。"

罗世英皱着眉头问："你什么时候成了山陕商帮的头面人物，还要把周姑娘一块带上？"

蒙元亨摇头道："我也纳闷呢。"

罗世英一向心直口快，脱口说道："从西安发来的公文，会不会又是文家在捣鬼？文知雪诡计多端，佩文与岳江南就是被她逼得亡命天涯。过去你在打箭炉，文家的手自是够不着。如今一回来，便又使出手段。"

"不会吧。"蒙元亨若有所思地说。

蒙元亨认为，官场的事不妨找赵明舟问一问，但惠英说他此番也要去拜会赵明舟，自己若上门撞见不大好。蒙元亨只好沉住性子，待到第三天晚上，才去赵明舟府上。

保宁知府赵明舟比起四年前，头上又添了许多白发。不待蒙元亨开口，他便问："去西安的事，准备得如何？"

蒙元亨刚端起茶杯，赶紧放下："赵大人，原来你知道了。"

赵明舟点头道："不仅知道，还要结伴同行。惠英来传令，让我也去西安。"

蒙元亨大吃一惊："你是一方父母官，突然传你去西安干什么？"

赵明舟说："京城有上官来，要我去拜见。"

蒙元亨又问："究竟是哪位京城上官？"

赵明舟沉吟了一阵，说："惠英说他只管传达，其他事一概不知。我只好从其他地方打听了一番，才知果真有一位京师的大老爷即将莅临西安。此人咱们都认识，户部侍郎李一功。"

"是他？李一功之前不是在刑部，什么时候到户部任堂官了？"一听说此人，蒙元亨立刻有一股不祥的预感。

赵明舟说：“李大人到户部，是去年的事情。”

蒙元亨拍了一下桌子，叹道：“他这种人久居高位，当真世道不公。”

“卿贰大臣是你我可以随便议论的吗！”赵明舟制止了蒙元亨。他当然知道蒙元亨与李一功的过节，甚至自己与李一功同样结着梁子。但人家毕竟得势，多说反倒无益。

蒙元亨沉默了片刻，问道：“咱们去吗？”

赵明舟叹了一口气说：“这不是李一功发的请柬，而是川陕总督衙门的公文，谁敢不去！”

蒙元亨点了点头，接着又说：“对了，惠英还说，让我带着周琪姑娘一同去西安，这是什么意思？”

赵明舟并不知此事，也觉得疑惑：“我听你说过，周琪是钦犯周弘毅的女儿，干吗把她带上？”

此时差役进来禀报，说有京城寄来的信。赵明舟问：“谁的信？”

差役答道：“兵部年遐龄大人。”

赵明舟与蒙元亨同时为之一振。此刻年遐龄写信来，必与西安之行有关，前途究竟如何，不妨听年遐龄的指点。赵明舟撕开信封，快速浏览一遍，接着把信递给蒙元亨：“你自己看吧。”

年遐龄在信中说，让他们勿要迟疑犹豫，尽快启程赴西安，还说有些事信中不便透露，见面便知分晓。

赵明舟缓缓说道：“这可真是风云际会，瞧这样子，遐龄也要去西安。”

“这个年大人！”蒙元亨说，“这封信等于什么都没说，我甚至越看越糊涂。”

赵明舟拿过信，一把火烧掉，又说：“有朝廷的公文，不管有没有这封信，咱们都得去西安。是福不是祸，是祸躲不过！多想无益，到了西安什么都清楚了。”

几日过后，嘉陵江雨雾蒙蒙，两岸山色混沌不清。赵明舟不是一个喜欢前呼后拥的人，加之此行前途莫测，更没安排任何送行的排场。

赵明舟先上了小舟，蒙元亨还在岸边与妻儿告别。上次西行康藏，送行的罗世英强忍住没有落泪，但这一次却哽咽道：“你什么时候回来？”

蒙元亨鼻子有些酸楚，强忍住道：“就是去见一见京城来的人，见了就回来。”

罗世英说：“上回你去打箭炉，我纵然难受，却不像这次。不瞒你说，这几日我心头瘆得慌，总觉得要出事。”

“姐姐，不必担心，我和蒙大哥福大命大，一定会逢凶化吉。”几年时光，周琪已出落成亭亭玉立的少女。她不像往日那般古灵精怪，但骨子里还是一副天不怕地不怕的脾性。

周琪噘起嘴，又说：“大不了把我也抓了，判个充军流放。那还正合我意，我早想去见爹了。”

一旁的罗兵说：“你们嘴里能不能说几句吉利话，别尽自个吓自个！元亨那么多大风大浪都闯过来了，还怕见一个李一功？”

罗兵的话虽提劲，心里却很忐忑，他说：“要不还是让我一起去吧？真有什么事，我替大伙杀出一条血路来。”

周琪说：“罗大哥，你这话更不吉利。”

“你瞧我这嘴。呸！”罗兵说。

蒙元亨摇着头说：“这次咱们去的是官府衙门，不是折多山的土匪窝。拳脚功夫不顶用，你还是留在保宁吧。”

罗世英又一把抓住蒙元亨恨恨地说：“你若有什么事，定是那李一功使坏，我饶不了他。”

“没那么严重。”蒙元亨拍了拍妻子，转身与周琪上了船。

船夫使劲戳住竹竿，配上一嗓子吆喝，小舟离开码头，朝江心驶去。虽是逆水行舟，今日的风向却正好，众人用力划桨，再扯开船帆，不一会儿工夫，船便消失在茫茫雾色之中……

6. 许多习以为常的话，偏偏登不了大雅之堂

泾阳文家大院，一个徐娘半老的中年妇人满面怒气，口中抱怨不停。文知桐赔着笑脸，又给了妇人一袋银子，人家才悻悻离开。

望着妇人的背影，文知桐苦笑摇头。文知雪走出房间，问道：“哥，把人打发走了吧？”

文知桐点头道：“那婆娘絮絮叨叨，无外乎想多要几两银子。”

文知雪也笑了笑，坐到椅子上。文知桐跷起腿，说：“妹子，多给媒婆几两银子是小事，但你这么做，不是恶心盛宇峰吗？”

文知雪满不在乎地说：“我好心给他说媒，怎么是恶心他？”

文知桐拿起盖碗茶，说：“这么多年了，盛宇峰心里头惦记着谁，咱们都清楚。”

文知雪沉默片刻，说：“哥，说老实话，你觉得盛宇峰如何？”

文知桐放下茶碗，说：“鞋子合不合脚，只有自己才知道。那是你的事，问我有什么用。”

文知雪说：“我和他之间的事，我自有主意。我是问，你觉得他这人如何？”

文知桐摇了摇头：“反正我是女人的话，不会喜欢盛宇峰。这小子虚头巴脑，阴得很。”他一说完，兄妹俩都笑了。

这时，一名用人走进来禀报：“东家，盛东家那边带话过来，请您过去一趟。”

文知桐耸了耸肩："媒婆我打发走了，怎么打发盛宇峰，就看你的了。"

文知雪站起身，说："有些话迟早要捅破，索性今天说了吧。"

文知雪来到盛府，原以为盛宇峰会怒气冲冲，没想到他只淡淡说了句："前几日有个媒婆被我骂走了。"

文知雪笑了笑说："是我让媒婆来的。你年纪不小了，该谈婚论嫁了。"

盛宇峰摇了摇头："婚姻大事岂可草率。不找到心仪之人，我宁肯不娶。"

文知雪还想劝几句，盛宇峰却挥手说："你跟我来。"

盛宇峰带着文知雪来到一间小屋，推开房门，只见里面摆着书案，四周墙壁上挂满了画。文知雪问："这是你作画的屋子？"

"是，但也不是。"盛宇峰指着墙上的画说，"你仔细看看这些画。"

文知雪定睛一看，只见这些画无一例外全是雪景图。她当然明白其中意味，却只能装糊涂道："早知道盛大哥画技非凡。"

盛宇峰摇头道："你还想躲到什么时候！我并非痴迷于画雪，而是睹画思人。"

见文知雪的脸微微泛红，盛宇峰说："我这辈子非文知雪不娶，你答应便答应，不答应我便一直等着。但你不必安排什么媒婆子，纵是仙女下凡我也不会动心。"

"这是何苦！"文知雪叹了口气，"咱们之间不可能的。"

"为什么？"盛宇峰追问道。

文知雪叹了口气说："自打接掌文盛合，我的心思全扑在生意上，男女之事便断了念想。"

"说谎！"盛宇峰向来对文知雪百依百顺，今日却难得反驳，"最近你常去苏乐西那里，每次都会聊到打箭炉的事。这就叫对男女之事断了念想？我就不明白，我哪点不如蒙元亨，你为何总对那个杀父仇人念念不忘？"

"你竟派人偷听我和苏先生说话！"文知雪生气地一巴掌拍在桌上。

见盛宇峰一脸沮丧，文知雪不忍再说重话，缓和口气道："我去苏先生那里，是听他宣讲教义。苏先生在打箭炉待了好几年，与蒙元亨朝夕相处，闲聊中偶尔提到，没什么奇怪的。”

文知雪又说：“你对我的好，我都清楚。你是我的恩人，也是文家的恩人。咱们情同兄妹，只是做不了夫妻。”

盛宇峰说：“你可以把我当哥哥，但我只会把你当成刻骨铭心的爱人。一生一世，矢志不渝。”

“你不必这般委屈自己。”文知雪劝道，“刚才你提到苏先生，正好有件事告诉你。我已同苏先生说好，下个月受洗入教，成为上帝子民。”

盛宇峰惊诧道：“什么？你要入洋教？”缓过神来，他又说：“入教也没什么！我知道洋教的规矩，接受洗礼又不是剃度出家当尼姑，教徒一样能结婚生子。”

文知雪摇头道：“教徒虽可以成家，却不会与异教徒结成伴侣。”

“这有何难。”盛宇峰说，“我也可以入洋教，咱们不就能结婚了！”

在苏乐西影响下，文知雪已是一个虔诚的基督徒，她颇为不悦地说：“入教之事岂可儿戏！我入教是祈求主的宽恕，你却为私情入教，成何体统！”

盛宇峰还想说下去，门外却传来段运鹏的声音：“东家！”当年泾阳商战大败岳江南，段运鹏立下奇功，从此他便成为文知雪的左膀右臂。

“运鹏，进来。”文知雪唤道。

段运鹏推门而入，盛宇峰板着脸，没好气地问：“你跑到这儿来干什么？”

段运鹏说：“我有急事禀报东家，听说她到盛东家府上了，便寻了过来。”

“什么事，说吧。”文知雪说。

段运鹏说：“李一功前天已到西安。”

文知雪点了点头，陷入沉思。盛宇峰却满不在乎地说：“李大人来西安的事，两个月前就知道了。”

段运鹏没有回话，屋里顿时沉寂下来。隔了半晌，文知雪才说：“李一功来西安，的确早就知道。但奇怪的是，一个月前他突然来信，说此行乃公事，叫咱们不必单独招待。”

盛宇峰哼道：“李一功从来是既当婊子又立牌坊，信里说不必招待，没准心里却盼着。”

“这次不同以往。”文知雪说，“我写信问过李一功的行程，他却没回信。并且，他前天就到了西安，却至今连声招呼都不打。若不是运鹏消息灵通，咱们还不知道。”

“他葫芦里又在卖什么药？”听文知雪一说，盛宇峰也觉得奇怪。

“李一功住在哪儿，驿馆还是川陕总督衙门？”文知雪问段运鹏。

“都不是。”段运鹏答道，“李一功住在城郊一座寺庙内。”

“他住在庙里？”文知雪与盛宇峰更诧异。

段运鹏点了点头说：“据庙里的僧人说，此行足有近百人。庙外有两层守卫，戒备十分森严。外面一层是西安府的兵丁，里面一层则是从延安府调来的绿营军。”

盛宇峰愈发纳闷：“李一功从刑部调到户部，虽说捞着肥缺，但品级未动。一个二品堂官，排场不应这么大吧。”

文知雪想了想说：“从来都是行客拜坐客，如今李一功遮遮掩掩，咱们只能改规矩了。坐客上门，去拜一拜京城来的行客。”

第二天，文知雪精心挑选了几盒茶叶，与盛宇峰、段运鹏一同来到西安郊外的古庙。古庙外守着的是西安府的兵丁，带兵的千总认识段运鹏，简单盘问几句便放行。古庙内守着的是延安来的绿营，他们却不肯放行，连向里头通报一声也不答应。

两边正说着，走出来一个皮肤白净、身材高大的年轻人，他腰间佩玉，手中提一柄长剑。此人年轻尚轻，也没穿官服，兵丁却是恭敬有加。问清缘由，年轻人挥了挥手说：“早有规矩，若非里头打招呼，任何人都不见，叫他们赶紧走。”

段运鹏上前抱拳道：“我们是李一功大人的朋友，听说他到西安，特意来拜访，烦请通报一声。”

年轻人不耐烦道：“刚才我说的没听懂吗？若非里头打招呼，一概不见。”

段运鹏知道官场中有“门包”陋习，掏出银子便塞过去：“我们大老远来一趟实在不易，还请行个方便。”

年轻人拿起银子，在手里掂了掂，接着一把扔在地上，喝道：“当众行贿，好大的胆子！”

盛宇峰忙弯腰捡起银子，赔笑道：“下边人不懂事，万望见谅。只是各位军爷连通报一声也不肯，里头的大人又如何打招呼？”

年轻人冷笑一声：“下边人不懂事？你又是什么人？”

盛宇峰依旧赔着笑脸：“我乃泾阳文盛合的东家盛宇峰，是李大人的朋友。”

年轻人满脸不屑：“刚才我说了，今日不见客。莫说是你，西安知府来了也一样。”

盛宇峰并未气馁，依旧磨着嘴皮。年轻人却有些恼怒，一耳光便扇过来：“谁有空同你啰唆，快滚！”

盛宇峰何曾受过这等羞辱，被打倒在地后，气得满脸煞白，指着年轻人说道：“你，你……”

年轻人却愈发骄横：“老子打的就是你！”

盛宇峰正想爬起来，文知雪却将他摁住。接着，她双目直视，斩钉截铁说道：“麻烦这位小哥将人扶起来，赔礼道歉。”

年轻人先是一愣，接着笑道：“我没听错吧？他扰乱公署，还要我赔礼道歉？”

文知雪虽是女流，骨子里却硬气得很，见对方欺人太甚，一股血气直冲脑门。她一字一句说道：“求见上官，谈何扰乱！刚才你问我们是什么人，我倒要请教，你是何人，官居几品，竟敢当众殴打四品道员？”

“他不是什么商号的东家吗？”年轻人说。

文知雪说：“盛大人乃四品候补道员，只不过如今未获实缺，赋闲在家。”

盛宇峰的确是四品道员，只不过非科举正途，而是用两万两银子捐来的。盛宇峰痴心于文知雪，对升官发财概无兴趣，当然不会去捐官，这两万两银子还是文知雪掏的。文知雪屡屡拒绝盛宇峰，总觉得心有愧疚，出银子为他买功名，也算是种补偿。况且文盛合的生意越来越大，场面上的应酬很多，盛宇峰顶着个道员头衔，好歹能撑一撑场面。

清代素有捐官之制，捐官的上限便是四品道员。当然，捐官换来的只是虚衔，朝廷既不会分配实缺，更没有俸禄。像赵明舟那样由捐官转获实缺的，可谓凤毛麟角。

年轻人乐了："我以为是什么，原来是个买来的候补道员。"

"请慎言。"文知雪拉高语调，"小哥既在衙门行走，起码的规矩该懂得。国家道员，事关朝廷脸面，是能够你卖我买的吗？朝廷早有制度，捐银者乃是一心报效，为国分忧，朝廷感其心意，赐以官衔，怎么到了你嘴里，竟成了一笔买卖？你说盛大人买官不打紧，难道朝廷还会卖官不成？"

捐官便是掏银子买官，不仅天下人这样认为，就连文知雪平常也会如此说。不过出于体面，朝廷公文上绝不会写买卖二字，只说一个愿捐一个愿赐。今日面对官场中人，一番唇枪舌剑中，文知雪正好抓住了这个破绽。

许多习以为常的话，偏偏登不了大雅之堂。年轻人意识到，刚才那句话确是失言了。

文知雪乘胜追击，质问道："雷霆雨露，莫非天恩。朝廷恩赐的四品道员，也是正儿八经的官衔。敢问你是什么人，竟当众殴打道员？你若是一、二品大员，殴打僚臣已属官德不佳；若只是芝麻小官，羞辱上官又该当何罪！"

年轻人恶狠狠地瞪着文知雪，但她毫无惧色，两眼也直视对方。隔了好一会儿，年轻人终于上前一步扶起盛宇峰，但赔礼道歉，却是绝不肯。

或是听到外面嘈杂，又有人从庙里走了出来。盛宇峰定睛一瞧，来者正是鹿富晨。这位当年的泾阳县令，攀上了李一功的门路，近来官运亨通，已是正四品的户部给事中。盛宇峰满脸欣喜，鹿富晨却面色发紧，快步走过来，呵斥道："你们怎么到这儿来了？不是让你们别过来吗？"

"鹿大人，他们说是李大人的朋友，想要进去，被我拦住了。我没做错吧？"年轻人慢悠悠地说道。

文知雪在一旁看着，心想这年轻人当真骄横，不仅对鹿富晨说话大大咧咧，即便言及李一功也未见几分敬畏之情。

鹿富晨点头道："你做得对，做得对。"

鹿富晨把文知雪等人拉到一旁，低声道："李大人此行肩负重任，没时间见客，你们快回去吧。隔几日李大人会召见山陕大商，有什么事到时再说。”

平常哪一次见鹿富晨，此人不是官架子十足，今日却谨小慎微，连说话都怕大声。文知雪虽是诧异，也只得答应下来。她正欲离开，只见对面走过来三人，其中一人年纪大些，她不认得，另外两人却再熟悉不过，正是蒙元亨与周琪。

7．这可不是小打小闹，而是左右王朝兴衰的定鼎之战

文知雪与蒙元亨同时愣住了，其他人也大吃一惊。想不到分别多年，竟会在此相见！

蒙元亨等人自保宁府北上，到西安已有两日。赵明舟并不认识文知雪，只是抱拳向鹿富晨行礼：“下官赵明舟拜见鹿大人。”

鹿富晨笑呵呵地扶起赵明舟说：“一路辛苦了。”又拉着他说：“快请进。”

蒙元亨跟着赵明舟往里走，方才拦住文知雪的年轻人伸手拍了他一下，热情地说：“蒙大哥，还认识我吗？”说这话时，年轻人再无之前的桀骜不驯之色，反倒一脸热忱。

蒙元亨盯着年轻人，觉得十分眼熟，一时又想不起来。鹿富晨转过身，问道：“怎么，你认识亮工？”

亮工？蒙元亨终于想起来，此人不正是年遐龄的公子，当年被唤作小亮的年羹尧吗？在泾阳时，年羹尧染上天花，多亏苏乐西妙手回春才痊愈。蒙元亨满脸欣喜，一声“小亮”正要脱口而出却又改口道：“亮工，难怪我认不出你，模样同当初大不一样，但这份英武之气从未变过。”

或是感念救命之恩，年羹尧格外热情：“蒙大哥，我们一直等着你呢。快进去吧，我爹也在里面。”

“好嘞！”蒙元亨拍了拍年羹尧的肩膀。从保宁到西安，他一路忐忑不安，此刻见到年羹尧的笑脸，不自觉轻松了些。

见鹿富晨陪着蒙元亨走入古庙，盛宇峰张口结舌，一脸茫然。刚缓过神来，原本想说些什么，文知雪却朝他摇了摇头，示意此处不是说话的地方。接着，一行人默默离开……

今日鹿富晨不仅对赵明舟客客气气，还跟蒙元亨嘘寒问暖。蒙元亨对此人素来厌恨，见他如此殷勤，刚轻松些许的心情又紧绷起来。进到屋内，鹿富晨吩咐上茶，礼数颇为周到。不一会儿工夫，外面传来脚步声，推开门，李一功与年遐龄走了进来。众人赶紧起身，又是一番寒暄。

在场的人，李一功品级最高，他一副长官派头，坐到上座，跷着腿，说话慢悠悠的。赵明舟心里同样七上八下，多次试探着问，此番召自己北上究竟为何事。李一功笑而不答，年遐龄则说少安毋躁。

过了半个时辰，进来一人在李一功身旁耳语几句。李一功点了点头说："明舟在此稍坐，元亨与周姑娘随我来。"

李一功带着蒙元亨与周琪，穿过走廊进到后院。越往里走李一功的脚步越轻，背也没刚才挺得直。来到一间小屋外，他停住脚步，恭敬地敲了敲门，里面随即传来一个女人的声音："进来。"

李一功说："你们进去吧。"说完，他推开门，自己却转身离开。

蒙元亨心中更加狐疑。抬脚走进屋内，只见屋子正中放着两把椅子，左边一把空着，右边椅子上坐着一位面貌姣好、皮肤白皙的少妇。她化着淡妆，穿着旗人服饰。蒙元亨从未见过此人，正是纳闷时，却听得周琪大喊一声："菊姑。"

那名少妇快步走过来，一把抱住周琪："琪儿，我的琪儿，这些年你可受苦了！有谁欺负你没有，快告诉我，我替你出气。"

周琪摇头道："我很好，这些年多亏蒙大哥照顾。"

少妇点了点头："我听说了，蒙家人待你不错。"

蒙元亨越看越糊涂，忍不住问道："琪儿，这位是……"

周琪说："这是菊姑，我们在京城就认识。"

"她可不仅是你的菊姑。"此刻，从屏风后传出一声深沉稳重的京腔，一位身材敦实、衣着华贵的中年男人走了出来。仅仅几步路，走得从容有度，有一股不怒自威之势。扬起头，只见他宽盘大脸，眉宇间隐然一股肃杀之气。

当他将目光投向周琪，却露出一脸慈祥的笑容：“琪儿，还认识我吗？”

周琪顿时跪了下去：“索相！”

此人笑呵呵地扶起周琪：“要是在街上遇见，我可认不出你了。女大十八变，咱们的琪儿越变越漂亮了。”

周琪这一声“索相”，让蒙元亨惊得目瞪口呆。难道此人就是曾经一人之下万人之上的权相索额图？他不是被贬谪在京城，怎么会出现在西安的古庙之中？

见蒙元亨愣在一旁，周琪拉了他一把低声催促道：“蒙大哥，还不快拜见索相。”

蒙元亨终于反应过来，此人定是索额图无疑。他忙行礼道：“草民蒙元亨拜见索相。”

索额图点了点头问：“你就是蒙元亨？”接着，他又回头问：“菊儿，蒙元亨的父亲你应当见过吧？”

周琪口中的“菊姑”正是索额图的宠姬菊儿，当年她在京城的院子，还是蒙顺奉上。菊儿说：“蒙掌柜是个老实人，可惜受了我们连累。”

“往事不堪回首。”索额图叹了一口气。接着，他又对周琪说：“琪儿，你叫菊姑不太妥，应当叫菊姨。”

“甭听他的。”菊儿说，“从前叫习惯了，以后也不必改口。总之你记住，我是你最亲的人。”

“好吧，随你们吧。”菊儿对索额图不大客气，索额图却对她颇为顺从。

索额图、菊儿与周琪就这样聊起京华往事，蒙元亨站在一旁细细听着，终于理出些头绪，之前心中的诸多疑问，也渐渐解开。

菊儿乃江南人士，来到京城后得到索额图宠幸。其实，菊儿的真名叫冷月，与周琪生母冷薇乃一母所生的亲姐妹。冷薇在扬州盐商周家做丫鬟，与周府公子周思举相恋时，冷月年纪尚小，人在老家。她只是从姐姐的来信中，得知周公子如何风度翩翩，才学过人。周思举还经常拿出银子，让冷薇寄回故乡，接济一家人生活。

孰料天有不测风云，周府卷入鳌拜一案家道中落。周思举被打残了一条腿，带着冷薇隐姓埋名，避祸到了保宁府蒙顺家中，还生下了周琪。冷月不仅与姐姐断了音讯，更为生计所迫，不得已教坊学艺成了一名舞姬。

几番辗转，没料到周家父女与冷月又在京师重逢，只可惜相见却不相识。周思举不再是昔日的富家公子，而是拖着一条残腿，改名周弘毅。冷月的身世更无人知晓，人们只晓得她是妖艳的菊儿，索相的宠姬。

直到索额图罢官，周弘毅被流放充军，菊儿才知晓，走路一瘸一跛、面容沧桑、性情孤傲怪僻的周先生，竟是自己的亲姐夫，那个与姐姐情深义重，甘愿共赴生死的周公子。而古灵精怪、深得自己欢心的小周琪，更是姐姐留在世上的唯一骨血，自己的亲外甥女。

后来，当菊儿说起这段经历，见惯了太多悲欢离合的索额图也大为惊讶，唏嘘不已！

当初朝局动荡，索额图一落千丈，生死未卜。他从山西被押解回京后，菊儿拿出所有积蓄上下打点，终于见上索额图一面，并献上置之死地而后生的奇谋。索额图照菊儿的主意，让党羽装出树倒猢狲散的样子，赶紧弹劾自己。政敌明珠一党见猎心喜，一天十几道奏章，痛骂索额图乃天下第一权奸，勾结东宫，图谋不轨。

物极必反，否极泰来——一切正如菊儿所料。群臣慷慨激昂，似乎不杀索额图不足以平众怒，实则触动了九五之尊最敏感的神经。说索额图勾结东宫，这款罪若坐实了，杀一个索额图容易，年幼的太子怎么办？储君乃社稷根本，岂可轻动！再说圣天子在上，朝堂上怎会冒出一个天下第一权奸，难不成朕是昏君！

为了皇家尊严，为了储君，索额图不能杀！皇上出手保住了索额图，仅仅罢官了事，罚他在家闭门思过。

大难不死的索额图对菊儿愈发专宠，可慑于家中母老虎，又不能给菊儿名分，心中懊恼不已。他隔三岔五就往菊儿那儿跑，沉醉于温柔乡中，最后还是让夫人察觉。出人意料的是，夫人并未河东狮吼，而是感激有这样一位奇女子，救了命悬一线的丈夫，更救了索府上下几百口人。夫人亲自张罗，将菊儿抬入旗籍，有了旗人身份，索额图便能光明正大纳妾，将菊儿迎入府中。自此，深受索额图宠爱与正室夫人垂青的菊儿，不仅有了名分，更在索府内地位显赫。

经此一劫，索额图原本心灰意冷，只想在府中与美人终老。可惜正如当年从高位跌落那般，臣子的兴衰荣辱全在皇上一念之间，岂由自己说了算！年前中秋赏月，皇帝对周围大臣说，衣不如新人不如故，索额图纵有千般不是，毕竟为社稷立过功勋。此后不久，皇帝又亲自召见，君臣相对，谈及家国往事唏嘘不已。

几个月前，皇帝给索额图派了差事，命他代天子赴五台山上香礼佛，并说去了五台山，不必着急回京，可顺道去陕西视察西北防务。皇帝特别叮嘱，没有昔日宰相排场，索额图正好轻车简从，了解实情。但为办事方便，也不必搞微服私访那一套，就混在来西安公干的李一功随员之中。

李一功何等精明之人，他当然清楚，代天子上香，巡视西北防务，这般荣宠岂是旁人可以企及。回京之后，索额图必会风云再起，权势之盛犹胜往昔。这一趟与其说索额图是随员，不如说自己在给索额图当幌子。李一功从前是明珠一党，如今更得战战兢兢伺候好即将东山再起的索相。

古庙之中，菊儿与周琪有说不完的话。索额图笑道："亲人久别重逢，恐怕一天一夜也聊不完。这样，你们去隔壁，我和元亨还有话说。"

菊儿拉着周琪离开后，索额图便收敛起笑容，缓缓说道："这些年，你照顾周琪无微不至，足见是一位古道热肠的侠义之士。我敬重这样的人！"

"说吧，想要什么？"索额图接着问道。

蒙元亨不假思索地答道："草民别无所求，只求索相替家父洗清冤屈，让他得以回归故里，颐养天年。"

索额图摇了摇头说："你是个孝子，却给我出了道难题。当年牵涉索额图一案的人，均由陛下御笔亲批。如今我刚领了差事，寸尺之功未立，就急着为索案的人奔走鸣冤，百官怎么看，陛下又会怎么想！"

索额图继续说："若论亲疏，周弘毅是我的心腹，也是菊儿的姐夫。看着他在苦寒之地，我于心何忍。但为大局计，只能忍痛不管。"

蒙元亨当然明白索额图的顾虑，人家刚获起复，无论是避嫌或是恭顺上意，都不能旧事重提。但他实在心有不甘，还想再央求几句，索额图却挥手道："此事不必再提。"

隔了一会儿，索额图缓和语气道："你是忠孝之人，但许多事非人力所能及。除了救你父亲，其他事都好说。我不会亏待你的。"

索额图站起身，缓缓踱步："李一功到西安来，要召见山陕大商，你知道这背后的用意吗？"

"在下不知。"蒙元亨答道。

索额图说："当着你，我不妨透个底。草原上的那个噶尔丹，最近越来越猖狂。陛下心意已决，要与他决一雌雄。这可不是小打小闹，而是左右王朝兴衰的定鼎之战。陛下曾对我说，此战若败，咱们八旗子弟怕在京城待不下去；此战若胜，草原上将再无噶尔丹。"

即便在四川，蒙元亨也会关注朝局动向。西北战云密布，大清与噶尔丹终有一战，几乎是所有人的共识。如今，这一天果真到来！

索额图说："打仗打的是什么？说到底还是粮饷。兵马未动粮草先行，泾阳乃商埠重镇，山陕商帮闻名天下，此刻，也该商人们报效国家了。朝廷有意物色几名总商，作为商界首领，主持后勤事宜，以为大军行动的保障。日后，无论大清的铁骑杀到哪里，粮饷军械都得跟上。"

索额图坐回椅子上，盯着蒙元亨问："这个总商，你有兴趣吗？"

"我？"蒙元亨颇为诧异，一时竟不知如何回答。

索额图笑了笑说："这可是好多人求之而不得的事。当上总商，就是替朝廷当差。当然了，选择总商是李一功之责，老夫仅有推荐之权。"

蒙元亨明白，索额图这是在客气。以他的身份，随便一句推荐，李一功也得乖乖听话。不过自己来做这个总商，当真合适吗？蒙元亨思忖一阵，答道："多谢索相美意，只是这总商在下当不得。"

蒙元亨接着说："我经营茶马商道，虽说略有小成，但比之泾阳大商实不可同日而语。朝廷要我做总商，何以服众！此外，我虽是陕西人，但近年的生意全在四川，与泾阳商界并不熟。做总商要协调四面八方，我实在力有未逮。"

索额图笑了笑问："你说的是真心话？"

“句句发自肺腑。”蒙元亨答道，“实不相瞒，若是太平年月的总商，有索相栽培，在下当便当了，也捅不出多大娄子。偏偏如今的总商要为大军保障粮草，稍微一个疏忽，就是贻误军机。个人发财事小，江山社稷事大，孰轻孰重，我心里还有数。”

索额图沉吟半刻，猛然一拍桌子说：“蒙元亨，你不仅有自知之明，更有忠君爱国之心。老夫阅人无数，像你这样的生意人，当真没见过。”

“我也实话告诉你吧。”索额图说，“让你做总商，我不是没顾虑。只是菊儿整天缠着，说你多年来照顾周琪，这份恩情不得不报。我耳根子软，一时竟公私不分了。今日听你一席话，方知险些铸成大错。”

“你不当这个总商也好。那你觉得，谁可胜任？”索额图问。

蒙元亨想了想说：“有两人可当此重任。马福兴的东家马天行，精明老成，素有人望。还有文知雪，她执掌的文盛合乃山陕商帮中的翘楚，由她出面，众人亦无话可说。”

索额图想了想，又问：“我可听说，你同文家结的仇不小？”

蒙元亨说：“索相方才所问，是谁可担总商重任，并未问谁同在下有仇。”

索额图点头说：“虚怀若谷，一心为公，真有古大臣之风。可惜呀，你却走入商途，不能在朝堂上报效国家。”

见索额图对自己赞许有加，蒙元亨也不再拘束，笑着说：“当初我的确想金榜题名，光宗耀祖，后来父亲出事，走不了科举正途。不过到今日也想通了，像自己的个性，踏足官场未必是好事，做生意赚银子，图个逍遥快活，没什么不好。”

索额图说：“你虽不做总商，但银子还得让你赚。放心，我会打招呼，西北军需的生意少不了你。”

蒙元亨抱拳道：“蒙索相抬爱，在下义不容辞。赚不赚银子无所谓，只是……”

“只是什么？”索额图问。

蒙元亨壮起胆子，又一次提到父亲：“救父之事此时确为不宜，但不知日后可有转机？只要能救回父亲，我一定肝脑涂地，为朝廷效力。”

索额图盯着蒙元亨问：“你是想今日为朝廷立功，他日朝廷再论功行赏救回尔父？”

“正是！”蒙元亨用祈求与希望的目光望着索额图。

“生子当如蒙元亨。”索额图叹道，“这番孝心当真感天动地，但要功过相抵，那可不是一般的功。”

“千难万险，在所不辞。”蒙元亨语气坚定。

索额图眉头一皱，接着又舒展开，说道：“当真有一件奇功，只是需你赴汤蹈火，冒生死之险，愿意吗？”

“愿意！”蒙元亨斩钉截铁道。

第九章

以身作饵

1. 众人皆醉，我为何独醒，装醉不也挺好

无边无际的草原，一片翠绿，被晨光一照，像是刷了一层金粉，随着阵阵晨风，掀起碧波金浪。这些年，蒙元亨走过了崇山峻岭的蜀道，击水曲流荡漾的嘉陵江，再到白雪皑皑的康藏……自信人生一百年，会当纵横九万里！如今，他再度北上，熟悉而陌生的草原风光，又一次映入眼帘。

去往蒙古大草原的路，蒙元亨曾走过。那时的他刚入商海，为了与文盛合争夺时间，只得悄悄出泾阳，绕道戈壁。如今的他，终于能风风光光踏上行程。为他饯行的仪式，更可谓冠盖云集。

西安知府、泾阳县令，以及西征粮台总办赵明舟，通通到场。半年前，赵明舟与蒙元亨一同被召来西安，后来才晓得，朝廷欲征讨噶尔丹，为保障大军军需，决定设立西征前线粮台。赵明舟是于成龙门生，素有干练之名且操守过人，朝廷擢升其为员外郎，总管西征前线粮台营务。

蒙元亨向赵明舟抱拳作别，赵明舟语重心长地说：“元亨，你是索相亲点之人，切莫辜负朝廷厚望。”蒙元亨一脸肃穆，郑重地点了点头。

噶尔丹搅得北中国无一日安宁，朝廷决心用兵，保障钱粮自是山陕大商义不容辞之事。蒙元亨虽未担任总商，但索额图亲自关照，要他参与西征粮台营务。这半年多，蒙元亨奔波晋陕两地多方筹措。如今，一万石军粮筹备齐全，由蒙元亨亲自押送，前往科尔沁蒙古。

除了陕西官场的大员们，送行人群中还有山陕商帮的头面人物。帮办西征粮饷总商，马福兴商号的老东家马天行早早来到，拉住蒙元亨的手，夸奖他是陕商

中的后起之秀。泾阳城里那些大大小小的商家，更无一不对蒙元亨赞不绝口。还有人提到蒙顺，说当年与蒙顺如何交情深厚，没想到如今蒙老哥的儿子青出于蓝。

商队即将启程之际，文知雪也现身了。当着众人的面，她与蒙元亨行礼如仪，既不似昔日恋人重逢，也不像仇人相见。文知雪语调平淡："蒙东家，路上辛苦，多保重。"

蒙元亨也抱拳道："有劳文东家相送。"

一旁的盛宇峰接过话，貌似殷勤："知雪与马老东家均为帮办西征粮饷总商，但凡有商队奔赴前线，都会来送行，何况元亨与文盛合渊源颇深，关系非比寻常。早去早回，凯旋之日，大伙还在这儿迎候你。"

蒙元亨微微一笑，说："怕是不行了吧。我回来时，咱们或许该在古北口相见。"

商帮跟随大军行动，为几十万人马提供军需粮草，俗称"赶大营"。如今朝廷大军云集长城古北口，文知雪也即将动身前往。文知雪点头道："没错，大伙陆陆续续都要往古北口赶去了。我是总商，自然不能落在人后。科尔沁草原离古北口不远，你凯旋之日，咱们就在古北口见。"

两人心结未解，现场的人又很多，自是再无多言。蒙元亨转过身，与泾阳的大小商家一一话别。有人提到父亲，他只是轻叹一声，并感谢对方的关心。蒙元亨当然清楚，无论是对他还是对蒙顺，所有殷殷关切不过是虚情假意。当初蒙家遇难，蒙顺被驱逐出商号，山陕商帮中可曾有一人站出来说句公道话！正因为众人的薄情寡义，蒙元亨才不惜背负骂名，与岳江南携手合作力战山陕商帮。现在自己成为名震川藏的大商，更是复出后的索额图属意之人，那些昔日骂蒙元亨数典忘祖、勾结外人的，又一个个围过来不吝溢美之词，真是一件无比嘲讽的事！

然而此刻的蒙元亨，又与昔日大不相同。佛家说人生有三重境界：看山是山，看水是水；看山不是山，看水不是水；看山又是山，看水又是水。当初看破别人的虚情假意，只是第二重境界。而今历经成败，心境却无比豁达，别人虚情假意，自己也可虚与委蛇。人生如戏，众人皆醉，我为何独醒，装醉不也挺好。

正因如此，蒙元亨往昔心中的恨意几近消散。一个人成是过江猛龙，败是过街老鼠，人情冷暖世态炎凉，有什么可恨！真要去恨，恨得过来吗！世上哪有什么朋友与敌人，你发达时，朋友都想着来结识你；你落魄时，想结识朋友却不可得。经历过落魄与发达，你未必结识多少朋友，却能识得人生。

就如同茫茫草原，蒙元亨第一次来时，只识得满眼绿色。如今再放眼，却觉得草原分明是彩色。湛蓝如洗的天空飘着朵朵白云，大地旷野一片碧绿，羊群在青青中浮动着白色，还有野花点点斑斑，让草原变得五彩斑斓……

纵马前行，草原风光令人沉醉，然而蒙元亨脑海中，始终对泾阳的那一场满城相送念念不忘。除了官商名流，自己的两个至亲之人——妻子罗世英与儿子蒙应瑞也在送行队伍中。无论与谁招呼应酬，蒙元亨的余光总会瞟着妻儿。

罗世英母子是上个月到的泾阳，蒙元亨写信说，自己要在北边待上一段日子，让他们来泾阳小住，一家人也可团聚。当然，这只是明面上的原因，实则是自己这一去生死未卜，临行前太想见妻儿一面。

罗世英与丈夫经历过无数次生离死别，因此泾阳城中的送行，她倒没太过伤感。不就是押运粮草，又不是上阵杀敌。当初西行茶马古道，北上西安城，乃至第一次奔赴蒙古大漠，都比这凶险得多，丈夫不也平安归来。

罗世英哪里知道，丈夫跟所有人隐瞒了实情，也包括她。这一次绝非押运粮草那么简单，而是冒生死之险，立卓绝之功。那日在古庙中，索额图见蒙元亨救父心切，交代了一桩极为隐秘之事……

朝廷要与噶尔丹生死决战，陛下更渴望像汉武大帝那样，命当世之卫青、霍去病率十万铁骑千里奔袭，横扫漠北。然而一番谋划之后才发觉，纸上谈兵易，临阵破敌难。满洲八旗曾纵横天下，战力未必不及汉朝之虎贲军，朝廷猛将如云，也未尝没有卫青、霍去病那样的名将。只是可惜今日之大清，远非昔日之大汉。

打仗打的是粮饷！平定三藩，收复台湾，朝廷连年征战，家底实在不够厚实。要让十万大军在草原大漠纵横驰骋，起码得有几十万的后勤保障队伍。这一兵一将，一卫一枪，都得耗银子，朝廷哪耗得起！于是，朝廷只能退而求其次，想方设法引诱噶尔丹东进。只有让噶尔丹劳师远征，朝廷才好以逸待劳，一举全歼。

噶尔丹一代枭雄，既早有与康熙争夺天下之心，也深谙兵法，不会轻易上当。朝廷调兵遣将好几年，将三十六计用了七十二遍，对手就是纹丝不动。然而就在前不久，机遇终于出现。噶尔丹同北边的罗刹国搭上线，挟洋自重，自觉今非昔比。他又与科尔沁蒙古的卓索图王爷暗通款曲，科尔沁部素来与朝廷关系和睦，卓索图却暗中与噶尔丹结盟，并约定一旦噶尔丹率部东进，自己将主动让出一条通道。

卓索图驻地就在长城外，一旦弃守，准噶尔骑兵就能直取古北口。而古北口距离皇宫大内不过百里之遥，且一马平川无险可守。朝廷安插在卓索图身边的密探传回情报，大臣们无不忧心忡忡。然而康熙却决意将计就计，行一步险棋——放任卓索图与噶尔丹狼狈为奸，自己佯装不知，并以此为饵，诱噶尔丹千里东进，为双方决战创造条件。

朝廷有意以卓索图为饵，索额图让蒙元亨做的便是饵中饵。以押运粮草为名，既消除卓索图戒心，又是养肥他，让卓索图自以为有足够本钱去投靠噶尔丹。

蒙元亨早已习惯商场的尔虞我诈，如今却要在老奸巨猾的卓索图面前编织弥天大谎。他曾立志做天下的生意，但这一次，已不是做生意，而是谋天下。一旦成功，不仅有望救回父亲，更为朝廷立下奇功。想到这些，蒙元亨既胆战心惊又兴奋莫名。

一队衣衫褴褛的流民从前方走了过来，蒙元亨将思绪拉回来，他令手下加强戒备，严防有人哄抢粮食。走近之后，果真有人看着一车车粮食两眼发绿，扑了上来。押运官兵不由分说一顿痛打，并拔刀高喊，谁再上前一步，格杀勿论。

流民人数虽众，但哪里是训练有素的官兵对手。他们望着一车车粮食与官兵手中寒光四射的钢刀，眼神中充满绝望。一个老妪颤巍巍走出来，跪在蒙元亨面前："大人，可怜我们一下吧，好几天没吃东西，实在饿得不行。"

老妪如此一说，所有人都跪了下来，乞求与哀号之声一片。蒙元亨细细一听，发觉人群中既有说汉话的，也有说蒙古话的。唉，连年征战，成王败寇，受苦的却是各族百姓。去问问这些寻常百姓，谁愿意打仗！

领头的官兵举着刀，高喊道："这是军粮，谁也不能动，动一粒便是杀头死罪。你们继续朝前走，到了长城朝廷自有收容流民的地方，那里有粮食。"

人群中有人说道："军爷，我们逃难过来，几天没吃东西，怕是走不到长城。"

蒙元亨看着流民的惨状，心一软，说："分半车粮食给他们。"说罢，他又朝着人群大喊："有半车粮食，足够你们走到长城。大家排队来领，每人都有。谁敢哄抢，一粒米都不给。"

饥民一阵欢呼，蒙元亨却回忆起临行前与赵明舟的一番长谈。除了索额图与自己，赵明舟是唯一一个知道此行真正目的的人。当初索额图有交代，赵明舟总管西征前线粮台营务，所有钱粮都要经他的手，可以把底透给他，以便从旁襄助。

蒙元亨曾说，独闯龙潭虎穴，个人生死已置之度外，只是觉得曾与噶尔丹有旧，人家还帮过自己，如今却要设下陷阱，心里难免愧疚。

赵明舟当即说蒙元亨糊涂。他说蒙元亨乃大清子民，两国交兵，私谊只能退居其次。赵明舟还说，为朝廷办差，为国效力，尚且只是小义，为天下苍生方才是大义。草原上原本祥和，噶尔丹为了自己的雄图霸业，挑起战火征伐不断，使得生灵涂炭，百姓流离失所。剿灭噶尔丹，正是还草原以安宁，让百姓能够安居乐业。

看着饥肠辘辘的流民，倒正如赵明舟所言。为了家国大义，天下苍生，蒙元亨只能有负那雄心勃勃、穷兵黩武的噶尔丹了。

此时，一阵急促的马蹄声传来。一队骑兵从山坡上猛冲下来，打头的骑兵还放响火铳。

奔到近处，只见骑兵们穿戴蒙古武士盔甲，科尔沁王旗迎风招展。领头的军官大吼道："我是卓索图王爷手下，你们是谁？"

蒙元亨驱马上前，抱拳道："我乃瑞成祥商号的东家蒙元亨，奉命帮办军粮，来给卓索图王爷送粮草。"

军官朝蒙元亨还了礼，接着说："既是给我们的军粮，怎么分给饥民了？"

蒙元亨说："在下看他们可怜，才拿出半车粮食。这次我押运来一万石粮草，区区半车，不碍事的。"

"不行。"军官手一挥，"给我们的粮食，一粒也不能少。"他即刻下令驱赶。

这些粮食可是饥民活下去的指望，他们岂肯放弃，双方顿时爆发冲突。军官手起刀落，斩杀了几个领头的，才把局势控制住。眼看饥民血溅当场，蒙元亨不停求饶，却没人听他的。

赶走了饥民，军官护送蒙元亨一行来到卓索图王爷的大帐。这位王爷肥头大耳，穿着华贵的蒙古服饰，腰间既挂着汉人的玉佩，也别着一把罗刹国将军赠送的火药枪。

卓索图早年在京师待过，汉语十分流利，他见蒙元亨脸色不佳，便问是怎么回事。得知缘由后，笑着宽慰了几句，又把军官唤来，训斥道："蒙东家是贵客，你杀几个饥民不打紧，惊吓了客人怎么得了！还不快赔罪。"

草原上已是饿殍遍地，但卓索图的王帐内却是牛羊丰盛，夜夜笙歌。清点交接粮草的事自有下面人打理，卓索图对蒙元亨颇为热情，三日一小宴，五日一大宴。酒酣耳热之际，还搂着蒙元亨说："老弟，我这儿有几个罗刹国的金发美女，你要不要尝一尝洋荤？"蒙元亨连连摆手，推辞说不敢夺人之美。

一晃半月过去，卓索图并无任何越轨行迹，蒙元亨也当打道回府了。蒙元亨心想，起码粮草送到了，证明朝廷对卓索图勾结外人并无警觉，自己可算不辱使命。至于能否再进一步，只能听天由命了。这就像一场耐力的较量，人家若按兵不动，自己便得稳如泰山。当然，送行晚宴上还有最后机会，就看对手如何发招了。

蒙元亨早早来到王帐，立刻发觉气氛迥异往常。帐内没有年轻貌美的舞姬，只有卓索图一人。桌上也没有牛羊美酒，而是两杯奶茶。蒙元亨心中一紧，看来卓索图的狐狸尾巴要露出来了，自己可得打起十二分精神，见招拆招小心应付。

寒暄几句后，卓索图感慨道："蒙东家，明日你就要回去享福了。南边自是太平日子，可惜留下我一支孤军，在草原上独撑危局。"

蒙元亨双手抱拳，一副敬佩的模样："王爷不愧为朝廷北疆柱石。有你在，准噶尔便不敢觊觎中原。"放下手，他又说："我哪有什么福可享，回去后还不得赶紧筹备，将第二批粮草尽快运来。少则一二月，多则三五月，咱们又要见面。"

卓索图摇头道："兵凶战危之地，兄弟还是少来。再说连我都不知道，几个月之后草原上会是什么光景。我可听说，噶尔丹的大军已拔营东进，鬼才晓得他们什么时候就会出现在科尔沁草原。”

蒙元亨假意劝道：“王爷担忧什么！从噶尔丹的老巢到你这儿，可有几千里，岂是一时半会儿就到的。再说科尔沁草原中，除了你还有好几位蒙古王爷，朝廷大军也在古北口关隘集结。几路大军互为犄角，自是万无一失。”

卓索图依旧摇头：“老弟做生意厉害，打仗却是外行。草原上的人都说，自打一代天骄成吉思汗之后，就没有谁家骑兵可与准噶尔媲美。他们行军速度之快，火力之强，真是百年来罕见。喀尔喀部的土谢图汗也算一代雄杰，可与准噶尔交手，几个回合便溃不成军。”

卓索图又叹了口气说：“夫妻本是同林鸟，大难临头各自飞。科尔沁部的其他几位王爷，平时倒也称兄道弟，只是到了节骨眼怕是指望不上。朝廷兵马更甭提了，他们的算盘我还不清楚，就是让我当炮灰，迟滞噶尔丹兵锋。等到我弹尽粮绝，噶尔丹也精疲力竭，才会出手。”

卓索图这番分析倒是中肯，只是蒙元亨不明白，对方是诉苦还是有意试探？他说道：“王爷一夫当关，自是万夫莫开。你放心，我一定赶紧筹足粮草，为你送来。”

“打仗打的什么？就是粮草。”卓索图端起银杯，说道，“有你保障粮路，我便少了后顾之忧。正因如此，还有一事相求。”

“切莫这么说。”蒙元亨说，“粮台赵大人与两位总商早有交代，在下职责所在，就是为王爷筹措粮草。王爷有什么事，只管吩咐就是。”

卓索图放下杯子说：“第二批粮食不仅要尽快运来，数量更得增加。不是之前说的一万石，而是三万石。”

“三万石！”蒙元亨面露惊恐，心中却是大喜。卓索图索要三万石粮食，恰是他图穷匕首见。一万石粮食大致够一万士兵吃两个月，卓索图手下一万余众，这次运来了一万石，加之第二批还要运一万石，可说绰绰有余。此时要三万石粮食，实在匪夷所思。唯一合理的解释，这粮食是给噶尔丹大军预备的。想必噶尔丹大军一到，卓索图不仅要让出一条路来，还会奉上粮草。

“王爷要三万石粮食干什么？”蒙元亨问道。

卓索图说："行军打仗，粮草自然多多益善。"

"运来两万石粮食，足够大军日常所需，没必要弄这么多吧？"蒙元亨一副打破砂锅问到底的样子，心中却在盘算，对方狮子大开口要三万石军粮，实在过于反常，若自己一口答应下来，那就更离谱，因此该演的戏还得一丝不苟演下去。蒙元亨甚至祈祷，卓索图呀卓索图，老子不怕你扯谎，只怕你编出的谎话漏洞百出。你赶紧编个稍微像样的谎话，把我糊弄过去呀！

卓索图或许不太擅长编谎话，他没有回答蒙元亨，而是说："在商言商，你管那么多干吗！这三万石粮食，我愿意付高价。"

"这不是银子的事。目前战事一触即发，所有军粮都得按需供应。多给王爷几万石，我有这个心也没这个胆。"蒙元亨一脸为难，心里更是着急，只要能引诱噶尔丹东进，区区几万石粮食，朝廷眼都不会眨。但是，你要让我们上当受骗，好歹也琢磨个能应付过去的谎话。本是将计就计之事，无奈你使出的计太粗糙，让我怎么来将就呀！

卓索图笑了笑说："你有心无心，或是有胆无胆，都无所谓，关键是有没有法子！这三万石粮食由你私下运作，不必让朝廷知道。"

"这怎么行！"蒙元亨真是沮丧到极点。卓索图既不威胁，也不利诱，就凭几句空口白话便要我背着朝廷运粮食，我想答应也不敢呀！

"怎么不行！"这时，从帐后传出声音，一个腰间挎弯刀、身材魁梧的蒙古汉子走了出来。他笑眯眯地说："蒙东家，多日不见，一切安好？"

2. 既已走上绝路，索性把事做绝

蒙元亨仔细打量，此人不正是昔日喀尔喀蒙古的将军乌日乐吗！从京师到蒙古，自己与这家伙打过两次交道，回想起来真是步步惊心。

“你怎么在这儿？”蒙元亨问道。

乌日乐哈哈大笑：“听说蒙东家到了草原，我千里迢迢赶来，就为会一会老友。”

自打喀尔喀蒙古被噶尔丹击败，之前的王公贵族作鸟兽散。蒙元亨实在不清楚，乌日乐这些年究竟际遇如何，现身此地又所为何来。

见蒙元亨一脸疑惑，乌日乐抖了抖袍子，坐下说道：“你也知道，喀尔喀蒙古已是明日黄花。本将早已弃暗投明，如今在噶尔丹大汗帐下效力。”

原来乌日乐投靠了噶尔丹！以此人的德行，朝秦暮楚背主求荣倒不令人意外。只是，他此刻现身究竟要做什么？蒙元亨感觉目前局势越发诡谲，更告诫自己，越是情势不明越要沉着应付。他脑筋一转想到，既然是演戏，必得先入戏，不妨先把肩负的绝密使命放一边，就把自己当成一个送粮草的普通商人，以这样的角色，该如何反应便如何反应。

蒙元亨盯着卓索图说：“王爷，这是怎么回事？噶尔丹的人，怎么会出现在你的帐中？”

卓索图倒不再遮掩：“方才我说了，朝廷想让我做炮灰，让我卖命，别人坐享其成，凭什么！”

乌日乐伸出大拇指赞道：“识时务者为俊杰，王爷真乃高人。土谢图汗就没这等远见，甘为清廷走狗，阻挡大汗天兵，最终自食恶果。”

卓索图与噶尔丹暗中勾结，蒙元亨早就知道，乌日乐如此糟践曾经的主子，更令人恶心。但他还得装出一副大吃一惊的模样，张口结舌道：“什么？什么意思？”

乌日乐笑着说：“人往高处走，水往低处流，良禽择木而栖，就这么简单的意思，还用多说吗！噶尔丹大汗天纵英明，不仅草原将归为一统，北京金銮殿上的龙椅也该换人坐了。”

“放肆！”派个与自己有仇的乌日乐来劝降，虽然手段不怎么高明，好歹也是拉拢，蒙元亨演起戏来更卖力。

乌日乐挥了挥手说：“算了，我的话想必你听不进去，就让一位故人来对你说吧。”

一位故人？还有什么故人？蒙元亨心中疑惑。说话间，帐后又走出一人，身材纤弱，皮肤白净，穿着蒙古服饰，手中却捏一把折扇。蒙元亨再定睛一看，几乎惊得蹦起来。这不是别人，正是岳江南，昔日携手并肩的东家，如今自己的妹夫。

岳江南招呼道：“元亨，别来无恙。”旋即他又改口道：“你瞧我，习惯了竟改不过来。我应当随着佩文，叫你大哥。”

蒙元亨站起来，捏住岳江南的胳膊问：“你怎么在这儿？佩文呢，佩文在哪儿？”

“我们都好。”岳江南握住蒙元亨的手，“想不到会在这里重逢，许多事容我慢慢道来。”

卓索图吩咐帐外，再上两杯奶茶，另外没有差遣，任何人不得入内。岳江南饮了一口奶茶，说起了这些年的遭遇。那年泾阳惨败，天下之大几无容身之地，他带着新婚妻子蒙佩文，与苏定河一起北上蒙古。

刚到草原，诸事不顺。苏定河的那些个老朋友，得知他们在泾阳债台高筑，纷纷避之唯恐不及。岳江南好不容易做成一笔药材生意，不料又被喀尔喀蒙古的败兵抢劫一空。更要命的是，漠南蒙古各部不仅同朝廷关系密切，更与山陕商帮往来颇多。渐渐地，岳江南人在此地的消息传回泾阳，一些债主寻上门来。

岳江南焦头烂额，最终横下一条心，既已走上绝路，索性把事做绝。他知道噶尔丹兴兵以来，朝廷联合蒙古各部，断绝了与准噶尔的一切商贸往来。准噶尔骑兵虽在战场上连战连捷，自个的日子却过得苦兮兮。岳江南铤而走险，采购了一批棉布、茶叶，用尽各种手段运往准噶尔，立刻大赚一笔。

发财之余，岳江南还成了噶尔丹的座上宾，并与投降准噶尔的乌日乐称兄道弟，一起经营起走私生意。他们屡屡潜入长城，采购回准噶尔急需的各种物资。两年前，当蒙元亨正在打箭炉复兴茶马古道之时，岳江南也顶着狂风暴雪北上罗刹国，采购回一千条火枪。噶尔丹对这批枪械爱不释手，将岳江南大大表彰了一番。

蒙元亨听得心惊肉跳，对方刚说完，便拍着桌子吼道："违抗朝廷严令，资助准噶尔，可是诛九族之罪，你不要命了！"这一巴掌太用力，桌上的奶茶都被震翻。

蒙元亨这话纯是出于关心，毕竟岳江南如今是佩文的夫君，自己的妹夫。但正因忘了演戏，这戏才格外逼真。见蒙元亨如此激动，乌日乐笑起来："做大哥的关心妹夫，也是人之常情。不过，富贵险中求，许多事不能瞻前顾后。"

蒙元亨反应过来，此刻要顾及的不仅有兄妹私情，更有军国大事。他心底泛出一阵苦涩，原本盼着卓索图编出像样的谎话，没想到人家搬出的竟是岳江南。这一来，自己"同流合污"倒是合情合理，却不知未来要面对的又是什么！

蒙元亨平复了一下情绪，板起脸来训斥道："江南，你是大清子民，怎可卖身投敌？我最瞧不起的，便是没有气节之人！"

这话戳到了乌日乐痛处，他恶狠狠地说："少胡说八道！"

岳江南示意乌日乐少安毋躁，笑呵呵地说："大哥，你我都是生意人，气节值几两银子？"

"厚颜无耻！"蒙元亨还得把戏演足，怒喝道。

岳江南不为所动，摇起折扇说："陕商崛起最早，被誉为天下第一商帮。可为何近年来，陕商不再独占鳌头，而由陕晋徽三分天下？"

岳江南接着自己答道："明亡清兴乃大势所趋，偏偏陕商不识大势逆天而为。当年八旗入关，豫亲王多铎率军南下。南明兵部尚书史可法以扬州一城孤军负隅顽抗，城破之后清军大肆屠杀，才有了扬州十日。陕商以盐业起家，当年的扬州盐商，一多半是老陕。他们出钱出力支持史可法，到头来却被杀得溃不成帮。”

“有人则聪明得多。”岳江南又说，“早在清军在关外时，有商人便与努尔哈赤、皇太极父子攀上交情，将白山黑水的皮草、人参贩运关内，换回满人急需的白银。清廷定鼎中原，人家风光入京，成了名扬天下的皇商。”

这些往事蒙元亨自然是知道，他低着头，没有说话。岳江南见势更进一步劝说：“商人重利，眼中在乎银子，没什么不对。有钱不赚，才是傻子！什么满人、汉人、蒙古人，能让我发财的就是好人，其他的都不重要。文知雪是汉人吧，可这婆娘害得我倾家荡产，我恨不得一刀宰了她。没错，噶尔丹大汗是蒙古人，但他收留了我，还让我发财，我为何不尽心竭力为他效命！”

“你怎么做我不管，别拉上我就行。从此咱们各为其主，互不相干。”蒙元亨虽拒绝合作，态度却软了下来。

岳江南拉高声音说：“大哥，你怎么看不清天下大势！朝廷调兵遣将好些年，为什么就是不同准噶尔干一仗？因为朝廷明白，他们打不过大汗。此番大汗挥戈东指，可不是争夺几块牧场，而是要踏破长城，饮马黄河，逐鹿中原。还不赶紧弃暗投明，更待何时？”

蒙元亨哼道：“准噶尔没你吹的那么厉害，八旗劲旅也是闻名天下的精锐，谁胜谁负还说不定。”

乌日乐插话说：“当年南征吴三桂，我与八旗军并肩作战，深知他们的底细，与大汗的雄兵猛将根本不可同日而语。朝廷真有胜算，康熙干吗不率部出长城？这都多少年了，清军龟缩在长城以内，眼睁睁看着咱们驰骋草原，连个屁也不敢放。”

“就算不为银子，你总不能忘了国仇家恨。”岳江南说，“蒙老掌柜被谁陷害含冤流放的？你以为是文善达，或是李一功、鹿富晨这些个贪官污吏？都不是！罪魁祸首就是紫禁城里的皇帝老儿。他要整索额图，就把蒙老掌柜抓起来；他要保索额图，又让蒙老掌柜做替罪羊。”

蒙元亨虽心意坚定，断不会投向敌营，但岳江南这番话依旧戳到心头痛处，只见他脸色忽而煞白，忽而铁青。

乌日乐又抛出一个诱饵："待咱们的雄师杀进北京，大汗一道命令，你父亲不就能平安归来！"

蒙元亨苦笑着摇了摇头，心里却在盘算，人家已使出十八般兵器，自己的戏也该登场了。他收敛笑容，假装痛苦地说："好吧！三万石军粮，我去想办法，偷偷运来王爷这儿。但这批粮食得卖高价，我只认银子，粮食拿去干什么，我不管。"

"这就对了嘛！"卓索图、乌日乐、岳江南三人会心一笑。

卓索图问："你准备明日就走？"

蒙元亨点了点头，卓索图又说："别急在一时，不妨多待几日。"

"还有什么事吗？"蒙元亨问。

岳江南接过话茬，答道："你不想见见佩文吗？"

蒙元亨惊道："妹子在这里？"

岳江南说："佩文一介女流，出入王爷的营帐不合适。我把她安顿在距此几十里外的地方，咱们骑上快马，一天便能见到。"

蒙元亨激动道："明天就带我去。"

3. 都说虎毒不食子，殊不知人心比老虎还毒

第二日一早，蒙元亨便迫不及待地上路，但他们仅行出几里地，就被一伙骑着高头大马的壮汉拦下。对方不由分说，将蒙元亨、卓索图，甚至乌日乐、岳江南的眼睛全蒙上，塞进马车里。

不知跑了多远，蒙元亨被人推下车，立刻感觉有一股热浪袭来。解开罩住眼睛的黑布，只见天色已暗，身前燃着一堆篝火。

篝火旁立有数人，站在中间的一人虎背熊腰，双眉紧皱，两只手插在胸前。见蒙元亨到来，此人侧过身，眉毛舒展开，说："元亨，你来了！"

这面容！这声音！这架势！这不是准噶尔的大汗噶尔丹吗！蒙元亨一条腿不禁跪倒："拜见大汗。"

噶尔丹搀扶起蒙元亨，说："听说你到了草原，怎么着也得见一见。但我身份特殊，只好委屈你了。"

蒙元亨惊诧不已，扭头问岳江南："怎么回事？佩文呢？"

岳江南说："这一趟佩文没跟着我来，是大汗想见你。但这等绝密之事岂可明说，只好用佩文当幌子。"

蒙元亨仍是不解："大汗不是在昭莫多吗？昭莫多离此处可有上千里。"

"清廷那帮酒囊饭袋的情报，怎么能信！大汗身处何地，岂是他们知道的！"篝火旁又传来一阵爽朗之声。

这声音怎么这般熟？之前只顾盯着噶尔丹，没在意旁边的人。蒙元亨再定睛一看，不由得喊道："布日古德大哥！你也在这儿！"

此人正是噶尔丹帐下猛将，当年化名巴尔虎，与蒙元亨一道深入喀尔喀蒙古的布日古德。他上前几步，拍着蒙元亨的肩膀说："听说兄弟弃暗投明，咱们又能携手并肩了。"

噶尔丹指了指篝火，说："羊肉烤熟了，就等着你们呢！快动手，我的肚子早咕咕叫了。"

众人落座后，蒙元亨仔细打量了噶尔丹一番。分别有年，这位故人横扫四方，战无不胜，但终究抵不住岁月的流逝，头上生出了白发，额头的皱纹也深了。这些年，无论在泾阳还是保宁，甚至打箭炉，无论市井百姓或是朝廷大员，蒙元亨总能听到人们议论噶尔丹。在众人口中，他既是杀人不眨眼的魔头，连年征战致使生灵涂炭，也是桀骜不驯的一代枭雄，唯一可与当今圣上争夺天下的人物。不过坐到噶尔丹身旁，看他大碗饮酒，风趣地开玩笑，又觉得这只是一个粗犷豪迈的蒙古汉子。

几碗酒下肚，乌日乐忙恭维起主子："什么叫英雄气概？这才是英雄气概！清廷以为大汗远在昭莫多，实则却摸到他们鼻子底下。身边几十个侍卫，依旧指点江山，谈笑自若。"

即便是噶尔丹，对马屁也是喜欢的，他笑了笑说："既然要摸到敌军鼻子底下，自然带的人越少越好。真要是上千人的马队，还不立刻让人察觉。再说，附近有卓索图王爷的人马，他会保护我的。"

卓索图虽然知道噶尔丹就在科尔沁草原，却不掌握对方具体行踪。兼之自己平素养尊处优，今日却被塞进小车，颠簸了一路，难免有些怨气，遂摆了摆手说："我倒愿意誓死保卫大汗，可惜没这个福分。"

噶尔丹明白卓索图的意思，安慰道："王爷切莫多心，如今非常时刻，一切不得不谨慎行事。"

蒙元亨问道："大汗此来是……"

布日古德说："这是大汗的习惯，大战之前必亲赴战场考察地形。"

蒙元亨赞道："知己知彼方能战无不胜，难怪准噶尔骑兵横扫草原。"

噶尔丹一脸得意："就凭这一点，我比那个满脸麻子的康熙应当强一些吧。要说努尔哈赤、皇太极，那也是横刀跃马的英雄豪杰，可惜到了康熙这一辈，从小长在深宫妇人之手，早没了祖先的豪气。靠着几个小屁孩，偷袭一把年纪的鳌拜，竟也能吹嘘这么些年。想我十六岁时，早就披挂上阵，驰骋疆场了。”

众人哄堂大笑，又将噶尔丹夸赞了一番。噶尔丹端起碗，敬了蒙元亨，接着又关切询问起，此次押运粮草从哪里动身，走的哪条路，花了多长时间；除了蒙元亨“赶大营”的商家总共有多少，分别将粮草运向何地。

蒙元亨自然明白噶尔丹的意思，人家这是在刺探军情。对噶尔丹这样深谙兵法的人来说，只要弄清楚了粮道线路和前线大军日常消耗，就能轻而易举推算出清军实力及下一步意图。

对此，蒙元亨早有准备，虚虚实实答得滴水不漏。听完之后，噶尔丹不禁皱起眉：“清军素来喜欢虚张声势，弄久了，咱们有些看不上。但这一次不同，看样子康熙把精锐主力都调集到了长城关隘。”

“那可正好！”乌日乐说，“大汗不是一直想找清军决战吗？之前他们当缩头乌龟，如今终于逮着机会了。”

噶尔丹专注地盯着篝火，想了想说：“清军毕竟是一支劲旅，再说咱们劳师远征，人家以逸待劳，万不可大意。”说完，他又把目光投向卓索图：“王爷，粮草没问题吧？”

“当然。”卓索图拍着胸说，“科尔沁草原上肥美的牛羊，都是为大汗准备的。蒙东家也答应，加运三万石粮草。准噶尔大军一到，便直冲我杀来，小王稍微抵抗一阵便会落荒而逃。届时，这些粮草将悉数为大汗缴获。”

卓索图扳起手指头，算道：“只要蒙东家不食言，我的存粮差不多能有五万石，足够大汗的给养了。”

噶尔丹拍着卓索图的肩膀：“你的功劳，已非金银美女可以奖赏。待我杀进北京城之日，你就是整个科尔沁草原之王，世袭罔替，为我镇守北疆。”

卓索图颇为激动，又说道：“得知大汗前来，我还备了一件礼物，只是有些破旧，担心拿不出手。”

“什么礼物？”噶尔丹问。

卓索图说：“当年我曾南下征讨吴三桂，亲见两军用火炮对射，真是血肉横飞，威力无穷。从败军手里，我缴获了十几门残缺的红衣大炮，近年来四处找工匠修复，大致已能使用。”

噶尔丹一把抓住卓索图激动地问：“你手里有红衣大炮？有多少门可用？”

卓索图说：“当年缴获了十七门，千里迢迢运回草原，如今修复后能用的有十二门。”

“太好了！”噶尔丹站起来，熊熊篝火映照着他的脸，“准噶尔骑兵本是虎狼之师，我与罗刹国又有约定，不日将运三千条火枪过来。如今唯一担心的，就是清廷的红衣大炮。骑兵冲锋时，对方只需用红衣大炮一轰，立刻便是一条血渠。倘若遇上攻坚战，难免吃亏。一旦有了十二门红衣大炮，我就能以牙还牙，以炮对炮，更有何惧哉！”

布日古德、乌日乐也是激动不已，卓索图却搓着手说：“炮是有十二门，可惜没多少炮弹。”

“怎么回事？没有炮弹，那不是一堆废铁吗？”布日古德问道。

卓索图说：“这十多门炮，是我悄悄从战场上偷运回来的，朝廷自是不知道，更不会补充弹药。我使了不少法子，还派人揣着金元宝去澳门，才从西洋人手里买回四箱炮弹。检验大炮修复情况，已耗去两箱，如今只剩下两箱。这点炮弹到了战场上，实在顶不了多大用。”

噶尔丹重新坐下来，摇头道：“十二门炮，才两箱炮弹，就是说一门炮只能发射两三回，那怎么行！”

见噶尔丹陷入沉思，众人都不敢说话。猛然，噶尔丹扬起头，抓住蒙元亨的手：“你刚才不是说，除了给卓索图王爷运粮草，你还负责为清廷左路军供应军需吗？”

“是啊。”蒙元亨点了点头。

噶尔丹又问：“左路军装备有红衣大炮，你是否会替他们押运炮弹？”

清军最精锐的是驻扎于古北口的中路军，清一色八旗子弟，由满蒙亲贵统率，装备有几十门红衣大炮。左路军由西北绿营兵组成，负责拱卫侧翼。红衣大炮虽说有几门，但弹药前些日子补充过了，近日不会增添。然而，蒙元亨肩负的重任就是放饵，得千方百计引诱噶尔丹东进。眼看噶尔丹寻弹药心切，这可是天赐良机！他脑筋一转，说道：“朝廷的确新购了一批弹药，据说也会补充给左路军。”

“天助我也！”噶尔丹一巴掌拍在腿上，“元亨，你一定得把这差事接下来，到时半途改道，直接将炮弹运给卓索图王爷。”

“这……”眼见噶尔丹上钩，蒙元亨却是一副惊慌失措的模样。

乌日乐拍着蒙元亨的肩膀说：“这什么？大汗可是给了你一次建立功勋的大好机会。”

蒙元亨演技越发出神入化，额头上渗出汗水，颤巍巍地说：“这可是死罪呀。”

乌日乐说：“私运粮草同样是死罪。咱们早在一条船上了，更得同舟共济。”

蒙元亨擦拭着额头的汗水，说：“让我再想想。”

噶尔丹笑了笑说：“元亨，你还是没想明白。此战过后，江山易主，康熙自身难保，有如丧家之犬，他还能判谁的死罪！而你，已是新朝的功臣。”

蒙元亨沉吟良久，终于点头道：“事到如今，只能干了。”

众人齐齐为蒙元亨喝彩，轮番上前敬酒，接下来，他们又将事情细致谋划了一番。最后，蒙元亨端起酒，豪迈地一饮而尽，说道：“舍得一身剐，敢把皇帝拉下马，或许真到了改朝换代的时候。”

噶尔丹大喜过望，兴致甚高。布日古德脸上却是波澜不惊，他抱来柴火，扔进篝火堆，接着说：“世英妹子如今还好吧？”

岳江南抢先答道：“将军还不知道吧，蒙东家与世英早已有情人终成眷属。”

布日古德点头说：“听说了。对了，你们生了个大胖小子，叫什么名字？”

蒙元亨答道：“叫蒙应瑞。”

“好名字。”布日古德说，“元亨，你这次立下大功，理当重赏。不如将应瑞带过来，认大汗做义父，你以为如何？”

布日古德此言一出，气氛顿时凝固了。所有人都明白，这是要把蒙元亨的儿子扣为人质。

噶尔丹最先反应过来，笑呵呵地说：“这主意好。小孩成了我的义子，我与元亨自当情同手足。”

乌日乐见状赶紧附和：“元亨，还不谢谢大汗，这可是好多人盼都盼不来的福分。”

见蒙元亨一直没吭声，布日古德面色一沉：“怎么，你不愿意？”

“不，不是这个意思。”蒙元亨结结巴巴地答道。接着，他又说：“世英母子现在泾阳，与此地相隔甚远。我要为卓索图王爷采购粮草，还要押运弹药，实在分不出身去接他们。”

“这不打紧。”布日古德挥了挥手，“你修书一封，我让人骑快马乔装打扮赶赴泾阳，把他们接来便是。”

“好吧。”蒙元亨只得答应下来。他清楚，此时若是不肯，没准自己的命都保不住。再者真如布日古德所说，自己修书一封，他再派人潜入泾阳的话，事情或许还有转机。只要求助于朝廷，让官兵尽快护送妻儿离开，对方便会扑空。到时随便找个借口，说家中有事，罗世英带着儿子回保宁府了，事情便能敷衍过去。长城以内毕竟是朝廷的地盘，准噶尔的马再快，也快不过官府驿差，让罗世英母子暂避的消息，一定能先到泾阳。

思忖一阵后，蒙元亨打定主意说：“我回到卓索图王爷的大帐，立刻修书一封。”

草原上已是漆黑一片，噶尔丹站起身说：“今日谈得很好，你们回吧，我也得挪地方了。”

卓索图有些诧异：“大汗要去哪儿？草原上豺狼虎豹出没，走夜路太危险。”

噶尔丹笑了笑说：“我摸到清军鼻子底下，处处皆是险境，因此不能在一个地方待太久。豺狼虎豹有什么好怕，准噶尔的勇士才是草原雄狮，连几只野兽都对付不了，如何迎战清军。”

布日古德也说：“夜里行军，对我们来说是家常便饭。王爷不必忧虑，我会派人护送你回营帐。路上真有野兽出没，勇士们正好射杀，献上王爷的餐桌。”

“好吧。”卓索图点头道。

一行人分道扬镳，蒙元亨等人原路返回，噶尔丹与布日古德在几十名侍卫簇拥下，马蹄声远，消失在茫茫夜色中。

又在卓索图的营地休整了两日，蒙元亨启程南返。岳江南与乌日乐骑着马，将蒙元亨送出十几里才挥手道别。

眼见队伍走远，乌日乐站在山坡上，牵着马，冷笑道：“岳兄，你的这个大舅子，能信吗？”

岳江南说：“他连自己儿子都送来了，想必是横下心了。”说完，他又叹了口气说：“大汗叫我来劝降蒙元亨，我自当遵命，只是没想到，最后却把人家儿子绑来做人质，这事情未免做得太绝。不管怎么做，蒙应瑞也是我的侄儿，回到昭莫多，不知佩文怎么埋怨我。”

乌日乐摇头道：“你这个人虽说聪明绝顶，无奈却儿女情长。我是蒙古人，但也读过不少汉家典籍。从赵氏孤儿到武则天，都曾掐死亲生女儿，都说虎毒不食子，殊不知人心比老虎还毒。”

岳江南说：“不会！蒙元亨断不会拿自己妻儿冒险。再说这几日我旁敲侧击过，没发觉任何破绽。”

乌日乐转身往回走，边走边说：“蒙元亨如今投靠过来了，咱们何去何从，得赶紧想点辙。”

岳江南脸色一变，四下张望。乌日乐笑道：“你心虚什么！周围没人。大草原上，除了天上的白云与地下的青草，就咱俩。”

岳江南瞪了乌日乐一眼说：“这可是掉脑袋的事，别成天挂在嘴上。”

乌日乐点了点头：“小心驶得万年船，谨慎一些是没错。”

岳江南思忖了一下，说：“有了蒙元亨的弹药，大汗胜算又高出几分，没准咱们当初多虑了，其实用不着脚踏两条船。”

乌日乐眉头紧锁，说：“劝降蒙元亨时，你我夸奖大汗天纵英明，简直是不世出的圣君。这是诓别人的话，别到头来自己也信了。噶尔丹虽骁勇善战，近年来统一了草原，但手下暗流涌动，像布日古德那样心甘情愿卖命的不多，有不臣之心者也是不少。此番东征千里冒进，孤军深入。这种仗，能有一半胜算就不错了，绝无可能稳操胜券。”

沉吟半刻，岳江南重新开口：“将军是明白人。没错，此战大汗与清军伯仲之间，胜负难料。”

乌日乐拉高音调：“所以呀，咱们不能在一棵树上吊死，得给自己寻好出路。你是汉人，我是降将，你我都清楚，噶尔丹从没真正信任过咱们。还是那句话，噶尔丹赢了，就继续效忠于他；若是输了，也不必跟着陪葬。你是生意人，甭管同谁做生意，只要能赚银子就成。我呢，从前是土谢图汗的奴才，如今是噶尔丹的奴才，往后给谁当奴才，也无所谓。”

乌日乐这几句大白话，让岳江南不住点头：“将军想得通透。没错，此战过后是何种局面，谁也吃不准。越是这种时候，越要为自己留好退路。”

“道理是没错，关键怎么去做。”乌日乐说。

岳江南冥思苦想好一阵子，依旧一筹莫展。猛然，乌日乐说道：“听蒙元亨说，文盛合的女东家文知雪如今是总商，正为朝廷筹措粮饷。”

提到文知雪，岳江南真是咬牙切齿：“那个女人蛇蝎心肠，岂能指望她！再说你能和她攀上关系？”

乌日乐挥了挥手说：“大敌当前，过去的恩怨先放一放。我和文知雪素无交情，但和文盛合的另一位东家却算得上老朋友。”

岳江南立刻明白，乌日乐说的是盛宇峰。当初两人联手，害得蒙元亨差点丢了性命。岳江南问：“盛宇峰可靠吗？”

乌日乐说：“可不可靠不好说，但不妨试一试。”

岳江南说：“你去联络一下盛宇峰也好，但别把蒙元亨给卖了。”

“怎么会！”乌日乐笑起来，“蒙元亨的事，我一定守口如瓶。咱们既不能在噶尔丹这棵树上吊死，更不会蠢到死心塌地投靠清廷。若是噶尔丹胜了，蒙元亨的功劳也有你我一份，还指望着沾他的光呢。”

4. 为整治贪墨，文知雪出了个主意：一个不抓，但又一锅端

北国风光，豪迈雄奇。在华北平原上，耸立着由西至东逶迤连绵的群山。它西起潮白河谷，一直向东延伸，直至消失在山海关旁的渤海湾——这就是大名鼎鼎的燕山。古老的长城在燕山上蜿蜒穿过，将中原和塞外划开成两个世界。就在潮白河附近，有一道天然峡谷，两边山势陡峭，巨石嶙峋，乃周围百余里南北必经之路，真可谓一夫当关，万夫莫开。这就是万里长城上著名的关隘古北口。

两汉时期，中央政府便在古北口设立县衙。唐代在此处设东军、北口二守护。宋代时为使臣出辽必经之地。金代在此建铁门关。明洪武十一年重建古北口城，设东、北、南三道城门。

见证了无数金戈铁马、王朝恨事的古北口，此刻又一次战马嘶鸣，旌旗蔽日。康熙决意与噶尔丹一战，各路骄兵悍将云集此地，枕戈待旦。只需陛下一声令下，大军便要挥师出关，找寻回八旗劲旅马上得天下的昔日荣光。

身为帮办西征粮饷总商，文知雪来到古北口已有数月。在硬汉如林的行伍之中，大气婉约、富贵逼人的女东家简直是一抹难得的亮色。不过近日，文知雪的面容有些憔悴。做生意是一分一厘往里挣，行军打仗却是整箩筐朝外扔，银子花起来如流水，总商的差事办得愈发艰难。

这几日古北口戒备更加森严，四处站着目光警惕的士兵。一切只因领侍卫内大臣索额图莅临前线，受皇命慰劳三军将士。索额图刚从关外归来，此前他远赴尼布楚，与俄国人签订了《尼布楚条约》。一行人连京城都没回，便来到古

北口。

今晚索额图就要召见，文知雪坐在书房内，脸色凝重。朝廷催要粮饷一天比一天急，山陕大商们却叫苦连连，自己这个总商夹在中间两头受气，日子当真不好过。文知雪冥思苦想，总算找出一条两全其美的法子。她还在反复掂量这个计划，以便禀明索相。

书房的门被推开，盛宇峰急匆匆走进来。他来到文知雪身边，低声道："噶尔丹的大军已从昭莫多出发。"

大战已然迫在眉睫，文知雪心中一紧，问道："消息可靠吗？是不是……"

盛宇峰说："乌日乐送来的消息，绝对可靠。"乌日乐要寻后路，盛宇峰立功心切，两人一拍即合。而乌日乐意欲归顺的消息，文知雪也早就禀报给朝廷。

文知雪点了点头，又说："之前说过，咱们只替乌日乐与朝廷牵线。如今他们接上头，你就别搅和进去。"

盛宇峰悻悻地说："知道了。咱们毕竟只是商人，做事得有分寸。"

见盛宇峰没有要走的意思，文知雪问："还有事吗？"

"还有一件事。"盛宇峰说，"近来蒙元亨鬼鬼祟祟，一些举动令人生疑。"

"蒙元亨？"文知雪问，"他不是刚离开古北口，去左路军运送粮草，有什么事？"

盛宇峰说："前些日子，蒙元亨替科尔沁部的卓索图王爷运粮。公文上写得明明白白，但我却听说，他私下多运了几万石粮食，高价卖给了卓索图。"

"什么？私卖军粮？"文知雪吓了一跳。

盛宇峰对蒙元亨恨意颇深，整日挖空心思打听，因此笃定地说："这消息绝错不了。"

文知雪仍是不解："这事粮台赵大人知道吗？"

盛宇峰摇了摇头说："赵大人之前是保宁知府，与蒙元亨关系匪浅，他俩之间的事，外人如何晓得。不过，无论赵大人知不知道，这都是公然违抗军令。"

盛宇峰又说："不妨禀报李一功大人，问问他是怎么回事。"

文知雪想了想，摆手道："此事不可妄自揣测，更不能知情不报。但禀报李一功不妥，还是由我今晚禀明索相。"

掌灯时分，文知雪来到索额图下榻之处。索额图是大忙人，约好的时间又往后推了半个时辰，其间进进出出的人从没断过。终于轮到文知雪，她走进房内，欠身行礼："民女文知雪拜见索相。"

索额图瞥了一眼说："你可不是什么民女，而是堂堂总商。"

文知雪莞尔一笑："总商也是商人，而非朝廷官职。"

索额图冷冷地说："无论庙堂之高还是江湖之远，都是为国效力。不过文东家，我来古北口不过几日，告你状的可不少。"

索额图坐在椅子上，端起茶杯抿了一口。他并未请文知雪入座，更没吩咐上茶。文知雪被晾在一边，倒没有手足无措，而是说："那些告状的，定是说民女办事不力，有些粮饷拖延了。"

"打仗不是做生意，贻误军机是什么罪你应该清楚！"索额图声音不大，却有一股不怒自威之势。

"民女知道。"文知雪虽是认罪，却回答得不卑不亢，"粮饷延误原因很多，但我既为总商，自然任何过错皆是我之过错。"

文知雪答得既得体又坦荡，令索额图有些意外。他缓和了语气说："大战在即，不是治罪的时候。你且说说，究竟什么原因致使粮饷延误？"这时，他才指了指椅子："坐下说吧。"

文知雪并未坐下，答道："索相有问，民女不敢不如实应答，可有些话又恐祸从口出。"

索额图说："言者无罪，但说无妨。"

文知雪说："粮饷延误，实因有人贪墨无度中饱私囊。索相夙夜在公，为国事操劳，但有些下官却瞅着朝廷用兵的机会大发国难财。"

索额图自己就是个大贪官，但一想到有人贪到军粮头上，依旧怒不可遏："谁这么大胆子！他敢贪财，老子就敢砍他的头。"接着，他又问："赵明舟怎么约束属下的？他自己贪没有？"

文知雪说："赵大人总管西征前线粮台营务，两袖清风，绝无任何不法之事。但官场之弊非一朝一夕，赵大人再清廉，也难保下属们不上下其手。"

索额图沉吟片刻，脑海中浮现出刚踏上仕途时的情景。那时自己年轻气盛，深得皇上厚爱，加之相门之后，从不为金银发愁，因此立志克己奉公，一尘不染。然而官场就是一个大染缸，渐渐他发觉，上官们在贪，下属们也在贪，愤懑之余只能守着同流不合污的底线，别人怎么贪不管，自己不伸手罢了。

再往后，索额图看得更清楚，官场上下早已烂透，竟是少几个贪官不少，多几个清官不多。即便一个人再怎么清正廉洁，也改变不了官场风气。既然这样，何苦为难自己！另外，要结党必营私，明珠一党网罗了多少人，还不是靠银子？水至清则无鱼，自己再不开窍，百官都跟着明珠走了。

索额图重新开口道："文东家，官场的事你应该清楚，冰冻三尺非一日之寒。我只能抓几个人杀鸡儆猴，但愿剩下的能有所收敛。"

文知雪说："恕我直言，能督办军粮的，要么是明相的人，要么是蒙古王公的人，有些还是各位阿哥保荐的，里面真找不出一只小鸡。真要用重典，那才是牵一发动全身。再说大战在即，或许不应自乱阵脚。"

索额图点了点头，没想到文知雪年纪轻轻却处事周全。是啊，这里面的猫腻谁都清楚，凭什么要我来做恶人。况且此刻抓出几个蛀虫，让前线将士知道自己的口粮被人贪了，岂不是自乱军心。索额图问："你说怎么办？"

文知雪说："一个不抓，但又一锅端。"

"什么意思？"索额图追问。

文知雪说："如今粮台衙门总管一切军需事务，事情太多难免挂一漏万，甚至给了有些人敛财之机。商人名为帮办军需，却事事听粮台差遣，被绑住手脚。能否更彻底一些，就让商人自行采购粮食，粮台衙门只管调度，不同银子打交道，想贪也没了机会。"

索额图盯住文知雪老半天，接着笑起来："这就是你的主意？我怎么听起来像天方夜谭？"

止住笑声，索额图又说："商人帮办军需粮草，说白了就是朝廷与商人一起掏银子，光这样有人便吃不消。若粮草全由商人自行采购，需要垫的银子更多，真有人愿意接手？"

文知雪说："山陕商帮虽整日喊穷，但我心里明白，大伙不是没银子，只是不舍得掏出来。商人重利，只要朝廷肯拿出好处，众人立刻争先恐后。”

“这不是废话吗！”索额图说，“正因为朝廷没银子，才让商人来帮办。若朝廷有银子，还用求别人！”

文知雪说：“索相所说，实为症结所在。朝廷缺银子，所以请商人帮办军需。但银子掏得太多，商人们也够呛。不过，朝廷虽没银子，却还有其他好处。”

“朝廷手里有什么好处？”索额图问，“难不成又是卖官？”

文知雪摇头说：“如今的行情，一个四品道台才卖两万两银子，卖官能卖多少钱。”

“有什么主意，快说。”索额图有些不耐烦。

文知雪抱拳行礼道：“平定三藩，收复台湾，连年用兵，朝廷的家底当真不厚实，昔日也拿不出什么实在的好处。不过，幸而有索相这样的国之栋梁，刚为朝廷抱回一座金山银山，只要稍加利用，顿时财源滚滚。”

5. 这是一条前所未有的万里商路

奉承话谁都爱听，索额图笑了笑说：“别绕圈子。抱回什么金山银山，为何我自己都不知道。”

文知雪说：“索相千里赴戎机，与老毛子周旋，为大清立国威，为万世开太平。你老人家不辞辛劳，签下《尼布楚条约》，便是为大清抱回了金山银山。”

索额图越发纳闷：“《尼布楚条约》与军粮有何关系？”

文知雪说：“天下商帮，陕晋徽三家。其中陕商崛起最早，被誉为天下第一商帮。而陕商的起家买卖，正是军粮。”

商帮的渊源，还是蒙元亨在京师时听周弘毅讲的，后来又说给了文知雪听。此刻她与索额图侃侃而谈，脑海中蒙元亨的身影一闪而过。文知雪整理了一下思绪，继续说：“明代初年，朱元璋设立九边重镇，其中四个都在陕西。军马戍边陕西，军需立刻成为棘手难题。这时，有御史上奏提出‘食盐开中’，意思是鼓励商人组织粮草布匹，运到九边重镇。军队接收后，不用支付银两，而是给商人发‘盐引’。盐引是从事盐业贸易的批文，有了它，商人便能去盐场采购食盐进行贸易。”

周弘毅曾在索额图府中，有关商帮渊源也与索额图聊过。他接过话说：“眼看邻省的陕商发了财，山西人也动起脑筋。山西没有八百里秦川的沃野良田，晋商只好推上独轮车，去山东采购粮食再运往九边。到了明代弘治年间，户部尚书叶淇提出，‘食盐开中’过于烦琐，不如简单些直接让商人拿钱买盐引。于是，朝廷盐政由开中制走向了折色制。两淮的盐大多在安徽，提出折色制的叶淇也是安徽人，况且徽州人重视教育，徽籍官员的势力不可小视。借此机缘，徽商趁势而起。”

没想到索额图竟知晓商帮典故，文知雪有些吃惊：“索相当真博闻强识，对商帮之事也如数家珍。”

索额图把手一摊：“盐引这东西，已被三大商帮玩了数百年，难不成还能用！再说如今的盐引早被扬州盐商瓜分完了，朝廷也拿不出多少。”

“朝廷如今没有盐引，却有其他东西。”文知雪说，“索相容禀，方才我说山陕商帮家里有银子，只是不愿意掏，并非商人不知忠君爱国，实在是市面萧条，家家有本难念的经。山陕商帮长年经营蒙古的生意，噶尔丹犯上作乱在前，朝廷兴兵征讨在后。战端一开，赤地千里，估计蒙古各部许多年也缓不过劲来。买主尚且拮据，商人的生意能好到哪里去！众人藏着银子，实在是留个后手，以备不时之需。”

“但是，”文知雪话锋一转，“天佑大清，有索相这样的柱石之臣，你与俄国人达成协议，无异于替商人开辟了一条商路。这自然是一座金山银山。”

索额图似乎明白了一些，挥了挥手说：“说下去。”见文知雪依旧站着，索额图又招呼她坐下，并吩咐下人上茶。

文知雪终于坐到椅子上，说：“索相人在万里之遥，条约便已传回京师。民女有幸得知，条约第五条写明，两国今既永修和好，此后两国人民中持有准许往来路票者，应准其在两国境内往来贸易。这路票若是运作得当，或可媲美盐引。民女浅见，朝廷不妨立下规矩，商人将军粮运送至西征前线，官府将颁发路票，并准许经营中俄贸易。”

索额图两眼炯炯有神，问道：“这事商人们肯干？”

“当然。”文知雪说，“大清的商人去往蒙古贸易时，也和俄国人打过交道，深知俄国幅员辽阔，人口众多，尤其是对茶叶、瓷器、丝绸需求旺盛。只不过之前朝廷未准与俄国通商，且中俄之间横亘着噶尔丹的大军，商路被阻绝掉。一旦朝廷准许通商，加之荡平噶尔丹，商路必将兴旺发达。”

见索额图有赞许之色，文知雪又说：“商人最看重的乃是商机，征讨噶尔丹无论胜败，草原上总归满目疮痍，根本寻不着商机，因此大伙难免意志消沉，畏首畏尾。可一旦有中俄贸易这个机会，所有人便立刻来了精神。”

“好啊！”索额图一拳捶在腿上，笑着说，“想不到一介女流竟有如此见识。你这法子，可替朝廷解了燃眉之急。”

索额图当真是兴奋异常，平日里四平八稳的官架子也不见了，在屋里来回踱步。他如此高兴，不仅因为大军西征有了财源，更因为文知雪此计无异于替自己解了套。他虽不在京城，却知有人对《尼布楚条约》说三道四，甚至责怪让步太多。

想到这些，索额图就来气。然而身在官场，又不得不小心应付。尤其是皇上那儿，究竟对条约是何态度，索额图终究吃不准。有了文知雪这条生财之道，自己回京面圣时胜算又多一分。

见说服了索额图，文知雪也很开心。桌上的茶已放了一阵子，她端起茶杯，打算抿上一口。索额图却拦住了："且慢，我让人重新沏一杯。”

“不用，茶还热着，喝来正合适。”文知雪以为索额图是担心茶凉了。

索额图说："这茶不行，我给你换好的。”

索相吩咐换茶，这是何等礼遇，文知雪颇为得意，嘴上却在客气："索相的茶，都是好的。”

索额图得意地说："茶的确是一样，上好的明前龙井，只是沏茶的水大不相同。皇上素来体恤臣下，得知我从尼布楚归来，连京城都没回就来到古北口，特意让御前侍卫图理琛送来一壶玉泉水。龙井明前茶，配上西山玉泉水，这可是皇恩浩荡。碰巧你来了，咱们就共沐皇恩。”

文知雪赶紧起身，一脸庄重地说："谢索相。”

品着新沏的茶，索额图说："对于未来的中俄通商，你有什么想法？”

文知雪说："我想朝廷可在边境辟一个地方，专为通商之用。商帮之人将江南的丝绸、福建的茶叶，由水路运往河南，再转陆路穿过秦晋之地与蒙古草原，最终抵达俄国。俄商的皮毛也可经此运回大清。”

文知雪胸有成竹，娓娓道来，脑海中甚至浮现出大车嘎嘎吱吱，驼铃叮当作响的景象。但即便自信如她，依旧无法想象出未来商路之繁华——满载货物的大船从闽江、钱塘江、长江、汉水而来，在豫南的赊旗卸船装车，南船北马，总集百货。货物继续北上，抵达中俄边境。一座叫作恰克图的小城人声鼎沸，万商云集。恰克图由此名震中俄商界数百年，成为两国商业史中绕不开的一个点。

索额图露出了平素少见的和蔼笑容：“你们生意人就是脑子活。我听蒙元亨说过，他在打箭炉复兴茶马古道，为朝廷购置战马。可茶马古道充其量就几千里，这条商路从武夷茶山到俄国，怎么着也有万里之遥。”

“这一切，全赖索相之功……”文知雪先夸赞索额图，接着又露出欲言又止的神色。

“有什么事吗？”索额图问。

“索相提起蒙元亨，我想到一件事。”文知雪将蒙元亨私运粮草之事，一五一十禀报了索额图。

索额图不免紧张起来，问道：“这事你还告诉了谁？”

文知雪答道：“只有索相一人。”

索额图将信将疑：“你不是和李一功走得挺近吗？听说一个噶尔丹的将领有意归顺朝廷，你也禀报了他。这件事，难道没有说？”

文知雪说：“此事关系重大，我思前想后认为不宜同李大人说，只能禀报索相。”

“为何呀？”索额图追问。

文知雪答道：“我听李大人说过，蒙元亨是由索相举荐帮办军需。私运粮草兹事体大，无论蒙元亨是何动机，都只应由索相决断。”文知雪的话很委婉，意思却再清楚不过。蒙元亨是你的人，若有人授意他这样做，外人自不便过问。若是他利欲熏心胆大妄为，也只能由索额图惩戒，以免让其他人抓住把柄。

索额图点了点头，微笑道：“你办得不错，考虑很周全。这事我知道了，自会处置。你不必过问，更不能同任何人说起。”

索额图如此说，文知雪只能点头答应。索额图端起茶，跷起二郎腿，又说：“你只知蒙元亨是我举荐的，却不知你这个总商是蒙元亨举荐。”

文知雪颇为诧异：“他举荐了我？”

索额图点了点头，放下茶杯说：“听说你和蒙元亨有些纠葛，他能举荐你，却是一心为公。你们之间的事，我没兴趣过问。然而在我看来，你二人均是青年才俊，日后前程不可限量。”

文知雪心中五味杂陈，却又强迫着自己不去想蒙元亨的事。倒是索额图这句夸奖，自己应当有所表示，权倾天下的索相可不会轻易赞扬一个商人。

文知雪又聊起中俄通商之事，见索额图兴致勃勃，她瞅到一个空子，说：“这是一个大买卖，文盛合恐难以胜任，不知索相能否派人协助？”

“怎么个协助？”索额图慢悠悠地问。

文知雪摆出一副无比诚恳的模样，说：“做这单生意，地域跨越数省，更得京师各部与蒙古王公协助。我哪有这本事！索相门下若有合适人选，咱们一起来做。本钱文盛合出，获利均分。”

“你想和老夫合伙做生意呀。”索额图哈哈大笑。

“不敢，只是想借重索相的德望。”文知雪说。

“知雪，”索额图第一次这样称呼文知雪，“难怪你生意做这么大，名堂果然不少。你的心意我领了，银子倒不必。对了，你知道陛下让图理琛快马运来一壶玉泉水，是何用意吗？”

文知雪揣摩不定对方意图，只能选择最稳妥的答案：“自然是体恤索相为国操劳。”

索额图嘿嘿笑了两声，说：“雷霆雨露，莫非天恩。我想陛下这壶水，是否也有鞭策之意。如今国事如麻，我等当殚精竭虑，臣心如水。”

“索相所言甚是。”文知雪微微欠身，心中却在琢磨，索额图这话什么意思，送上门的银子，他到底要是不要？

“所以说嘛，这京师的水深得很哪，你们年轻人还得好好学。”索额图又笑了起来……

6. 大战一触即发，蒙元亨的妻儿却进了虎狼窝

闪电撕扯着乌云，乌云又重新聚拢，在草原上空奔驰，黑压压的，令人胆战心寒。雨像箭一样射下来，草原却胆怯地沉默着。连续数日的暴雨，让辽阔的科尔沁草原几乎成为海洋。

雨后初晴，一列马队在泥泞的草地上踩出长长的马蹄印。所有人都在抱怨鬼天气，唯有队伍前方的蒙元亨心中藏着无尽欢喜。他甚至想起诗圣杜甫的诗——好雨知时节！

科尔沁部卓索图王爷的管家已等候了一个时辰，见到蒙元亨的马队，他兴奋地策马奔来，招呼道："蒙东家，终于把你盼来了。"

一见卓索图王爷的人，蒙元亨立刻变得愁眉苦脸，他叹了口气，说："草原上的雨真叫厉害。"

管家笑呵呵地说："再大的雨也没拦住你呀。"

蒙元亨摇头说："我是顶风冒雨赶来了，可惜粮草弹药被耽搁在路上。"

管家问："怎么，粮草和弹药都没运来？"

蒙元亨垂头丧气道："一万石粮食，一百箱炮弹，全搁在乌兰布通了。只凭着脚力强健的几匹骏马，勉强驮了十箱炮弹过来。"

管家无奈地说："天公不作美，这也没办法。蒙东家一路辛苦，进帐休息吧，王爷与将军正等着你。"

蒙元亨心中疑惑，除了卓索图王爷，还有哪位将军在等自己？但想着马上就能见到，便忍住没有多问。

进入王帐，肥头大耳的卓索图身旁果然坐着一位身材魁梧的汉子，这不是别人，正是噶尔丹帐下大将布日古德。布日古德上前几步，拍着蒙元亨的肩膀：“你瞧，我把谁给你带来了？”

蒙元亨再一看，顿时胆战心惊。帐内坐着两位女子，一人是妹妹蒙佩文，另一人却是妻子罗世英。蒙佩文冲了过来，一把抱住蒙元亨，眼中噙着泪水：“大哥！”

“佩文！”蒙元亨抚摸着妹妹的头，忙问道，“这些年你过得好吗？”

蒙佩文点头道：“岳大哥对我挺好的。”

蒙元亨却有些生气：“他对你好什么！真对你好，就不该让你到这儿。草原上马上就要打仗，他不知道吗？”

蒙佩文说：“岳大哥原本让我留在昭莫多，但我听说大哥在这儿，说什么都要过来，他也拿我没办法。”顿了顿，佩文又欣喜地说：“原以为能见大哥一面就不错了，没想到前几日竟先见到侄儿。应瑞长得真神气，像咱们蒙家的人。”

蒙元亨整个人都僵住了，脑袋里嗡嗡作响，心跳得扑扑的。蒙佩文说见到了应瑞，罗世英又出现在卓索图营中，那么可以确定，噶尔丹的人将罗世英母子从泾阳接了过来。

这到底怎么回事！不是让他们赶紧离开泾阳吗！虽说那日在威逼之下，自己不得已写了信，让噶尔丹的人去接罗世英母子，但回头又修书一封，叫罗世英带着儿子暂避。赵明舟大人拍着胸脯保证，后一封信会用六百里加急的快马直送泾阳，并命令当地官府确保母子安全。可为什么，噶尔丹的人还是先到了，妻儿最终进了这虎狼窝！

罗世英盯住蒙元亨，双眼喷射出怒火。罗兵也跟着妹妹一同北上，他在一旁忍不住埋怨：“元亨，你搞什么名堂！信上说让世英带应瑞来见姑姑，可一到这儿，连拉屎撒尿都被人盯着。”

布日古德出来打圆场：“信上写得没错，应瑞不是见着姑姑了吗？”

听见布日古德的声音，蒙元亨立刻提醒自己，第二封信没人知晓，尤其当着卓索图与布日古德，更不能表现出惶恐不安。他强挤出笑容，说：“这一趟见着佩文，也算不虚此行。”

卓索图笑起来："二位都是巾帼英豪，他日大汗攻破北京定鼎中原时，还少得了你们的一品诰命夫人！今日本王有幸，先同二位夫人饮一杯。"

蒙佩文迟疑了一下，端起酒杯。罗世英却站起身，板着脸说："我与蒙元亨有话要说，你们先喝，失陪了。"

罗世英拉着蒙元亨出了王帐，拐了几个弯回到自己歇息的帐篷。蒙元亨焦急地问："怎么回事？应瑞呢？"

"你还有脸问！"罗世英回身就是一耳光，蒙元亨躲避不及，结结实实挨了打。

从小到大，除了父亲还没人扇过自己耳光。但此刻的蒙元亨却不计较，只是搂住罗世英的肩膀，问："你快说，应瑞在哪儿？"

罗世英脸色铁青，说："应瑞被噶尔丹的人扣住了。"

"怎么会这样，怎么会这样！"蒙元亨百思不得其解。

"都是你干的好事！"罗世英气愤难平，一脚又踹到蒙元亨肚子上。她本是习武之人，此刻想着儿子被人挟持，一脚下去倾尽全力。蒙元亨捂住肚子，蹲在了地上。

蒙元亨忍着痛，说："有些事，你不明白。"

"什么不明白。"罗世英吼道，"布日古德把所有事都告诉我了。你鬼迷心窍投靠了噶尔丹，不惜用自己儿子做人质。"

"不是这样的。"蒙元亨揉着肚子。

"不是这样，又是怎样？"罗世英厉声问道。

"是，是……"蒙元亨欲言又止。引诱噶尔丹东进之事乃绝密，不能透出去一星半点。再说布日古德阴险冷酷，扣儿子做人质，就是他的主意。今日带罗世英来见自己，没准也是试探。事已至此，宁可让妻子错怪自己，也不能走漏风声。

见蒙元亨支支吾吾，罗世英拧着蒙元亨的脖子，又一拳挥了过去。蒙元亨这次有防备，伸出胳膊挡住了。罗世英的火更大了，连着劈出几掌。蒙元亨一面闪躲，一面吼起来："别太过分！别逼着我动手！"

"你来呀，谁不动手谁是王八蛋！"母子连心，一想到儿子成了人质，罗世英真是豁出一切，连杀蒙元亨的心都有了。

蒙元亨终于忍不住还手了。不过，他们这对夫妻和一般人家不同。论武艺，罗世英在蒙元亨之上。真动起手来，吃亏的不是妻子而是丈夫。几招之后，蒙元亨便被揍得鼻青脸肿。

罗兵深知妹子的脾气，为了儿子的事，没准真把蒙元亨给打残了。他闯入帐内，伸手抱住罗世英，又对蒙元亨喊道："王爷找你有事，还不快去。"

蒙元亨从地上爬起来，吐了一口唾沫，骂道："你这婆娘太野了！"

重新回到王帐，卓索图见蒙元亨一边脸几乎肿了，笑得前仰后翻。蒙元亨摇了摇头："贱内不懂礼数，让各位见笑了。"

卓索图拉过蒙元亨，说："你的夫人果然身手了得，是当今的梁红玉、穆桂英呀。"

蒙元亨还得替自己找补面子："当妈的心疼儿子，也是情理之中。我懒得同她计较，忍着没还手。"

罗世英帐内的一举一动，乃至说的每一句话，早有人汇报给了布日古德。他淡淡一笑，问道："听说粮食与炮弹没能运来？"

蒙元亨说："前几日雨太大，粮食与炮弹耽搁在了乌兰布通。"

卓索图满不在乎地说："之前蒙东家已运了两万石粮食来，按说不少了。乌兰布通离此地不远，我让开一条道，将军率人马直冲下去，夺了粮食与炮弹便是。"

布日古德面色凝重，说："雨已经停了，能否再辛苦一趟，把炮弹运来？"

"不能再等了。"蒙元亨还没回答，卓索图便抢着说，"草原上的天气谁说得准。今日晴了，难保明日不下雨。况且我在此地还能待多久，谁也说不好。"

卓索图又说："之前的计划是，蒙东家将炮弹运到我军中。准噶尔大军一到，我便主动溃败，既为你们让出一条直取京师的通道，又将军需物资拱手送上。如今康熙已亲临古北口，接下来必有一番调兵遣将。若朝廷严令我部换防，怎么办？"

布日古德摸着八字胡，问："由此地去乌兰布通，中间可有什么阻碍？"

“一马平川。”卓索图说，“别说朝廷还没回过神来，未在中途布置兵马，就算他们调兵过来，两军野战交锋，准噶尔的骑兵还会怕满洲八旗！”

布日古德瞧了瞧卓索图，又将蒙元亨打量一番，说道：“所有事我会禀报大汗，由他决断。”说罢，他站起身，朝帐外走去：“军情紧急，我这就回去了。”

接下来，蒙元亨就待在卓索图军中。虽担心儿子蒙应瑞的安危，却也无计可施。罗世英根本不与他说话，他对妻子纵有千言万语，也得守口如瓶。罗兵整日来问究竟怎么回事，不相信蒙元亨会背叛朝廷。他只是摇头叹气，多的话一句没有。

到了第四天，卓索图找到蒙元亨，告诉他要打仗了，而且就在今夜。从小熟读兵书，渴望金戈铁马的蒙元亨，真要亲眼见证两军对垒，不免有些紧张。然而很快，他就发觉战前气氛颇为诡谲甚至是滑稽。卓索图手下的兵士忙着收拾行装，粮草与炮弹整整齐齐堆放在军营正中。到了日落时分，军中便已传开，准噶尔三千骑兵会在今夜丑时来袭。

知道敌军今夜来袭，甚至连时辰、人数都一清二楚，这打的叫什么仗！

戌时一过，草原上一片漆黑。卓索图军营中生起篝火，军士围在篝火旁，划拳饮酒载歌载舞。有人甚至吵闹起来。

“准噶尔的兵马一来，你们往哪儿撤？”

“我们那一营往西撤，你们呢？”

“我们跟着王爷朝南走。”

“嗯，兄弟保重，回头见。”

这气氛哪像即将上阵厮杀，倒像是大过年的，所有人围在一起守岁！蒙元亨挂念儿子心情郁闷，一个人拎壶酒，也在篝火旁喝开了。

丑时一到，数里之外果然传来马蹄声。声音由远及近，越来越清晰。卓索图帐下的将领大喊道：“有人袭营，快放箭！”壕沟内的士兵懒洋洋地举起弓，再用上半分劲，将箭软绵绵地射出去。一阵稀疏的箭雨飘落，丝毫不能阻挡准噶尔铁骑的脚步。

这时，将领又喊起来："挡不住了，兄弟们快撤。"

一说撤退，动作不知比方才张弓搭箭迅捷多少倍。按照早已商量好的线路，所有人马迅速从"战场"脱身。就这样，不到半个时辰，卓索图的军队撤得无影无踪。他驻守的阵地，还有那些粮草与火炮，通通成为准噶尔的战利品。

第二日午后，卓索图已往南撤出几十里。虽说昨夜大伙饱餐了一顿，到此刻肚子里却已空空如也。卓索图下令原地休整，暂时不走了，所有人先填饱肚子。蒙元亨跳下马，啃起干粮。刚吃了几口，两名士兵走了过来，抱拳道："王爷请你过去一趟。"

行军途中的简易帐篷，自是没有昔日的王帐气派，但帐内依旧酒肉丰盛，还有美姬伺候在一旁。蒙元亨走入营帐，只见卓索图端坐中央，罗世英与罗兵却被绑了起来。蒙元亨大惊失色："王爷，怎么回事？"

卓索图笑了笑说："别慌，下一个就是你。"话音刚落，几名士兵一拥而上，将蒙元亨绑了起来。

蒙元亨一面挣扎一面大声呼喊，罗世英却哈哈大笑："这就是卖国求荣的报应！你活该有今日，却可惜了我的孩子！"

蒙元亨没有理会罗世英，而是对卓索图说："王爷，到底怎么了？我忠心耿耿为大汗效力……"

"我呸！"不待蒙元亨说完，卓索图一口唾沫吐过去，"我最瞧不起的，就是你这等见利忘义之辈。身为大清子民，竟然勾结外人。"

蒙元亨真是蒙了过去了。说我勾结外人？卓索图，你自己又是什么好玩意？只听卓索图接着骂道："我朝康熙皇上，那才是真命天子。噶尔丹蜀犬吠日，只能是自取灭亡。"

蒙元亨更糊涂了，卓索图究竟唱的哪一出！他稍微平复了一下情绪，脑中闪过一个念头，卓索图莫不是试探自己？如此一想，蒙元亨不再呼喊，只是耷拉着脑袋唉声叹气。

卓索图拿着一把刚砍了羊腿的短刀走过来，轻蔑地说："依本王的脾气，恨不能立马一刀捅了你，再抛去荒原上喂狼。只是你还有点用处，便留你多活几日。"

卓索图把刀往地下一插，吼道："把他们拉下去，严加看管。"

三人被关在一个囚车内。罗世英瞪着蒙元亨，不时大骂他无耻，罪有应得，死有余辜，不时又想起儿子失声痛哭。蒙元亨弄不清楚如今局势，一直闷着头不说话。

卓索图就在此地驻扎了下来，直到日暮时分，四周烟尘飞舞，似乎有大军赶到。三人又被兵士推入帐中，蒙元亨抬头一望，却见年羹尧正与卓索图谈笑风生。那日在西安古庙外重逢，蒙元亨一眼没认出年羹尧，今日再见，却迫不及待喊道："亮工救我！"

年羹尧字亮工，卓索图一听有些诧异："怎么，你们认识？"

年羹尧点头说："认识。"接着他又说："这三人我带走，另外烦请王爷也随我走一趟。"

"我？去哪儿？"卓索图问道。

方才还言笑晏晏，此刻年羹尧却板起脸："自然去该去的地方。"说罢，他猛地抽出宝剑，架在了卓索图脖子上。

卓索图的侍卫也拔出刀，但自己性命此刻在年羹尧手上，卓索图赶紧叫道："都别动手。"

年羹尧大吼道："谁再上前一步，我立刻剁了卓索图。你们睁开狗眼看看外面，一万大军已四面合围。谁敢妄动，立斩不饶。"

卓索图哀求道："将军，我对朝廷忠心耿耿，你是不是误会了？"

年羹尧瞪了他一眼："是奸是忠，不是你说了算。"顿了顿，又说："你的小命在我手里，这些个虾兵蟹将也陷入重围，识相的让所有人放下兵器，你自个乖乖同我走。"

卓索图稍一犹豫，年羹尧手中催出些许力道，宝剑一擦，他的脖子已在渗血。卓索图吓得满脸煞白，连声求饶，答应了年羹尧。

就这样，年羹尧将卓索图与蒙元亨等人一同带出营帐。走出一里开外，蒙元亨又见到了年遐龄。年羹尧开心地说："爹，我带了四五个侍卫，便把事情办妥了。"

年遐龄瞥了儿子一眼："此处只有朝廷的将军，没有你爹。"

年羹尧吐着舌头退到一边，年遐龄继续在马上指挥，让大军分几路冲下去，先将卓索图的人马分割包围，再全部缴械。若有抵抗者，格杀勿论。卓索图大呼冤枉，年遐龄理都没理。

蒙元亨的手还被绑着，他挣扎着说："多谢年大人救命之恩。"说完又跳了跳，示意让人赶紧给自己松绑。

年遐龄跳下马，来到蒙元亨身旁，拍了拍他的肩膀："元亨，我很想给你松绑，但现在还不行。"

蒙元亨大惑不解："为什么？"

年遐龄没有回答，只是使了个眼色。年羹尧走上前来，抱拳道："蒙大哥，对不住了。"

蒙元亨还没反应过来，就被年羹尧放倒，非但没松绑，还被塞进一个麻布口袋中。接着，似乎有人将口袋扛到马上，鞭子落下，骏马飞奔，袋中的蒙元亨别提有多难受……

第十章

帝王之术

1. 信任绝非放任，大战在即，个人荣辱不必萦怀

小屋四周没有一扇窗户，一丝光亮也透不进来，让人分不清白天黑夜。蒙元亨被关进来后，立刻有一位身着四品官服的人前来审讯，让他交代与噶尔丹勾结的事。蒙元亨大呼冤枉，嚷着要见索相或是赵明舟大人。官员没有理会，倒是进来几个彪形大汉，结结实实给了他一点颜色。接着，官员又问他，给卓索图运了哪些物资，双方如何约定。蒙元亨只得如实招来，但索额图面授机宜之事，依旧守口如瓶。

今日，蒙元亨终于从小黑屋中走了出来。镣铐一去，整个人顿时轻松。出了黑屋才发觉，这其实是一座十分别致的小院，院内种植着名贵花草，房檐下的镂空雕花更是巧夺天工。士兵领着蒙元亨穿过走廊，来到偏厅，推开门，指了指说："进去吧。"

蒙元亨抬脚而入，但一进门，立刻大吃一惊。屋子正中有一张圆桌，三把椅子，桌上摆满美酒佳肴。两把椅子空着，另一把椅子上端坐一人，正是科尔沁部王爷卓索图。

卓索图同样惊讶，一下从椅子上站起来："怎么、怎么是你？"

双方就这样僵持着，忽然屋外响起脚步声，接着是一阵爽朗大笑："王爷，元亨，你们别来无恙。"

卓索图听这笑声，就知道是索额图来了，大喊道："索相，你可得替小王做主。"

索额图来到屋内，快步走到卓索图面前，接着单膝跪下，就要行参拜大礼。

卓索图一把扶起他："索相地位何等尊贵，这不是折煞小王吗！"

索额图顺势起身，抱拳道："王爷受苦，索某有愧！"

索额图拉着卓索图与蒙元亨的手，请他们入座，接着笑呵呵地说："二位都是忠君爱国之辈，也是我大清的功臣。今日老夫略备薄酒，为你们压惊。"

"到底怎么回事？"卓索图哪肯就座，连珠炮似的发问，"我怎么和这个奸商成了一路货色？这是什么地方？我手下兵马现在如何？"

蒙元亨心中也有数不清的疑问："索相，究竟发生了什么？年遐龄为何要抓我？"

"少安毋躁。"索额图脸上挂着笑容，"先坐下来，咱们喝酒吃菜。有什么事尽管问，我一定知无不言言无不尽。"

落座后，索额图先敬了二人一杯，再慢慢道出了整件事的原委。这卓索图与噶尔丹勾结不假，却非暗通款曲，而是奉命当了一回诈降的黄盖。朝廷知道卓索图与噶尔丹渊源颇深，噶尔丹更一直拉拢利诱，便让他假意示好，诱使噶尔丹离开老巢，千里东进。

敢情卓索图与自己一样，都是朝廷的人，蒙元亨惊呼道："索相，你怎么不早说！我还以为王爷投靠了噶尔丹。"

卓索图同样惊得目瞪口呆，好大一会儿才缓过劲来，说："朝廷嘴里究竟哪句是实话！一开始你们可告诉我，蒙元亨与噶尔丹有交情，让我密切关注他的一举一动。"

索额图独自吞下一杯酒，说："朝廷的确没有如实相告，而是让你们各演各的戏，但越是如此，才越能以假乱真。"

"不对！"卓索图一拍桌子，"朝廷刻意隐瞒，是要我和蒙元亨互为掣肘，互相监视。无论对我还是对他，朝廷都没真正信任过！"

卓索图无疑说出了蒙元亨的心里话。听索额图说完，蒙元亨心里便有了这个念头，只不过自己人微言轻，不好明说。卓索图毕竟是满蒙亲贵，说话直来直去。

索额图笑着摇头："朝廷若不信任，怎会把如此重担压你们肩上。但是，信任并不意味着放任。你们各领差事，彼此不通声气，在老夫看来倒是互为犄角，事半功倍。”

有了卓索图打头炮，蒙元亨的胆子也大起来，他问：“既然如此，到头来为何抓我，甚至严刑逼问！”

“没错。”卓索图也是气不打一处来，“年家父子好手段呀，儿子进帐挟持了我，老子又带兵缴了我手下的械，这是干什么！”

“这是不得已而为之，也是我要向二位赔罪之处。”索额图说，“大清与准噶尔之战，乃决定国运的生死之战，容不得一丝马虎。若有人趁此机会脚踏两条船，或者干脆投靠了噶尔丹，朝廷怎么办！”

索额图接着说：“国事为重，只好委屈二位了。你们不清楚彼此底细，只需分开询问，将两边的话一兜拢，忠奸立辨。”

“可喜可贺呀！”索额图长嘘一口气，“几日审讯下来，确知二位忠心耿耿。你们今日有功于社稷，他日朝廷必不相负。”

卓索图顿时火冒三丈：“我在前头舍生忘死，你们却百般猜忌。朝廷如此待我，老子还不如跟着噶尔丹。”

索额图收敛起笑容：“让王爷受委屈，老夫甘愿负荆请罪。但我说了，信任绝非放任，大战在即，所有事当以江山社稷为重，个人荣辱不必萦怀。” 顿了顿，索额图继续说起来，目光也变得阴冷：“王爷方才所言，实在大逆不道。咱们是老朋友，我权当没听见。若再同别人讲起，落得个诛灭九族的下场，老夫也爱莫能助。”

卓索图知道自己失言，蛮不痛快地吞下一杯酒，说：“小王口不择言，还请索相恕罪。”

索额图冷冷一笑：“什么口不择言，我说了，刚才什么也没听到。”

卓索图又说：“噶尔丹逆天而行，犯上作乱，人人得而诛之。如今大战在即，小王恳请上阵杀敌，率领麾下勇士生擒噶尔丹，献于陛下。”

索额图点头道：“王爷一片赤胆忠诚，令人敬佩。不过朝廷精锐已云集古北口，离咱们小酌之地不远，就是西征军的大营。打打杀杀的事，王爷不必亲自上阵，不妨在此享清福，坐看我八旗健儿立不世功勋。”

索额图如此一说，蒙元亨才知道自己身在古北口。卓索图却有些急了：“我在这里，手下的将士谁来指挥？”

索额图说：“朝廷自会挑选能征惯战之辈统率士卒。”

卓索图的火又被点起来：“将我软禁，又夺我兵权，你们这是过河拆桥！”

索额图的面色凝重起来：“王爷快人快语，我也直来直去。你为朝廷立下功勋，自有享不尽的荣华富贵。陛下已在京师为王爷选好府邸，那宅子当真漂亮，连老夫也羡慕不已。只是带兵打仗的事，就不要过问了。”

索额图手中把玩起筷子，缓缓说道：“噶尔丹为何会相信你，里头的原因大伙都明白。王爷与噶尔丹交好不是一两天了。当初准噶尔骑兵侵入喀尔喀蒙古，王爷置朝廷谕旨于不顾，见死不救，眼睁睁看着土谢图汗兵败。朝廷严令封锁贸易，可这些年里，又有多少物资从你的地盘流入准噶尔。”

卓索图面色铁青，没有言语。只听索额图又说：“当然了，前年皇上北巡，与王爷促膝谈心，向你动之以情，晓之以理，王爷终于拨乱反正，迷途知返。”

“索老三，你还晓得这件事！”卓索图重新开口，话却很不客气，“我以为你当初罢官在家，什么都不知道呢。那你可知，皇上亲口说过，从前的事既往不咎！你若是挟私报复，老子就要去紫禁城告御状。”

索额图哈哈大笑：“我的王爷，你可真逗！你也不想想，夺你兵权的事，索某有这个胆量？天下之大莫非王土，在下只知尽心办差，不敢自作主张。”顿了顿，他又加重语气：“在我看来，赏你荣华富贵，已是既往不咎。以你当初作为，十个脑袋也不够砍。为人臣者，当知足矣！”

卓索图两眼喷火，嘴里喘着粗气。他有一种被欺骗的羞辱感，更想把刚才那句话再痛快淋漓地喊一百遍——“老子还不如跟着噶尔丹！”然而千金难买后悔药，事到如今，已是人为刀俎我为鱼肉，再多怨恨只能咽在肚子里。

索额图拍了拍卓索图的肩膀：“王爷自去享福，京师的王府里有的是美人与佳酿。索某哪日心力交瘁，还要来府上讨杯酒喝，偷得浮生半日闲。”

“多谢陛下！”卓索图咬着牙吐出这四个字。

看着无助的卓索图，蒙元亨似乎明白了许多。江山社稷在上，其他事都得让道。忽然，他又想起一件事，竟顾不上礼节，一手抓住索额图问：“我给泾阳写的信，是不是被你们扣下了！”

索额图瞥了蒙元亨一眼，那意思似乎在说，我可以拉着你的手以示关切，你一个四民之末的商人，怎敢拉着相国的手质问！蒙元亨急火攻心，顾不得这些，双手没有松开的意思，追问道："是不是？"

索额图将手一甩，说："没错。此事赵明舟告诉了我，我让西安府的人将信扣下了。"

"为什么！"蒙元亨气得全身发抖。

"兄弟，你还不明白吗！比起此战胜负，你的老婆儿子算个屁！"卓索图在一旁冷嘲热讽。

索额图正襟危坐，道："卓索图王爷这话，虽不中听却是实情。比起江山社稷，儿女私情算得了什么！蒙元亨，你也不想想，咱们对面的噶尔丹是什么人！那可是草原上的一代枭雄，玩世人于股掌之上，行诈术于谈笑之间，不过家常便饭。你才几斤几两，就想在人家面前耍小聪明！让妻儿暂避，噶尔丹派去的人扑了空，你以为是三言两语能糊弄过去的，噶尔丹不会起疑心?！"

蒙元亨几乎瘫在了椅子上："这一下，你们的计策倒是天衣无缝，但我儿子怎么办？"猛然间，蒙元亨不知从哪儿冒出来一股胆气，唰地站起来，朝着索额图大吼道："我儿子怎么办！怎么办！"

蒙元亨这一吼，不仅索额图吓着了，门口的侍卫也冲了进来。索额图回过神，挥手让侍卫退下。卓索图倒是觉得蒙元亨有种，是个真性情的汉子，他拽开蒙元亨，劝道："事已至此，吼也没用。"

索额图抖了抖袖子，说："这世上敢对我大吼的人，第一个是皇上，第二个是我阿玛，今儿总算遇到第三个，就是你蒙元亨。"

蒙元亨坐回椅子上，双目无神。索额图却一拍桌子，说道："当初在西安，可是你立功心切抢下这差事，没人逼你！现在知道打仗不是过家家，晚了！"停顿一下，他又说："你们可知道，为了安抚噶尔丹，陛下曾将自己的和硕公主远嫁准噶尔。今日两军对垒，敌军阵中也有我爱新觉罗的金枝玉叶。"

索额图越说越激动，双手举起，目光向上，仿佛在参拜一代圣君："昔日公主远嫁，皇妃不舍。陛下说，皇室乃天下养之，就当为天下苍生赴汤蹈火。今日两军交战在即，主帅又问陛下，准噶尔最忌惮我军火炮，若是他们将公主绑于阵前，该如何处置。陛下沉默良久，斩钉截铁说道，挡大清兵锋者，杀无赦！”

蒙元亨平复了一下情绪，没有言语。索额图也缓和了口气：“你儿子的事，我并非撒手不管。我会派人打听你儿子的下落，到时也会派出一支精兵，拼尽全力救人。当然了，谋事在人成事在天，救不救得回要看自己造化。”

屋内沉默了好一阵子，索额图重新开口：“二位都是有功之人，朝廷不会亏待。不过如今还得要你们做一件事——赶紧修书一封，寄给噶尔丹，就说粮草炮弹囤积于乌兰布通，让他勿有迟疑，即刻尽遣主力南下。”

2. 东亚大陆上最彪悍的两支军队，朝着同一个地方奔袭而来

当朝廷兵马越过长城，挥戈草原之时，噶尔丹的大军也在北方完成集结。然而对于下一步动向，这位深谙兵事的统帅却与麾下大将产生分歧。

营帐外旌旗猎猎，战马奔驰而过，营帐内猛将环伺，噶尔丹犹如一头雄鹰盯着沙盘。他十分自信，沙盘上的这些河流、山丘，将因为即将到来的大战而为后世铭记，一如当年的野狐岭。数百年前，草原天骄成吉思汗正是在距离此地不远的野狐岭连战连捷，全歼金军主力，从而踏上了征服中原的道路。

不过，大将布日古德的话却扫了他的兴致："大汗，末将还是以为，此刻不宜南下，而应立即撤军。"

噶尔丹虽一言九鼎，但行军打仗时却不独断专行，他问道："说说你的看法。"

布日古德说："骑兵长途奔袭，来去如风，乃是我军克敌制胜之法宝。此次远征，原本是打算穿过卓索图防区，直攻古北口，再乘虚杀入北京。但照目前形势看，我军意图已经暴露。"

噶尔丹摇头说："你说得没错，奇袭已无可能。但水无常形兵无常势，打仗原本就要随机应变。如今不妨先歼灭清军主力，再取北京。"

布日古德说："清军以逸待劳，我军并没有必胜把握。"

噶尔丹说："你们跟着我这些年，见过有十足把握的仗吗！只要有六成胜算，便可一战。"

布日古德仍在坚持，说：“罗刹国与清国签订了一个《尼布楚条约》，之前答应的火药枪，一支也没运来。此时与清军交战，火力难免吃亏。”出征之前，噶尔丹对罗刹国的支援抱有极大期望，谁知清廷使出远交近攻的伎俩，与罗刹国修好，让噶尔丹空欢喜一场。将领们对此大多垂头丧气，却又不敢明说。此次会议生死攸关，布日古德素得噶尔丹信任，忍不住说了出来。

噶尔丹心头的火又被点燃，却强撑着冷笑一声：“那些寡廉鲜耻、连娼妓都不如的罗刹国人，原本就没指望他们。没了火枪，准噶尔勇士的弯刀一样能攻城拔寨。”

噶尔丹抱着手，踱了几步，又说：“虽说罗刹国人背信弃义，但咱们还有卓索图王爷这位盟友，蒙元亨的炮弹也到了草原。凭着红衣大炮，两军交锋时火力未必不如清军。”他停下脚步，问道：“前几日奔袭卓索图大营，火炮搞到手了吧？”

一名将领答道：“火炮全部缴获，无一损伤。咱们还俘虏了几十名火炮手，都是卓索图王爷精心训练多年的，能熟练操纵火炮。”

噶尔丹点了点头：“卓索图当真够朋友。”

布日古德却说：“关键是没有足够弹药呀，空有红衣大炮与火炮手有何用！”

噶尔丹说：“炮弹不就在乌兰布通吗！卓索图与蒙元亨都写信来，让我立即南下。”噶尔丹又问：“你们派人去看过了，信上所说可是实情？”

另一名将领回答：“属下派人去看过，确如信中所说，粮草与炮弹就在乌兰布通。卓索图王爷也急得很，说若不赶紧抢到手，只怕清廷下令要他南撤。”

噶尔丹思忖了一会儿，缓缓说道：“时机稍纵即逝，不能再耽搁。”

布日古德仍以为不妥，噶尔丹冒火了：“昔日你随我南征北战，哪一次不是奋勇争先，为何今日却瞻前顾后？”

布日古德忠心耿耿，紧要关头不惜犯颜直谏：“过去跟随大汗打仗，命运都操在咱们自己手里。何曾像今日，要寄望于别人。”

噶尔丹一怔，问道：“让蒙元亨把儿子送来做人质的是你，前些日子你又带着他老婆回去，让他们夫妻相会。一次次试探，不是没发现异常吗？”

布日古德说：“是没发觉异常，但我更记得大汗的教诲，世上最不缺的就是狡诈之徒。”

噶尔丹攥紧拳头，眉头紧锁，隔了半晌才说道：“我意已决，即刻挥师南下。但大军分作两路，一路直扑乌兰布通，一路殿后以为策应。”

噶尔丹虽决意南下，毕竟留了后手，布日古德说道：“大汗英明。我愿率军南下，为大汗做开路先锋。”

噶尔丹挥手道：“这么些年了，本汗何时统率过偏师！南下大军乃是主力，由我亲自指挥，殿后一军交给布日古德。”

众将知道大汗的脾气，没有再争。噶尔丹又唤过布日古德，压低声音道：“蒙元亨的儿子可是由你看管？”

布日古德说：“一直在我军中。”

噶尔丹说：“大军一到乌兰布通，我会传回消息。若是扑了空，立刻宰了那狗崽子。”

布日古德稍一犹豫，答道：“遵令！”

碧绿的草地，幽静的白桦林，滦河蜿蜒曲折，水流潺潺，像一条玉带飘落在森林草原之中。这就是乌兰布通，好一派安宁壮美的塞北风景！

然而在康熙二十九年夏天，这份安宁即将被打破。当时东亚大陆上最彪悍的两支军队，正卷起漫天烟尘，各自以急行军的方式向此地奔袭而来。他们将在乌兰布通相遇，展开一场左右帝国命运的殊死搏杀。

见证了太多血雨腥风的滦河依旧不动声色地流淌，树林里的鸟却沉不住性子，不停地起飞、落下。鸟儿的啼叫让驻扎在河边的卓索图有些焦躁，他摇头叹道：“要是噶尔丹也能长出翅膀，在天上飞一圈，就会发觉自己正往别人的口袋里钻。”

两军统帅的目光不约而同地投向乌兰布通，此地已是无可争议的战场中心。然而在此刻，却仅有卓索图麾下的上千人马驻扎于此。在数十万大军的排兵布阵中，这上千人马显得举足轻重，却又孤立无援、弱不禁风。

蒙元亨知道卓索图有怨气，待他发完牢骚，才问道：“咱们何时撤？”

卓索图已失去兵权，甚至此地的上千人马，也不会遵从自己号令。卓索图两手一摊："请将军定吧。"

卓索图身旁坐着一位副将，虽穿着蒙古军服，实则却是八旗将领，他说道："噶尔丹的探子已来过一次，下次再来时，咱们就撤。"

"非得拖到最后一刻？这不是拿大伙的命去冒险吗？"卓索图很生气。

副将明面上对卓索图还算客气："王爷放心，有末将在，定会保证您的安全。"

半个时辰后，十余匹快马由北面疾驰而来。领头一人跳下马，直奔入卓索图营帐，禀报道："王爷，请你的人马让开，大汗的大军马上就到。"

卓索图问："大汗距此地还有多远？"

来人答道："大约四十里地。"

卓索图把目光投向一旁，副将点头示意，周围立刻拥出刀斧手，将噶尔丹派来的人尽数诛杀。副将把佩剑送回鞘内，接着下令："立刻点火！把堆积此处的粮草、炮弹全部烧掉。噶尔丹千里迢迢而来，一把火正好让他扑个空。"

要诱骗噶尔丹前来，当然不能用望梅止渴的手段。乌兰布通的确囤积了大量粮草弹药，噶尔丹多次派人勘查，也是眼见为实。只不过，这些军需物资底下，还塞满了硫黄、火药、谷草，只需一把火，立刻化为乌有。

一声令下，众人一面准备撤退，一面忙着点火。这时，有军士进帐来报，说是一个女人冲了进来，高喊不要放火。这女人身手不错，四五名训练有素的士兵一齐上前才将她制服。

副将勃然大怒："哪儿来的疯婆子！直接一刀砍了！"

军士说："这女人说她是蒙东家的夫人。"

原来是罗世英！蒙元亨一下站起来，接着又满面苦涩地坐了回去。副将知道此事的来龙去脉，命令道："赶紧点火，一刻也不要耽误。对这个女人不要动粗，绑起来便是。"

这些日子，蒙元亨与罗世英依旧一句话也没有说。他清楚，妻子怨恨自己，而一个连儿子也无法保护的父亲，又有何面目去见家人。罗兵私下告诉过蒙元亨，当妹妹得知内情后，整个人更加憔悴。虽说蒙元亨没有卖国求荣，成为人人唾骂之辈，甚至是以一种独特的方式报效朝廷，但正因如此，身为人质的儿子更加危在旦夕。

罗世英自己也清楚，只身前来绝无可能阻止军士引燃物资，但一位母亲的天性，又让她不顾一切冲了过来，希望能为儿子尽最后一份力。

见蒙元亨一脸无助，卓索图拍了拍他，安慰说：“儿子毕竟是母亲身上掉下来的肉，谁不心疼！要不你去见见夫人，劝她几句？”

蒙元亨眼中已噙着泪水。但很快，他又站起身，对副将说：“此时此刻，相见不如不见，烦请将军命手下将贱内拖走。”

副将向蒙元亨抱拳致敬，卓索图笑了笑，不知是称赞还是反讽：“果真是大丈夫，分得清轻重。”

大火冲天而起，映红了乌兰布通草原。蒙元亨与卓索图骑上马，向南撤退。所有人都清楚，大火只是一场序曲，接下来的鏖战会异常惨烈……

3. 年羹尧看穿了乌日乐的两面手法，却又放纵了他

噶尔丹不愧为一代名将，见乌兰布通起火，知道自己中计。然而此时若全军撤退，必定军心涣散，被清军一路掩杀。即便要撤，也得先拼尽全力打一仗，挫掉清军锐气。噶尔丹果断率领全军向前猛攻，抢占有利地形，并叫喇嘛为兵士祭旗念经，鼓舞士气。进占乌兰布通后，噶尔丹把大营设在易守难攻的高地上，他还突发奇想，在山坡上设置“驼城”。所谓驼城，就是将数千峰骆驼的腿都绑起来，让它们卧在地上，骆驼背上用箱子叠成矮墙，上面再蒙上湿毛毡，环列如栅，作为掩体，士兵隐藏在驼城之内用弓箭据守。正是这座驼城，在日后激战中让清军吃尽苦头。

清军四面合围，噶尔丹据险而守的消息很快传回后军，布日古德最不愿见到的局面终究出现。他赶紧调兵遣将，全力增援乌兰布通，期望能救出重围之中的噶尔丹。

此番远征，乌日乐被编入布日古德的后军之中，岳江南与苏定河押运粮草，也随乌日乐一同行动。乌兰布通激战正酣，乌日乐密切关注着前方形势，早已生出二心的他，正面临最后抉择。

大战已持续四日，前方探子飞马回报，清军在付出沉重代价之后，终于夺取了战场主动权。前两日，驼城的威力令清军无计可施，国舅爷佟国纲身先士卒冲锋，却死在准噶尔炮火之下。到了第三日，清军将前线的几十门红衣大炮调至一处，集中火力在驼城上炸开一道缺口。清军一拥而上，眼看噶尔丹就要全军覆没。恰在这时，布日古德的大军赶到，与噶尔丹合兵一处，不仅打退了清军攻

势，更杀开一条血路，从包围圈中跳了出来。如今，噶尔丹一路北逃，清军紧追不舍。

乌日乐明白，清军惨胜、噶尔丹大败已无悬念，所幸早留了退路，此时正用得上。他修书一封，急送清军大营，再次表明归顺之心，并说愿意效犬马之劳与噶尔丹血战到底。信还在路上，清廷的特使却到了。新主子前来，乌日乐自是殷勤备至，亲自迎入帐中。

特使是一位满人参将，长得五大三粗，他没有客套，直接传令，要乌日乐截住噶尔丹的退路。见乌日乐一脸为难，推三阻四，参将大怒道："你既已归顺朝廷，自当遵从军令！怎么，想抗命吗？"

之前谄媚无比的乌日乐却变了脸，冷冷地说："老子抗不抗命，你还管不着。我只知道，天堂有路你不走，地狱无门偏要闯进来。"说罢，他挥了挥手，让军士将特使推出去砍了。

这一来，可惊呆了一旁的岳江南与苏定河，他们问道："将军，这是干什么？"

乌日乐摸着胡子，说："战场形势你们看不懂吗！清军谋划许久，虽说重创噶尔丹，终究让他溜了。噶尔丹元气大伤，但能从重围中脱身，足见战力仍在。"

苏定河更诧异："怎么，你改主意了？打算继续追随噶尔丹？"

乌日乐摇头道："此战过后，噶尔丹已是明日黄花。一艘破船，没必要待在上头。"

苏定河又问："那为何杀了朝廷的特使，这可是死罪！"

"咱们归顺朝廷为的是什么？是为了自己的荣华富贵，而不是真要替谁卖命。"乌日乐说，"噶尔丹如今发疯似的往回撤，清军自己撵不上，让老子去截住？真是笑话！噶尔丹虽说刚吃了败仗，但收拾咱们还是小菜一碟。你们是生意人，说一说，这赔本的买卖能做吗？"

岳江南摇头道："此时去阻截噶尔丹手下那帮亡命之徒，还真得赔上老本。但是，你既已归顺朝廷，此刻又斩杀特使，岂非两边不讨好。"

乌日乐瞥了岳江南一眼，笑道："谁说我杀了朝廷特使！特使大人半路上就被布日古德的人杀害，我压根没得到什么阻截噶尔丹的命令。"

岳江南与苏定河渐渐明白过来，只听乌日乐接着说："听说特使大人遇害，我义愤填膺，立刻率军攻打布日古德，要替特使报仇。"

"高！"苏定河竖起大拇指，"将军一箭双雕之计，实在是高！杀了特使，再推给布日古德，这兵荒马乱的年月，根本死无对证。另外，布日古德的主力去救援噶尔丹了，留在营中的全是老弱病残，将军率军攻打胜算颇高。阻截噶尔丹是啃硬骨头，这一仗却是吃肉喝汤。"

乌日乐哈哈大笑："打仗跟做买卖一样，都是将本求利。什么仗本钱最小，收益最高，咱们就打什么仗。"

苏定河对乌日乐赞不绝口，一旁的岳江南心中也暗想，乌日乐被称作草原上的三姓家奴，早年投靠土谢图汗，后来跟随噶尔丹，如今又归顺朝廷，主子换多了，都换出经验了。唉，人不为己，天诛地灭！能够见风使舵，趋利避害，倒不失为一种处世之道。

乌日乐翻身上马，率军猛扑向布日古德的后军大营。与之前预料的一样，这一仗以强击弱，酣畅无比。乌日乐大肆劫掠了一番，又一把火烧掉了准噶尔的粮草辎重。

一场"大捷"之后，乌日乐向南进军，打算与清军主力会合。刚走了一半的路，却见前方万马奔腾，旌旗蔽日。乌日乐一看旗号，便知是清军主将费扬古率领的精锐。乌日乐令全军跪拜以迎，自己连滚带爬来到费扬古马下，接着号啕大哭起来："大帅，还记得末将吗？这些年，我日日盼着王师北上，如今终于等到这一天。"

费扬古乃顺治帝的孝献皇后之弟，既是皇亲国戚，又是能征惯战的猛将，为人倨傲，恃宠而骄，连权倾天下的索额图、明珠也得给他几分面子。费扬古不屑地问："你是谁？"

乌日乐哭得更厉害："末将乃土谢图汗旧臣乌日乐，当年南征吴三桂，曾在大帅帐下听令。长沙血战，亲眼目睹大帅勇冠三军，击破叛军主力。"

平定三藩时，喀尔喀蒙古的土谢图汗曾与清军并肩作战。听乌日乐这么一说，费扬古倒有了些印象。他说："起来吧！一个大老爷们，哭哭啼啼成何体统！"

乌日乐擦拭着泪水，说："见着大帅，末将实在不能自已！噶尔丹侵入喀尔喀蒙古，土谢图汗力战而亡。临终前他交代，要我诈降保存实力，只待他日王师北上，再反戈一击以为策应，为他老人家报仇雪恨。这些年，末将背负奇耻大辱，简直是比死了还难受。幸而大帅一战而破噶尔丹，我辈方能重见天日。"

乌日乐急于洗白滔滔不绝，费扬古身后一员年轻将领却吼起来："乌日乐，没空听你啰唆。你既已反正，那我问你，朝廷让你阻截噶尔丹，他人呢？"

乌日乐心头一紧，却装作懵懂无知的样子："什么？朝廷何时让我阻截噶尔丹？"

"装什么傻！"年轻将领不由分说，一鞭子抽在乌日乐身上。这年轻将领不是别人，正是年羹尧。或许年羹尧本事了得能打仗，又或是两人脾气相投，总之飞扬跋扈的费扬古对桀骜不驯的年羹尧不仅素来宽容，更信任有加。有费扬古撑腰，年羹尧脾气大得很，在军中打骂人是常事。

听说噶尔丹溜走，合围计划落空，年羹尧跳下马，连着几鞭子抽下去："朝廷派了特使传令，让你不惜一切代价拦住噶尔丹，你却让他跑了！"

"冤枉呀！"乌日乐哭天抢地道，"是有一个特使前来，但还没见着，就被布日古德的人杀了。末将为替特使大人报仇，率军攻向布日古德大营。"

"布日古德大营方向冒起浓浓黑烟，是你干的？"年羹尧问。

乌日乐说："末将拼死一战，攻破了布日古德大营，焚毁了他们的粮草辎重。"

年羹尧收起鞭子，眉头紧锁，像在想事情。不一会儿，他扔了鞭子说："烧掉敌军辎重，也算将功补过了。往南十余里有一座军营，你带着人马去那里安顿吧。"

乌日乐连连点头，感恩戴德。年羹尧跳上马，对费扬古说："大帅，粮草辎重被焚，准噶尔必军心自乱，咱们赶紧追。"

费扬古将头一点，大军继续朝西北追击而去。刚追出一段路程，费扬古就笑着问："乌日乐所言，你怎么看？"

年羹尧说："破绽太多，不足信。"

费扬古又问："那你为何放纵他？"

年羹尧说："杀一个乌日乐容易，但他手下有几千人马，见主将被杀，难保不会哗变。当然了，就那些虾兵蟹将，全杀了也不难，却要耽搁时间。当务之急是乘胜追击，不让噶尔丹蹿回老巢，为其他事浪费时间，不值当。"

费扬古欣慰地看着年羹尧："没错，当务之急是追歼噶尔丹，不能给他喘息机会。"

年羹尧得到称赞，心中豪气更足，请命道："大帅，如今的追击速度还是太慢。我愿率两千铁骑，马不卸鞍，人不解甲，猛追噶尔丹。"

费扬古犹豫了一下，说："只派两千铁骑，行军速度虽说大增，毕竟力量单薄，恐怕不是噶尔丹的对手。"

年羹尧说："哪怕战至一兵一卒，我也要拖住噶尔丹。"

"有气魄！"费扬古解下佩剑，"此乃陛下亲赐的天子剑，本帅交给你。有不遵军令者，杀无赦。"

"喳！"年羹尧高声答道。

4. 人生如一盘棋，走出了第一步，后面的步数看似千变万化却又冥冥中注定

泽国江山入战图，生民何计乐樵苏。凭君莫话封侯事，一将功成万骨枯。

惊天动地的乌兰布通之战接近尾声，有人慷慨壮烈，名垂青史，也有无数士卒化作累累白骨，从此烟消云散！草原上一处水面开阔的湖泊，芦苇丛生，波光滟涟，清军一座军营就在湖畔。这场惨胜让军营里挤满了缺胳膊断腿的伤兵，有人闭目养神，有人痛苦哀号，还有人在绝望与挣扎中死去，他们的尸首被抬出去掩埋，自此与梦中故乡天各一方。战后不久，为纪念殉国的国舅爷佟国纲，此湖被赐名将军泡子。即便佟国纲遗骨运回京师，举行了隆重葬礼，朝廷依旧不忘在此修建衣冠冢，供后人凭吊。

刚挨了年羹尧一顿鞭子的乌日乐率部朝这座军营走来。心事重重的蒙元亨也坐在昏暗的营帐内，焦急地等待消息。乌兰布通大战，清军连营数十里，这座军营的位置是最靠前的。蒙元亨坚守此处，就是盼望得到儿子蒙应瑞的消息。妻子罗世英早已是以泪洗面，罗兵也忍不住骂道："堂堂索相，说的话连放屁都不如，说好拨一千精兵去营救应瑞，到头来连个鬼影子也没见着。"

蒙元亨叹了口气，说："谁也没料到，仗会打成这个样子。以逸待劳，四面合围，居然让噶尔丹跑了。官军死伤惨重，还要集中兵力追歼噶尔丹，哪还顾得上咱们。"顿了顿，他又说："朝廷的话，我原本也就听听而已。否则，干吗叫你招募好汉。凡事还得靠自己！"

罗兵点头说："这些日子我招募了四五百条好汉，个个身手不凡。"

在蒙元亨心中，对救出儿子已不抱多大期望。或许早在几日前，当噶尔丹发觉中计时，儿子便已遇害。这些话自然不能对罗世英讲，他只是说："告诉兄弟们，我不会亏待大伙。谁救出我儿子，赏银五千两。"接着，他又恶狠狠地说："谁砍了布日古德这狗贼的头，朝廷自会封赏，我蒙家也会感激恩公，再赏银三千两。"此刻蒙元亨最恨的人便是布日古德，当初正是这恶贼提出让儿子做人质。倘有机会，定要千刀万剐了他。

罗世英擦拭着泪水，又在催促："应瑞生死未卜，你们还磨蹭什么！"

蒙元亨表情痛苦地摇头："我们只知道应瑞在布日古德军中，但布日古德躲在哪儿却不清楚。草原这么大，贸然出去只能像无头苍蝇。据说布日古德吃了败仗，官军也在搜寻，一旦有消息，咱们便赶过去。"

罗兵安慰妹妹道："元亨说得有道理。"罗世英仍是急得直跺脚，又瞪了丈夫一眼。

这时，帐外忽然传来低沉的声音："蒙东家在吗？"

蒙元亨以为是送信的来了，立刻奔了出去，罗世英与罗兵紧随身后。三人一出营帐，顿时惊呆了。只见一个穿着汉族马褂的高个子中年男人牵着一个小孩，正是儿子蒙应瑞。

蒙元亨简直不敢相信，又揉了揉眼睛。罗世英冲过去，一把抱起儿子，呼喊道："应瑞！应瑞！"

"娘！"应瑞也叫着母亲，童声清脆。

高个子说道："布日古德将军让我把小孩送回父母身边，我已完成使命，告辞了。"

"先生请留步。"蒙元亨说道，"布日古德就让你把孩子送回来？还有什么话没有？"

高个子摇头道："将军没有其他交代。"

蒙元亨又问："敢问先生是谁？接下来要去何处？"

高个子答道："鄙人姓胡，直隶人氏，早年中过秀才，靠教书糊口，前些年在蒙古被准噶尔大军所俘。原本性命不保，但布日古德将军见我字写得不错，命令刀下留人。他说日后准噶尔大军要踏破长城，饮马黄河长江，正需读书识字的人写安民布告。”

高个子叹了口气，又说：“乌兰布通一战，准噶尔再无问鼎中原之心，布日古德将军便把我们放了。”

蒙元亨脑筋一转，问道：“布日古德现在何处？”

高个子愣了一下，摇头说：“不知道。”

蒙元亨追问：“你与布日古德在什么地方分手，总该记得！”

“我真记不得。”胡秀才当真是个读书人，撒谎时神色慌张，左顾右盼。

蒙元亨冷笑一声：“胡先生，这里可是军营，有的是手段让你记起来。”说罢，他手一挥：“将这个准噶尔的奸细抓起来，严刑拷问。”

胡秀才被拖了下去，一路高声喊冤。罗世英实在看不下去，说：“人家把儿子给咱们送回来，也算是恩人，你这是干什么？”

蒙元亨抱起儿子，又是捏脸蛋，又是拍屁股，一副欢天喜地的样子。回到营帐，他对罗世英说：“布日古德心狠手辣，抓一个小孩做人质，更是无耻到家。不过到了最后关头，他还是讲交情，把应瑞送了回来。人家有情，咱们就得有义！噶尔丹大势已去，布日古德没必要陪葬。把胡秀才的嘴撬开，弄清楚布日古德的行踪，赶在他们被官军全歼之前，我想亲自去劝降，拉他一把。”

“对！”得知丈夫的良苦用心，罗世英赶紧附和，“他救了儿子的命，咱们也该救他一回。”

可怜胡秀才一个文弱书生，哪禁得住大刑伺候。只一炷香工夫，他便交代，最后见到布日古德是今日午后，在乌兰布通草原东北方向，后来，布日古德又率军往南走了。

蒙元亨铺开地图，拿着烛台，看了半天后猛一拍桌：“难怪官军找不到布日古德，原来他就在咱们鼻子底下，玩起了灯下黑。”

罗兵问：“你知道他在什么地方？”

蒙元亨说：“运送粮草时我多次经过乌兰布通，对这一带地形还算熟。若是草原上行军，大队人马不可能消失得无影无踪，加之胡秀才说布日古德往南走了，因此我判定，他率部躲进了乌兰布通东面的山谷中。山谷距此处不远，官军万万没有想到，他会藏到那儿。”

蒙元亨又端详了一阵地图，愈发坚信自己的判断。他吩咐道：“挑十几个身手好的弟兄，跟我出去一趟。”

罗世英与罗兵嚷着要一道去，蒙元亨坚决不同意：“你们去干吗！”

罗世英同样态度坚决：“应瑞的命是布日古德救下的，我一定要去。”

蒙元亨冒火了：“别胡闹！”

罗世英也吼起来：“谁胡闹了！总之我一定要去。”

“来人。”蒙元亨喊道，“把她给我绑起来。”

“谁敢！”罗世英掏出剑来，“蒙元亨，上回官军绑过我，这一回你要亲自动手不成！正好与你新账旧账一块算。”

大伙面面相觑，不敢向前，蒙元亨更是火冒三丈：“谁给你们发银子！谁是东家！”众人这才一拥而上。

罗世英虽武艺高强，终究双拳难敌四手，很快被人捆了起来。罗兵站在一旁并未帮手，罗世英急得大叫：“哥，你就看着他们欺负妹子！”

罗兵拍了拍妹子，说：“不是哥不帮你，实在是为你着想。应瑞刚回来，当妈的好好陪孩子，其他事别管。元亨那边，我会保护好他。”

蒙元亨扭头便走：“你用不着保护我，留在这里保护好世英与应瑞。”

见蒙元亨竟连自己也要抛下，罗兵岂肯答应。蒙元亨转过身，语气严厉：“别逼我把你一块绑了！”

罗兵知道蒙元亨的脾气，只得停下脚步，挠着头说：“算你狠！”

就在蒙元亨纵马向东找寻布日古德之时，乌日乐率部进入军营休整。比起那些精疲力竭的清军，乌日乐部完全是另一番景象。从头到尾他们没打过什么硬仗，倒是偷袭得手，掠夺了不少物资。士兵杀牛宰羊，划拳饮酒，把军营弄得乌烟瘴气。

岳江南虽然栖身在乌日乐帐下，但与那些大老粗向来弄不到一块。他一个人回到营帐，烧了壶热水，一边泡脚一边看书。翻了几页，又将书放下。刚目睹了一场震古烁今的大战，自己的命运更面临转折……许多事袭上心头，哪还能安心读书！

岳江南心中怀有深深的恐惧。身为商贾，却在朝廷禁令之下，与噶尔丹打得火热。抗旨不遵、汉奸败类……任何一个罪名，都足以让自己粉身碎骨。虽说最后与乌日乐一同归顺，朝廷也说过既往不咎，但这些话可信吗？况且，即便归顺之后，乌日乐还干出了首鼠两端，诛杀朝廷特使的勾当。这些事当真无人追究？看着今日年羹尧鞭打乌日乐的惨状，岳江南心里一阵阵发虚。

岳江南平时有泡脚的习惯，一股热气从脚底升腾至脑门，全身大汗淋漓，别提多舒坦。然而今日加了好几道水，身体内依旧没有热气，背上倒是不停冒汗。岳江南清楚，那都是虚汗。

岳江南真有一些茫然，自己一个家财万贯的生意人，在山水如画的苏州做着买卖，怎么就一步步走到今天，卷入了腥风血雨之中？

这真是一个大哉问！岳江南不由得回忆起一桩桩往事：烟雨如花的江南水乡，千沟万壑的黄土地，蓝天白云却又金戈铁马的蒙古草原，寒风凛冽大雪纷飞的罗刹国，还有老谋深算的文善达，像一头犟驴子似的蒙元亨，心狠手辣的文知雪，以及自己深爱着的妻子蒙佩文……这一路走来，几起几落，得到了许多，也失去了许多。

渐渐地，岳江南似乎明白了，人生如一盘棋，走出了第一步，后面的步数看似千变万化却又冥冥中注定。自己的第一步，就是千里西进，与山陕商帮激战棉布商路。或许从那时起，就注定这是一条不归路。

别忙！这道理不通呀！岳江南两只脚搓动着，手上摇起折扇，又陷入迷茫。难道这么多年，自己追寻的不过是做更大买卖，赚更多银子？可我本是含着金汤匙出生，从小就没为银子发愁过。原来苦苦追寻的，竟是从来不缺的东西？

银子！银子！银子！岳江南在心中一遍遍念叨。既然自己为银子癫狂，因银子沦落到今天，那么银子就一定是个有用的东西。没错，银子害了自个，但要自救还得靠它。泾阳城中的大商爱银子，蒙古部落的王公、准噶尔的大将爱银子，难道北京城的皇亲国戚、满汉大臣就不爱银子？！这么些年，岳江南早就认清这帮家伙的嘴脸。日后投向朝廷，想要消灾免祸，保住荣华富贵，看来还得用银子打点。

“岳大哥！”妻子蒙佩文急匆匆跑进来，打断了岳江南的思绪。

“怎么了？”岳江南见妻子一脸兴奋之情，问道。

“你猜我见着谁了？”蒙佩文说。

“谁？你快说嘛。”岳江南说。

蒙佩文说：“我见着嫂子罗世英了，还有咱们的侄儿蒙应瑞。”

“哦。”岳江南起先没回过味，只是点了点头。接着却大吃一惊，赤脚站起来，把洗脚水都打翻了：“应瑞不是被布日古德扣下了吗？”

“所以我才这么高兴。”蒙佩文说，“方才我在营中遇到罗兵大哥，他领着我见了嫂子与应瑞。听说布日古德良心发现，派人把应瑞送回来了。”

岳江南又问：“蒙元亨呢？他也在军营里？”

蒙佩文答道：“大哥带着人往东去寻布日古德了，他打算劝降布日古德。”

岳江南眉头紧锁：“噶尔丹的主力早就往西撤了，八旗铁骑都追不上，你大哥能追上？再说他怎么往东去？”

蒙佩文摇头说：“这我就不清楚了。”接着她拉起岳江南的手：“走，咱们一块去见一见应瑞吧。”

刚出营帐，岳江南却停下脚步：“你先去吧，我还有一件重要的事得处理。”

蒙佩文走后，岳江南回到帐篷里来回踱步，脸色越来越沉重。最后，他脚一跺，口中连呼“不好”，飞奔着去找乌日乐。

乌日乐正在帐中与苏定河等人饮酒作乐，见到岳江南，笑呵呵地问：“你不是爱看书吗？怎么，今天也要陪大伙乐一乐？”

“都什么时候了，你还有心思开玩笑。”岳江南擦拭着额头上的汗，将蒙元亨去劝降布日古德的事说了出来。

“蒙元亨爱干吗干吗。”乌日乐满不在乎地说，“他给噶尔丹下了个大套，居然连你这个妹夫都瞒着，你还替他操什么心！最好布日古德一刀宰了他。”

岳江南急得脸色发青："万一布日古德不杀蒙元亨，而是降了呢？"

"降了正好。"乌日乐说，"以前我与他在噶尔丹麾下效力，日后依旧同朝为臣，这也是缘分！到时我要问问他，昔日那些忠贞不渝的鬼话，是否自个吞回去。"

岳江南几乎快要吼起来："布日古德的鬼话没人在乎，你自己编的鬼话到时怎么去圆谎！"

"什么？什么圆谎？"乌日乐问。

岳江南说："杀朝廷特使的事，你可是推到了布日古德身上。他若死了或跑了，这谎也算圆过去。可要是他归顺了朝廷，同你对质，怎么办！"

乌日乐几乎每时每刻都在撒谎，到最后连自己说的话都是左耳进右耳出，前脚说后脚忘。经岳江南提醒，他才意识到局势严峻。这个谎可不是一般的谎，那可是朝廷特使的一条人命，是诛灭九族的大罪。

苏定河也急得满头大汗，端酒杯的手都在发抖："布日古德把小孩送回来是什么意思？没准就是示好，为自己投降铺路。"

乌日乐攥紧拳头，沉吟了半晌，问道："蒙元亨朝哪个方向去了？"

岳江南说："往东。"

"拿地图来。"乌日乐将桌上的酒菜一把扫走，摊开地图端详起来。

乌日乐贪生怕死，自然算不上名将，但见惯厮杀，对行军打仗之事倒不外行。很快，他就得出与蒙元亨一致的判断："布日古德若没有随噶尔丹西逃，那么一定藏身在东面山谷，就在清军鼻子底下。"

"咱们怎么办？"苏定河问。

乌日乐眼中露出凶光："还能怎么办？一不做二不休，赶过去杀了布日古德。"

"又要杀人！"苏定河有些惊慌。

"还能怎么办！"乌日乐瞪着苏定河，"现在咱们是一根绳上的蚂蚱，朝廷真要杀我，你俩跑得了?!"

岳江南托着下巴说："没错，咱们如今一荣俱荣一损俱损。将军已归顺大清，追杀布日古德倒也名正言顺，比杀特使风险小得多。只是布日古德手下可是虎狼之兵，你有把握吗？”

乌日乐说：“我就不信乌兰布通一战没把布日古德打残。再说咱们人数占优，士兵一个个吃饱喝足，哪怕两个换一个，也要把布日古德杀个片甲不留。”

乌日乐站起身，高喊道：“传我将令，全军紧急集合！”

5．身处绝境的军士抱着必死之心，迎接最后的厮杀

乌兰布通东面的山谷内，燃着稀疏的几堆篝火。士兵横七竖八躺着，鲜血浸透了他们的盔甲。布日古德走路一瘸一跛，他的左腿被马踩伤，脚踝处好大一片瘀青。惯常使用的右手缠着布，一支流箭射中了他的手臂。布日古德使尽全身力气，用左手挥舞起战刀，高喊道："勇士们，祖先的荣光照耀着我们，草原上的神灵庇护着我们。拿起手中的武器，发起最无情的冲锋，去踏破清军大营！"

一阵声嘶力竭之后，仅有少数人站了起来，大多数依旧躺在地上。布日古德怒火中烧，真想砍几个抗命士兵的脑袋，却又下不去手。他清楚，这些士兵哪一个不是百战余生的骁勇之辈，哪一个不是跟随自己南征北战立功无数。就这几日，他们左冲右突，硬是用血肉之躯抵御住清军的铁骑与红衣大炮，救出了重围中的噶尔丹。此刻，这些勇士真的累了！

已成独眼龙、头上裹着布的副将走过来说："将军，不是咱们惧战，实在无力再战。所有人都拼到精疲力竭，真遇上清军，连自保都难。主动攻击，无异于以卵击石。"

"懦夫！混账东西！"布日古德给了副将一耳光。其实，深谙兵法的他何尝不知副将所说句句在理，但此刻除了进攻已别无选择。当他驰援噶尔丹，亲眼所见清军连营几十里，军容壮盛之时，便知大势已去，更立下了以死报答噶尔丹知遇之恩的决心。

连日血战，终于掩护噶尔丹突出重围。大军西撤之时，布日古德选择了留下，他要筑起一道防线，拖延清军追击的脚步。然而清军的红衣大炮太厉害，大

汗的驼城尚且土崩瓦解，自己的防线坚守了不到一天便被撕裂。

布日古德没有灰心，立刻整军再战，可清军主将费扬古只以偏师迎击，主力一路向西奔去。费扬古心里清楚，布日古德的覆灭是迟早的事，重要的是追上噶尔丹，绝不能放虎归山。

连战连败，率军退入山谷之后，布日古德又想出围魏救赵之计。拼尽最后力气，夜袭清军大营，或许能迫使费扬古回援。自己纵然万劫不复，大汗却能平安西返，准噶尔也保住了东山再起的希望。

慈不掌兵，此时绝不是心软的时候。布日古德狠下心，砍了一个士兵的脑袋，接着再次下令："即刻夜袭清军大营，不遵军令者，他便是榜样。"

士兵们终于颤巍巍地站起来，眼神中充满绝望。副将看不下去了，说："咱们去袭营，这么多伤兵怎么办？"

布日古德说："伤兵留在原处。"

副将吼起来："他们全都重伤在身，无人护卫，会被野狼叼走。"

布日古德瞪了副将一眼："哪这么多废话，你信不信我把你也砍了！"

副将低下头，不再说话。正在僵持之中，却有人来报，西面过来十几匹马。布日古德立刻说道："一定是清军探马，后头还有大军，准备迎战！"

来者并非探马，而是蒙元亨一行。望见山谷内的篝火，蒙元亨高喊着："不要放箭，有事求见布日古德将军！"一路飞奔而来。

士兵押着蒙元亨上前，布日古德瞥了他一眼，冷冷地说："你还敢来！"

蒙元亨说："将军放了犬子，是我蒙家恩人。有恩不报枉为人，蒙元亨舍弃生死也要救将军。"

布日古德冷笑道："怎么救我？是不是再给我送几箱红衣大炮的炮弹？"

蒙元亨被人摁住，跪在地上，只能仰起头说："大势已去，将军不可一味愚忠。你们已经为噶尔丹流尽了最后一滴血，对得起他了。"

布日古德坐在一块石头上，说："我明白了，所谓救我，就是让我投降。"

蒙元亨说："识时务者为俊杰！将军，哪怕不为你自己，就为了这些满身伤痕的弟兄，也不能再执迷不悟。"

布日古德一脚踹向蒙元亨："准噶尔有战死的将军，没有投降的懦夫！"

蒙元亨挨了一脚，鼻血直淌，布日古德重新坐下，说："你是不是以为我放了你儿子，就意味着心生动摇？那可真是以小人之心度君子之腹。没错，抓你儿子做人质是我的主意，但我不是存心为难一个小娃，而是借此牵制住你。"

布日古德长叹一口气："都说虎毒不食子，没想到呀，你比老虎还毒，竟然连自己儿子都可以不管。"

蒙元亨抹着脸上的血说："将军，不是我比老虎还毒，而是骑虎难下。有些事一言难尽，待日后再告诉你。"

"没有日后了。"布日古德说，"我能活多久不知道，但你今晚就得死。"

布日古德站起来，眼中杀机毕露："准噶尔之败，你是罪魁祸首。老子作的孽，与儿子无关，再说杀一个小孩不仅于事无补，更有辱我的英名，所以才放了你儿子。这既不是跟谁示好，也不是念及昔日交情。但你送上门来却不同，杀了你，正可拿你人头来祭旗。"

蒙元亨独闯敌营本就是将生死置之度外，他毫无惧色道："无论你为何放了我儿子，我都敬你是条硬汉。你要报仇，我却要报恩。你不念昔日情谊，我还记得咱们千里同行。"

"将军！"蒙元亨大喊道，"我死不足惜，但看看你手下这些将士，他们可都是你的弟兄，为何不给他们留条活路！"

布日古德举起的手停顿了一下，最后还是挥下来："拖出去，砍了！"

蒙元亨连后悔都来不及，只能闭上眼，任由士兵将自己拖走。山丘之后有一处空坝，刀斧手吐了一口唾沫，抡起大刀，打算结果了蒙元亨。

恰在此时，旁边闪过几人，有人夺下刀，有人扶起蒙元亨。接着又走过一人，朝蒙元亨抱拳行礼："蒙东家受惊。"此人头上缠着布，正是刚才在布日古德身旁的副将。

副将盯着蒙元亨说："我们投降，能免死吗？"

"当然。"蒙元亨说，"皇上早有谕旨，绝不杀降。不仅不会死，没准还能加官晋爵。"

"有这等好事！"副将冷笑道。

蒙元亨明白了，纵然布日古德决心战斗到底，但下面人实在撑不住了。他立刻说："你们也知道，我在替朝廷办差，此战还立下大功。他日面见索相，会尽力保举将军。"

"暂且信你。"副将说，"布日古德那边我们来对付。"

蒙元亨欣喜地点头，接着又说："千万别杀了布日古德。"

"放心。"副将说，"将军与我们情同手足，我们只会将他制服。他愿随我们一起最好不过，确实不愿意，从此大路朝天各走一边。"

蒙元亨再见到布日古德时，他已被部下捆起来，口中大骂不已。副将令全军收拾行装，随蒙元亨一同前往清军大营。

正要动身时，山谷外又有大队人马杀到。乌日乐一路向东，终于找到这里。蒙元亨不知就里，只是借着火把看到清军旗帜，以为是官军进剿。他爬上高处，大喊道："我乃蒙元亨，在粮台大人赵明舟手下帮办军需粮草。山谷内的人已归顺朝廷，你们不要放箭。"

蒙元亨这几句话，听得乌日乐心惊胆战。布日古德真降了，自己恐怕就没活路了。他拔出刀，正要下令全军冲击，一旁的岳江南却拦下，说："分明可以智取，干吗强攻！"

乌日乐扭回头问："怎么智取？"

岳江南说："他们不是要归顺朝廷吗，让他们立刻放下兵器走出山谷。到时再动手，岂非事半功倍。"

乌日乐大喜："你这脑袋做买卖可惜了，真该当将军。"接着，他又问："谁去喊话？"

"我去。"岳江南自告奋勇，纵马向前，高喊道，"大哥，我是岳江南。想必你已知道，乌日乐将军归顺了朝廷，如今正清剿准噶尔残部。山谷内的人能迷途知返，最好不过。让他们放下武器，走出来。"

乌日乐归降的事，蒙元亨下午便知道，更是打心眼里高兴。乌日乐的死活他不在乎，却好歹不必为妹妹佩文与岳江南提心吊胆。能在此处遇上岳江南，蒙元亨颇为兴奋，挥手喊道："好，你们等着。"

只一会儿工夫，山谷内便有人零星走出来。乌日乐心中窃喜，令部下列好阵形，只待一声令下便大开杀戒。岳江南凑到他身旁，说：“将军，其他人我不管，蒙元亨你可得手下留情。”

“干吗留个活口！”乌日乐说。

岳江南说：“无论怎么说，他都是佩文的哥哥。”

“你这个人，就是妇人之仁。”乌日乐说，“当初他给噶尔丹下套时，可连你这个妹夫都瞒住了。若他早些说实话，我们哪会这般麻烦。”

“他有他的难处。这种事，当初说出来可要掉脑袋。”岳江南说。

“好吧。”乌日乐答应，“除了蒙元亨，其他人全杀光。”

两人正说着，一名士兵却慌张来报，说是山后冒出几百号人，正往山谷里冲。乌日乐先是一惊，接着说道：“区区几百号人，管他是谁，全宰了不就完了。”

士兵说：“马上有一人是岳东家夫人，她大喊不要放箭，兄弟们有些手软。”

“佩文！她来干什么！”岳江南脸色大变，掉转马头，“我去看一看。”

奔到山后，果然见几百号人往山谷内冲。乌日乐的士兵张弓搭箭，蒙佩文骑着马，不停高喊：“我是岳江南的老婆，不要放箭！”

乌日乐也骑马赶到，心急火燎地下令放箭。

“别放箭！”岳江南大喊道，又一把抱住乌日乐，“佩文可是我老婆呀！”

几番迟疑，这拨人已蹿入山谷中。乌日乐一把推开岳江南，骂道：“没准咱们的性命，就要丢在这个女人手里。”

蒙佩文是与罗世英和蒙元亨招募的几百壮士一起赶来的。那时岳江南让佩文先去看蒙应瑞，又说自己有事回帐中处置，蒙佩文欢天喜地地去了，走到路上却想起箱子里有些糖果正好给应瑞，转回来时不见岳江南，底下人说东家急匆匆去找乌日乐了。

蒙佩文有些生疑，来到乌日乐帐外，正好听见里头密谋，要追杀布日古德。佩文担心哥哥安危，赶紧告诉了罗世英。罗世英急着带人来救，罗兵与蒙佩文都要跟着一道来，她却不允。

罗世英明白，区区几百号人绝无法扭转形势，顶多拖延时间。她让罗兵骑上快马，赶紧去搬救兵。佩文一个女孩子，更不宜身处险境。

罗兵好歹答应下来，蒙佩文却坚持一起赶来。她说有自己在，岳江南定会阻止乌日乐痛下杀手。罗世英想了想觉得有理，最终带上了佩文。

罗世英纵马奔入山谷，大呼道："不能投降，里头有诈。"她这一喊，立刻引起骚动，连已走出山谷的士兵也掉头跑了回来。

罗世英跳下马，见布日古德被绑，问是怎么回事。蒙元亨一把抓过她："你到这儿来干吗？有什么诈？"

罗世英将事情大致一说，蒙元亨错愕不已，副将拔出刀，恶狠狠地说："这是要把我们逼上绝路！"

布日古德却大笑起来："看到了吧，这就是投降的下场。与其留一个叛徒懦夫的名声，不如血战到底！准噶尔的子孙都会以我们为荣。"

"别瞎说！"蒙元亨情急之下，骂了布日古德一句。

布日古德眼看部将举棋不定，并没理会蒙元亨，而是趁热打铁道："弟兄们，谁不想活着！人各有志，我不勉强。但如今这局面，无论是战是降，都得先宰了乌日乐。快给我松绑，我们再携手并肩，杀个痛快！"

蒙元亨情急之下勉强想出一条计策，说："若是平时，乌日乐那点虾兵蟹将岂是你们对手。可如今人家有备而来，你们却无力再战，硬拼占不到便宜。我这就去喊话，说山谷内人太多，黑灯瞎火走出去怕引起混乱，待天明再出去。这既能吓一吓乌日乐，又能拖延时间。待官兵赶到，他便不敢妄动。"

实在没更好的法子，副将点头答应。蒙元亨又喊了一番话，乌日乐却是跳脚大骂："要么现在出来，要么就是死路一条，别啰唆！"

乌日乐当即吩咐众将，准备强攻。岳江南抱住乌日乐，苦苦央求，乌日乐哪肯理会，一脚踹开他，拔刀高呼："今晚是有人逼我大开杀戒。"

"刀下留情！别伤着佩文！"岳江南仍在哀求。

"放箭！"一声令下，箭雨顿时倾盆而下。刀箭无眼，瞧这架势乌日乐就是不想留一个活口，哪会管蒙佩文的死活。

"住手！"岳江南不知从哪儿来的气力，一把拽倒好几个放箭的士兵。

身后的苏定河却扑上来，摁住了岳江南，大吼道："岳江南，你不管我们死活，连你自己也不管吗！看看人家蒙元亨！他可以辜负文知雪，可以送自己儿子做人质，那才叫一个狠！你怎么连一个女人都放不下！”

苏定河人高马大，原本比岳江南有劲，再加上几个士兵帮手，将岳江南死死压住。岳江南先奋力挣扎了一阵，后来四肢一瘫，在草地上号啕大哭起来。

放了一通箭，乌日乐第一个跃马冲出，杀了进去。山谷内，身处绝境的军士也拿起兵器，经历无数战斗洗礼的他们，抱定必死之心，准备迎接最后的厮杀。

布日古德身上的绳索已解开，重新挥舞起战刀。蒙元亨抽出长剑，说道：“我手下这几百号人，也听你号令，今日就与乌日乐拼个你死我活。”

布日古德哈哈大笑：“咱们多少年的交情，终于有一起杀敌的机会，痛快！”

如这般夜战，已无战法可言，两拨人马很快混在一起展开肉搏。布日古德抡起大刀，见人就砍，口中还在数数：“一个，两个，三个！弟兄们，老子又砍倒了三个，够本了呀！都给我杀！”

6. 纵死侠骨香，不惭世上英

黑夜中，一匹快马奔驰在草原。

马上的罗兵一手抱着蒙应瑞，一手不停地抽鞭子。跑出十几里地，终于见到一座军营。罗兵跳下马，扛起蒙应瑞就往里冲。卫兵举枪拦下，罗兵焦急地问："粮台赵明舟大人在这里吗？"

"你是谁？"

罗兵掏出令牌："我是替大军押运粮草的，找赵大人有急事。"

"西征粮台衙门是在这里，但赵大人下午出营办事了，一直没回来。"

"赵大人去哪儿了？"罗兵几乎快要哭出来。

"大军连营几十里，到处都是要赵大人操心的地方，我们怎么知道他去哪儿。"

罗兵顿时陷入一种绝望。大战过后，如果说噶尔丹是仓皇逃命的话，清军就是发疯似的追撵。主帅早有严令，全军勿做半刻犹疑立即西进，从不同方向追歼噶尔丹。中途甚至不必奏报军情浪费时间，总之追上噶尔丹就往死里打，打不赢也要缠住。如此一来，无论敌军我军、前线后方都处于一种空前混乱状态，好些主将都不知自己的部队到哪儿了。

这种时候，要搬救兵当真不易。罗兵已去过两座军营，第一座军营里全是伤兵，自救尚且无暇，哪能救人。第二座军营内倒有一支精兵，是从关内调来的。但人家将军却说，你是什么人，我为何听你的？

那些与蒙元亨有交情的将军大员，年遐龄在御前当差，年羹尧早就朝西追出去了，索额图远在古北口。罗兵唯一还能指望的，就只有赵明舟了。好不容易找到赵明舟所驻军营，不料人却不在。

正当罗兵手足无措时，身旁走过一人。两人一打照面，脸上尽是尴尬。此人正是曾与蒙元亨远赴漠北，实则却是文善达安插来卧底的段运鹏。文善达死后，段运鹏在文知雪手下屡获重用，与岳江南的棉布大战，更是立下奇功。

段运鹏扭头走开了。罗兵急得像热锅上的蚂蚁，脑中不免闪过一个念头。他问卫兵："总商文知雪也在营内？"

卫兵点头说："赶大营的总商自然跟着粮台衙门一起。文总商就在营内。"

"小段。"罗兵终于鼓起勇气，招呼曾共过患难，也挨过自己拳脚的段运鹏。

段运鹏有些不敢相信自己的耳朵，转过身一脸茫然。罗兵挤出一点笑容："我有急事，请带我去见文知雪。"

罗兵心想，文知雪大概是今夜自己能遇上的唯一一个熟人，虽说熟人也是仇人，但总比陌生人强。陌生人是绝不肯去救蒙元亨的，至于文知雪嘛，毕竟与蒙元亨爱恨交加，没准能有一丁点希望。都到这时候了，死马当成活马医，索性试一试!

文知雪已经睡下，被段运鹏叫起后，也是一脸惊愕，不知罗兵深更半夜找自己做什么。出来相见，看到罗兵背着一个小孩，问道："这小孩是谁？"

罗兵说："蒙元亨的儿子。"

文知雪"哦"了一声，端详起这个小孩，竟有些走神了。罗兵着急道："文总商，请你救救蒙元亨！"

文知雪回过神来，冷笑一声："蒙元亨用得着我救！罗大哥，你开什么玩笑。他可是立下大功的人，他日皇上封赏，没准比我这个总商还风光。"

"他马上连小命都保不住了！"罗兵费了半天劲，才把事情原委说清楚。

文知雪先是惊讶，接着陷入一种深深的纠结。这时，盛宇峰与管家宋元河赶了过来。罗兵急得跺脚："文总商，你可说句话呀。"

宋元河抱拳道："罗兄弟，事出突然，请容我们想一想。"

"再想，蒙元亨就没命了。要救便救，不救拉倒，给句痛快话。"罗兵来求文知雪，只因走投无路。见对方推诿，心想此事没指望了，自己压根找错了人。

“大呼小叫什么！没见过你这么求人的。”文知雪对他也不客气，“刚才宋叔叔说得够清楚了，事出突然，咱们得合计一下。你先退出去，半炷香之内定给答复。”

罗兵走出去后，文知雪转头问道：“你们怎么说？救还是不救？”

盛宇峰第一个开口：“当然不救。别忘了，蒙元亨可是咱们的仇人，哪有拼出性命救仇人的道理！”

文知雪又问段运鹏：“你说呢？”

见段运鹏欲言又止，文知雪催促道：“有什么话快说。”

段运鹏说：“我曾与蒙元亨朝夕相处过，他若是死了，心里倒有些不舍。”

“不舍什么！”盛宇峰反驳道，“且不说蒙元亨对文盛合干的那些缺德事，单说他对你，那也是无情无义。”

段运鹏在商号内向来只对文知雪唯命是从，对盛宇峰不过表面客气而已。他顶了一句：“那都是事出有因。”

盛宇峰发火道：“你忘了文老东家是怎么死的！让他蒙元亨抵命天经地义。”

“够了！”文知雪一拍桌子，“现在说的是救蒙元亨，别扯那么远。”

盛宇峰与段运鹏都不再说话，文知雪又看着宋元河：“宋叔叔，你以为呢？”

宋元河缓缓说道：“于私或可不救，于公当救。”

“怎么说？”文知雪追问。

宋元河说：“如今你不仅是文盛合的东家，更是总商。蒙元亨是赶大营的商贾，为朝廷办事。他有危难，总商该管。”

文知雪沉吟半刻，说道：“宋叔叔说得没错。我是总商，就当有总商气度。索相曾说，是蒙元亨当初推举我做总商。哼，难道我的气度还不如他！再说了，他欠文家的账还没还，即便是死，也不能死在乌日乐手里。”

见文知雪心意已决，盛宇峰又说：“即便是救，怎么个救法？咱们手里没一兵一卒，就凭我们几个去，能挡住乌日乐！”

文知雪问：“赵明舟大人呢？他可以调动守卫粮台的士兵。”

段运鹏说：“赵大人正好不在。罗兵若能找到赵大人，也不会来求咱们。”

宋元河摇头说："没有赵大人的官符，谁能调动粮台兵马？"

"能！"文知雪一下站起来，"我们没有官符，却有粮台箭。"

"粮台箭！"宋元河有些吃惊。

"那可不是儿戏。"盛宇峰更是竭力反对。

所谓粮台箭，是一种特制的弓箭，在箭杆上装有哨子，射向天空后能声传数里。这种箭往往用作战场上传递消息，配给粮台衙门的，便是粮台箭。除了赵明舟，只有总商有此箭。一旦敌人袭击粮道，便可鸣放此箭，四周官军听闻箭声必赶来相救。

盛宇峰急得大吼："乱放粮台箭无异于谎报军情，那可是死罪。"

"管不得这些了。"文知雪一边往外走，一边说道，"拿上粮台箭，让罗兵带路。箭声一响，自会有大军追过来。"

太阳冉冉升起，一望无际的草原上，放出万道金色的霞光，如同英雄射出的万丈金箭。草原的日出，有一种充满浓烈阳刚之气的壮美。

乌兰布通草原东面的山谷中，持续了一夜的厮杀声终于停歇下来。几路清军循着粮台箭之声疾驰而来，此刻却面面相觑，不知发生了什么。赵明舟也赶到了，文知雪向他耳语一阵后，他勒住马缰，往前走了几步，喊道："乌日乐将军，你追杀准噶尔残军，一夜血战，辛苦了。带着你的人，回营休整吧。"接着，他又低声吩咐属下："回到营中，立刻把乌日乐抓起来，但务必安抚好他的部众。"

一夜厮杀，眼看就要大功告成，乌日乐纵有万般无奈，却不得不听令。乌日乐的手下往后一撤，赵明舟立刻带人冲入山谷。此时的山谷，已成为不折不扣的死人谷，到处是横七竖八的尸体。

蒙元亨腿上挨了一记重锤，右手也被长枪刺中，裹手的布还在滴血。他握住长剑，瘫坐在一块石头上。蒙元亨身旁有一具尸体，身上七八处箭伤，右腿都砍没了。布日古德的副将前几日被流箭射中，成了独眼龙，昨夜又被削掉三根手指头。此刻，他跪在那具尸体旁，眼神中看不出任何仇恨、悲愤或绝望，只有一种恐怖的呆滞。

赵明舟问道："这就是布日古德？"

蒙元亨依旧坐着，轻轻点了点头："一个时辰前就落气了。他是条好汉，一条腿砍没了，单脚跳着还在抡刀砍人。死前最后一句话，是天佑准噶尔。"

赵明舟吩咐道："找一口上好的棺材，厚葬此人。"

罗兵又冲了过来，焦急问道："世英呢？佩文呢？"

蒙元亨握剑的手松开，往后指了指："在后面。"

后面可是一片死人堆呀，几十具尸体摞在一起。罗兵全身发抖，嘴唇都乌了。他几乎是爬着过去，在死人堆里扒起来。终于，他发现了两具女尸，正是罗世英与蒙佩文。罗兵想把她们拖出来，但上面堆的尸体太多，竟然拖不动。"你们来帮帮手呀。"罗兵一边使劲，一边号啕大哭起来。

"元亨！"赵明舟拍了拍蒙元亨，本想劝慰几句，却找不出一句合适的话语。

蒙元亨两眼茫然，回忆起昨晚的情景："佩文不会武艺，躲避乱箭扭伤了脚，后来又被冲进山谷的人乱刀砍死。"顿了顿，他又说："世英武艺好，本可以活下来，但为了救我，拿自己身子去挡了一刀。"

"世英！佩文！"蒙元亨口中反复念着，情感的堤坝终于溃决，躺在石头上，双眼紧闭，泪水不住从脸颊掉落。

岳江南踉踉跄跄跑进山谷，见蒙佩文的尸体被拖出来，他一下扑上去，抱起深爱过却也辜负过的妻子。可怜一个如花似玉的女子，此刻伤痕累累，全身冰凉。

从风陵渡口的一见钟情，到苏州城中的朝夕相处，直至流浪塞外时的不离不弃，如果说世上还有一人能让岳江南牵挂于心，那只能是妻子蒙佩文。这个柔情似水的女子，正是岳江南心中最软的那一块。与佩文相处，岳江南冰冷的内心总能荡漾起一缕温情。

岳江南心中有太多梦想，他想走遍天南海北的商路，做成前无古人的大买卖；他想继承先祖的荣光，让徽商在天下商帮中拔得头筹；他想……所有这些梦想，无一不与银子有关。大概仅有一个无关乎生意的梦想，便是功成名就之时，与佩文携手还乡，在山水如画的江南，白头到老，含饴弄孙。可惜，这个梦想如今已成泡影！"佩文！你为什么要来！为什么呀！"岳江南紧紧搂住蒙佩文，泪水夺眶而出。

蒙元亨终于站起身，走到佩文身旁，抬起一只脚，蹬在岳江南脸上，接着一脚踹开，口中只冷冷地说了一个字：“滚！”

蒙元亨抱起罗世英，罗兵抱着蒙佩文，缓缓朝山谷外走去。蒙元亨的脑海中浮现出太多往事，嘴里却念叨起一句诗：“纵死侠骨香，不惭世上英。”那是妻子喜欢的诗，也是她的名字与个性，更是两人的第一次相遇，从那时起，他们一路走来直到如今……

7. 大战后，蒙元亨终赢得了为父申冤的机会，却痛失了妻子和妹妹

草原的夜，万籁俱寂。尤其大战之后，寂静之中更透出一股苍凉与落寞。

噶尔丹已然远遁，大营戒备却越发森严。就在前日，皇上带着文武大臣莅临前线。这既是慰劳那些浴血奋战的将士，更是彰显大清帝国的赫赫武功。

蒙元亨解下这几日一直拴在腰间的白布，一瘸一跛穿过戒备森严的军营，来到一座营帐前。文知雪早就等候在帐外，两人相见，默默点了下头。

帐内灯火通明，索额图正在处理公务，蒙元亨与文知雪只好候着。彼此间一直这样不说话，未免太尴尬，文知雪终于开口道："佩文和你夫人的后事，处置妥当了吧？"

蒙元亨愣了一下，点头说："棺材前几日送上路了。"

"节哀。"文知雪说。

蒙元亨叹了口气说："多谢你出手相救。"

"我是总商，理应如此。"文知雪说，"乌日乐和岳江南，还有那个苏定河，都被打入大牢，相信不久你便能大仇得报。"

蒙元亨又点了点头，神色怅然。这时，帐内走出一名戈什哈，说道："索相请二位进去。"

乌兰布通一役，索额图谋划有功，圣眷正隆。他春风得意地挥手让二人坐下，又笑道："此战你们出力不少，辛苦了。"

文知雪起身道："能为朝廷效力，是我等荣幸。我更要感激索相，救了知雪

一命。”

“事出有因，说清楚便是，谈不上救命。”开辟万里商路，与俄国进行丝茶贸易的事正紧锣密鼓筹备中，索额图与文知雪的关系愈发热络。至于救命一事，自然是文知雪擅用粮台箭。事后的确有人追究，索额图打了招呼，便无人再问。像这等事，或许十个脑袋不够砍，但大人物一句话又立刻云淡风轻。

索额图端起茶抿了一口：“此番我军虽然大胜，毕竟还是让噶尔丹跑了，放虎归山，遗祸无穷。”他又举了举手说：“陛下心意已决，不能给噶尔丹喘息之机，一旦让他整军再战，又会是心腹大患。接下来，我军还将千里西征，直捣噶尔丹老巢。你们也要再接再厉，为西征大军筹措粮饷。”

文知雪立刻答道：“索相有命，我等义不容辞。”

索额图说：“噶尔丹虽说大不如前，但此番西征远离中原腹地，比起乌兰布通之战，粮道保障更为棘手。因此，我替你们找了个得力帮手。”

“帮手？谁？”文知雪问。

索额图抖了抖官袍：“这人你们也认识，岳江南。”

文知雪大吃一惊，半晌说不出话。岳江南不是被打入大牢了吗，怎么摇身一变，成为朝廷重用之人？一直没说话的蒙元亨站起来，说：“他可是噶尔丹帮凶，什么时候变成了朝廷的帮手！”

索额图说：“什么噶尔丹的帮凶！岳江南只是一个商人，在草原上行商而已，当初在噶尔丹的淫威之下，迫不得已做了违心的事。”

“索相，你怎能替岳江南开脱！”蒙元亨强压着怒气问道。

“不是我替他开脱，而是事实如此。”索额图说，“当年噶尔丹气焰正盛，草原上多少人被他裹挟。那些替噶尔丹打造过兵器的铁匠，给噶尔丹运送过粮草的马夫，难道都是噶尔丹的帮凶？朝廷杀得过来吗？”

索额图又说：“陛下圣明，前几日来此处的路上还训诫臣下：无论满蒙汉民，当初能铁骨铮铮不为所动的，皆是义民；那些不得已为噶尔丹做过事的，则为难民。朝廷应拯救其于水火，而非不问青红皂白，大开杀戒。”

索额图感慨道：“你们可知，陛下这几句话，实不逊于十万雄师劲旅。多少人原本惴惴不安，如今又死心塌地效忠朝廷，噶尔丹更将沦为孤家寡人。”

蒙元亨铁青着脸问：“如此说来，乌日乐也要放出来了？”

“当然。”索额图说，“乌日乐将军昨日已经出狱，如今正训练士卒，准备随大军西征。”

蒙元亨攥紧拳头，砸在茶几上：“乌日乐杀了朝廷特使，这种事也能不了了之！”

“胡说！”索额图训斥道，“杀害朝廷特使的是布日古德，与乌日乐何干！”

见索额图动怒，蒙元亨收敛了些脾气，说：“布日古德虽然死了，他的副将还活着，一问不就清楚了？”

索额图说：“蒙元亨，你好歹也是东家。你让下面伙计做的每一件事，掌柜都清楚吗？副将说他不知此事，只能证明布日古德没有告诉他，无法证明布日古德没有安排其他人下毒手。”

蒙元亨真是说不出地委屈与愤懑！如此说辞，岂不是仗着死无对证，朝廷主动替乌日乐解套！

蒙元亨沉默半晌，从牙缝里挤出一句话：“我绝不与乌日乐、岳江南等人为伍。”

索额图指着蒙元亨，像是要发火的样子。最后，他把指头缩回来，干笑一声，说道：“你这小子，又在犯浑。”顿了顿，他对文知雪说：“你先回吧，我有些事同元亨再聊聊。”

文知雪告辞后，帐内就剩下两人。索额图一拍桌子，勃然大怒：“蒙元亨，你是不是觉得自己立了功，或是有几个臭钱，尾巴就翘到天上去了。实话告诉你，那些玩意在我眼中狗屁不如。我一句话就能让你身败名裂，倾家荡产。若不是菊儿整日替你说好话，我早就收拾你了！”

索额图的话是赤裸裸的羞辱与警告，但也是实情。蒙元亨再委屈，再是性情刚烈，在权相面前也只能忍辱负重。他痛苦地摇头，哀求道：“索相，以您老人家的火眼金睛，难道看不出乌日乐居心叵测、满嘴胡话吗？”

“你还知道老夫火眼金睛呀！”索额图甩了甩袖子说，“乌日乐那点小把戏，我会看不穿？虽说布日古德死了，但其中太多蹊跷，乌日乐根本无法自圆其说。”

“那为何要放过这个恶贼？”蒙元亨问。

索额图斜靠着椅子说：“这是陛下的意思，特使之死不再追究，让乌日乐戴罪立功。”

“究竟为什么呀？”蒙元亨痛苦地追问。

索额图说：“噶尔丹纵横草原多年，这一回又能从死地脱身，足见其非等闲之辈。就说那个布日古德吧，连陛下都称赞猛如虎、狡如狐，忠心为主，是难得的将才。噶尔丹帐下那些个良臣猛将，正是横亘在西征路上的一座座大山。”

索额图又说：“好不容易出个乌日乐，归顺没几天就让咱们宰了，噶尔丹可是巴不得，他正好以此鼓舞部下死战到底。朝廷轻纵乌日乐，是盼着噶尔丹手下多几个这种人。朝廷最怕的，实乃布日古德那种忠烈之士。”

“你委屈，朝廷就不委屈？”索额图反问道，“乌日乐把咱们当猴耍，朝廷还要赏他，这才是大仁大智，打掉牙和血吞。实话对你说吧，乌日乐不是不能杀，但绝非此刻。”

索额图这番话，让蒙元亨无言以对。从利害算计来说，这样的抉择可谓高明，但又充满冷酷与绝情。

“至于岳江南嘛，”索额图继续说，“他就是个商人，没干什么杀人放火的勾当。当初人在草原，噶尔丹让他做生意，他能不听？！关键是此人还有些真本事，曾从罗刹国替噶尔丹买回几千条火药枪。《尼布楚条约》刚签，朝廷正需要一个熟悉俄国的人，为西征大军采购军火。”

蒙元亨低着头，嘘了口气：“敢情他们都是对朝廷有用之人，可怜那些死在乌兰布通的，对朝廷再无用处。”

“又在胡言乱语。”索额图瞥了一眼，接着走到蒙元亨身边，拍了拍他的肩膀，“你的事情我都知道了，节哀顺变。再说此战死了那么多人，伤心流泪的不止你一个。”

索额图在帐内踱步，说道：“朝廷不会忘了有功之人。陛下有旨，要专门召见你。这可是莫大恩宠！赶大营的商人中只你一人，连文知雪都没份。其实别说文知雪了，好些个从死人堆里爬出来的将军，也没能得到陛下召见。”

“陛下召见？什么时候？”蒙元亨问。

“明天一早。”索额图说，“你不是想救回父亲吗？这可是天赐良机。此番你立下大功，趁着召见机会，自己提出来，没准龙颜大悦，事情就能有转机。”

“但你得记住，”索额图又提醒道，“见到陛下，绝不可喊冤。圣天子在上，大清国海晏河清，不会有一桩冤案。你父是咎由自取，罪有应得。只不过当儿子的九死一生，为朝廷建功，替父亲赎罪，希望陛下法外开恩。”

“我明白。”蒙元亨答应道。

第二日一早，蒙元亨来到金帐之前。金帐巍峨壮观，比其他营帐高出一大截，方圆一里地都用明黄幔遮挡，设东、西、南三座御门。十余所巡警营布在四周，三步一岗，五步一哨，都是从京师大内调来的禁军。

想起面圣之事，蒙元亨一夜没睡好，来到帐前依旧有些拘谨。金帐前站着十多位朝廷大员，不管认不认识，蒙元亨赶紧上前打千请安。大臣们一个个绷着脸，就连年遐龄这样的老朋友，都黑着脸没搭理蒙元亨。

这一来，蒙元亨更紧张了。稍过片刻，索额图来到金帐前，身后跟着户部侍郎李一功。索额图自是不紧不慢的宰相风度，李一功脸色却出奇难看，一张脸铁青。

索额图与众官打过招呼，又对蒙元亨说：“陛下原本说第一个召见你，可临时出了点事，有人抢了你的戏，只能等一等了。”

天子让等一等，那有什么话说，蒙元亨赶紧答应，更不敢问出了何事。这时，年遐龄却上前几步，朝李一功拱手鞠躬：“犬子无状，还请李大人恕罪。”

李一功冷冷地说：“年大人，这不是咱俩之间的私事，我哪敢恕罪！一切请陛下定夺。”

蒙元亨在一旁看着纳闷，心想究竟出了什么事？不一会儿工夫，两名军士绑着一人走了过来，旁边立刻有人议论：“这就是年羹尧呀？”

还有人问年遐龄：“这就是你儿子？”

年遐龄跨上前去，当众给了儿子两耳光：“混账东西！自己惹下的祸，谁也救不了你！”

蒙元亨更疑惑了，昨日还听说，年羹尧率孤军深入漠北追击噶尔丹。虽说没能逮住噶尔丹，却是西征各军中战绩最好的。千里急行军，五战五捷，斩杀敌军两员大将。年羹尧得胜回营后，所有人都夸他是不世出的将才，年纪轻轻便锋芒毕露，日后必为国家柱石。可为什么，少年英雄转瞬之间便成为阶下囚？

听着周围人议论，蒙元亨渐渐弄明白了。年羹尧不仅战绩彪炳，胆子更大得惊人。班师回营路上，年羹尧遇见了正负责押运粮草的户部给事中鹿富晨，就像当初对待乌日乐那样，上去便是几鞭子，责问粮草为何拖延。

鹿富晨乃科举正途出身，又攀上了李一功的门路，当年任泾阳县令时，连知府大人也要给几分面子。当上京官后，屡获拔擢，身份更加显赫，被一个年纪、官职都逊于自己的年羹尧羞辱，鹿富晨哪咽得下这口气。他拍案而起，骂道："你这小兔崽子！就算你爹年遐龄，也不敢在我面前如此嚣张！"

几句争执之后，年羹尧倒不废话，拔出费扬古交给他的天子剑，利剑出鞘，立时血溅五步。一个正四品的户部给事中，就这样死在一个七品协领手下。

年羹尧被推入帐中，不久便传出一个洪亮的声音："奴才年羹尧恭请皇上圣安！"

金帐毕竟不是紫禁城，里面人说话的声音外面大致能听见。年羹尧请安过后，又传出一个声音："鹿富晨就是死在你手里？"

这自然是康熙在问话。蒙元亨生平第一次听见天子之音，不禁身子一颤。再细听，觉得这声音温婉而阴柔，像是一个文弱书生。若非亲耳所闻，实在难以相信，一个如此腔调的人，竟会是平定三藩、收复台湾、血战噶尔丹的一代雄主。

帐外之人无法瞧见年羹尧神色，但从声音听来，这家伙并不慌张，他朗声答道："奴才一个七品协领，如何敢对四品上官不敬，鹿富晨并非死在奴才手中。"

康熙的语调平稳如初："那他死在谁手里？"

年羹尧说："他死在天子剑下。当初费扬古大帅赐奴才天子剑，但有不听军令者，立斩不饶。西征路上，奴才屡屡催要粮草，鹿富晨却百般推诿，以致贻误战机。"

康熙说："没错，鹿富晨是死在天子剑下。但你挥下天子剑时，就没想过人家是四品官？”

年羹尧说：“奴才手擎天子剑，心中只有天子。别说四品官，哪怕一品大臣，依旧是皇上的臣子，当为皇上尽心办差。”

康熙又问：“你一路追击噶尔丹，打了不少硬仗？”

年羹尧答道：“都是皇上指挥有方。”

康熙说：“一个小小的协领，还轮不到朕来指挥。指挥你的是费扬古吧，当初他把天子剑交给你，如今却是后悔不迭。昨晚他来找朕，希望念你杀敌有功，功过相抵。你怎么看？”

年羹尧说：“奴才的事，让皇上操心了，奴才有愧。”

康熙说：“费扬古说什么功过相抵，朕偏不听。有功便要赏，有过便要罚，这才是赏罚分明。你阵前杀敌有功，官升两品；擅自杀戮大臣，杖责一百。”顿了顿，康熙又说：“传朕旨意，一百棍要使劲打，哪个奴才敢手下留情，小心他的脑袋。打不死就让年羹尧新官上任，打死了也是他自作孽不可活。”

年羹尧被拖出金帐，扒下裤子，一百棍正等着他。前十棍，年羹尧尚且咬牙挺住，二十棍后，已是惨叫不止。李一功认为如此处罚太轻，但皇上圣裁岂是他敢置喙的，只好闷着头不说话。年遐龄担心儿子能否挺过一百棍，心中忐忑不安。

索额图上前拍了拍年遐龄：“这小子年轻，体格健硕，应能从棍下逃生。”

“谢索相。”年遐龄说。

索额图叹了口气：“此人心机深沉，杀伐决断，若大难不死，必成大器。只是不知道，日后还有多少朝廷命官将死在他的剑下。”

年遐龄不知索额图这话什么意思，吓得面色惨白，直说“不敢”。索额图微微一笑：“老夫看人，大致不会错。”

索额图还有事启奏，进入金帐之中，不一会儿又出来，走到蒙元亨身旁，说：“该你了。”

年羹尧的惨叫之声正在耳畔回荡，蒙元亨整了整衣服，朝金帐内走去。这几十步走来，他一直低着头，只趁着进帐时侍卫拉帘子的机会，瞟了一眼帐内的天子。康熙身材单薄，脸有些瘦长，今日未披龙袍，散穿一件绛紫长袍盘腿坐着。

蒙元亨双膝跪下，叩头呼道：“拜见皇上！”

“你叫蒙……蒙什么来着？”康熙问。

蒙元亨心想不好，方才太紧张，竟忘了自报家门。他重新叩首，说道：“草民蒙元亨拜见皇上！吾皇万岁万岁万万岁！”